T0246874

LA ROSA DE CALIFORNIA

JESÚS MAESO DE LA TORRE

LA ROSA DE CALIFORNIA

Editado por HarperCollins Ibérica, S. A.
Avenida de Burgos, 8B - Planta 18
28036 Madrid

La rosa de California
© Jesús Maeso de la Torre, 2022
Autor representada por Silvia Bastos, S.L. Agencia literarias
© 2022, para esta edición HarperCollins Ibérica, S. A.

Diseño de cubierta: CalderónSTUDIO®
Imágenes de cubierta: Shutterstock
Mapa de guardas: diseño e ilustración cartográfica CalderónSTUDIO®

ISBN: 9788491399681
Depósito legal: M-18283-2022

EN LA NOCHE

A menos de veinte pasos de distancia de la misión española de San Gabriel, un caminante intentaba explicar con gestos a uno de los vigilantes qué hacía merodeando por allí, solo y en plena noche. Su figura achaparrada no le había pasado inadvertida al guardián, aunque no le distinguía la cara. Lo detuvo apuntándolo con el fusil cargado.

—¡Alto! —gritó y, tras examinar su manta de vellón de cabra con dibujos negros y amarillos, le preguntó escamado—: Eres de una tribu yuma, ¿no?

El indio, oculto entre las tinieblas, asintió con sumisión, pero no habló. O no lo entendía, o era mudo. Emitiendo un leve ronquido asmático para parecer inofensivo, señaló la iglesia y juntó las manos, como si estuviera rezando. El guardián comprendió. Pero no acababa de fiarse, y entre los dos circuló una corriente de recelo.

—Pronto has venido a misa. Falta mucho para que toque la campana.

El guardia intuyó el peligro demasiado tarde, cuando alzó el farol y vio con nitidez al intruso. Era de baja estatura y se tapaba el rostro con una espantosa careta de piel curtida a la que iban adheridos pelos negros de crin de caballo y de la que colgaba una lengua roja que le salía de la grotesca bocaza.

De repente, como una libélula roza vertiginosamente el aire, escapó de la mano del yuma un hacha que fue a clavársele en la frente, hundiéndose después en el cráneo. Murió sin emitir un solo quejido y un líquido sanguinolento le cubrió la cara al instante. El sigiloso verdugo encapuchado lo sabía. El desenlace sería fulminante, letal e instantáneo.

Esgrimió una mueca triunfal y sacó de su bolsa un cuchillo dakota de hoja corva. De unos tajos le cercenó la cabellera, que se colgó del cinto. Luego, con una frialdad ruin, le cortó el chaleco de cuero y le practicó algunas incisiones en el vientre. Finalmente le sacó la lengua, se la cortó y la clavó en el tronco de un árbol con una púa de rosa de California, un espinoso matorral de hermosas flores que crecía en los bancales terrosos, como si de una guirnalda macabra se tratara.

Se deshizo de la careta y la arrojó encima del cadáver. Cumplido el atroz trámite, el ejecutor recogió el fusil y la pólvora y, cauteloso, se dirigió hacia un promontorio de tierra arcillosa que parecía rezumar sangre. Desapareció tragado por las sombras.

En la misión era todo tranquilidad y dormían. Pronto amanecería.

El primero que vio el crimen en la tórrida noche fue un anciano de hombros encorvados: el hermano campanero. Se echó hacia atrás la capucha y alzó la lucerna, que creó en su camino charcos luminosos. Al abrir el portón ahuecó las manos temblorosas alrededor de su boca tras tropezar con el macabro espectáculo.

Cayó de rodillas aterrado ante la visión que se ofrecía a sus ojos y juntó las manos. Gimoteando y temblando, rezó por el alma del difunto. Aquello había sido llevado a cabo por una fiera, ignoraba si humana o animal, de las serranías cercanas, pensó el hermano lego. A la luz de la linterna pudo ver un charco de sangre bajo el hombre muerto que evidenciaba la impunidad y ferocidad con la que se había perpetrado la atrocidad. Conocía a la víctima. Se trataba de un voluntario de la milicia del cercano poblado de San Diego.

Miró a su alrededor y le llegó el susurro de la arboleda. Y mientras avizoraba al frente por si descubría a alguien, vio que las nubes adquirían un matiz rojizo, arreboladas por el sol naciente. De repente miró al suelo.

Descubrió la careta, pero había observado también una huella que podía identificar la procedencia del ejecutor. No era de una bota española, ni de una alpargata de esparto de algún colono. Era la pisada de un chanclo o mocasín indio. La suela era dura, quizá de abedul, y la punta estaba levantada, pues no había dejado marca en el barro ensangrentado.

«Es un mocasín de la tribu yuma, no hay duda», caviló para sí confundido, pues se trataba de gente amiga y cristianizada.

Estremecido, decidió actuar deprisa y avisar al padre prior. Con el frío en los huesos y sintiendo la humedad de su propio vaho, contuvo el aliento y gritó:

—¡Por el amor de Dios, acudid, hermanos! —sonó su voz exaltada.

Monjes y novicios abandonaron sus yacijas y se reunieron revueltos y alborotados tras oír las voces del campanero, en el que descubrieron una expresión aterrada. Señaló con el trémulo dedo, y lo siguieron presurosos.

El indescriptible homicidio, que parecía encerrar un macabro ritual indígena, conmovió a los frailes, pastores y colonos de la misión que acudieron en tropel.

Al darse de bruces con el horrendo espantapájaros, reprimieron una exclamación de sobresalto.

Una veintena de facciones desconcertadas observaban el atropello. Se quedaron alucinados, pávidos. El espanto se reflejaba en los rostros barbudos y consumidos de los frailes cuando repararon en la brutalidad extrema. La esencia misma del miedo se adueñó de los religiosos, rancheros e indios, en su mayoría salinan, yumas y chumash, que vivían al amparo de la comunidad.

—El maligno anda meneando el rabo por la misión —aseveró el prior.

—*Miserere mei, Deus!* —susurraron los hermanos al unísono.

Una presión de pesadilla se adueñó del aire de San Gabriel, como si el firmamento granate comprimiera el convento. Una cosa era morir en un enfrentamiento con las tribus salvajes de los yavapais o los yumas de la montaña, y otra bien distinta era acabar torturado salvajemente por ellos. La expresión en los ojos de los monjes era de auténtico horror y les fue imposible olvidar el macabro rictus del soldado asesinado.

Al hermano campanero, que lloraba de impotencia, el relente le secó las lágrimas del rostro. Mientras conducían el cadáver a la clausura para lavarlo, le desveló al prior las dos pistas halladas junto al infortunado guardián.

—Señor Jesucristo, que la barbarie no destruya el amor, te lo ruego —rezó, deplorando que su iglesia, su refugio, ya no fuera una fortaleza contra el mal.

Las anémonas y crisantemos, agitados por el efecto del viento, se unieron al luctuoso incidente, destilando regueros de un acuoso rocío. Los frailes percibían indecibles temores abismados en su pavor.

Debían ser más precavidos en el futuro, y el prior, fray Daniel, los exhortó a vigilar, a tener fe en Dios y a expulsar de sus corazones sus miedos privados. Alguno de los novicios temblaba.

Aquel día, la campana de la capilla dobló a muerto hasta el ocaso.

ANTES DE LA MISA DEL ALBA

La sombra de la luna se proyectaba trémula sobre la ermita de la misión.

Dos velones casi consumidos flameaban bajo la imagen de un negruzco crucificado transido de dolor, cuando el hermano campanero, varios días después del asesinato, se dispuso, como cada madrugada, a preparar el altar para la misa del alba. Aún temblaba recordando el episodio del vigilante acuchillado que él había descubierto y cada sombra le hacía sobrecogerse.

Al oficio divino acudirían la comunidad, los indios tutelados y los colonos que vivían al amparo de la misión. Debía apresurarse, pues el buen tiempo traería numerosos fieles de los poblados y ranchos cercanos.

Sus pupilas, semiocultas tras unos párpados abultados por el llanto, descubrían su inquietud. La atmósfera del atribulado convento de San Gabriel seguía cargada de un aire viciado por el miedo y la alarma. Nadie conseguía borrar de su mente las horrendas imágenes presenciadas.

Y aunque el prior había intentado evitar que lo sucedido se propagara por la comarca, en los mercados y mentideros del Camino Real no se conversaba de otra cosa y hablaban de un asesino diabólico o perturbado, ignoraban si blanco o indio, que andaba suelto por las misiones.

—Debe ser un resentido, o un loco. Nadie es capaz de atacar a

11

la misión y a los bondadosos padrecitos —murmuraban en medio de la confusión.

Resultaba descorazonador y los cerebros de los frailes cabalgaban entre el pavor y el espanto. Eran conscientes de la gravedad del asunto, que podía convertirse en una piedra de escándalo para la orden franciscana. Se hallaban vulnerables si el gobernador no enviaba a sus dragones, sus bravos soldados de caballería, para protegerlos. El hermano lego arrastraba las sandalias por el desigual suelo y pensaba en los ruinosos efectos que tendría para las misiones de California.

Miedoso y abatido, no paraba de pensar en la vinculación que podía tener la tribu yuma en el repulsivo asunto, al recordar la inequívoca huella de la pisada. ¿Se trataba de la soterrada protesta por el dominio de los españoles en el territorio, o de los abusos de algunos capataces o frailes rigurosos?

—Dios benevolente, ampáranos en tu infinita misericordia —rezó, y pensó que tan terrible pecado no podía ser redimido sino con la oración.

Fuera se oía el rumor de los cipreses agitados por la suave brisa estival y se apresuró. Con la primera luz debería tañer el campanil que convocaba a la celebración, pero antes debía encender las velas del altar. Prendió el pabilo y, al instante, hilos blanquecinos comenzaron a escapar de los cirios llameantes. Solía prender cuatro para que el oficiante pudiera leer el misal sin aprietos.

Pero, súbitamente, el lego comenzó a respirar con dificultad, abriendo la boca como un pez al que le faltara el agua. No le concedió importancia, se apoyó unos instantes en la piedra del ara y respiró hondamente, pensando que se trataba de un vahído casual debido a los ayunos y al desasosiego. Pero resultó peor el remedio, pues al aspirar el aire de las velas, se aturdió aún más.

Un sudor frío corrió bajo su hábito talar. Tenía el semblante pálido. Quiso pedir auxilio, pero se le quebró la voz y un suspiro de aliento ahogado escapó de sus labios amoratados. No comprendía lo que le sucedía y crispó sus manos artríticas sobre la garganta, como si le quemara.

—¡Favor…, hermanos…, favor…, por Cristo! —balbució espantado.

Fueron sus últimas palabras. Con los ojos fuera de las órbitas se desplomó como un fardo y su cabeza tonsurada sonó como una calabaza hueca en las losas. Había expirado entre estertores.

Después, el indio mudo que había permanecido oculto desde la medianoche en el rústico confesionario ejecutó con saña la misma mutilación macabra de su primer asesinato. Concluida a satisfacción, se encaramó al ventanuco de la ermita y, saltando detrás del bardal, desapareció como un trasgo.

Había cumplido su labor y cosechado otra pluma negra del valor.

Un grupo de monjes acudió al oratorio para celebrar el oficio divino, sorprendidos por no haber oído la esquila. Observaban que la puerta estaba aún cerrada, cuando descubrieron el cuerpo inerte del campanero. El prior corrió en su auxilio y, tras auscultar sus pulsos, comprobó que estaba muerto y con la boca ensangrentada, pues le habían seccionado la lengua.

Se puso de pie lentamente para revisar los recovecos del templo por si se escondía algún extraño, cuando percibió un extraño tufillo. Olió el vaho aceitoso de las velas y, con un gesto conminatorio, contuvo a los monjes.

—¡Deteneos ahí, hermanos! ¡Nos os acerquéis! —ordenó.

Cogió un paño sagrado, se tapó la nariz y se arrimó a uno de los velones, aspirando con precaución. De inmediato constató un hedor acre y corrosivo.

—¡Dios Santo! —chilló—. En las cazoletas de los velones han depositado datura para ocasionar la muerte a quien lo respire.

—¿No es esa una hierba empleada por las tribus cupeño, cocopah y cahuilla en sus bailes rituales? —terció el asustado hermano cillerero.

El superior, confuso e impaciente, se dirigió al herbolario:

—Padre Serafín, olfatead con precaución el caldillo de estas candelas. Me temo lo peor.

Lo primero que hizo el mofletudo y sonrosado fraile fue examinar el cuerpo inerte del lego, sus labios resecos, ásperos como la estopa, y unas limaduras de polvillo blanco en las aletas de la nariz.

Fray Serafín de Aliseda, como si temiera el contagio, inhaló levemente el humo de una de las velas. Después de reflexionar unos instantes, emitió su veredicto:

—Dispensad, páter, pero creo que se trata del *Nerium oleander*, como lo conocemos los botánicos. Vuestra paternidad sabe que permanecí dos años en las orillas del río Colorado con los yumas, donde fui invitado por el jefe Salvador Palma, cristiano bautizado y un buen hombre.

—¿Y bien? —lo acució el superior.

—Recuerdo haberles visto recolectar esa planta para elaborar el tabaco de las pipas del hechicero y para bailar la Danza del Búfalo y del Sol. Tomada en pequeños aportes y diluida en agua, es un opiáceo y un potente relajante. Ahora bien, cuando quieren embadurnar las puntas de las flechas, lo hacen con raíces maceradas de esa planta, que produce asfixia y paralización del aliento.

—¿Quiere decir vuestra paternidad que estos crímenes son obra de los yumas? Me resisto a creerlo. Son fieles observantes e indios fervientes en su fe.

—Lo ignoro, pero insisto, padre, ese veneno, que se activa con el fuego, volatiliza rápido y lo utiliza esa tribu. No me cabe duda.

—Por lo que decís es un arma mortífera, hermano —aseveró el prior.

—Así es, padre. Además, observad esa careta de ceremonias que habrán dejado a propósito al lado. El ejecutor poseía la siniestra intención de que quien lo oliera, posiblemente un sacerdote o lego de la congregación, muriera en el acto —determinó tajante.

De inmediato el santuario franciscano se cargó de un silencio esquivo. Temor, pánico. De repente, uno de los frailes gritó como un poseso:

—¡Padre, mirad aquí! ¡Por Dios bendito!

Se acercaron todos al altar y vieron que dentro del cáliz lleno de hostias sin consagrar se hallaba depositada la lengua del desafortunado compañero. Y lo que más les extrañó fue que estaba prendida a ellas por una espina de rosa de California. Se quedaron atónitos ante tan sacrílega irreverencia. Alguno lloró.

—¡Otra maniobra del Maligno! ¿Hasta cuándo, Señor? —se lamentó el prior—. Y otro asesinato profanador perpetrado en un lugar tan sagrado.

Se suspendieron la misa y los oficios religiosos, y los colonos y braceros marcharon a los campos y dehesas en silencio y rumoreando atrocidades. De nuevo la misión de San Gabriel se había transformado en el vórtice de los rumores y de la sospecha.

Los frailes velaron el cadáver del campanero. Nadie se retiró a su celda, pues conciliar el sueño les hubiera sido imposible. Todos se preguntaban qué diabólico asesino, profanador y ofensivo, se ocultaba tras aquellas muertes.

—El dolor y el oprobio se han despeñado sobre la comunidad. *Misereatur tui omnipotens Deus*. Que el Altísimo lo acoja en su Reino —oró el superior.

Tras el entierro, fray Daniel se encerró en su celda como si lo hiciera en un campo abierto sin protección. Se notaba indefenso ante el poder diabólico del intruso que estaba desbaratando su grupo de soldados de Cristo y acabando con su obra evangelizadora en las tierras de California, nombrada así en recuerdo del paradisíaco lugar imaginado por Garci Rodríguez de Montalvo en sus *Sergas de Esplandián*.

No había podido evitar que, días antes, seis familias de indios tongvas abandonaran el monasterio. Un asesino cruel intentaba privarlos de su sagrada misión y, crispando sus manos, rumió su propio desconcierto:

—¿Me he equivocado con los corderos de mi rebaño? —musitó—. En sus ojos veo ahora miedo y odio, cuando antes solo veía sumisión y acatamiento.

Miró por el ventanuco y vio cómo la luna cabrioleaba en el firmamento y a veces se perdía entre las nubes viajeras. Un airecillo inclemente se colaba por los huecos de las ventanas y por el techado de estuco y cañas. ¿En qué ciénaga, bosque, sierra o lodazal se escondía esa bestia perversa que se atrevía a sembrar de muerte y sacrilegio un lugar tan santo? ¿Se estaban equivocando al intentar tutelar, adoctrinar y enseñar a seres humanos acostumbrados a ser libres?

No podía apartar la obsesión que lo conturbaba y, aunque estaba sumido en su propia contradicción, su único propósito era proteger a los indios que Dios le había confiado y atender sus necesidades materiales y espirituales. Era conocedor de que algunos yumas protestaban por el cuidado paternal y el celo de pastores de almas que algunos hermanos llevaban con excesivo rigor. El precario equilibrio de los nativos acogidos a su cuidado podría quebrarse si proseguían los execrables asesinatos.

Había dispuesto que se ocultaran en el sótano los cálices, candelabros, patenas, incensarios de plata y también los misales, ornamentos bordados y crucifijos, por si se trataba de un ladrón o salteador y no de un asesino que buscaba otro propósito inconfesable, que de momento se ignoraba.

El prior pensó en sus sacrificios en la mejora de los campos de maíz, en los huertos de naranjos, melocotoneros y ciruelos plantados, y en los ganados acopiados en beneficio de aquellos hambrientos indios yumas que se habían redimido por la fe y el trabajo en las granjas, en las plantaciones y en las mieses de maíz, cebada y grano.

Sin embargo, la eterna pregunta lo mortificaba una y otra vez: ¿era lo que ellos deseaban? ¿Bastaba el deseo de Cristo de salvarlos? Vista la resentida acogida de los lugareños, pensó que su quehacer y el de sus hermanos en el Nuevo Mundo podría estar equivocado y su espiritualidad errada. Sus frailes buscaban a Dios cristianizando a los indios, pero entendía que, sin la debida protección del gobernador, sería imposible.

Se notaba agotado. Incomprensiones, rechazos y ahora unos enigmáticos asesinatos eran demasiado para su espíritu y su idea del orden del cielo.

Debía esclarecer el trágico asunto y evitar nuevas tribulaciones.

Cogió una resma de papel, la plumilla y la tinta y se dispuso a plasmar unos apresurados garabatos dirigidos al gobernador que regentaba las dos Californias desde Monterrey. Le narraría los pormenores de la catástrofe acaecida en sus claustros y el hundimiento moral de sus hermanos y de los indios que le habían confiado, que parecían no aceptar la tutela del rey.

Estaba tenso y una gota de sudor de su rugosa frente cayó sobre la plana, que limpió con la bocamanga. Al punto escribió su confusa babel de agravios:

Al Excelentísimo señor Gobernador y Capitán General de California, don Felipe de Neve, del padre prior de la misión de San Gabriel, fray Daniel Cepeda. Os despacho, Señor, un informe confidencial sobre los sucesos acecidos en esta Comunidad.

Y los narró escuetamente con su escritura cursiva en dos folios, para concluir:

Así pues, os he notificado con grande sufrimiento lo acaecido, rogándoos que con vuestra cabal sensatez y precaución investiguéis el asunto y nos enviéis la debida protección, una tarea que dimana directamente de la voluntad del Señor y según las previsiones y mandatos de Su Majestad el Rey.
Dios guarde a vuecencia y acreciente vuestra salud y fortuna.
Dixi, en el día de la Asunción de Nuestra Señora, 15 de agosto del A. D. de 1781
Confirmans, el superior de la misión

Concluida la misiva se frotó los ojos. Convocaría a los monjes en la sala capitular y se la leería para aplacar sus almas, con la firme convicción de que el solicitado amparo militar los tranquilizaría. ¿Acaso alguien dudaba del valor y contundencia de los dragones de su majestad, la más expeditiva fuerza ecuestre jamás conocida en aquella parte del mundo? Su sola presencia en el convento disuadiría al asesino, o asesinos, de repetir otra acción semejante. Esa misma mañana, un correo a caballo trasladaría la carta a Monterrey.

Después aspiró el dulzón y gredoso aroma de la palmatoria de peltre, cuyas bocanadas se elevaban en espirales hacia el techo. Aguardó meditando a que la luz del alba llenara de un fulgor dorado su celda y le acarreara la quietud que precisaba su espíritu.

Eran momentos de oscuridad para la misión, y rezó contrito.

LA LUNA DE LOS PECES

CUANDO LAS TRIBUS YUMAS PESCAN
EN LOS RÍOS A LA LUZ DE LA LUNA

Un guerrero yuma, que había caminado toda la noche, se volvió alertado por si lo seguía algún comanche o algún cazador blanco, francés o español.

Al llegar a una cueva oculta en la Terraza de los Vientos, cerca de los poblados del desierto de Mojave, saludó efusivo a otros seis miembros de su misma sangre y a una mujer, también de su mismo clan, que lo aguardaban impacientes. El recién llegado les preguntó alterado:

—¿Os ha visto alguien acceder a este desfiladero?

Ciervo Fuerte, Garras de Águila, Luna Solitaria y Pequeño Conejo, que lo esperaban desde hacía horas, negaron. Este último lo hizo por señas, ya que era mudo. Se sentaron alrededor del fuego, y Toro Alto, Cuervo Sentado y Antílope Veloz aseguraron que no era necesario tomar medidas de ocultamiento y sigilo, pues apenas una vez al año pasaba por allí algún cibolero de Nueva Orleans, de los que iban en busca de pieles de búfalo y apestaban a varias millas de distancia.

Todos tenían voz y voto en sus tribus y estaban acostumbrados a hacer prevalecer sus opiniones, así como a demostrar una gran ferocidad con sus enemigos. Incluso la mujer del grupo, la joven Luna Solitaria, quien, en una sociedad violenta y dominada por los hombres, era indiscutiblemente aceptada como una *ghigau*, una mujer guerrera.

Hawa, Luna Solitaria, llamada así por sus parientes porque el amanecer del día de su nacimiento el astro menor reinaba solitario, claro y rotundo sobre las sierras, había tenido una vida terrible. En un encuentro fatal contra los comanches, su padre fue herido de muerte y, estando este todavía agonizando, Luna le había arrebatado el cuchillo y el hacha y había defendido como una leona a su hermano menor Kayazé, Pequeño Conejo, que, guarecido a su espalda, lloraba sobre su madre muerta.

Un compasivo franciscano, fray Garcés, que vagaba por los poblados indios ofreciendo asistencia médica, condujo a los huérfanos a la misión de San Gabriel para que fueran atendidos por los frailes, fueran cristianizados y aprendiesen algún oficio. Pero la caridad evangélica del bondadoso monje cayó en terreno yermo. Los dos hermanos habían nacido en una época distinta a la de sus padres, en la que los conquistadores de allende el mar imponían su poder absoluto. Luna y Pequeño Conejo no aceptaban las imposiciones de sus educadores blancos y mostraban su rebeldía constantemente.

Permanecieron dos años en la misión franciscana con otros chiquillos yumas como compañeros de juegos, catequesis y trabajos. Pronto, Pequeño Conejo se convirtió en el centro de atención del convento por su indómito modo de comportarse. El capataz de la misión, Elías Morillo, un mestizo de Galisteo, achaparrado y cetrino, siempre con barba de varios días y que apestaba a mezcal y sudor, reprendía al niño yuma con extrema crudeza.

De lenguaje soez y actitud agresiva, Morillo se encargaba de administrar las labores con el ganado, de vigilar a los labriegos indios y de enseñar a los jóvenes a cultivar el maíz y cuidar los rebaños de cabras y ovejas. Pequeño Conejo era un niño risueño, de cabello hirsuto y piel atezada, y buen compañero de juegos, aunque inquieto y revoltoso. Morillo lo humillaba ante los demás y su hermana Hawa protestaba airadamente, sin poder ocultar su dolor.

El mayoral incluso acusó al zagal en uno de los oficios divinos de que blasfemaba contra Dios, cosa que no era cierta, según explicó su hermana, pues se trataba de gestos instintivos y en lenguaje mojave, imposibles de controlar y de traducir. ¿Cómo un cristiano podía levantar esas calumnias contra un niño inocente?

Uno de los frailes, en la reunión del consistorio comunal, lo corrigió en tono severo delante de los demás chiquillos, amenazándolo con cortarle la lengua, más como una exagerada advertencia dirigida a un niño lenguaraz que como un castigo real.

—¿No te das cuenta de que estás aquí para salvar tu alma?

En los últimos días del primer verano, cuando se preparaban para ser bautizados, el niño aparecía por las noches con las piernas y brazos amoratados y a veces despellejados, y le aseguraba a Luna que el caporal Elías Morillo lo castigaba con una vara de nogal. Al parecer, se excitaba con los golpes y las riñas, y verlo llorar era la aborrecible forma del muy bellaco de satisfacer su rijosidad.

Y finalmente una noche el mestizo lo atrapó tras los rezos en la cuadra de los caballos salvajes mesteños, lo forzó, y para que no gritara ni lo descubriera, pues el chiquillo no sabía leer ni escribir, le cortó media lengua con un cuchillo corvo, aduciendo que había blasfemado contra el Santísimo, la religión y el mismo Jesucristo.

Morillo fue severamente reprendido por el prior, se achacó lo sucedido a su exagerado celo y hubo de cumplir una rigurosa penitencia, tras la que fue perdonado y mantenido en el puesto de todopoderoso capataz de indios.

El estallido de rabia por el infame abuso se apoderó de la joven Luna Solitaria, que recorría la misión y los campos de labor con la cabeza gacha y el alma enardecida. El escándalo se silenció y no consiguió sacarle una sola palabra a su hermético hermano, que fue separado de Morillo y empleado en labores de sacristía y en la limpieza de la iglesia. Se odió a sí misma por ello, pero Luna se limitó a curarle las nalgas y la boca desgarrada y a callar. Juró que se vengaría del agresor. Los rezos, la catequesis y la diversión con los otros niños se acabaron para ella. Únicamente anhelaba castigarlo.

—Eres un pequeño halcón al que han arrancado una de sus alas, pero aún te queda una, las garras y el pico. Y yo volaré por ti, hermanito —lo alentaba Luna.

Confuso y asustado, Pequeño Conejo solo podía balbucir sonidos guturales, y en sus pesadillas llamaba a Luna con lamentos desgarradores. Volvieron a la rutina cotidiana y, después de sus trabajos, permanecían juntos hasta la oración del ocaso. En el silencio, Luna

Solitaria, tumbada en su yacija de paja y hojas secas de maíz, notaba el escozor de sus lágrimas, pero también calibraba la forma de desquitarse del abusador.

Pequeño Conejo, que hablaba por la boca de su hermana, pasaba el día con las manos pegadas al rostro, en medio de un llanto que incitaba a la compasión. Y ni las golosinas de los clérigos podían sacarlo de su estado catatónico. Por las noches lloraban juntos y se consolaban con los recuerdos. Luna, con el paso de los días, se convirtió en una mujer madura, y aunque la inundaban oleadas de desaliento, procuró ser más dócil que de costumbre.

Aprendieron a comunicarse por signos. El niño, de apenas nueve años, le transmitía constantemente una petición de socorro: «Quiero irme de aquí, Hawa-Luna». Ella le sonreía y le acariciaba el rostro moreno. Sabía que urdía algunas ideas y él esperaba. Los angustiosos desvaríos no le dejaban dormir y se espantaba con cualquier sombra que viera cerca.

Un día, tras meditadas reflexiones, Luna se decidió a llevar a cabo sus planes. Era verano y muchos niños padecían fiebres por la disentería y el tifus, y temía perder lo único que le quedaba en la vida. Había que escapar de la misión, pero antes tenía que rendir culto al desagravio de sus sentimientos.

Era una yuma de corazón indómito.

De un modo preciso puso en orden las piezas que los conducirían a la escapada de la misión. Se hizo con unas espinas de rosas silvestres que crecían junto al bardal del convento y con hojas de ciertas plantas de propiedades venenosas. Las hubo de buscar en un barranco pedregoso, cerca del torrente del río, lo que acarreaba imprevisibles peligros.

—No abandonaremos este lugar hasta que ese canalla no reciba su justo castigo, Pequeño Conejo querido. —Y el niño le sonreía y asentía.

El día señalado por su intuitiva mente, vio cabalgar a Elías Morillo entre los campos de maíz; se había quitado el poncho color tabaco y vestía solo la vieja camisa blanca y sus sucios pantalones remangados.

Detestaba su sonrisa maliciosa, su bigote grotesco bajo una nariz torcida, su sebosa barriga, sobresaliente y peluda, que escapaba entre los botones y su pelo apelmazado hacia adelante. Mientras observaba a los trabajadores, se hurgaba la nariz constantemente, látigo en mano.

No podía remediarlo. Luna y Pequeño Conejo habían llegado a amar el convento y a algunos de sus frailes por su bondad y generosidad, pero ahora rezumaban una reticencia sorda y una animadversión sin límites hacia todo lo que oliera a hombre blanco.

—Eres un canalla, Morillo, que lo mismo acaricias a un niño que te follas a las cabras —masculló para sí Luna, y escupió al suelo en señal de desprecio, mientras miraba la odiosa figura del capataz.

Tenía miedo a que algo de su sigiloso y secreto plan fallara. Con la cercanía, la joven yuma olía el alcohol del asqueroso aliento de Morillo. Al pasar junto a él, este le lanzó una mirada retadora. La subestimaba.

Antes de regresar a los cobertizos de la misión, los braceros y los jóvenes que ayudaban en la recolección se lavaban para acudir aseados al rezo de vísperas, y luego cenar en comunidad y retirarse a dormir en la gracia de Dios. Aprovechando el bullicio y las voces de los peones al concluir la faena, Luna se aproximó con discreción al caballo de Morillo que, atado al árbol donde se refrescaban los cántaros y las barjas de la comida, rumiaba cuanto verde encontraba. Simuló que buscaba un resquicio tras la fronda para aliviarse.

Disimuladamente metió la mano en su talega de estameña y le dio a comer al animal un puñado de frescas hojas, aunque dentro había dispuesto una bola macerada de tejo, acacia negra, rododendro y hierba de Santiago, como la llamaban los frailes, extremadamente tóxica. Luego, se acuclilló con cautela y colocó entre las holguras y los remaches de las cinchas varias púas de rosal, que los blancos llamaban de California.

Cuando lo montara el capataz, estas se le clavarían con el movimiento y, cuando le hicieran efecto las dañinas hojuelas, se volvería una fiera incontrolada y letal. Se lo había visto hacer a los guerreros de su tribu a los cazadores furtivos franceses y las bestias habían enloquecido.

Morillo regresó poco después de evacuar su vejiga y dio la orden de regresar a la misión. Una procesión de atuendos blancos fue dejando atrás el maizal. Solía pavonearse delante de las mujeres y puso a medio trote al ruano, que comenzó a cabecear y a bufar incómodo.

Le atizó con la fusta en el lomo y entonces fue cuando las espinas se le clavaron más en los ijares, en el cuello y en la barriga. No lo controlaba. El corcel comenzó a echar espuma por la boca y le resultaba ingobernable. El jinete se aterrorizó. No podía detenerlo y tampoco tirarse, so pena de desnucarse.

La enfurecida caballería, dolorida y estimulada por el veneno, se lanzó a un trote desaforado y desmedido, buscando un lugar donde hubiera agua que calmara el ardoroso fuego que le producía lo que había ingerido. Llegó a los oídos de Luna el chasquido del látigo, que en vez de detener al corcel lo encrespaba aún más. Era difícil distinguir sus gritos de miedo de los soeces improperios que voceaba.

Como un meteoro, el alterado caballo condujo al jinete hasta el pozo y a las artesas que había a la entrada de la misión para abrevar el ganado. Allí, el bruto alzó las patas traseras y, soltando un enérgico brinco, arrojó al mayoral por delante de su hocico, y este se golpeó la cabeza en el brocal del pozo.

El porrazo sonó bronco, y el cráneo, con la violenta sacudida, se partió en dos como un melón maduro, ante el estupor de los braceros y frailes. El desquiciado corcel bebió del agua con complaciente satisfacción y a borbotones, mientras agitaba nervioso su mole de músculo y huesos. Luego quedó rendido en la arenisca.

Nadie lo podía entender. El mestizo Elías Morillo era un experto jinete y el alazán muy dócil. Acudieron monjes, colonos y chiquillería, que se arremolinaron alrededor del cadáver. En medio de la confusión, Luna recogió su morral escondido en la cuadra y, tirando del brazo de Pequeño Conejo, cruzó las puertas de la misión sin que nadie lo advirtiera.

Sin perder un instante, corrieron hacia unos peñascos que ocultarían sus insignificantes figuras. La piel les ardía con el sol y vestían ropas mugrientas. Si algún franciscano o cualquier otra persona los veía escapar lo pasarían mal, pues podían atar cabos. La joven esbozó una sonrisa de triunfo. Su pecho ascendía y descendía como un fuelle, pero su valor no disminuía. El astro rey declinaba al otro lado de la colina que guardaba del viento el convento y una luz intensa teñía de rojo las nubes blancas y la espadaña de la iglesita.

Luna no sabía qué hora de la noche era, tras caminar sin descanso y sin detenerse una sola vez. Transitaron a través de los angostos pedregales, temerosos de que un chacal, un coyote, o lo que es peor, una manada de lobos, o un puma hambriento, los oliera.

Al ocaso vieron que el camino se les abría libre. No los habían seguido. Solo una barranca y un bosque de ocotillos los separaban de la vida o la muerte. Se ocultaron entre la maleza, bebieron agua y comieron pan cenceño con queso y se durmieron al instante.

La negrura del cielo dio paso a un tibio amanecer. Siguieron su camino con los pies ensangrentados y andar inestable, dispuestos a labrarse un futuro mejor entre alguna tribu amiga de la sierra. Seis días con parte de sus noches deambularon por los montes cercanos al desierto de Mojave, donde la joven demostró unas condiciones innatas para la orientación. Al séptimo día alcanzaron el poblado del Cañón Negro, de donde era originaria su madre, perteneciente a una de las tribus yumas del sur, los fieros mojaves.

La aventura que habían corrido los dos muchachos fue tenida como un milagro del cielo y fueron admitidos en el clan de Halcón Amarillo, el padre de Búfalo Negro, que se encargó de ambos huérfanos, considerándolos como hijos propios. La joven se adaptó a la vida india como el puñal a su funda, se rodeó de una fama de audaz y talentosa, y se convirtió en una atractiva joven casadera.

Luna rechazó varios matrimonios de rango, y el jefe, su padre adoptivo, la amenazó con cortarle la nariz, como era práctica entre los yumas. Demostrando el valor que poseía su espíritu, gritó airada:

—¡Deseo convertirme en una guerrera y ser tan valerosa como el más valiente de los hombres, por lo que me acojo al dictamen del padre Kwikumat!

Había apelado, siendo una mujer sin derecho alguno, a lo más sagrado, y los mojaves, supersticiosos y temerosos de los espíritus y de las deidades celestes, la temieron desde entonces. Ninguna joven, en muchos años, se había acogido a refugio tan respetable, solo propio de hombres. Los extraños hijos pródigos fueron acogidos desde entonces tanto por los hombres como por las mujeres del clan, y en menos de tres años se convirtieron en dos prometedores y temidos guerreros.

En especial Luna, quien en la época de caza apuntilló ella sola a un búfalo blanco herido, símbolo del astro rey para ellos, algo sorprendente en las indias mojaves e, incluso, clamando a los cielos, engulló el corazón chorreando sangre y parte del hígado del animal totémico. Los cazadores la aclamaron alzando sus lanzas y la temieron más que al rayo, pues hacía años que no cazaban un bisonte blanco.

Pero donde la antaño desamparada Luna demostró poderes casi sobrenaturales fue en la orientación y en seguir pistas, salvando de la muerte a varios jóvenes cazadores perdidos cuando practicaban el rito de la pubertad. Fue entonces cuando sus días de gloria alcanzaron el cénit, pues se fijó en ella el chamán de la tribu.

El Nana, el Gran Patriarca y hechicero mojave, proclamó en el Consejo:

—Luna Solitaria ha añadido valor y fortuna a la tribu. ¿Desde cuando no acorralábamos a un búfalo de color nevado? La he observado y esa muchacha ve vestigios de luz en los caminos que los hombres no ven. Es una exploradora avezada y un regalo de los espíritus, gran guía Halcón Amarillo.

—Posee el alma sabia del puma y la astucia del coyote —añadió el jefe.

—Y por sus venas parece correr no sangre, sino lava ardiente —replicó.

Aquel mismo año participó en sonadas escaramuzas contra partidas de comanches solitarios, donde evidenció virtudes como montar a caballo y lanzar cuchillos de obsidiana y hierro con destreza impecable y precisión matemática. Los rasgados ojos de Luna, del color de una laguna profunda, jamás dejaban escapar un destello de humanidad, y cortó más de diez cabelleras.

Después, un robo de caballos comanches en Palo Cercado le confirió a Luna un lugar señalado en el poblado y alguna vez fue invitada a algunas deliberaciones capitales de su clan adoptivo. Silenciosa, capaz, implacable y retraída, fue admitida sin ambages en el Consejo tribal.

El patriarca, Nana, por ser tan clarividente, providencial y aguerrida, le encargó que organizara en los solsticios las Danzas de las Scalp o de las Cabelleras, en las que se producía la meditación secreta entre la madre y el hijo por nacer. Era un altísimo honor, únicamente concedido a mujeres sabias y ancianas con altos poderes en la tribu. Y, entre escaramuza y escaramuza, defendió en el Consejo que el código moral de la nación yuma residía más en las madres que en los padres, así como la honradez de la tribu y la pureza de la sangre. Y fue oída por todos los miembros de la tribu con acato y deferencia.

Las mujeres, temerosas de sus virtudes, la admiraban, y los guerreros la respetaban. Se vestía de un modo extravagante e insólito para las mujeres mojaves, que solían cubrir sus piernas y muslos con largas guedejas vegetales y apenas envolverse el pecho. Ella vestía una corta túnica de piel de antílope, calzaba unos botines de punta alzada y se cubría con un poncho al estilo chiricahua, costumbre adoptada en la misión española, donde los indios se abrigaban del frío con aquella prenda sureña.

Peinaba sus largos cabellos, de una tonalidad negra azulada, con una raya en medio del cráneo y en dos trenzas perfectas, que adornaba con dos aros esmaltados de gran belleza. Sus pómulos salientes, piel broncínea, boca grande, rostro ovalado con un hoyito en la barbilla, dientes uniformes y blanquísimos, ojos rasgados y nariz pequeña hacían de Luna el mejor ejemplo de la hermosura de la mujer yuma en el que se miraban niñas y jóvenes como en un espejo.

Aquel amanecer, el guerrero que se conducía como el jefe del grupo reunido en la cueva, y que atendía al nombre de Tatanka, Búfalo Negro, reclamó la atención de sus hermanos de sangre:

—Escuchadme en nombre del Gran Espíritu —los conminó inflexible.

Envalentonado por la popularidad de la que gozaba en su clan, hacía un año que había desempolvado de la tradición yuma, cocopah, mojave y havasupai, una hermandad guerrera secreta, aunque perdida en el polvo del tiempo. La habían creado sus antepasados durante las luchas contra los comanches llegados de las Montañas Negras, y solía aglutinar al grupo más fiero y brutal de los guerreros de sus respectivas tribus y clanes yumas.

Su grito de guerra en lengua mojave era «*Ini son!*», el trueno viene de las estrellas, y el nombre de la asociación no podía pronunciarse, salvo en las ceremonias sacras a las que eran convocados por el chamán para luchar en el anonimato contra el enemigo común. Y si antes habían sido los comanches sus objetivos, ahora eran los blancos y en especial los frailes de las misiones hispanas y quienes vivían en ellas, mestizos, criollos y mexicanos.

—Al guerrero yuma no se le conoce por su nombre, sino por sus acciones. Y de vosotros espero lealtad, contundencia y eficacia —les exigió.

Alguno había pasado la noche al raso para llegar a tiempo y se frotaba las manos con la efímera candela. Búfalo Negro se felicitó por los dos asesinatos perpetrados por la secreta hermandad en la misión de San Gabriel, llevados a cabo por Pequeño Conejo, al que alabó por su aseado y espectacular logro.

Sin dilación les señaló a algunas víctimas más a abatir, que ayudarían a crear un estado de conflicto permanente con los invasores hispanos, el gran objetivo de los jefes de la nación yuma. Aquellas tierras eran suyas.

—¡Hermanos! Hemos acudido aquí porque Kwikumat, nuestro creador, me ha iluminado y porque Pequeño Conejo debe ser recompensado por sus dos meritorias acciones. Y, como siempre, apelo a la sangre común y a vuestro valor.

Se inclinó y, en actitud devota, rezó al Gran Espíritu, que no solo era un dios supremo para los yumas del norte y del sur, sino la savia que recorría el universo todo:

—Oh, sol, lluvia, niebla, luna y estrellas, allanad nuestro camino para que logremos alcanzar la colina de la libertad del pueblo yuma —oró con los brazos extendidos—. Insectos que socaváis la tierra, os suplico que nos oigáis. A vuestro seno ha llegado un nuevo viento. Allanad el camino de las colinas que pretendemos alcanzar.

Pequeño Conejo hincó en tierra una de sus rodillas, y se lo agradeció con su media lengua. Búfalo Negro le colocó en el cabello las dos plumas negras del valor que harían que en la tribu fuera tenido como un valeroso guerrero. Luna soltó unas lágrimas de regocijo.

—Mi espíritu, Búfalo Negro, ha logrado al fin la venganza ansiada —dijo. Y exultante se fundió con su hermano en un abrazo fraterno e intenso.

Bebieron todos mezcal en franca camaradería y compartieron una pipa de hierbas alucinógenas, que los condujo a mundos insospechados en los que perdieron la cognición. Y hasta Luna percibió que se acoplaba en unión marital con uno de ellos que había adoptado la forma de un bisonte de pelaje negro. Al despertar, no sabía si aquello había sido real o lo había imaginado.

Salía el sol y el jefe de la fraternidad dijo:

—Un nuevo misionero habrá de morir para seguir reforzando nuestra causa. Los grandes jefes de nuestra nación así me lo piden. Hablaremos de los detalles en la Luna de la Cosecha, cuando volveremos a reunirnos. El lugar será el Bosque del Antílope.

La germinación del astro solar no decepcionaría a quien la observara desde la boca de la oquedad, como hizo Luna Solitaria al abandonar la cueva y desperezarse. Contempló embelesada el horizonte y, si la felicidad era para ella ver el mundo según sus deseos, lo había conseguido plenamente. «El paraíso en la tierra está sobre un caballo, bajo la lona de una tienda de piel de búfalo, y junto al corazón de un guerrero esforzado», reflexionó, y miró con ojos de pasión a Búfalo Negro.

Los miembros de la hermandad india se separaron unos de otros, como si se desengancharan de un cactus espinoso. En silencio, Luna se irguió sobre su caballo y llamó a Búfalo Negro y a su hermano.

Regresaban al poblado con los fusiles alzados y en alerta, hacia el río Gila. Olían cualquier humo y se detenían ante cualquier huella. Descabalgaron al encontrar un rastro de indios cupeños que habían colgado de los pies a unos cazadores furtivos extranjeros. Bajo sus mondas y requemadas cabezas habían encendido un fuego menudo, costumbre aprendida de los apaches, y los habían asado en medio de un tormento espantoso. Una negra bandada de cuervos y alimañas daba buena cuenta de sus sesos, ojos y orejas.

Dieron un rodeo. Soplaba el viento del desierto y a ras de suelo se alzaban los rastrojos de chaparrales secos que volaban, como dotados de vida propia, veloces como coyotes. La única resonancia que se oía era la de los cascos de sus caballos pintos. Remontaron el lecho de un valle pedregoso, hasta que, cerca del poblado mojave, oyeron a los perros ladrar.

Estaban en su hogar, donde crepitaban los complacientes fuegos de las ollas. Alrededor habían construido una tupida valla de cactus, viejas maderas y ruedas de carros, y estaban más seguros.

Imbuidos en la oscuridad del ocaso, sus sombras se desvanecieron.

EL CAPITÁN GRANDE

El porticado palacio de la Capitanía General de la Alta y Baja California se alzaba en medio de un destartalado poblado de casonas ocres y mansiones ornamentadas con escudos heráldicos. Monterrey, rendida a la brisa del Pacífico y sedienta del aroma de los pinos, sesteaba luminosa frente al mar.

El gobernador aguardaba en su despacho al capitán de dragones, Martín de Arellano, mientras observaba el paso de un carruaje que salpicaba de barro a las damas que paseaban por los pórticos de la plaza Real. Se le escapó un guiño socarrón mientras sostenía en la mano la carta lacrada de fray Daniel Cepeda traída por un correo, que, por su urgencia, había atravesado las peligrosas veredas y solitarios atajos de la costa.

La estancia distaba de ser fastuosa. Desde allí se apreciaban los tejados rojos y ocres, y las espadañas de las tres iglesias, que brillaban como astros. Solo el artesonado, la puerta y los postigos eran de madera noble. La luz intensa del estío del año del Señor de 1781 entraba a raudales por el ventanal iluminando las panoplias de armas, un busto del rey don Carlos III, un acero toledano, una gruesa alfombra y unos tupidos cortinajes. Un cuadro negruzco que representaba el Galeón de Manila presidía el despacho.

Don Felipe de Neve, gobernador de California, era un hombre que lucía con elegancia el uniforme engalanado de capitán general y las botas altas con hebillas plateadas. Conocido por su refinamiento y aire aristocrático, el militar gastaba perilla y pelo lacio de negro intenso, que aquel día no ocultaba con su habitual peluca blanca de crin de caballo, y bajo sus cejas chispeaban dos pupilas azules, indicadoras de una intuitiva inteligencia. Aseguraban que dormía poco y que fumaba con fruición puros cubanos de Vuelta Abajo, que nunca faltaban sobre su mesa.

Al entrar Martín de Arellano en el aposento, sus ojos destilaron consideración, e hizo gala de su proverbial cortesía. Era consciente de que no había un solo lugar en el virreinato de Nueva España, que abarcaba desde las selvas de Guatemala hasta Arkansas, que no conociera al afamado Mugwomp-Wulissó o Capitán Grande, como lo llamaban los comanches tonkawas, los siris, los wichitas y los yumas.

Vencedor en combate singular en las orillas del río Kicka, en Arkansas, del temible jefe comanche Cuerno Verde, el jefe que había sembrado la región de fuego, devastación y horror, don Martín era tenido en la frontera como un héroe popular. Los indios de cualquier raza sabían que los defendía de los rapaces administradores enviados por el virrey y por ese motivo se había convertido en el garante de la paz con los comanches guiados por el gran jefe Ecueracapa, el sabio anciano que tanto ensalzaba su amistad.

Tan temido como respetado, el capitán Arellano era un genuino hombre de frontera, duro, callado, tenaz, despiadado con el adversario y recto, sacrificado y contundente en las persecuciones de indios revoltosos que sembraban el terror en la raya hispana. Solía dormir en el suelo cuando salía de campaña, comía del rancho común y no consentía en beber una gota de agua más que cualquier otro.

Su aspecto físico resultaba inconfundible en las correrías por las praderas y en los fortines: larga cabellera castaña anudada con un lazo en la nuca, ojos grises y lobunos, nariz aquilina, boca ancha de hombre mundano, tez morena, barba recortada, patillas largas y finas, cuerpo fibroso y estatura vigorosa. Una cicatriz le asomaba por el cuello de la guerrera, recuerdo de un tajo recibido en una batalla contra los comanches de Nimirikante en un cruento choque en el río Nueces.

El uniforme azul y rojo de oficial de dragones y el sombrero de ala ancha con una pluma de halcón que gastaba eran sobradamente

31

conocidos en aquellos polvorientos páramos, jamás pisados por un hombre blanco. El dominio español pocas veces estuvo mejor representado en aquella parte del mundo como por los dragones de don Martín.

—Un soldado es algo más que el uniforme que gasta —decía a sus cadetes—. La disciplina, la lealtad y el valor son nuestra fuerza, caballeros.

Residía cerca del fuerte de Monterrey con su esposa doña Clara Eugenia, de nombre indígena Aolani, Nube Celestial, con la que se había casado en México años atrás, tras conocerla en Alaska durante una misión secreta ordenada por el filantrópico virrey Antonio Bucarelli.

Acostumbrado a enfrentarse a la muerte con frío desprecio, cruzaba los farallones de la Comanchería, Nuevo México, Texas y California a lomos de su caballo Africano, color azabache, o de Cartujano, un purasangre gris, tras las partidas indias que atacaban poblados y misiones.

Nada escapaba a la visión de Martín, que notó a Neve preocupado.

—Acomodaos —lo invitó sin más formalidades—. Tenemos problemas.

—¿Algún expolio comanche, coronel? —se extrañó.

Neve se arrellanó en su sitial, introdujo las manos en el fajín y mostró su ceño más severo. No se podía permitir una desolación más como la comanche, pero en el horizonte se cernía otra confrontación con las inquietas tribus del este.

—Lea vuesa merced esta carta, os lo ruego —dijo sin perder los estribos.

Arellano no ocultó su sorpresa y apretó sus labios mientras la leía.

—Se está perdiendo la dignidad en California y si esta vez andan implicados los yumas no es bueno para nosotros, gobernador —aseguró—. Pero no creo que el jefe Salvador Palma sea el instigador de esos asesinatos.

Por el aplomo de su voz parecía estar informado. Neve insistió:

—No me agrada que se asesine a personas pacíficas o a religiosos españoles con esa impunidad endemoniada y recurriendo a la profanación sagrada —protestó Neve.

A Arellano lo tenían desconcertado aquellos sucesos, y dijo pensativo:

—El gran jefe de la nación yuma, Palma, firmó un pacto de amistad con don Juan de Anza y acudió a Ciudad de México a refrendarlo en presencia del virrey. Yo estaba allí y siempre me ha parecido un indio leal.

—¿Y esas huellas del calzado y la máscara ritual? —preguntó Neve.

—Muchos indios de Arizona, California y Utah usan mocasines de punta alzada y también hierbas de efecto mortal para sus puntas de flecha. Y sobre la careta, hasta los mismos apaches y comanches usan máscaras parecidas en sus danzas sagradas. Habrá que investigarlo a fondo, mi coronel —opinó grave.

Neve tamborileó con sus dedos en la mesa de caoba y se interesó:

—¿Creéis que estos alevosos actos esconden un enfrentamiento futuro con el pueblo yuma? Supondría un desastre para esta provincia.

El capitán se acarició la corta perilla castaña y afirmó con la cabeza.

—Vuesa merced sabe que los indios yumas me respetan y me cuentan cosas cuando los visito —atestiguó Martín—. Es cierto que he encontrado señales de descontento en algunas misiones en mi última inspección.

El gobernador ensombreció su semblante. ¿Qué le ocultaba Arellano?

—Explicaos, os lo ruego. La presencia de España en las Californias gira alrededor de las misiones franciscanas. Esos yumas podrían cortarnos el Camino Interior y nuestra única salida para abastecernos sería el mar —receló.

El capitán de dragones esgrimió una sonrisa enigmática, y afirmó:

—Sabéis de mi amistad con fray Junípero, y cómo yo mismo alabo la caridad evangélica de los franciscanos, en especial en favor de los yumas. Tutelan tribus enteras regulando su vida y hasta cuándo deben acostarse con sus esposas, y exigen a los indios sumisión, trabajo y obediencia ilimitadas. ¡Demasiado sacrificio para unos hombres que hace solo unos años vivían libres en las sierras, praderas y valles!

—Son responsables de sus vidas ante Dios y de salvar sus almas.

A Arellano se le escapó su conocida contrariedad sobre el excesivo celo de los frailes. En un tono digno y hasta honorable, replicó:

—Han transcurrido tres siglos desde que el primer español holló con sus botas este continente, y el derecho de gentes ha cambiado, gobernador. No podemos imponerles nuestra fe de forma autoritaria, impedirles cazar y domar caballos y a mí pedirme que envíe mis dragones a perseguirlos para castigarlos o reprimir algún descontento interno. Esa no es nuestra labor, don Felipe.

—Estáis en lo cierto, don Martín. Haberles quitado el hambre y abrirlos a la fe en Cristo no los faculta para tiranizarlos. Corren otros tiempos, es verdad.

—Esos misioneros son los indiscutibles amos de California, coronel, y no se someten al poder real, protegidos por sus hábitos. Vi a algunos dragones haciendo labores de albañiles, leñadores y arrieros. ¡Resulta inaceptable! —dijo.

Con un ademán de asentimiento, Neve expresó que lo comprendía.

—Sé que es un secreto del Virreinato, y como secreto que es, no existe —reconoció—, pero sus cuentas tampoco son nada claras. El mantenimiento de los enclaves religiosos cuesta al tesoro público más de cincuenta mil pesos anuales.

—Han gastado el fondo que dejaron los jesuitas —adujo—. Las misiones franciscanas no son productivas. La solución pasa por fundar aldeas y poblados agrícolas y ganaderos y roturar nuevas tierras para colonos y nativos, pero al margen y sin la tutela de los franciscanos. Más riqueza para todos, pero manejada por el poder civil. Ese sería el remedio más eficaz, señor.

Neve ratificó con la cabeza. Siempre le había gustado la expresión vivaz y revolucionaria del capitán. Además, la solución le parecía acertada y viable.

—He concebido ese proyecto hace tiempo. ¿Y a quién pondríais al frente de esa operación colonizadora de California, don Martín?

¿Vos mismo? Estos territorios hay que hacerlos primero lucrativos y luego cristianos —opinó el gobernador.

Con un leve tono de negación y desafío irónico, Martín contestó:

—Ya realicé esa ardua labor en 1776 con el gobernador Anza, fundando San Francisco. Resultó una espinosa peregrinación partiendo desde Sonora. Cientos de millas soportando hambre, sed y ataques virulentos de los indios yumas y quemeyas, y conduciendo trescientos colonos con sus mujeres y niños por páramos, sierras nevadas y ríos embravecidos. Pensad en otro oficial, señor.

Neve no admitió el argumento, pero le pareció justo.

—Entonces, don Martín, ¿en quién pensáis como el más adecuado para estas nuevas fundaciones?

El capitán sometió su mente a una breve deliberación.

—Señor, el alférez Argüello es vuestro hombre —dijo sin pestañear.

El gesto adusto del gobernador aventuraba dudas sobre su elección.

—Aunque capaz, carece de experiencia. Pienso que quizá sea mejor el viejo Rivera —dijo.

Martín negó con la cabeza, e incluso denotó furia en su semblante.

—¿Os referís a ese carcamal de don Fernando de Rivera? ¿El que fue vicegobernador y se enfrentó a los yumas con un final infortunado?

—Sí, ¡el mismo! —corroboró el gobernador dubitativo.

Por su mirada misma, Neve comprendió que no apoyaba su opinión, pues en el presidio era tenido por un oficial intransigente, hosco y grosero.

—No comulgo con sus estrategias militares, es atrabiliario y hosco. Lo vi actuar en las misiones de San Gabriel y San Luis con los colonos y los indios yumas y serranos y carece de tacto y de la más mínima compasión. Es un hombre cruel e intolerante que siembra el descontento allá por donde va. Es un militar de una época pasada y obsoleta, gobernador —se opuso frontalmente.

—Pero es un organizador notable, y aunque hombre rocoso y tenaz, sabe cómo comandar una expedición y levantar un asentamiento. Bien, lo meditaré.

Mientras ponían en orden sus pensamientos, Neve sacó del humidor un puro, que encendió con una varilla de la chimenea. Olvidó el tema de las colonizaciones y volvió a poner sobre el tapete el espinoso asunto yuma. Pensaba que un enfrentamiento a gran escala con esa tribu podría ser algo remoto, pero no improbable.

—Y en cuanto a esos atroces asesinatos de San Gabriel, capitán, ¿cómo creéis que debemos afrontarlos? ¿Con precaución y cautela? ¿Con la fuerza?

—Veréis, coronel. El jefe Palma es taimado, pero también sagaz. Es un hombre de corta estatura, pero de los que hacen mucha sombra —repuso.

En el despacho resonó el eco de la cólera contenida del gobernador.

—¡Ese yuma es un asno y un hijo de perra! Nos traiciona cada día.

—Pero nos soporta y controla a su belicoso pueblo en nuestro beneficio. Y, algo crucial, nos deja paso franco hacia el Camino Interior, donde podemos suministrarnos, gobernador —repuso el soldado.

—¡Claro! Desde la llegada de los españoles sus familias comen, se visten, curan sus males y comercian con nosotros —le recordó Neve.

—Ahora es más fuerte y ha asumido las ventajas de nuestra cultura, pero no está dispuesto a perder más poder. Desea manejar él mismo el territorio, no los frailes misioneros. Ahí radica la esencia del problema. Las misiones le estorban.

—¿Entonces, capitán?

—Conozco bien a los yumas. Son libres como el viento y se rebelan cuando los sujetan con rudeza —razonó su opinión.

—Sin duda tenéis razón —reconoció, pues decididamente Arellano siempre se mostraba certero en sus razonamientos, y nadie como él conocía el universo indígena—. Bien, sin ofender a fray Junípero, cambiaremos el rumbo.

El gobernador le anunció su intención sobre el caso.

—Saldréis con un pelotón de dragones e investigaréis esos asesinatos, don Martín. Confío en vuestro buen juicio y discreción —le propuso.

No era una obligación agradable, pues el yuma era un enemigo invisible, que no daba la cara como el guerrero comanche. Aclararía el comprometido asunto con celeridad y regresaría al presidio militar lo antes posible, después de apaciguar a los monjes de San Gabriel. Con su voz viril, aseguró:

—Partiré mañana y os informaré al punto. Más parece la acción de un salteador, o de un demente, que un plan concebido para un enfrentamiento futuro entre la nación yuma y España. Andaré con ojo, señor.

—Que Dios os ayude, don Martín —le deseó Neve afablemente y pensó que, en un tiempo carente de héroes, aquel oficial era una excepción.

Cuando Arellano abandonó el despacho, lo hizo con la cordialidad que constituía una de sus máscaras de obediencia hacia un superior. Al día siguiente haría lo que más amaba: cabalgar con sus hombres por las praderas y sierras.

Se sentía encadenado por una fuerza grandiosa a aquella ruda tierra y a aquellos hombres salvajes y nobles, los dragones de cuera. Él sabría mostrarse conciliador con los yumas, pero la resolución del caso era una incógnita. La lealtad de antaño estaba desacreditada y puesta en tela de juicio, y pocas tribus de la frontera, salvo los apaches y comanches, se dedicaban a la tarea de mantener una paz duradera. En su fuero interno comprendía que la esperanza de hallar al asesino era ardua, pues el jefe yuma, Palma, no colaboraría.

Pero se consagraría al afán de dar con él en cuerpo y alma.

LA PRINCESA AOLANI

Turbadora, rebelde y exótica eran los epítetos habituales que le dispensaban los habitantes de Monterrey a la esposa de don Martín. De frente amplia, cuerpo bellamente moldeado, piel tersa de tonalidad ambarina, larga cabellera azabache, ojos grandes, oblicuos y rasgados y cejas como alas de cigarra, doña Clara era una beldad distinguida y arrebatadora.

Su nombre en dialecto augán, la etnia original de Alaska a la que pertenecía, era el de Aolani, Nube Celestial, aunque los monjes agustinos de Manila la habían bautizado con el cristiano de Clara Eugenia, credo que profesaba desde aquel día, aunque Martín sabía que, en secreto, seguía rezando a Kaila, su poderoso dios de los cielos.

Aolani poseía lazos de parentesco con las familias gobernantes de Guam, Tanag, Hawái y Filipinas. Princesa de la tribu aleuta, era hija de Kamehameha, reina hawaiana, y de Kaumualii, el cacique de Xaadala Gwayee y de sus archipiélagos, en la helada Alaska, donde España poseía un bastión de defensa como primera potencia europea llegada al Ártico.

Allí Arellano había conocido a Aolani cuando navegó, años atrás, en la goleta Augusta en una expedición que sirvió para iniciar relaciones comerciales con los norteños desde la isla de Nutka, muy por encima del paralelo 50°, jamás alcanzado por ningún occidental hasta al momento, y con los rusos e ingleses pisándoles los talones. España había tomado posesión de la isla, donde se había alzado un fuerte y su bandera ondeaba en su torreón. Nunca el Plus Ultra hispano se había expansionado tanto.

En Xaadala Gwayee, junto al abeto dorado, el sagrado *kiidk'yaas* de hojas beneficiosas, Clara y Martín se prometieron amor imperecedero, que sellaron en 1780, en la iglesia de San Francisco de México, apadrinados por el nuevo virrey, Mayorga, y la condesa de Valparaíso, su inestimable amiga.

Clara adoraba su nuevo hogar, pero deploraba no haber dado aún a luz al hijo que tanto deseaban después de haber perdido prematuramente a su primer retoño. En la casa vivían además dos seres inseparables de Clara: un sanglés-chino criado en Filipinas, de nombre, Fo, es decir, «agradable», un mocetón que su padre había dispuesto para su servicio personal, y la asistenta Naja, «hermana pequeña» en aleuta, amiga, confidente y segunda madre para Aolani.

Ambos la protegían, le hacían compañía y la asistían en las labores de la casa con una devoción y un celo que admiraban a españoles, criollos e indios. Cualquiera de ellos daría la vida por la princesa, a la que tenían por persona sagrada, según sus usos y creencias, pues Clara procedía de una casta de reyes y de mujeres sabias. Era además una mujer de gran corazón. Junto a la hija del capitán Rivera, Jimena, asistía a las familias más pobres de Monterrey y a los indios que habían elegido vivir en la capital, y velaba para que sus derechos no fueran violados.

Martín, tras dejar al gobernador meditabundo en su despacho, se dirigió primero al presidio militar para organizar la partida, y después regresó a su casa, una sencilla edificación de adobe y piedra con ventanas herradas, que constaba de varias habitaciones que olían a alhucema y a romero, amuebladas con enseres castellanos y ajuares de Alaska.

La llama de un flamero iluminaba la silueta de Clara, que, ataviada con un vestido color azafrán, el cabello recogido con peines de carey y la piel tan fina como el papel chino, parecía una virgen de altar cuando entró su esposo.

Besó en los labios a Martín, que la apretó del talle y le recordó que antes del almuerzo tenían tiempo para cabalgar hasta la orilla del mar, uno de los pasatiempos favoritos de la aleuta.

Hacía algo de frío, pero no se movía una hoja con el viento. Clara montaba a la amazona una yegua purasangre y Arellano su formidable caballo, Africano, un corcel de guerra temible. Por el sendero de arena amarilla que descendía a través de una hilera de cedros, pinos y mezquites, cabalgaron hasta el mar, cruzando los pastos abiertos del valle mientras oían el tañido de la campana del oratorio convocando al ángelus. Desmontaron cerca de la orilla, en un paisaje ondulante cubierto de hierba y margaritas donde ataron los caballos. Luego dieron un largo paseo por la playa. Se sentaron después al cobijo de unas rocas, donde la espuma del mar lamía los pies descalzos de Clara.

Las gaviotas lanzaban chillidos agudos buscando peces, y Clara apoyó su cara en el hombro de su marido. Era un lugar óptimo para descansar y platicar, ocultos a ojos ajenos. Martín parecía cansado, suspiró dos veces y se le cerraron los párpados, como si deseara dormir y olvidar lo que le aguardaba.

—Te noto inquieto. ¿Alguna preocupación, esposo? —preguntó mientras su pecho se alzaba y descendía al compás de la respiración.

—Eres capaz de penetrar en mi alma, aunque esté cerrada. Sí, estoy impaciente y malhumorado por tener que dejarte de nuevo. Debo partir mañana para la misión de San Gabriel a fin de aclarar dos muertes inexplicables que ignoro si anuncian una rebelión soterrada de los yumas. Un caso muy extraño.

Aolani aspiró la brisa del mar. La presencia de Martín era para ella vida, espíritu, aliento y protección. Una guerra como la de los comanches significó para ella dolor, angustia y desasosiego, pero su esposo era un soldado del rey con graves responsabilidades. Con gran fragilidad en la voz, le dijo:

—Se me cierra la garganta solo de pensar en que debes cabalgar tras esos salvajes y enfrentarte a ellos, querido. Son tan brutales como los comanches.

—No creo que estos actos conduzcan a una guerra abierta. Son hechos aislados, quizá consumados por un indio renegado. —Y el capitán le narró sucintamente los dos homicidios perpetrados en la misión.

Clara abrió sus rasgados ojos negros y movió las largas pestañas.

—¡Dios Santo! Es una acción sacrílega perpetrada en un lugar santo. En Alaska creemos que cuando una tribu despierta a la diosa de la furia, es que existen deseos de venganza que atizan los espíritus infernales.

—No te inquietes, Clara. Se trata de un caso solitario y sin sentido. Lo detendremos, se hará castigo público del perjuro y cesarán los desvelos.

—Eso espero, Martín. Conozco a Palma. Bajo su apariencia sumisa se oculta un oso dispuesto a saltar sobre las misiones y romper California en pedazos. Odia a los franciscanos, y si algo teme es solo a los dragones del rey.

—Nunca vi al gobernador tan intranquilo y alarmado, Clara.

Aolani aborrecía a los yumas walapales y a los yumas havasupais del norte del Colorado, que solían asaltar con ensañamiento a los clanes del sur de su tierra por la sola codicia de devastar y esclavizar. Pero existía un pueblo al que detestaba más aún: a los rusos. Comerciantes de pieles rapaces y crueles, habían tratado de forma vejatoria a su gente y amenazado a su padre el rey con la esclavitud. Por aquellos días habían aparecido en el horizonte más barcos sin bandera, y la princesa le desveló la alarmante primicia.

—Creo que a don Felipe el avistamiento de dos goletas rusas frente a las costas le preocupará aún más. Además de la San Pedro y la San Pablo, se han visto otras naves de mayor calado. California no está preparada para una guerra naval contra Rusia.

—Pero sí el Imperio —repuso el capitán—. Actitud insolente la de los rusos, no cabe duda. Veo que el conflicto que viví en primera persona se está enconando. Pero el capitán Chírikov es hombre de honor y amigo de la Corona española, y firmó una paz y un acuerdo comercial ventajoso, ante mí y el gobernador Anza —dijo el oficial.

Martín distinguió el tono de voz de su esposa. Estaba encrespada.

—Esos rusos desean más concesiones del rey de España, o atacarán.

—Nada me ha comentado Neve. Resulta extraño —dijo Martín.

Al pueblo aleuta de Aolani los rusos le habían infligido heridas morales y materiales sin cuento y con caprichosa crueldad.

—Conozco sobradamente a los rusos. Vienen a establecerse.

—¿Afecta esa presencia a los dominios de tu padre?

La mandíbula de la mujer estaba rígida. Sabía de lo que hablaba. La repulsión de Clara por los súbditos de la zarina era más que evidente. Lo que le contestó a Martín tuvo un tono casi profético:

—No directamente, pero su manifestación y vecindad en California resultarían aciagas, créeme. Forzarán a los nativos a arruinar los caladeros y a procurarles ingentes cantidades de pieles a precios irrisorios. Se romperá la armonía, pues son insaciables y no respetan nada. Recuérdalo, esposo.

Martín ni siquiera podía definir si sentía más temor por una sublevación yuma, por el asesino que andaba suelto o por la onerosa amenaza rusa.

Se quedaron en silencio, oyendo el rumor de las mansas olas. Clara no podía imaginar el mundo sin la presencia de Martín, y le sonrió. Por entre los ardorosos rayos de luz comenzaban a reunirse nubes nimbadas. Aolani miró a su esposo con ojos húmedos, como lejanos astros descendidos a la orilla del mar.

Martín acarició cada lustroso mechón de sus cabellos. Olvidando los avatares que los preocupaban, unieron sus manos. Durante un rato, solos ante la grandeza del Pacífico, las palabras se perdían entre los latidos desordenados de sus corazones. Una Aolani suspirante buscó el calor de Martín y abrió sus párpados pesados.

Regresaron atravesando las ruinas de un poblado de indios salinan y siguieron cabalgando por unas colinas sembradas de sauces y melocotoneros que rodeaban la capital de California. Desmontaron, ataron los caballos y entraron sudorosos en la casa. Clara pensaba en la conversación que había mantenido con su esposo, en el futuro nada halagüeño dominado por la guerra que podía romper su mundo familiar en pedazos. Se le encogió el estómago ante la posibilidad del despertar de otro conflicto en el que pudiera perder a Martín.

«Unos u otros, yumas o rusos», pensó Clara y frunció el entrecejo, «van a poner California patas arriba».

La tarde aún era cálida.

LA LUNA DE LA COSECHA

EN LOS PRIMEROS DÍAS DE LA LUNA LLENA DE SEPTIEMBRE,
LOS YUMAS COSECHAN EL GRANO TRAS
LA CAÍDA CREPUSCULAR DEL SOL

Búfalo Negro había elegido a su víctima y reunió de nuevo al grupo.

La primera mañana de la luna plena presentaba un cielo violáceo y, como habían convenido, los siete miembros de la fraternidad guerrera yuma de los Rostros Ocultos renovaron su juramento de fidelidad y afirmaron, ante él, que lucharían por el pueblo como pumas heridos por la flecha.

El celo de sus compañeros conmovió a Búfalo Negro, que juntó sus manos con las de sus fieles amigos. Encadenados por la fuerza misteriosa de defensa de sus tribus, componían un grupo de elegidos de pletórico valor aunque de dudosa disciplina, pero resistentes, con fe ciega, una encarnizada y sanguinaria forma de ver el mundo y dispuestos a dar la vida por la nación yuma.

Ávidos de matar, secuestrar, torturar y devastar, eran soldados temibles que añoraban un levantamiento contra los opresores blancos. No obstante, algún jefe de sus respectivos pueblos los había tachado de insensatos. Pero no podían negarlo, también deseaban rescatar a sus dioses, huir del control español y defender las tierras de sus ancestros, y por eso los dejaban hacer.

Liderados por Búfalo Negro, componían la cúpula de la hermética fraternidad punitiva yuma y lo hacían en la clandestinidad más absoluta. El taimado jefe había ideado también una fórmula para estar permanentemente informado de cuanto ocurría en aquella parte del territorio guardado por los temibles dragones del rey, a los que no podían oponerse frente a frente.

Para ello Búfalo Negro utilizaba a falsos hermanos cristianizados, braceros itinerantes, muchachas aguadoras, vendedoras de melones y ciruelas y a niños pedigüeños que transitaban los caminos y recorrían las misiones para escuchar cuanto se decía y acontecía en los mercados, iglesias y posadas hispanas.

El líder estaba plenamente satisfecho con la efectiva máquina informativa y asesina que había conseguido crear, y aunque el jefe natural de su tribu, su padre, Halcón Amarillo, se mostraba reticente con sus acciones, le interesaba recibir noticias de los movimientos de los dragones presidiales. Era cuestión de poder, y se vanagloriaba. Su labor era sopesar y evaluar, y luego clavar el puñal en el sitio más certero. Cuidadoso de la respetabilidad que representaba en su tribu, Búfalo Negro oró hacia las copas del tupido bosque de abedules, donde trinaban los pájaros, lejos de la atención de cualquier cazador o caminante.

Búfalo Negro, que no había cumplido aún los treinta años, tenía los músculos nudosos como raíces de sauce, la piel picada de viruelas como minúsculos volcanes en su rostro atezado, cabello áspero y nariz chata. Destacaban las escarificaciones provocadas en la frente, la nariz, el cuello y los brazos, hechas a modo de tatuajes con espinas de cactus y púas de rosas.

Ataviado de forma andrajosa con pieles despeluzadas, plumas en la cabellera y chaleco de piel de puma, amedrentaba por su feroz aspecto. Llevaba en una mano un fusil francés y en la otra una mortífera hacha.

Los sentimientos de Luna Solitaria y Pequeño Conejo hacia él habían evolucionado con el tiempo: lo idolatraban por su arrojo indomable y porque había plantado la semilla de la insurrección y la violencia frente al invasor extranjero, al que tan bien conocían tras su estancia y huida de la misión de San Gabriel.

La muchacha no le tenía miedo a pesar de su ferocidad, y aún recordaba el valor que demostró en el ritual iniciático que la nación yuma llamaba *okipa*, al que asistieron los grandes jefes, Salvador, Ignacio y Pedro Palma.

Búfalo Negro permaneció sin comer, beber ni dormir durante cuatro días seguidos aislado en una choza, sometido a una mortificación rigurosa. Cuando salió de su reclusión, Nana le habló con su voz quebrada:

—Joven guerrero, esperanza y escudo de nuestro pueblo. En el enclaustramiento has logrado la catarsis de tu alma. Has tenido tiempo de cavilar sobre la vida y la muerte, la comprensión del otro lado de la realidad y del conocimiento. Con el silencio, el ayuno, el sacrificio, el dolor y el aislamiento, has renacido a una nueva vida. Has traspasado el angosto pasadizo del dolor extremo y alcanzado la impecabilidad y arrojo del guerrero yuma.

Entonces lo había despojado de su taparrabos y le había dado a beber en una calabaza el mezcal que debía tomar comedidamente, o entraría en un estado de locura. Desnudo, escuchó el silbido del viento que retumbaba en sus oídos y se envolvió en su propia soledad e insignificancia. Antes del alba, los hombres habían alzado una vasta tienda, donde se reunió todo el clan, con una hendidura orientada al este, por donde se colaban los dorados haces del sol, y un mástil central del que colgaban largas tiras de cuero de búfalo.

Nana se puso frente a él, le practicó dos tajos con un cuchillo de obsidiana en el pecho y en ellos introdujo dos espigas de madera de cedro que ató fuertemente a las tiras de cuero colgantes. Varios hombres las tensaron, tirando del pecho del guerrero, al que obligaron a ponerse de puntillas tras estirarlas con fuerza. Su dolor debía ser intenso, demoledor. Lo suspendieron con los pesos atados a las piernas, hasta que el joven casi perdió el conocimiento.

El iniciado sobrellevó con entereza tan atormentada postura más de una hora, mientras su cuerpo ensangrentado daba vueltas y vueltas con los pectorales a punto de escapársele del torso. Si aguantaba, habría mostrado su fuerza y el beneplácito de los espíritus. Los demás cantaban himnos antiguos con voz debilitada, y Búfalo Negro hacía sonar un silbato de arcilla prendido en los labios, siempre procurando mantener la tensión sobre la zona herida y echando el cuerpo y el rostro hacia atrás. Tras el atroz tiempo de tortura, la piel del joven terminó por desgarrarse, poniendo fin al terrible ritual y haciéndole caer al suelo apelmazado envuelto en sudor.

45

Si hubiera renunciado a seguir con el tormento, habría caído en desgracia en la tribu y se habría convertido en objeto de escarnio y burla de por vida, debiendo a partir de entonces vestir ropa femenina, acarrear leña y preparar la comida. Y las propias mujeres, incluso su madre, le habrían infligido el peor de los tratos.

Los fragmentos de su carne arrancada fueron ofrecidos al Gran Espíritu para que con su fuerza lo protegiera durante su existencia. Nana lo levantó del suelo y le dio a beber agua fresca en una escudilla de barro.

—¡Joven guerrero, desde hoy perteneces a la Orden del Sol de los yumas y mojaves! No defraudes a tu pueblo con acciones indignas, o Kwikumat, el Gran Espíritu, te castigará con la ceguera eterna —lo advirtió Nana, que siguió con un canto que acompañó con sus sonajas—. Ahora sé que el Poderoso está contigo, que te ha visto sufrir y que ha escuchado tu canto veraz.

—Nana, me siento renacido —le contestó el iniciado.

—No olvides que los auténticos guerreros no se humillan ante nadie, y defienden a su pueblo hasta la última gota de sangre —le recordó, severo.

—Así lo haré, hombre medicina —balbució Búfalo Negro.

—Hasta hoy has llevado el nombre de niño que te impuso tu padre al nacer: Dos Coyotes. Hoy, y debido a tu valor, tienes el privilegio de cambiártelo. ¿Lo has decidido ya?

Se hizo un respetuoso silencio mientras al joven le chorreaba la sangre por el torso, el vientre y las piernas. Con voz queda, manifestó humilde:

—Noté que mi espíritu se elevaba por encima de las nubes, los colores de la naturaleza eran más vivos y contemplé el mundo de forma distinta. Había veces que veía ante mí a un búfalo enorme que me traía agua en una vasija, y a un águila que alzaba sus alas poderosas con una torta de maíz con melaza en sus garras, y unían su alma conmigo. Por eso deseo llamarme Búfalo Negro de aquí en adelante, sabio hombre medicina, si mi padre accede —rogó.

—Sé que tu prueba ha sido aterradora, pero también mágica y gustosa.

—Sí, Nana, pero me he transformado con la meditación y la privación y he aprendido a moverme en la noche como un jaguar, a no sentir miedo de mostrar mis emociones y a poseer un control absoluto sobre mis angustias.

—Ser guerrero de tu pueblo es un acto de brío y tenacidad, hijo mío.

—He comprendido que el sometimiento a una tenaz austeridad me ayudará a mantener el cuerpo y la mente siempre prestos para el combate. Mi espíritu se ha hecho más humilde.

—Tu animal totémico te ha enseñado verdades prodigiosas que nadie creería, te ha mostrado otras realidades, otras existencias asombrosas. Esto significa tu muerte y la resurrección a una nueva vida de guerrero. Practica la piedad con los más débiles de tu pueblo, aprende a presagiar el devenir del mundo y a aguardar una vida después de la muerte —repuso el chamán.

La comunidad oyó el lejano retumbar de la tormenta en las cimas de las montañas del desierto de Mojave, una de aquellas en las que los rayos llegaban a desintegrar las rocas. Era el signo esperado. El Bisonte Blanco estaba satisfecho con su penitencia.

Búfalo Negro estaba demacrado y sin apenas fuerzas. El patriarca le preguntó por dónde le había penetrado el espíritu del búfalo, y le contestó que por la nariz. Inmediatamente, uno de los chamanes perforó sus orejas, la nariz y los labios con un punzón candente y los traspasó luego con huesecillos de águila. Era la última prueba, que soportó impávido.

Le dieron a beber de nuevo un trago del mezcal pastoso y agua, pues sus fuerzas habían disminuido, y unas náuseas atroces le ascendieron por la garganta.

Luego se hizo la nada en la mente del nuevo Búfalo Negro, y cayó al suelo. Al poco, al salir del sopor, superadas todas las pruebas del ceremonial de iniciación, le sonrieron todos y se felicitaron dándose las manos y entregándose a un festín gustoso y agitado que acabó en una anárquica bacanal. Su madre le lavó las heridas con agua de pita y yuca, y su padre le regaló un precioso escudo hecho con sus manos, que simulaba la cabeza de un bisonte, una rodela, unos mocasines de piel de jaguar y una lanza con punta de obsidiana.

47

Desde aquel día la tribu supo que sería su jefe en un futuro no lejano.

Los siete guerreros convocados por Búfalo Negro se sentaron en círculo en un calvero, con la sola presencia del rumor de las ramas de los abedules, el canto de las cornejas y el bisbiseo de algún roedor que buscaba nueces. Era el mes de julio. Búfalo Negro clavó su lanza en el centro y se dirigió conminatorio a sus leales:

—Ha llegado la hora de un nuevo desquite, y en la Luna del Antílope el pueblo yuma se vanagloriará de su valor e indómita fuerza.

Luna, siempre inquieta, preguntó a Búfalo Negro.

—¿Se producirá entonces el levantamiento?

—Algunos jefes son reticentes, pero nosotros agitaremos el avispero.

—Estas tierras arderán pronto por los cuatro costados —aventuró Zorro Rojo—. Los hombres de tez pálida desaparecerán.

—Muy pronto, los que se enriquezcan serán los yumas y mojaves, y no los blancos. Las tierras que nos han arrebatado volverán a sus dueños legítimos —consideró Cuervo Sentado, que había enrojecido de furor.

Las miradas se concentraron en los labios del líder.

—Anoche tomé el elixir sagrado con Nana y con mi padre, y el dios supremo me habló claro y rotundo —reveló misterioso.

La joven Luna Solitaria, que temía la voz de los espíritus, le preguntó:

—¿Te ha dicho Kwikumat que la tierra pertenece a todos los hombres? Debes hablar con claridad para que te comprendamos, Búfalo Negro —le exigió.

—¡Claro! Y está muy enojado con nuestro pueblo. Sabe que estamos siendo dispersados hacia el este y el sur, y llora con amargura, y así se lo avisan el aliento del coyote y el rugir del puma. Los soldados y los padrecitos blancos, con el subterfugio de educarnos en su religión, simulan protegernos y apenas si logramos espantar el hambre de nuestras mujeres e hijos en los poblados donde nos han llevado con falsas promesas incumplidas —dijo Búfalo Negro.

Luna, conocedora de primera mano de las prácticas de los frailes, opinó:

—Lo que buscan de nosotros en las misiones es sumisión y brazos fuertes. Nos someten a vejaciones injustas para un yuma, mojave, havasupai o cocopah.

Se refería a los asentamientos interiores de Xuksil, Matxal, Palo Verde, La Concepción, San Pedro y San Pablo, dirigidos con dudosa eficacia por unos monjes cicateros y un alférez sin experiencia ni tino en el trato con los indios que había levantado el descontento en el territorio y enojado a los yumas.

E impresionada por la comunicación celeste, preguntó:

—¿Oíste la palabra de nuestro Ser Creador, Búfalo Negro?

—Sí, y me reveló: «¿Qué queda del valor de antaño de tus hombres?». Pero somos un pueblo gallardo. El padre Kwikumat nos ha enviado enfermedades para las que no tenemos nombre y la nación sufre porque solo anhela vivir en el país que la vio nacer. Eso es todo lo que pedí. No deseamos trabajar para los padrecitos y soldados y sus barrigas insaciables. Toman lo que quieren sin pedir permiso. Por eso pienso que es mejor morir por nuestra nación.

—¿Y qué hemos de hacer ahora, Búfalo Negro? —inquirió Luna—. Ardemos en deseos de emprender una nueva incursión y sembrar el miedo.

El guía del grupo se apuntó su cuchillo contra el pecho y se hirió.

—Por la sangre de mi cuerpo os digo que no nos rendiremos. He resuelto que la sangre de un padrecito o misionero corra otra vez por el río. ¡Acercaos! —Y les mostró una tela pintada que mostraba detalladamente las rutas que seguían los misioneros mendicantes por el territorio yuma—. Mirad esta tela, aquí os señalo algunos objetivos errantes que debemos seguir. —Y les indicó con el cuchillo ensangrentado conocidos lugares de ventas, ermitas y ranchos habitados por blancos.

A Luna se le escapó un grito de incredulidad.

—Ponme a prueba a mí, Búfalo Negro —le rogó con feroz gesto.

—No, Luna, ese es un trabajo para él, para nuestro hermano Kangistanka, Cuervo Sentado. Él sabe rastrear como un zorro y pasar inadvertido en aldeas y misiones españolas. Tú levantarías sospechas.

El elegido le besó los pies al líder. Trazaron el plan de la nueva empresa punitiva y conversaron sobre la rebelión.

—Bien, hermanos, nos reuniremos aquí mismo el primer día de la Luna de los Cazadores y tal vez tengamos que convencer a algún jefe reticente. Pero le presentaremos una cabellera sangrante de más de un misionero despreocupado.

—Os la traeré y quizá alguna más. *Ini-son!* —gritó Cuervo Sentado.

Sus hermanos de hermandad lo animaron y exhalaron su aliento en su cara para insuflarle valor y desearle el favor de los espíritus. Él los abrazó.

El taciturno Cuervo Sentado ya se veía con la pluma negra del valor en su cabeza. Repartieron las tortas que sacaron de su *parfleche*, el cesto de mimbre y papel pintado repleto de provisiones, y las recubrieron de miel. Búfalo Negro, atento a cualquier movimiento, observó que el centinela de su poblado, que estaba envuelto en una manta en un risco, encendía una señal de humo arrojando un puñado de polvo de piedra de magnesio para advertir de que los cazadores partían a los territorios de caza y que su presencia era necesaria.

Pronto se oyó el piafar de los caballos y los ladridos de la jauría, y los siete guerreros se unieron a la expedición del cerco de presas, que a la postre resultaría pródiga para alimentarse durante semanas.

Antes del mediodía regresaron los cazadores, con Luna entre ellos, transportando en la *narria*, los palos largos atados al cuello de las monturas, siete antílopes. Uno de los guerreros más veteranos, que lucía una cicatriz en la frente, añadía la cabellera de un indio cupeño que había osado entrar a pescar en territorio yuma, y quién sabe si a robar caballos, su práctica más repetida.

Búfalo Negro sacó de su escarcela una pasta de color negro y le embadurnó completamente el rostro. El regreso al poblado resultó apoteósico.

Nana, al verlos llegar, entre el regocijo de los niños y las mujeres, gritó al cielo:

—¡Ahora sé que la voz humana puede llegar a ti, pues mis plegarias han sido recibidas! Tirawa Atius, escucha la voz de los yumas y mojaves. Solo sé que la abundancia ha llegado, hijos míos.

Aquel día por la tarde el gran jefe dispuso una competición de *lacrosse*, en la que Pequeño Conejo y Búfalo Negro eran consumados expertos. El juego, en el que participaban solo los hombres, consistía en impulsar una pelota de piel y pelo de gamo e introducirla entre dos estacas adornadas con plumas de colores. La partida vencedora gozaría de las atenciones de las jóvenes mojaves.

Era su tierra, donde vivían en paz y la defenderían hasta la muerte.

En el banquete y tras las danzas, Luna observó a Cuervo Sentado que gesticulaba, más que hablaba, con Búfalo Negro sobre la misión que se disponía a ejecutar, y que aquel asentía con la cabeza, en señal de acatamiento. A la joven no le parecía una buena elección, pero para animarlo se situó a su lado y le dijo:

—No olvides que los yumas somos un pueblo de fuego.

—En poco tiempo regresaré con mi cuchillo cubierto de sangre blanca.

El aire que oreaba aquella noche era fresco y opacamente espeso.

EL VUELO DEL ÁGUILA

El capitán de dragones, Martín de Arellano, decidió cambiar el rumbo.

Con la luz auspiciadora del alba, el pelotón abandonó el presidio de Monterrey. Ordenó a su sargento mayor, Sancho Ruiz, y al explorador apache, su inseparable Hosa, Joven Cuervo, que lo precedieran y tuvieran los ojos bien abiertos. Debían cabalgar más de veinte leguas y precisaba de rastros fiables de la presencia de Salvador Palma y de su tribu errante, y de la situación exacta de dónde invernaba el jefe de los comanches, tonkawas y wichitas, Ecueracapa, del que deseaba solicitar consejo, como si se tratara de un padre reflexivo y sabio.

Hosa, su ayudante indio, era un cabo de la tribu apache lipán, aliada de los españoles desde hacía un siglo. Destacaba por su piel cetrina, cabellos lacios, ocultos bajo un sombrero de ala ancha, dentadura lobuna, ojos pequeños y estrábicos y cuerpo fibroso, y además poseía un don natural para seguir pistas.

Era sobrio, callado y sagaz, y entregaría su vida por el oficial español, que había salvado a su tribu del odiado jefe comanche Cuerno Verde. Mascaba carne seca de búfalo y hojas de tabaco, que escupía a menudo, y parecía haber nacido del polvo de aquellos desiertos absolutos y desprovistos de todo accidente montañoso, pues se mimetizaba en sus pedregales.

La tropa que comandaba Arellano la formaban doce expertos

dragones, del cuerpo de los temibles jinetes hispanos de la frontera, caballeros entrenados en Sonora y Querétaro, inmunes a las necesidades corpóreas y a las agotadoras cabalgadas por las llanuras del oeste americano, por las que se desplazaban de dos en dos con su peculiar marcialidad guerrera. Espaderos temibles, artilleros y jinetes especializados, eran inasequibles al desaliento y al cansancio.

Vivían en los Presidios Reales alzados a lo largo de un territorio vastísimo de centenares de leguas en Texas, Nuevo México y California, bastiones de cuatro torres con herrería, arsenal de pólvora y cañones, cuadras, capilla y viviendas para los caballeros y tropas auxiliares, civiles e indígenas lipanes.

Conocidos en la frontera como los dragones del rey o de cuera, por el chaleco de hasta seis capas de piel que los protegía de las flechas indias, se uniformaban con la chaqueta, capa y pantalón azules ribeteados de rojo, corbatín negro, sombrero cordobés de ala ancha y botas altas con espuelas.

Blandían sus armas reglamentarias, la lanza larga, el acero toledano, adarga con el escudo de Castilla bordado, dos pistolas de chispa del calibre 72 y cartucheras. Pero lo que los hacía temibles ante las descontroladas hordas indias eran los mosquetes Brown Bess y los fusiles de patilla, el trueno más temible para mantener a raya a las tribus de las llanuras.

A menos de una legua, comenzó a caer una cellisca tormentosa propia del fin del verano, y se acoplaron los capotes y ajustaron los sombreros. Con las cabezas gachas, accedieron a las llanas praderas de las Montañas del Diablo, que estaban desiertas y solitarias, si acaso, traspasadas por algún coyote hambriento. Apretaron los borceguíes contra los flancos de los caballos que, con los brillantes ojos entornados y las crines ondeando al viento, bufaban exhalando un vaho caliente. Con el rocío, los mezquites del camino parecían moreras blancas.

Avanzaban a medio galope hacia la confluencia del río Colorado con el Gila, siguiendo el camino trazado por el mismo Martín y el coronel Anza años atrás. Tenían ante sí una semana de cabalgada y debían salvar los desfiladeros y los pedregosos caminos de las misiones de San Antonio y San Gabriel, donde la tierra se perdía en curvaturas requemadas por un sol implacable. Finalmente deberían llegar a las inmediaciones de San Javier, donde solían invernar los yumas del sur, y entrevistarse con el jefe y chamán Palma y sus hermanos.

Al sexto día de fatigosa marcha, entre los aullidos de los lobos y los pumas, atravesaron unos abruptos cerros, donde se escuchaba el silbido metálico del viento, hasta llegar a un riachuelo con las orillas salpicadas de cedros. Martín ordenó detenerse. Habían percibido el olor pútrido de dos mulas con sus arreos, abandonadas por acemileros que habrían tenido algún encontronazo con los yumas. Hosa, perdido su ligero cuerpo en el capote de piel, observó actividad tras una galopada en solitario:

—¡Mi capitán, un poblado yuma a menos de una legua! —le advirtió.

Avanzaron por el páramo en lenta formación y amartillaron los Brown. Rebasaron en alerta una llanura aluvial de arcilla roja, Barranca Seca, y se dieron de bruces con las primeras estribaciones del seco páramo de Mojave y con un campamento indio que, por la enseña que lucía, un águila disecada sobre un asta con crines de caballo colgando de sus alas, intuyeron que era el asentamiento de los Palma. Martín soltó las riendas, desmontó y ordenó desensillar, abrevar y acampar en el soto. Su caballo, el mediasangre negro Africano, le empujó con el hocico y Martín lo acarició.

Discurría la Luna de los Cazadores, llamada así por los guerreros yumas, que cazaban sus presas bajo la luz del astro menor. Por la noche se escucharon sonidos de tambores y flautas, y entre el fulgor de los fuegos los españoles divisaron las ramadas y parasoles de piel de búfalo bajo los que se cobijaban las familias indias. Olieron el tufo picante de los guisos de maíz, calabaza y guisantes y, exhaustos, descansaron en el sotillo.

Aquellos indios yumas conocían la civilización hispana desde hacía dos siglos, y se recordaba de generación en generación cuando fueron visitados por el conquistador Antonio de Oñate, a quien llamaban Hijo del Sol por su valor y cabellos rubios, por Hernando de Alarcón y por Melchor Díaz. Ya entonces se comprobó el valor estratégico del enclave yuma, pues posibilitaba el paso al norte del continente, por lo que su amistad se consideraba vital. Un siglo después fueron cristianizados por el jesuita padre Quino, a quien muchos recordaban con amor y devoción, pues como un padre los orientó en los beneficios del comercio con los blancos, la cría de ganado y la agricultura.

Eran enemigos cervales de sus hermanos cocopahs, que gobernados por el gran jefe Carlos, también cristianizado, habitaban la orilla opuesta del río Colorado, aunque por la cercanía de la estación habían descendido al valle de Mojave, donde cultivaban árboles frutales, calabazas, maíz y melones.

Al cobrizo amanecer, los perros ladraron al acercarse Martín con el sargento, Hosa y dos soldados, que traían talegas con azúcar, tabaco y cacao, de enorme aprecio entre los Palma. Un grupo de ancianos de largas trenzas blancas, que platicaban cerca de un osario, observaban a la tropa hispana con recelo y los ignoraron.

Niños mugrientos, desnudos y escuálidos, mozos desarrapados y mujerucas negruzcas y mal alimentadas, con chales de sucia lana sobre los hombros, salieron de sus chozas de cañas y los miraron a través de las cuencas hundidas de sus ojos, quizá aquejadas del escorbuto y la disentería. Su aspecto resultaba conmovedor. Pero aquellas desnutridas gentes se enorgullecían de haber vivido durante siglos en aquellos cañones, desiertos y altiplanos, y en el cruce de los ríos, donde calentaba el sol, había pesca y caza razonables y eran respetados por los comanches, navajos y apaches.

Salió a recibirlos el triunvirato del poder de la nación yuma en aquella extraviada parte del mundo: Salvador Palma, gran jefe, chamán y Orador Sagrado de la nación; Ignacio Palma, el Mantenedor del Fuego y jefe militar, y el Guardador del Poblado, el joven Pedro Palma.

Salvador, cuyo nombre nativo era Olleyquotequiebe, El Que Resuella, por su padecimiento de asma, tartamudeaba y a veces era difícil entender su castellano. Prefería su identidad española, y gustaba vestir para las ocasiones solemnes un viejo y desechado uniforme de dragón de cuera, con botones de cobre y fruslerías colgadas por todas partes. Se cubría la cabeza con un estrambótico sombrero de piel de puma, con dos alas de águila cosidas a los lados, que ocultaba su cabellera hirsuta.

En los antebrazos y en la cara lucía algunas cicatrices de heridas mal curadas, y portaba en su mano derecha el *coups*, un haz de plumas y unas garras de águila que le distinguían como hechicero u hombre medicina. Los indios le llamaban Kwaxotyuma, Hombre Auténtico, y yumas de todos los parajes cercanos acudían en busca de su ayuda.

Una corriente de desconfianza y sigilo mutuo planeaba en el ambiente. El capitán Arellano lo detectó de inmediato. Algo había cambiado. Calculó durante unos instantes las verdaderas intenciones de su contrincante indio y sopesó sus posibilidades de éxito. Salvador, zorro astuto, se adelantó y los saludó en tono cordial, aunque orgulloso:

—El pueblo yuma da la bienvenida al Capitán Grande, cuyo brazo alienta el Dios Hablante. Pasad a la tienda de los consejos —dijo, y lo invitó a un licor de nopal, que le sirvió en el cuenco de una calabaza, y un guiso de piñole, con harina de maíz, lagartos, ratones y saltamontes, que el otro degustó por cortesía.

Concluidos los agasajos, Arellano le reveló el motivo de su viaje y le narró con detalle los preocupantes e inaceptables asesinatos acaecidos en San Gabriel y también las quejas sobre su pueblo que habían llegado al gobernador Neve sobre el trato de los frailes y algunos alcaides blancos de los poblados.

En la faz oscura de Salvador sobresalían unas pupilas fieras y unos labios finos y prietos.

—Nos hallamos en paz con los hombres blancos —dijo—. Sois más fuertes que nosotros y vuestras armas superiores. Pero debes saber que estamos siendo confinados en pobres aldeas y expulsados de nuestras fuentes y manantiales hacia aguas negras y malsanas. Somos bravos y libres y nos defenderemos, pues para el invierno solo nos quedan ramas de mezquite que llevarnos a la boca.

—¿Me estás hablando de un levantamiento? —preguntó Martín.

—No, pero si nos condenáis a comer solo piñones y raíces de palmillas, es posible —replicó—. Somos amigos de los españoles, pero ahora se comportan como padres enfurecidos y se adueñan de las mejores tierras de labor. No ha de extrañarme que algún hijo de mi pueblo, llevado por la ira, haya deseado tomar la justicia por su mano, aunque he de asegurarte que no pertenece a mi tribu.

Martín lo aceptó. Lo creía, pero también sabía que era taimado y mendaz. Él conocía el dolor del pueblo indio, pero Palma exageraba.

—Salvador, yo nací en estas tierras, en Texas, y las amo como tu pueblo, pero el asesinato de unos hombres buenos e inocentes nunca está justificado, y el gobernador castigará esta ofensa con dureza, lo sabes bien. Si eres nuestro amigo, debes decirme cuanto sabes de este gravísimo asunto —le advirtió.

—¡No sé nada, capitán! Os lo juro por Wakantanka, que todo lo ve, y que me saque los ojos si miento, y que Cristo me condene en su infierno —aseguró convincente—. Pero yo me pregunto también, ¿y no castigará al alférez Isla, a sus soldados y a los frailes de San Javier por humillar y oprimir a mi gente, a la que tienen poco menos que esclavizada. ¿Es que desea que mueran de hambre? Esos hombres, súbditos de tu rey, también merecen ser castigados.

Neve no tenía noticia de esos abusos.

—Nada de esto se sabe en Monterrey. Cuéntame, Salvador —lo animó.

Martín sabía que el afable y bondadoso padre Garcés, amigo suyo, había permanecido en la misión de San Javier de Bac, la más cercana a Tucson, donde se alzaba un presidio militar y que, gracias a sus mapas, los españoles, con él y Anza a la cabeza, habían hallado un paso hacia el Pacífico. Recordaba que hablaba de los yumas como gentes ignorantes, festivas, rústicas e infelices, pero amables.

Martín adivinó que los dos nuevos asientos, La Concepción y San Pedro y San Pablo, alzados cinco leguas río arriba, eran los que concitaban las quejas de Palma.

—Nos obligaban a trabajar para las familias de los colonos blancos y los soldados, y con nuestro ganado teníamos que alimentarlos —se lamentó—. Don Martín, eso es un mal negocio y no lo aceptaremos.

Y relató que la expedición comandada por el irreflexivo alférez italiano Isla, el sargento De la Vega, el cabo Pascual y varios franciscanos, había fracasado rotundamente tras sus atropellos.

—¿Crees, capitán, que, con cien cabezas de ganado y solo quince familias blancas se puede hablar de un asentimiento próspero, como me prometió el virrey en México? El trabajo, y no sus frutos, es solo para nosotros. Ellos se han repartido las tierras húmedas del Colorado, las más fértiles del territorio, y nos han dejado a los yumas las más yermas. ¡Eso resulta inaceptable para mi pueblo, que se ve despojado de lo suyo! —dijo apesadumbrado.

Su hermano Ignacio abrió su negra boca y dijo con voz quejosa:

—Nos habéis obligado a renunciar a nuestra forma de vida y a trabajar duramente, y nos resistimos a esa odiosa obligación. La tierra que provee el Espíritu Kwikumat no pertenece a los hombres de ninguna raza. Nos doblegamos a ella como hijos fieles, no la forzamos, porque es nuestra madre y la amamos. Pero esos blancos de La Concepción nos obligan a odiarla.

A Martín le poseyó un penoso dilema, y meditó.

—No es admisible. Las tierras son de todos y por eso mi rey no os las arrebató, sino que os deja trabajar en ellas y comerciar en nuestras ciudades.

—Pero, Capitán Grande, algunos frailes y la milicia de San Javier han elevado la avidez a términos despóticos. ¡Decídselo al gobernador!

Pedro, el pequeño Palma, se removió inquieto y quiso hablar también:

—Y además, parece que los hombres blancos despreciáis los bosques llenos de vida, los manantiales y los animales que los pueblan. Solo veis en ellos provecho para vuestras bolsas y no la subsistencia de nuestros pueblos.

Salvador los mandó callar y se dirigió en tono seco a Arellano:

—La nación yuma desea ser libre. Que no nos traten como a niños. Deseamos comprar caballos y evitar la guerra, pero el alférez Isla, sus soldados y los hombres de Dios nos quitan el agua y los alimentos, nos acosan y nos someten a sus deseos. El gobernador Neve ha de conocerlo —se explayó.

Para el capitán, Salvador era un hombre persuasivo a quien España debía mucho. Había que contar con su amistad, pues controlaba el paso por tierra hacia la Alta California. Los Palma habían adoptado las costumbres españolas y criaban ganado, ovejas y cabras, cultivaban grano y árboles frutales en sus próvidas tierras, y los domingos comerciaban en los mercados hispanos, pero la idea de que los recluyeran en las misiones lejanas no los complacía. Eran espíritus libres.

Sabía que a Palma le gustaba la buena vida, las mujeres sumisas y que se mostraba risueño con ellas. Su figura de gran chamán y hombre medicina era muy respetada por las tribus yumas, tanto las del norte, las del Colorado, las del Gran Cañón y los maricopas del río Gila, que aparte de compartir sangre común, solían matarse entre sí por cualquier fruslería. Por eso necesitaba a los españoles, y ellos a él.

Aseguraban los ancianos que Salvador era capaz de convertirse en animal y trasladarse al otro lado del mundo, donde imploraba la lluvia y la caza. Amigo del padre Garcés, que había construido una choza y vivía como un ermitaño cerca del poblado de La Concepción, era el único contacto fiable para el virreinato. Había que tolerarlo, pues.

—Te comprendo y lo denunciaré ante el gobernador Neve, tenlo por seguro. ¿Pero me ayudarás a encontrar al culpable o culpables de los crímenes? Esos despropósitos no pueden quedar impunes, compréndelo.

Ante esto el otro cogió su cuchillo y simuló cortarse las venas.

—Que el Gran Espíritu me corte las manos si no lo hago, don Martín.

—Los tribunales del rey de España juzgan, y absuelven o castigan. Sin el miedo a la ley, la frontera sería un lugar anárquico. Hay que cumplir los códigos y conducirlo ante un tribunal. La justicia nos protege, gran chamán —le recordó.

El rostro renegrido de Palma no traslucía pesadumbre alguna. No le afectaban las palabras del capitán. Carraspeó secamente, miró a Arellano con severidad y aseveró:

—Por el Pájaro Trueno, vuelvo a asegurarte que ese asesino, o asesinos, no comen con mi gente. Te vi luchar en Ojo Caliente, Palo Cortado y en San Luis, y no mentiría ante un guerrero como tú, protegido por el Gran Padre.

—Los dos somos soldados. ¿Me aseguras que no se esconde aquí? ¡Habla!

Se revistió de una dignidad de la que carecía, y respondió molesto:

—¡Su vida no estaría segura aquí! Pero Salvador Palma abrirá los ojos y consultará a los espíritus cuando aparezca la Luna del Cazador. Te esperaré esta noche. No temo al hombre blanco, soy su amigo —dijo, y se exculpó cortés.

Su consejo de ancianos lo siguió obcecadamente. Los dragones volverían para oírlo de nuevo.

Un grupo de viejos, con las caras arcillosas y arrugadas, se sentó en las rocas que precedían a la empalizada, y como hacían todos los días, contemplaban el hermoso paisaje y las herbosas tierras que Wakantanka les había regalado. Un águila planeó sobre los graníticos cerros y la señalaron. Los espíritus del ave rapaz y del puma los protegían.

Con la rojez del ocaso cesaron los trinos de los pájaros, y Arellano, Hosa y el sargento Ruiz descansaron, distribuyeron las guardias, rezaron el ángelus vespertino y luego regresaron al reducto yuma para asistir al ritual pagano del Vuelo del Águila, con el que los chamanes indios aseguraban predecir el futuro y visualizar un pasado oneroso. ¿Hallarían en aquellas supercherías la identidad del autor de los crímenes? No lo creían, y Martín, menos aún.

Los fresnos que crecían en los arroyos proyectaban sus largas sombras sobre los tres jinetes, mientras un halcón, que había dejado de cazar, tornaba a su nido. Oyeron aullidos de perros e ingresaron en la seguridad del poblado. El oficial había encargado a Hosa que, mientras él platicaba con Palma, y como el apache era de un pueblo hermano del yuma, efectuara con reserva algunas averiguaciones entre los ancianos y jóvenes del pueblo. Nunca se sabía.

Penetraron en la tienda de la asamblea, y los Palma y su Consejo, cubiertos con las mantas rituales negras y amarillas, los recibieron con cordialidad. Plumas de guerra, cabelleras de enemigos y tótems multicolores adornaban las esquinas. Martín le había traído a Palma un mazo de cigarros de La Habana, pues sabía que había aprendido a fumarlos en la puerta de su tienda. Se lo agradeció.

Unas muchachas les ofrecieron mezcal, un aguardiente ardoroso, alubias en tortitas de maíz, carne de cabra que humeaba en una olla y una cazuela con manteca y granos de granadas, que colocaron sobre el suelo de barro apelmazado. Los hispanos, habituados al yantar indio, comieron con apetito.

Sonaron un tambor y unas matracas a un ritmo lento, y unos jóvenes pintados de rojo y con máscaras de cuero en el rostro guarnecidas con crines de caballo iniciaron la danza a punta de talón alrededor del fuego, la más mística, para convocar a los espíritus y no asustarlos. Lo hacían en zigzag, formando una estrella para ahuyentar lo nocivo y perverso.

Un hombre de cara tatuada encendió una pipa bellamente adornada y quemó hierba dulce. La pasó a los componentes del círculo, entre los que se hallaban los españoles, que fumaron con naturalidad y respeto.

—¡Oh, sol; oh, trueno; oh, Kwikumat, que los caminos de los yumas sean siempre rectos! —rezó el anciano—. ¡Oh, jefe de los yumas y Sanador de Cuerpos! Contempla nuestros actos como el águila, desde las alturas, mientras tus guerreros cantan el himno de Wovoka, el sagrado *piute*, el mesías, el sabio que regresará para devolvernos las praderas de caza inextinguibles.

Un viejo encorvado y reseco, ataviado con una camisa blanca, se incorporó y entregó a Salvador una escudilla que exhalaba un tufo penetrante y acre. Palma se echó hacia atrás, pero la bebió de un trago, no sin cierta repulsión. Un chorro del bebedizo le cayó en las medallas y abalorios de la chaqueta. Sancho Ruiz lo olisqueó y murmuró preocupado al oído del capitán:

—Reconozco esa pócima. Es *yagé*, como la que usan los chiricahuas y mexicas para explorar lo desconocido. La llaman el elixir del alma. Esto acabará en un despropósito. No os fiéis.

—Lo sé, Sancho. También lo utilizan los apaches. Parece ser que los conduce a una experiencia liberadora y los lleva al inframundo. Veamos en qué concluye esto —dijo precavido.

Se percibía miedo en algunos semblantes, pues se corría el riesgo de que el que la bebiera no volviera a la vida, y los dragones lo sabían. El mutismo se interrumpió por el ronco canto de los danzantes, que convirtió la escena en pavorosa para los hispanos. Palma comenzó a sudar. Sus miembros se tensaron y luego se aflojaron, laxos, como sin pulsos. Sobrevolaba ya fuera del mundo de los mortales.

Entró en un pesado desmayo y dos hombres lo sostuvieron para que no cayera al fuego. Su semblante se volvió macilento y gotas de sudor le perlaban la frente. Los ojos se le habían puesto en blanco, arrojaba saliva por la boca y temblaba como un niño en la tormenta. Su espíritu vagaba por la nada.

Aguardaron a que regresara del trance, cosa que hizo después de un largo rato, que les pareció eterno, cuando los danzarines concluyeron el canto de la paz de los quechanes, su raza. Al abrir los ojos estaba muy debilitado y miró en derredor con inseguridad. Quiso levantarse, pero no pudo. Las piernas le temblaban. Al cabo profirió un grito, como enloquecido, y, tras beber agua, balbució algo.

Los ancianos lo sujetaron. Iba a hablar el *kwaxot*, el chamán de los yumas.

—¡Hijos míos! Mi espíritu ha volado como el pájaro parlante, pero no ha visto manos manchadas de sangre de ningún hombre de esta tribu —dijo débilmente—. Sin embargo, sí he visto un sabueso enfurecido y sarnoso que corría alocado, dando dentelladas a su propia sombra, y me ha turbado el paisaje del río, de aguas inexplicablemente rojas como jamás las había visto antes.

—Cosa nada extraña, gran jefe, el Colorado es un río y de conocidas aguas bermejas —se atrevió Arellano a interrumpirlo.

—¡No, capitán! —replicó transformado—. Estaba anegado de *ki'niks*.

—¿De *ki'niks*? —se extrañó el oficial español—. No entiendo, jefe.

—Lleno de capullos y de pétalos de rosas, como los llamáis los españoles. Como si estuviera lleno de sangre —lo ilustró con el rostro desencajado.

Palma parecía otra persona, transformado y fuera del tiempo.

—¿Y qué interpretación puede dársele a esa visión, Salvador?

—Sagrada es nuestra manera de vivir, y yo he mirado desde los cielos. La sangre que acarrea la ira y la codicia ahogará las orillas del río donde vivieron nuestros antepasados —dijo—. Pero no comeremos hierba, ni se nos exterminará.

—¡Indudablemente, Salvador! Seguís poseyendo el derecho a cazar y a recorrer los ríos y tenéis plena libertad para acosar al búfalo en las llanuras del Mojave. No deseamos expulsaros —aseguró serio el oficial español.

—Pero no queremos que los frailes nos obliguen a trabajar de sol a sol. Nos están apremiando a mantener el arco tenso y la lanza afilada, capitán.

Palma se estaba saltando el tratado firmado con el gobernador Anza y Arellano se sumió en una prolongada reflexión. Después preguntó:

—¿Y el perro de tu visión? ¿Lo reconociste?

—Morirá con vosotros. No es un cobarde, y lo hará como el gran búfalo barbudo de ojos de fuego —contestó con risa maliciosa, aunque el oficial de dragones ignoraba a qué se refería. Era lo que tenían las adivinaciones indias.

—Espero que ese asesino no desencadene un conflicto, Salvador. Parece que cuanto más escandaloso y cruel sea, peor para mi rey —se lamentó.

—¡Maldito sea el yuma que simpatice con ese infame! —dijo furioso.

Cuando Martín decidió abandonar el poblado, intuía que Palma le había recitado una confusa y extravagante verdad, pero no toda la verdad, y que algo de naturaleza desconocida había silenciado. Greñudos guerreros jóvenes los miraban con una desconfianza que planeaba en el ambiente. Probablemente el autor de los crímenes no perteneciera a su tribu, pero sí sabía a cuál. Y lo había callado.

—Estrecho la mano de un hombre que nunca deshonra su palabra, ni es cruel, ni traicionero —afirmó Palma al despedirse del soldado español.

—La paz con el rey de España está fuera de toda duda, jefe —contestó este.

A Palma le interesaba que los españoles estuvieran en dificultades, y que sintieran temor y desconfianza, pues lo habían desposeído de demasiadas atribuciones. Soñaba con recuperarlas, aunque tuviera que recurrir a la guerra y a la difamación. Arellano saldría de dudas cuando en unos días visitara al jefe del pueblo comanche, pues Hosa tampoco había logrado ninguna revelación.

Cabalgaban taciturnos y el capitán no paraba de darle vueltas al río enfangado de rosas. ¿Capullos de rosas? ¿Un perro? No lo comprendía, pero sí sabía que un enfrentamiento no era bueno para nadie. Africano, su montura favorita, abrió los belfos rosados y resopló. Martín confesó al sargento:

—Los caballos también huelen la sangre y la guerra, ¿sabes?

—Mi capitán, los problemas apenas acaban de empezar —asintió Ruiz.

Los dragones, advertidos, enarbolaron los fusiles y los cargaron. Avanzaron cautelosos y alertados por su comandante, que, aunque no había contrariado la voluntad de Palma, sí intuía que se fraguaba una sublevación y además había visto bandas de indios al acecho en caminos y sierras.

La región quedaría abandonada al rapto, a la violación y a la violencia, y para Arellano era humillante la espera pasiva que preconizaba el gobernador, con el que había mantenido más de una tormentosa conversación sobre el modo de tratar a los yumas y la necesidad de solicitar refuerzos al virrey Mayorga.

Las mujeres, los franciscanos y los niños llorarían entonces de dolor e impotencia, y solo cabrían las lágrimas, las vigilias de angustia y las oraciones en los templos. El río Colorado era un auténtico polvorín a punto de estallar, en el que los asesinatos eran el clarín que lo anunciaba.

El sargento Ruiz, que tosía por su tisis y mascaba granos de café tostado para aminorar la expectoración, se envalentonó:

—Don Martín, Palma ha hablado demasiado, pero prometido poco.

—Sí, sargento, es un penoso dilema para mí. No podemos contrariarlo ahora, en una situación tan espinosa y delicada —consideró el oficial.

Y recapacitó sobre la ceremonia yuma del Vuelo del Águila.

¿Le habría revelado realmente alguna clave sobre el desconocido autor de los asesinatos? Probablemente.

EL ATAÚD DE ABEDUL

Los dragones habían dormido mal vigilando los caminos y sus espaldas.

Pisaban tierra hostil y presentían un ataque por sorpresa. Tras el frugal desayuno, Arellano les ordenó montar y dirigirse, no al Camino Real, sino hacia la hondonada de un riachuelo seco que conducía a un sendero cubierto de grava embarrada y hojarascas, donde se apreciaban huellas de mesteños desherrados. Unos ocotillos y tunas marchitas marcaban la senda de la marcha.

Un viento asfixiante silbaba entre los olmos y mezquites, formando espirales de polvo. Los dragones entornaban los ojos y respiraban tras los pañuelos rojos de campaña, y se ataban los sombreros de ala ancha. Hosa retrasó su caballo y se quedó atrás. Una hilera de indios cocopahs los seguía a medio trote. Se acercó deprisa y voceó desde la retaguardia:

—¡Capitán, cocopahs del Colorado a la derecha! Nos vigilan.

—No, Hosa, nos escoltan —advirtió con seguridad—. Pronto aparecerá su jefe Carlos para saludarnos. Por eso he escogido esta trocha.

—Yo no me fiaría, don Martín —contestó y arrojó un salivazo a la grava.

—No son más que lobos sin dientes que cabalgan para hacerse notar, Hosa. Hemos de cumplimentarlo o se encelará con Palma —ironizó.

El sargento ordenó a sus hombres que siguieran sin hacerles caso, pero manteniendo los ojos abiertos y con una mano en la culata. Y aunque los separaba una apreciable distancia, no había que perderlos de vista. Y tal como había previsto el oficial, apareció el cabecilla de la tribu: el temido Carlos.

Se trataba de un indígena de alta estatura y aspecto feroz, que llegaba a intimidar. Se acercaron a un peñasco que bordeaba el arroyo y, mientras los caballos españoles hollaban con los cascos el cauce, el jefe se encaramó al risco.

—¡Carlos y el pueblo cocopah saludan al Mugwomp-Wulissó, el Capitán Grande, y pide a los espíritus del cielo que le otorguen larga vida! —gritó y, tras el obsequioso saludo, alzó su jabalina arreglada con plumas de halcón y la fue bajando parsimoniosamente en señal de respeto y sumisión.

—Vaya, si ahora va a resultar que es un corderito —susurró el sargento.

Arellano mandó detenerse al pelotón. Sacó con ceremonia el sable de la vaina, lo levantó cuan largo era su brazo y lo envainó luego lentamente, tras saludarlo con cortesía y gritar para ser oído en toda la cárcava.

—¡Los dragones de su majestad saludan al bravo Carlos y a su gente!

Y ordenó que uno de los soldados se dirigiera a la mula de suministros y dejara sobre la arena pedregosa unos paquetes con tabaco, tasajo de buey, cacao y azúcar, que encantaban al presuntuoso guía de los indios del Colorado.

—¡Pelotón, en marcha, hacia Palo Flechado! —ordenó.

Un indio patizambo, que cabalgaba junto a Carlos y que había sido advertido por los soldados por sus gestos groseros y absurdos, lanzó con las manos una maldición hacia el destacamento hispano, como si ahuyentara a pájaros maléficos. Al punto descendió a la orilla y recogió los presentes, no sin obsequiarlos con una mirada de desprecio e ira. Para los blancos aquella debía ser una tierra inhóspita y un extraño cielo, y así se lo rogó a sus dioses.

Cuando los hubieron perdido de vista, Martín se dirigió al sargento:

—No sé a quién temer más, si al fiero Carlos, un tirano feroz e intolerante, o al ladino Salvador. Los dos nos traicionarán algún día. Palma es unególatra obsesionado con el poder, un astuto coyote. Pero se le ve venir.

—¿Y Carlos? Parece un espantajo.

—Lo conozco bien, Sancho —aseguró Martín—. Ama en la misma medida el mando y a los muchachos bien parecidos de su tribu, y prefiere una felación de uno de ellos que el abrazo de una mujer hermosa. Sabemos que le complace atormentar a inocentes, traicionar al amigo y sembrar el caos a su alrededor. Es impredecible, y si el gobernador lo desprecia, lo pagaremos caro.

—Creo que se acerca una revuelta de forma silenciosa, capitán.

—Cuando mañana nos entrevistemos con el jefe comanche, Ecueracapa, saldremos de dudas. Es el ojo que todo lo ve y el oído que escucha el viento.

Tras varias leguas de cabalgada, salieron a un claro cerca de la orilla. Faltaba poco para oscurecer, y el capitán ordenó acampar. Rezaron la salve, comieron del rancho y, tras ajustar las vigilancias, yacieron sobre la hierba. Había oscurecido y roedores y lechuzas buscaban comida en la oscuridad.

Al alba, la cara del soldado que hacía la guardia cerca del río se nubló.

Un leño hueco de abedul, atado con cuerdas de pita, flotaba sobre el agua. Parecía como si alguien lo hubiera empujado hacia ese preciso lugar para que lo descubrieran los dragones. Había embarrancado en el costado del río y daba la impresión de que escondía algo dentro. Se acercó con el fusil cargado y, al pisar con las botas el barro, lo vio. Unos pies asomaban por el tronco. Se detuvo petrificado y voceó:

—¡A mí la guardia!

Hacía días que el pelotón de dragones aguardaba un funesto episodio, presto a romper la paz en pedazos. Eso fue lo que pensó Arellano cuando ordenó llevar el tronco al claro y abrirlo, y sus ojos fueron acribillados con un espectáculo tan infernal como terrible.

—¡Por Dios bendito, qué salvajada! —exclamó el capitán.

Envió a Hosa a que investigara y el apache salió como un rayo.

Acudieron a medio vestir los conmocionados soldados y la repulsión se evidenció en sus facciones. A algunos, un escalofrío les corrió por la espalda. Cuando dos dragones voluntarios separaron el tronco del abedul, atado con fuertes cuerdas de maguey, vieron el cadáver de un fraile enflaquecido y horrendamente torturado. Tendones, huesecillos y cartílagos sanguinolentos sobresalían del cuello cercenado. Silencio y deseo de represalia inmediata.

La lengua le había sido cortada y clavada en la frente con una espina de rosal de California y, como si les hiciera burla desde las ingles, sobre sus piernas habían dejado una careta de las que usaban en sus danzas paganas. Al intentar levantarlo, sus miembros, que estaban amputados, se les escurrieron. La elocuencia de la violencia empleada los abrumó.

A los más jóvenes se les había encogido el estómago de asco y coraje. Acostumbrados a matar de frente, aquello les parecía una cobarde salvajada.

—Lo han matado con alevosía, ¡vive Dios! —aseguró Ruiz.

—Un burdo insulto al rey don Carlos, y a Dios mismo —repuso el oficial.

Con una pica le separaron el hábito teñido de sangre. Comprobaron que su vientre había desaparecido y en su lugar había una serpiente muerta. Su carne estaba caliente, como si le hubieran aplicado brasas antes de morir. Hasta los caballos, oliendo la sangre, estaban excitados en la cuerda. Un joven auxiliar se dio la vuelta y vomitó en el suelo hasta la última bilis. Solo se escuchaba la respiración ahogada de los dragones, que no sabían qué hacer.

—Esto solo ha podido hacerlo un perro rabioso que conoce bien la elocuencia del odio y cómo hacernos daño —dijo el sargento Sancho, mientras ocultaba su rostro con las manos enguantadas y blasfemaba.

—Es una provocación, mi capitán —opinó un viejo cabo.

—Aunque esté desfigurado, ¿alguien puede identificar a este hombre de Dios? —preguntó el oficial, y volvió el rostro hacia atrás casi sin aire.

—Por su barba blanca y su delgadez, creo que es un limosnero de los que suelen recorrer los presidios y ranchos pidiendo donativos. Ignoro su nombre.

—¿Estás seguro, Sancho?

—Sí, lo he visto varias veces sobre su mula por los poblados y misiones de San Antonio, San Luis y San Gabriel. ¡Dios lo tenga en su gloria!

Martín lo creyó. Ruiz lo sabía todo sobre el territorio, y a pesar de una leve tuberculosis que lo mermaba, no se excusaba de ningún servicio. Era de esos soldados que pateaban el territorio guardando la frontera y conocía cada brizna y cada desfiladero de Texas, Nuevo México y California.

Junto al olor del musgo verde y la escarcha, olieron también el hedor insoportable de la sangre, en la que se estaban acumulando manojos de moscas. Hosa regresó y saltó del caballo para informar. Negaba con la cabeza.

—Únicamente he reparado en la pista de una mula. Es de un hombre solo, mi capitán. Desaparecía en el río y tomaba la dirección a las montañas Utah.

—¿Y un hombre en solitario es capaz de concebir y ejecutar esta salvajada? —preguntó el sargento Ruiz, que escupió lejos un salivazo rojizo.

Arellano opinó con cuidado, casi con indecisión, para no errar:

—Si conoce bien el terreno, como así parece, debió matarlo al atardecer, antes de que el fraile llegara al cercano rancho de Pozo Carrizal, donde se detendría a descansar. Miren el golpe seco en la sien con un hacha. Está casi cicatrizado. Después lo desmembró y lo introdujo en las lascas de un tronco viejo, de los que reposan en la orilla. Lo empujaron, uno o más, corriente abajo, sabiendo que ese barrizal lo detendría cerca de nuestra posición, o de algún rancho o poblado.

—¿Perseguimos el rastro? Aún podemos —preguntó Ruiz.

—Y ¿a quién culparemos, sargento? Un asesino es como una alimaña solitaria que mata por placer. No se puede acusar a todo un pueblo por una ofensa hecha por un sujeto furioso. Pero ya es el tercero.

El capitán cerró los párpados por un instante. Los abrió y dijo de nuevo:

—Con un pelotón como el nuestro no podemos emprender una operación de castigo y represalia. Nos emboscarían y moriríamos. ¿A quiénes haríamos responsables? ¿A los yumas, a los utes, a los cocopahs? Aceleremos el enterramiento, recemos por su alma y prosigamos la marcha en alerta máxima.

Arellano dispuso que lo enterraran en el lindero del descampado, mientras algunos dragones se lamentaban de la atroz muerte, en medio del frío y la rabia. Les pareció que en aquel agujero infernal posiblemente se estaba enterrando parte de la dignidad de España en aquella parte del mundo.

Mientras ahondaban en la tierra húmeda, y observando el dolor que los atenazaba, sobre todo a los soldados nuevos, Hosa, Joven Cuervo, intentó mitigar la dolorosa situación rezando en voz alta a sus dioses.

Un dragón oró entonces, con fragilidad en la voz y, tras el emotivo responso que pronunció Arellano, aquel reducto de verdor y de olorosos arbustos les pareció una selva salvaje y peligrosa, como si mil pares de ojos los estuvieran vigilando y les desearan la muerte.

Colocaron una cruz sobre el túmulo de arena parda y sobre ella el rosario de madera del fraile. El pelotón se puso en marcha con geométrica disposición y marcialidad. Los ojos del capitán estaban fijos en el camino, aunque incapaces de penetrar en la mente del asesino, seguramente de la nación yuma, y de las impredecibles consecuencias que acarrearían tan funestas muertes.

El cielo se fue poblando de nimbos blancos y un viento blando sopló por la bajada que los conducía al asentamiento comanche. Habían dejado atrás un charco de barro, sangre, moscas y hierba, y el cadáver de un hombre inocente. Arellano era un soldado, un oficial del rey ajeno a las mezquindades del mundo de los hombres ruines. También un librepensador, y poseía una inclinación casi enfermiza por la justicia con el indio y por el honor del caballero que era.

Pero aquellas muertes llevadas a cabo por un asesino ciego y cobarde lo mantenían fuera de sí. Era una ostensible provocación delante de los ojos de los mismos dragones y en el levantisco territorio yuma.

«Es la lucha eterna entre el conquistador y el conquistado que se siente amenazado y más débil y actúa a escondidas y a traición», pensó.

Un ser maligno merodeaba por aquellos páramos, una vida siniestra que dormitaba de día y mataba de noche, y que seguramente en su tribu era conocido por su capacidad de matar.

—Si hallara a ese maldito hijo de perra lo colgaría yo mismo —dijo Ruiz.

Las siluetas azules se dibujaron marciales en la mañana que presagiaba un otoño agitado y revuelto. Martín de Arellano, al frente de su destacamento, cabalgaba a lomos de Africano. Desalentado, pero erguido y asido fuertemente a las bridas, intentaba alejar de su mente aquel rincón miserable y lo que había vivido. Se caló hasta las cejas el sombrero azul de ala ancha y lo sujetó a la barbilla con la cinta de cuero.

Su larga coleta castaña botaba en la espalda al compás del trote, cuando desde las montañas se oyó un trueno descerrajado. Tormenta en el desierto.

Volaron los matojos secos y algunos caballos, unos roanos, otros negros y otros bayos oscuros, se encabritaron. Las primeras gotas de lluvia cayeron sobre la unidad de dragones del rey, envueltos en los recios capotes. Olía a tierra mojada, bosta de equinos, cuero y humanidad. Media milla al norte, iluminada por la luz mineral de los relámpagos, apareció una nutrida partida de comanches y algún dragón temió, recordando guerras pasadas.

El camino, marcado por los abedules y juncias, se borró de su visión.

LA LUNA DE LOS CAZADORES

Cuando en otoño los guerreros yumas cazan al atardecer para almacenar alimentos para el invierno

A Cuervo Sentado lo despertó un pájaro cantor muy de mañana.

El día antes de la partida del poblado para perpetrar el siguiente asesinato de un hombre blanco, había cazado un antílope y, tras desollarlo, puso en los palos tiras de carne para secarlas al sol. Afiló su cuchillo y por la noche se ayudó del sílex y prendió un fuego.

Preparó una cena con carne de perro de la pradera aderezada con bayas de saúco y manteca de tuétano de los huesos y de la joroba de un búfalo. Mordió un buen trozo de un panal robado en una osera, bebió sangre de tortuga y se puso a soñar despierto. Iba a entrar en las leyendas yumas y lograr una nueva pluma negra. Los guerreros lo respetarían y quizá Luna se fijaría en él.

Con sus compañeros de hermandad había cumplido, ejecutando la Danza del Sol para recabar fuerzas del Gran Padre y llevar a cabo su secreta misión de ajusticiar a un extranjero. Bailaron con las máscaras de piel sobre sus rostros, oyeron las matracas y panderos, bebieron mezcal con hojas de belladona hasta saciarse y convocaron a dioses y espíritus hasta quedar rendidos.

Cuervo Sentado poesía un tipi o choza propia, donde algunas jóvenes casaderas sin nombre pasaban por su lecho y lo hacían disfrutar. Pero nunca permitió que una mujer desposada lo visitara, pues podría ser retado en combate por el marido cornudo, y a ella, inexorablemente, le cortarían la nariz y las orejas y le rajarían el rostro. Se tenía por un guerrero de conciencia y cumplía con rigor las costumbres yumas.

Pertenecía al Consejo tribal, de su lanza colgaban seis cabelleras de enemigos muertos en combate singular, y poseía más de veinte caballos, pieles y cuchillos, dote suficiente para solicitar la esposa que le viniera en gana, cosa que haría tras regresar de su sagrado servicio a su pueblo. Aunque era de tez oscura, achaparrado y fibroso, poseía porte de guerrero agresivo. Sus ojos pequeños y rasgados se asemejaban a dos líneas trazadas bajo las cejas, sus pómulos eran muy salientes, la barbilla prominente y cuadrada, y la aquilina nariz parecía salirle directamente de la frente. Le gustaba, sobre todas las muchachas, Luna Solitaria, la hermana de Pequeño Conejo, aunque sus caderas y senos no fueran tan exuberantes como los de las otras mujeres.

Ya pensaba en las palabras que le diría a su padre adoptivo, Halcón Amarillo. Cuando Luna Solitaria se despojaba del poncho mexica y se quedaba con el *kwasu*, la prenda corta, su atractivo le hacía perder la cabeza, y luego la rememoraba en su sexo en soledad.

En la última expedición a los cazaderos de los montes Dakota, había hostigado en solitario con lanza y flecha a dos búfalos a la carrera, de los que, según el chamán, había tomado el espíritu fiero que los poseía y había arriesgado su vida para impresionar a su idolatrada Luna. Pudo morir aplastado o pisoteado, pero su valor fue pregonado por el gran jefe en la fiesta que celebraron al regresar al poblado.

En la misma llanura de cacería, tras abrir las entrañas al bóvido, el jefe extrajo el palpitante hígado y luego la bilis, que echó por encima, dándoselo a comer. Había constituido un honor desmedido para él y le guardó el corazón a Luna. Con las marcas negras de guerra de su rostro y la cara enrojecida por la sangre, parecía un demontre, y fue vitoreado por los guerreros.

—Hoy Cuervo Sentado ha demostrado que es un valiente, pues ha puesto a su pueblo por encima de su propia vida —dijo al imponerle la primera pluma negra del valor, extraída a un buitre ratonero.

Cuervo Sentado ostentaba cierto rango en el clan. Atesoraba munición propia del fusil francés Charleville, puntas de flecha y comida para el invierno, cuando otras familias andaban cortas de avituallamiento y pieles debido a la escasez de caza. Los domingos, tras la misa cristiana, los yumas se acercaban a comerciar con los españoles, cambiando caballos y pellejos curtidos de búfalo por azúcar, plomo, pólvora y belduques, los cuchillos de acero. El guerrero mojave era un hábil negociador en los tenderetes de los mestizos y criollos.

Antes de la partida para su solitaria acción, se aseó, se untó con sebo y agua de salvia, se peinó el cabello áspero y duro, se colocó un gorro de pita hecho por su madre y se cubrió con un calzón corto y una camisa mexica para no llamar la atención y parecer un bracero en busca de trabajo. Cogió su zurrón de piel de gamo y metió en él un hacha, una maza, cuerda de maguey, el parahuso o palo redondo para prender fuego, el cuchillo con mango de asta de toro, una piedra medicinal, ciruelas pasas, cecina, pulpa de calabaza y carne salada.

Llenó luego su *pilpóo*, su bota, de mezcal, y rebasó las chumberas del poblado sin llamar la atención. Iba camino de la gloria, o de la muerte.

Olía a hierba fresca, a carne desollada y a pieles curtidas, y echó a andar.

Anhelaba regresar con la tarea cumplida, y ser aún más reconocido por la tribu y por el jefe Halcón Amarillo y ser aceptado por la hermosa e indomable Luna Solitaria, su gran amor oculto.

Iba a convertir una muerte inútil y vergonzosa en una acción valerosa. Únicamente temía encontrarse frente a frente con algún yamparika, un wichita, un penateka comanche o un delaware que hubieran seguido a algún bisonte herido, pues eran indomables en el cuerpo a cuerpo. Dispuso su mente en alerta.

Bandadas de cercetas, silbones y pardales sobrevolaban los tipis y los sotos que rodeaban el bullicioso asentamiento indio. Búfalo Negro, informado a través de sus espías y soplones, le había dicho que uno o dos hermanos limosneros solían salir con la luna nueva de la misión de San Gabriel y entre la Casa de Madera, Cerro Nevado y Álamo Gordo, donde se alzaban algunos ranchos prósperos de hispanos, solían mendigar sus limosnas. Matar a uno de ellos, y procurar hacerlo ostensible, era su secreto objetivo.

El primer y segundo día cruzó pasajes abruptos por donde habían pasado algunas carretas con vituallas e indios mexicas, camino de las posadas y ranchos. Cazó un mapache y un conejo, que asó en un fuego menudo para no ser advertido. Dormía al raso y bebía agua de las torrenteras, aunque tuviera color barroso. La tercera noche, a falta de algo más suculento, cazó una rata de bosque, gorda como una liebre, y la asó con unas bellotas tempranas.

Espió el camino y las posadas, pero no vio a ningún monje viajero, y comenzó a impacientarse. Entre sueño y sueño oía lobos y coyotes, animales totémicos para los yumas, a cuyos espíritus se encomendó para consumar lo que se proponía. Vio rastros de una mula cargada, y por su seguridad caminó entre los árboles para pasar de incógnito. Quizá había dado con lo que buscaba.

La lluvia lo cogió por sorpresa cuando espiaba una conocida casa de labor donde se detenían los caminantes en busca de cama y pitanza. Los cauces secos y las barrancas se llenaron de repente de agua y los truenos resonaban en los desfiladeros por donde había acortado para llegar a la hacienda.

El rancho estaba construido con piedra y adobe, y estaba groseramente encalado de un color indefinido entre blanco y ocre. Leña, chumberas cortadas, utensilios oxidados y aperos de labranza y de caballerías se amontonaban en sus muros. Notó que había trasiego de labriegos, cabreros, porqueros, peregrinos y rancheros, y desde lejos oteó las salidas y entradas.

Había lebreles y gatos maulladores por doquier. No durmió en toda la noche, y cuando el primer rayo de luz lamió los tejados, el fraile limosnero que tanto había buscado no partió en dirección a la misión de San Gabriel como presumía, sino al Cañón del Coyote, quizá para visitar el rancho de Los Sauces, donde se habían instalado unos colonos de San Ignacio.

Se empinó sobre unas peñas y lo observó como si fuera un halcón, viendo la calva de la tonsura relucir con el sol. Pero, de repente, algo le hizo avizorar. A lo lejos, cabalgando marcialmente alineados, advirtió un destacamento de dragones del rey que parecían dirigirse a un poblado de los malditos comanches que había evitado días antes, cerca de las orillas del río.

Pensó que quizá la repentina aparición de los soldados españoles le viniera bien a sus intenciones. ¿Qué mejor que presentar ante los ojos de los más esforzados soldados del rey de España su letal tarea? Podría ser grandioso para su carrera dentro de la tribu, y, cuando lo narrara sentado ante el consejo de ancianos, sería considerado como una heroicidad. De modo que modificó su plan, y dejó que el fraile se introdujera en la tupida floresta, donde consumaría el primer episodio de su mortífero plan.

Cuervo Sentado vio al monje seguir por un sendero de hierba poblado de robles dispersos, flores silvestres, mezquites y arbustos de hojas moradas, para luego acabar en la orilla del Colorado, enlodada y peligrosa para cabalgar. Bordeó el peñascoso cerro que los separaba y, sin ser visto ni notado, se resguardó bajo una yuca y unas cardenchas frondosas. Desde allí vigilaría mejor el paso del pobre franciscano.

Se ocultó y no dejó de vigilar el riachuelo de agua turbia. Era poco profundo, pues las copiosas y torrenciales lluvias del otoño aún no habían llegado. Era el momento que había estado esperando. No iba a retrasarlo ni un instante más. Aspiró profundamente, acopió toda su fuerza en el brazo, alzó el *tomahawk*, su arma arrojadiza, a modo de hacha y, como una exhalación, la lanzó contra la cabeza del monje. Silbó en el aire como si hubiera arrojado una serpiente venenosa. Al instante, el seco, preciso y violento golpe en el cráneo del fraile resultó definitivo. El blanco cayó muerto en el fango. No se movía.

El mojave, con los nervios templados, miró a su alrededor, y se llegó hasta su presa, que estaba inerme y vuelta de costado, posición que había adoptado quizá en el último estertor. Lo giró y lo dejó boca arriba. Era un anciano muy flaco, casi esquelético, de ojos saltones y nariz superlativa y roja. Le escupió.

Lo tendió bajo la sombra de unos sauces y sobre unas florecillas rojas y anaranjadas, las *puhanatsu*, que tanto gustaban a las mujeres de su tribu. Luego procedió en un orden aleatorio a perpetrar en el cuerpo de aquel desconocido lo que los blancos considerarían horrendas amputaciones.

Le mutiló sin dilación la lengua desde la raíz. Aún estaba caliente y mojada, y una hemorragia tumultuosa le escapó de la boca, que parecía un cráter purulento. Clavó la lengua mutilada en el cráneo, hundiéndole una espina de rosa de California, tan abundante en las orillas de aquellos ríos, frondas y torrenteras. Se lavó las manos y la cara en el riachuelo, alzó la vista y miró en derredor.

En la ribera encontró lo que buscaba y no tuvo que ir demasiado lejos. Halló un tronco hueco de abedul casi seco. Lo limpió y embutió en él el cuerpo desmembrado del escuálido limosnero, pero al intentarlo se le cayó en la hierba la cabeza cortada y ensangrentada. No pudo colocarla en su lugar, pues no cabía, y decidió encajarla por los pies, que asomaban pálidos y amoratados.

El sol se acercaba a su crepuscular ocaso y ya solo tenía que atar el tronco con la cuerda de maguey que llevaba consigo para que no se resquebrajara. La luna aún no había salido cuando sacó de su zurrón la máscara de la hermandad india de los Rostros Ocultos, fabricada en piel de cervatillo; la introdujo en el leño seco, para que los blancos la identificaran como una nueva acción de venganza y advertencia, que debían unir a las anteriores. Sonrió ufano e incluso se carcajeó socarronamente.

Más tarde sumergió el tétrico ataúd en las suaves aguas y le dio un ligero impulso, situándolo en el centro y viendo que tomaba el rumbo parsimonioso de la corriente, como si fuera la canoa del espíritu de la muerte.

Tras comprobar que cuanto había hecho era atinado, se echó a los pechos la bota de mezcal, mordisqueó un trozo de carne salada y comió unas bayas que encontró en las zarzas, hasta apurar toda la bebida. Extenuado por los intensos días de búsqueda, el largo trayecto andado, la tensión y el esfuerzo, lavó sus armas y las engrasó, se tendió en la hierba y se sumió en una pesadilla.

En ella soñó que no había borrado sus huellas en un terreno desconocido, hostil y de imprevisibles peligros. Pero su cansada mente lo desechó. Solo era un sueño y volvió a dormirse complacido y exhausto.

Se despertó al alba y saltó como impelido por un resorte oculto. No había rastro de la mula del fraile atiborrada de vituallas y enarcó las cejas. Hubiera sido un buen botín de su solitaria expedición, pero quizá estuviera rumiando por el borde del agua. Podía oír su propia respiración, era demasiado el silencio.

Cuervo Sentado levantó la cabeza y miró al frente alarmado.

Se enderezó trabajosamente, buscando el pomo de su cuchillo, pero no dio con él. Inquieto y nervioso, razonó que su esperanza de conservar la vida era tan insignificante como la de la hormiga que cruzaba sus pies desnudos. La visión que le ofrecían sus ojos era poco menos que aterradora. Un grito de indefensión escapó de sus gruesos labios, como el de un moribundo que exhalara su último suspiro.

Sobre una rama, un autillo solitario lo miraba fijamente con sus pupilas metálicas. Los pulsos se le habían detenido y apenas si podía tragar saliva.

LOS ROSTROS OCULTOS

El sendero del tupido chaparral apenas era visible por el polvo cuando los dragones españoles llegaron a media tarde al poblado comanche.

Algunos viejos, niños y jóvenes estaban en cuclillas bajo unos ocotillos y los miraban taciturnos. Adelantaron a una reata de burros que acarreaban leña de la montaña y en galope marcial y en formación se presentaron ante el guía incuestionado de la nación comanche de los tenewas, tonkawas y jupes, que ya no secuestraban niños de las tribus cercanas para venderlos como esclavos en Corpus Christi o en Nueva Orleans; ni incendiaban, ni violaban, ni asolaban los ranchos españoles, acogidos a la fructífera paz del gobernador Anza.

El saludo de Martín de Arellano fue largo, sentido y paternal hacia el viejo Ecueracapa, Camisa de Hierro, así llamado porque en las solemnidades solía aparecer con una coraza de cuero, similar a la de los dragones españoles. Su historia era inaudita y era tenido entre las tribus indias como el gran aliado de los españoles y el gran adalid de la nación comanche.

No todos sabían que el nombre de Ecueracapa le venía de un mantón que usaba en las solemnidades, fabricado con trozos de las capas de los dragones que les habían vendido los buhoneros que mercadeaban por la frontera y de los chalecos de piel que los protegían de las flechas indias. El capitán sabía que el anciano jefe estaba aquejado de una enfermedad, quizá el tifus o una terciana, pues solía padecer recurrentes fiebres.

Martín de Arellano poseía gran capacidad de seducción sobre los demás, y pocos indios estimaban tanto a Arellano como el viejo gran jefe, que aún mantenía a uno de sus hijos, Félix, en Santa Fe, como pupilo del gobernador de Nuevo México, Juan Bautista de Anza, al que los indios llamaban Zon'ta: Blanco Digno de Confianza.

El sabio Ecueracapa había entendido que enfrentarse frontalmente a los dragones del rey, como había hecho su antecesor, el sanguinario Cuerno Verde, significaba un suicidio para su pueblo. Ahora podían atrapar caballos, cazar cíbolos y comerciar los domingos en los presidios y poblados hispanos más cercanos, como Santa Clara, San Gabriel, Pecos, Tubac, Jémez o Tucson.

El *kwahadi*, el hombre medicina de las tribus comanches y el propio gran jefe se habían convencido de que la cruz cristiana no era rencorosa, sino omnipotente, y por eso del pecho del anciano colgaba un crucifijo de metal junto al cuerno de búfalo y la tortuga de madera, símbolos del clan. Ecueracapa tenía unas manos enormes y callosas, una cara de piel reseca y unos hondos surcos que hendían su rostro. Ecueracapa, el gran *mahimian aparaibo* o cabecilla del territorio comanche, los agasajó ofreciéndoles una bebida estimulante y una fuente de ciruelas maduras.

A Martín le agradaba el poderoso líder, porque mostraba una gran seriedad en sus acciones y poseía una delicadeza innata en su corazón salvaje.

—Que Hono-Vi, el Ciervo Fuerte, aliente al Capitán Grande —lo saludó.

—En nombre de mi rey don Carlos y de mis hombres, os deseo salud, viejo amigo —replicó y observó que Ecueracapa portaba el bastón de mando del gobernador Anza, que le había regalado al firmar la paz de Santa Fe.

Martín dejó en el suelo un fajo de puros habanos, aguardiente y azúcar.

El poblado, rodeado de brezales, sotoles, robles y yucas, se hallaba al hostigo de los vientos y de los espías yumas. Los niños corrían desnudos y montaban los ponis, tocaban las flautas hechas con las clavículas de antiguos enemigos y aprendían las virtudes de la valentía, la resistencia y el trabajo.

Hosa, Ruiz y Arellano fueron invitados a conversar con el jefe, que estaba acompañado por José Chiquito, el pequeño chiricahua de orejas de soplillo que había convivido con los españoles en Sonora y que, hecho cautivo por los comanches, servía de intérprete a Ecueracapa, que aún no hablaba el castellano para mantener una conversación con fluidez.

—Que Gitchi Manitú, el Gran Dios Hablante, esté contigo, capitán.

—Y espero que también contigo —contestó y le dijo—: Deseaba verte, gran jefe, porque un amigo fiel como tú es como la medicina de la vida.

Diez Osos, Tosacondata o Grulla Blanca, Pisimanpat o Zapato Estropeado y Tosapoi, El que Roe, los otros líderes comanches, se hallaban tras él, e inclinaron la cabeza ante los dragones con orgullosa corrección. Para ellos Arellano era el mito blanco que había vencido a la gran leyenda de las naciones comanches, Cuerno Verde, y lo respetaban por su valor indómito.

El jefe miró fijamente al español y alzó sus manos con franqueza.

—Sabía que vendrías a verme, Mugwomp-Wulissó. Comprendo que tu corazón destile dolor por la ruin muerte de tus compatriotas, siendo estos padrecitos y hombres de Dios. Lo detestamos, créeme.

El guía de los comanches era un tesoro de experiencia, y le preguntó:

—¿Conocías esos impíos actos, gran jefe?

Ecueracapa carraspeó. Sus ojos expresaban tristeza y turbación.

—Nada se me escapa de cuanto ocurre. Opino que esos perros yumas van a incendiar el territorio y de nada habrá servido tu paz y la del coronel Anza.

—¿Se atreverán a tanto? La firmaron con el virrey —recordó Martín.

—Así son esos miserables yumas, capitán, saqueadores, rastreros y lobos capaces de las mayores mezquindades y traiciones —corroboró el anciano.

El capitán Arellano mostró un gesto severo.

—He hablado con los Palma y se sienten ofendidos, Ecueracapa —dijo.

El jefe lanzó varios improperios intraducibles en su lengua nativa.

—Al jefe navajo del sur Shaudín, Luz del Sol, también lo corroe la inquietud, pues ha visto bandas incontroladas de esos coyotes yumas de acá para allá, como perros enloquecidos —le advirtió al español—. El Gran Espíritu ha puesto en mis manos la vida y el destino de mi pueblo, y me ha confiado su protección. Una guerra llenaría también de dolor y hambre a los comanches.

—Sería desastroso para todos. Supondría un gran riesgo para España y nuestro entendimiento con los yumas. La autoridad, la reputación y el prestigio de la Corona quedarían en entredicho —repuso el oficial.

Era un momento de preocupación para todos, y el jefe habló:

—La senda hacia el mar del oeste se interceptaría y mi pueblo, desde el río Purgatorio al Brazos, tendría aprietos para comerciar. ¿De qué nos sirve cazar bisontes, martas y nutrias si luego no podemos vender las pieles en los mercados de California y Nuevo México? —se lamentó el jefe comanche.

Con el ceño fruncido, Martín se decidió a formularle una delicada pregunta y, cambiando de tema, le soltó:

—¿Sabes quién ha enviado a ese asesino, o asesinos, a matar frailes inocentes? ¿Ha sido Palma, Halcón Amarillo, Carlos…? Estoy seguro de que sabes algo. Tus guerreros son muy astutos y capaces.

Ecueracapa miró con gesto indulgente a Martín, y con semblante prudente y franco, el jefe declaró sin mucha certeza:

—Los tres y ninguno. Pero préstame atención mientras bebemos y comemos —dijo, y una mujer dispuso en la alfombra de esparto cazuelas con alubias, tortillas de maíz, un chile de carne de carnero y quesadillas indias.

Ecueracapa, mientras apuraba una costilla, alzó la cabeza y le reveló:

—Hace tiempo, en el seno de la nación yuma, y para preservarse de sus enemigos, se creó una organización secreta de guerreros conocida como los Rostros Ocultos, o Falsos, matones sin piedad, pero muy valorados por su capacidad de matar, que aterrorizaban con secretos y selectivos crímenes a los pueblos de alrededor.

Los ojos desorbitados del capitán mostraban su confusión. ¿Una estructura secreta y asesina entre unos indios que apenas si sabían ordenarse?

—¡Hijos de mala madre! Que Dios los absuelva. Yo no —saltó el oficial.

—Aseguran que, en sus ceremonias, esos asesinos llegan a ver el rostro del Gran Padre, que los anima a defender con sangre sus tierras.

—Tal vez sea el de la muerte y andan confundidos, gran jefe —contestó.

El patriarca comanche lo obsequió con una mueca nada alentadora.

—Esos sicarios llaman a sus asesinatos la lucha yuma, y suelen actuar con caretas de cuero y crines de caballo para perpetrar sus maldades. Son difíciles de controlar, pues actúan en solitario. Nunca los encontrarás. ¿Comprendes el problema al que te enfrentas? —se mostró sincero el comanche.

—Sí, esa tarjeta de visita de las máscaras ha aparecido en los cadáveres.

—Lo sé, capitán, así como que antes de actuar suelen bailar la Danza del Lobo o de la Muerte y beber pócimas que les nublan los sentidos, lo que implica estados de éxtasis y trance, dominio de los espíritus y posesión de las ideas de la infamia, franquear inmensas distancias, obrar el mal y regresar después —reveló, y los españoles se revolvieron inquietos en la estera.

El mundo parecía haberse detenido para el oficial del rey, que permaneció abstraído y absorto, como si no comprendiera la complejidad de las creencias indias, las que, por otra parte, había conocido en su niñez a través de Wasakíe, la apache con la que convivió de niño y a la que amó y lloró tanto. A los pocos instantes volvió al mundo real, y negó con la cabeza rotundamente:

—Eso es pura superchería, jefe. ¿Cómo quieres que lo entienda?

—Amigo mío, créeme, no desdeñes el poder de los chamanes indios.

—Me resisto a admitirlo, Ecueracapa, no así su maldad —respondió.

Viendo la consternación de Martín, lo alentó:

—Martín, debes buscar como una comadreja el móvil de esas muertes. Eso es lo importante para solucionar esos endemoniados casos. ¿Qué objetivo persiguen? ¡El desconcierto, el miedo, el caos y la rebelión! Sembrar la anarquía y el desgobierno en la frontera.

El sargento Ruiz comenzó a ahogarse con el humo que iba adueñándose del lugar. Desató el pañuelo rojo de su cuello, y tosió en él. Luego meneó la cabeza. Su tisis empeoraba en los ambientes cargados.

—Y ahora te voy a hacer una pregunta, don Martín —intervino el jefe—. ¿A quién le interesa más esta situación de desgobierno, guerra y confusión? ¿A los yumas del norte o a los del sur?

Arellano se expresó despaciosamente para que tradujera su intérprete Chiquito. No comprendía la intención exacta de la pregunta.

—¿A ambos, gran jefe?

—Yo apostaría más por los del norte, *gane'ge*, capitán blanco. Esos clanes que no controla Palma, que solo es un amigo interesado de los españoles. Los del norte tienen dificultades para mantener su comercio —reveló enigmático el comanche, y Martín mostró un gesto de desconocimiento.

—¿Su comercio? ¿Acaso los havasupais y los walapales yumas se dedican a algo que ignoramos? Los creíamos pacíficos y cazadores. Nada más.

A Ecueracapa se le incendió el semblante y en una explicación llena de ira le reveló algo que él ignoraba.

—¡Sí, capitán! A la venta de niños y mujeres a las tribus bárbaras bebedoras de sangre humana que viven más allá de los helados ríos Klamath y Miwok. Mi pueblo, antes de descender de las Montañas Negras, sufrió sus incursiones, en las que nos robaban criaturas y jóvenes vírgenes.

Parecía que un viento furioso había invadido la tienda del Consejo. El aturdido Martín musitó, más que pronunció, su contestación:

—¡¿Qué?! No puedo creer lo que me revelas, gran jefe. Esto cambia el escenario completamente. ¿Me hablas del maldito comercio de seres humanos al que se dedicaba Cuerno Verde, vendiendo a sus hermanos en Eminence? Creíamos que eso ya había desaparecido en estos territorios.

Ecueracapa volvió el rostro apesadumbrado. Bebió un trago de mezcal y dijo:

—Sí, a eso me refiero. Pero los frailes y los colonos asentados en las misiones del sur y del interior comparten su parte de culpa —le confesó, reservado.

El capitán de dragones se sobresaltó. Aquella impensada revelación del comercio de carne humana y de la responsabilidad de los colonizadores de La Concepción, San Pedro y San Pablo modificaba sus opiniones.

—Escucho tu palabra sabia, jefe Ecueracapa —lo animó a explicarse.

El gran jefe no se alteró. Aquel español nada arrogante le provocaba confianza y buena voluntad. Habló:

—Voy a ser directo, pero veraz. ¿Recuerdas la sublevación comanche, en tiempos de tu padre? Se inició con el incendio de la iglesia de San Sabá y con la matanza de sacerdotes, y se estableció un sangriento precedente.

—Claro, ¡cómo olvidarlo! Yo era un niño. ¿Intentas decirme que los yumas pueden imitaros, Ecueracapa? ¿Volver a atacar una misión e incendiarla?

—Es muy posible, Martín —admitió—. Saben que es lo más sagrado para vosotros y ahí darán su primer golpe de gracia. Estoy seguro de ello.

—No puedo aceptar tamaña deslealtad de Salvador Palma —repuso.

—No han sido persuadidos por los misioneros de la bondad de vuestra religión, y se la han impuesto. ¡Grave error! Y ese es el problema que hoy subleva a los cachorros de Palma —afirmó el parsimonioso anciano.

Arellano titubeó. Toda su vida había sido un constante rastreo de la lógica, y nunca de la superchería y de la fe ciega en una religión, y aseguró:

—Nací a la vida en esta tierra en Texas, gran jefe, y su majestad solo desea llevar la luz de Cristo a los que la ignoran, e incorporaros a nuestra sociedad, aunque es verdad que nada permanece inmutable en esta vida.

El jefe no tenía deseo de discutir, pero rechazaba el proceder de los frailes.

—Pero ¿cómo escribir en los corazones indios esa nueva fe? ¿Obligándolos? Ya no empleamos nuestros calendarios para la caza o la siembra, sino el que nos marcan los padrecitos con la vida y muerte del Señor. No somos ganado y la gente de Palma, por muy leal que os parezca, no lo va a permitir y está dispuesta a resistir encarnizadamente para defender su libertad.

Arellano notó que se estremecía. No eran buenos augurios.

—¿Entonces crees que esta crisis lleva tiempo gestándose?

—Así es, amigo mío, y se me revela muy peligrosa —insistió—. El vendaval de la guerra estallará si el gobernador no les ofrece una solución.

Parecía como si la amistad de España con el mundo indio se hubiera esfumado. Martín luchaba para no resignarse y lo miró afligido.

—¿Tú también te crees engañado con el pacto firmado con los españoles, Ecueracapa? —preguntó Arellano.

—En modo alguno, capitán, pero los frailes han mezclado y confundido la religión con la vida de las tribus. Los franciscanos acabarán siendo pasto de las flechas yumas, pero esta vez en masa, te lo aseguro.

Arellano saltó como un rayo ante la amenaza que oía de sus secos labios.

—¡La autoridad real no será menoscabada ni en Nuevo México, ni en Texas, ni en California, gran jefe! Parece que hablas por boca de Palma.

En tono irónico, Ecueracapa sonrió con su boca desdentada.

—No es la autoridad real la que se cuestiona, sino la de unos frailes codiciosos que atosigan a los indios. Esa conducta se ve todos los días.

—Quizá la solución al hambre de los yumas sea integrarse en el mundo hispano, y no hacerlo pedazos, jefe. El coronel Neve posee un espíritu compasivo y siempre ha defendido al indio —le recordó.

Ecueracapa miró hacia otro lado, y pareció tomar partido por los yumas.

—Necesitamos a los españoles para sembrar, hacer acequias, domar caballos, proporcionarnos mercados y construir caminos, presas y poblados, pero respetad nuestros usos. Los indios deben ser libres para elegir su fe y recibir la educación sagrada de nuestros padres. ¿Lo entiendes, capitán?

A él no tenía que convencerlo, sino al gobernador y al virrey.

La charla no lo había reconfortado, pero sí había aclarado su mente. El asesino, o asesinos de los dos hermanos y del vigilante, eran víctimas de un mundo cruel e intolerante. Por eso surgían de aquellos valles, sierras y pedregales indios fanáticos que utilizaban cualquier maldad a su alcance para defenderse de quienes los desalojaban de sus veneros y praderas de caza.

Compartieron una pipa y los dragones regresaron al campamento de forma silenciosa. Los pulsos de Arellano estaban disparados, su respiración se tornó galopante, y apenas si podía cerrar los párpados tendido al raso. Fumó tabaco de su pipa e intentó tranquilizarse mientras ponía en orden sus pensamientos.

Se levantó y del baúl de campaña sacó su recado de escritura. Y sobre sus rodillas escribió una urgida carta a la escasa luz del farol de campaña, que despabiló vertiendo un poco de aceite. La noche era tibia y serena.

Al excelentísimo señor gobernador de California, don Felipe de Neve, del comandante de los presidios, Martín de Arellano y Gago, maestro de espada y capitán de dragones de Su Majestad, en exploración por el territorio yuma y comanche. Os despacho este informe confidencial sin aguardar a mi llegada por la comisión encomendada de aclarar los asesinatos de San Gabriel.

He de comunicaros con dolorosa obligación que ha tenido lugar cerca de Pozo Carrizal un nuevo y funesto episodio en la persona de un hermano limosnero, que también ha sucumbido a la maldad de ese demonio errante, siendo vilmente asesinado.

Por otra parte, tras celebrar pacíficas entrevistas con el jefe yuma Salvador Palma y sus hermanos, y con Ecueracapa, nuestro aliado comanche, he de haceros partícipe de una información que afecta a la estrategia del Virreinato, por cuanto la nación yuma, por controversia con los frailes franciscanos y la actuación irreflexiva del alférez Isla en la misión de San Javier y el poblado de La Concepción, puede acabar con la franquicia del nuevo Camino Interior hacia la Alta California, abierto por el gobernador Anza y quien esto escribe.

De producirse el enfrentamiento abierto con las tribus yumas, constituiría una ruina para California y el Virreinato de Nueva España, pues constituye el paso natural que comunica a personas y bienes. Como quiera que aún debo hacer unas pesquisas por las orillas del Colorado y entrevistarme con el prior de San Gabriel, envío este sucinto informe a través del explorador Hosa, Joven Cuervo, para que conozcáis cuanto antes lo que aquí acontece y podáis ponerlo en conocimiento del Virrey Mayorga, por si decidiera enviar más refuerzos o equipos materiales a la zona de apremio, un arsenal a punto de estallar.

No obstante, como sé que Vuecencia es proclive a desentrañar los problemas y sus efectos y llegar al origen de estos, tras conversaciones con estos jefes indios y reflexivas meditaciones, estimo que el mal ambiente no hace sino acentuarse cada día más. La intervención de un contingente de dragones en la confluencia de los ríos es necesaria y urgente.

Estoy convencido, Señor, de que el caso de los asesinatos no acabará bien y que sin que lo advirtamos se alzará de nuevo la guerra, la desolación y la calamidad. Las tribus yumas del Colorado y el Gila se sienten agraviadas e impera el descontento. Existen pocas esperanzas de encontrar al ejecutor, o ejecutores, pues se trata de una cuadrilla organizada y secreta que se ha juramentado para matar en el anonimato en truculentos ritos paganos en los que beben sangre y estimulantes.

Carecemos de testigos y de pistas fiables, y obran en el más enigmático de los secretismos, amparados por los jefes de las tribus y de los clanes.

No obstante, por Ecueracapa sé a qué secta criminal pertenecen y cómo actúan, siendo poco más o menos que inatrapables, pues su maldad y sus apoyos los hacen invisibles. Este asunto, poco corriente a todas luces, debe tenerse como muy perentorio para la Corona. Todo crimen violento debe tratarse con tiento, don Felipe, y estos más, pues encierran la semilla de un levantamiento de consecuencias funestas para España.

He observado también que Salvador Palma y Carlos han perdido la mesura, y en mi viaje por estos pagos los rumores de conspiración contra los españoles han cobrado una importancia máxima. Hoy desafían la autoridad de los sacerdotes y mañana desafiarán la de Su Majestad. No debemos jugar con fuego, Señor.

Los yumas están viendo cumplida la oportunidad que colme sus ambiciones y están perdiendo los estribos. Ambos juntos se están comportando como el zorro que acecha, consciente de que es cuestión de tiempo el abalanzase sobre nosotros.

En menos de dos semanas, Deo volente, *estaré en vuestra presencia.*

Dios os guarde y colme de salud.

El capitán había escrito la nota con ingrata lentitud.

El desasosiego por la situación crecía en su interior. Prestó oídos a los ruidos del bosque que lo rodeaba, y solo escuchó el resoplar de los caballos, el aullido lejano de un coyote, algún ronquido de sus hombres y los pasos del centinela. Releyó la misiva una vez más y, dándola por buena, la cerró y la lacró. Después acomodó la cabeza en la silla de montar y contempló el firmamento estrellado hasta que le costó mantener los párpados abiertos.

Y, cansado, se dispuso a conciliar un efímero sueño.

VENGANZA COMANCHE

Las caballerías otearon el aire acuoso.

Estaban inquietas y piafaban.

Martín, envuelto en la manta, sintió algo de frío al albor a la mañana siguiente de su entrevista con Ecueracapa. Se cumplía la última guardia y los grillos habían concluido su estridente sinfonía nocturna.

Unas gotas de rocío escapadas de un olmo lo habían despertado al lamerle el rostro. Todavía adormecido, llamó a Hosa, al que ordenó que se preparara para cabalgar sin descanso y le recomendó que siguiera la ruta de San Antonio, así llegaría antes a su destino: el presidio de Monterrey. El explorador apache no entendía nada. No había regresado del todo de sus ensueños.

—Joven Cuervo, entrega al gobernador esta carta en mano. Es de vital importancia. He de permanecer unas semanas investigando por valle Salado y arroyo Conejos. Don Felipe necesita saber con urgencia cuanto sucede en esta frontera. —Le palmeó afectuoso el hombro.

El apache se desperezó, miró aturdido a su oficial y se restregó los ojos.

—¡A la orden, señor! El itinerario es seguro. Está jalonado de ranchos.

Hosa le dio la espalda y, tras preparar su veloz ruano, coger las armas, abrocharse el uniforme y el cinto y tomar algunas vituallas, se caló el sombrero y desapareció como una visión por el espeso carrizal.

Era el correo ideal. Pero tenía ante sí muchas leguas que recorrer y cien senderos que elegir.

En la tibia mañana otoñal que siguió al alba, se apreciaba una ruidosa actividad en el cercano poblado comanche de Ecueracapa, incluso gritos guerreros inidentificables. Los dragones llegaron a oler el grato aroma de las tortas de maíz hechas en hornos de piedra.

Martín enfiló el catalejo y vio que vivían en paz y abundancia, lo que le alegró. Había concluido el tiempo en el que tuvieron que comer cueros podridos, roer raíces y las tiras de piel de sus vestidos. Pero eso fue antes de la feroz guerra contra España y de la paz firmada por Ecueracapa con el gobernador Anza. Las cabelleras de los colonos, de los yumas, apaches, y de algún dragón, ya no colgaban de sus lanzas.

No obstante, la piel comanche seguía siendo roja y su corazón indomable, aunque ya no ejercían la violencia con los débiles y aceptaban el símbolo de los hombres blancos, la cruz, aunque pocos frailes se atrevían a evangelizarlos.

Los comanches vivían en la Morada de los Vientos, como ellos llamaban al acotado territorio de la Comanchería donde cazaban. Sus verdes praderas les pertenecían sin ejercer la violencia, la muerte y la devastación, y de nuevo los espíritus del lobo, el coyote y el águila los protegían desde el cielo infinito. Vio cómo jóvenes de atezadas trenzas curtían las pieles al sol o despiojaban a sus hijos, y las ancianas de cabello blanco secaban la carne de búfalo en los armazones de caña. Era un pueblo disciplinado guiado por un sabio y experto anciano, que resistía las enfermedades y ya no vivía en ciénagas.

Otras mujeres desnudas hasta la cintura se aseaban con manojos de *punche*, la pulpa de hojas de maíz; algunas amamantaban a sus criaturas, mientras otras lavaban ropas en un abrevadero con palas y cantos rodados.

En los tipis colgaban los escudos redondos de guerra hechos con piel de antílope, más trascendentales para un comanche por su valor mágico que por defenderlos de las mazas y flechas de los enemigos. La vieja nación había resuelto el riesgo de matar o morir como única norma de vida con la desaparición de Cuerno Verde, aunque muchos temían aún a su espíritu.

Arellano todavía recordaba su adarga con las plumas de ave rapaz y el búfalo y las tortugas grabadas en la piel que ahora se exhibía en los Museos Vaticanos. Él mismo la había llevado a Roma como si se tratara de un talismán que había que atesorar entre cristales y candados en la más grande casa del Dios de la cristiandad. Pero para él aquel era un tiempo casi relegado al olvido.

Los dragones comieron gachas calientes de maíz y bebieron una taza de mezcal, la bebida fermentada del corazón del maguey, de un pellejo que les habían regalado los comanches el día anterior junto a algunas aves acuáticas asadas.

Estaban preparados para cabalgar por la comarca y buscar alguna pista del escurridizo asesino, cuando el vigía anunció la visita al campamento español del gran jefe Ecueracapa. A Martín le pareció raro.

El capitán se tocó el ala del sombrero en señal de bienvenida.

Ecueracapa vestía aquella mañana una túnica bermellón hasta los pies y un manto azulado de abrigo con ribetes de marta, propio de los grandes jefes, y al que conocían como la capa de autoridad de la nación comanche.

Abrigaba su cuello con un pañuelo añil en el que brillaba una tosca figurilla en plata de lo que parecía un ánade. Peinado con dos pulcras y ásperas trenzas de color gris, portaba en una mano el cayado de gran padre de los comanches tonkawas, y en la otra el ritual hatillo de plumajes negros que le confería la sabiduría del Pájaro Parlante, que todo lo ve y todo lo conoce.

Mas a los españoles los inquietó que llevara el rostro pintado de azul, aunque sin las rayas negras de guerra, y que su caballo bayo exhibiera varias manos, blancas y rojas, impresas en los lomos. Al menos era alarmante.

—Los dragones del rey se sienten halagados con tu visita, gran jefe.

—¿Os marchabais sin despediros, Capitán Grande? —preguntó.

—En modo alguno, amigo mío, íbamos en busca de alguna pista del asesino del padrecito. El apache Hosa encontró huellas al otro lado del río —dijo.

El líder indio exhaló una sonrisa socarrona, de esas que alarman.

—Puede que yo te haya ahorrado esa cabalgada estéril. ¿Deseas montar durante media legua con nosotros y navegar en una de nuestras canoas?

La insólita invitación dejó en suspenso al oficial español y al sargento Ruiz le pareció que podía tratarse de una trampa rastrera, muy propia de un comanche. Pero sabía que al anciano guía indio no le interesaba romper el pacto y mucho menos enfrentarse a las espadas y los Brown Bess de los dragones. Arellano aceptó, pero asistido por unos escoltas de su tropa.

Con aire de recelo y circunspección, cuatro dragones armados siguieron a la partida india y a su capitán. El camino de sirga se abría entre dos hileras de juncias, robles y sauces, por donde los caballos pasaron de uno en uno. Arellano no sabía si la teatral escenificación que el comanche había eludido aclarar los conduciría a alguna parte.

Algo misterioso sucedía. Lo intuía. Pero el jefe rebosaba de entusiasmo.

Martín anudó en su cuello el pañuelo rojo para protegerse del frío. Le afloraba en su duro rostro una mirada difícil de desvelar. Debía redoblar su cuidado y estar atento a cualquier treta descontrolada de los comanches.

Cabalgaron un trecho mientras Martín no dejaba de mirar el oscuro, pensativo y altanero semblante de Ecueracapa. Cuando desmontaron, olió a humo y el gran jefe lo invitó a subirse a una canoa, una *me'til* de cuero y madera usada por sus tribus para pescar, acompañado por el sargento Ruiz. Los demás se quedaron en la orilla vigilando y con las armas prestas.

Las rojizas y turbias aguas del Colorado brincaron al ser golpeadas por los remos. Con unas pocas remadas alcanzaron un recodo fangoso, donde varios comanches casi desnudos y con pinturas negras en la cara ajusticiaban a lo que parecía un yuma, por su camisa y pantalón occidentales. Se habían encarnizado con él de forma horrible.

Un indio joven estaba atado por las extremidades a dos troncos de mezquite y, aunque parecía vivo, se hallaba al borde de la muerte. La piel la tenía entre verdosa y violácea, quizá porque le habían aplicado algún tóxico.

Los soldados españoles observaron que el indio torturado aceptaba su atormentada muerte sin rechistar, de buen grado, y que esgrimía una mueca grotesca, como si los comanches lo transportaran a las praderas eternas e infinitas después de haber sido apresado en un acto de guerra.

Arellano pensó que con enemigos así era muy difícil luchar. Aquellas cuencas vacías y sin vida lo impactaron, mientras balbucientes palabras escapaban a borbotones de los labios del moribundo yuma, que los tenía partidos y amoratados. De la boca le chorreaba un hilillo de babas y sangre. No lo reconocería ni su propia madre.

—*Ini... son, ini... son* —murmuraba el moribundo.

—¿Quién es ese hombre, Ecueracapa? —preguntó Arellano.

—Dice llamarse Cuervo Sentado, y es el asesino del limosnero. Había perdido su mula, y la buscaba. Ese detalle ha sido su perdición, pues se le escapó y vino hasta nosotros. Pero no cantes victoria. Es un asesino de los muchos Rostros Ocultos, pero hay más —aseguró—. Espiaba tu campamento y mi poblado. Los yumas y esos coyotes de Palma y Carlos ya saben lo que le espera al que rompa la hospitalidad comanche, o la de sus amigos españoles.

El ánimo de Martín de Arellano no era el más oportuno para presenciar muerte tan atroz y constatar la iniquidad que pueden alcanzar los seres humanos, pero el oficial sabía controlarse y solo se limitó a asentir al jefe comanche. Después guardó un silencio sepulcral y el sargento Ruiz apretó los dientes. Deseaba gritar con todo su ímpetu y denunciar aquel repugnante acto de barbarie. Pero se contuvo.

Percibieron una sombra de sonrisa en Ecueracapa. No era su forma de matar a un enemigo, pero odiaba a los yumas. Los gruñidos roncos del desdichado les batían en las sienes a los soldados españoles, pues sus lamentos parecían los de una bestia.

—Esos yumas aprenden a matar, robar y asesinar cuando aún no han salido del vientre de sus madres. Esta es la única forma de tratarlos y el único lenguaje que entienden estos perros —se justificó el jefe comanche.

El ajusticiado, al parecer atrapado por husmear y espiar el poblado comanche, tenía un final violento y espantoso. Su tufo vital ya olía a muerte. Ecueracapa, sin descender de la canoa, alzó la mano, y compuso una señal inequívoca. Uno de sus guerreros participantes en la ejecución le practicó un seco tajo en el pecho y, arrancándole el corazón, lo alzó triunfalmente.

Después lanzó un horrísono aullido y le dio varios mordiscos que empaparon su cara.

—Otra abominación más de estos salvajes —dijo en voz baja el sargento, al que se le desató una tos convulsiva que aminoró con su pañuelo.

Martín, impasible, le pidió a Ecueracapa que regresaran. Se le veía desconfiado y ausente, y difícilmente le agradecía la expeditiva justicia que había elegido.

Regresaron silenciosos y asqueados, y a Martín todo le pareció gris, triste y tétrico. En la montaña estalló una tormenta que retumbó en el valle y algunas gotas de agua resbalaron sobre las monturas. Ecueracapa habló bajo la lluvia:

—¡Es una advertencia para otros como él! ¡Palma es un tarado!

—Quizá Salvador Palma no olvide esta ofensa, gran jefe.

El guía comanche soltó una sonora e hilarante carcajada.

—Esos Palma son hombres atrapados en todo tipo de inmoralidades y el Gran Espíritu los detesta. Tienen metido el miedo comanche en su alma. No harán nada, Martín, y por un tiempo dejarán de matar frailes.

Arellano asistía sin inmutarse a las conclusiones del viejo comanche.

—¿Y se enfrentarán al rey de España, jefe? —preguntó.

Martín no sabía el alcance de la predicción, pero escuchó su réplica:

—Si el gobernador muestra la menor debilidad, lo harán. Esta ejecución no les importa. Sus instintos naturales son los de la traición y la crueldad —dijo con determinación—. Los yumas venden sus lealtades al mejor postor, y ahora parece que la han entregado a los pueblos hermanos del frío norte.

Observaron que no había lástima ni compasión, sino odio contenido en sus palabras. Los yumas ya sabían cómo se las gastaban los comanches. Martín comprendió que apresar al asesino no era sino un fracaso y que podían ser muchos los anónimos ejecutores que aún andarían sueltos por aquellos contornos y poblados. Estaba seguro de que su misión de encontrar al asesino de San Gabriel estaba condenada de antemano y miraba a Ecueracapa, que parecía dominar con su mirada de viejo halcón todo el territorio y cuanto en él acontecía.

Algo se le escapaba de aquellos crímenes irracionales, abocándolo a un callejón sin salida. Había disipado pocas sospechas y volvía al presidio con más preocupaciones de las que había salido.

El tiempo apremiaba y antes de que sus diferentes caminos se separaran, el oficial español y el gran jefe indio se cogieron las manos. El anciano comanche insistió en que permanecería alerta y se sonrieron con amistad franca. Mientras se despedían, lo reiteró como un consejero bondadoso y paternal:

—¡Nunca apresarás al asesino en flagrante delito, capitán! ¡Son todos!

La lluvia arreció y unas densas gotas empaparon los uniformes y los lomos de los caballos y también al ganado salvaje que pastaba en los páramos, que desapareció de sus vistas. El empalidecido cielo se estaba oscureciendo aún más, y a Martín todo le pareció plúmbeo y alarmante.

Cavilaba que el mal es algo indisociable al mundo, y que está íntimamente unido al hombre, quizá por débil, o por codicioso. No le quedaba mucho tiempo y parecía que el asunto yuma se presentaba como si cavaran en un pozo seco en busca de agua y solo hallaran piedras. No dejaba de considerar el tétrico incidente y se perdía en sus oscuras conjeturas.

—Dios no está aquí, mi capitán. Habita en otros espacios —dijo el sargento recordando combates pasados con aquellos salvajes irreductibles.

—Estos desiertos polvorientos levantan la ira de los hombres, Sancho —contestó parco en palabras—. Violencia y muerte en tropel. Unos por conservar sus tierras y las cenizas de sus muertos, y nosotros por incrementar la gloria de España y del rey.

—Esta perra vida no la arregla nadie, don Martín —ironizó socarrón.

—¡Bien, sargento! —ordenó—. No nos dirigiremos a San Gabriel, como estaba previsto. Regresamos a Monterrey. Anúncialo a la tropa.

A pie en tierra o montados, fueron acortando el Camino Real de la costa, desde San Diego hasta la capital de California, entre crepúsculos rojizos, amaneceres azulados y días nublosos, con los fusiles y los cebadores enfundados y sus cuerpos encorvados por el agotamiento. Un universo de malezas, pinares y desfiladeros intrincados eran delineados por el inmenso océano del Sur, que les servía de brújula infalible.

Retornaban silenciosos, con las manos vacías y las almas encogidas.

Entre el olor de su propio vaho y el rebufo de las monturas, cruzaron polvorientas aldeas, ranchos fecundos y misiones blancas, hasta que divisaron la luminosa tonalidad del caserío de Monterrey. Sus ojos se alegraron.

Un sendero sembrado de gencianas, rosas, ocotes y artemisas descendía hacia la costa. Martín había sentido nostalgia de Clara Eugenia, a la que pronto besaría, y de fumarse una pipa de picadura cubana mirando al mar.

Después de un regreso infructuoso y casi vejatorio, hilaba en su cabeza la conversación que pronto tendría con el gobernador Neve. Pero ¿lo escucharía?

De repente, uno de los dragones señaló con el dedo el mar.

Arellano asió el catalejo, lo alargó, lo ajustó y divisó dos naves fondeadas en el puerto con las oriflamas de un apagado color amarillo y el águila bicéfala coronada de la zarina de todas las Rusias, la emperatriz Catalina II. No había duda, las reconoció. Las embarcaciones eran formas y siluetas desdibujadas detrás de la ciudad, como si espiaran sus movimientos y su fuerza.

Pensó que uno sería el patache Apóstol San Pedro, que pertenecía al conocido mercader de pieles Alekséi Chírikov, un viejo conocido; y la otra era una goleta anónima de mayor calado y de gran velamen que parecía de procedencia inglesa. No era buena señal. ¿Se trataba de un navío de guerra?

El silencio creció en la tropa por encima del desconcierto.

—Esos rusos no cejan en su intento de hincarle el diente a California —dijo Ruiz—. No me fío de ellos y el gobernador estará en un apurado dilema.

—Con los yumas hostigando por el este, y los rusos por el norte, no es claro el futuro, Sancho. ¿Lo sabrá el virrey Mayorga? —añadió Arellano excitado.

Volvieron al sendero y, antes del ocaso, accedieron a la ciudad.

Al cruzar la plaza, la gente se detuvo ante la cansada y cenicienta tropa que regresaba de la frontera. En la mente de Martín se despeñaban funestos presagios sobre la presencia de las naves rusas en el puerto. Pronto saldría de dudas. Calmadamente, Arellano ordenó a la fuerza ecuestre que presentara armas ante la bandera y la guardia del presidio, y que desmontara.

Al poco, la noche fue cayendo sobre la ciudad, aunque aún centelleaban reflejos anaranjados en el vasto océano Pacífico.

LA LUNA DEL CASTOR

Cuando las mujeres yumas aparejan trampas
en los remansos para cazar castores
antes del cercano invierno

El atónito Cuervo Sentado pensó que era hombre muerto, y
tembló.

A sus desorbitados ojos se le ofreció la pavorosa perspectiva de
una veintena de fieros comanches armados que lo amenazaban con
sus arcos y lanzas, y a menos de cinco pies de distancia.

No podía huir, ni luchar. Uno traía del ronzal a la mula ambladora que se le había escapado y que a la postre había sido el aciago error
que iba a costarle el pellejo, tras matar al monje limosnero, empujar el
ataúd de abedul y perseguir al animal de carga. Impasible, los miró aterrado y atisbó sus feroces miradas, sin apenas reaccionar.

Sabía que ya no alcanzaría los laureles de la nueva pluma del
valor.

Sintió un pavor frío en la mañana cargada de escarcha y humedad y apenas balbució algunos improperios contra sus enemigos más
encarnizados: los comanches. ¿Qué otra cosa podía hacer? Estaba
rodeado, indefenso y era un blanco vulnerable. Aceptó su destino.
Ahora tenía que demostrar a sus verdugos que era invulnerable al
dolor e inmune al espantoso tormento que le aguardaba.

Y como si hubieran sido convocados a una ejecución pública,
aparecieron algunos chiquillos armados con arcos pequeños y ramas de cardos. Lo apresaron con un lazo espinoso, lo despojaron de
los calzones y de la camisa blanca, y lo ataron a dos mezquites cuyas
vainas estaban secas por el viento.

Lo colocaron en aspa, con las piernas abiertas y alzadas del suelo, y bajo él encendieron un fuego minúsculo con un parahúso y una madera seca. Los niños se fueron acercando y punzaban su cuerpo con las flechas y los abrojos. Cuervo Sentado entró en un paroxismo. De repente, comenzó a cantar la canción del *calumet*, la de la pipa sagrada de los chamanes de su tribu, que hacía elevarse hacia el cielo y atenuar el dolor y el tormento:

—*Tae man- no- dan, hun- gahun- ga.*

«Deseo unirme al espíritu ya».

El fuego estaba haciendo su efecto y se le quemaban sus partes pudendas, los muslos y las rodillas y lanzó un grito horrísono al aire. El sufrimiento le resultaba insoportable, y su agonía era lenta e irritante.

Para divertirse con el sacrificio del yuma, uno de los jóvenes apareció con una *wutsutsuki* viva, una serpiente de cascabel, que presentaba unos colmillos intimidadores. La tenía atenazada por la cabeza y con una habilidad temeraria le comprimió la boca y el reptil soltó su carga mortífera y amarillenta en el suelo. Después la soltó y esta desapareció por la espesa floresta. De inmediato los pequeños comanches untaron las puntas de sus flechas en el veneno y armaron sus arcos. A lo largo de una hora, y con selectiva precisión, las fueron clavando en el vientre y en todas las partes de su magullado cuerpo.

Cuervo Sentado salió de su sopor, y aunque no era cantidad suficiente de ponzoña para matarlo, percibió que sus músculos se contraían y su garganta apenas si podía inhalar el aire de la mañana. Aun así, balbució ronco:

—¡La lucha sobrevivirá! Soy un Rostro Oculto y voy hacia el cielo.

Al poco, uno de los guerreros se le acercó y, con una frialdad que apabullaba, aproximó la hoja de su cuchillo a las ascuas de la hoguera, cuyas llamas aún seguían despabiladas. Volvió a por él, se acercó al cautivo y le quemó los ojos. El guerrero lanzó un horrísono grito de combate:

—¡Ya no podrás cabalgar por los cazaderos eternos, perro yuma!

Transcurrido un tiempo de divertimento y horror, en el que los comanches se carcajeaban y zaherían al prisionero, el jefe de la partida, que estaba apenas cubierto con un taparrabos y cuyo rostro atezado y cuadrangular estaba marcado por desiguales líneas negras de guerra, se dirigió a uno de los suyos y le ordenó:

—Avisa al gran jefe Ecueracapa, y dile que este perro aún estará vivo toda la noche. Mañana al amanecer morirá. ¡Cabalga ya, Pájaro Azul!

Le dieron a beber agua en abundancia al ensangrentado y achicharrado agonizante, para que no expirara y prolongara su trance a la otra vida, aunque había entrado en un estado cercano a la inconsciencia. Su dolor era insoportable, como si mil clavos le laceraran cada poro de su cuerpo. Y su mente era un caos.

El cautivo pasó una atroz noche, pero el fresco amanecer pareció concederle un leve aliento de vida. Lo último que creyó apreciar Cuervo Sentado fueron algunas palabras en castellano, quizá de algún dragón español de los que había avistado desde el cancho, el chapoteo de una canoa y los saludos de respeto de sus verdugos hacia un comanche de alto rango.

—*Ini... son, ini... son!* —farfullaba ciego y casi sin vida.

Finalmente apreció la frialdad de una daga en su pecho herido y magullado, y cómo se le escapaba la vida tras partirle violentamente el corazón. El cazador había sido cazado y ejecutado.

Tras la inhumana muerte fue la nada para él y el alborozo de los comanches. Lo desataron y ataron el cadáver a la mula con una cuerda trenzada. Uno de los guerreros condujo el animal de carga hacia el sendero que conducía a los poblados mojaves del territorio. El olor a hombre la conduciría a alguno de ellos, o de lo contrario sería encontrada por alguna partida de caza, si antes no la devoraba un puma o algunos coyotes errantes.

Unas mujeres mojaves que iban cargadas de mazorcas de maíz y de calabazas para la tribu encontraron el cadáver de Cuervo Sentado al día siguiente, gracias a unos buitres que volaban en círculos sobre la caballería y sus restos, prestos a darse un suculento festín. Al oler una manada de lobos, la acémila había huido asustada con su tétrica carga y se había precipitado por un despeñadero. A duras penas pudo ser identificado el hombre por la anciana mujer medicina, que iba con el grupo buscando plantas curativas.

Se lo entregaron a su madre, Kotsasi, Flor Blanca, que se hundió en un angustioso desconsuelo, profiriendo gritos que hicieron huir a las aves de los árboles. De los tipis fueron saliendo los habitantes del poblado, más de tres centenares. El gran jefe, Halcón Amarillo; su amigo, compañero de juegos y líder de la cofradía secreta, Búfalo Negro; Luna Solitaria y Pequeño Conejo, sorteando a la gente, contemplaron apenados al guerrero horriblemente atormentado por los demonios comanches.

—¡Malditos sean esos! ¡Que el Gran Padre los abata y los prive de la caza! —clamó el guía de la tribu.

Desde que los comanches descendieran de las Montañas Negras, las Montañas Rocosas, famélicos, hambrientos y enfermos, y aun a pesar de que los acogieran, alimentaran y curaran, se habían convertido en una aciaga plaga para el pueblo yuma. Y más cuando descubrieron los caballos, que jamás habían visto, y sus extraordinarias ventajas y se convirtieron en poco tiempo en los mejores jinetes del territorio, incluso superando a los dragones españoles.

Más tarde, los petulantes y belicosos desnudos declararon la guerra a todo el género humano, en especial a los apaches lipanes y hopis. Incluyeron en la lista de sus enemigos a los hispanos, hasta que, pasado un siglo, su más aguerrido jefe, Cuerno Verde, fuera abatido por Arellano en Arkansas.

Las mujeres del clan, entre sollozos y gemidos, dejaron sus labores de secar carne y extraer tuétano de los huesos, y los hombres abandonaron sobrecogidos la fábrica de flechas y bolas de pólvora. La familia dispuso los restos sobre una piel y espantó a un enjambre de moscas que los devoraban. Lo lavaron con agua jabonosa de yuca, lo untaron con manteca de bisonte y le cosieron las heridas. Aun así, se asemejaba a un esperpento y lo lloraron desconsolados.

Luna, que lo miraba con abatimiento, soltó unas lágrimas presurosas, pues sabía que la pretendía como esposa. Los comanches se habían cebado con inusitada crueldad y fiereza en el guerrero mojave. Era la norma de su feroz convivencia y de aquella tierra despiadada, áspera y a veces inhóspita.

—¿Habrá podido cumplir su misión, Búfalo Negro? —preguntó.

—Un guerrero nuestro jamás deja de consumar su tarea. Seguro que sí. Después de haberlo prometido ante los espíritus, si no la hubiera ejecutado, sabía que caería una maldición sobre la tribu entera —clarificó el cabecilla—. Pronto lo sabremos por medio de alguno de nuestros espías.

Luna apartó sus ojos del cuerpo de su amigo y dijo:

—Wakantanka creó al yuma y al comanche a la vez, y ahora somos lobos enfrentados que nos matamos a dentelladas ¡Que los maldiga el Gran Espíritu!

El tono empleado por Búfalo Negro fue de reproche.

—No abandonaremos la lucha a pesar de esta desgracia, mujer —le dijo—. Ahora más que nunca los Rostros Ocultos hemos de estar unidos.

—Pero su temeridad ha hecho que muriera. No estaba preparado —negó.

Los lamentos de las plañideras la aturdían, y ya no se fiaba de que aquellos asaltos indiscriminados fueran efectivos. Se enfrentaban a enemigos muy poderosos. Movió la cabeza, pues cuando estaba vivo, Cuervo Sentado la miraba con deseo, y lloró apesadumbrada. Era un momento odioso e insoportable.

Una bruma otoñal oreaba el poblado el día de la incineración.

Alrededor de los despojos de Cuervo Sentado se concentraron mujeres desnutridas con costras en la cabeza y ancianos en los huesos que lagrimeaban y esperaban como mendigos una dádiva de la familia, como era costumbre. Algunos no tenían nada que llevarse a la boca, pues sus hijos jóvenes habían fallecido, y rogaban cualquier caridad, aunque fuera de un guerrero muerto.

La madre llevó unos abalorios, su espejo, cuentas bermellón de cristal, el peine de alisar su cabellera, una caja de tabaco y dos aros de oro, que desperdigó por encima del cuerpo del hijo muerto. Nana, al que correspondía la labor de enviarlo junto a los espíritus, exhaló humo de una escudilla humeante sobre el cadáver, recitó cánticos ininteligibles para que hallara los cazaderos infinitos y prendió fuego a la yacija de madera, a los leños y a la hierba seca que envolvían el catafalco fúnebre.

Búfalo Negro se acercó a la pira y arrojó una pluma negra, la del valor.

—Seguro que cumpliste con tu misión y mataste a un perro blanco sin nombre, ejecutando tu juramento sagrado, hermano —repuso grave.

Salvo los Rostros Ocultos, pocos adivinaron el gesto.

El humo de la hoguera era como una bruma gris a la deriva, y la demoledora soledad de los seis miembros de la cofradía guerrera de los Rostros Ocultos era patente. Ciervo Fuerte, Antílope Veloz, Garras de Águila, Luna Solitaria y Pequeño Conejo miraban impávidos el cuerpo exánime de su compañero y apretaban sus labios con rabia.

Búfalo Negro se dirigió a ellos, y les dijo compungido:

—Poseía sueños grandiosos para nuestro pueblo, era un valiente.

El guerrero hizo una pausa y le susurró a Luna, casi de forma inaudible:

—¿Sabes que Cuervo Sentado iba a pedirte a mi padre? Deseaba que fueras su esposa. Nunca lo ocultó. Tendrás que buscarte otro compañero.

La mujer no tardó en contestarle y lo hizo de forma sorprendente.

—Lo hubiera descartado. Yo solo deseo ser tuya, y nada más.

Búfalo Negro se asombró como un niño cuando recibe un regalo inesperado. El rostro se le encendió de rubor y balbuceó:

—Ya tengo dos esposas, serías la tercera. ¿No te importa?

Luna sabía que las maltrataba, pero no le importaba. Lo amaba.

—No, no me importaría.

Luna no quiso desaprovechar la ocasión que le había ofrecido. Insistió:

—Tras el funeral, estás invitado a mi tipi, pero hazlo con discreción. Tal vez una noche de entrega clarifique tú mente —lo invitó.

—Eres muy hermosa. ¿Lo sabías? Pero dudo que vaya —la decepcionó.

Un ligero viento, rezumante y frío, comenzó a ventear en el campamento y madejas de nubes plomizas ocultaron el sol. La pena contenida, la congoja y los lloros de la familia y de los amigos se adueñaron de la gris atmósfera.

Nana, el venerable chamán, que persistía en las plegarias recitando ancestrales himnos a los espíritus bienhechores, recomendó a la familia que recogiera las cenizas y las aventara en el cercano Balcón de los Vientos.

La familia permaneció en duelo y luto dos semanas más, hasta que Nana anunció que, con el advenimiento de la luna nueva, iba a oficiarse el viejo rito del Károk Yumano. Se trataba más de una representación teatral que de un ceremonial elegíaco, y acudirían gentes de otros clanes. Los más cualificados artesanos del poblado habían cincelado en madera una imagen del rostro de Cuervo Sentado, con su característica nariz, boca fina y pómulos salientes; y colocándola sobre unos palos largos la habían vestido con las ropas del infortunado guerrero. Era su representación terrenal para la última ofrenda.

Hacía frío y todos se guarecían en sus capotes y mantas de piel.

Nana impartió la orden del inicio del solemne ritual y sonaron los timbales con ritmo lento. Conducida por dos mozos de la tribu, la efigie de Cuervo Sentado fue paseada por el recinto ante el grandioso silencio de hombres, mujeres, chiquillos y ancianos. Después de la quinta vuelta, el muñeco fue hincado en el centro del poblado, para que en derredor se celebrara el ancestral ritual.

Una veintena de danzantes, pertrechados con máscaras de madera, interpretaron la Danza de la Muerte al compás de las matracas, los panderos y las flautas de hueso, mientras las jóvenes, con pañuelos en sus cabezas, se cogían de las manos y daban pasos hacia adelante y hacia atrás, muy acompasadamente y con las cabezas bajas.

Permanecieron dos horas ininterrumpidas formando un círculo y bailando con lentitud. Alababan las virtudes del finado mientras convocaban a los espíritus del lobo, del coyote, el bisonte y el halcón, para que el alma de Cuervo Sentado no equivocara el camino.

El chamán los hizo callar y, alzando los brazos, gritó:

—¡Oh, Kwikumat, dios de la vida y de la muerte, creador del mundo, y Gran Padre de los maricopas, los cocopahs y los mojaves! Este hombre ha iniciado el vuelo del águila. Acógelo en las praderas eternas. ¡Grande es tu poder!

El hombre medicina entonó la alabanza sagrada de los mojaves, el *Shupeda*, y varones y hembras se colocaron en dos filas. Con pasos cortos y acompasados, al son de los tambores, compusieron una procesión andante para rendir el último tributo al guerrero que había logrado la pluma negra del valor en su corta vida. El clan entero cantaba además con voz compungida los llamados cantos del gato bronco propios de los *takeina*, los funerales por los guerreros muertos en combate, a los que se unieron sus hermanos de la hermandad secreta.

La familia invitó posteriormente a una suculenta cena a todos los asistentes, que bebieron mezcal sin mesura y comieron en honor del homenajeado frijoles, nabos, carne de liebre, perro y búfalo, y tortas de maíz. Cerca de medianoche, Nana tomó de la hoguera un palo ardiendo y le prendió fuego a la representación de madera del finado. El gran jefe, Halcón Amarillo, se incorporó del suelo y rogó atención.

—¡Bórrese de la memoria del pueblo mojave el nombre de Cuervo Sentado, y que jamás sea pronunciado en público! ¡Ya no nos pertenece!

No lo hacía por olvido de los suyos, algo impensable en un pueblo tan familiar y amante de sus hijos, sino por respeto al nuevo estado de su espíritu. Con la humareda negruzca la efigie de madera del joven guerrero muerto parecía un espectro diabólico entre las sombras.

Luna bajó la cabeza desconsolada y se dirigió hacia Búfalo Negro.

—Recuerda, si así lo deseas, te espero esta noche en mi tipi. Soy libre y puedo hacerlo. Pero si no apareces, lo comprenderé —le susurró al oído.

El poblado se había entregado a un banquete sin fin y reinaba el desgobierno. El mezcal, el tabaco de las pipas y la abundancia de comida hacían caminar a la gente con torpor.

Luna vivía con Conejo Pequeño en una tienda propia, cerca del tipi del Consejo. Al llegar sorprendió a su hermano borracho y dormido encima de las suaves pieles. Lo cubrió y lo besó en la frente. Se desnudó y se entregó al placer de un sueño reparador. Pero no hubo de esperar mucho. Con la exigua luz del fuego pudo ver a Búfalo Negro entrar a hurtadillas en el habitáculo. No dijo nada y se apartó un poco ofreciéndole un lado de la yacija. Ella se había acostado antes con otros jóvenes, pero nunca había transgredido las normas con un hombre casado. Era la primera vez.

El silencioso amante le susurró unas palabras gentiles que excitaron a la joven, quien le ofreció sus brazos anhelantes. La rodeó con ternura y comprobó que, con el fulgor de las ascuas, su piel desnuda de color del bronce brillaba como el ámbar. A Búfalo Negro, Luna le pareció un deslumbramiento en medio de la oscuridad. El guerrero contuvo la respiración y comprobó su flexibilidad y cómo su aliento se le unía en un beso perpetuo. La tupida cabellera de Luna cubrió el rostro de su compañero y este descendió hasta su sedoso sexo. Luna entreabrió los labios y saboreó la dulzura de las caricias del guerrero.

Las formas casi salvajes de Búfalo Negro eran sobradamente elocuentes. Su macizo cuerpo se envaró y entró en las entrañas de Luna, que comprobó que poseía unas imperiosas facultades viriles para el juego del amor. Un fuego nunca sentido y de naturaleza ardiente corrió por las venas de Luna.

Luna se vio transportada a otros mundos ignorados, y disfrutó de la sensación de un goce relajante y tierno. Al fin, un estallido de placer hizo concluir su apasionada compañía y quedaron uno al lado del otro con las manos entrelazadas. Pasado un rato de delicioso silencio y quietud, el hijo del gran jefe lanzó un suspiro de dicha, se incorporó pletórico y, mirándola fijamente a los ojos, le acarició los labios con sus dedos.

—Luna, te has ofrecido a mí y me has hecho olvidar las dulzuras de mis esposas y mis deberes con ellas. Volveré. Eres un cestillo de miel y cerezas difícil de rechazar —dijo con la ingenuidad de un enamorado.

—¿Compartiremos nuestras vidas algún día?

—Quiero mezclar mi sangre con la tuya, mujer —aseguró.

Cuando abrió la rendija de la puerta, Luna contempló relajada al astro menor que llevaba su nombre. Aparecía y desaparecía entre las nubes negras y especuló qué consecuencias podía tener aquel acto prohibido y si el último beso clandestino de Búfalo Negro había sido el beso del adiós definitivo al olvido.

Cuando lo viera al día siguiente debía evitar mirarlo por temor a traicionarse a sí misma. Pero una noche tras otra el joven mojave fue al encuentro de Luna, y al parecer nadie se dio cuenta de la transgresión de las costumbres de los jóvenes.

—No te preocupes, nuestra felicidad no la oirá nadie, querido.

—Pero mi vida ha cambiado, Luna. Pronto habrá guerra y no podré verte —le aseguró y le acarició el sedoso cabello, tan negro como la noche.

—La separación sería infame e intolerable, Búfalo Negro —se lamentó—. Yo te acompañaré.

NICOLÁI PETRÓVICH REZÁNOV

Los ociosos ciudadanos de Monterrey, los arrieros que daban de beber a sus recuas en la fuente, los indios y las vendedoras del mercado repararon en un carruaje con tiro de cuatro caballos que se detuvo ante el palacete del gobernador de California. El cochero bajó el estribo y su único ocupante, un extranjero desconocido, descendió con la ayuda de su asistente de cámara.

Don Felipe de Neve, que lo aguardaba ceremonioso, lo recibió en la puerta del palacio y lo acompañó hasta el interior. Al entrar, el introductor del gobernador hizo sonar el varal y anunció:

—Su excelencia don Nicolái Petróvich Rezánov, chambelán de la zarina de todas las Rusias, su majestad Catalina II, magistrado y coronel de la Guardia Imperial, e inspector general de las compañías navieras de Alaska.

Neve, vestido de gala y tocado con una peluca empolvada, se presentó a los oficiales y a sus esposas con un obsequioso gesto, y estos a su vez le sonrieron inclinando la testa. Las damas españolas, que lo escudriñaban tras sus calados abanicos, se habían ataviado con sus mejores galas: vestidos a la moda francesa según los figurines que sacaban de los números atrasados de *Les Délices de Paris* y *Les Nouvelles*.

Esa tarde Clara Eugenia había convertido su casa en un tocador para sus amigas más queridas: Jimena Rivera, hija menor del capitán don Fernando y Conchita Argüello, hija del oficial mayor del presidio de San Francisco, don José Darío, casi una hija para el matrimonio Arellano; y había aplicado a sus rostros afeites y polvos de albayalde, por lo que difícilmente podría apreciarse su rubor si el invitado ruso les regalaba algún requiebro.

Estaban invitados a la recepción algunos hidalgos, la rica burguesía emergente y varios armadores de barcos, caballeros en su mayoría de los que llamaban en Nueva España «nobles de cortejo», pues se dedicaban a visitar a las damas vestidos de raso y exageradamente acicalados para jugar a las cartas, recitar poesías, hablar de parientes en la Corte o tomar chocolate sin más pretensión que dejarse admirar por su fatua pedantería, ajenos a que en el viejo continente se avecinaban revoluciones y cambios.

El salón que se conocía como del Trono se había llenado a la hora del crepúsculo de señoras empolvadas, caballeros con levitas rebosantes de condecoraciones, bandas, botonaduras, charreteras, escarpines de charol y sables relucientes.

Arellano, como exigía la etiqueta, se encasquetó el uniforme de gala de capitán de dragones: guerrera blanca con el cuello rojo, pantalones azules y botas de caña, y lucía un reloj de bolsillo Barlow regalo de su padre, asesinado por los comanches. Jamás había llevado peluca, así que se había peinado hacia atrás y recogido la melena con un lazo negro, y se había aseado y recortado las patillas, bigote y perilla como requería el acto.

Rezánov era un hombre de mediana estatura y que rayaba la cuarentena, distinguido y de corteses modales. Al ingresar en el salón abrió una cajita de plata y aspiró unos granos de rapé, signo de su buen gusto y *savoir vivre*. Llamaba la atención por su tez clara, ojos muy azules, cabello rubio peinado hacia adelante, cuello esbelto adornado con un pañuelo color crema, nariz fuerte y mentón con un hoyuelo que cualquier mujer definiría como atractivo. Se ataviaba con una librea bordada, camisa almidonada, banda azul sobre chaleco de seda y pantalones marfil sobre chapines con hebillas de plata. Tras los murmullos contenidos de las damas, el gobernador interrumpió el momento y exclamó:

—La capital de California se siente honrada con la visita del chambelán real de Rusia y le ofrece su más acogedora hospitalidad.

110

Aunque hablaba varios idiomas, entre ellos el aleuta de Alaska, el embajador ruso aún no dominaba completamente el castellano, así que agradeció la bienvenida en latín y en alguna ocasión tuvo que ser traducido por el hermano de Conchita Argüello, don Luis, y por el padre Uría, párroco de San Carlos.

Los allí congregados deseaban saber las verdaderas intenciones por las que se hallaba allí, y por qué tenía fondeada la goleta Jano frente al puerto, con una batería de cañones apuntando a la ciudad, pero nada reveló y todos quedaron desconcertados. Pensaron que tal vez en la cena se extendiera, pero tampoco lo hizo, y cundió la alarma. Los platos y vinos que se sirvieron, de selecta exquisitez, desprendían aromas a nuez moscada, jengibre y canela. El invitado ocupó el sitio de honor bajo una gran lámpara de araña con decenas de velas encendidas; había molduras taraceadas, candelabros de plata, cortinajes de pliegues y una conversación ilustrada que complacía al ilustre chambelán ruso, que comió por vez primera patatas hervidas en salsa y degustó una taza de café.

—Estos tubérculos nos han llegado de la capitanía de Buenos Aires y de Chile. Quitarán mucha hambre en estas tierras —informó Neve.

Le concedieron luego el honor de abrir el baile, y el ruso lo hizo con un minué, escogiendo como pareja a Jimena Rivera, una delicada joven rubia, de piel casi transparente, que había sido prometida a un cadete de dragones que servía al rey en la Academia de Querétaro.

Pero lo que hizo cuchichear a los invitados fueron las miradas y saludos que Rezánov dedicó durante el ágape a Conchita Argüello, a la que no quitó ojo. Sus pupilas la buscaban en todo momento, y los labios de la californiana se estremecían de pudor. Era una jovencita de apenas dieciséis años, de mirada dulcísima y una de las muchachas casaderas más deseadas de California.

El intercambio de miradas, sonrisas y requiebros acabó ahí, pues Neve invitó al extranjero y a los capitanes Rivera, Argüello y Arellano a seguirle. Conchita, no obstante, se notaba muy halagada con las atenciones del huésped.

—Mantengamos una plática de caballeros en la compañía de un buen *brandy* y de unos puros recién llegados de Cuba.

Las damas permanecieron en la sala escuchando la orquestina mientras los cinco hombres se recluyeron en el salón privado del gobernador. ¿Conocerían entonces el motivo de la enigmática visita del ruso? Un fuego vivaz animaba un brasero de cobre dorado e incitaba al coloquio, en el que Neve confiaba que se despejaran sus dudas.

El gobernador preguntó por pura fórmula:

—¿A qué debemos la bondad de vuestra visita, chambelán?

En los ojos del ruso surgió una irónica luminiscencia.

—¡He arribado aquí para ofreceros la firma de un tratado, señor!

Los militares y el gobernante se mostraron impresionados. Sin perder un instante, el ruso lanzó su respuesta, ya premeditada.

—Os la presento a vos para que la hagáis llegar al virrey Mayorga y este, si lo cree conveniente, a vuestro soberano don Carlos III. Será un acuerdo favorable para ambas partes, os lo aseguro. Su majestad Catalina, mi reina, cumplirá hasta la última letra —aseguró convincente.

—Os oímos, señor—asintió Neve.

Un criado sirvió copas de *brandy* Maldonado, y don Felipe encendió un habano. Su ofrecimiento no resultaba nada tranquilizador, pues intuían que deseaba fundar una colonia rusa en California, y Neve tenía la orden de bloquear cualquier expansión extranjera, incluso con el empleo de las armas.

Rezánov, en un tono neutro, se explicó conciliador:

—Centrémonos en la cuestión y busquemos una salida a la esquiva relación que mantienen España y Rusia en esta parte del Pacífico. Malgastar posibilidades y talento resultaría lamentable para las dos potencias.

En sus palabras existía un acento de sinceridad que agradó a Neve, pero ignoraba adónde deseaba llegar. El diplomático ruso, resignado a hacerse entender, prosiguió:

—Excelencia, los embajadores de España en San Petersburgo, el marqués de Almodóvar y el vizconde de Herrería, denunciaron la presencia de cazadores rusos en Alaska, a la que consideran una posesión española. Mi reina no acepta ese estado de las cosas. Los españoles poseen medio mundo y han descuidado Alaska, su gobernación, sus recursos y la debida protección a los nativos. Es una *terra nullius*, una tierra de nadie, y hay lugar para todos.

Su declaración había sido mesurada, y reanudó su aserto:

—Mi reina solo desea que continuéis dispensándonos los mismos privilegios que el coronel Anza y el capitán Arellano, aquí presente, mantuvieron con Chírikov y la Compañía Shélijov-Gólikov. No he venido a esta parte del mundo a pelear por territorios, sino a acrecentar nuestros negocios y a haceros partícipes de los beneficios que ofrece Alaska.

Arellano estimó que había llegado el momento de intervenir:

—Eso supondría fortuna para ambos imperios. Hace unos años realicé un viaje de exploración a las tierras del norte con el brigadier Bruno de Heceta y el capitán Bodega. Formé parte de la empresa que tomó posesión de la isla de Nutka, que controla los caladeros de Atewaas y Kayung, aunque bien es cierto que sin signos de continuidad por falta de efectivos militares y de medios materiales. ¡La hemos abandonado!

—A eso me refería, don Martín —contestó el ruso esgrimiendo una sonrisa.

—Bien es verdad, don Nicolái —siguió don Martín—, pues fui testigo de que se intentó colonizar el valle de los Osos y el paso de la Gaviota. Pero, siendo franco, considero que hemos desatendido su gobierno.

Martín ni acusó ni exculpó a su rey, pero el diplomático ruso se expresaba con justicia y demostraba incluso gratitud. Rezánov se mostró dadivoso:

—¿Saben vuestras mercedes que el fuerte de Nutka está desamparado y que vuestros acuerdos con los indígenas son papel mojado? ¡Hasta el almirante inglés Cook se paseó por la isla como si fuera suya! Y si no tomó posesión de ella fue porque los nativos le ofrecieron un banquete con platos y cucharillas españolas, y abandonó los enclaves para eludir conflictos.

El gobernador se encontraba incómodo, porque la Corona, a pesar de sus insistentes peticiones a Madrid y México, había prácticamente abandonado Nutka, una isla que en el futuro inmediato sería el vínculo del comercio entre América y Filipinas. Un silencio hosco llenó la atmósfera y se elevó por encima de las cabezas de los conversadores. Aquel hombre era claro y veraz.

—¿Y entonces, señor Rezánov? —se interesó don Felipe.

—Os aseguro que ni el virrey Mayorga, ni vos, tendréis que temer nada sobre posibles establecimientos rusos en estas costas —se explicó—. Con este tratado, mi reina se ofrece iniciar un próspero comercio de pieles con las ciudades californianas, que no colonias, pues sé que las consideráis una prolongación de España —intentó halagar a los oficiales hispanos.

Para los oídos de don Felipe, aquella era una gran oportunidad.

—En modo alguno es un mal acuerdo —dijo Argüello, menos inquieto.

—Y os garantizo, señorías, que lograréis más productividad, si cabe, que con las mismísimas minas de Potosí. Las pieles americanas son solicitadas en Escandinavia, Inglaterra, Rusia, China, India y Persia. Su majestad Catalina promete que no fundará ningún emporio ruso por debajo del paralelo 50°. Todo está en el documento, con su firma y sello.

La sorpresa fue mayúscula. Ciertamente parecían no tener intenciones invasivas.

—Teniendo en cuenta que nuestro enclave más al norte es San Francisco, que se halla a 40°, es más que razonable vuestra propuesta, señor —replicó Neve—. Temíamos algún tipo de colonización en California y eso acarrearía un enfrentamiento y un conflicto que no deseamos. ¿Comprendéis, señoría?

El chambelán sacó del bolsillo una carta doblada y la abrió.

—Ahí tenéis el tratado rubricado y con lacres de doña Catalina, zarina de Rusia. ¡Leedlo, excelencia! Renunciamos a fundar una colonia en la desembocadura del río Columbia donde viven los pacíficos indios chinooks y no demandaremos territorios, sino relaciones comerciales que acarrearán a ambos pueblos riqueza y prosperidad, y que las compañías rusas tengan libertad de movimiento. España posee todo el Pacífico y parte del Atlántico, dejadnos un retazo del Ártico. No pedimos más, señores.

Una sirvienta encendió las velas y despabiló las apagadas. Se libraba una lucha sorda por intereses encontrados de dos naciones poderosas. Neve dijo:

—Estrictamente yo no puedo autorizaros a entablar un comercio activo, pero este documento saldrá para México en el correo de mañana, favorablemente informado por mí, os lo aseguro, señoría. El virrey Mayorga es hombre abierto a otros aires y reflexivo diplomático y valorará nuestras sugerencias. ¿Y cómo se realizarían esos intercambios, chambelán Rezánov?

Don Nicolái no se alteró un solo momento y explicó:

—No intervendrán los reyes, sino nosotros, los ciudadanos libres. Se haría a través de una compañía comercial, la Compañía Ruso-Americana de Pieles, que he fundado con capital ruso y la participación de hombres de negocios de las Trece Colonias inglesas, recientemente independizadas de Inglaterra.

Aquellas componendas les parecieron sorprendentes a los oficiales, en especial a Rivera, que se interesó:

—¿Y dónde piensa actuar su Compañía, señor Rezánov?

—Únicamente por encima del paralelo 55°: Kamchatka, Alaska, Japón y las islas Kuriles. Siempre alejados de la influencia y de las aguas españolas, pero colaborando con vuestros enclaves. ¿Entendéis, *monsieur*?

Argüello quiso ahondar más aún en las intenciones de Rezánov e insistió:

—¿Y para qué nos necesitáis, aparte de la compra y venta de pieles?

El ruso no se sorprendió, antes bien presentó con la mayor claridad sus propósitos. Era la cuestión que todos deseaban oír de su boca.

—Es obvio, señor Argüello. Mi base comercial de Sitka, en el golfo de Alaska, precisa de trigo, maíz, hortalizas, aceite, cuero, vino, aguardiente, carne y frutas de California, y también caballos y mulas. Lo pagaría a un precio muy generoso. Os necesitamos. Pieles y dinero a cambio de víveres.

Argüello, Neve y Arellano abrieron sus ojos desmesuradamente. Aquel hombre no era un conspirador y menos aún un anexionador o un mentiroso. No le parecía lo mismo al septuagenario Rivera, que se movía incómodo en su asiento y mordía, más que fumaba, su puro habano. Parecía no entender la situación y sacó a colación el orgullo y la prepotencia que lo definían. Era un hombre de otra época.

—El honor debido hacia mi rey y a la Corona de España está por encima de mi conciencia. Nos pedís demasiado. Deberíais volver a vuestra base.

—El honor a veces es el anverso de la ruina, capitán —respondió agrio el ruso.

Sin embargo, el gobernador había desechado sus miedos y mandó callar a Rivera. Escanció resueltamente más *brandy* en las copas, y brindó. Rezánov asintió cortés, bebió unos sorbos y alabó la prosperidad de los virreinatos hispanos, algunos de los cuales había visitado:

—El haber incorporado al indio a la casta hispana y haber creado una raza nueva, la mestiza, lo considero un milagro de la civilización europea.

—Gracias por vuestras versadas opiniones. Nos alientan —dijo Neve.

A Neve, Argüello y Arellano los atraía la claridad del eslavo, pero Rivera no había entendido nada del discurso y no captaba el viento de cambio que se avecinaba en las Indias Occidentales, donde muy pronto los criollos serían los únicos dueños de las tierras y de su destino, alejados del capricho de las cabezas coronadas. Neve veía sus dudas despejadas y confiaba en él. Aceptó el acuerdo sin cortapisas.

—Como está dentro de mis atribuciones, tenéis mi permiso para cargar vuestras bodegas de víveres dos veces al año. Y ¿hasta cuándo permaneceréis en California? —se interesó.

—Navegar ahora sería una temeridad. Esperaré a la Epifanía del Señor y partiré. Después, en julio, regresaré de nuevo para llenar las bodegas, que pagaré gustoso con oro y pieles preciosas.

—Seréis mi invitado en esta Pascua de la Natividad, señor Rezánov.

Encantado por la invitación del gobernador y tras degustar unos sorbos de *brandy*, el ruso dirigió su mirada al alférez Argüello. Le suplicó con cortesía:

—Don José Darío, ¿me permitiréis visitar a vuestra hija doña Conchita durante este tiempo? No me deis un no por respuesta, os lo ruego.

Si el ave fénix hubiera irrumpido por el mirador del salón no hubiera armado tanto revuelo como aquella impensada petición. Argüello se sobresaltó y sus labios se paralizaron. No podía creerlo. No le salían las palabras. Alzó la vista, lo miró estupefacto, y respondió:

—Claro está, señor chambelán, mi esposa y yo estaremos encantados.

Nadie olvidaría la tarde en la que recibieron la inesperada visita de Nicolái Petróvich Rezánov, que bien podría cambiar sus vidas. Al abandonar la salita, el gentilhombre olió un florero de rosas de California.

—Fragante y grato perfume —opinó, y se llevó un capullo a la nariz.

CONCHITA

Dos días después el gobernador Neve se aisló en la sala del palacio rodeado de sus oficiales. Debían tratar el grave asunto de la larvada rebelión yuma, pues no deseaba que derivara su gobernación de nuevo a la desgracia y a la sangre.

Aclarado el asunto ruso a satisfacción, Neve deseaba saber la opinión de los soldados más relevantes de California, hombres de gran valor e inteligencia militar y habilidad para concebir estrategias de ataque y de defensa.

Martín narró a sus colegas su periplo por el Colorado y el Gila, y rogó no hacer caso a rumores, maledicencias y supersticiones que propalaban los indios de que había sueltos mil demonios por el territorio. Rogó prudencia en las represalias y tuvo la temeridad de rebatir al capitán Rivera, que estalló:

—¡Concededme cien dragones y borraré del mapa a esos yumas!

Neve atemperó la disputa, tras informar Arellano del asesinato del lego minorita y de que la autoría de los crímenes era un misterio sin solución, pues los asesinos constituían un grupo organizado de fanáticos de varias tribus.

—¡Esta situación traspasa los límites de lo soportable! —gritó Rivera.

Su respuesta, a modo de recapitulación, resultó definitiva.

—Recordad, Rivera, cómo el gobernador Anza y yo solucionamos el problema comanche, pueblo mucho más fiero y belicoso que el yuma. Fuerza, sí, pero garantía de regalos, permiso para comerciar y no invasión de sus tierras.

No habían transcurrido unos segundos cuando Rivera replicó ceñudo:

—¿Y dónde cifráis vuestras sospechas de que puedan esconderse esos asesinos? —preguntó.

Y Arellano le replicó sin mirarlo:

—Según Ecueracapa, entre las tribus de los mojaves, de los cocopahs o del clan de Palma. Un avispero donde es mejor no meterse sin ofrecer un acuerdo.

El gobernador sacó el reloj de su bolsillo y miró la hora. Habló sesudo:

—Caballeros, tenemos la responsabilidad moral de proteger a esos indios y hoy mismo escribiré una carta a fray Junípero Serra y otra al alférez Isla para que respeten los derechos de esos pobres yumas del poblado de La Concepción, y espero que no sea demasiado tarde. La fuerza será lo último y solo si persisten en sus banderías. No deseo mártires entre mis mejores oficiales.

Con una risita falsamente despreocupada, el viejo Rivera contestó:

—¡El miedo, gobernador, el miedo! Es lo único que mantiene sumisos a esos salvajes. Contra pillaje, arrasamiento de poblados insurgentes —defendió.

Por toda respuesta, Neve acarició pensativo su barbilla y los informó de que Madrid y el virrey de México habían aprobado su nuevo reglamento de fundación de establecimientos en California, en el que se excluía a los franciscanos y a cualquier orden religiosa de las labores colonizadoras.

—¡Impagable noticia! Por una vez el rey don Carlos, Floridablanca y Mayorga están de acuerdo. Se inicia en las Indias un nuevo tiempo —dijo Argüello—. El poder que gobierne las fundaciones ha de ser civil y real.

—Escúchenme con atención vuestras mercedes —rogó don Felipe—. A partir del primero de año no se empleará un solo dragón en perseguir a indios escapados de las misiones, y se explorarán tierras productivas regidas por sus ciudadanos, bien sean españoles, criollos o indios de cualquier raza en el valle central de California, que nos den de comer a todos.

La voz del viejo Rivera se volvió más serena:

—¿Queréis decir, don Felipe, que tengo vía libre para completar mi proyecto y consolidar los dos pueblos ya fundados en San José y Santa Bárbara?

—Lo tenéis, don Fernando —halagó su vanidad—. Es vuestra la labor de encontrar más colonos en Nuevo México y Sonora. El virrey ha prometido cabezas de ganado y recursos a vuestra obra, capitán. Disponéis de cuarenta dragones y vuestra experiencia resultará capital. Y sin frailes, claro está.

Rivera sonrió y se mostró muy complacido.

—¡Era algo largamente esperado por mí! Acabar lo iniciado, don Felipe. Os aseguro que esas ciudades echarán raíces en California.

El gobernador, que sentía las manos frías y las mejillas sudorosas, dijo:

—En cuanto a vos, don José Darío, el virrey también ha aprobado vuestra propuesta de colonizar el valle del río Porciúncula. Se han ofrecido treinta y dos colonos, en su mayoría indios mexicanos y españoles, y también mestizos y mulatos. Id haciendo los preparativos. Concluida la primavera, partiréis.

Aquella noticia suponía para Argüello un orgullo y una victoria personal.

—¡Gracias sean dadas al Creador! —exclamó eufórico—. Ya he delineado la plaza y trazado las cuerdas del poblado sobre el papel, señor.

—¿Y habéis pensado cómo se denominará el asentamiento?

—Nuestra Señora Reina de los Ángeles. Es un valle ubérrimo según los exploradores, y hermoso como el edén bíblico.

Reinaba una solidaria fraternidad entre Neve y sus oficiales, y dijo:

—Y a vuesa merced, don Martín, el virrey os requiere en otro lugar, conocida vuestra vinculación con Alaska y con sus moradores —dijo enigmático.

Las palabras de Neve, acompañadas de una sonrisa, lo alertaron.

—Vuecencia dirá, gobernador —contestó un Arellano suspicaz.

—Según sus órdenes, en verano navegaréis a Nutka con el Princesa. Aunque me fío de Rezánov, sería necesario investigar sobre sus asientos y la costa del Pacífico. ¿Os atrae la idea? Podría acompañaros doña Clara Eugenia, que así visitaría a su familia. Nutka debe ser recuperada para la Corona.

Arellano bajó la cabeza, asintiendo como era su deber.

—Lo estimo ineludible, capitán. No lo digo por desconfianza hacia los rusos, sino para que se visualice claramente nuestra presencia en Alaska.

—Pues el virrey Mayorga desea que sea vuesa merced quien realice esa misión y emita un informe exhaustivo de la situación del territorio —informó.

—Los presentes somos instrumentos del rey —apostilló Martín.

—Caballeros, ese es el servicio que nos requiere España. Tengo una fe absoluta en vuestra formidable voluntad. ¡Pueden retirarse! —concluyó Neve.

Al abandonar el palacio, Martín observó que el cielo era una colección de extinguidas estrellas, pues los nublados y nieblas habían hecho acto de presencia.

Rezánov pudo comprobar que Monterrey era una ciudad afanosa y perfumada. Con su *valet de chambre* y el capitán de la Jano, deambuló por el mercado y observó el trasiego y bullicio de los comerciantes, ciudadanos y forasteros que palpaban las sacas de tabaco, los cordajes de maguey, las mantas de Cuzco, las mazorcas de maíz y las hortalizas, gallinas, pavos y demás volatería. Entró en una pulpería y probó el vino de la misión de San Carlos, que le pareció con suficiente cuerpo como para comprar diez botas.

En los mentideros, ventas y plazas no se hablaba de otra cosa que de su petición de visita a la familia del alférez Argüello, y muchos se preguntaban si verdaderamente el distinguido embajador se había enamorado de la chiquilla o era que precisaba de un casorio influyente para su beneficio.

Pero la primera cita que anunció no fue a Conchita, sino a don Martín y a su esposa doña Clara. La luz dorada de la tarde iluminaba suavemente el pórtico de los Arellano. Don Nicolái deseaba conocer a la famosa princesa aleuta, por quien se sentía fascinado, y saber más detalles sobre Alaska.

Realizó elegantemente el *rendez-vous* ante la señora y se acomodó, mientras Fo y Naja, sus leales sirvientes, servían las tazas de chocolate y los platos de confituras.

—*Enchanté, madame. Mon capitain* —los saludó—. De modo que sois una princesa unangán de Alaska. ¿Estoy en lo cierto, señora?

—Así es, hija de Kaumualii, señor de Xaadala Gwayee, las islas de las Personas o del Fin del Mundo.

El ruso encendió su *clay pipe* inglesa y, exhalando un aromático tufo, le ofreció a su anfitriona una primorosa caja, que esta abrió y en la que descubrió una estola de armiño valiosa y elegante, que agradeció consideradamente. Tras algunos gestos de cortesía, les reveló el motivo de su visita, y lo hizo en francés, idioma que también hablaba Martín, que se había criado en Luisiana.

—La razón de iniciar mis contactos con familias relevantes de California, como la vuestra, don Martín, no es solo para conocer pormenores de Alaska, también para un tema que afecta al corazón, y del que os hablaré más tarde.

—Pues vos diréis, don Nicolái —lo animó el oficial.

El chambelán le preguntó a Clara sobre el modo de comprar canoas de las llamadas *aidha* para pescar en los fiordos, cómo utilizar la madera de los tilos y olmos para construir *barabaras*, las casas subterráneas cubiertas de tierra y heno, sobre las pretensiones de los daneses y el papel del navegante Virtus Bering en Alaska. Tras una plática con Clara, sabía más que suficiente del territorio y ellos de su actividad en la patria de la princesa aleuta.

El chambelán ruso, hombre de reconocida mundanidad y reserva, finalmente se sinceró sobre sus sentimientos:

—Habéis de saber que me ha traído a vuestro hogar un asunto de amor. Voy a abriros mi corazón y a poner a contribución la mayor sinceridad de la que soy capaz para manifestar a vuesas mercedes que estoy rendidamente enamorado de *mademoiselle* Conchita de Argüello. Y como sé que ella os admira, he venido a solicitaros ayuda para obtener su corazón.

Martín, que no lo esperaba, aunque Clara, sí, compuso una mueca de asombro.

—¿No deberíais hablar con sus padres? —le recomendó Martín.

—Mañana seré recibido, pero deseo tener antes vuestro apoyo.

—Lo tenéis. ¿Estáis soltero o viudo, señor? —inquirió desconfiado.

El destello de un recuerdo oneroso relampagueó por su rostro.

—Estuve casado, don Martín. Os explicaré. No soy de sangre noble, pero mi padre era consejero imperial en Irkutsk, cerca de Alaska, donde aprendí los fundamentos del comercio y la administración del Estado. A mi regreso a San Petersburgo contraje matrimonio con la duquesa Anna Grigorievna, hija del ministro Shélikov, secretario de la emperatriz Catalina, un potentado del comercio de las pieles. Pero apenas si gocé del matrimonio, pues falleció muy pronto dejándome una fortuna respetable y muchos negocios.

—No sabe lo que lo sentimos, embajador.

—Con apenas treinta años —prosiguió—, ingresé en la compañía de mi suegro y, al morir este, me hice cargo de la sociedad y compré la goleta Jano, la que se halla fondeada en el puerto, para transportar pieles. Trabajo desde mis bases en Novoarjángelska y Sitka, y procuro unir a los hombres de negocios de este continente.

—¿Tenéis descendencia, embajador? —se interesó.

—Sí, un varón, Alexei, y una hija, Shofía. Mi hijo ha seguido mi estela y ha ingresado en el Regimiento de la Guardia Imperial, del que soy coronel.

En un francés de lo más correcto, el español observó:

—Don Nicolái, me ha impresionado vuestra visión del mundo futuro.

El ruso clavó su mirada azul en Arellano, y se explayó:

—*Monsieur*, casi todas las monarquías, menos la parlamentaria inglesa, están en quiebra financiera por su injusto sistema fiscal. Creedme si os digo que el régimen monárquico tiene los días contados y sucumbirá por su inflexibilidad y despotismo —profetizó el chambelán, y quedaron en silencio.

—¿Y sobre Conchita? —preguntó Clara—. La amamos como a una hija.

El tono persuasivo y curioso de Clara Eugenia lo había animado.

—*C'est ça, madame*, de eso deseaba hablaros. Desde que muriera Anna, no he conocido a mujer alguna. Mi corazón estaba aletargado, pero al verla el otro día en la recepción, me vi liberado de repente de un insoportable lastre. Me he enamorado de ella.

El cenáculo de damas de Monterrey sabía, sin que él tuviera que pregonarlo, que Conchita había atraído desde el primer instante la atención del agasajado. Quien entendiera de enamoramientos podía asegurar que el chambelán ruso estaba fascinado con la candorosa muchacha y ella con él.

—Su talento y sensibilidad me han atrapado. Yo le ofreceré lo mejor de la vida en mi casa y hacienda de San Petersburgo, al lado de la realeza, y mis hijos lo aceptarán, estoy seguro de ello.

—La verdad es que es una joya de mujer, una damisela exquisita, señor.

Clara Eugenia era para Conchita como una madre, y esta pasaba largas horas en la casa de los Arellano. La princesa aleuta le había enseñado a utilizar las tenacillas para rizar sus cabellos y a emplear las redecillas, los guantes hasta el codo y los zapatos de punta, así como a aplicarse cosméticos y polvos, y a colocarse los llamativos lunares postizos de terciopelo negro o *mouches*, muy usados por la duquesa de Alba, la aristócrata que dictaba la moda en las Españas.

—Estamos de vuestro lado, señor. Os ayudaremos a conquistarla.

En los presidios, misiones, poblados y ranchos de California ya no se hablaba del peligro yuma, ni de los asentamientos en los valles, sino del idilio y la petición de mano del armador y noble ruso de la hija del alférez Argüello, tema de chismorreo y de las más peregrinas interpretaciones. Era hasta la comidilla del pueblo y se hacían apuestas sobre la fecha del casorio.

Los cielos azules dieron paso a firmamentos de celajes grises, y a menudo llovía. Pero, a pesar de ello, los enamorados paseaban a caballo, visitaban con los padres de Conchita la goleta Jano y asistían a meriendas en casas de otros criollos.

El futuro en San Petersburgo atraía a Conchita sobremanera.

—Cuando regrese a Sitka enviaré cartas a mi familia para que soliciten el permiso al patriarca ortodoxo de Moscú y a la emperatriz para poder casarme con una católica y celebrar la ceremonia en Monterrey según el rito romano —le prometió Nicolái a la familia Argüello, que solo veía buenas intenciones en el ruso.

Martín y Clara descubrieron que Rezánov poseía notables cualidades como marido y amigo y le abrieron las puertas de su amistad sin ambages.

Conchita le regaló al noble una medalla con la Virgen de Guadalupe labrada por expertos orfebres de Guadalajara. Nicolái, hasta ahora, solo era una fuente de promesas, pero estaba segura de que cumpliría.

La joven supo, desde el instante de la petición formal, en la que recibió un collar de perlas, que la suya era una carrera contra el tiempo, la fortuna y la esperanza. Pero también estaba firmemente persuadida de que, tarde o temprano, contraería matrimonio con aquel hombre al que tanto amaba. El día de la despedida, el ruso la consoló:

—Sé que nuestra separación es una prueba cruel, por las distancias y el tiempo. Sed paciente —le recomendó.

Cuando la Jano partió hacia Alaska con la bodega atestada de suministros, todo Monterrey fue a despedir a la nao. Unas lágrimas pugnaban por abrirse paso por los ojos de Conchita. Al zarpar, el ruso le dijo:

—Volveré, Conchita, volveré, ¡no lloréis! ¡Soy un hombre de honor!

Clara Eugenia le ofreció su brazo y, con materno afecto, la consoló:

—No dudes de que cumplirá. Sus sentimientos son hermosos.

Martín, que estaba a su lado, atestiguó para sosegarla:

—Conchita, no ha sido una promesa, sino un juramento.

La eterna bruma invernal de la costa californiana era una montaña flotante cargada de humedad mientras la goleta del embajador ruso se colaba como un pez colosal entre las barquichuelas del puerto y las olas del océano Pacífico susurraban unas contra otras.

Martín besó en la mejilla a Clara, y le dijo:

—El destino ha inventado un futuro risueño para Conchita.

Cayó entonces sobre Monterrey una lluvia neblinosa que anunciaba las grisuras del fin del invierno, y el capitán de dragones seguía preguntándose qué vientos acarrearía la nueva estación. ¿Serían de guerra? ¿De armonía con los yumas?

LA LUNA ROSADA

CUANDO FLORECE LA QUE LOS YUMAS LLAMAN LA FLOR DE
PRIMAVERA, EL CAPULLO SILVESTRE DE LA ROSA DEL ROCÍO

En opinión de Halcón Amarillo, padre de Búfalo Negro, la nueva esposa de su primogénito, que ya poseía dos, no era precisamente hermosa, aunque sí una mujer de gran ánimo y coraje, además de audaz guerrera.

—Es despiadada como un lobo codicioso y conoce las debilidades de los blancos, padre —lo había convencido para que cediera a la dote solicitada.

Y ya que la nación yuma-mojave era una sociedad en estado de guerra, sería muy beneficiosa para la familia, pensó. Su vehemente juventud, piel tersa y cobriza y los labios gruesos, eran codiciados por los hombres de su tribu. Poseía ese grado de sensatez y hasta de crueldad propias de un varón.

Para el gran jefe, era una representante fiel del espíritu de su tribu.

En la opacidad previa al alba se escucharon los primeros trinos y los bufidos de los caballos. Aún a oscuras, el pueblo se engalanó para sumarse a las *naihes*, las danzas del ritual de la novia, la mujer cambiante.

Luna Solitaria apareció en la puerta de su tipi vestida con un traje de joven núbil, con estrechos pantalones blancos de piel de ciervo y portando en la mano un bastón pintado de amarillo, negro y azul adornado con plumas, y Nana la purificó soplando en su rostro polvos de chamizo que la hicieron estornudar.

Allí recibió Búfalo Negro los obsequios de los familiares y la dote pactada con Conejo Pequeño: una recua de veinte caballos, mantas, cuchillos y abalorios.

Al hermano de la novia, y según la costumbre, le regaló un costillar de venado, que agradeció sonriente. La transacción se había cumplido.

El poblado olía a tierra mojada, a humo de tizones y a cuero secado. Al despuntar el sol, los tipis, ramadas y chozas se tiñeron de vivos colores. Nana, el protector de Luna desde que arribara al poblado, dirigía la ceremonia. Hizo sonar su cascada voz, dando inicio al rito de los Siete Pasos, en el que participaban los invitados y los novios. La pareja nupcial, con la desposada detrás del varón, se acercó paso a paso y al son del tambor hacia el fuego central, mientras el guerrero recitaba en voz alta sus deseos para una vida en común. Búfalo Negro se volvía de vez en cuando y le ofrecía un presente a Luna Solitaria: una mazorca de maíz, una pluma de colibrí, una piedra brillante, unas sandalias de *ixtle*, una concha pintada o un collar de nácares del río.

Al concluir, Luna sacó de su bolsa un palo cazador, un curioso instrumento arrojadizo tallado por artesanos cocopahs que su esposo utilizaba con maestría. Era su regalo personal y Búfalo Negro esbozó una sonrisa de agradecimiento.

Al mediodía, la larga y colorista comitiva se dirigió hacia el lindero que conducía a la roca que llamaban de la Víbora Gigante. Era un risco pelado de pedernal que cobijaba pinturas y marcas de los primitivos mojaves, un pueblo con muchas almas, pero que los comanches y las enfermedades traídas por los extranjeros habían reducido a solo unos pocos miles.

El pueblo entero subió cantando cañada arriba, un terreno pedregoso con pendientes cortadas a pico donde crecían árboles esqueléticos. Se detuvieron en el manantial del Coyote, donde crecían arbustos que se marchitaban con el sol, y besaron las pinturas antiguas. Aquel parecía un jardín suspendido en el aire, de una profundidad pavorosa que se abría a ambos lados. Enfrente, fundidas al límpido cielo, las montañas de Sierra Cucupa, colosales e inaprensibles a toda comprensión humana, y llenas de robles centenarios en las laderas que servirían de telón natural al enlace.

Mahiaowit, la Víbora Gigante, era un paraje salvaje y venerado para los mojaves. Desde tiempos que ya no recordaban ni los ancianos se honraban los antiguos pictogramas de caballos, antílopes, pumas, tortugas y cazadores lanza en mano, y también se celebraban allí sus ceremonias más sagradas. Al alcanzar la cúspide, plana como la palma de una mano, un halcón, con las alas desplegadas, surgió de entre las escabrosas peñas y cruzó la línea del cerro, perdiéndose por el abrupto vacío.

—Excelente augurio. El ave se une al ritual de la boda —dijo Nana.

El hombre medicina, empleando palabras en su idioma yuma, el *kiliwa*, y también frases en español en honor a los familiares serreños y rieños que habían venido de las sierras y del río para el casorio, exclamó solemne:

—Nos hemos congregado aquí, en la explanada más sagrada de nuestro pueblo, donde apareció la gran serpiente que nos protege, para unir en una sola vida a Búfalo Negro y Luna Solitaria. Ruego al Gran Espíritu que en su choza no falten la leña, la carne de antílope, el maíz, el mezcal y muchos hijos.

Exhaló humo en sus semblantes, tras inspirar su *calumet*, la vieja pipa de las ceremonias, para apartar los malos espíritus. Luego encendió una *manoja* de salvia y los rodeó vertiendo su aroma sobre sus hombros y cabezas. Y mientras rezaba al Padre Creador, les dio a beber agua en una jícara con dos agujeros. Si no derramaban una sola gota, como así fue, su vida en común sería venturosa.

Durante la ceremonia, cada contrayente había permanecido envuelto en una manta de tonalidad azul, signo de sus vidas pasadas, pero al ser llamados por Nana para casarlos, se desprendieron de ella y el chamán los cubrió con otra de color blanco, bordada con símbolos yumas como bayas, cabezas de oso, aves y estrellas, distintivos de la concordia y la felicidad en las familias.

—Que el asombro, la gratitud y la salud habiten en vuestra tienda —dijo.

Les pidió sus manos y las llenó de pétalos de rosas, rojos como un ocaso de verano, y les entregó una bolsita de piel de cabritillo llena de sus espinas cortadas. Y, juntándoles las manos de nuevo, les auguró:

—Esta es la verdadera vida de un hombre y una mujer: rosas y espinas. Que Kwikumat os bendiga y colme de dichas, hijos míos.

Los esposos se miraron fugazmente: «Las espinas, el signo de la rebeldía del pueblo frente a los opresores blancos», pensaron los dos.

El pecho de Luna rebosaba de gozo, y ambos se unieron en un prolongado abrazo. El pueblo los aclamó y se acercaron para felicitarlos, arrojando sobre ellos florecillas que habían recogido por el camino. Y, con gran júbilo, emprendieron el descenso de la planicie al son de antiquísimos cantos de la nación, como el *Oscuro cielo* o *El hombre que arrullaba a los niños*, que acompasaban las mujeres con sus manos y las sonajas de calabaza.

Luna se encontró con las miradas aviesas de las dos esposas de Búfalo Negro. No miraban a los recién casados con complacencia y dicha, sino con miradas de reto y rabia. La mujer guerrera era frágil, no gruesa como ellas, pero era astuta y de dientes afilados, y pensaba que antes de la llegada de las nieves mandaría en la casa del hijo del jefe, sin condiciones ni restricciones y por encima de ellas. Se lo había propuesto y lo conseguiría.

Y eso fue lo que les transmitió con su mirada de burla y fortaleza, aunque la mutua repulsión se hizo evidente en sus semblantes. Se había granjeado el favor de Halcón Amarillo y de Nana, y ahora era la esposa de Búfalo Negro. Estaba segura de que eran perspicaces y que no tardarían en comprender cómo funcionarían las cosas a partir de aquel día. Una guerra feroz entre esposas había surgido en el poblado de los indios mojaves.

Durante la declinación del sol y parte de la noche, Halcón Amarillo invitó al poblado a un convite alrededor del fuego en el que no faltaron los alimentos habituales de la raza, como el quelite, la biznaga, los piñones, los matalotes pescados en el río, el conejo, la codorniz guisada con maguey, el pavo asado con bellotas, el borrego cimarrón, el sabroso *saucocho* de hueso y el antílope asado.

Danzaron, rieron, comieron hasta saciarse, bebieron mezcal y fumaron sin tasa hierbas alucinógenas que los hicieron bailar como demonios alocados. Y el festín, a la medianoche, se convirtió en una incontrolable bacanal de excesos y borracheras.

Búfalo Negro condujo a Luna en brazos hacia la ramada nupcial, un parasol de chamizo y pieles que había construido para la ocasión, entre los cumplidos de los invitados que se tambaleaban y perdían el equilibrio, augurando para el esposo fuerza e ímpetu para dominar a su nueva potrilla.

Luna Solitaria se desnudó, tras perfumar su cabello. Después se envolvió en las mantas de la yacija e invitó a su marido a que la imitara. No tardó en dejar escapar sus primeros suspiros con el contacto de sus cuerpos. Tras acariciar sus tersuras, él se echó sobre el vientre turgente de su compañera, que temblaba ante el tacto de sus dedos. Su piel no podía ser más hermosa, del color de las nueces, y con el sudor, había tomado el matiz del metal dorado. Su cabeza iba de un lado a otro, y sus ojos cerrados disfrutaban del goce en el que se había sumido.

De su garganta brotaron palabras entrecortadas, hasta que al cabo sus entrañas destilaron oleadas de placer. Gratamente desfallecida, suspiró junto al hombro de su marido, al que susurró persuasiva:

—A partir de ahora reinaré única en tu corazón y te daré un hijo varón. ¿Acaso tus otras dos esposas te hacen gozar como yo, esposo mío?

—Te aseguro, Luna, que no imaginaba que fueras capaz de sacarme del mundo —dijo, y le regaló una sonrisa de gratitud y le besó las mejillas.

El guerrero no podría relegar al olvido las sensaciones vividas en el tálamo nupcial. A sus otras dos esposas, Mujer Sentada y Nube Gris, solo las respetaría. Pero no compartiría sus lechos, pues tal era su entrega a Luna, que había puesto su mundo patas arriba, como un vendaval llegado del oeste.

En el negro firmamento aún asomaban las brillantes constelaciones.

Los Rostros Ocultos permanecían inmóviles entre las peñas de la colina, sobre el festón verde de un bosquecillo de tilos llamado cerro Wishpaj o del Águila, donde habían alimentado un fuego y convocado al Gran Espíritu.

Mientras conversaban los detuvo la sacudida de una tormenta nacida en el desierto. Descargó con fuerza sobre sus cabezas, desparramando en el firmamento relámpagos y truenos sonoros que hacían estremecerse a las rocas. Los rayos parecían alas resplandecientes y hacían brillar sus perfiles mojados. Tuvieron miedo del Espíritu Hablante, que solía manifestarse en las tempestades. Al fondo, el río Colorado brillaba con sus revueltas aguas arcillosas del Gran Cañón, que vibraban con el torbellino. Al poco cesó la cellisca y se disiparon los resplandores. Acabada la sobrenatural manifestación del Gran Padre Creador, iniciaron la conversación, temblorosos:

—Nos ha hablado nuestro dios amado y nos ha llenado de su furor —dijo Luna Solitaria, esplendorosa aquella tibia mañana.

Búfalo Negro le sonrió y les rogó que se sentaran alrededor.

—Os he convocado hoy en esta colina sagrada —informó—, porque he recibido esta tela pintada de Mano Alzada, en la que me habla de los abusos de los blancos en la misión de San Javier de Bac, ese siniestro *mexnán*, ese nido de ratas que cada día humilla más y más a nuestra tribu.

Su mandíbula estaba rígida y sus labios temblorosos por la ira.

—¿Y de qué nos advierte, esposo? —preguntó Luna Solitaria.

—Prestadme atención —respondió y fue interpretando la tela—. «Cualquier indio que no concluya la tarea encomendada por el capataz —Luna recordó al cruel Morillo— sufre el castigo de quince latigazos y lo cuelgan del rollo de justicia, que los españoles llaman picota. Tras el duro castigo lo llevan a la capilla a rezar y luego a su celda, donde viven separados los hombres de las mujeres. ¿Dónde está la libertad del hombre yuma? Los alimentos son escasos y a los braceros los mantienen alejados del fuego, las medicinas y el agua, por lo que la mortandad es elevada».

Luna Solitaria sintió la repentina necesidad de responder con un ataque fulminante y acabar no con un fraile, sino con todos los blancos. Notaba su cabeza desquiciada por la tempestad, y así se lo rogó a su marido y jefe:

—Por el Espíritu Bienhechor que derrama su luz y su furia sobre la tierra, esto es como una piedra arrojada en el fondo de nuestras almas desoladas.

Fue entonces cuando Búfalo Negro habló en tono convincente. Tenía mucho orgullo y era un hombre bravo y de acción:

—Hace poco nuestra nación poseía fértiles milpas donde cultivábamos maíz, frijoles, calabazas y melones. Hoy nos están siendo arrebatadas por los colonos que vienen del sur, y el yuma pasa hambre.

—Pues Palma asegura que somos amigos de los españoles —dijo Luna.

—Mujer, muchos creemos que nos esclavizan y nos hurtan nuestra libertad, pero tengo que revelaros que los otros jefes, Carlos, de los cocopahs, Ignacio y Pedro Palma, y el líder de los havasupais del norte, Cabeza de Águila, han sido consultados y están por un levantamiento general en la Luna del Antílope, en julio, si siguen los abusos en las misiones de los padrecitos.

—¡Somos una nación despojada! —exclamó Ciervo Fuerte—. Me ofrezco para acabar secretamente con la vida de otro blanco de esa misión. Déjame que desempolve mi máscara de cuero y mis espinas y corte la lengua a un fraile.

—No será posible por ahora, hermano —lo cortó Búfalo Negro—. Nuestros espías me transmiten que hay movimientos de tropas españolas en Monterrey, y que ese capitán Rivera, de infernal memoria para nosotros, emprende un viaje a los valles del sur para fundar nuevos asentamientos.

Luna intervino:

—Sería muy arriesgado para un guerrero en solitario. Están al acecho.

—Y, entonces, ¿qué haremos los Rostros Ocultos que nos hemos juramentado para matar ante el Espíritu Supremo? —replicó Garras de Águila.

Búfalo Negro permaneció inmóvil unos momentos y luego le respondió:

—No nos valen las maldiciones de los chamanes contra esos blancos, de modo que he ideado una operación definitiva en la que participaremos los seis. Será nuestra más valiente acción guerrera y por ella nos valorarán en la tribu.

—Alegras mi corazón —alzó la voz Antílope Veloz—. ¿Y qué haremos?

El líder tenía el rostro encendido. Parecía que ya disfrutaba con solo evocarlo.

—Hace media luna me hice pasar por un bracero en busca de trabajo y visité la misión de San Javier y el poblado de La Concepción. Me colé en la ermita, en los cobertizos, en el molino y el granero, y saqué una conclusión.

—¿Cuál, esposo? Nada me has comentado —se revolvió la guerrera.

Búfalo Negro realizó una parada y la alargó para ampliar su interés.

—¡Vamos a incendiar la misión de San Javier! Arderá por los cuatro costados y muchos blancos morirán achicharrados —dijo acalorado—. Ese es mi plan. ¡Convirtamos la misión en cenizas!

Los cinco hermanos se quedaron estupefactos. Era una jugada de alto calado y de consecuencias letales que envolvería en llamas el territorio.

—Estoy seguro de que despertaremos una guerra total contra los hombres blancos, que no admitirán semejante ultraje. Para ellos las iglesias son lo más sagrado. Pero, o lo hacemos todo, o no hacemos nada —los persuadió.

—¿Y crees que se producirá un levantamiento yuma en el Colorado?

—Eso espero. Muchos hermanos están de nuestro lado, incluso los havasupais del norte, que esperan apresar cautivos para cambiarlos por pieles a las tribus de los ríos helados. No cabalgaremos solos, hermanos —los incitó.

—Desde luego es una provocación en toda regla —dijo Antílope Veloz.

Una hidra monstruosa que se proponía hacer saltar el territorio en mil pedazos. Se lo exigía su sangre ante la opresión extranjera. Las heridas de un enfrentamiento tardarían en restañarse.

—Os convocaré al combate en su momento. Afilad lanzas y flechas mientras os llega mi orden, disponed los caballos y preparad las pinturas de guerra. El fin se acerca —remató Búfalo Negro enfurecido.

134

Apuraron una vasija de mezcal y se abrazaron, comprometiéndose a luchar hombro con hombro y secundar el incendiario plan de su jefe.

—¡La lucha continúa! —gritó este—. *Ini son!*

Y los demás contestaron:

—¡El trueno viene de las estrellas, y nos protege!

Felicitaron a su cabecilla por la sorprendente y arriesgada misión y se rieron a carcajadas mientras saltaban por los pedregales. Después descendieron por un árido sendero en el que crecían los chaparros, los nogales y los mezquites, y donde corría el musgoso arroyo de Agua Escondida. En sus orillas, los guerreros del poblado cazaban tejones, nutrias, zopilotes, garzas, ratas de agua y codornices, y también recogían rosas para mezclarlas con la yuca y elaborar mixturas.

La cabeza de Búfalo Negro no paraba de recrear acciones con las que humillar a los españoles, y Luna se concienciaba de que ya no podía imaginar su mundo sin él. Su vida anterior, tras la muerte de sus padres, había sido lúgubre y había discurrido por los caminos de la desdicha. Pero ya no formaba parte del mundo de los blancos. Luna Solitaria estaba entregada en cuerpo y alma a Búfalo Negro.

Y pronto, las riberas del Gila y el Colorado arderían de norte a sur.

CHIMBIKA, EL ESPÍRITU DEL PUMA

El oficial de dragones, Fernando Rivera de Moncada, llevaba su viejo mundo a cuestas cuando al alba partió del presidio de Monterrey para cumplir su gran sueño: poblar San José y fundar la comunidad de Santa Bárbara, despojando a los yumas de sus mejores tierras.

Era un anciano septuagenario, pero aún tenía fuerzas para montar e incluso guerrear llegada la ocasión. Cegado por su orgullo y altivez, pensaba que los indios yumas, que le temían como al trueno de la montaña, no lo atacarían y cabalgaba seguro de sí mismo.

Su firme determinación creaba un efecto tranquilizador en sus hombres, que lo seguían por su valor y arrojo, por su observancia del rango que ostentaba y porque era un militar de la vieja escuela, incansable e insensible como el pedernal, como todos los formados en la Academia de Querétaro. Lo obedecían porque compartía sus mismas fatigas y penalidades, aunque también tuvieran que aguantar sus repentinos arrebatos de cólera mal contenida.

No desfallecía nunca, pero no era un oficial reflexivo, sino vehemente e irascible. Con el uniforme polvoriento por la cabalgada, el pañuelo atado al cuello, el sombrero de ala ancha calado, el bigote entrecano, su alta estatura y su eterno gesto adusto, ofrecía un aspecto marcial e intimidatorio. Le importaba una higa el afecto que le profesaran sus hombres, a los que solía decir:

—Vuestra obediencia viene del respeto y la disciplina. ¡No me améis!

En la marcha incesante hacia el paso de los dos ríos encontró una leve razón para desconfiar de los yumas. Observó varias partidas errantes fuera de sus poblados, aunque no le concedió importancia. Cabalgaban despacio y en hilera por los cerros, como si los siguieran, o al menos espiaran sus pasos. No le gustó. Tenían las carnes chamuscadas por el sol y los ojos hundidos en sus cuencas; y desnudos, malnutridos y con sus ásperos cabellos al viento parecían una alucinación más que un peligro real.

Conocía por el capitán Arellano que las protestas arreciaban entre los indios, que la sequía en el territorio había sido ruinosa, que pasaban hambre y que el jefe Palma estaba desilusionado por la escasez de regalos. Denunciaba el miserable ganado enviado por el virrey y se quejaba por el injusto reparto de agua y tierras. «Nunca están satisfechos, pero, quieran o no, se someterán a la Corona», pensaba el veterano oficial.

Pero lo que Rivera ignoraba era que Salvador Palma hacía días que había efectuado el ritual sagrado de desenterrar el hacha de guerra, escondida en la puerta de su tienda, al enterarse de que su hermano Ignacio había sido azotado por el alférez Isla en el poblado de La Concepción por protestar por el reparto de alimentos de la reserva india.

Por eso, ojos anónimos lo vigilaban y corrían mensajes por los cerros.

El poblado de La Concepción y San Javier de Bicuñer eran un polvorín a punto de estallar cuando la comitiva española, formada por un nutrido batallón de dragones del rey, mil cabezas de ganado, las familias y mujeres de los soldados, entre ellas la hija de Rivera, la agraciada Jimena, que iba a encontrarse con su prometido, acamparon cerca de las lindes de la misión.

Los acompañaban en carros los colonos y su prole, atraídos por el sueldo de diez pesos mensuales y ración de comida gratis, llegados de Sinaloa, Horcasitas y Sonora. Dejaron atrás el río Colorado y bajo la sombra de un soto de álamos negros, pasada la aldea de Yuma, descansaron en un prado ondulado. Corría un lecho menudo de agua donde abrevaron los caballos y el numeroso ganado, a los que dejaron solos y sin cuidado alguno.

De modo que, sin que nadie los detuviera, los bóvidos buscaron la hierba fresca de los huertos. Se avecinaba la desdicha y el conflicto. Cientos de patas presurosas de vacas y toros retintos cruzaron el cauce seco e irrumpieron en los sembrados de las rancherías de Xutsil, Matxa y Palo Verde, donde los indios trabajaban en las sementeras y vergeles de sol a sol.

Y ocurrió lo irremediable. Las reses hambrientas, como una plaga de langosta, devoraron y pisotearon los fértiles huertos entre mugidos y rumores de pezuñas, sembrando a su paso la destrucción y la ruina, pues ningún boyero las guiaba.

Rápidamente acudieron las muchachas que los cuidaban, que asistieron aterradas al destrozo ocasionado por la vacada del capitán Rivera.

—¡Nos han despojado de nuestro único sustento! —corrían gritando las mujeres—. ¡Han destrozado las cercas y los huertos! ¡Es nuestra ruina!

La ira de los indios que acudieron de los poblados alcanzó su paroxismo cuando espantaron a los centenares de animales y vieron con sus ojos los plantíos de frijoles, calabazas, maíz, sandías y guisantes pisoteados y esquilmados.

Alertados por el griterío, acudieron también los mozos de cuadra de la expedición de Rivera, una veintena de mestizos mexicanos, que de inmediato reunieron la vacada dispersa y, de paso, manosearon a las muchachas yumas, que se defendieron con piedras y palos. Habían añadido una humillación innecesaria al destrozo de sus campos.

—¡Malditos! —los imprecaban—. Que Kwikumat os ciegue los ojos.

Creyéndolo un desliz permitido por su superioridad, ignoraban que habían incendiado un avispero que había permanecido quieto durante décadas.

Regresaron al cercado del campamento, en medio del estruendo ensordecedor de las vacas y de sus risotadas. Algunos boyeros estaban gozosamente borrachos y, mientras alardeaban del olfato de los animales, seguían mofándose de las jóvenes indias, a las que mostraban sus órganos viriles con gestos obscenos.

La hoguera de la insurrección india se había encendido en la frontera.

***

Aquella misma noche, un Salvador Palma irascible, arrebatado y fuera de sí convocó al Consejo de la nación yuma, en el que participaron Carlos, guía de los cocopahs, Cabeza de Águila, de los havasupais del norte, y Halcón Amarillo y Búfalo Negro, de los mojaves. Ante el chamán Nana, los grandes jefes invocaron a Chimbika, el espíritu del puma de la montaña, para que les insuflara valor en la víspera del ataque que habían ratificado todos, sin excepción.

—¡Nos tomaremos una venganza ejemplar! —los animó frenético.

Era la señal definitiva de la guerra abierta contra los blancos. Durante semanas, habían juntado poco más de mil guerreros, contando con las bandas dispersas de otros hermanos, como los maricopas y halchidomas, que habían acudido a la llamada de los Rostros Oscuros y de los hermanos Palma. La nación yuma se había unido por vez primera en muchos lustros, y el hechicero Nana así se lo agradecía al Gran Espíritu:

—¡Éramos árboles dispersos, y ahora somos un bosque espeso unido por las mismas raíces y una poderosa soga del hierro de nuestras hachas y puntas de flechas! —clamó el hombre medicina.

Se veían con arrestos suficientes para enfrentarse a los dragones, a los que sin embargo jamás habían vencido en desafío alguno.

—¡Hermanos yumas, esta noche —gritó Palma— he oído el rugido del puma, el que alentó a nuestros antepasados y protege a nuestras tribus! ¿Y sabéis qué me susurró al oído?

—¡¡Guerra, guerra!! —contestaron enardecidos y alzando sus armas.

—Pintaos vuestros rostros y los de vuestros caballos. ¡Mañana puede ser un buen día para matar, y no para morir! ¡Chimbika! —los instigó Palma.

—¡Chimbika! ¡Chimbika! ¡Chimbika!

Durante la vigilia, por los rojizos cerros del Colorado se oyeron sonidos de tambores y los cánticos de las Danzas de la Muerte y la Guerra, que erizaban los cabellos. Los yumas se disponían a desafiar a los españoles y recobrar el dominio que habían perdido en aquel abrupto territorio. Necesitaban una excusa, mientras coreaban el nombre del tótem sagrado de la guerra.

El arrogante capitán de dragones, Rivera, se la había proporcionado.

Mientras tanto, Rivera y su lugarteniente, el alférez Cayetano Limón, ajenos al levantamiento, dormían a pierna suelta a varias leguas del poblado de Palma, en la casa de madera y barro de fray Garcés, a las afueras de La Concepción.

Antes de que amaneciera, Rivera dio orden de partir hacia los valles de California, su objetivo. Los yumas no les preocupaban y no requerían atención alguna del rancio capitán. Para él eran unos pobres y salvajes estropajosos. Alguien más avisado y menos pagado de sí mismo hubiera advertido la olla ardiente en la que se había convertido la región y habría tomado precauciones. Los exploradores apaches le habían advertido del extraño bullicio, pero hizo caso omiso, e incluso les ordenó que callaran.

La traza de los campos devastados por la vacada, a la luz rojiza del alba, parecía un erial por el que hubieran trotado cientos de centauros o pasado una unidad de cureñas y cañones. Un aire inmóvil, caliente y profético, auguraba una aurora aterradora.

La comitiva de colonos, rumbo hacia el oeste, inició la marcha. El bisbiseo de los mugidos y las pezuñas de las reses que discurrían por los aguazales aventó a unas garzas que dormían sobre sus largas patas. El alférez Limón iba en cabeza, mientras que el capitán Rivera, con el sombrero en la nuca, se había rezagado con una veintena de dragones, pues tres centenares de bueyes y toros se resistían a salir del corral del poblado de La Concepción.

—¡Adelantaos con el grueso, alférez! Os alcanzaré en unas horas —dijo.

La bella Jimena, de amazona, cabalgaba al lado de su padre, junto a otras mujeres de soldados y de colonos de Sonora. Azuzaron a las reses retrasadas y cabalgando por la pradera escucharon un rumor lejano en los cerros, al que no concedieron importancia. Avanzaron por un camino densamente poblado de carrizales. Cambiaban las tierras rojas del Gila por los verdes valles californianos. Rivera animó a los colonos:

—¡Amigos míos, pronto haremos historia en esta próspera tierra!

Unas leguas más al norte, el sol había asomado radiante por el horizonte.

Los guerreros yumas de todos los pequeños poblados se reunían en la confluencia de los ríos. Habían escogido sus caballos más veloces, los bravos mesteños, los habían adornado con plumas y amuletos de latón y se habían cubierto las caras con pinturas negras, rojas y amarillas. Se cubrían con taparrabos de piel y ataban sus cabelleras con cintas de colores. Algunos llevaban fusiles comprados a los ciboleros franceses y los más, arcos, hachas, escudos, lanzas y carcajes de flechas, y los blandían a la voz de:

—*Ini son!* ¡Protégenos, oh, Chimbika!

—¡El trueno y el puma de la montaña nos harán temibles! —gritó Palma.

Y a semejanza de un enjambre de demonios desatados cabalgaron a galope tendido, profiriendo horribles alaridos. Unos hacia el poblado de La Concepción y otros al de San Pedro y San Pablo, según lo convenido en el Consejo tribal. Nubes de polvo y grava se alzaron hacia el aire, como si una estampida de búfalos desbocados cruzara el territorio púrpura, arrancando cuanto encontraban a su paso.

Salvador e Ignacio Palma, ataviados con uniformes grotescos llenos de medallas no menos estrafalarias —Ignacio, incluso, con una sombrilla de damisela comprada en algún mercado de Tucson—, viraron con las rodillas sus corceles y se dirigieron a La Concepción, mientras que Pedro Palma, Halcón Amarillo, su hijo Búfalo Negro y una banda de norteños havasupais, con los rostros pintados de negro, lo hacían más lejos, hacia la otra misión española más alejada.

Palma alzó la mano al llegar a las afueras de la aldea, y cabalgaron al paso. No había nadie en la única calle del poblado, ni humo en las viviendas de estuco, madera y adobe. No se apreciaba vida alguna. ¿Y si habían huido a los montes, asustados por la tromba india que se les venía encima? Desmontaron y agacharon sus cabezas para entrar en las casas y aprovecharon para robar ristras de pimientos secos, calabazas, tasajo, tocino y mazorcas de maíz. No había españoles, ni mestizos, ni indios por ninguna parte. ¿Habrían huido?

De repente escucharon voces y cánticos que salían del templo situado al fondo del poblado, que estaba a medio construir. Salvador señaló el lugar y puso su dedo en los labios.

—Están todos en misa —aseguró el jefe.

A pie, la vehemente horda yuma se acercó a la ermita sin hacer ruido.

—¡¿Dónde está el cobarde que azota a hombres indefensos?! —gritó Palma en un sonoro castellano, haciendo enmudecer los cánticos religiosos.

Se produjo un pegajoso silencio. Los hispanos habían enmudecido, unos por el pánico y otros por el asombro. ¿Cómo es que esos harapientos yumas se atrevían a dirigirse así a un oficial del rey de España e interrumpir un oficio religioso con semejantes bravatas? Ignoraban que no eran unos pocos, sino una plaga que se disponía a devastar la aldea.

Al poco apareció en la puerta el alférez, Santiago Isla, un rijoso y malencarado napolitano, menudo de cuerpo y altanero, que estaba al servicio del rey de España y que ayudaba a misa. Se quedó atónito y boquiabierto al ver ante sí al furioso Salvador Palma con sus pinturas y atributos guerreros, y tras él una marabunta de guerreros yumas que lo apuntaban con sus arcos y lanzas. No podía mostrarse débil e inseguro y se envalentonó.

Tras Isla salieron el asustado cabo Pascual y unos soldados, el padre Barreneche y el oficiante fray Garcés, así como los colonos y sus familias, con el miedo dibujado en sus semblantes. Uno de los soldados amartilló la pistola en dirección al jefe Salvador, quien no tuvo que dar ninguna orden. En décimas de segundo, un centenar de flechas impactaron en su torso, en el estómago y el cuello, cayendo muerto en medio de un fangal de sangre. En la arenisca parecía un puercoespín gigante.

—¡Canallas, vais a pagar caro vuestro atrevimiento! —gritó Isla, y desenvainó su acero toledano, dirigiéndose directamente hacia Palma, que lo contemplaba despreciativamente como si fuera un gusano.

Esta vez, Palma sí impartió una orden que fue cumplida al instante. Los guerreros yumas de cualquier tribu eran famosos por sus terribles mazas de madera, con las que rompían los cráneos y espinazos de sus enemigos. Del pelotón salieron varios indios armados con ellas, que rodearon al oficial, quien, no obstante, giró sobre sí mismo para defenderse y vender caro su pellejo.

Por su espalda surgió un palo volador que le acertó de lleno en la cabeza, tirándolo al suelo trastornado y aturdido. Con miradas de furor y rugiendo como engendros, los que lo rodeaban se inclinaron ante el soldado caído y, cercándolo, lo molieron a palos hasta que bajó los brazos y quedó exánime, en medio de un charco de sangre y con espantosas heridas.

Había quedado hecho una piltrafa a la que escupieron, dando atronadores chillidos en los que convocaban a los espíritus de la venganza. La muerte tan atroz del jefe de la misión dejó mudos a los colonos y braceros. Las mujeres ocultaron a sus hijos en los regazos y lloraron de pavor. Y entonces comenzó el aquelarre de muerte y destrucción.

—*Ini son!* ¡Chimbika! —Se daban ánimos unos a otros.

Con antorchas en la mano, entraron en las casas y quemaron los jergones de paja, los hornos, los arcones de madera repletos de harina de maíz y frijoles, y también los telares de las mujeres. Se bebieron los tarros llenos de mezcal y sotol y, vociferando, cazaron a lazo a hombres, mujeres y niños. Los pocos soldados que protegían la misión fueron arrollados por los caballos y asaetados sin conmiseración o atravesados por las lanzas, pues ante tal avalancha de guerreros no podían ni moverse ni cebar sus armas.

Con el fuego, trozos enteros de cal y arcilla rojiza saltaban por los aires, así como las tejas y enramadas. Fray Garcés y fray Juan Barreneche, aprovechando el humo y la confusión, y tras darles la extremaunción a algunos moribundos, recogieron a algunos niños que lloraban y a tres mujeres que vagaban entre lamentos y se los llevaron a una choza fuera del poblado donde vivía una india yuma muy devota de Jesucristo y de la Virgen.

Entre tanto, el cabo Pascual rodeó la iglesia sin ser visto, y saltando sobre su caballo, escapó como una centella para avisar a Rivera, en tránsito y a solo unas leguas de distancia, y que con el fragor de la manada y las caballerías no había escuchado el estrépito de los cascos indios en el pueblo.

De repente comenzó a sonar la esquila de la ermita con los golpes de las piedras que lanzaban los guerreros más jóvenes, que después urdieron una cuerda de presos con los blancos y mestizos que encontraban. A los que estaban heridos, o se les enfrentaban, los mataban con sus hachas. Otros practicaron agujeros en las cabañas para sacar a los escondidos lanzándoles teas encendidas. Al poco, ancianos, niños y mujeres salían por las puertas hechos una pura llama.

Saquearon el altar y robaron cálices, patenas, vino de consagrar y candelabros, y a la imagen de la Purísima le ataron al cuello una soga de maguey y, tras arrancarla de la hornacina, la arrastraron por el poblado hasta finalmente quemarla en medio de un corro de risotadas.

Parecía que una manada de lobos hambrientos había pasado por la aldea española. En tanto, la otra horda india, comandada por Pedro Palma, Halcón Amarillo y sus mojaves, llegó como un terremoto al cercano asentamiento de San Pedro y San Pablo.

Búfalo Negro, junto a sus hermanos y Luna Solitaria, cruzaron la plaza y contemplaron al centenar de pobladores hechos una piña, abrazados unos a otros alrededor del padrecito fray Matías Moreno, un anciano bondadoso, enjuto y compasivo, que los consolaba y alzaba su crucifijo de madera como si se tratara de un talismán contra idólatras que detendría con su poder a aquellos feroces atilas.

Búfalo Negro, que se ataviaba con una guerrera vieja y sucia de un dragón, desmontó de su caballo, al que había pintado círculos negros alrededor de los ojos y pintas blancas en el lomo, y se dirigió hacia el fraile, que le rogó que perdonara sus inocentes vidas. No le dio tiempo a decir nada más. Le lanzó su lanza, que le alcanzó el hombro derecho. El monje anduvo unos pasos herido, pero cayó de rodillas, ofreciéndose como víctima propiciatoria.

Entonces, el joven guerrero sacó el hacha de su cintura y le soltó dos tajos sorprendentemente rápidos y eficaces que seccionaron la cabeza del franciscano. Huesos astillados, arterias rotas y tejidos cortados surgían de la capucha marrón de estameña. El desafortunado religioso, de bruces en la sucia arenisca, se convirtió en un fardo informe rodeado de un oscuro barrizal.

Ordenó a los suyos que lo levantaran y, sin cabeza, lo clavaran en el portón del santuario, donde quedó a la vista de todos, como un espantajo sanguinolento. El corro de sus fieles, más asustados, se juntó más aún para protegerse, instante en el que los jinetes yumas comenzaron a saltar sobre ellos para amedrentarlos, como si se tratara de un obstáculo que salvar. Algunos se fueron levantando aterrados para huir o protegerse tras las peñas.

Y como si hubieran adivinado el pensamiento de sus jefes, los guerreros de Carlos y Cabeza de Águila se subieron a las azoteas y tejados y, desde allí, con sus lanzas, flechas, hachas y fusiles, iniciaron la caza de todos y cada uno de los moradores de la misión hispana de San Pedro y San Pablo. Los que huían hacia los carrizales eran abatidos por palos voladores, y antes de que pudiera rezarse una salve, todos habían sido exterminados en un aquelarre de muerte e ira.

No hicieron prisioneros, como había hecho Salvador, sino que mataron a todos los moradores con su certera, ciega y mortal puntería, logrando que pequeñas lenguas escarlata llegaran a reunirse en la plaza en un cenagal viscoso y maloliente, donde muy pronto enjambres de moscas de muladar, alimañas y perros iniciaron su festín, correteando entre los cuerpos y royendo y lamiendo las heridas.

Tras hacer un acopio cortando sin tino cabelleras y manos, Búfalo Negro dispuso que su horda incendiara el poblado y en unos instantes se elevaron al cielo columnas de humo negro que aventaban pavesas negras de la paja, la madera y la cal quemadas. Las jambas del portón de la desconchada ermita quedaron convertidas en una gran antorcha de fuego y el campanario, hecho de barro y traviesas de cedro, se desplomó en medio de un gran estruendo.

E hincando los talones en su caballo, el jefe ordenó a su tropa que se uniera a los guerreros de Salvador Palma que, tras no dejar piedra sobre piedra en La Concepción, se dirigían hacia el sur a cobrarse la vida de Rivera.

—¡Vamos a por ese pendejo! ¡Al galope!

Espolearon las monturas en medio de feroces rugidos, como si el dios yuma de la guerra les hubiera exigido la devastación y la muerte total.

MATANZA YUMA

Rivera, que avanzaba ensimismado en sus pensamientos, volvió sobrecogido la cabeza al escuchar un extraño tañido.

Lo primero que advirtió fue un jinete solitario, parecía un dragón, que galopaba desaforadamente en su dirección profiriendo avisos desgarradores:

—¡Capitán, los yumas atacan! ¡Parapetaos en las rocas! —advertía.

Reconoció al cabo Pascual y luego miró atónito a lo lejos, pues reparó en una espesa polvareda, como de un violento remolino de los que preceden a las tormentas, y en un eco de caballos embravecidos y cada vez más cercanos.

Transcurrido un lapso casi eterno, el turbio horizonte puso al descubierto de los hombres de Rivera la estremecedora imagen de una oleada de indios a lomos de sus caballos desbocados, que, en enloquecida carrera, se le venían encima como una avalancha imposible de detener con tan solo veinte efectivos armados a sus órdenes. No podían creerlo. Jamás los indios se habían atrevido a tanto.

El astro solar, que estaba en todo lo alto, caía a tajo sobre los pedregales y las lomas. Brillaban los escudos yumas pintados con puntos rojos y los penachos de plumas de sus cabelleras y armas. Los cascos de los corceles pisaban las margaritas silvestres y levantaban remolinos de terrones, piedras y ramajes, mientras el espanto galopaba por las venas del grupo de españoles, que veían alarmados que no podrían rechazar tan descomunal tromba de demonios, que los hostigaban desde todos los flancos.

—¡Estamos perdidos, por todos los santos! —ahogó un grito de desaliento el cabo Pascual, que había llegado a avisar a Rivera.

—¡Venderemos caras nuestras vidas! ¡Jimena, ocúltate en el carro! —ordenó a su hija, que se escondió llorosa junto a otras mujeres y un niño.

La latente amenaza los agarrotó, como si se vieran embestidos por una estampida de bisontes salvajes que además chillaban como fieras. Rivera abrió sus incrédulos ojos y un nudo le atenazó la garganta. Era muy tarde para buscar un abrigo y resistir hasta que los otros advirtieran su tardanza.

El anciano oficial, espada en mano, decretó levantar precipitadamente un contrafuerte con cañas de los carrizos cercanos, algunos sarapes de piel, las sacas de avena y los dos carros de vituallas. Pero comprobó que no era suficiente. Se enjugó la frente con el pañuelo y percibió el agrio hedor de la muerte. Cebó su fusil Brown y las dos pistolas, y notó una extraña debilidad que le subía por las piernas. Blandió sus pistolas y gritó:

—¡Soldados de España, hombro con hombro y precisad el tiro! ¡Valor!

Nunca, en su dilatada vida de soldado, se había hallado ante una realidad tan comprometida.

—¡Caballeros, o sufrimos con vileza o morimos con honor!

—¡Por España y por el rey! —contestaron los dragones a una.

Sonaron pistoletazos y descargas de la fusilería hispana y en pocos instantes cayeron los primeros jinetes indios, pero muy pronto fueron envueltos por los hombres de Palma, que lanzaron sobre la trinchera nubes de flechas y lanzas que causaron estragos. La resistencia era inútil. En menos de una hora fueron desbordados por la turbamulta yuma, numerosísima para una exigua tropa de dragones que se desplomaban uno a uno en las sacas, heridos de muerte.

—¡Esos hijos de perra son más, pero no iguales! —animaba Rivera.

Las saetas emplumadas silbaban por doquier, y aunque se animaban unos a otros, caían asaeteados y sin remisión. Rivera apretó los dientes y, tirando las armas, salió de la barricada, enfrentándose solo al hervidero yuma. Se asemejaba con su estatura, espada desafiante, cabello blanco y uniforme rutilante, a un héroe griego solo ante la inaccesible y erizada muralla de Troya.

Sabía que la situación no podía ser más desesperada, pero aguantó.

Estaba rodeado de sanguinarios indios yumas y cocopahs, que le arrojaron sus lanzas desde todos lados. Un proyectil le impactó en la parte blanda del cuello y le salió por la cerviz. Lo habían abatido. Y, con un placer incontinente, varios indios se lanzaron sobre el agónico oficial, a quien, con un hachazo en la cabeza, le dieron el golpe de gracia.

—¡El pendejo de Rivera ha muerto! —gritó Palma en castellano.

Uno le arrancó la guerrera azul, otro los pantalones y otros las botas y el sombrero, y se los pusieron allí mismo sobre sus cuerpos desnudos, pintarrajeados y ensangrentados, como si fueran valiosos trofeos. La satisfacción de Salvador Palma era ilimitada. Se había cobrado una antigua deuda contraída con Rivera, que lo había vencido en combates pasados, cuando el coronel Anza transitó por su territorio camino de la Alta California.

Ignacio Palma, a lomos de su corcel bayo, alzó la mirada y se carcajeó.

—¡Rivera ha muerto! —chilló, a lo que contestaron sus guerreros con gritos de victoria, entregándose al pillaje y al expolio de las cabezas de ganado, los caballos, vituallas, armas y aparejos.

—¡Aquí hay unas mujeres! —gritó uno al revisar uno de los carros.

—¡Atadlas a un caballo boca abajo y llevadlas con las demás!

Una de ellas era la temblorosa Jimena Rivera, que había ocultado su espléndida cabellera del color del oro con un pañuelo atado a la cabeza y tiznado su rostro, para así ocultar su belleza. Al ver tendido en el suelo a su padre exánime, tinto en sangre y desnudo, tuvo que ahogar un grito de dolor e indignación y tragarse las lágrimas. No serían las últimas de una odisea que solo acababa de comenzar para ella.

No había quedado un solo dragón vivo. El triunfo yuma había sido total.

Los guerreros más jóvenes se reunieron en un chaparral para mostrarse mutuamente sus robos y bebían sin control botas de sotol, un aguardiente fermentado de cactus que solían comprar a los chiricahuas y que habían robado en La Concepción.

El sol se elevó por encima de los arenosos valles y cerros, y el paisaje de mezquites y ocotillos adquirió un color carmesí, como si la sangre vertida por la ola yuma los hubiera empapado y el sol la hubiera calcinado luego. Negras aves sobrevolaban en círculo el territorio de Yuma, dispuestas a dar cuenta de la carroña expuesta a varias leguas a la redonda, mientras emitían los tétricos graznidos de su canto a la muerte.

En aquel ocaso no ladró ni un solo perro.

Era la ruina total que sigue a un combate feroz y desigual, mientras una estrella fugaz, como un presagio cenital, se deshizo en el horizonte. Luego la lóbrega noche se derrumbó sobre vivos y muertos.

El alba del día siguiente, suave como la seda, nació huérfana del canto de los pájaros, asustados por los grajos y los buitres, y entonces surgieron por el oeste cuatro dragones de los que se habían adelantado y que, preocupados por la tardanza de la tropa de Rivera, habían vuelto grupas. La desoladora visión que se les ofreció al alférez Cayetano Limón y a sus dragones, uno de ellos su hijo, les nubló la vista. Las bocas de los cadáveres abiertas, negras por la sangre cuajada, y los cuerpos desnudos y ensangrentados cubiertos de flechas y lanzas yumas. La sangre española abonaba una vez más la tierra de la frontera.

—¡Virgen de Guadalupe, qué matanza!

Observaron atónitos desde sus caballos el tétrico espectáculo de decenas de cuerpos despedazados.

—He aquí la traición de Palma —aseguró el alférez.

Limón se temía un serio contratiempo con los yumas y se había dado de bruces con la terrible carnicería. Un tufo irrespirable a carroña, orines, sangre seca y podredumbre les hizo taparse los rostros con los pañuelos. Un zumbido impreciso atronaba la abotargada cabeza del oficial español, como si hubiera extraviado la noción del tiempo. No había una sola alma viva, solo perros, buitres, hervideros de moscas, alimañas y coyotes con las fauces y picos ensangrentados.

Ni un solo indio se veía en las inmediaciones, pero no se extrañaron.

—Esos bárbaros deben estar celebrando el exterminio en sus poblados.

Revolvió algunos cuerpos descuartizados y no vio a la hija de Rivera ni a las otras dos mujeres de los dragones, y echándose las manos al rostro, dijo:

—A esas pobres cristianas no ha podido enviarles el cielo peor castigo.

En el silencio reinante en la trinchera de Rivera, al que cubrieron con piedras por su desnudez, rezaron un paternóster por los caídos y montaron en los caballos de nuevo. Entraron con los Brown cargados y lentamente en San Pedro y San Pablo y en La Concepción, y comprobaron la misma matanza perpetrada por los guerreros de Palma y sus aliados, así como los mismos abusos y pestilencias, las mismas cenizas y la misma ruina.

—¡Esos yumas son como las malas hierbas! Todo lo envenenan —dijo.

La planicie y los poblados habían quedado sumidos en el silencio, y no vieron a más de tres mujeres entre los cadáveres; seguramente las demás estarían cautivas, como Jimena. Limón se apeó y examinó varias flechas.

—Pertenecen a muchas tribus: yumas, havasupais y cocopahs —corroboró.

Todo eran cadáveres mutilados, caballos heridos husmeando a sus amos muertos, despojos abandonados y lanzas rotas. Apesadumbrados, se asombraron al lograr distinguir los cuerpos del alférez Isla y del padre Matías, horrendamente asesinados, medio quemados, encostrados en un lodazal y corroídos por las alimañas.

—Han muerto todos los dragones. ¡Malditos indios! —exclamó Limón—. Hemos de avisar al gobernador de inmediato. ¡A Monterrey! ¡Al galope!

Era una severa cabalgada de varios días, pero una vez que accedieran al Camino Real, por San Diego, no tendrían dificultades y podrían cambiar los caballos y descansar. Pero no debían perder un solo instante. La dificultad era atravesar el territorio yuma y no ser sorprendidos por alguna partida errante.

Sin que los cuatro dragones lo advirtieran, un guerrero oculto tras un carrizal lanzó una flecha, en la que había atado un trapo rojo con cuatro nudos, que fue a dar en un tronco de un sauce, acción que se repitió, cada vez más lejana, media docena de veces más. Era el modo yuma de comunicarse.

En menos de una hora, Palma supo que cuatro dragones se dirigían hacia el oeste al galope, de seguro a avisar al gobernador Neve. No le importaba demasiado, pues tarde o temprano los españoles advertirían los cruentos ataques y atacarían con más fuerzas, por lo que había que prepararse. Pero necesitaba tiempo.

—Traedme las cabelleras de esos cuatro blancos antes del ocaso —ordenó.

Salió del campamento una banda de guerreros a cortarles el paso.

El alférez Limón se incorporó en la montura y miró al horizonte. Por los agrestes montes del este no se divisaba ningún jinete, ni tampoco nadie a pie. Galoparon por un yacimiento aluvial casi seco y eludieron las llanuras desérticas que se abrían a su derecha, donde serían advertidos a muchas leguas a la redonda. Un soplo sofocante les azotaba los rostros y se ataron los sombreros. Limón, de vez en cuando, miraba hacia atrás para cerciorarse de que no los seguían. Los caballos sudaban y piafaban, pero entrenados para el combate y las largas galopadas por la Comanchería, rivalizaban con el viento.

Dejaron atrás las tierras rojas del Colorado y orillaron dos profundas simas de roca pizarrosa que se les interponían, cuidando de no precipitarse por los tajos. Allí no dejarían huellas. Habían cabalgado quince leguas cuando se detuvieron en un arroyuelo para que abrevaran los caballos y hacia el norte advirtieron una nube de polvo que se les aproximaba.

—Nos siguen, ¡por todos los diablos! —se lamentó uno de los dragones.

—Al menos son quince o veinte. Hemos de apresurarnos —dijo Limón.

—Mi alférez —opinó uno de los soldados ofreciéndose con bravura—, estamos en una posición privilegiada para detenerlos. Escapad, vos y vuestro hijo. Es mejor que lleguen dos que ninguno. Nos veremos en Monterrey.

—Admiro vuestro sacrificio y valor —contestó admirado—. Sí, será lo más adecuado. Que Dios os proteja y os dé fuerzas. Sois unos valientes. ¡Al galope, hijo mío! —Y los saludó marcialmente alzando su sable.

Antes de que asomaran los guerreros yumas frente al peñasco donde se habían parapetado los dos dragones, Limón y su primogénito, un joven cadete de Sonora de solo dieciséis años, habían desaparecido por el horizonte de San Diego. Por la noche alcanzarían el Camino Real, donde podrían protegerse y proseguir sin contratiempos al amanecer.

La compacta formación de los jinetes indios se dispersó y comenzaron a escalar individualmente las rocas para acabar con los españoles, rodeándolos. Pero estos estaban dispuestos a vender muy caras sus vidas. Resonaron los Brown en el pedregal y cayeron los primeros indios de forma implacable. Eran artilleros del rey. En la primera batida acribillaron certeramente a la mitad del pelotón atacante, que proferían gritos infernales al caer por el pelado roquedal.

Pero dos habían rodeado el cerro y, cuando fueron advertidos por los dos fusileros, estos se volvieron para abatirlos con tan mala fortuna que el sol los cegó y no pudieron fijar el tiro. Dos hachas certeras se les clavaron en el pecho y en la frente y se precipitaron muertos por los riscos.

Los pocos supervivientes indios dedujeron que seguir a los que habían escapado sería suicida y estéril, por lo que el cabecilla de la partida cortó la cabellera a los soldados cazados, todos aullaron como posesos y los despojaron de sus uniformes y pertenencias, y regresaron después al trote hacia su campamento.

El vigilante del presidio de Monterrey escuchó el fragor de los cascos de unos caballos que se dirigían hacia el portón del fortín. Temió que fueran unos locos yumas que podrían haberse enterado de que se habían almacenado en el polvorín treinta cajas de fusiles Brown Bees, en sus lechos de paja seca. Receló. Unas flechas incendiarias podrían prender un fuego destructor.

Aguzó la vista e identificó a dos dragones que parecían huir o ser perseguidos. El *presidium* real, construido con adobe, madera y estuco, era un cuadrado perfecto que podía medir más de trescientas varas de lado. Cuatro torreones inexpugnables por donde surgían varias bocas de cañones disuadirían a cualquier tribu de asaltarlo.

Ondeaba la bandera blanca borbónica con los castillos y leones de Castilla, y desde el cuerpo de guardia se escuchaba el trajín de las cuadras, los almacenes de vituallas, la herrería y el de los artilleros acondicionando el polvorín subterráneo. Dentro de sus lienzos amurallados, en los bajos del patio de armas, vivían más de trescientas almas, entre dragones, sus familias, oficiales y los exploradores apaches de la raza lipán, y hasta los oídos de los dos jinetes llegaban sus rumores y voces.

—¡Soy el alférez Limón y tengo que ver urgentemente a don Felipe!

—¡A la orden! Voy a avisar a su excelencia. ¡Seguidme! —dijo el guardia.

El alférez y su hijo, agotados y sedientos, entraron en el despacho de mando donde se hallaban el gobernador Neve, los capitanes Arellano y el recién llegado Pedro Fages, un ilerdense de fuerte carácter llegado de la metrópoli recientemente, y el sargento mayor Sancho Ruiz, cada día más envejecido por la consunción de sus pulmones.

Volvieron sus cabezas hacia los recién llegados e inmediatamente supieron que sus noticias no podían ser sino alarmantes, a tenor de su terrible aspecto. Vieron en las guerreras de los soldados manchas de lluvia, de polvo, sudor y vino. Sus rostros, en contra del reglamento, lucían barbas de varios días, y sus alientos extenuados hablaban del cansancio, la falta de sueño y alimento, y el hercúleo esfuerzo empleado. Los calmaron, pues apenas salían palabras de su boca, pero se temieron lo peor.

Limón era un soldado corpulento, de rostro bermejo y cabellos rojizos, con una complexión sin la cual no hubiera podido resistir tantos días de marcha, persecuciones y privaciones. Su hijo era un remedo del padre, pero más delgado y musculoso. Permanecieron firmes y con los sombreros en la mano.

—Excelencia —reveló en un lacónico mensaje—, Salvador Palma y varias tribus yuma, mojave y cocopah han roto los acuerdos y la tregua de paz y sin previo aviso han atacado e incendiado La Concepción y San Pedro y San Pablo. Los moradores de San Javier de Bicuñer han huido, pero será su próximo objetivo, si no se lo impedimos. He visto también signos de otras tribus del norte, como los havasupais, por lo que podemos hablar de una rebelión de toda la nación yuma.

La boca de Neve se abrió en un rictus de ira.

—¡Por Dios vivo! —gritó dejando el puro habano sobre la mesa—. ¿Y don Fernando? Llevaba suficiente fuerza para repeler el ataque.

—Nos dividimos en dos secciones por causa del ganado y esa fue nuestra perdición —informó—. Han muerto todos, señoría. Ha sido una carnicería.

—¡Explicaos, alférez! —lo animó Neve, tras acercarles un vaso de *brandy*.

Lo bebieron de un trago y el gobernador los invitó a sentarse.

—El viento ha secado mis lágrimas por lo que contemplé allí —repuso abatido—. Ese revoltijo de cabezas, piernas y brazos amputados de cristianos no se me borrará jamás de la mente, excelencia. Y soy un soldado.

Sin omitir un solo detalle, Limón explicó al gobernador y a los oficiales presentes la sucesión de los hechos, sin excluir el incidente de la devastación de los sembrados y las molestias a las muchachas indias, así como la feroz respuesta de Palma y de sus guerreros. Con la cabeza hizo un gesto de dolor.

—Descansen en paz sus almas. Vuestra acción ha sido valerosa, Limón.

Una mueca de gratitud asomó en sus ojos claros.

—¡Maldito sea ese miserable de Palma! —habló Arellano, y movió la cabeza—. La paz que construimos el gobernador Anza y yo con tanto esfuerzo rota en mil pedazos por un papagayo fatuo que solo ansía más poder.

—A todas luces, la acción ha sido desproporcionada y los espolios no cesarán durante un tiempo si no se cortan. La matanza proseguirá —dijo Limón.

—Aunque ya conocíamos la aversión que se profesaban Rivera y Palma de sucesos anteriores, nos hallamos en una encrucijada peligrosa, señor —atestiguó Martín, que veía el honor de sus dragones humillado—. Ese Palma tiene el corazón de un coyote y ha levantado contra España a jóvenes y viejos.

—¡Es peor que Judas! —corroboró Neve, que lo detestaba—. Y las bajas, ¿las habéis evaluado, alférez?

—Han muerto cerca de doscientos españoles, la totalidad de los dragones que escoltaban a Rivera con destino a San José y Santa Bárbara, algunos frailes, los soldados de las misiones y varios mestizos, mozos y sirvientes. Una matanza escalofriante, señor —declaró en tono compungido.

—¡El honor de España por los suelos! —exclamó Fages.

—No hay que lamentarse, sino actuar de forma contundente —replicó el gobernador, que iba de un lado para otro, hasta que añadió hoscamente—. Ha sido un estrago sin sentido que oculta detrás una grave situación.

Martín, que había evaluado las dificultades que se avecinaban, tamborileaba con sus dedos sobre la mesa. Estaba impaciente y rumiaba los hechos acecidos como si hubieran destruido su propia casa, ya que él había sido el impulsor, junto al coronel Anza, del acuerdo de paz con los yumas.

—El asunto es grave, don Felipe. De momento hemos perdido el llamado Camino Interior de California, y supondrá una ruina para el Imperio. No comprendo la actitud de ese canalla, pues perdemos todos.

—¡Hemos de llevar a cabo una represalia ejemplar! —bramó Fages.

Tras unos instantes de espera, el alférez Limón volvió a informar:

—Hay otra cosa aún más grave, señoría —dijo, y los angustió.

—¡Hable vuesa merced, os lo ruego! —lo instó el gobernador.

—Han tomado prisioneros, y entre ellos se encuentra doña Jimena Rivera y varias mujeres y colonos. ¡Una tragedia, excelencia!

—¡Esto no puede quedar impune, de ninguna de las maneras! —exclamó furioso—. Ese indeseable de Palma debe pagar caro su atrevimiento y devolver de inmediato a esas mujeres. ¡Si las mancilla, yo mismo lo perseguiré hasta encontrarlo y lo colgaré con mis manos de una soga!

Martín, rojo de ira, negó con la cabeza y adujo:

—No creo que lo haga, esos yumas solo quieren sacar tajada de los presos con el rescate, y las mujeres serán devueltas en cuanto le ofrezcamos un intercambio de prisioneros y algunos regalos. Lo conozco bien.

—Don Felipe, no sugiero nada concreto —intervino Fages—, pero tenemos suficientes dragones en el presidio como para contestar con contundencia a esta provocación. Son muchos muertos como para dilatar la repuesta.

—¿Se podría levar un ejército de al menos trescientos efectivos?

—En dos días estará listo, y serán suficientes, don Felipe —aseguró Fages.

El gobernador no quiso poner en duda el entusiasmo del oficial catalán. Movió la testa con un ademán de furia contenida. En un momento tan crucial debía controlar sus sentimientos de odio, pero España podía perder su influencia en aquel territorio si no contestaban con firmeza. El miserable Salvador había ido demasiado lejos. Reflexionó y determinó grave:

—Pues bien, vuesa merced, capitán Fages, con vuestro regimiento de Voluntarios de Cataluña y la compañía de los dragones de Arellano, podréis vencerlos sin duda, ejerciendo una tenaza de la que no podrán escapar.

Arellano reflexionó durante unos instantes y se dirigió a Neve.

—Contando con el innoble personaje con el que hemos de lidiar debemos pensar en acuerdos, señoría. ¿Y si hubiera que negociar con Palma tras el encuentro armado? —preguntó Arellano al gobernador.

Neve no lo dudó. Si había que restablecer la situación y acordar la entrega de prisioneros, don Martín era el idóneo. Conocía muy bien a los yumas.

—Eso será cosa vuestra, don Martín. Tenéis mi apoyo y las manos libres. Sé que conocéis bien a ese salvaje, y vuestra firma consta en el acuerdo que nos ha mantenido en paz estos últimos años. ¿Quién mejor que vos? —determinó.

—¿Cuándo saldremos, gobernador? —se interesó don Pedro.

—Han agraviado nuestra dignidad y la del rey. La acción de castigo se pondrá en marcha cuando estéis listos. Hoy avisaré del desastre sufrido a don Teodoro de Croix, el comandante de las Provincias Internas, y al virrey Mayorga, para que nos envíen más fuerzas. ¡Dios os ayude!

La noticia circuló como el viento y las campanas de las iglesias y de la ermita de Monterrey doblaron todo el día a muerto. Muchas familias se acercaron al presidio para saber de los suyos y, al conocer la amarga noticia, un clamor de lamentos se alzó en la capital de California. Temían un ataque de los yumas, que no se detenían ante nada, a las poblaciones costeras.

Una procesión inacabable de ciudadanos exigía una venganza pronta y expeditiva a grandes gritos. Salvador Palma, lo sabían, no era un aliado de fiar.

Al abandonar el despacho, Martín le susurró al sargento Ruiz:

—Sancho, nunca una guerra deja a un pueblo en el mismo lugar en el que lo halló. Las posesiones del este y del norte se pueden perder irremisiblemente.

—Ese Palma siente más odio que amistad hacia nosotros. Que busque un buen refugio, pues iremos por él y por sus alimañas —contestó.

Martín de Arellano llegó a su casa para preparar el equipo y le refirió a su esposa Clara Eugenia los sucesos de Yuma, evitando los detalles más escabrosos. Le comunicó su inminente salida en busca de los culpables y el secuestro de su amiga íntima y confidente, Jimena Rivera.

Al borde del llanto, asustada y temblando, le rogó:

—Esposo, recupérala, por favor. Es una niña cándida y sin malicia.

—Te prometo que regresará con nosotros. No lo dudes, Clara.

La aleuta había palidecido con la noticia y lo miraba de hito en hito.

—¿No estás demasiado seguro de ti mismo, Martín? Los yumas están acorralados y morderán como serpientes —dijo con la voz temblorosa.

—Eso lo sabemos, pero tienen que rendirse a la evidencia. No pueden competir contra un Imperio como el nuestro y en poco tiempo restauraremos el prestigio de España. Nuestro ejército es poderoso, persuasivo y temible, y puede hacer temblar todo el territorio. Impondremos la ley y la paz. No lo dudes.

Las palabras del capitán tuvieron un leve efecto alentador en la princesa aleuta, que suspiró, tras lo cual se sucedió un corto silencio.

—Jimena es un trofeo muy apetitoso para esos yumas, Martín. No quieren los beneficios de la civilización. Desean ser lo que son y prefieren vivir como bárbaros en sus riscos y que les den regalos y más regalos —aseguró Clara a su esposo—. Les gusta vivir del robo, el botín, el pillaje y el trapicheo.

Clara lo miró con expresión interrogativa, con sus ojazos oblicuos de color azabache, como para comprobar que su marido había comprendido su implorante ruego. Martín la abrazó para consolarla, pero sabía que no sería fácil recuperar a las mujeres, un botín muy apreciado por las tribus indias, y más si estas eran rubias. Primero había que mostrarles su fuerza y, sin dilación alguna, negociar con un zorro, un granuja, un hombre indigno.

—Rezaré por ella y por ti, Martín —añadió, y lo besó con ternura.

—Sentémonos en el porche juntos, Clara. Nos separamos otra vez —le pidió mientras besaba sus labios—. Pero volveré pronto.

Arellano reflexionaba sobre su inminente misión. La savia de aquella tierra, donde había nacido, había hecho de él un soldado que se crecía ante los desafíos y las vicisitudes. ¿Acaso los yumas eran más aguerridos que los comanches con los que había luchado cuerpo a cuerpo? Sabía que las operaciones militares contra aquellas tribus se sucederían con violencia extrema, pero no tenía duda de la conclusión. Su único resquemor era que se había dejado engañar por un felón cuyo único lema era la codicia y la traición.

Cuando se hallaba en el campo de batalla y silbaban junto a él las balas, las lanzas y flechas indias, no pensaba nada más que en vencer y salvar las vidas de sus hombres y de las gentes inocentes. Y ya comenzaba a sentir la comezón del combate, y del contacto con su caballo Africano, un animal nacido para intimidar, suave como la seda y fuerte como un centauro.

Los tiempos no habían cambiado y los yumas debían conocer que los españoles contaban con un arma de guerra ecuestre como jamás se había conocido en aquellas tierras: los dragones del rey. Para él no había nada más sobrecogedor que, al frente de sus jinetes, medirse con hombres belicosos que habían faltado a su honor e infligirles un rotundo castigo. Y si la vida le importaba poco, ¿por qué habría de importarle una muerte digna?

Nubes arreboladas se concentraban en el océano, y admiró su imponente belleza. En su mano derecha sostenía la pipa encendida y con la izquierda acariciaba el pelo azabachado de Clara Eugenia.

—A veces pienso, Aolani, si tu sonrisa es real o es un espejismo —dijo.

—Tan auténtica como mi afecto hacia ti, esposo —respondió con ternura.

Cruzaron sus miradas y, como si de un juego se tratara, la aleuta huyó hacia su aposento. Él la siguió.

LA LUNA DE LA FRESA

Cuando las niñas y los niños yumas recogen
el fruto al que llaman *KO-TAN-NAN*,
«la flor roja que brota junto al agua»

Aunque saciados de sangre, los estragos yumas no cesaban.

Búfalo Negro y la partida de los Rostros Ocultos, a la que se había añadido un hatajo de alocados guerreros havasupais del norte, habían renunciado a asaltar la misión de San Javier por recomendación de Palma, que los convenció para que desistieran de la acción de castigo:

—El presidio español de Tucson se halla cerca. No tentéis al destino. ¿No os parece suficiente lo que ya hemos ofrecido a los espíritus de los antepasados?

No era cuestión de cabalgar por donde ningún yuma lo había hecho antes. De modo que aquella camada de lobos a caballo, dirigida por Búfalo Negro, decidió seguir el rastro de los dos frailes que habían escapado de la misión de La Concepción y que según atestiguaba Ignacio Palma habían cruzado el río para ocultarse. Tras comer un cuenco de avena caliente y carne asada de una de las reses arrebatadas a Rivera, partieron hacia el norte dando alaridos.

Atravesaron un paisaje de cerros pelados y no dieron con ellos. No debían andar lejos los clérigos y los hombres de Búfalo Negro cabalgaban tras su errante caza de blancos. La brisa aventaba el cabello de Luna Solitaria que, aunque grasiento por el sebo, mostraba un lozano brillo.

Se detuvieron en la iglesia de La Concepción, convertida en ruinas. Tuvieron que ahuyentar a las alimañas y los cuervos que seguían cebándose con las carroñas humanas. Un intenso hedor a putrefacción impedía respirar, tanto que a uno de los indios le entraron náuseas y arrojó cuanto había comido. Los muros estaban arqueados y podían hundirse, junto con los descoloridos frescos pintados con vírgenes y santos, que se habían chamuscado con el fuego y se desgajaban.

Luna oyó el rebuzno de un burro que pastaba en el corral, ajeno al caos.

—Aquí no están, han escapado. ¡Veamos si han dejado huellas! —gritó Búfalo Negro, que entró en la sacristía, donde un perro ratonero despeluzado husmeaba entre los cajones de los indumentos sagrados, que estaban a medio arder, buscando algún roedor.

El pretencioso guerrero mojave se bebió de golpe una botella de Lachrima Christi que estaba tirada en el suelo. Aprovechó para revolear los libros sagrados y archivos parroquiales, para quemarlos después. Y mientras destruía y apuraba el vino dulzón, distinguió un rastro de sandalias y alpargatas que se perdía en dirección a una torrentera que discurría tras la arrasada iglesia. ¿Adónde conduciría? Llamó a voces a sus zarrapastrosos compañeros, que no contradecían sus órdenes. Acudieron raudos.

Había encontrado un rastro y sonreía astuto.

—Los padrecitos han cruzado esas aguas. ¿Veis cómo siguen en la otra orilla? Son varios adultos y algún niño —señaló, y los animó a cruzarlo.

La corriente no era muy impetuosa y el agua, aunque fría, no cubría.

Franquearon el cauce a caballo, avizorando a uno y otro lado. En la otra orilla se quitaron el barro. Luna los detuvo y se llevó el dedo a la boca. Escondida tras unas chumberas y unos sotoles, divisaron una cabaña de junco y adobe de jacal y de techo bajo, donde revoloteaban unas gallinas y unos jilgueros. En el corral trasero se adivinaba una cuadra sin caballos, el brocal de un pozo rezumante y el fuelle apagado de una herrería.

En la puerta de la vivienda había una cabra atada que rumiaba unas raíces. Búfalo Negro y Luna abrieron la cortina de carrizo de la vivienda muy sigilosamente.

Al abrirla, los indios se dieron de bruces con la singular escena de varios amedrentados blancos que tomaban chocolate en escudillas y conversaban en voz baja, creyendo que se habían salvado de la ira de los yumas. Se trataba de fray Garcés, al que todos conocían por el aprecio que le profesaba el jefe Palma y por su escaso éxito en convertir indios, de otro padrecito, fray Juan Barreneche, de la mestiza Gertudris, mitad mojave y mitad mexicana, de otras mujeres y de dos niños que los miraban aterrados.

Fray Garcés los miró con serenidad.

—¡Salid, blancos! —les ordenó Búfalo Negro en castellano.

—Salvador Palma es un hijo mío muy querido, debéis saberlo —contestó Garcés tembloroso—. Él me permite predicar en estas tierras.

Los indios no replicaron y se quedaron esperando a que salieran todos, tras lo cual formaron un círculo alrededor de los franciscanos que, para contrarrestar el miedo, entonaron un himno religioso. Las mujeres y sus hijos pedían clemencia, pues presentían que algo espantoso iba a suceder.

La luz del exterior los cegó en un primer momento y posteriormente se destapó ante sus ojos la visión del grupo de indios astrosos con los rostros pintados y sus ponis, también coloreados de negro y blanco, que se cebaban en las hortalizas del huerto y en los pámpanos de las parras, destrozando tallos y frutos. Iban vestidos con prendas ensangrentadas y llevaban colgados espejos, entorchados, cabelleras y abalorios de los dragones de cuera muertos. Y olían a mezcal a media legua.

Al fraile Garcés, que poseía la rara capacidad del camaleón para transitar por el territorio de Yuma, le parecieron cómicos y les sonrió para ganarse su simpatía, ofreciéndoles la jícara de chocolate, pero solo recibió indiferencia y desprecio.

Los gallos aleteaban en las ramas de los árboles y los gatos asustados se escondían. Había una pequeña fragua bajo una ramada. Búfalo Negro se acercó y asió en su mano el martillo del yunque, que ocultó tras su espalda. Se detuvo ante los clérigos. Parecía preguntarse: «¿Por quién empezar para que el efecto sea más intimidatorio?».

—Sed indulgentes, hijos míos —suplicó el fraile, al que conocían sobradamente—. Tened piedad de unos inocentes que nada os han hecho.

Y sin mediar palabra, Búfalo Negro ladeó la cabeza, asqueado. Entreabrió sus abultados labios, escupió y acto seguido balanceó el martillo ante los ojos de fray Garcés, que lo miró pávido. No había podido entablar amistad con el joven mojave. Acto seguido le propinó un terrorífico golpe en la boca, que dio con el rechoncho anciano en el suelo, con el rostro chorreando sangre, los pocos dientes que tenía partidos y la nariz destrozada.

La exasperación y el asombro se mezclaron en sus lamentos. Arrodillado, como si rezara, fray Garcés lloraba, gemía y demandaba clemencia con las manos, instante en el que el indio descargó con furia varios golpes más, dejándolo sin vida ante los aterrados ojos de sus fieles.

—¡Es un falso chamán cristiano que embauca a nuestros hijos! —se justificó Búfalo Negro en castellano, en tanto las mujeres se reunían en torno al cadáver aún caliente del padrecito entre ruidosas lamentaciones.

Luna Solitaria, que pintaba su cara de rojo escarlata, sacó de su cintura el hacha y le cortó la cabeza, mostrando una violencia desproporcionada. Intercambió una mirada de brutalidad con su marido, que espantó a las mujeres y a los chiquillos. Después, la guerrera le propinó al otro clérigo, fray Juan, otro hachazo en el hombro y lo dejó desmadejado, aunque gateó como si deseara escapar. Dando alaridos atroces, Luna lo estranguló con su látigo.

Los havasupais que acompañaban a Búfalo Negro y a Luna ataron en una cuerda de presos a las blancas y a los niños, que moqueaban y pataleaban. A los salvajes del norte era al parecer lo que más les interesaba: atrapar mujeres. ¿Pero con qué objeto? Uno de ellos pasó el cuchillo por la cabellera de una joven, pero simuló arrepentirse y la dejó, tras refregarse libidinoso contra ella. La muchacha le escupió, recibiendo una bofetada que hizo que se tambaleara.

Después, profiriendo indescriptibles chillidos, abandonaron el lugar hacia un derrotero incierto, dejando a Gertudris con vida, aunque temblando. La mestiza se mesó su pelambre y dio gracias a Dios y a la Tonantzin de Guadalupe por conservarle la vida.

Inmediatamente se puso a cavar una fosa, donde inhumaría a los dos monjes juntos. Mientras, rezaba implorando por las mujeres y los niños secuestrados por aquellos demonios venidos del abismo más aterrador.

—Cristo ha vuelto a vivir hoy su dolorosa pasión —masculló para sí.

Al menos alguien lloraba y rezaba sobre sus cuerpos.

Días después, en medio de la semioscuridad del crepúsculo, varios indios de difícil identificación tribal se dirigieron a la empalizada donde se amontonaban casi un centenar de cautivos españoles, apiñados como bestias. Resonaban los gritos de dolor, las llamadas infructuosas y los sollozos sin esperanza. Con el fulgor de las fogatas, sus siluetas se recortaban en el paisaje. Atados unos contra otros, cabeceaban somnolientos, lloriqueaban y rogaban piedad, agua y alimento. El corral donde los habían confinado olía a heces y sudor. Algunos estaban rezando y musitando lastimeros cánticos, y los heridos se lamían sus propias magulladuras y hematomas.

Luna Solitaria, que precedía a los otros, llevaba en la mano un cesto de mimbre lleno hasta el borde de negruzcos pedazos de alimento de difícil identificación, que fue repartiendo entre los presos españoles que, con los cuajarones de su sangre y los churretones de sus lágrimas, parecían mugrientos pordioseros. Se disputaban el agua que les vertían a chorreones sobre sus cabezas y cogían la nauseabunda pitanza con la boca.

Gemían y lamentaban su suerte, y algún moribundo rezaba.

—Nos devolvéis mal por bien, cuando os dimos alimento y protección ante los comanches, ¡desagradecidos! —le reprochó un viejo prisionero.

—¡Esta tierra es nuestra! —le gritó Búfalo Negro y luego lo abofeteó.

Cabeza de Águila, jefe de la partida havasupai del norte, tal como había convenido con Halcón Amarillo, alzó la antorcha y examinó a las hembras del grupo una a una, sobándoles brazos, dentaduras y piernas, como si fueran destinadas a trabajar en los secaderos o en las duras faenas de los campos de maíz. Sacó de su faltriquera unas cuerdas de pita enrojecidas con ocre y las ató en las muñecas de las dos mujeres que había elegido como trofeo de guerra.

Una de ellas era Jimena Rivera, la hija del capitán de dragones muerto, cuya piel blanca, casi traslúcida, se advertía por los jirones de su destrozado vestido, y por la que le darían un cuantioso rescate. La otra también presentaba un aspecto parecido, aunque el cabello trigueño de Jimena, a pesar de estar enmarañado, parecía hecho de hilos de oro. Las blancas elegidas eran un excelente botín.

En el firmamento bailaba una luna menguante que competía con miríadas de estrellas deslumbrantes, y a los lejos se oía el rugido del puma y el aullido del lobo que se dirigían al sur, a los predios de la matanza, a saciar su hambre. Con el claro del astro menor, Nana, el chamán y hombre medicina, había ordenado celebrar la Danza de las Cabelleras, un baileto triunfante en el que participaban los guerreros regresados del combate, que habían atado sus trofeos cabelludos a palos de colores para ofrecérselos a los espíritus y a su dios creador, el Gran Padre Kwikumat.

La bailaron según el modo yuma, formando cuatro hileras de danzantes enfrentados a la colosal fogata, y acompasando su baile por otras tantas filas de muchachos con tambores, flautas y matracas, que les marcaban el ritmo. Nana cantaba sin cesar, enmascarado con una careta de color turquesa, mientras los bendecía con sangre extraída de los enemigos muertos, mojando una rama de pinabeto que hundía en una calabaza. «Tan, tan, tan, ¡crac, crac, crac!», se repetía el isócrono compás.

Al final de la danza, y retirados los bailantes, Nana convocó a los *koyemshi* o cabezas de barro, unos grotescos cómicos que llevaban cabezas de arcilla que hacían las delicias de los vencedores, pues imitaban a los jefes de los adversarios muertos, exagerando sus defectos. Lucían también los uniformes de los dragones abatidos, tintos en sangre y hechos trizas.

El que parodiaba al capitán Rivera, el odiado enemigo de los yumas, se apoyaba en unos zancos, su cabeza estaba pintada de blanco, su órgano viril era una bellota, y se desnudaba por entero hasta caer moribundo cerca del fuego, en una teatral imitación de la muerte del odiado oficial español y con sus mismos harapos. Las risas y bravatas fueron generalizadas y lo aplaudieron sin cesar, hasta que arrojaron a la lumbre una docena de cráneos desollados de dragones. Nana, con los brazos en alto, pregonó:

—¡Oh, Kwikumat, Creador del Mundo! ¡Deseábamos ser amigos del hombre blanco, pero nos repudió! ¿De quién fue la primera voz oída en esta tierra? La del pueblo yuma armado solo con lanzas y flechas. Pero ahora el extranjero desprecia a nuestra raza. Quieren arrojarnos a las Montañas Negras, pero no lo consentiremos. Y lo diré muchas veces: ¡Chimbika nos protege!

—¡Chimbika! ¡Chimbika! ¡Chimbika! —replicaron enardecidos.

La noche se vio invadida por los alaridos de los hombres y sus mujeres, eufóricas por las acciones de los guerreros.

Aquella noche de victoria, rapiña y venganza los jefes aprovecharon para celebrar el Potlatche yuma o suprema reunión, a la que asistían solo los que habían demostrado valor y combatividad contra los españoles y en el ataque a las misiones y poblados. Nana, mientras expelía humo por la boca, bailó en solitario la Danza de la Serpiente, y exhaló las bocanadas de un grueso cigarro en los rostros de los jefes para que sus *nagilas* o almas siguieran fuertes y unidas al pueblo.

El hechicero sujetaba con la mano derecha dos serpientes que se enroscaban en su brazo, que después dejó libres para que comunicaran a los espíritus las victorias de los yumas. Luego, en nombre del Dios Hablante, entregó a los jefes un valioso *coups*, un haz de plumas negras, por su valentía en la correría, aunque hubieran tenido escasa gloria, pues habían matado sin piedad a frailes, mujeres, inocentes y soldados que se enfrentaban a cien contra uno.

Los guerreros estaban entusiasmados, pues creían que al fin se habían desprendido de la dominante tutela española. El pueblo aplaudió de forma unánime y prorrumpió en estruendosos alaridos. Vivían en una tierra implacable de cerros y pedregales de tierra roja habitados por lagartos, serpientes y chacales, y lo robado a los colonos hispanos colmaba sus expectativas de abundancia.

Y comenzó la delirante fiesta nocturna.

En los corros ante el fuego se encendieron las pipas de madera y arcilla y se quemaron hierbas olorosas de zumaque y savia seca de sauce, bebieron mucho mezcal y comieron sandías, melones, batatas y cidras de cayote, y grandes espetones de la carne de las reses expoliadas.

El fibroso mocetón, Búfalo Negro, barrió el círculo con la mirada y llamó a Cabeza de Águila, jefe de los havasupais del norte, y a sus hermanos de los Rostros Oscuros. Se les unió Ignacio Palma, que se protegía del relente con una manta, para cenar junto a su padre, que aún tenía las manos llenas de sangre de los enemigos, en el fuego de los jefes. Se sentaron con las piernas cruzadas y fueron servidos por las jóvenes, que les proporcionaron jícaras con sotol y fuentes de arcilla repletas de carne asada, calabaza y tortas de maíz.

Estaban pegados el uno junto al otro. Palma abrió el turno de la palabra y se dirigió directamente a Búfalo Negro, al que vio taciturno:

—¿Los Rostros Oscuros vais a seguir actuando?

—No, hemos conseguido lo deseado. No abandonaré la tierra que pisaron mis antepasados y que los blancos intentan arrebatarnos obsequiándonos con objetos estúpidos, estampas de santos y piedras que brillan. Somos numerosos como las estrellas del cielo y aquí permaneceremos. De momento nuestras acciones de castigo cesarán, venerado chamán —contestó el muchacho.

—¿Qué es eso de los Rostros, Palma? —preguntó Cabeza de Águila.

—Una antigua institución de los yumas del sur que crearon nuestros ancestros para preservar la esencia de nuestro pueblo y eliminar en secreto a los adversarios indeseables sin involucrar a todo el pueblo. Está bendecida por los espíritus, noble jefe —explicó Palma.

La voz profunda de Búfalo Negro resonó de nuevo:

—Chamán Palma, los Rostros encendimos el fuego de la hoguera y despertamos al pueblo, ahora dormiremos durante un tiempo hasta que nuestros padres muertos nos reclamen de nuevo justicia. El destino de miles de criaturas de nuestra nación dependía de nosotros. ¡Fuerte es nuestra mano!

Halcón Amarillo, que gobernaba sabiamente su tribu, halagó a su hijo:

—Aunque puse mis reparos, ahora sé que obrasteis conforme a la sangre que fluye por nuestras venas. Pero temo la revancha de los blancos. Esos dragones de cuera son guerreros formidables. Los conozco bien.

Un gesto de resolución brilló en el rostro de Ignacio Palma.

—Hermanos, no os preocupéis. Los blancos no atacarán en mucho tiempo, si es que lo hacen. Carecen de fuerzas suficientes. Es una ralea pendenciera, engreída e insolente, pero perspicaz, y saben de nuestra superioridad. Somos demasiados y se podría repetir la escabechina.

—Mi pueblo sí teme la furia de los dragones —admitió el cocopah Carlos.

—Pierde cuidado, hermano. No están para sufrir una segunda derrota y reconocerán nuestra victoria —insistió un eufórico Palma.

Búfalo Negro tosió con crudeza para cambiar el tema de la plática. Era un joven astuto, violento y muy ambicioso, y los jefes lo sabían. Le importaba el interés mostrado por los havasupais por las hispanas de brazos y piernas fuertes y de piel clara y preguntó a Cabeza de Águila:

—Gran jefe, he observado que has apartado a unas blancas, pero no por su belleza o rotundas formas, sino por el color de su piel. ¿Por qué?

Una mueca de asentimiento y una mirada irónica lo acompañó. Dijo:

—Sí, ciertamente. Mi tribu vive de la caza y del comercio de cautivos desde tiempos inmemoriales. Pero en los últimos años, las mexicanas y mestizas valen mucho más por su pellejo de color más claro, ¿sabes?

—Ah, ¿sí? —se extrañó Búfalo Negro—. Los comanches, antes de convertirse en mujerzuelas que babean ante los españoles, solían vender sus capturas en Nueva Orleans o Eminence, allá donde se arremolinan los grandes vientos, pero ninguna tribu de por aquí se ha dedicado al tráfico de esclavos.

—Os aseguro que para nosotros es un negocio seguro y espléndido.

—Me has intrigado, gran jefe —insistió Búfalo Negro codicioso.

El jefe havasupai parecía reticente a revelar las claves de ese negocio tan provechoso para su tribu. Pero pensó que el mojave podría serle de ayuda y se decidió a descorrer el cerrojo de sus labios.

—Solo puedo decirte que mi clan come en el invierno con esas ganancias.

Búfalo Negro lo alentó a seguir pasándole su calabaza de mezcal.

—Verás —confesó—. Los kwakiutl nos cambian las cautivas por pieles de zorros rojos, nutrias, castores, osos y lobos blancos, que luego vendemos a los rusos al sur del río Wimahl y cerca de las Grandes Aguas. Valoran mucho a las blancas de cabellos dorados, quizá para violentarlas o para hacerlas sus esposas. ¡No lo sé! Por las que he elegido de la parte de mis capturas comeremos un invierno entero toda mi tribu.

Cada vez que hablaba, la codicia de Búfalo Negro se incrementaba más y más, y su padre, Halcón Amarillo, que lo conocía lo suficiente, lo alertó:

—Hijo, adivino tus intenciones y deseo advertirte. La excesiva avidez de cosas materiales ciega los ojos del guerrero. A ver si por ambicionar lo ajeno, pierdes lo propio. No deberías dejar lo ganado por lo que crees que ganarás.

—Padre, quizá sea de un gran provecho para vosotros, y el jefe Cabeza de Águila puede ayudarme. Iría con él con mis propias esclavas y comerciaría con esas tribus norteñas. ¿No? —declaró.

—Serías un gran compañero de viaje, Búfalo Negro. Elige otras dos o tres blancas y regresarás con muchas sacas de vituallas para la época de los fríos. Los rusos pagan bien con aprovisionamientos de avena, pescado ahumado, aguardiente, maíz, plomo, pólvora, azúcar, armas y herramientas.

—¡Es justo lo que necesitamos, padre! —se entusiasmó el joven.

—Es cierto y vuestro clan no pasaría hambre. Hasta ahora solo comerciábamos con muchachas ojiwas, chippewas, mexicas y hupas, pero estas blancas que hemos capturado valdrán mucho más, quizá el doble. Y la de cabellos dorados valdrá muchas pieles preciosas —aseguró ufano el norteño.

—No creía que valieran tanto esas perras en las tierras nevadas.

—Lo valen —lo animó para obtener más ayuda.

Los ojos de Búfalo Negro ya no veían sino lucro y muchas provisiones.

—Padre, no conozco las Montañas Azules, ni las Colinas Negras ni la Sierra de Sangre de Cristo, y menos aún los helados lagos del fin del mundo. Y lo desearía —dijo Búfalo Negro.

Aunque los yumas habían sido siempre nómadas errantes, el padre no lo admitía.

—Hijo, conozco esas tierras. Es un viaje largo y lleno de peligros, y por eso nuestro huésped desea que lo acompañes, pues el arco de un mojave es fuerte y astuto. Puedes padecer muchas penurias y tal vez no regresar —le aconsejó.

Pero la ambición y la codicia que tan bien se hermanan con la violencia y la osadía habían encontrado el terreno abonado en Búfalo Negro.

—Con lo que saque por esas zorras blancas, no pasaremos hambre, padre.

De una punta a otra del corro, se hizo un silencio respetuoso que rompió Cabeza de Águila, que había resuelto el tema de la seguridad.

—¡Halcón Amarillo, tú y yo nacimos en el mismo clan, y cuidaré de tu hijo como si fuera propio! No debes obstaculizar los deseos de un guerrero.

Se cruzaron las miradas y el jefe mojave habló en voz alta:

—¡Que los espíritus os protejan en ese viaje! —aceptó.

Búfalo Negro preguntó:

—¿Y cuándo partes para esas tierras, jefe?

—Yo pensaba salir cuando cambie la luna, con los caballos, las mujeres y el botín que me ha correspondido. ¿Tú estarías listo para entonces?

—¡Lo estaré, Cabeza de Águila! Sé que será una expedición apasionante. No deseo que mi familia y la de mi padre pasen necesidad en invierno. A veces, con los fríos, solo tenemos bolas de carne seca, calabazas y tasajo para alimentarnos. La paz española del mercado dominical no es suficiente. Necesitamos herramientas y hierro para hacer puntas de flechas. ¿Y cuánto se tarda en alcanzar las tierras de vuestros compradores?

—Se tarda poco más de media luna, si no hay contratiempos y si los *ohione*, los ladrones de caballos, no nos acosan en el camino. Yendo seis guerreros no tendremos contratiempos. Primero tenemos que atravesar el paso de las montañas de las Cascadas y desde allí, por el valle que se extiende entre ellas y la costa, alcanzaremos los esteros del río Wimahl —le explicó.

Búfalo Negro estaba entusiasmado. Aquella era la gran aventura de su aún joven vida y se sentía honrado de que un gran jefe le ofreciera su brazo.

—¿Y dónde se realiza el intercambio? —se interesó con avidez el joven.

—En uno de los campamentos kwakiutl, tras cruzar el río. Luego, a dos días de marcha al sur, en una cala oculta del gran mar azul, nos aguardan los rusos para comprarnos las pieles. Tú me acompañarías con tres guerreros y yo aportaría otros tres. No convienen más, o nos atacarán. Las tribus del oeste no son hostiles si vamos solo de paso y les dejamos algún presente en el trayecto.

—¡Os doy mi bendición! —dijo Halcón Amarillo, y les pasó la pipa.

Acto seguido apretó el brazo a Cabeza de Águila en señal amistosa y sellaron el acuerdo.

La siguiente era una mañana tan brumosa que parecía de obsidiana.

Las colinas que rodeaban el reducto yuma estaban ocultas, momento en el que Búfalo Negro, Luna Solitaria y Conejo Pequeño salieron a recoger tallos de maguey para fabricar cuerdas, necesarias para el viaje que se proponían acometer en unos días. Los recién casados habían compartido la esterilla aquella noche y se sonreían. Unas mujeres raspaban los pellejos de las vacas consumidas mientras otras cosían polainas, capotes de piel y mocasines. Clavaron los talones en los caballos y salieron raudos hacia el bosque.

Percibían una sensación de satisfacción infinita al hallarse solos, sin ninguna mala conciencia o sentimiento de culpa por la ferocidad que habían demostrado con ancianos, chiquillos y mujeres blancas.

Cuando a media mañana se disipó la niebla, el horizonte lejano descubrió a sus ojos estupefactos como un espejismo movedizo que no esperaban y que les cortó el resuello. Se trataba de la perturbadora visión de lo que parecía un ejército en marcha, que además se dirigía hacia las posiciones y asentamientos yumas. Ningún vigía los había alertado y se quedaron quietos, boquiabiertos.

—¿Quienes son, esposo? —preguntó Luna alarmada.

Búfalo Negro puso sus manos a modo de visera, miró y reveló:

—Avisto un contingente de alquidumes, pimas, gileños y cocomoricopas con sus armas y pintados para la guerra. Son inconfundibles. Esos perros siempre fueron aliados de los blancos..., pero ¡por el puma sagrado! Detrás viene un regimiento de al menos trescientos dragones. ¡No puede ser!

—¿Han tenido tiempo de reclutar todo un ejército, esposo?

Un sentimiento de pavor atenazó la garganta de Búfalo Negro.

—Y se dirigen hacia aquí —dijo atónito—. Lo esperábamos, sí, pero no tan pronto y con muchos menos efectivos —aseguró soltando las pitas.

¿Tenían ocasión alguna de salir vivos si atacaba una milicia de tal dimensión?

—¡Avisemos a los jefes! ¡Al galope! —sugirió alertado Búfalo Negro.

La columna de combatientes hispanos llegados de Monterrey a marchas forzadas hacía resonar la tierra como si un terremoto se agitara en su interior. Los pasos rítmicos de los caballos y de los de a pie y el vocerío ensordecedor de los indios aliados que se habían unido en un pacto de guerra con los españoles hacían retumbar el valle. Búfalo Negro detuvo su carrera, volvió la cabeza y contempló la avalancha. No era un ejército fantasma, sino una realidad temible.

Notó un escalofrío por la espalda. Acompañaban al ejército recuas de mulas que portaban sus impedimentas, armas, alimentos y un turbador cañón de guerra. Se fijó en el aplomo que manifestaban los dragones, enhiestos sobre sus temibles bridones de guerra, y avanzó de forma vacilante, sin dejar de mirar hacia atrás. Sonó un clarín a lo lejos y pensó que, en unos días, su venerada tierra, sus tipis y sus cantizales se convertirían en un marjal de mortandad y que tal vez no pudiera realizar la aventura de su vida al norte.

La luz se hizo intensa en el territorio Yuma, y el número de efectivos en el ejército español no dejaba de aumentar. Al mediodía eran varios cientos. Por la tarde invadieron las orillas del Colorado, como si una corriente humana armada hubiera ensanchado sus orillas inundadas por los soldados hispanos y las tribus indias enemigas de los yumas.

No parecían una tropa de las que vigilaban la frontera, sino una plaga de hierro, cuero y pólvora, que se les venía encima irremisiblemente. Lo comprendieron al instante. No se trataba del heroísmo que sigue a la desesperación, sino una ordenada estrategia de reparación. Avanzaban entre una vorágine de polvo e himnos guerreros y los gritos de indios enemigos.

Los tres guerreros llegaban al poblado prácticamente a la vez que un acalorado mensajero del norte, un mojave. Al llegar al tipi del Consejo, saltó del corcel como un acróbata e, inspirando profundamente, pues venía sofocado, gritó:

—¡Los blancos y una jauría de gileños y pimas han jurado no dejar un yuma vivo! Tenemos que huir a las montañas, gran jefe Palma.

—¡Eso nunca! Nuestras armas están calientes. No los tememos —dijo Palma, desconocedor del peligro real que se le venía encima.

—¡Defendamos nuestra libertad robada! —prorrumpió Búfalo Negro.

Los españoles venían a por ellos, como el puma hacia un débil cervatillo, y a cobrarse una severa lección con un golpe de fuerza. Repentinamente la confianza del levantisco Salvador Palma, tras una escaramuza nada prestigiosa que había exagerado ante su pueblo, comenzó a trocarse en pavor.

Abandonó la tienda y escudriñó el horizonte, sumido en un silencio sepulcral, y si el miedo tuviera algún color, ese habría sido el de su semblante. «Pero ¿cómo han reaccionado tan rápidamente?», se preguntaba. Las sienes le latían.

La sonrisa que había mantenido en el Consejo se le había desvanecido.

Se inclinó en el suelo con la torpeza propia de la turbación que sentía y le pidió al sol que cegara los ojos de sus enemigos. Comprendió que no existía un solo lugar en Yuma donde esconderse de la represalia española y que ya no podía sustraerse del alcance de su furia.

Muy bien podría quedarse sin casa y sin patria, y lo lamentó.

Su rostro curtido por el sol se volvió impenetrable, y contempló el mismo horizonte de siempre, los mismos peñascos terrosos de su infancia que tenía que defender de la avidez de los blancos, el mismo bosquecillo de mezquites y ocotillos, y sus piernas le temblaron.

Aspiró el humo del puro de hojas mal apretadas que fumaba y dispersó al aire una bocanada, con la esperanza de que disipara sus preocupaciones. Una mueca, un gesto de impotencia, ensombreció su sombría mirada. Pensó que una mano tendida, y el ofrecimiento de un pacto a los españoles, podría allanar todos los obstáculos. Pero de hacerlo, los jefes de la nación yuma lo apartarían del mando como a un proscrito, e incluso lo apedrearían.

Necesitaba ese tiempo de reflexión y sosiego para preparar la ardua tarea de enfrentarse a un ejército poco menos que invencible. Y en esta inmóvil posición aguardó hasta el rojizo declive del sol. Estaba desolado.

FUROR, VENGANZA Y PÓLVORA

Los contendientes sabían que se avecinaban horas sombrías.

Las llamas de las fogatas proyectaban un resplandor rojizo en los perfiles de los yumas, que se preparaban para un combate inminente con los españoles y sus aliados nativos. Sabían que los dragones habían incrementado sus efectivos con soldados llegados de Sonora, y que se habían posicionado en las afueras de Yuma para impedirles el paso hacia sus asentamientos del río Gila.

Los grandes jefes Palma, Cabeza de Águila, Halcón Amarillo y Carlos habían alzado sus defensas en las planicies de un paraje abrupto conocido como Aguas Frías, de donde escapaban voces destempladas y espesos humos. No todos los cabecillas indios estaban de acuerdo en un desafío directo y muchos abogaban por acopiar el botín y retirarse a las altiplanicies con sus familias. Pero prevaleció la opinión de Salvador Palma, que tachó a algunos de cobardes.

—Solo reclamamos el derecho a vivir en nuestra tierra. ¡Luchemos! Los superamos en número y conocemos cada palmo de estos alcores.

—Los españoles aún están desanimados por las pérdidas infligidas. No creo que se vean más fuertes que las tribus yumas —opinó Búfalo Negro.

—¡Muerte a los blancos! —clamaban sin cesar, dándose ánimos.

***

Un oficial español de alto rango, distinguidamente uniformado de azul, con el cabello atado con un lazo negro a la nuca y escoltado por el sargento mayor Sancho Ruiz y el explorador apache Hosa, se abrazó al capitán de Fusileros de Montaña de Cataluña Josep Romeu, quien, llegado de Sonora, venía a unirse a los dragones de California comandados por él, Martín de Arellano. Lo acompañaba también el artillero Fages, ocupado en franquear el río con el cañón de campaña acarreado desde Nuevo México.

¿Acaso Martín no había participado ya en suficientes campañas contra las tribus indias de la frontera como para añadir una derrota a su hoja de servicios al rey? El peligro, el honor de su país y la protección de los indios los llevaba en la sangre. Se consideraba como un filántropo de un presidio militar que hubiera llegado para detener el naufragio humano entre yumas y españoles.

—¿Qué fuerzas os acompañan, capitán? —le preguntó a Romeu, rechoncho y de cabello erizado.

—Sesenta artilleros y una veintena de dragones de San Ignacio. Es cuanto hemos podido reunir al conocer el ataque y la muerte de Rivera.

Arellano movió la cabeza y se quejó agriamente.

—¡Claro! Al virrey y a De la Croix no les interesa esta parte de Nueva España y lo más granado de nuestras fuerzas están empeñadas en defender a las nuevas colonias americanas y en rechazar a los ingleses, cuando aquí nos jugamos la supervivencia de California —ironizó.

—¿Por qué creéis que el *Quijote* es tan certero? Nos calca tal cual somos.

Cundió la hilaridad entre los dos militares y el carcajeo de Sancho Ruiz, hasta que el catalán preguntó la táctica a seguir:

—¿Cómo desplegaremos nuestras fuerzas, don Martín?

Se le ofrecían varios caminos y dudó sobre cuál elegir. Al fin se decidió y dijo:

—Veréis, los indios son reacios a luchar en campo abierto. Eché los dientes combatiendo contra ellos y sé que nos atacarán de un momento a otro. Prefieren los sitios escarpados donde puedan esconderse. ¿No oís los tambores de guerra y oléis las fogatas? Son las danzas de la guerra.

—Pues habrá que apurarse, capitán.

Martín, que cargaba a cuestas con la jerarquía de la misión, opinó:

—Hemos de restituir la dignidad perdida, y enterrar a los muertos, pero antes les daremos una lección que pueda devolvernos a la anterior situación. Sé que la guerra nunca tiene justificación, y que solo es honrosa cuando se hace por defender tu tierra, por eso no habrá necesidad de aniquilarlos, ni de diezmarlos. Han roto un pacto y han matado a inocentes, y lo pagarán en su justa medida.

El oficial conocía los méritos del capitán de dragones. Era una leyenda. Era el hombre que había matado a Cuerno Verde y nadie lo ignoraba.

—Don Martín, y ¿cómo dispondremos el modo de la batalla?

—Veréis—dijo, y sacó de la pechera un minucioso mapa de la zona que mostró a su par—. Fages y yo dirimiremos el encuentro en estas mismas quebradas, en la confluencia de los dos ríos, el Colorado y el Gila. Pero antes hemos de atraerlos con mi caballería a lugares más elevados y rocosos. Allí los dragones y vuestros soldados, apostados en trincheras, podrán abatirlos con la fusilería antes de que intenten dispersarse. Esa será la estrategia.

No era una misión excesivamente arriesgada si se conducían con prudencia. Aunque desde que contrajera matrimonio con doña Clara, también valoraba el regalo del hogar, Martín no había perdido sus ansias de vivir con la milicia en aquel mundo ambulante que olía a humanidad, pólvora y bosta de caballo, y le seguía encantando compartir con sus dragones las penalidades de la marcha y de la guerra. Romeu le preguntó:

—¿Cuántos son capitán? ¿A qué fuerza hemos de enfrentarnos?

—Se han reunido muchas tribus de la nación yuma, y pasan con creces del millar y medio de guerreros. Son bravos y temerarios y mucho más numerosos que nosotros, pero luchan en el más absoluto de los desórdenes —informó.

—Y con crueldad y astucia refinadas, según han demostrado —adujo.

—Cierto. Nuestro objetivo es claro, atajar la revuelta con contundencia y atrapar cuantos más prisioneros mejor, pues habremos de realizar un intercambio con los suyos —lo aleccionó—. No debemos olvidar que han apresado a mujeres y niños, entre ellos a la hija de Rivera.

Romeu, con la guerrera desabrochada y polvorienta por el viaje, no ofrecía un aspecto muy bizarro, y se movía con cierta altanería, estirado, pero correcto. Con diligencia organizó a sus hombres, los carromatos y las recuas de mulas, y con Arellano cabalgó para reconocer el terreno y habilitar las fosas y posiciones y así ajustar la estrategia a seguir. Era un eficaz oficial.

Arellano era consciente de la superioridad estratégica y armamentística de los españoles sobre aquellos salvajes, que habían hecho añicos un tratado que los favorecía. No estaba dispuesto a perder un solo hombre, y le advirtió al catalán:

—Hay que devolver la confianza a la población, Romeu. Estos yumas se han envalentonado y se han atrevido a coger rehenes en damas inocentes. Ha cundido el miedo entre la población y hemos de recuperar la confianza.

Con los primeros rayos del sol los españoles ya estaban en pie.

Algunos tiritaban con el rocío y carraspeaban junto a sus monturas, pero entre ellos reinaba una admirable confraternidad. Casi doscientos dragones de cuera, divididos en dos alas, componían la primera fuerza ecuestre que haría frente a los yumas, según el plan de Arellano.

Estaban en silencio y debidamente formados en dos hileras. Hablar de paz con aquellos salvajes era como ladrar al sol, y ni haberles enseñado a cultivar los campos y cuidar ganados e insertarlos en el sistema comunal español los había satisfecho. Preferían vivir libres en la naturaleza y coger y robar lo que precisaban. El mensaje del virrey era claro: «No más haciendas incendiadas, no más frailes martirizados, no más mujeres y niños secuestrados».

Un aire sofocante comenzaba a atraer a moscas y tábanos. En la espera solo se escuchaba el piafar de las monturas y el chirrido de las chicharras. Martín tenía la garganta reseca. Solía ocurrirle antes de la batalla.

Los exploradores apaches habían descubierto que una inmensa

178

ola de yumas había abandonado Aguas Frías gritando amenazas de muerte para los blancos y se dirigía en masa al encuentro de los dragones, a los que consideraban muy inferiores en número, y por ello abatibles en su terreno. El momento de la colisión se aproximaba. Una horda vociferante y confusa se había lanzado hacia las barricadas hispanas. El choque sería cruento, una carnicería.

—Mi capitán, vienen gritando y maldiciendo a los blancos. No desfallecen y siguen adelante, y con los rostros y caballos pintados —dijo Hosa.

Los dragones, uniformados con sus impecables y lustrosas guerreras azules, sombreros de ala ancha, y armados con las lanzas de largas astas, las adargas con el escudo de España bordado, los aceros toledanos y los eficaces fusiles Brown, refulgían en lontananza. Se asemejaban a una isla inexpugnable ante la que se estrellaría la turba india, que se acercaba en un tumulto ensordecedor.

—¡Chimbika, Chimbika! —rugían salvajemente.

—¡Cientos de almas blancas irán hoy a su infierno! —aulló Salvador cargado de resentimiento hacia los españoles y animando a sus guerreros.

Sin dilación y con gran esfuerzo, los fusileros de Fages y Romeu se habían puesto a cubierto y habían construido en dos días, con picos y palas, una línea ofensiva muy difícil de sobrepasar. Martín estaba complacido.

Los dragones se quedaron mudos, sobrecogidos, viendo la turba descontrolada, vociferante, temible y dislocada que se les venía encima. Al fin el intimidatorio tropel comandado por Palma se dejó ver con toda su fuerza en la planicie de Yuma. Entre rugidos atronadores, enarbolaban lanzas emplumadas, hachas, arcos y muchos fusiles franceses, de escasa eficacia. Era una imagen hipnótica que impactaba al observador por la aglomeración de sus valientes y pintados guerreros.

Arellano y el grueso de sus dragones a caballo los aguardaban impasibles y formados en dos filas. No se movían. Palma pensaba que, viéndolos tan escasos en número, se precipitarían sobre ellos y los masacrarían, como habían hecho con Rivera y sus hombres.

—¡Por España y el rey! —aleccionó Martín a sus soldados.

—¡Y por Santiago! —respondió la tropa hispana.

No obstante, Arellano, curtido en cien enfrentamientos contra los indios de la frontera, puso en práctica su repetida táctica del *fuge e torna*, huye y regresa, una ancestral estrategia ejercitada por los españoles desde el tiempo de las guerras contra la morisma y años después en los campos de Flandes, Italia y Francia, y que tanta eficacia había tenido con los comanches de Nimikirante y de Cuerno Verde, años atrás.

Consistía en simular que se enfrentaba a la ofensiva con solo sus dragones a caballo. Entonces, fingían asustarse por su número, y les daban la espalda, huyendo hacia los pedregosos cerros para salvar el pellejo. Lo que ignoraban Palma y los suyos era que allí estaba apostada la artillería, oculta en las zanjas, y que al parecer no había sido advertida por sus ojeadores.

—¡Muerte a los españoles y a su cruz engañadora! —chillaban.

—¡Ya son nuestros esos perros blancos! —gritó Búfalo Negro.

Y como era de esperar los persiguieron con ojeriza, impulsados por un ansia asesina que los llevaría a humillar de nuevo a los dragones del poderoso rey de España. Pero sus ansias de matar podían traicionarlos.

Arellano y sus jinetes volvieron grupas de forma sorprendente y desaparecieron como sombras tras los cerros, cantizales y barrancos, protegidos por el gran arco de defensa de los fusileros que, rodilla en tierra, esperaban inmóviles la aparición de la horda yuma. Los españoles, ejecutado el engaño, se apostaron con sus corceles tras un arroyo arenoso donde crecían álamos frondosos y chumberas. Martín los aleccionó:

—Si alguien desea bostezar o hablar que lo haga cuando resuene el cañón.

Allí aguardarían a que los guerreros indios se dispersaran tras el tiroteo para atacar y acabar con ellos en medio de la confusión. La jauría no andaba lejos y se oía su cercano griterío de guerra. De repente, el ejército yuma se recortó contra el fondo azul del firmamento, extrañados de que los dragones hubieran desaparecido de su vista. ¿Dónde estaban? Había que perseguirlos y abatirlos.

Palma y los otros jefes, en lo alto de un montículo, detectaron el ardid, pero ya era demasiado tarde para rectificar y maldijeron la treta de Arellano. Fages con su cañón y Romeu con los fusileros contenían la respiración, dispuestos a lanzar cientos de balas por las bocas de sus fusiles desde su atrincheramiento. A una señal de Josep Romeu, cien fusiles Brown Bess resonaron en los cerros, como si se hubiera desatado un delirante torbellino de rayos, ira y fuego.

—¡Chimbika, Chimbika, Chimbika! —gritaban desaforados los indios.

Cuando recibieron los primeros disparos acertaron a comprender la estratagema. Pero ya no les era posible retirarse. Cayeron las primeras filas de atacantes y pronto se vieron los caballos sin jinete deambular asustados por el valle y, aterrorizados por el fragor del cañón, precipitarse heridos en el río. Silbaban las balas, el tiroteo era incesante, el fuego era selectivo, graneado, y la demoledora pieza artillera bramaba en medio de un calor atroz.

Los dragones y fusileros no les concedían tregua. Cargaban y descargaban una y otra vez los mortíferos Brown. Se arrodillaban, disparaban y retornaban a cargar, por lo que el ruido de la refriega era estrepitoso y mortal. Las municiones sacudían los oídos de los combatientes y los yumas, sin apenas poder lanzar sus flechas, lanzas y las balas de sus vetustos fusiles, caían uno tras otro y sus jinetes, heridos de muerte, se desequilibraban y se desplomaban sin vida en medio de fangales de sangre, hierba arrancada, estiércol y barro.

Por doquier resonaban aullidos de agonía, una descarga, otra, y otra más, y los asaltantes yumas iban cayendo como conejos en sus trampas. Un grupo se destacó y se lanzó valientemente al asalto de la trinchera hispana, y sus vidas fueron segadas sin remisión. Lo sabían, los fusileros eran un regimiento de expertos, y no se trataba de un exiguo pelotón de frailes y de sacristanes.

Un nimbo de polvo y pólvora quemada flotaba por encima de los combatientes. Los indios caían y los soldados de guerreras azules impactaban bala tras bala sobre los desordenados indios yumas. En ese preciso momento, Arellano dio orden a los dragones de atacar los flancos del informe pelotón indio con los fusiles, las lanzas y los sables desnudos.

Una andanada cerrada de las pistolas y fusiles acabó con mu-

181

chos hombres y caballos yumas. Se oían las detonaciones, mezcladas con los relinchos de los ponis y mesteños, y los indios, al ver lo que se les venía encima, huían en paralelo al río, donde ya flotaban los cadáveres. Era la única forma de pasar desapercibidos, huir al norte y no convertirse en el blanco de las armas de fuego de los españoles.

Arellano amartillaba sus pistolas y abatía certeramente a los más osados, que a pecho descubierto y solo defendidos por sus escudos redondos, se les enfrentaban sin miedo. Los que sí entraban en combate singular eran los indios aliados de los españoles que, desatados y sin recibir orden alguna, habían decidido perseguir a los yumas que abandonaban y cortarles las cabelleras y también a hacer cautivos, a los que ataban en largos palos, para luego entregarlos a los capitanes españoles y cobrar un rescate.

La ofensiva de Palma y de sus aliados había sido despedazada, por lo que los yumas retrocedieron y abandonaron la lucha hacia el mediodía, huyendo a sus posiciones como gazapos asustados. La victoria española no había podido ser más rápida, contundente y definitiva. El enemigo, que no había podido maniobrar y había perdido más de trescientos combatientes, abandonaba el campo de batalla precipitadamente, refugiándose en sus reductos montañosos, donde sabían que no iban a ser perseguidos. Renunciaban al cuerpo a cuerpo y aceptaban la expeditiva y fulminante derrota.

El espectáculo de indios huyendo y cientos de muertos era demoledor.

Cuando el astro mayor se hallaba en el cénit de su sofocante periplo, el combate abierto había concluido. Solo entonces pudo contemplarse un revoltijo de centenares de cuerpos indios, caballos destripados y lanzas rotas. Los más rezagados desertaban despavoridos en todas direcciones y algunos erraban aturdidos con las caras ensangrentadas por la metralla, perdido el rumbo.

Dando alaridos de dolor, como fantasmas ululantes, desaparecían hacia sus reductos del norte buscando un lugar donde morir, o un poblado donde restañar sus heridas y después escapar a sus poblados del Mojave. Los dragones sufrieron alguna baja, jinetes y soldados con rasguños y descalabros, o heridas leves por flechas. Los fusileros los habían mantenido a raya y no había habido ningún enfrentamiento directo.

—¡Alto el fuego! —ordenó Fages con su desentonado vozarrón.

Arellano picó espuelas a Africano, que bufaba entre la oleada de humo y fuego, y regresó con sus dragones tras perseguir a los que huían. Los hispanos tenían orden de darles una lección, no de exterminarlos. Además, colarse a caballo por las quebradas de los cañones y desfiladeros de las cercanas serranías de los Uthat hubiera sido una temeridad y un suicidio.

—¡Fages, este cañón ha salvado a California! —gritó Arellano.

Acabado el ruido de la pieza artillera y de los fusiles, se oyó solo el redoble de los tambores y de los clarines de órdenes que anunciaban el triunfo, aunque no total, pues más de la mitad del ejército yuma había escapado. Y la alegría hispana resultó parca, pero liberadora.

El escarmiento, sin exterminio, se había cumplido.

—La guerra solo beneficia a las alimañas y a los buitres —susurró Arellano a Hosa.

Los yumas, tras su osado y estéril ataque, habían percibido el poder de los dragones de cuera y del rey de España, y difícilmente emprenderían otro levantamiento más, después de haberlo pagado con la vida de lo más florido de sus guerreros. Pero la discordia se había alzado entre ambos pueblos.

Transcurrieron dos días, y los guerreros yumas no reaparecieron.

—Tal como aventuré a vuesas mercedes, no ha habido segundo ataque.

—Una pena —dijo Fages—. Hubieran sido borrados de la faz de la tierra.

Persuadidos de que no habría un nuevo asalto, como solía ser lo usual en los indios de la frontera, Fages paseaba decepcionado oteando el horizonte con su catalejo de campaña. Pero al tercer día, después del amanecer, los vigías apaches advirtieron que se acercaba una comisión india para parlamentar enarbolando una astrosa bandera blanca atada a un fusil.

—Son los hermanos Palma, Salvador e Ignacio. Veamos qué quieren. No nos ofrecerán ninguna paz honrosa. ¡Vienen a pedir, a medrar y a intercambiar! —se anticipó Martín.

Romeu escupió al suelo.

—¿Ese es el valor que demuestran esos salvajes? Solo matan a ancianos y secuestran a mujeres. Espero que vengan a entregarnos a los prisioneros.

La claudicante embajada yuma alcanzó la cima del cerro donde se hallaba el grueso del ejército español y la tienda de mando de los oficiales. Salvador Palma montaba un jamelgo degradante para su jerarquía, pero era para dar pena, según pensó Martín. Conocía sus tretas. De todos era conocido que solo le gustaban los regalos de los españoles y las mujeres mexicanas. Sin embargo, notó que no venía precisamente con la altanería que lo caracterizaba y no mostraba la compostura propia del guía supremo de la nación yuma. Algo acontecía. Aguardó. Pronto lo sabría.

Parecía que lo hubieran degradado los propios jefes de sus clanes y que ya no representara la voz única de su pueblo. Bastaba con observar la expresión abatida de su oscuro semblante para comprenderlo.

Arellano, cuyo rostro era inexpresivo como el de una máscara griega, los recibió con un gesto esquivo ante el pabellón de campaña, donde les presentó a los capitanes Fages y Romeu, que lo observaron con desconsideración. Salvador mostraba el rostro sucio y bronceado por la intemperie, el viento del desierto y el polvo rojo del río, que en aquella mañana se mezclaba con el sudor de la cabalgada. Se quedó vacilante en la entrada, como si careciera de capacidad para negociar, hasta que fue invitado a entrar.

Miró a Romeu y a Fages con temor. Fages era un soldado fornido e impetuoso, a quien sus soldados llamaban Oso por su corpulencia y su exceso de vello. Causaba miedo a sus enemigos y se movía con seguridad y rudeza. Romeu se comportaba con una actitud serena, aunque no pudo reprimir una frase crítica sobre el apresamiento de las mujeres. Palma lo miró con aparente desdén. El porvenir de su pueblo y su mando ya solo eran un sueño.

—¿Estás vivo, Salvador? —preguntó Martín irónico—. Veo que has escapado del frío abrazo de la muerte y que dejaste solos a tus guerreros.

El jefe miró a Martín con ojos fríos como el hielo.

—Atacamos sin miedo ni piedad, sin pensar en los obstáculos y fuimos vencidos. Así lo quiso el Gran Espíritu y lo asumimos —adujo Palma.

—No hay honor si no hay valor. Habéis huido como liebres —dijo Martín.

—Nos habíais convertido en mendigos y quisimos ser guerreros —adujo.

A Martín no lo embriagaba la gloria del triunfo, sino las consecuencias.

—Intentamos civilizaros para garantizar vuestra supervivencia y lo habéis rechazado, Salvador. No olvides que antes de llegar los españoles a estas tierras os matabais unos a otros. Nosotros detuvimos vuestro exterminio y dejasteis de cortar trenzas de mujeres y venderlas como esclavas —le soltó.

—Hoy es un día triste, pues brilla en el valle la sangre de mi nación.

—El caos y la confusión reinan en el territorio. ¡Eso es lo que has conseguido, Palma! Has vuelto a llamar al hambre y a la pobreza. ¡Tú sabrás!

Josep Romeu, al que se veía molesto e indignado, le largó a la cara:

—Es el precio que se paga por levantarse contra quienes te defienden. Os hemos protegido contra los comanches y ahora estáis solos. Acudisteis como lobos al poblado de La Concepción, como si fuera un corral de ovejas, llenando de dolor y de tumbas aquellas misiones. ¡Sois unas hienas cobardes!

Pedro Fages terminó por intervenir encolerizado, y le espetó en la cara:

—¡Eran inocentes servidores de Dios, puerco yuma!

—El pueblo yuma no quiere la palabra de vuestro dios y a sus hechiceros, sino mandarlos a vuestro infierno, pues nos hurtan la libertad —respondió feroz.

Los capitanes se miraron irritados tras la respuesta del jefe yuma.

—Esos inocentes frailes únicamente desean salvar vuestras almas —dijo Romeu colérico—. Y ya son mártires.

—Esos poblados los gobernaba un blanco loco, y nos vengamos.

—Pues debes saber, Palma, que ningún gran jefe está por encima del castigo del rey de España —le recordó Arellano.

—Pasasteis el fuego, el hacha y la antorcha por el noble rostro del rey de España. ¡Tenéis las entrañas podridas! —lo recriminó don Pedro—. Sois animales sin piedad, ¡bestias salvajes! ¡Y no merecéis compasión!

—Ahora camináis a pleno sol sobre un río helado, Salvador —dijo Martín.

Los hermanos Palma parecían avispas coléricas dentro de una botella. Estaba claro que aun a pesar de haber sido derrotados no cederían un ápice en sus pretensiones.

—¡Debéis someteros y pactar con nuestras condiciones! —gritó Fages.

—De eso venía a hablar, señorías —dijo Salvador en un castellano aceptable.

El jefe yuma llevaba en una mano su extravagante sombrero de piel de puma con unas alas de águila cosidas a los lados, y los miraba con gesto desdeñoso. A pesar de su contundente derrota, en sus ojillos oscuros centelleaba una rebeldía impropia de un vencido que además había huido cobardemente. Ignacio Palma, el chamán de su tribu, que estaba herido, permanecía de pie con la mirada baja. En verdad era un hombre parco en palabras, y esperaba.

En Martín solo prevalecía el sentimiento de protección a los rehenes y en el ambiente planeaba un aire de indignada reserva. Enlazó los brazos y especuló. Había una sima tan insondable entre ellos y el jefe yuma que no merecía la pena hacer ningún esfuerzo para cruzarla. Pensó en cómo tantear las peticiones de intercambio. En su opinión los indios no eran precisamente un dechado de arte parlamentario, ni habían asistido a la academia de Séneca el Retórico. Sus pensamientos eran bien distintos, y así se lo hizo saber al irascible Fages y a Romeu. Para ellos huir era una forma de victoria. Solo deseaban deambular libres, robar y matar.

Salvador, con su piel morena y llena de cicatrices, se mordió el grueso labio inferior. Se encontraba incómodo e incluso tartamudeaba. Con una risita sin humor, movió la cabeza, como rogando piedad. Era un coyote taimado que había demostrado una ferocidad y una enemistad peligrosa y contumaz.

—Si logramos que nos devuelvan a los cautivos, ya es bastante, señores —reconoció Martín dirigiéndose a los oficiales—. Lo conozco lo suficiente.

Pedro Fages, que deseaba estrangular con sus manos al guía indio, causante de tantos estropicios y sufrimientos, y que entendía poco del temperamento de aquellos nativos, contestó airado:

—Un punto de vista ingenuo y poco ambicioso, don Martín.

—Capitán, aquí los hechos son diferentes. Ya lo apreciaréis.

Fages pensaba que Palma era un redomado hijo de puta, tartamudo por demás para no hacerse entender, que merecía la horca, y lo miraba con pupilas de ira. Arellano, observando su talante derrotado, se alarmó. En tiempos pasados, le provocaba buena voluntad, pero tras la derrota, sus ojos hundidos proclamaban un difícil acuerdo.

—¿Cuántos cautivos españoles tienes en tu poder, Salvador?

—Siento dolor al decir que no todos son prisioneros míos, don Martín —balbuceó el jefe, sin atreverse a alzar la mirada.

Arellano lo observó inquisitivamente, con consciente mirada de furor.

—¡Maldito seas tú, y maldita sea la guerra que has empezado! ¿Qué quieres decir con eso? ¿Quieres que nos acerquemos a los poblados y los arrasemos con los cañones, Salvador? —lo intimidó para hacerlo hablar.

—Sabemos que el Capitán Grande nunca hará eso —contestó seguro.

Sus suposiciones eran demasiado optimistas, aunque posibles, pero Arellano sabía que con aquel hombre artero no se podía discutir, y que, tras la significativa victoria de los españoles, su objetivo solo era mentir, engañar, lloriquear y mantenerse como una isla irreductible para sacar la mejor tajada.

No le importaba un bledo su libertad robada, ni la trashumancia errante que aguardaba a su pueblo buscando comida, sino acrecentar su botín. Había contemplado muchos cadáveres yumas sin enterrar, abandonados a las alimañas y a los cuervos, algunos recubiertos del rojizo polvo del territorio, una arena superpuesta que encarnaba el fin del entendimiento con los blancos.

Sabía que su nación, tras aquel absurdo desafío, ya nunca sería liberada.

Pero aun así solo ambicionaba reivindicar regalos y rogar misericordia.

EL INTERCAMBIO

Las flamas de las velas y las lámparas del pabellón se reflejaban en los uniformes de los tres oficiales españoles, en sus sables y pistolas.

Martín se quitó el sombrero y avanzó lentamente hacia Salvador Palma, que se incomodó con su reacción. Lleno de furor le echó en cara, con toda la firmeza de la que era capaz, su felonía y crueldad, y lo hizo sin la expresión ni el acento amistoso de otros tiempos. El temblor de Palma se agigantó, pero el jefe pensaba que la negociación avanzaría a su favor. Arellano no deseaba de él explicaciones vanas, sino la rendición absoluta. Dos mundos opuestos e irreconciliables trataban de entenderse.

—¡Salvador, has faltado a la palabra que nos diste en México al coronel Anza, al virrey y a mí, y has tomado represalias con quien no debías! Mi rey siempre salvaguardó a tus mujeres y a tus niños, a los que jamás desprotegimos.

El gran jefe permaneció con su estrafalario sombrero en la mano, y adujo:

—El viejo Rivera, Isla y algunos frailes no son el Capitán Grande o el padre Anza. Esos nos han humillado y arrebatado nuestras mejores tierras, además han azotado a mucha de mi gente. ¡Ignacio, date la vuelta! —dijo molesto, y su hermano mostró las cicatrices inferidas por Isla.

Martín, con una mueca poco alentadora y un frío escepticismo, dijo:

—Pero tu venganza la has derivado sobre honrados colonos y sobre pobres mujeres indefensas, Salvador. Has provocado una guerra insensata que no favorecerá a nadie. Has sobrepasado la linde entre el bien y el mal, que es la misma para todos.

Palma elevó su mirada sin mucha convicción.

Martín dirigió una nueva mirada de reproche al gran jefe y le preguntó:

—¿Y qué me dices de aquellos asesinatos oscuros y espantosos, propios de mentes enfermas y diabólicas, que precedieron a la matanza y a la guerra?

Salvador Palma se eximió de aquellos sucesos y explicó:

—Esos asesinos no pertenecían al clan yuma, sino al mojave. Es la verdad.

—¿Nos enfrentamos entonces a unos guerreros fantasmas? Me estoy refiriendo a los Rostros Ocultos, por si lo dudas.

—Me extraña que tú conozcas eso, pues pertenece a la sagrada tradición de mi pueblo. Y sí, sirven para defender nuestros derechos ancestrales. Pero insisto en que no comían ni dormían conmigo. Algunos han muerto en la batalla.

—¡Tu palabra es estiércol para nosotros, gran jefe! —le gritó Fages.

Arellano proseguía imperturbable con sus deseos de saber, y preguntó:

—Y ahora que todo parece haber acabado, ¿podrías decirme al menos quién fue la cabeza planeadora de muertes tan horribles como injustas?

Palma miró por encima de su cabeza, como si conversara con alguien invisible que estaba detrás de él. Lo temía y respondió balbuceante:

—No puedo revelártelo, capitán. Solo te diré que lo ampara Halcón Amarillo, jefe de los mojaves. No son criminales. Solo hacen uso de un arma respetable. Merecieron el haz de plumas negras por su audacia.

Era evidente que sus valores eran distintos a los de los hombres blancos.

—Quizá Dios pueda comprenderos, nosotros no —le soltó Arellano—. Deja ya de pavonearte y coopera con tus vencedores.

A Martín lo que le atañía era el paradero de los presos, y se aventuró:

—¿Adivino, Salvador, que has perdido el poder supremo en tu nación? No te veo con la firmeza y altanería que te es proverbial. ¿Te han desposeído los otros jefes del bastón de mando de tu pueblo?

El yuma, que se removía incómodo, quedó paralizado. Afirmó:

—Siempre dije que el Espíritu Parlante te asistía, y que eres un hombre sabio, valiente y de honor. ¡Así es! Ya no soy el guía absoluto de la nación yuma. Solo controlo y rijo a mi tribu, y en ella también se alzan los descontentos. Los chamanes me han retirado su apoyo y obediencia por la inesperada derrota.

—¡Por todos los santos! —gritó Fages—. Esa no es una buena noticia

—Será una ruina para el virreinato y para California —opinó Romeu.

Arellano se apoyó en el respaldo de su silla y bufó descorazonado.

—¡Lo sabía y se lo hice saber al gobernador Neve! Por la incompetencia de unos pocos, hemos perdido el Camino Interior de California que recorrían colonos y mercaderías. En manos de los mojaves, significa el fin.

—No hay fuerza humana que pueda deshacer el pasado —dijo Palma.

—¡Dios! —exclamó Martín—. Aquel ingente sacrificio que viví en persona no ha servido para nada y California lo notará. Ni una caravana, ni un burro tan siquiera, podrá atravesar estas tierras sin la amenaza de ser acribillados por las flechas mojaves, cocopahs o havasupais. ¡Resulta descorazonador!

—Veo que lo has entendido, Capitán Grande. Los dos hemos perdido. A partir de ahora es como cavar un pozo seco. Nadie podrá transitar por ahí.

Arellano lo admitió. La furia le golpeaba la cabeza. Aquel paso, desde Sonora a Tucson y luego a San Francisco, había constituido la gran empresa de su vida, que incluso lo enfrentó a los temibles comanches y a Cuerno Verde. Y ahora todo se había ido al traste como si fuera un jeroglífico dislocado.

Para él había constituido un privilegio, pero de nada había servido debido a la codicia y la estupidez de unos pocos. Se inclinó hacia adelante y, mirando fijamente a los ojos de Palma, le espetó:

—Vamos a lo que nos interesa. ¿Eso quiere decir que no controlas a los prisioneros blancos? Según nuestros informes, mantienes como cautivos a sesenta y ocho colonos españoles, entre ellos treinta mujeres y treinta y siete niños. Quiero que los devuelvas hoy mismo, o esta guerra será eterna y tu pueblo será arrasado, aunque os escondáis en el infierno, ¿entiendes?

—Lo explicaré a vuestras señorías. —Se hizo más accesible y se detuvo, como si no deseara explicarse.

Arellano aprovechó para manifestarle:

—Yo a cambio te entregaré a ciento cincuenta guerreros yumas que hemos apresado. No los quiero para nada. Nosotros no secuestramos a jóvenes y chiquillos. Todos servimos al rey y tú el primero, Salvador —le conminó severo.

Palma, que hacía de la ofensa un arte, se sonrió y habló:

—¿Ese es tu precio, capitán? ¡Es poca cosa! Podía haber matado a tus compatriotas, o haberlos entregado a mis guerreros, en especial a las mujeres, y sin embargo he preservado sus vidas, en contra de la opinión de los otros jefes —se exculpó.

En medio de su actitud irónica, Martín mostró su enojo y preguntó:

—¿Acaso quieres algo más, Salvador?

—Algunos regalos para mí y para mi tribu. Nos hemos quedado sin recursos, pues muchos de los que han venido pasaban hambre. ¿Te negarás?

—¿No os lo dije, caballeros? —dijo Martín mirando a los oficiales.

El yuma no hacía sino dar rodeos y evitaba contestar a lo más capital.

—Solo deseamos que nos reveles el paradero de los cautivos. Nada más.

—Prácticamente están todos en mi poder —confesó y preocupó a los capitanes hispanos. ¿Qué quería decir con «prácticamente»?

Arellano llamó al sargento Ruiz y le ordenó que llevara de intendencia algunos abalorios sin valor, unos mazos de puros de Cuba, sombreros, camisas, chalecos de piel, unos sacos de maíz y de azúcar, cacao y paños de colores para las mujeres indias.

—No te vayas por las ramas, jefe. Esta misma tarde, antes del ocaso, se hará el intercambio de presos, y no me digas que has asesinado o vendido a alguno porque no saldrás de aquí con vida. Eso es innegociable, ¿sabes?

—Capitán, tú eres un halcón en un mundo de ratones. Comprende a tu amigo Salvador —le rogó el jefe, falseando una amistad que no profesaba.

—La traición siempre se desvela desnuda. ¡Habla de una vez! —le gritó.

Palma tragó saliva, tosió y se llevó la mano al corazón. Luego dijo:

—Bueno, escuchad con indulgencia mi explicación. He de deciros algo que ha escapado a mi autoridad. Y por más que lo he exigido no me han hecho caso. Resulta que, al concluir el enfrentamiento y reunirnos los jefes, observé que cinco mujeres, entre ellas la hija del capitán Rivera, no estaban en el corral. Habían sido robadas por los mojaves y havasupais, señorías, que las exigían como parte de su botín. Por eso no puedo responder de todos los cautivos —expuso.

La conversación se endureció y el tono de Arellano fue de auténtico reproche e ira mal contenida. No lo creía. Propinó un manotazo en la mesa y se levantó de la silla como si le hubiera picado un escorpión.

—¡¿Qué!? —exclamó enfurecido.

—¡Nada pude hacer! Yo no estaba allí y en mi ausencia las apartaron Cabeza de Águila y Búfalo Negro, el hijo de Halcón Amarillo, el jefe mojave —reconoció aturullado, por lo que levantó las cóleras de los oficiales españoles.

Martín se dirigió furioso al jefe indio. Estaba fuera de sí.

—¡No te levanto la tapa de los sesos ahora mismo porque soy un oficial del rey! Pero si les pasa algo, volveré y lo llevaré a cabo, como que vive Dios. ¿Cómo puedes revelarme esto ahora, Salvador? ¡Eres un embustero!

El jefe ni se inmutó. Sabía que las otras vidas también le importaban.

—Mugwomp-Wulissó, Capitán Grande —intentó halagarlo—, no he podido hacer nada para retenerlas, te lo aseguro por el Gran Espíritu. Cuando concluyó el encuentro entre nuestros guerreros y me dirigí a la empalizada para recontarlos se las habían llevado. Son cinco muchachas.

—¿Y dónde se las han llevado? —preguntó con determinación.

—A territorio havasupai —dijo limpiándose su sudor aceitoso.

—Esos salvajes viven al oeste del Gran Cañón, ¿no? ¡Malditos sean!

—Así es, capitán. Pero no las quieren como esclavas para su poblado. Piensan venderlas y sé dónde lo harán. Partieron esta misma mañana para sus asentamientos, pero en unos días cruzarán el desierto y cabalgarán hacia el oeste y luego al norte, hacia el gran mar de aguas azules —confesó abochornado.

Fages, ciego de ira y próximo a saltar sobre el jefe indio, soltó:

—Es muy posible que esas mujeres hayan desaparecido para siempre. ¡Que Dios las ampare! Y me alegro de que el capitán Rivera haya perecido y no tenga que sufrir ese dolor. Hemos de hacer algo de inmediato, Arellano.

Martín cerró las manos crispadas, que retorció con coraje.

—Me causa demasiado tormento pensar en ellas. Esa pena ya la he soportado otras veces y me hace dudar hasta de mis creencias más firmes. Las espera un infierno atroz si no las recuperamos antes.

—Ardua tarea —juzgó don Pedro desconcertado.

Los oficiales contemplaron la oscura cara pensativa de Palma, que aportó, tal vez preocupado por salvar su pellejo, más detalles de las presas.

—Lo oyó mi hermano Pedro —confesó—. Su intención, según pudo oír a su jefe, Cabeza de Águila, es vendérselas a los indios cazadores de animales de pieles, los que alzan sus campamentos en el norte del río Wimahl. Lo acompañan otros tres guerreros mojaves para participar también de los beneficios de la venta, que al parecer es a cambio de pieles de gran valor, que luego les comprarán los rusos de la costa que trafican con pellejos y oro.

—¡¿Los rusos?! Cómo no iban a estar estos involucrados —gritó Martín, y recordó al embajador Rezánov—. Me los encuentro en todas partes.

No parecía existir ninguna trampa en la revelación del gran jefe, aunque intuían que no era toda la verdad. No obstante, la aterradora información había conmocionado a los tres oficiales, en especial a Arellano, que ya había tenido que rescatar tiempo atrás a la hija de Wakasíe, la animosa mujer medicina de los apaches, de los esclavistas franceses de Nueva Orleans.

Además contaba a Jimena como una de las amigas más queridas de Clara, a quien la noticia le helaría el aliento. Era una situación verdaderamente comprometida. La esclavitud entre los propios indios de Nueva España era espantosa y endémica. Pensó en Jimena y en las otras muchachas, y se le amargó la garganta.

Y aunque Rivera hubiera sido un hombre desgastado por muchos años de ilusiones aplazadas, sumido en la soledad y sin recompensa por su capacidad de trabajo y el trato con los indios, y aunque era sabida su escasa generosidad para con los yumas, era un compañero del mismo rango militar y lamentaba su triste destino y el de su hija.

El jefe yuma meneó la cabeza hacia adelante, insistiendo en sus pretextos.

—Era el final inevitable, Capitán Grande. Los españoles habéis cogido lo que os ha venido en gana sin pedir permiso al yuma, y vuestros padrecitos nos han dispensado la envenenada medicina de una cruz estéril que no nos dice nada. Dejadnos ser libres en nuestra tierra y no nos enviéis a aguas cenagosas y a tierras pedregosas, quedándoos con las riberas más fértiles.

—Los ranchos, poblados, pueblos y mercados os traían mejoras y una vida sin hambre para vuestros hijos. Pero lo habéis rechazado. ¿Por qué?

—Don Martín, no queremos que los padrecitos nos conduzcan de la mano como a niños de leche. Son caritativos y generosos, sí, pero no nos comprenden, y nos encierran en las misiones como si estuviéramos encarcelados. Incluso nos separan de nuestras esposas. Eso no lo comprendemos. Dejadnos vivir libres —se ratificó firme.

En un tono mezcla de amenaza y compasión Arellano se dirigió de nuevo al insensible y taimado jefe. Cada vez le crecía más el amargor en su alma:

—Bien, concluyamos el asunto. Que tu hermano Ignacio se lleve a los rehenes que están en el cercado. No hacen más que gritar, hacer sus necesidades y pedir alcohol. ¡Lleváoslos! Tú, Salvador, permanecerás aquí, y solo te irás cuando traigan a todos los prisioneros. ¿De acuerdo? ¡A todos!

Salvador pensó que la desgracia se cernía sobre su cabeza. Asintió.

Antes del ocaso se realizó el intercambio. Desfilaron alborotadores indios de perfiles desdentados y miradas exorbitadas y regresaron al campamento los cautivos españoles de La Concepción y San Pedro y San Pablo, salvo las cinco mujeres. Estaban sucios, hambrientos y aterrorizados.

Besaron las manos de sus libertadores, comieron, fueron curados y Romeu se ofreció a acompañarlos junto a sus familias. El gozo fue contenido, pues se habían alcanzado gran parte, pero no todos los objetivos.

Palma salió renqueante del campamento español cogido del ronzal de una mula con los regalos y las vituallas que había solicitado. Un leve frescor primaveral oreaba a aquella hora después del canje de prisioneros.

Con el calor estival golpeándole la cara, Arellano habló despidiéndose del jefe indio:

—Salvador, ¿eres consciente de que has cortado el lazo que nos unía?

El indio, arrogante e impertinente, replicó:

—Sí, Capitán Grande. Hoy concluyó el viejo mundo y aparece otro.

Y Arellano percibió en su alma una amargura corrosiva y demoledora.

Al quedar solos los tres capitanes, Fages bufó de cólera. Llevaba una mano vendada de un flechazo recibido. Sacó la petaca con *brandy* y bebió un buen trago, ofreciéndola después a sus camaradas, que aceptaron. Luego dijo:

—Estos indios mugrientos me encrespan. ¿Cómo pueden ser tan despreciables? Ese Palma no es que sea un salvaje y un malvado, es un hideputa, deshonesto y prepotente, que merece una bala en la sien, don Martín.

—He tenido que reprimirme, pero ahora solo es un corderito. Ha perdido toda su influencia en la nación yuma, y lo peor es que no puede garantizarnos el paso franco por el río de ahora en adelante. El mundo de ahí fuera ya no es como era hace solo dos meses, amigos míos.

—¡Qué gran fiasco! Con lo que le costó al coronel Anza —lamentó Romeu.

Arellano no dudó un momento en contestarles mostrando sus recelos.

—Han sembrado el terror en la frontera y se han comportado como una jauría de hienas salvajes. Pero me preocupan esos saqueadores que se han apropiado de las mujeres. No tendrán compasión de ellas y las violarán, tiranizarán y amedrentarán hasta que deseen no haber nacido. ¡Dios mío!

Arellano tenía una expresión de desánimo y preocupación, y se sumió en un inexpresivo silencio sin atender a lo que le decían sus colegas. Los cautivos españoles seguían siendo cuidados en el dispensario médico, y los dos cirujanos de campaña no daban abasto. En su mayoría estaban en estado amnésico, y sus mentes parecían confusas.

—Y bien, capitanes, ¿qué haremos ahora? —se interesó Fages.

Con voz seca, pero firme y decidida, Martín contestó lo que había reflexionado lenta y minuciosamente en su cabeza.

—Siento el deber ineludible de rescatar a esas cinco desgraciadas muchachas. Mañana mismo saldré para Monterrey con un pelotón para dar cuenta al gobernador de cuanto ha acontecido aquí. Y desde allí, dé o no su venia, perseguiré a esos salvajes para recuperarlas. ¡Y bien sabe el cielo que lo intentaré, aunque me vaya la vida!

El Oso le ofreció su mano y le golpeó el hombro. Luego afirmó:

—Os honra, don Martín —reconoció admirado—. Habéis elegido la tarea más ardua, donde la muerte sea quizá lo que más les interese a esas pobres hembras, pues han caído en un infierno. Yo me ocuparé de enterrar a nuestros muertos y perseguir a una banda yuma que se dirige al sur.

—En lo que a mí respecta, me quedaré un tiempo en Yuma para garantizar la paz. Tenéis mi respeto y mi consideración, Arellano. Que Dios os acompañe en esa peligrosa persecución —le deseó Romeu, abrazándolo.

—El destino me encomienda una nueva misión, y moriré en ella si es preciso. Esas jóvenes no conocen el negro corazón de esos indios. ¡Adiós!

Montó a Africano y, seguido de Hosa y Ruiz, abandonó el campamento.

Mientras cabalgaba, Martín percibió un hormigueo en sus manos, como si las tuviera entumecidas. Era plenamente consciente del cometido que pensaba echar sobre sus hombros. Sufría por Jimena y las otras mujeres una mezcla de piedad, desasosiego y de afecto distante.

Evocó el cabello dorado de Jimena, sus ojos con destellos verdes, su peculiar manera de moverse y su figura magnetizadora. Alzó la mirada hacia el firmamento añil, límpido y perfumado, y pensó que la posibilidad de hallarlas vivas posiblemente no tuviera nombre ni certeza, pero él se crecía ante los desafíos espinosos.

Dejó atrás los áridos riscos de Bauqibuxi o Cabeza Gigante, y rogó al cielo no llegar demasiado tarde al rescate. Si comparecían las nieves y extraviaba su rastro las perdería para siempre, y entonces una vida de horror y de la esclavitud más terrible sería el reloj que marcaría sus desgraciadas existencias. Pensó sujeto a las bridas de su alazán: «Dios no me juzgará por la muerte de esos raptores de piel roja si los atrapo. Pero será el último pan amargo que comeré en esta tierra, si sobrevivo».

El camino era largo y una línea azul de montañas, las estribaciones de Sierra Nevada, arrastraban su atormentada cabalgada. La cólera y la impaciencia se habían instalado en su corazón y el capitán de dragones se sumergió en un tumulto de pesarosos pensamientos.

LA LUNA DEL ANTÍLOPE

CUANDO LOS ANTÍLOPES EXHIBEN EN LAS RIBERAS DEL RÍO
SUS PODEROSAS ENCORNADURAS Y SE ENFRENTAN
LOS MACHOS DE PIEL ATERCIOPELADA

La situación no podía ser más desesperada para Búfalo Negro.

Sus hermanos guerreros habían caído acribillados uno tras otro en el encuentro con los dragones. Los españoles eran coyotes rabiosos que escupían por sus bocas pólvora, muerte y hierro, y como pájaros luminosos habían disgregado la fuerza de la cabalgada yuma.

La sangre de sus familiares aún corría por el valle y los ribazos del Gila y del Colorado. Lloraba porque Toro Alto y Antílope Veloz también habían sido abatidos, y los recordaba con los torsos desnudos agujereados como si les brotaran repentinas rosas de California.

Antes de demostrar su valor habían sido exterminados sin remisión por los dragones de cuera, y primero Cabeza de Águila, luego Halcón Amarillo y, finalmente, Palma ordenaron la retirada. Búfalo Negro, al ser herido, no había podido combatir, como él hubiera deseado. Cuando volvió grupas le estalló muy cerca una andanada del cañón que lo dejó maltrecho y sin sentido, y con su montura reventada y cubierta de espuma y de sangre.

Se desplomó en el suelo, lo recordaba, y una luz vivísima y un silencio total lo derribaron en la hierba seca que ardía con los proyectiles.

—¡Me han herido, por todos los espíritus! —masculló.

Pequeño Conejo, que había presenciado su desplome, trató de incorporarlo y montarlo con él para huir de allí. La respiración le era dificultosa y el aire lleno de pólvora le quemaba los pulmones, pero entre el caótico tumulto de caballos piafando y hombres dando alaridos aterradores escaparon hacia el poblado juntos en el mismo corcel.

El hermano de Luna percibió que su amigo tenía chamuscados el rostro y el hombro, pero no se quejaba, aunque estaba sumido en una gran frustración por no haberse enfrentado a los dragones españoles.

Los guerreros yumas perdieron gran parte de sus efectivos, en tanto abandonaban el campo de batalla llenos de despecho y con las lanzas rotas. Habían tasado mal la fuerza y el empuje de los dragones y de sus fusiles.

Fueron momentos desgarradores en los que vieron a soldados de tribus amigas sin cabeza, arrancadas por los proyectiles, y un paisaje devastado y cubierto de un sudario de polvo blanquecino. Los resecos cerros habían quedado sembrados de cadáveres de combatientes yumas, algunos conocidos de su clan, y de muchos caballos.

El descalabro había sido máximo, lo reconocía, aunque no completo, pues se habían salvado muchos guerreros que se dirigieron raudos a los campamentos alzados en las serranías, para desde allí regresar a sus poblados del desierto de Mojave. Ya habría tiempo de luchar cuando se restañarán las heridas y volvieran a juntarse las tribus bajo el liderazgo de Halcón Amarillo.

—Palma es una comadreja, una mujer asustada que ya jamás será el guía de la nación yuma —se pronunció implacable Búfalo Negro.

El día de la derrota las sombras del ocaso parecían acechar como arañas gigantescas. El membrudo cuerpo de Búfalo Negro estaba siendo curado por el hombre medicina en su tipi, pero su lengua estaba tan áspera como el esparto. Una lamparilla parpadeante iluminaba su rostro requemado y crispado, y de su boca escapaban blasfemias contra los blancos.

Luna Solitaria, sus otras dos esposas, Mujer Sentada y Nube Gris, y Pequeño Conejo estaban a su lado y le lavaban las quemaduras y lo reconfortaban, mientras él pensaba en los cadáveres de sus hermanos caídos, que estarían siendo despedazados por los buitres y los cuervos. Balbuceante, dijo:

—Tarde o temprano seré la lanza vengadora de quienes han caído.

—Y yo siempre estaré al lado de mi hombre —lo animó Luna.

Apenas si podía sostenerse en pie, y después de curarle las quemaduras con agua, pulpa de resina y chumbera, hongos, aceite de yuca y miel, y hacerle inhalar humo de la pipa del curandero entró en un estado de postración, con la cabellera pegada a la frente, sucia y sudorosa.

La fiebre hizo presa en él y se durmió entre pesadillas, con el pecho jadeante. Luna salió del tipi. Ella no había participado en la batalla y se odiaba a sí misma. Halcón Amarillo no se lo había permitido. Vio una estrella fugaz que se deshizo en el horizonte del río Colorado y sintió negros presagios.

Esa noche, Búfalo Negro soñó que se encontraba en un apacible cazadero de ciervos de arroyos limpios, con Luna junto a él; nunca se había hallado tan feliz. «Tú cambiarás el corazón de tu pueblo», le susurraba un búfalo. «La luz de tus antepasados te guiará, querido hijo mío».

Las cinco blancas cautivas elegidas para ser vendidas en el norte estaban atadas de pies y manos en los troncos de la cerca de los caballos. Entre ellas, Jimena Rivera, cuyo saco de lágrimas estaba seco. Les daban agua de una calabaza, tasajo seco y una mazorca de maíz cocida cada día, pero, aun así, estaban hambrientas y mustias. Sabían que sus captores habían sido derrotados, pues en sus lanzas no enarbolaban cabelleras cortadas y muchos estaban abandonando con rapidez el reducto con sus familias.

Era una desbandada, un pueblo vencido que huía a toda prisa.

Algunas mujeres, al saber que sus maridos habían muerto, proferían lamentos fúnebres, se pellizcaban y golpeaban el suelo con palos. Allí ya no podían progresar y en el invierno pasarían hambre y frío. A las españolas cautivas se les alegró el rostro, pues se abría una posibilidad cierta de ser rescatadas por los dragones del rey. Se miraron a los ojos y la más joven, Ana, sollozó de alborozo. Pero habría que esperar.

Muy de mañana, muchos indios frotaron los caballos con hierba fresca, eliminaron sus pinturas de guerra y peinaron sus trenzas para abandonar la albergada en un desfile sin fin. Llevaban en parihuelas los despojos de los poblados asaltados y de la trinchera de Rivera. Jimena y sus compañeras de aflicción contemplaban el bullicio del campamento indio, pero el rescate no venía y sus esperanzas se vinieron abajo.

Desde que habían sido sacadas del corral de prisioneros, los chiquillos y las desdentadas ancianas les arrojaban boñigas y frutas podridas, y se acercaban para pincharlas con espinos y palos puntiagudos como venganza por la muerte de los suyos. Algunos jovenzuelos les mostraban sus órganos viriles y simulaban copular con ellas, entre bufas contorsiones. Resultaba demoledor.

Habían transcurrido dos días desde el fracasado combate, y Búfalo Negro mejoraba. No tenía fiebre y comió joroba de bisonte asada y un zumo vivificante de zumaque e higos chumbos. Sus esposas vieron cómo se acercaba a la tienda Cabeza de Águila, el gran jefe de los havasupais norteños. Movía la maza de guerra y la impaciencia se apreciaba en su mirada. Tenía prisa por partir.

—¿Cómo estás, hermano? Veo que los espíritus te alientan —lo saludó.

—Estoy dispuesto para cabalgar, Cabeza de Águila —se anticipó.

—He pensado salir con nuestro botín mañana al amanecer —aseguró—. Si no tuvieras fuerzas, te esperaría en mi poblado del Gran Cañón.

—¿Por qué tanta prisa, gran jefe? —dijo Luna Solitaria, pues no deseaba dejarlo solo.

—Salvador Palma ha ido a parlamentar con los blancos e intercambiar prisioneros. El honor de la nación yuma no le importa. Seguro que les habrá hablado de las prisioneras, y entonces los dragones nos perseguirán y nuestro negocio concluirá en un fiasco. Mi clan necesita los víveres de los rusos para pasar el invierno sin hambre —se explicó—. He de partir ya.

Búfalo Negro, que había estado dos días sumido en el sopor febril, contestó furioso mientras se incorporaba del lecho y contraía el rostro.

—Palma es un líder con sangre de serpiente que solo pronuncia palabras despiadadas. Asiente con la cabeza, pero miente como una mujer. Solo desea de los españoles regalos y llevarse la mejor parte de las presas. ¡Partiremos ya!

Las dos primeras esposas salieron del tipi inmersas en una batahola de llantos y lamentos. Se mesaban los cabellos y una se hirió en el brazo. El guerrero, para confortarlas, las llamó, les cogió las manos y les aseguró:

—Estaremos de regreso y con reservas suficientes para superar las nieves sin necesidades antes de que se cumpla una luna completa. No lloréis.

Luna dio un paso y abrió la boca. Para no perder a su hombre y su reputación, se ofreció a seguirlo:

—Yo iré contigo, esposo. Soy una mujer guerrera y no te abandonaré.

Búfalo Negro accedió de mala gana, pero no deseaba discutir con una mujer tan resuelta como Luna y no estaba para estériles disputas. Además, la necesitaba. Las otras dos mujeres la miraron con desprecio.

No había amanecido aún cuando al día siguiente una hilera de doce jinetes, varias reses y dos mulas cargadas con el botín cobrado a los españoles partió hacia el poblado havasupai del suroeste del Gran Cañón.

Cabeza de Águila había reunido un suculento despojo en un saco: reales de a ocho, algunas joyas mexicanas, muchos cuchillos, dientes de blancos y medallas religiosas. Las cinco prisioneras no iban atadas a las monturas ni andando, como era costumbre con las presas, sino montadas a horcajadas y con las manos amarradas a los ronzales para no perder un solo día de cabalgada. No se fiaba de los dragones y deseaba ganar tiempo.

Las cautivas cuchichearon entre ellas que escapar sería una empresa inútil, pues las precedían indios havasupais al mando de Cabeza de Águila y tres mojaves; Luna Solitaria, Pequeño Conejo y Búfalo Negro escoltaban la retaguardia.

Les habían cortado los cabellos a la altura del cuello para que parecieran guerreros, las habían vestido con anchos pantalones y casacas de pelleja, y llevaban colgados de sus espaldas escudos redondos adornados con plumas. A Jimena Rivera le habían untado el pelo dorado con sebo quemado de bisonte, pues unos cabellos rubios serían un señuelo demasiado gustoso para los feroces nativos de aquellos desiertos.

Las otras cuatro jóvenes, de piel tan blanca como ella y cabellos del color de la avellana clara, eran Josefina Lobo, Soledad Montes, Azucena Aragón y Ana Mestre, casi una niña, y los dos jefes compartirían los beneficios de su venta. Estas eran hijas de colonos adiestradas para trabajar en los huertos, tratar con los cocopahs, comanches y yumas, montar a caballo y soportar las penalidades de aquellas áridas tierras.

En cambio, Jimena era una joven tímida, delicada y acostumbrada a ser servida por criados, de belleza plácida y etérea, y su cara era semejante a las muñecas de porcelana que su padre le regalaba y que se vendían en Santa Fe. Desde que viera morir a su padre y luego fuera apresada, había vivido en una excitación rayana en la histeria. Se la veía agotada, las ojeras sombreaban sus hermosos ojos y su semblante, antes terso y sonrosado, exhibía la palidez afilada de una moribunda. Aquella desgracia, insoportable para ella, hacía que mantuviera la cabeza gacha y que un miedo instintivo desbordara su corazón de desolación.

Su sonrisa tímida y gentil se le había borrado del rostro y especulaba día y noche con la forma de quitarse la vida. No soportaría ser tiranizada o violada por alguno de aquellos malolientes salvajes, por lo que estaba dispuesta a escalar el abismo del suicidio, tan contrario a sus creencias religiosas. Y si ya no lo había hecho, había sido por falta de ocasión, no de valor.

No sabía dónde ni para qué las conducían hacia el norte, por lo que el albur de ser liberadas o intercambiadas se había esfumado y se había transformado en una quimera odiosa e insoportable. Nadie sabía dónde se hallaban y, por ende, nadie las buscaría. Por eso, en la orfandad de la noche, se deshizo en un llanto devastador.

Cabalgaron por una tierra seca de dunas y cascajales y Búfalo Negro, agobiado por la calentura, vio flotantes espejismos, y le aseguraba a Luna que al fin divisaba la fabulosa Quivira y las Siete Ciudades de Oro que tanto buscaban los españoles. Llegaron a un cañón hundido en el suelo, el poblado de Cabeza de Águila, y allí descansaron dos noches para preparar el viaje.

Las mujeres y muchachas havasupais, de piel oscura, pelo encrespado y rostros tatuados, y vestidas con unas peculiares faldas de hojas de sauce, no se recataron en insultar y vejar a las rehenes. Los niños tenían los rostros sucios y famélicos y los vientres hinchados por las hambrunas y las enfermedades endémicas que padecían.

Agotadas por el balanceo de los caballos, el hambre y la sed, el desaliento y el pavor se habían instalado en las cinco cautivas blancas.

Tres días más tarde, Búfalo Negro, más confortado, dispuso salir del poblado con su macabro séquito de carne humana, acompañado de Cabeza de Águila y sus guerreros. En perfecta hilera, bordearon un riachuelo de turbias aguas tras saludar a los vigías havasupais, que los observaban desde sus puntos de observación en los altos farallones de marga roja. Cabeza de Águila, adusto, informó a sus hermanos:

—En pocos días alcanzaremos el valle de la Muerte, y por un paso al sur de Sierra Nevada arribaremos al río San Joaquín, fácil de salvar, y de ahí a otro más caudaloso que los blancos llaman de Los Sacramentos. Seguiremos su curso por un sendero transitable que los miwoks y oihones han ido abriendo con los años. Me conocen y me tienen por hermano de sangre.

—¿Y cuándo alcanzaremos esas tierras? —preguntó Búfalo Negro sabiendo que tras aquel valle se hallaba el desconocido destino donde realizarían el ansiado intercambio que les quitaría el hambre en invierno.

—No antes de media luna y si no hay contratiempos. Salvado ese río haremos la permuta y luego el trueque con los rusos. La vuelta será más rápida, pues aunque cargaremos los caballos no tendremos que vigilar a las blancas.

Luna Solitaria cabalgaba inquieta, pues su marido la abrumaba con infinitos reproches y no dejaba de mirar de reojo a las españolas. Aquellas miradas lujuriosas la enfurecían y lo pagaba con ellas.

—¿Crees que nos seguirán los ladrones de caballos? —le preguntaba Luna.

—Nunca lo han hecho, mujer. Creerán que somos una partida de caza y no se atreverán. Espero que ese zorro lenguaraz de Palma haya dejado su lengua quieta, aunque el chamán Ignacio sabe de nuestra expedición.

El paisaje que encontraron días después no era sino un lecho negruzco y vidrioso de lava petrificada que despedía un calor sofocante. Ni siquiera los lagartos ni las lagartijas se atrevían a vivir entre sus grietas. Pequeño Conejo advirtió orines de pumas y de lobos en los hierbajos espinosos que crecían en las hendiduras. Debían permanecer alerta. Perder una cautiva devorada por las fieras supondría un descalabro y menguarían mucho las ganancias.

Las cinco blancas miraban al sol y se lamentaban con voces apagadas pidiendo agua y un descanso, aunque fuera entre los montones de peladas osamentas de animales muertos por la sed o atacados por las fieras que se encontraban en el camino.

Era entonces cuando Búfalo Negro, usando una violencia brutal, esgrimía el látigo y las acallaba con un chasquido amenazador:

—¡Callad!

Remontaron escabrosos montículos, ennegrecidos unos, blancos de yeso otros, de cascajales intransitables los más, y las rehenes no sabían si el causante del calor que soportaban era el astro rey que caía implacable y a tajo sobre ellas o porque el infierno estuviera debajo de su granítico fondo. Sudaban y los haces de luz les quemaban los brazos y el rostro, ya cubiertos de ampollas.

—*Paa!* —reclamó Jimena, refiriéndose a un poco de agua, y recibió de uno de sus captores un revés que la hundió en la crin de su yegua aburrida, que bufaba de cansancio.

—*Tunetsuka!* —le gritó Cabeza de Águila para que siguiera adelante, sin mostrar lástima, mientras la taladraba con su mirada lasciva y rijosa.

Cada atardecer y en medio de arrebolados crepúsculos, la renqueante hilera se detenía en cualquier abrigo. Uno de los primeros días lo hicieron cerca de un colosal peñasco erosionado y cóncavo, donde hicieron un fuego con un parahúso indio. El horizonte del valle daba la impresión de arder en llamas y ataban a las cautivas a algún tronco, o a los restos de un árbol marchito, y les daban agua que olía a bosta de acémila, lascas de carne reseca de antílope y un puñado de frutos secos que devoraban al instante.

—¿Adónde nos lleváis, salvajes? —preguntó Josefina, envalentonada.

Por toda réplica, Búfalo Negro abofeteó a las jóvenes y las amenazó en español:

—Si alguna habla, o se queja, lo pagaréis todas. ¡A callar, perras!

Las españolas se acurrucaban todas juntas, con terribles calambres en las entrepiernas y los muslos, y temblando solo de pensar que alguno de aquellos indios, que las miraban con lujuria, intentara aprovecharse ellas. Pero aquellas primeras noches, quizá por el agotamiento, nada aconteció.

Antes de llegar a los humedales del río San Joaquín atravesaron las últimas sierras costeras de Nevada, y transitaron por los resecos aguaderos del desierto con el cabello apelmazado por el sudor y un polvo rojizo y lacerante que también les quemaba las entrañas. Entraron después en un bosquecillo de sauces, cuyos troncos mostraban las rojas marcas de las crecidas del río y Ana, que tenía ya pocas fuerzas, cayó de la montura como un fardo.

La forma de levantarla no fue otra que darle de puntapiés en los costados. Tras soportar los rigores del valle de la Muerte, la pequeña Ana cerró sus ojos claros, volvió a caer sin sentido de su cabalgadura y tuvo que ser reanimada. Un aire más fresco y un sol menos ardiente las alentó para seguir de nuevo. Se vieron obligados a detenerse otra vez para curar las heridas a las prisioneras, en contra de la opinión de Búfalo Negro. Las quemaduras y las ampollas de los muslos les supuraban y los tenían en carne viva. Luna, sin decir palabra y con el gesto hosco, las untó con hojas machacadas de equináceas purpúreas, muy usadas por los chamanes yumas, que las aliviaron para proseguir.

Cruzaron días después el río San Joaquín por un vado accesible y siguieron en fila por un camino de sirga, dejando pistas contradictorias por si alguien los seguía. Era conveniente que las jóvenes fueran poniendo carnes, pues de aparecer famélicas y enfermas los compradores las rechazarían. Búfalo y Águila cabalgaron hasta las colinas y cazaron conejos y un ciervo, y al anochecer las muchachas comieron carne de caza y frijoles cocidos y fueron curadas de nuevo.

—¡Podemos cabalgar tranquilos! No nos sigue ningún blanco —anunció Luna, que había trepado a un farallón para espiar.

El camino era agradable por el verdor de las riberas, pero a veces se enfrentaban a taludes que asustaban a los pequeños equinos. Divisaron a algunos grupos de indios miwoks que llevaban en las astas de las lanzas plumas y cabelleras, a los que saludaron alzando las suyas. Cabeza de Águila les dejó sobre las rocas, envueltos en hojas de sicómoro, los cuartos traseros de un gamo grande, y tras coger el presente, los miwoks desaparecieron profiriendo alaridos.

Cruzaron el río de Los Sacramentos por un remanso donde flotaban canoas, seguramente del mismo pueblo que los vigilaba. El paso, a pesar de las aguas dóciles, resultó dificultoso por el fango, y la fuerte corriente los desvió una legua abajo. El aire olía a lavanda y a pinos, y por las noches escuchaban a los lobos aullar y el chirriar de los grillos.

Una de aquellas noches ocurrió lo inevitable.

Dos de los guerreros havasupais, pequeños y nervudos, desataron los pies y las manos de Soledad y Azucena, y tras conducirlas detrás de unos álamos, en el borde del río, se refocilaron con ellas sin dejar de proferir gritos. Se oyeron las risotadas, los golpes y los lamentos apagados de las violadas hasta que regresaron y fueron atadas de nuevo.

Las muchachas lloraban como plañideras, mientras la sangre les corría piernas abajo y las lágrimas y babas ajenas por el rostro. Eran vírgenes y su primera experiencia con hombres había resultado atroz.

Una luna esquiva iluminó las copas de los árboles y los rostros demacrados y empapados de lágrimas de las cautivas, que parecían espectros. La fogata se fue apagando y los chacales comenzaron a rugir desde la otra orilla al oler la carne asada del ciervo. Las blancas gemían sin cesar, pero se daban calor mutuo para soportar aquel infierno que el destino les había enviado y que a alguna acabaría conduciendo a la demencia.

Un búho solitario ululó en un árbol y Ana le susurró a Jimena:

—Si atravesamos un precipicio azuzaré mi caballo y me lanzaré al vacío. Solo de pensar que una de esas bestias me toque me hace temblar.

Búfalo Negro estaba haciendo la ronda de vigilancia y la escuchó, y acercándose las pateó con saña a las dos. Cuando al día siguiente salieron del remanso arbolado, el guerrero mojave de la cara quemada ató los seis ponis y las miró ceñudo.

—Si alguna planea arrojarse por un barranco, iréis las demás detrás —las amenazó, y entrelazó sus muñecas con un largo ronzal de maguey.

La cabalgada proseguía silenciosa. Recorrieron varias leguas arrimados a los ribazos y al crepúsculo vieron unas chozas abandonadas en un calvero entre unos tilos. Estaban hechas de pieles y ramajes secos, y dentro había restos de huesos roídos, cuerdas podridas y piedras quemadas de fuegos extinguidos.

Con los ojos enrojecidos por la fiebre, Búfalo empujó a las muchachas al interior de una de ellas. Las ató solo de los pies, pero puso un guardia en la puerta hecha de tiras de cuero. No podían escapar, pero para qué. Parecía que aquella noche las dejarían en paz.

Acarrearon agua, se adecentaron todos un poco y Luna preparó unas tortitas de maíz que confortaron sus estómagos. Se hizo la noche, y solo se escuchó el ulular de los búhos.

Cuando los primeros haces de luz lamían las copas de los tilos, las cautivas fueron sacadas a empellones. La caballada estaba preparada. Cuando ya se disponían a montar, Luna gritó en español:

—Falta una, la más pequeña, esa niña malcriada. ¡La sacaré a patadas!

Dio media vuelta y entró de un salto apartando la cortina. Se escuchó un grito espeluznante:

—¡La muy zorra se ha quitado la vida!

Se arremolinaron todos aturdidos en la entrada y vieron el cuerpo inerte de la chiquilla en medio de un charco cenagoso de sangre. Ana yacía en el rincón donde la habían tendido la noche anterior. Se había cortado las venas de las muñecas, sin proferir un quejido y sin que nadie lo hubiera advertido, ni tan siquiera sus compañeras de infortunio.

Luna descubrió junto a su mano ensangrentada una fina lasca de piedra de cuarzo, afilada como un cuchillo de obsidiana, que Ana había escondido en el lugar donde pensó que nadie la vería: en su pelo tupido y espeso, lustrado con sebo de bisonte.

—¿Quién se la ha dado, quién? ¡Hablad u os azotaré hasta que muráis! —rugió Búfalo Negro en castellano ante las caras petrificadas de las demás muchachas.

La respuesta de las prisioneras fue la callada. Estaban horrorizadas.

—Pues con esta muerte hemos perdido muchos sacos de provisiones —sentenció Cabeza de Águila—. Esto no puede volver a ocurrir.

Búfalo Negro, loco de furia por la pérdida, agarró a Josefina Lobo, la cogió de la cabeza y le pasó por el cuello una cuerda de maguey con un nudo corredizo. Sin dilación lanzó la soga por encima de una robusta rama de un tilo, y tirando con fuerza la suspendió a unas brazas del suelo. La joven se balanceaba temblando.

—¡Hablad, o la ahorco ahora mismo y se reunirá con la otra en vuestro estúpido cielo! Y por Kwikumat que lo haré sin temblarme el brazo —gritó.

La mocita abrió los ojos desmesuradamente. Se ahogaba. Jimena, horrorizada, exclamó:

—¡A mí me aseguró que se quitaría la vida si alguno de vosotros se echaba sobre ella! Ninguna hemos visto ni escuchado nada, os lo juramos. Estábamos dormidas profundamente por el cansancio. ¡Preguntadle al guardia que estaba vigilando en la puerta! ¡Bájala, por todos los santos, va a morir!

Cabeza de Águila le lanzó una mirada amenazante y furiosa a Búfalo Negro. No quería perder a ninguna más, pues entonces las ganancias serían ruinosas. Aunque estaba fuera de sí, soltó el ramal y la muchacha se derrumbó en la hojarasca como un bulto. Estaba colorada, tosía y sollozaba dolorida.

Luna le suministró agua y ordenó a las muchachas que sacaran el cuerpo de la choza y lo cubrieran con piedras, para evitar que las alimañas lo devoraran y esparcieran sus huesos y carnada, con lo que alertarían a otros indios de que viajaban con mujeres blancas.

Sus compañeras lloraron por la dulce niña y rezaron un paternóster, tambaleantes y hechas una lágrima viva y sin poder quitarse de la cabeza la imagen del ficticio ahorcamiento y del cuerpo teñido de sangre de Ana.

Perdieron de vista el anónimo túmulo de piedras donde quedaba sepultada la desdichada muchacha, que había conocido al final de su vida las más aterradoras penalidades del mundo, pero no sus placeres.

Búfalo Negro les pasó por el rostro el astil de fresno de su lanza, tallado con símbolos yumas, y las amenazó con traspasarles el cuello si intentaban otra treta, ante la mirada aterrada de las cuatro muchachas. Unas millas después tuvieron que cabalgar con precaución por un desfiladero desde el que ya se percibían las montañas nevadas.

De improviso, el jefe havasupai sacó despacio el hacha de su cinto. Las cautivas temblaron. Bamboleó el brazo y lanzó el arma, que voló por el aire como una avecilla silbante, yéndose a clavar en la cerviz de uno de sus propios guerreros. Un chorro caliente y rojo salió de su boca. Volvió los ojos del revés, expulsó un quejido sordo, y violentamente cayó sin vida por el precipicio.

—¡Un havasupai al que ha engañado una vil mujer blanca no merece vivir! —justificó su ejecución, y nadie se detuvo para mirar hacia atrás.

Siguieron todos cabalgando con prudencia y temerosos, incluso los mojaves.

Jimena Rivera no era capaz de soportar tantas desdichas concatenadas y, mientras proseguía el camino atada a su pequeño corcel de tupido pelaje, fue más consciente que nunca de la soledad tan inhumana que sufrían las cuatro, y cuya dureza nadie podría ni imaginar. Recordó su hogar y su querida ciudad, Monterrey, con el frescor de sus días y el deleite inacabable de sus noches.

La amenaza de estrangulamiento que había sufrido Josefina Lobo las había disuadido, aunque seguían atemorizadas. Solo les restaba eclipsarse de las miradas libidinosas de sus captores, resistir y confiarse a Dios y al destino en tan azarosa desventura, donde tenían un papel fortuito, insignificante y marginal. Brutalmente separadas de sus familias y de su mundo, no tenían otra elección. Pero esta vez no lloró, aunque se sentía sola y vulnerable.

JANO Y AVOS

El pelotón de dragones que regresaba del río Colorado tras el triunfal enfrentamiento con los yumas desmontó ante la puerta del palacio del gobernador de California. Martín de Arellano, polvoriento, agotado, hambriento y taciturno, despidió a sus hombres y se hizo anunciar.

Estaba listo para servir de correo y enfrentarse a un superior con unas dudosas ganas de ayudar a los indios, aunque fuera un gobernante justo y eficaz. A veces, pensaba, Neve aún creía que mandaba la pulcra y real Guardia de Corps de Palacio y no un regimiento de duros y esforzados soldados de frontera. Nuevo México, Texas y California eran un escenario distinto, salvaje y rudo.

Cuando entró en su estudio, inquieto y sucio, y Neve le ofreció su mano laxa, Arellano transformó su semblante y sus maneras, acudiendo a modos dialécticos más floridos. Don Felipe ofrecía una imagen imponente con la casaca azul engalanada con medallas, entorchados y el fajín de mando. El ventanal entreabierto dejaba traspasar una luz ambarina en el despacho, en el que flotaba un intenso olor a puro habano. Un calor húmedo, grumoso, muy propio de la época primaveral, los hacía sudar bajo las guerreras.

Tras saludarlo y con un acento de indisimulable zozobra, Neve dijo:

—¿Tan importante es lo que tenéis que decirme que ni tan siquiera os habéis aseado, don Martín? Sentaos y explicadme. Tomad una copa de *brandy*.

—Muy importantes, don Felipe. Prestadme atención, os lo ruego.

Tragó saliva y palabra por palabra, detalle a detalle, Martín se centró en la cuestión del ultraje de Rivera en los sembrados, la vejación a las jóvenes yumas, el asalto indio a los poblados del río Gila, los asesinatos de Isla, Rivera, los frailes y los soldados de La Concepción, el enfrentamiento a campo abierto, donde se había recuperado parte del honor extraviado con la muerte de cientos de guerreros indios, y el quebranto de la estabilidad en el territorio.

—A pesar de haber infligido un escarmiento a esos ingratos yumas y de haber perdido solo a un dragón, ni Fages, ni Romeu, ni yo estamos contentos. Hemos recuperado a la mayoría de los capturados, pero me temo que hemos perdido definitivamente el tránsito franco y la seguridad del Camino Interior de California, señoría —explicó en tono grave.

—No podía acarrear vuesa merced peor noticia que esta —dijo Neve, contrariado.

—Y, además, don Felipe, algo que me subleva aún más y que a vos os desalentará. Han desaparecido cinco mujeres en este desgraciado episodio, entre ellas la hija del capitán Rivera —se lamentó Martín.

El gobernador, hondamente afectado, se quedó momentáneamente mudo.

—¡Por Cristo! Cómo lamento desgracia tan estéril y dura —soltó al fin.

—Ese Palma cacarea como un gallo, pero las gallinas de su corral no desean que sea su rey. Se halla en una situación muy difícil, gobernador —dijo—. Desde siempre la gangrena de la codicia ha habitado en su negro corazón.

—He hablado una sola vez con ese indio, y percibí que su palabra era veneno. No era de fiar —se lamentó.

—Ahora debemos encontrar a esas mujeres como sea, don Felipe, no por venganza, sino por justicia y humanidad —dijo determinante—. Y además su secuestro ha puesto a la población al borde del pánico.

Neve estaba cada vez más furioso con la nefasta noticia de las raptadas.

—Lo desollaría como a un puerco y le sacaría los ojos yo mismo. ¡El muy canalla! Le hemos hecho regalos sin fin y protegido a su pueblo. ¿Y existen pruebas fiables y concluyentes de ese rapto?

—Sí. El mismo Palma, cobardemente, nos las proporcionó —contestó Arellano.

El capitán de dragones advirtió que la mirada de Neve era una mezcla de alegría por el triunfo y de desconsuelo por la desaparición de las españolas.

—Entonces, ¿no está pacificado el territorio, don Martín? Decidme.

Con cierta insolencia, Arellano replicó:

—Hemos limpiado la sangre con sangre, y esos desarrapados yumas han quedado desmantelados por mucho tiempo. Fages y Romeu han demostrado ser unos oficiales capaces y los apaciguarán definitivamente, aunque no podrán recuperar esa zona tan estratégica. Además, Palma ya no es el guía de la nación yuma. Ahora hay que tratar con muchos jefes, y así la paz resulta ilusoria.

—¿Habéis devuelto a los demás prisioneros a sus familias?

—Fages se está ocupando de ello —contestó Arellano—. La mayoría han decidido partir hacia San José y Santa Bárbara para unirse a los nuevos colonos del alférez Argüello. Savia nueva para poblaciones nuevas, señoría.

—La captura de esas hijas de colonos y de doña Jimena me enfurece. No admito el rapto y la esclavitud. No podemos permitirlo de ninguna de las maneras. Formaremos una tropa y encontraremos a sus captores allá donde se encuentren, don Martín.

La expresión del capitán fue de desacuerdo. Aspiró y dijo luego:

—Señor, por meros criterios militares os diré que si los indios ven aparecer una tropa compacta y uniformada de dragones husmeando por el Mojave, las esconderán donde jamás las hallaremos. Son muy soberbios y por causarnos daño las matarían de la forma más horrible e inhumana que podáis imaginar.

Neve no ocultó su desconcierto ante la opinión de Arellano y, como si deseara recuperar la dignidad de gobernador de aquella provincia, preguntó:

—¿Y entonces?

—Veréis. El rescate ha de hacerse en el anonimato, con la sagacidad del zorro y la fiereza del puma. Ese necio de Salvador Palma, por una vulgar talega de azúcar, me reveló el posible destino de esas desdichadas.

—¡Maldito salvaje! —lo interrumpió Neve—. Os lo ruego, explicaos.

—Creo a ciencia cierta que ya están en camino y lo hacen hacia el norte. ¿Por qué creéis que me he adelantado, señor? Un correo hubiera bastado para anunciaros los detalles de la represalia y el estado de los hombres. Pero deseo que me concedáis el privilegio de rescatarlas.

Neve dejó caer los brazos en el sillón que ocupaba.

—¿Os ofrecéis voluntario para esa complicada misión? ¿Y cómo habéis pensado llevarla a cabo, don Martín? Será como buscar una aguja en un pajar. Ese territorio está inexplorado. Más allá de Mendocino, pocos blancos han puesto un pie. Resultará muy peligroso, os lo advierto —repuso grave.

Tratando de no revelar la totalidad de su plan, Arellano le adelantó:

—Veréis, preciso de pocos hombres y cabalgaremos de incógnito. La partida india que las conduce no será manejada por más de cinco o seis guerreros mojaves del clan del jefe Halcón Amarillo, y alguno de Cabeza de Águila, de los havasupais, sus más que seguros captores.

Un fulgor de interés en la mirada del gobernador lo animó a proseguir.

—Simularemos ser ciboleros, o tramperos, y les pisaremos los talones, si es que salimos inmediatamente. Hosa, el explorador, así lo cree.

—Asumís una tarea muy espinosa. Se lo anticipo a vuesa merced.

—He pensado atajarlos por la costa o por las sendas de la Sierra de las Cascadas. Sé por Palma que se dirigen al río Wimahl, al sur de Alaska, y que con la venta de esas pobres infortunadas harán un trueque de víveres con los rusos, indispensable para invernar sin hambre. La lengua suelta de Salvador así me lo confió. Y lo creo por esta vez. Le va en ello su supervivencia.

—La vida y la muerte de esas niñas está en vuestras manos, capitán.

—Don Felipe, cabalgaremos en busca de su libertad. ¡Dios nos ayude!

Don Felipe pensó que Arellano poseía lava ardiente en sus venas y que era el símbolo de lo irreductiblemente hispano en el Nuevo Mundo, en cuanto representaba el encuentro ineluctable entre el indio y el blanco.

—Ahora que mencionáis a los rusos, don Martín, os diré que el cónsul Rezánov, como prometió, nos distingue desde hace unos días con su presencia. Ha arribado para estibar alimentos y solicitar formalmente la mano de Concepción Argüello —habló desenfadadamente, puesto que no era un asunto oficial.

—Todo lo bueno que le ocurra a ese ángel me alegra —dijo Arellano, y se sumió en una fugaz reflexión, como si la palabra «rusos» lo hubiera abstraído.

—Bien, don Martín. Mañana, cuando hayáis descansado, dispondremos los preparativos de la liberación. No deseo un epitafio para vos, para quien os acompañe y para esas jóvenes, sino que viváis y regreséis —le confió paternal.

Una idea salida muy de adentro iluminó la mente de Martín. Pero calló.

—Así que los rusos han anclado en Monterrey, me decís, ¿verdad?

—Ciertamente, capitán, y con dos naves.

—Eso puede favorecernos, y mucho. Mi plan ha cambiado, señoría.

Martín abrazó y besó fervientemente a Clara y después se aseó en una tina de cobre con agua casi hirviendo, se afeitó y cambió su uniforme por una camisa limpia y pantalón holgado, y encendió su pipa para meditar y relajarse.

La noticia del apresamiento de las muchachas españolas se había extendido por la ciudad y la conmoción que había producido su secuestro, y en especial el de Jimena Rivera, era muy dolorosa. Y en particular la princesa aleuta, que era su amiga y confidente, estaba colérica e injuriaba a los yumas a cada instante, ella, a la que jamás se le había escuchado un ultraje hacia nadie.

Con los labios prietos, rogaba a su esposo que las recuperara, pues conocía la fiereza y barbarie de las tribus vecinas de su pueblo norteño.

—No deseo que te apartes de mi lado y que te expongas a nuevos peligros, pero esas niñas no merecen las angustias que sufrirán —aseguraba.

La pesadilla por el sufrimiento de Jimena hizo presa en ella, y una lenta desazón fue creciendo en su corazón. Por la experiencia de su infancia tenía una nefasta opinión de los nativos que habitaban las frías praderas del río Klamath, y sabía que la brutalidad de los norteños no tenía límites. Tenía talento para el disimulo y nada dijo a su esposo, al que también veía desolado. Estaba obligada a hacer algo por su insobornable amiga, la dulce Jimena.

Aquella velada olía a dama de noche y una luna afilada y menguante iluminaba las celosías con una tonalidad azulada. Martín apagó la candela. Acariciaron sus cuerpos en un flujo de deleitosas sensaciones hasta que, en medio de una insondable sensualidad, alargaron el acto amoroso hasta finalmente caer rendidos la una junto al otro.

Se habían amado hasta la extenuación.

Al día siguiente de la llegada de Arellano, la brisa del Pacífico entonaba su sinfonía silbante mientras dos barcazas conducían hacia la goleta rusa Avos a Rezánov y a Conchita, junto con sus padres, los Arellano y don Felipe, a quienes el diplomático ruso deseaba mostrar las excelencias de su nueva embarcación, que partía en unos días hacia Sitka.

Era una mañana entibiada y límpida, surcada por nubes sedosas. Todos los verdes y azules posibles, como en un lienzo gigantesco, podían contemplarse desde la amurada del barco ruso, y el vasto océano Pacífico atrapaba toda la luminosidad del sol, mientras las espumosas olas se estrellaban en el casco de la Avos, según Rezánov un prodigio de velocidad marinera, y su nave gemela, la Juno, varada a un centenar de brazas. El velamen estaba recogido y unas letras doradas pregonaban de dónde había salido: los astilleros Charlestown de Boston. Con una arboladura airosa, diez cañones en cada banda, ondeaba el pabellón blanco imperial ruso con el águila bicéfala.

A Conchita se la veía radiante del brazo de su prometido, quien le había regalo un espectacular anillo de compromiso y un collar de amatistas de la joyería Fabergé. Habían fijado la boda para Pentecostés de la primavera siguiente, cuando ya tendrían en su poder los preceptivos permisos y dispensas del archimandrita ortodoxo de Moscú, de la emperatriz y del papa de Roma.

La novia ya había acudido a la modista y comenzado los preparativos del casamiento, tras el cual se trasladarían a San Petersburgo, la hermosísima ciudad conocida como la Venecia del Norte, donde sería presentada a la zarina Catalina y a lo más granado de la nobleza, y fijarían su domicilio en el lujoso sector de Nyen.

Concepción vivía en un sueño, si bien la expectación en Monterrey por su pedida de mano por parte del diplomático ruso había quedado minimizada ante la amenaza yuma y la captura de las muchachas españolas, a las que todos conocían en la ciudad. Sabían que Neve pondría en marcha un pelotón de dragones para rastrear su paradero, o esperaría a recibir la exigencia de un rescate, mas no obstante el miedo había cundido entre los vecinos, y en los ranchos, misiones y poblados se habían duplicado los efectivos armados, y los colonos pedían al gobernador represalias y la restauración del orden. Todos deseaban ver un yuma colgando de la horca de la plaza mayor.

Rezánov los invitó a un ágape en la cámara de oficiales de la goleta, una salita austera y elegante, donde degustaron canapés de caviar, salazones, pescados de roca y tiburón, carne de foca y dulces. En los postres, un criado sirvió un oloroso vino francés de Clos Vougeot. Las paredes se hallaban revestidas de grabados marinos y estanterías con libros náuticos y cartas de marear. En la sobremesa, don Nicolái, cuyo español había mejorado, les habló de su elección como embajador ante el emperador de Japón después de un vano intento de arrebatarles la isla de Sajalín. Tras agradecer a los Argüello su largueza y brindar por la confianza en sus intenciones, el anfitrión cambió el tono informal de la conversación.

—¿Me permite el señor gobernador hacerle una pregunta, quizá impertinente? Supongo, y creo que no erróneamente, que estáis impaciente por la suerte que puedan correr esas desventuradas jóvenes raptadas de las que tanto se habla.

Neve no podía ocultar lo que era un torbellino de habladurías.

—Ha supuesto bien, don Nicolái, y os ruego reserva sobre el asunto. Arellano parte mañana para el norte, casi como un ladrón en la noche y de incógnito, para intentar recuperarlas. Cosa nada fácil, como supondréis.

Rezánov, con la esperanza de hacerse necesario, intervino afable:

—Don Martín, la fama de eficaz y temerario oficial os precede. ¿Tenéis algún plan para detener a esos salvajes y recobrarlas antes de que desaparezcan en un oscuro poblado de esos bárbaros sin alma?

Martín, como si hubiera leído el pensamiento del ruso entre líneas, dijo:

—Mis supuestas proezas no merecen la menor atención, pero sí, lo tengo, señor chambelán. Y me sentiría muy honrado si vos participaseis en él, si es que accedéis. Se trata de un asunto importante para la Corona y muy urgente.

Neve, Argüello y las damas se quedaron desconcertados. ¿Se comportaba Arellano como un insolente, él, un hombre tan cortés y reflexivo? Pero Rezánov parecía que lo esperaba y en absoluto se mostraba incómodo. Sabía que Martín poseía una astucia señalada y que no necesitaba a nadie salvo a sí mismo y un pelotón de leales para resolver los asuntos más difíciles. Pero en esta grave situación, no estaría de más algo de ayuda externa, lo que demostraba su prudencia y audacia.

—Adelante, hablad, don Martín. Si está en mi mano trataré de…

—Lo está, señoría —respondió y concitó el interés de todos—. Veréis. Cuando el coronel Anza, el gobernador de Nuevo México, y yo nos propusimos acabar con los comanches de Cuerno Verde, ideamos una estrategia para vencerlo: envolverlo por el norte y por el sur. Si a un indio le dejas una vía de escape, jamás lo atraparás.

—Interesante reflexión —lo halagó—. Si os descubren huirán como animales asustados a esconderse en las montañas. ¿Y vuestro objetivo es?

Martín destiló unos instantes de silencio y luego habló:

—Inicialmente consiste en seguir su estela partiendo del Gran Cañón, desde donde han salido, hacia los caminos de los ríos Klamath y Wimahl, su meta final. Mi explorador, el cabo Hosa, rastreará los vados del río San Joaquín y los seguiremos bajo la falsa identidad de una partida de tramperos. Después nos pondremos en manos de la Providencia y de la fortuna.

—O sea que lo cifráis todo en el riesgo y el azar —ironizó el ruso.

—No, no es cuestión de lanzar los dados al aire. He planificado minuciosa y cautelosamente mi estrategia. No creo que intenten atravesar las Montañas Negras y seguirán los senderos del río de Los Sacramentos, y en nosotros no adivinarán que pertenecemos al ejército real —aseguró.

—¿Y dónde entraría mi intervención, según vos? —preguntó el cónsul.

Sus amigos jamás habían visto al capitán perdido o alocado a la hora de tomar decisiones. Y aunque parecía un ser aislado del mundo, cuando se trataba de maniobras militares no daba un paso sin la deliberación debida.

—Escuchad, don Nicolái, y excusad mi atrevimiento. Cuando don Felipe me habló de vuestra presencia, se me iluminó la mente como un rayo, y pensé: «¿Y si el embajador accediera a transportar a cuatro dragones y desembarcarlos en la costa, tras el delta del Klamath?». Así cortaríamos las dos huidas a los raptores y tendríamos más posibilidades de hallar a las muchachas con vida.

Al plenipotenciario ruso le impresionó su capacidad estratégica y, sobre todo, su poder de sutil persuasión tras aquel imponente aspecto de soldado.

—¡Vaya, sois temerario y persuasivo! Y no vaciláis un instante —sonrió.

—Siento por Jimena Rivera un afecto paternal y piedad por las otras mujeres, y ante todo me debo a la Corona y a mi nación —explicó—. Es un servicio más que le rindo, aunque soy consciente de las dificultades que entraña la misión. Sé que posee tantas posibilidades de éxito como de fracaso, pues es un territorio vastísimo, pero con vuestra valiosa ayuda la búsqueda será más factible, señor.

La cabeza del ruso avanzaba con inusitada rapidez reflexiva, y dijo:

—¡Por Dios vivo que lo haré, señores! Me ofrezco a que aumenten esas oportunidades de éxito. Contad con ello, si el gobernador lo aprueba.

Neve asintió, y habló en tono exaltadísimo y agradecido:

—Gracias eternas, don Nicolái. La pérdida de esas niñas es una desgracia mayor de lo que os figuráis. Anda en juego el prestigio de España —confesó.

—Bien, bien —dijo el embajador, y tamborileó con los dedos en la mesa—. Conozco ese lugar de encuentro donde comerciantes compatriotas míos compran pieles a las tribus chinooks y sobre todo a los kwakiutl —reveló el diplomático.

—¡Oportuna coincidencia, don Nicolái! —comentó Martín.

—Es un antro de contrabandistas conocido como Refugio Ross. Esos indios kwakiutl viven al norte del río Klamath y sus poblados hechos de madera están hundidos en el suelo, para retener mejor el calor. Son feroces y extraños. Viven de la caza de castores, osos, zorros blancos y armiños. Son arqueros y leñadores excelentes y también esclavistas, y se relacionan con esos traficantes —reveló.

Al oír la palabra «kwakiutl» a Clara se le atragantó el corazón, pero nadie, excepto Martín, lo percibió. ¿Qué le ocurría a su esposa?

—Excelente información, señor Rezánov. Ya conocemos con quién hemos de vérnoslas —apreció Arellano, que alegró su semblante.

—Anclaré en ese estuario y desembarcarán los dragones que elijáis, y yo también lo haré con algunos de mis hombres más experimentados. Si vos venís del sur será más fácil localizarlos y detenerlos. Contad conmigo —se ofreció.

A Clara Eugenia le flaqueaban las piernas, pero no la voluntad. Se adelantó.

—¡Daría cualquier cosa por acompañaros en uno de vuestros barcos, señor Rezánov! —sonó la voz cálida de Clara. Pasmados todos, incluso su esposo, se fijaron en ella. ¿Acaso había extraviado la razón?

—¿De qué estás hablando, Clara? —la cortó Martín con inflexible tono.

—De una oportunidad que sería la única manera de recobrar la paz de mi espíritu, esposo. Mi ayuda podría resultar fundamental en la búsqueda. ¡Qué desdichadas y solas deben hallarse esas muchachas! —estalló Clara.

Las mujeres se miraban entre ellas y los hombres sonreían alterados.

—No os comprendo, señora —intervino el ruso extrañado.

Clara quiso demostrar cuánto sabía de los pueblos más desconocidos del septentrión del continente:

—Es obvio, chambelán. Mi padre, Kaumualii, es el rey de Xaadala Gwayee y sus islas, como todos saben, y posee contactos y amistades con las tribus de Alaska y del río Columbia. Los kwakiutl son de nuestra misma sangre y raza, y con mi influencia podré ayudar al rescate de las jóvenes. Yo puedo convertirme en la llave que abra esa posibilidad. ¿No os parece, caballeros?

—¡Pero, querida, ¿has perdido el juicio?! —saltó un Martín adusto.

Entre las risitas azoradas y el intercambio de miradas perplejas de la concurrencia, Clara aseguró convincente:

—Esposo, hace años que no veo a mis padres y a mi hermano. Iría acompañada por dragones fieles, por mis criados y la compañía inestimable del chambelán Rezánov. Es un viaje de solo dos semanas y mi asistencia puede ser muy valiosa. ¿Me vas a negar esa decisión que sale de mi corazón para rescatar a esas jóvenes y a nuestra querida Jimena?

Martín valoraba su espíritu, su talento y su sensibilidad, pero se negaba.

—Nos sobra con los efectivos que activaremos Rezánov y yo, Clara. Se trata de una empresa delicada, en la que peligran nuestras vidas. ¿Comprendes?

—Quizá no sean suficientes todas las ayudas posibles, Martín —aseguró la aleuta—. La goleta real Princesa debe de hallarse en las inmediaciones de Nutka. Su capitán es amigo del cacique Macuina, que llegado el caso también podría ayudarnos, si nosotros solos no lo logramos. Yo podría alertarlos.

Saltaba a la vista que el deseo de Clara, que escapaba de un corazón magnánimo, rebelde y audaz, había alterado la reunión.

—Si vuestro esposo accede, podría entregaros una carta rogando auxilio a la dotación de la isla de Nutka —intervino Neve, que deseaba recabar todos los apoyos posibles, aunque le extrañaba la insólita decisión de la esposa de Arellano.

—Este es un asunto peligroso, y tú una mujer. —Martín rechazó la idea.

—Estar vivo es estar sometido a riesgos, querido —dijo la princesa.

—He de meditarlo, aunque sepa que vas a un sitio seguro.

Entonces la voz de Clara se elevó de nuevo sobre sus cabezas, enigmática e inquietante, y todos fijaron las miradas en sus labios.

—¡No, no! Ignoráis un detalle que solo yo conozco y que modifica todos tus cuidados y planes, esposo, y que incrementa el riesgo de esas mujeres hasta lo ignorado. Toda ayuda es poca, créanme, señores —les reveló.

El naviero ruso no tenía a doña Clara por una mujer trivial y frívola, y ya había advertido que carecía del celo posesivo que solían tener las mujeres para con sus maridos y que detentaba una elegancia natural y un alma revolucionaria. Era una mujer absolutamente encantadora, ingeniosa y culta, y sabía que era poderosa y popular entre los colonos de Monterrey. Rezánov pensó ahora que su valía era incuestionable. Le agradaba aquella mujer firme e inflexible en sus opiniones.

Por su parte, severo e implacable, el gobernador se dirigió a Clara con cierto retintín en su voz. Deseaba conocer sus razones, y la animó a que las revelará.

—¿Qué desconocemos que vos estáis tan al corriente, doña Clara?

Con una espontánea familiaridad, su fulminante contestación los sacó de dudas. Los miró y desveló:

—Los kwakiutl son caníbales, excelencia.

Silencio absoluto y prolongado, desconcierto y desolación. Pavor.

—¡¡Válgame el cielo!! —dijo el atónito gobernador por toda respuesta

La tensión del instante los paralizó, y una sensación de horror recorrió sus cuerpos. Sitiados por la sorpresa y la alarma, el mutismo creció sobre un espanto generalizado, incluso en el cónsul ruso. Seis pares de ojos dubitativos miraban a la hermosa Aolani, sin pestañear y con una inquietud creciente.

Clara había decidido por sí sola el operativo final de la misión de rescate y su marido, aunque lo hizo a regañadientes, lo aceptó.

Aquella misma noche, antes de la partida de salvamento, con secreto y cautela y embozado en su capa, se presentó el gobernador en la casa de Arellano. Sonaron unos golpes suaves en la puerta y el capitán abrió receloso. Sabiendo de la seriedad y observancia del protocolo de Neve, Martín le miró de hito en hito, extrañado.

—Dios guarde a vuesa merced. Tengo que hablar con vos, don Martín, de un asunto muy serio que compete a la mismísima Cancillería de Madrid. No quise hacerlo ante Rezánov, pues se refiere a un asunto de Estado —expuso.

—Mal momento cuando partimos mañana al rescate. Pero os escucho. Pasemos a mi gabinete, fuera de oídos indiscretos —lo invitó afable.

El gobernador carraspeó. Iba vestido como un criado de palacio.

—Veréis, don Martín —dijo apenas susurrando—. He recibido hace unos días un informe confidencial en el que se me insta a que os envíe a Alaska en misión secreta, tal como ya habíamos previsto. ¿Recordáis? Vuestra relación con el rey Kaumualii, vuestro suegro, la experiencia anterior, la amistad con el capitán Chírikov, y ahora con Rezánov, serían inestimables.

—No acierto a comprenderos —repuso sin saber qué deseaba.

—Os explico. —Y aceptó la copa de *old brandy* de Jerez que Arellano le ofrecía—. Es cierto que vuestra misión consiste en rescatar a esas muchachas y es prioritaria para mí. Pero es cierto también que el conde de Floridablanca ha solicitado personalmente que seáis vos quien informéis de la verdadera situación de nuestras posesiones en Alaska, y de las intenciones reales de Rezánov y de los rusos en nuestra posesión de Nutka. ¿Entendéis?

—Comprendo. Es un honor para mí. ¿No os fiais de Rezánov?

—No del todo. Hay algo que me incita al recelo —replicó.

—El conde goza de mi amistad, pero cumpliré con lo que me ordenáis.

—Pensaba delegaros a Nutka en la próxima primavera, como ya os anticipé, pero como en esta delicada misión os acompañará doña Clara, y tenemos el ofrecimiento de Rezánov de ayudarnos, he pensado que una vez que concluyáis el rescate de las jóvenes, deseo que felizmente, y por cercanía, os ocupéis del asunto.

—Sí, claro, mi esposa desea visitar su reino de Haida, y sería un momento oportuno para realizar esas pesquisas que la Corona nos requiere, aunque todo depende de cómo concluya la liberación de esas infortunadas.

—Sé que no es el momento oportuno, lo entiendo, pero, tras la búsqueda de las niñas, estaríais más cerca de Alaska y podríais cumplir la doble labor.

Estaba todo entendido y el gobernador le alargó el despacho de Madrid.

—Bien entonces, don Martín. Aquí tenéis la carta del conde de Floridablanca; obrad como vuestra conciencia, discernimiento y saber os dicten. La Corona y yo mismo os lo agradeceremos. Vuestro doble servicio tiene una enorme relevancia.

—Soy un soldado del rey. Me siento halagado de que ese deseo provenga de la Casa Real. Obedezco y actúo en consecuencia, señor.

—Sois un oficial riguroso y de espíritu independiente. Gracias —le dijo.

El gobernador lo abrazó como a un camarada y le sonrió amistosamente.

Martín lo acompañó a la puerta y miró el firmamento estrellado, un impecable vacío de un color negro quebradizo, pero insondable y mágico.

Leyó por encima el despacho de su amigo el conde de Floridablanca, el todopoderoso ministro del rey. Allí se hablaba de cartas de navegación secretas robadas a los franceses, de goletas con cañones destructores que abatirían los enclaves rusos en Alaska, del recelo sobre Rezánov, de espionaje de potencias extranjeras y de misiones secretas de plenipotenciarios en San Petersburgo.

En su rostro se dibujaba un gesto de preocupación. No esperaba aquel encargo del secretario de Estado, y los asuntos que provenían directamente de Madrid lo alteraban indeciblemente, y más estando presente en Monterrey la legación rusa. Pero la situación de las jóvenes raptadas por los salvajes mojaves era una espina clavada en su corazón y en él prevalecía sobre todas las demás misiones, por lo que su rescate cobraba una urgente perentoriedad para él, aunque también sabía que suponía un riesgo máximo.

Con una sonrisa petrificada, Martín pensó que Neve esperaba de él y de sus hombres un milagro. Las dos acciones que se proponía embocar, lo sabía bien, serían interpretadas, ensalzadas o maldecidas, sobre todo si fracasaba.

Llevaba años acariciando el proyecto de abandonar la peligrosa vida del presidio de Monterrey y establecerse en tierras más tranquilas junto con Aolani para formar cadetes del regimiento de dragones del rey en la prestigiosa Academia de San Ignacio de Sonora, en la que él mismo se formó y de la que tan grato recuerdo conservaba. Pero el nombramiento como director tantas veces insinuado nunca llegaba, y la implacable voz de la frontera volvía a llamarlo.

Lo sabía y estaba dispuesto a asumir un sacrificio señalado.

LOS CIBOLEROS Y ÁNADE SOLITARIO

El sendero de grava crujía bajo los cascos de un caballo alazán, el mediasangre negro Africano, la montura preferida de Arellano, y de una mula cargada con las alforjas del viático, del corcel del sargento Sancho Ruiz y del pequeño caballo del explorador Hosa. Tres hombres del regimiento de dragones de Monterrey partían de incógnito hacia el norte.

Envueltos en ásperas ropas de tramperos, capotes de cuero y sombreros de piel, cabalgaban en hosco silencio en su papel de cazadores furtivos rumbo a los arenales del río San Joaquín.

Su objetivo era encontrar la huella de los raptores indios y recuperar su carga de carne humana antes de que traspasaran el río Klamath. Nadie había advertido su salida del presidio, y se disponían a llevar a cabo su tarea con resolución, reserva y arrestos, el método habitual de Arellano.

Una luna rotunda y elíptica iluminaba sus rostros, que parecían enyesados. En las cartucheras brillaban las pistolas engastadas en plata, los aceros toledanos y los fusiles Brown Bess.

El cabo Hosa, Joven Cuervo, inseparable ojeador del regimiento, se había adelantado para recabar información en los poblados lipanes de Sierra Nevada, donde había nacido. El apache era capaz de seguir la pista de cualquier montura, y su sentido de la orientación era excepcional. Y como a esas cualidades se unía su conocimiento de varias lenguas indias y el manejo certero al lanzar cuchillos, al comandante de dragones, que había salvado a su familia de los comanches, le resultaba imprescindible.

Antes de salir el sol, la pareja de anónimos jinetes cruzó un aguazal que había a varias leguas, y al mediodía se detuvieron en un cruce de caminos. Escrutaron el paisaje buscando a Hosa, pero no estaba.

Vieron rastros de un carro, seguramente de cazadores de pieles y de ciboleros de Luisiana, y también de corceles que no reconocieron. Un viento sofocante alzaba los cabellos e hinchaba las capas. El sargento tosía y, volviendo el rostro, ceñía su cara con un pañuelo rojo.

Su tisis no remitía, pero la soportaba mascando tabaco, granos de café y bebiendo sorbos de mezcal. Desde que conociera a Martín, siendo teniente del coronel Anza, nunca se había separado de la grupa de su caballo y lo había asistido en todos los combates sostenidos en la frontera contra los indios.

Nacido en Cádiz hacía cuarenta años; soltero, espartano y solitario en sus hábitos, Ruiz era un fornido y experimentado soldado a la vieja usanza, que posponía su regalo personal frente al servicio a su nación, siendo además inasequible al desaliento y un fusilero imbatible que adiestraba a los reclutas. Rubicundo, de espeso mostacho y patillas de hacha, su cuerpo musculoso y elástico era temido en los patios de armas de los presidios.

La guerra era la vida de aquellos hombres inseparables y rudos.

Hosa apareció al amanecer siguiente con el rostro pálido, los zahones embarrados y las trenzas blanqueadas por el polvo. Se asemejaba a una aparición. Traía atada al arzón una gallina que habría encontrado en algún rancho abandonado y que supondría la cena para aquella noche. Abrió sus ojos de roedor y se desprendió del sarape de lana. Bebió agua de la bota e informó:

—Capitán, mi gente ha visto pasar al grupo que perseguimos no hace más de tres días. Siguen la corriente del río de Los Sacramentos. He observado muchas huellas en el vado del San Joaquín. Cabalgan en caballos fuertes, pero al parecer las cautivas lo hacen en ponis, mesteños o en potros desherrados.

—Por si intentan escapar, claro está. No desearía estar en su pellejo.

—He encontrado estas tiras de cuero. ¡Mirad! —Y se las mostró.

—Seguramente porque las llevan atadas de los ronzales o de las crines.

—Hay más. He descubierto los restos de dos blancos horriblemente torturados. Los han quemado vivos y les han cortado las cabelleras. Mucho me temo que fueran cazarrecompensas que se han enterado del rapto y querían hacer negocio con las muchachas. Ignoraban cómo se las gastan los mojaves —dijo.

—Veremos a más por el camino. El oro es un imán para la codicia.

La perspicaz y práctica mente de Arellano actuó, y habló tajante. Sabían que el embarque de doña Clara en el Avos no le había agradado, y la preocupación por la seguridad de su rebelde esposa lo turbaba.

—Hemos de recuperar esa delantera o las perderemos. ¡Adelante!

Durante jornadas agotadoras siguieron los valles y cañones esculpidos por el río, senderos que, según Hosa, habían sido abiertos por las tribus de la zona siglos atrás y esporádicamente eran utilizados por tramperos franceses, a los que se les permitía el paso si entregaban en los poblados modocs o yahooskines parte de las pieles cobradas y algunos víveres, aunque era también cierto que muchos habían sido sacrificados y pocos blancos frecuentaban aquellos caminos por miedo a perder la pelambre.

Un sol de color cobre anunciador del ocaso enrojecía sus caras cada crepúsculo cuando, en uno de ellos, advirtieron en la orilla un carro desvencijado con el toldo hecho jirones y las mulas muertas y devoradas por los carroñeros. Pusieron sus músculos en tensión y cargaron las pistolas.

No había nadie, pero al acercarse descubrieron el cadáver amojamado de un trampero, casi engullido por las mofetas, linces, coyotes y tejones, y seguramente muerto por flechas indias, pues quedaban restos de una saeta acanalada de punta de sílice.

Escucharon un ruido lejano pero sordo y persistente: no sabían si eran búfalos en estampida o los truenos de las tormentas de las sierras limítrofes. Hosa desmontó, examinó la flecha y vio su color ocre. Después buscó huellas como un hurón y se pronunció categórico:

—Nos hallamos en suelo modoc. No son muchos, apenas un centenar, pero hemos de ser sensatos y no tentar a la suerte. Voy a explorar los contornos y vuelvo en una hora, don Martín. He escuchado bufidos, no sé si de potros de indios o de blancos, y he olido ahumaderos de salmones.

El apache desapareció a caballo por un terraplén de caliza que daba a un paisaje de riachuelos donde verdeaban los fresnos y oyeron chapotear a su *mustang*. Con las piernas agarrotadas por la cabalgada, Martín y el sargento decidieron acampar. Ataron sus caballos a un abedul, los libraron de las sillas y aperos y encendieron un fuego para asar un conejo y calentar sus cuerpos.

Vieron un grupo de ciervos, pero no era cuestión de hacer resonar los fusiles en tierra hostil. Martín aprovechó para llenar la pipa y sosegarse contemplando el humo salir de su boca y el baile de las llamas de la lumbre.

Todo era quietud y una ligera brisa otoñal soplaba del norte.

Se quitaron las botas, prepararon la cena y comieron echados sobre los arneses, donde se acurrucaron y contemplaron el firmamento desnudo de nubes, cuajado de miríadas de estrellas. Arellano llenó su pipa de espuma de mar con tabaco de Cuba y aspiró su aroma, y Sancho rumió sus acostumbrados granos tostados de café, después de toser. Una vastísima extensión de perfiles de basalto y bosques probaban que estaban solos en aquel bucólico e indefinible paisaje.

Sancho alzó la cabeza al poco. Había escuchado el seco rumor de ramas aplastadas y dejó de mascar. Se alarmó, aunque pensó que sería el explorador que regresaba. Estaba algo desorientado y avizoró a uno y otro lado. No conocía el terreno y avisó a Martín, que apagó la pipa y la guardó en el zurrón.

Sacaron los fusiles de las lonas y los dispusieron tras sus cabezas para utilizarlos si fuera necesario. Y en la armonía de la incipiente noche a quien vieron llegar no fue precisamente a Hosa, sino a tres barbudos y mugrientos ciboleros franceses cuyas siluetas se recortaban nítidas tras el tenue hilo de humo y las llamas de la fogata.

Pero lo que más inquietó a los dos soldados españoles fue que colgaban de sus cintos cabelleras indias y que, siendo tres, tiraban de los ronzales de solo dos equinos y de un burro gris cargado con fardos. Su fétido olor echaba para atrás. Siguió un silencio amenazante, mientras estudiaban sus semblantes con miradas erráticas, para no alarmarlos. Tensión.

—*Mon Dieu!* Son cristianos, Gilles —dijo uno de ellos dirigiéndose al de al lado, un tipejo tuerto y con el rostro picado de viruela—. ¿Sois franceses, españoles?

—Somos españoles, de Monterrey —contestó Martín, sin dejar de mirar el mosquete que tenía medio alzado el que parecía el jefe, un arma de avancarga, de cebo por la boca, muy larga y quizá cargada, pero anticuada.

—¿Buscáis pieles, *monsieur*? —se interesó el desconocido—. No parece que llevéis trampas ni cebos, aunque sí buenas armas.

Aunque Arellano no quería arriesgarse, aquella era una oportunidad única para averiguar alguna información.

—Buscamos a una partida de indios que llevan a unas prisioneras blancas. ¿Habéis visto algo más al norte que pueda ayudarnos, caballeros?

El jefe se rascó el pelo grasoso y el trasero, y enseñó sus dientes negros.

—Pues ahora que recuerdo, un compañero nuestro que ha sido cazado por los indios, el muy estúpido, nos aseguró que mientras recogía las trampas, a cuatro días de marcha de aquí, vio a unos salvajes colgar del cuello a una blanca, una mexicana, nos dijo. Era una partida de unos doce y les dimos de lado. Los modocs son medrosos, pero los mojaves son harina de otro costal. Huimos como centellas.

Arellano corroboró que habían dado con lo que buscaban.

—¿Habéis tenido un mal encuentro con los modocs? —se interesó Martín.

—*Non!* Solo una escaramuza. ¡Esos zarrapastrosos salvajes intentaron quitarnos las pieles! Hemos matado a algunos —aseguró mostrando las cabelleras—. Los otros han huido como gazapos asustados. ¡Son *la merde*!

—Pero hemos perdido dos caballos, fusiles y a un compadre cuando estamos a varios días de pasar a Nuevo México y venderlas en Santa Fe —avisó el otro en un castellano entendible, pero gutural.

—Barrault era un borracho, un hijo de mala madre y un pendenciero, y se merecía que lo destriparan —se carcajeó el jefe, alertando de paso a Martín.

—Lo lamento. ¿Deseáis un sorbo de mezcal? —dijo buscando hacerse accesible. Aceptaron la bota y se echaron a pechos un buen trago mientras reían.

Ruiz estaba callado y sin que lo advirtieran echó mano de su pistola. Había llegado a la conclusión de que muy pronto estallarían desagradables sorpresas, pues el cabecilla miraba furtivamente sus armas y sus caballos, y hacía señas con la mirada a sus secuaces para que levantaran sus escopetas.

Y aconteció tal como Sancho había imaginado. El cabecilla gritó:

—¡Bueno, pardillos cazarrecompensas! *Comme on dit* nos habéis venido al pelo. Os vamos a desplumar y a aligeraros de vuestra carga. —Los apuntó con su viejo fusil.

Inmediatamente intervino el otro secuaz, que hizo lo propio y les gritó:

—¡Contra el árbol u os achicharramos! —los amenazaron, uno con un mosquete de ánima lisa y el otro con un fusil Meylin, de los que los dragones usaban para practicar en los fortines.

—¡Somos afortunados, Savarí! —dijo el jefe a un compañero de pelo estropajoso que escupía sin parar—. ¡Voy a coger los caballos! ¡Apuntadlos!

—¡Está bien! Nosotros los ataremos mientras, y cogeremos los fusiles —aseguró, y pateó los pies de los españoles, que no pensaban morir en ese punto de ninguna de las maneras, aunque simularon sumisión y pavor.

Se oyeron aullidos de lobos y pronto se vieron brillar, a lo lejos, las pupilas ígneas de una manada que los escudriñaba desde lejos. Savarí ironizó:

—¡Mira por dónde! Esas bestias nos van a hacer el trabajo. En una hora habrán dado cuenta de estos dos caballeros —se carcajeó.

Entretanto, el jinete solitario Hosa había dado un rodeo para seguir las huellas de los franceses. Y, sin ser notado, cauteloso y calculador, había llegado a tiempo para presenciar la chulesca conversación de los ciboleros, a los que consideró muertos. Precavidamente, se arrodilló en la hierba fría y se agazapó mientras observaba la escena.

Poco antes, al ver acercarse a los extranjeros, había metido en su bolsa un lagarto de los llamados de collar, de boca negra y dientes afilados, que dormitaba bajo unas piedras, y cuya mordedura resultaba letal para el hombre. Su tribu los usaba para matar a los prisioneros chiricahuas.

Hosa no se puso nervioso, antes bien esperó a que el tal Gilles intentara desatar los caballos. Cuando estaba en la tarea, el apache se irguió y, sin parpadear, le tapó la boca y le cortó el cuello con un tajo de su cuchillo. Los reflejos de la luna iluminaron los ojos desorbitados del francés mirando al cielo. Lo colocó en el tronco de un álamo retorcido, como si fuera un perro sacrificado. Esperó el momento adecuado, cuando los otros dos se disponían a atar a sus camaradas.

Como un diablo rojo, Hosa dio un salto y, cogiendo por el cuello al irascible lagarto, lo arrojó a la cara del jefe, que soltó espantado el fusil e intentó defenderse de la dentellada. El otro, aterrado por la aparición, distrajo la atención. La nariz aquilina y el rostro tostado y hendido por dos profundas arrugas laterales de un apache flaco y con la mirada de un lobo salvaje apareció por encima del fuego, dejándolos inmovilizados.

En ese momento, Arellano y Sancho dispararon con una sola mano sus pistolas cebadas y los dos franceses quedaron muertos en el acto. La ondulante hierba cubierta de vernonias quedó tinta en sangre y el rostro del tal Savarí tumefacto y monstruosamente desfigurado por la mordedura mortal del reptil.

—Esperaba la aparición de algún cazador furtivo cualquier día de estos —dijo el apache.

—Bien hecho, Hosa. Hagamos guardia por turnos. Mañana saldremos al amanecer —ordenó Martín—. Todo lo que sucede en el mundo sucede justamente. Nos menospreciaron, y esa fue su perdición.

—Sus pieles podrían servirnos para abrirnos paso, capitán —dijo Hosa.

Antes de montar, con apenas luz, arrojaron los tres cuerpos al río. Llevados por la corriente, antes del mediodía encallarían a muchas leguas de allí y no los relacionarían con ellos. Recogieron los dos flacos jamelgos y el burro cargado de pieles de castor y una caja de plomo para hacer balas, y siguieron hacia el norte por un camino de hierbajos secos y lascas de caliza.

Hosa sacó una talega de setas comestibles, en las que era gran entendido, y sin tan siquiera descabalgar se alimentaron frugalmente. El apache, por más que lo intentó, no distinguió ninguna huella de las muchachas y de sus captores. Los habían perdido y se le veía desesperado. Parecía que se habían desvanecido sin más, como por un impensado sortilegio, y no podía comprenderlo. Desesperación en los perseguidores.

—¡He extraviado el rastro, por el Espíritu Sagrado! —gritaba Hosa.

Arellano y el sargento se miraban perturbados. ¿Había sido todo inútil? Miraban por el camino de sirga y por los herbajes, pero se hallaban intactos, sin huellas, como si fuera el primer día de la creación. Por allí no había transitado ni bestia ni caminante alguno.

A las pocas horas de improductiva y desesperada marcha vieron a un indio viejo encaramado a una roca. Enseguida aparecieron más. Aunque armados con arcos y lanzas, no parecían belicosos y no estaban pintados. Eran modocs. No amenazaban, solo miraban. Hosa, por orden del capitán, se acercó al más emplumado y, primero en mojave y luego en su propia lengua materna, le manifestó que deseaban hablar con su jefe o chamán.

—¡Seguidme! —les indicó el indio sin dejar de mirar los fusiles.

Prosiguieron todos juntos por la orilla y luego por una profunda garganta, donde se hallaba un poblado miserable, un lugar inhóspito, reseco y paupérrimo, en el que caía el sol a tajo. Apenas si había dos o tres mezquites dispersos, unos chopos y algunas chumberas enanas. No era muy grande, y en él no vivirían más de cien almas.

Justo a la entrada, observaron un cadáver de blanco aún fresco, seguramente el del tal Barrault, compañero de los tres que habían despachado la noche anterior.

Despedía un tufo fétido y corrosivo a tripas quemadas y cerosas, donde afloraban enjambres de moscas de muladar. Lo habían torturado, abrasado con ascuas y dejado que los cuervos y tábanos se lo comieran vivo. Varias lanzas con cráneos pelados de hombres y vacas lo escoltaban.

Los más ancianos, que recomían restos de huesos, parecían esqueletos, por enfermedad o por hambre. Una calima gris flotaba en el aire. Los niños, de rostro oscuro y apergaminado y ojos opacos y estrábicos estaban acuclillados como bestezuelas temerosas en las puertas de las chozas, desnudos. Los miraban con desconfianza mientras acariciaban a sus perros lanosos y escuálidos, a los que disputaban las sobras, y tan llenos de mocos y suciedad como ellos.

Los tres dragones, para intimidar, portaban sus relucientes fusiles colgados de las monturas. El sargento Sancho tosía frecuentemente y echaba sangre que empapaba su pañuelo de campaña y luego cogía de su bolsa unos granos de café para chuparlos y mitigar la tos.

Pero era un esforzado dragón del rey y no se quejaba, a pesar de respirar un polvo que enrojecía los ojos. Vieron sobre lumbres de chispas incandescentes tiras de carne de venado y charcos de sebo de médulas de huesos sobre las endurecidas cenizas, alrededor de las cuales trajinaban jóvenes ataviadas con pieles descoloridas, de pelo hirsuto, ojos negros y pequeña estatura. Todo era silencio y recelo y los miraban como búhos, con expresiones de miedo y asombro.

Se les acercó un tipo bajo y enjuto que fumaba un cigarro. Era un viejo renegrido y sin dientes que por las trazas parecía el chamán. Se rascaba las axilas y lucía una larga cabellera caída sobre los hombros y una cinta roja en la frente. Era bizco y se los quedó mirando receloso. Llevaba un hacha en la mano mientras miraba de soslayo los pencos de los franceses, que parecía conocer, y sobre todo el fardel de pieles que cargaba el asno, detalle que no pasó desapercibo a los españoles.

Hosa se adelantó y le participó los deseos de parlamentar de su jefe, al que llamó Mugwomp-Wulissó, Capitán Grande.

No dijeron nada, pero les ofrecieron una bebida espirituosa en un cántaro de arcilla, que aceptaron. Martín dio un paso al frente y, cogiendo una loneta atada con una cuerda, se la ofreció al jefe, que la recibió sorprendido. La abrió y vio sobrecogido las cabelleras de sus guerreros muertos por los franceses. Gesticuló con gran vehemencia y las alzó, cerrando los ojos, con respeto y agradecimiento. En el acto aparecieron unas mujerucas, madres, hermanas y esposas, que dando grandes alaridos las cogieron y las apretaron contra su cuerpo con regocijo.

Una de ellas se tiró al suelo y besó las botas de Arellano, y un indio la levantó en vilo y la arrojó a su tienda sin contemplaciones. Martín, muy pomposo, le ofreció al jefe como presente de buena voluntad la recua arrebatada a los cazadores furtivos, sus vituallas y arreos, entre ellos los *tomahawks* de los muertos, y un saco de harina, que aceptaron inmensamente agradecidos. No así las pieles, que necesitaba Arellano para sonsacarle información.

El cabecilla del asentamiento indio, que atendía al nombre de Ánade Solitario, los invitó a su choza de broza y barro donde estaban sus esposas alisando pellejos. Sentados en cuclillas, les ofreció aguardiente de nopal, y Martín habló, mientras Hosa traducía con aprieto.

—Ánade Solitario. No venimos a cazar, ni a espoliar, ni a matar a ninguno de tus guerreros para hurtarle pieles de castor. Vamos de paso, pues queremos recuperar a nuestras hijas que nos robaron los havasupais y los mojaves, y que se dirigen al norte, a las orillas del Klamath. Nada más.

Mentir como instintivo modo de defensa era algo habitual en los indios de cualquier nación, y los españoles esperaron. Con gesto de contrariedad, el jefe movió la testa.

—Los vimos pasar hace tres amaneceres rumbo al monte Shasta, no al Klamath como dices, y fueron generosos en regalos. Abandonaron los senderos del río para no dejar rastros y cabalgan sobre rocas peladas. Los conduce Cabeza de Águila, un jefe havasupai poco digno de confianza, un chacal cruel y retorcido.

—Sí, son ellos. Son los que buscamos —tradujo Hosa.

—Habitualmente transporta cada año un hato de jóvenes delawares, yamparikas o kickapoos para vendérselas a esos diablos de las nieves a cambio de pieles y alimentos. Pero este año lleva consigo cuatro valiosas blancas, y en el trueque las tasarán por el triple o más. ¡Las mujeres blancas alcanzan mucho valor en el norte! Después, esos engendros seguramente se las comerán… —reveló grave.

—¡¿Cuatro?! Pensábamos que eran cinco, Ánade Solitario. —Martín confirmó las terribles informaciones de los franceses—. ¿Cuántos asesinatos de inocentes van ya? —deploró.

—No, cuatro. Te lo juro por el Búfalo Blanco. Ha debido de matar a alguna.

—Resulta que hemos perdido el rastro de esa tropilla, gran jefe. Pensábamos que tú podías indicarnos su paradero. Nos va la vida de las blancas en ello y mis jefes están desesperados e inquietos —se lamentó Hosa.

—No lo hallarás en toda una luna, joven apache —dijo, y la expresión del modoc cambió—. Han decidido atravesar desfiladeros de piedra y canchos duros y sin hierba. Y esa ruta no la conoce nadie, salvo mis guerreros y ellos. Si seguís las trochas del río las perderéis para siempre.

Una de sus mujeres, que tenía el ojo casi cerrado por un purulento orzuelo, llevó un puchero hirviendo con hierbas de monte, huesos y carne de gato montés, que sirvió en astrosas cazoletas. Olía a leña, pero estaba apetitoso y los españoles lo cataron. Sus estómagos encogidos lo agradecieron.

—Seguramente nos han descubierto y han alterado el itinerario —opinó Hosa irritado—. ¿Y podríais mostrarnos esos atajos ocultos, jefe?

Se incorporaron a la conversación los dos hijos del jefe, que llevaban en sus manos carcajes de flechas que estaban cosiendo con nervios de animales, y el jefe se sumió en una cavilosa reflexión mientras se hurgaba en los dientes con un huesecillo. Luego habló en tono codicioso:

—Mi hijo, Caballo Atrevido, os acompañará y os los mostrará. Están a solo medio día de camino hacia el este, pero eso tiene un precio —advirtió.

—¿Cuál, Ánade Solitario? —preguntó a sabiendas de lo que deseaba.

El jefe señaló hacia la puerta, donde estaban las cabalgaduras de los franceses muertos, y dijo serio:

—Esas pieles que nos arrebataron esos cochinos extranjeros. Estos caladeros nos pertenecen. Podremos vendérselas a los yahooskines y el canje nos quitará el hambre al menos durante dos lunas. El búfalo es vida para el indio, pero hace meses que no vemos ninguna manada.

Era lo que esperaba Martín. Aquellos desarrapados franceses habían ayudado en el rescate de las muchachas a cambio de sus vidas. No perderían el rastro de la recua de Cabeza de Águila y Búfalo Negro, y en dos días podrían alcanzarlos. Se incorporó y el jefe modoc lo siguió eufórico.

Se arremolinaron ante la tienda algunos guerreros, niños y mujeres que observaron cómo el sargento de cabellos pelirrojos desenrolló el fardo de los tramperos y quedaron desplegadas medio centenar de pieles brillantes y sedosas, cuyo valor podía ser de más de cien reales de a ocho. Merecía la pena el intercambio y el tiempo los apremiaba.

Ánade Solitario les regaló una pierna asada de venado y susurró al oído de su primogénito algunas palabras que no entendieron y que esperaban no fueran de traición.

Caballo Atrevido, un joven fibroso, de larga melena y piernas arqueadas, montaba un poni moteado de corta alzada, sin ensilladura, pero con manta y brida. A la partida, hizo una ofrenda al sol, saludó a los de su pueblo y antecedió a los emboscados dragones de cuera, que iban regocijados ante la perspectiva de recuperar el rastro. El joven modoc les mostró huellas borradas y rastros de caliches arrancados por los caballos y de florecillas aplastadas en las grietas de los peñascales.

A la orilla del camino vieron un caballo agotado y muerto sobre la hierba al que los lobos habían despojado de la carne, dejando solo los costillares. Más adelante estaba el que seguramente había sido su jinete. Estaba colgado boca abajo, descuartizado y quemado. Por las polainas parecía un delaware que había tenido un mal encuentro con los indios errantes. Un buitre, aposentado en su entrepierna como huésped único, picoteaba las entrañas del desventurado. Hosa escupió en las rocas y se persignó. Le daban mal fario las aves carroñeras.

Se precipitaron barranco abajo y en hilera, apartados de las veredas del nacimiento del río, con los sombreros recogidos en las barbillas para no perderlos. Los perseguidores parecían fugitivos de la masacre de una guerra, sucios, con las barbas crecidas, cansados y meditabundos, y se difuminaron por un paisaje de areniscas y margas de color arcilloso labradas por el viento.

Alcanzaron tras un largo camino el borde de una quebrada que intimidaba a los caballos, pues piafaron y corvetearon soliviantados. Frente a ellos se delineaban los picos azules de Sierra Nevada, y en lontananza, un tenue trazo azul y serpenteante que debía ser la corriente del Klamath en su dócil camino hacia el océano Pacífico.

Caballo Atrevido alzó la mano y les señaló un lejano otero por donde cabalgaban las prisioneras y sus captores en hilera. Martín enfocó el catalejo y comprobó que eran las cautivas que buscaban y que montaban caballos pequeños. Los indios cabalgaban sobre corceles pintos unos, otros en fuertes corceles de ojos de perdiz y la mujer guerrera en un bridón mesteño. El que parecía el jefe de la expedición lucía un penacho de plumas del valor. Y, aunque Jimena llevaba el pelo apelmazado por el barro, la reconoció. Cerca de la columna vio una manada de ciervos que se dirigían a unos herbazales cercanos. Los habían encontrado y sonrió. Ahogando una exclamación de gozo y alegría, le pasó el catalejo al sargento.

—Nos llevan poco tiempo de delantera, amigos, aunque creo que antes de anochecer acamparán. Tenemos unas horas de luz para acercarnos más.

—Deseo que no las hayan ultrajado, aunque es improbable —dijo Sancho.

Tras cruzar un accidentado territorio de cañones de arenisca, senderos serpenteantes y una meseta flanqueada por barrancos, el joven hijo del jefe anunció que debía regresar y les sonrió afablemente. Martín sacó de su zurrón un cuchillo con pomo labrado en Zacatecas y se lo entregó agradeciendo su ayuda. Y, como era usual, el indio correspondió entregándole un talismán hecho con garras de oso que colgaba de su cuello, que el oficial agradeció colocándoselo sobre la zamarra.

Caballo Atrevido volvió grupas y regresó al poblado modoc, satisfecho y bien pagado.

El precipicio, con salientes brillantes de roca de cuarzo, conducía a un cañón con pequeñas planicies y arroyos. Descendieron con cuidado, intentando no ser vistos, y acamparon a cierta distancia de los raptores. Los corceles parecían intuir el peligro, y Africano piafaba inquieto, levantando la testuz e irguiendo las orejas. Los angostos senderos de grava y las pendientes escarpadas de rocas resbaladizas hacían peligrar sus vidas.

Hosa halló en el cerro huellas recientes de pumas, perros de la pradera, caballos herrados y lobos. Buitres ratoneros y halcones volaban sobre sus cabezas, pues se trataba de un camino ancestral de caza. Desde allí podía verse que la expedición de Cabeza de Águila había acampado en un soto de álamos, desde donde cruzarían el río Klamath, seguramente al día siguiente.

No habían sido vistos, hicieron fuego para calentarse y oyeron sus voces lejanas.

—Hemos llegado en el momento justo. Sin la ayuda de Ánade Solitario no lo hubiéramos conseguido. Ha resultado providencial —dijo Hosa.

—Ese tiene algo en contra de nuestros perseguidos —aseguró Martín.

La pequeña caravana no se les podía escapar después de tantos días de marcha, zozobras, privaciones y peligros, y permanecieron en alerta. No encendieron fuego para no ser vistos y decidieron relevarse por si alzaban el campamento en la vigilia. Callados y comunicándose por señas, comieron cecina, galleta y tajadas regaladas por los modocs, y bebieron vino aguado. Ya hacía frío por las noches y el cielo se oscureció tras un marjal de nubes grisáceas y carmesíes.

Martín se notaba exhausto, Ruiz agotado por la tos y Hosa desfallecido. Habían perdido grosura de sus cuerpos, estaban sucios y sus barbas crecidas.

Ninguno de los tres pudo conciliar el sueño y se protegieron con las pistolas amartilladas en sus manos enguantadas. Solo se escuchaba el carraspear de Sancho en el silencio. La luna, revestida por celajes negros, permaneció oculta toda la noche y los españoles pensaron que eran afortunados, pues no serían vistos por sus perseguidos.

Envueltos en sus recios capotes, aguardaron la salida del sol.

No bien hubo brotado el primer haz de luz, los dragones, agazapados en el promontorio, contemplaron el territorio. Los apresadores y sus cautivas no se habían movido y aún podía verse un hilillo blanquecino de humo de la hoguera que los calentaba. Martín se puso de pie y oteó los contornos antes de iniciar la marcha. Sin embargo, le pareció advertir en las sombras algo que no le gustó y se detuvo en seco. Contuvo la respiración.

—¡No, por Dios! Ahora, no, no —se lamentó, y señaló hacia un cerro.

Repararon consternados en una banda de indios desconocidos que se movían sigilosamente a espaldas del grupo que perseguían. Parecían indios crees o delawares que, atraídos por las prisioneras blancas, intentaban cercar al grupo de Búfalo Negro mientras este, ajeno al peligro, preparaba la marcha y daba órdenes. La latente amenaza de los recién llegados complicaba las cosas hasta el punto de hacer peligrar la misión por completo. Arellano se lamentó y lanzó improperios y blasfemias al aire.

Cambiar de captores, o añadir más, podría ser muy arriesgado; ignorarían dónde buscar a las muchachas y se meterían en la boca del lobo. Un sobrecogimiento de preocupación se adueñó de los españoles. Martín le cedió el catalejo a Hosa que, tras observarlos, dictaminó con seguridad:

—Salimos de una sartén de aceite hirviendo para entrar en el fuego. ¡Hay que esquivarlos o hacerlos huir!

—¿De qué tribu son, Hosa? —preguntó el capitán.

—Son crees, hijos del Gran Oso, por las crestas de sus cabelleras, los cráneos medio rapados y los plumajes blancos. Es lo peor que nos podía suceder, capitán. Viven cerca de los Mares Cerrados y son fieros como chacales. Han olido a las mujeres. Si se las llevan, nuestra misión habrá concluido después de tanto sacrificio, pues las esconderán donde jamás podremos encontrarlas —aseguró el apache.

Con las pinturas rojas de sus caras los crees parecían una horda salida de un matadero.

—¡Por los clavos de Cristo! —clamó el sargento, que sintió en sus venas la escalofriante frialdad de una situación más que apurada—. Capitán, las hemos perdido, ¿verdad?

Los tres se veían descorazonados.

—Sargento, no abandonaremos a esas pobres mujeres. ¡Confiad en mí! —los alentó, y caviló que la espontánea aparición de los crees les ayudaría a ganar tiempo—. ¡Seguidme! Aún podemos cambiar el escenario. No regresaremos a Monterrey sin ellas.

Aquellos merodeadores salvajes, dirigidos por un gigante grasiento y pintarrajeado, podían cambiar drásticamente la de por sí aciaga realidad. Pero él estaba decidido a proseguir con el rescate, aunque sus caballos se desplomaran sin fuerzas y hasta que les quedara una última bala.

Martín escrutó el horizonte y trazó en su mente un plan de urgencia. En medio de la confusión, el sargento y el apache esperaron sus órdenes, con la seguridad de que a su jefe solo se le ocurrían cosas sensatas.

ENTRE LA LUNA DEL ANTÍLOPE
Y LA DEL LOBO

CUANDO LAS MANADAS DE LOBOS BAJAN DE LOS MONTES EN BUSCA DE LAS PRESAS DE LOS VALLES

Cabeza de Águila y Búfalo Negro gritaron satisfechos cuando tuvieron a la vista el frío río Klamath, en cuyas orillas resaltaban algunas manchas de la nieve caída durante la noche. Remedaron una apresurada Danza del Sol, a la que asistían las raptadas con ojos incrédulos, mientras se preguntaban dónde las conducirían aquellos fieros guerreros.

A un poco más de una legua y media, tras una torrentera, los indios mandarían aviso a sus compradores habituales, después de más de tres semanas de marcha y de considerables penurias por mantener con vida a las atemorizadas presas. No había oscurecido, pero la luna surgía tras la frondosa ribera del río.

—A partir de mañana seremos el cebo para los kwakiutl. Los blancos, a los que hemos despistado, ya no nos estorbarán. Deben andar muy lejos. Pensarán que seguimos por el río de Los Sacramentos y tardarán al menos una semana en encontrar nuestra pista.

—Tiempo suficiente para negociar con los rusos, ¿no? —dijo Búfalo.

—Incluso para emprender el regreso por sendas que nadie conoce.

Tras una leve discusión con Luna Solitaria, cada día más soliviantada con su esposo, que no tenía ojos sino para Jimena, acamparon al abrigo de los vientos y protegidos por un montículo donde crecían unos abetos enanos.

Después de dar de beber y comer y atar de pies y manos a las prisioneras, decidieron descansar y limpiar los caballos con hierba fresca, y los ataron a un chaparral. Atrás habían quedado los áridos desfiladeros y roquedales, pero no habían dejado ninguna huella visible.

El precavido Cabeza de Águila, cuando albergaba alguna duda sobre el rumbo a seguir, se acercaba a los árboles para identificar los signos del lenguaje universal de la nación yuma, que él mismo había tallado en los troncos en otras expediciones.

Aquel atardecer Luna aplicó pieles untadas con hiel de búfalo en las patas de la montura de Jimena, que presentaba rasguños purulentos y cojeaba ostensiblemente. También sabía cómo aplicar la hierba masticada y los jugos que extraía de los estómagos de los venados y antílopes cazados para remediar los males asmáticos y las malas digestiones de los caballos, y solía sanar las heridas de los ponis con hongos de los que nacían bajo los cedros y con manteca de vaca.

La guerrera no solo cuidaba a los caballos de la tribu con esmero, además era una experta en curaciones de forúnculos y de huesos astillados de los guerreros, y con la sangre caliente de los búfalos cazados había salvado a más de un cazador de una muerte segura por congelación.

Era la discípula predilecta del chamán Nana, y con él preparaba balas, fundía plomo, elaboraba pólvora y pomadas medicinales cuando viajaban a los cazaderos. Siempre llevaba una bolsa con agujas, hilo de pelo de búfalo, cuchillos de obsidiana, cola de pezuña de ciervo para detener las hemorragias y tendones para suturar heridas y extirpar diviesos y piedras calientes para cauterizarlos.

Era una mujer práctica, pero fiera y poco compasiva.

Las prisioneras, a las que había estado alimentando los últimos días con miel, intestinos asados, grasa de giba de bisonte y lengua salada para que cogieran peso y mejorase su presencia, eran vigiladas por sus captores y aseadas a diario, pues de las blancas dependía pasar hambre en el invierno o no.

Luna Solitaria se acercaba a las apresadas, que se consolaban entre sí ante las llamas de los troncos quemados, les levantaba los vestidos y les limpiaba las heridas de las piernas y manos con savia de los brotes de los álamos, aunque lo hacía con extrema aspereza. Y aquel mundo a media luz en el que vivían las muchachas españolas parecía iluminarse.

—Dios pague tu caridad, mujer —le agradeció una noche Jimena.

—Los padrecitos franciscanos también fueron bondadosos conmigo.

Las cautivas no podían creer que hablara su mismo idioma y quedaron atónitas. Le sonrieron, pero respondió con un exabrupto. Aquella india poseía una seguridad en sí misma demoledora, la habían visto cazar ciervos con más pericia que los hombres y, sin embargo, miraba con recelo y menosprecio a la joven de cabellos de oro, y no deseaba entablar con ella plática alguna en castellano.

Aunque depauperada, Jimena estaba en la flor de sus encantos femeninos y la tragedia resultó inevitable. Para un hombre indio cualquier mujer era apetecible, pero más si esta era blanca y con el pelo del color del trigo. Así que los dos cabecillas discutieron sobre quién la desfloraría aquella misma noche, como trofeo por haber conseguido guiarlas con vida hasta el final. Incluso forcejearon, y el havasupai, un hombre despiadado y rencoroso, esgrimió su derecho por haberle correspondido en el primer reparto de las capturas.

—Si te parece, tú la posees después. Pero ahora me corresponde a mí.

—Espero que tenga las enfermedades de las zorras blancas y te infeste el rabo que llevas entre las piernas —le deseó aceptando de mala gana Búfalo Negro.

Luna, que observaba la escena, murmuró airada:

—Los cobardes solo se quieren a sí mismos y a sus placeres. —Y escupió.

Cabeza de Águila, con modales brutales, tiró de los pies de Jimena, y le desató sus extremidades. La levantó de mala manera, se echó una manta sobre el hombro y la empujó, mientras las otras, que ya habían pasado por aquel tormento, la miraban con lástima. No lloró ni gritó. ¿Para qué? El indio extendió la cobija al amparo de un matorral y la obligó a que se tendiera.

Su piel tan cándida y suave le era grata. Recorrió su cuerpo, pero no la desnudó, sino que le alzó la saya de piel. Ella se resignó a consumar su primera noche con un varón de la forma más mecánica e impersonal posible y resistir mientras sus exiguas fuerzas la acompañaran. El jefe se desabrochó su pantalón de cuero y le lanzó una mirada fiera e interrogante. Ella sabía qué deseaba y se sentía aterrada.

El salvaje disfrutó con su inocencia. A Jimena le costó resistirse, pues una brusquedad primitiva se redoblaba en cada envite. Percibió una sensación de repulsión y un temblor en su alma. Cabeza de Águila la violentó salvajemente en medio de unas asperezas que le dolían de forma lacerante. La española, a pesar de que intentaba permanecer ajena a aquella marea despiadada de su agresor, lloró levemente, con gran pena interior.

Al cabo el suplicio le resultó intensísimo y gritó por primera vez, sacando del indio una sonora carcajada y una voz burlona. A Jimena le pareció que su única intención era procurarle daño. Sus ojos grandes, del color del cielo más azul, estaban cubiertos de lágrimas. A Jimena le sobrevino un fuerte calor mientras el havasupai le mordía su piel nívea. El aliento le olía al salitre del tasajo, y su piel y sus cabellos sueltos a sebo de búfalo.

A la californiana le resultaba repugnante, gimió con levedad y dio una arcada y el indio la zarandeó. Jimena protestó, pues la aplastaba, hasta que Cabeza de Águila lanzó un estallido triunfante, propio de una bestia, mientras la mujer gimoteaba de forma desgarradora. La prisionera había encontrado algo de consuelo en su indiferencia, pero le ardían los párpados, sus labios estaban resecos, notaba las babas repulsivas de su violador en su cuerpo y un sabor amargo penetraba en su garganta.

Fueron unos momentos tensos y dolorosos, y Jimena, la hermosa hija del capitán Rivera, lo que ansiaba era morir. El tipo, bestial y grosero, gruñía como un cerdo, refocilándose con la indefensa mujer, a la que únicamente se le veían sus blanquísimas piernas. Jimena se sentía abochornada, desprotegida y ya totalmente carente de determinación en su voz.

Finalmente, su abusador se alzó de su cuerpo blanco y torturado, y la joven suspiró.

Satisfecho, se limpió las manos en sus muslos de nácar. Estaba complacido y se carcajeó. La cogió por el cuello y la devolvió bajo el árbol donde las demás la aguardaban. Gemía y no aceptó ningún consuelo de sus compañeras de infortunio. Es más, se percibía dolorosamente alejada de ellas.

—Malvado y miserable hijo de puta —musitó—. No deseo pertenecer a este mundo, Dios mío. No deseo vivir. Nunca volveré a ser lo que fui.

La plata turbia de la luna apenas si iluminaba su carne desnuda, pero notó el leve frescor de la noche que penetraba a través de los arbustos. La joven tenía la sensación de que había sido desarraigada de la vida; y con los dedos crispados y retorcidos intentó librarse de las ligaduras. Fue en vano y trató de dormir a pesar de que sus ojos apagados e inexpresivos se resistían a cerrarse. Una pena corrosiva y brutal la atenazaba. Había ingresado en una pavorosa melancolía.

La concordia había desaparecido entre los indios, que se gritaban entre sí por la posesión de la española de cabellos del color del sol. Los dos cabecillas simularon medir sus fuerzas como dos gallos de corral, pero Luna los conminó a callar y a descansar por el bien de todos. Comieron unas tortas de almeza con sebo de toro al ardor de la lumbre y del calor que despedían las boñigas resecas y los palos con la que la habían encendido.

En Monterrey, Jimena pasaba por ser el paradigma de la honestidad y del buen gusto, y había sido educada para no sufrir y ser protegida de los desagradables avatares de la vida. Pero ahora, a cientos de leguas de su seguro hogar, se hallaba en el hoyo más profundo de la angustia. Su fama de arrogante y estirada estaba ahora tirada por los suelos de un lugar inexplorado.

—Perros malditos —musitó—. ¿Cómo se puede poseer tanta maldad?

Su infancia y juventud vividas en la alta clase social criolla de Nueva España, la dicción perfecta de los clásicos, su habilidad con el clavicordio, su sensibilidad y timidez natural, el tiempo dedicado a los bordados y el bienestar de su persona, todo le resultaba estéril en aquel tormentoso momento.

La protección de los suyos había sido siempre un bálsamo sagrado para ella, pero su padre yacía muerto en algún lugar del río Gila, y su prometido, al que jamás volvería a ver, solo podría llorar su desgracia.

Su rescate era una mera quimera y se sentía desolada y desamparada.

Un grave silencio planeaba sobre un río que no conocían, el Klamath, enclavado en un paraje de verdor y exuberancias que a ella le pareció tétrico y tenebroso.

El canto de la alondra se escuchó antes de amanecer y Cabeza de Águila dio la orden de abandonar el refugio, enjaezar los corceles y apagar el fuego. Había llegado el día del intercambio y del lucro. Pequeño Conejo bajó del peñasco donde había estado despierto y haciendo guardia. Temían sobre todo a los ladrones de caballos, que en un descuido podrían dejarlos sin las monturas para regresar y culminar la labor del trueque y la venta.

Confirmó que no había visto a nadie, ni tan siquiera a un perro de la pradera o a un coyote, a pesar de que aquel era un paso para los cazadores chikasaw y los osages, que buscaban los escasos cazaderos de búfalos tras las montañas.

Los captores se movieron lentamente en fila de a uno hacia la orilla del río, y Jimena sobre su montura moteada se sentía como una piltrafa humana, con sus ingles doloridas y el cuerpo sucio y contaminado.

En aquel instante, Búfalo Negro alzó la mano y los detuvo reclamando silencio. Avizoró en todas direcciones, pues le había parecido escuchar un silbido infrecuente en el soto de los abetos. De repente, la sangre se le heló. Muy cerca, y acechándolos, vio las atemorizantes siluetas de un grupo de indios de la belicosa tribu de los crees. Los conocía por leyendas oídas junto al fuego. Gritó, alertando a su banda, que se aprestó a defender sus presas.

—¡Defendamos nuestro botín de esos coyotes! ¡Cargad los fusiles!

Llevaban cubiertas las caras y el cuerpo con pinturas negras, amarillas y rojas, en señal de guerra, y adornaban con plumas sus crestas y las crines de los corceles. Cogieron sus lanzas y arcos y se alinearon para hacerles frente.

Los atacantes enarbolaban mosquetes y arcos, dispuestos a liberar de su carga a sus hermanos indios y arrebatarles a las blancas. Pero, de repente, aconteció algo que nadie esperaba y que dejó atónitos a unos y a otros, que se detuvieron con sus miradas y músculos en tensión.

De entre la maleza de un lugar indefinido, un poco más al sur, surgieron unos disparos secos y certeros y varias bocanadas de humo de lo que parecían infalibles Brown Bess, de los que usaban los dragones españoles, que en la primera andanada abatieron a dos crees, que, al no esperar aquel inesperado ataque, ofrecían un blanco diáfano. Estupefacción general y sobresalto.

Inmediatamente, otras dos ráfagas de repetición consiguieron repeler el ataque de los crees a los raptores y atinar con el flanco de uno de sus corceles, que cayó en tierra con los belfos teñidos en sangre. Las balas pasaban por encima de sus cabezas y los crees se dirigieron como rayos hacia donde partían las descargas para cobrarse la debida venganza de los inoportunos tiradores que les habían malogrado la caza, mientras lanzaban flechas, que resultaban ser inofensivas al hallarse sus disparadores tras unas rocas basálticas. Pero ¿quiénes eran?

El tiroteo no cesó y los desconocidos erraban pocos disparos, propagando la muerte entre los crees. Cabeza de Águila y los suyos, inmovilizados, asistían atónitos a la refriega que los había salvado de forma sorprendente de perder su botín. Aprovecharon para dirigirse al cerro donde habían caído los primeros atacantes y les cortaron las cabelleras. Se quedaron con sus cabalgaduras y arreos, mientras se preguntaban aturdidos quiénes eran sus misteriosos benefactores, y si eran amigos o enemigos.

Un caballo sin jinete corrió despavorido por la pradera y después le siguió otro más, color canela, que parecía herido. Dos de los crees, que habían cabalgado como centellas hacia el lugar desde donde salían los tiros, fueron muertos en el acto por los anónimos atacantes. Los que quedaron, dando unos gritos horrísonos, viraron hacia el este y desaparecieron por los alcores a galope tendido mientras se preguntaban quién diablos eran aquellos expertos fusileros que habían matado a sus hermanos y desbaratado su posibilidad de rapiña.

Cabeza de Águila, mientras tanto, no atinaba a comprender la razón por la que los habían ayudado, aunque la intuía.

—¿Quiénes son esos que nos han auxiliado, esposo? —preguntó Luna.

—Puedo imaginarlo, mujer. Pueden ser nuestros perseguidores, o los modocs, pero lo cierto es que nos han salvado la vida y nuestro valioso botín, gracias al deseo del Gran Espíritu Kwikumat —respondió satisfecho.

—También pueden ser hermanos chinooks, un pueblo amigo, pero opino por sus certeros disparos que son los tres blancos que dejamos atrás —ratificó Cabeza de Águila, asombrado por el tiroteo.

Luna observaba cómo los asaltantes frustrados huían hacia las montañas.

—No es la primera vez que esos perros crees intentan robarme. Cazan por los Mares Cerrados y los montes Dakotas, según las estaciones. Buscan bisontes y reses solitarias y extraviadas, por las pieles y la carne. Tal vez el cebo de las mujeres blancas los estimuló —aseguró el jefe havasupai—. No debemos malgastar el tiempo.

Búfalo Negro, que estaba desnudo, dijo mientras se ponía el taparrabos:

—Me extraña que hayan cruzado sin tropiezos los territorios de los chikasaws, los karuks y los delawares. ¿Qué hacemos ahora, gran jefe?

A Cabeza de Águila se le veía inquieto, preocupado. Por unos momentos, reflexionó, sopesó y evaluó la situación y les sugirió a sus camaradas:

—Cruzaremos el río por el vado de Arroyo Salmón, y de inmediato. Mucho me temo que esos fusiles que nos han auxiliado tan desinteresadamente sean de dragones, por su precisión. No son tan cándidos como creíamos y han recobrado el rastro de nuestras huellas. No sé cómo, pero lo han hecho.

—O sea, que han preferido ayudarnos para luego perseguirnos, ¿no?

—Eso es, Búfalo Negro. Pero han llegado demasiado tarde —sonrió.

—Entonces, ¿cuál es el plan de escape, Cabeza de Águila?

—Nos dividiremos en dos grupos. Mi idea es que se queden dos de nosotros con los fusiles cargados tras esas rocas para impedir que se acerquen y nos sigan. Si nos alcanzan no habrá ni canje, ni pieles, ni víveres. Huiremos con las prisioneras y dos de nosotros defenderán nuestra retirada. Después nos alcanzarán. Solo necesitamos tiempo y seguridad para cruzar el río.

—¿El poblado kwakiutl está lejos? —preguntó Luna contrariada.

—Muy cerca, a menos de medio día de jornada, y allí procederemos al intercambio, no se atreverán a hacerle frente a una tribu entera. No podemos perderlo todo en la última legua del camino. Cubrirán nuestra huida un guerrero mío havasupai y uno de vosotros. Elegidlo con urgencia, Búfalo Negro —dispuso el jefe.

Búfalo Negro dio un paso al frente y le entregó un fusil de avancarga a Pequeño Conejo, que ya sabía qué tenía que hacer. Era el elegido para cubrir la retirada. Sonrió. Solo tenía que ganar un poco de tiempo, y unirse después a ellos a la menor ocasión. Debía procurarles oportunidad para escapar.

Las prisioneras, sabedoras de que alguien desconocido había pretendido salvarlas de sus raptores, se resistieron a montar en los caballos, pero el látigo de Búfalo Negro las hizo desistir. Estaban agotadas, asustadas y descorazonadas, aunque un halo de esperanza emergió en sus semblantes.

El vado que cruzaba el Klamath era poco profundo y protuberancias de grava blanca emergían de las aguas. En primavera hubiera sido imposible cruzarlo, por lo que resultaba una gran suerte para ellos. Los raptores y sus presas iban en fila y los caballos chapoteaban por la corriente.

El que parecía ser el conductor de los fusileros que habían abatido a los crees vio que seguían río arriba, a paso lento, entre una senda de frondosos sauces, yucas y olmos. No podían extraviarlos de ninguno de los modos. Si los perdían de vista, dilapidarían su última esperanza. Y lo sabían. Los dos indios que cubrían la retirada apretaron una y otra vez el gatillo de sus fusiles, que resonaron en las rocas que cobijaban a sus perseguidores, y que no podían abandonar por miedo a ser muertos.

Sin embargo, aconteció lo impensado. Asombro.

De improviso se oyeron más disparos provenientes de un lugar ignorado de las inmediaciones del Klamath, pero salidos de la orilla opuesta. Alarma.

El havasupai, que no permitía salir a los dragones de su escondrijo y que acribillaba sin parar la posición, se dobló por la mitad y cayó muerto en el matorral de espinos desde donde disparaban, con la tapa de los sesos volada y al descubierto. Pequeño Conejo, agazapado entre la maleza, saltó como un resorte y movió la cabeza como una lechuza en todas direcciones, aunque con precaución, sorprendido por los disparos que venían por su espalda.

Sonó otro disparo, y Pequeño Conejo, con la vena del cuello traspasada por una bala anónima, se desplomó muerto en el zarzal. Lo habían cazado.

Había acabado su trayectoria de guerrero mojave sin gran gloria y únicamente su participación en la fraternidad asesina de los Rostros Ocultos había constituido la gran heroicidad de su vida. Su hermana Luna Solitaria lo había arrastrado a una vida de carencias, luchas, violencias e incertidumbres y ahora yacía tendido sobre la hierba de la ribera, a cientos de leguas de sus amadas y cobrizas tierras del Colorado.

El jefe de la partida salvadora de las cautivas, que no comprendía lo que había ocurrido, saltó del abrigo de las rocas y ordenó a sus dos acompañantes:

—¡A los caballos y galopemos hasta agotarlos! ¡Rescatarlas o morir!

—Una providencia sin nombre parece ayudarnos, capitán —dijo Ruiz.

Vieron los corceles de los indios muertos, un bayo, un mesteño y un poni manchado y con manos pintadas en los lomos, que corrían solos y asustados por la ribera del río. Los tres dragones se detuvieron junto a la orilla fangosa sin saber qué hacer, mientras el menudo explorador apache observaba las huellas en el barro y miraba hacia la otra orilla con prudencia, pues desde allí habían salido los disparos que habían abatido a los dos indios que les impedían seguir a la partida de captores.

Fue entonces cuando el rastreador vio algo que no entendía ni esperaba, pero que había sido la salvadora causa de la muerte del mojave y del havasupai que les impedían la persecución de las prisioneras.

¿Les frenarían también el paso a ellos aquellos tiradores enigmáticos?

Hosa miró a sus dos agotados y macilentos compañeros y movió desconcertado la cabeza. ¿Debían tranquilizarse? ¿Inquietarse? Era sensato aproximarse con prudencia y con las armas cargadas.

Hubo un momento de vacilación en el capitán de dragones. El honor aún no se había salvado, las cautivas habían desaparecido de su vista y los captores habían puesto tierra de por medio. Pesadumbre, zozobra, intranquilidad.

—Esperemos una señal, y obremos en consecuencia —estimó el oficial.

Se sucedían demasiadas situaciones inesperadas y recelaba.

EL REFUGIO ROSS

El temor y el desasosiego mantenían silenciosa a Clara Eugenia, Aolani, que contemplaba la tierra firme desde la amurada de la goleta rusa Avos, donde navegaba con rumbo a su tierra y dispuesta a auxiliar a su esposo en el rescate.

Para ella eran momentos de vacilación, aunque todo el mundo alababa su valor, impropio de una mujer. Frente a un escenario tan inusual, su explicación era la única plausible: lo hacía por afecto a Jimena, su amiga y confidente. Se mostraba poco locuaz y por su cabeza se despeñaban inquietudes por la situación de las prisioneras y por el estado de su marido y los dos dragones que lo acompañaban en misión tan comprometida.

El otoño resplandecía en los bosques de la costa norte de California, donde una panoplia de las tonalidades granas, escarlatas y anaranjadas de las acacias y los liquidámbares centelleaba en las suaves colinas. De pie, junto a su inseparable criado Fo y su doncella Naja, pensaba en Martín, en el sargento Ruiz y en Hosa, que deberían estar cabalgando por las intrincadas veredas de la Sierra de las Cascadas que tenía enfrente.

Junto a ellos navegaban el sargento mayor, Emilio Lara, y tres dragones del presidio de Monterrey que desembarcarían en el Refugio Ross ruso para allí aguardar la llegada del trío perseguidor comandado por Arellano y tratar de liberar conjuntamente a las españolas secuestradas.

A las tripulaciones rusas se las notaba alteradas, pues cerca de cabo Mendocino habían avistado a babor dos naves que enarbolaban la bandera británica de la Unión Jack, aunque al divisar las enseñas rusas habían desaparecido por el paralelo 40° latitud norte. Como era su costumbre, espiaban y luego desaparecían. Así eran los navegantes ingleses.

Soplaba una brisa apacible y como cada atardecer las dos embarcaciones rusas, la Jano y la Avos, fondearon cerca de la orilla del continente, encendieron los fanales y tras rezar la salve y cenar, Aolani y sus sirvientes, envueltos en capas, otearon las luminarias desde el castillete de proa y conversaron sobre los dudosos días que les quedaban por vivir.

El veterano sargento Lara, que venía de descargar la vejiga, se detuvo junto a la dama. Instruido por fray Crespí Fiol, se había convertido en un prestigioso cartógrafo, y sus mapas de California eran de uso frecuente en el ejército. Se dirigía a comprobar el acimut y la saludó.

—¿Han desaparecido definitivamente las naves inglesas, sargento? —preguntó Clara.

—Ya sabéis, los británicos siempre persiguiéndonos como hienas para robarnos un trozo del mundo, por pequeño que sea. España descubre y abre espacios nuevos y ellos nos los roban y los colonizan. Gozan pirateándonos y desgajando la hegemonía de España en los mares —contestó.

—Lara, en mi tierra de Xaadala Gwayee y Kaua'i los conocemos bien, como a los rusos que precedieron a Rezánov. Son buitres depredadores de todo lo que es español. Se comportan con España como el trueno que sigue al relámpago. Aparecen cuando huelen una embarcación hispana. Mi pueblo y yo hemos sido testigos de su espionaje permanente.

El sargento se extrañó:

—¿Han llegado esos pérfidos ingleses hasta Alaska, señora?

—¡Claro está, pero solo a curiosear! Nunca con intención de fundar colonias. Era yo una jovencita cuando Joan Perés, buen amigo de mi padre, nos visitó a bordo de la nave Santiago y formalizó un pacto con mi pueblo, el aleuta, que luego corroboró el virrey Bucarelli, al que tuve el placer de conocer años más tarde en Ciudad de México.

—Sabía del viaje, señora —repuso—. Es nuestro bastión principal.

—Pues sí. Perés tomó posesión de la isla de Nutka en nombre de la Corona española. Un mes después apareció el primer barco inglés, que fue expulsado por don Joan. Pero veo que no cejan en el empeño.

El sargento asintió. Era imposible mantener la hegemonía en la totalidad del mundo. Demasiados enemigos y pocos efectivos para mantenerla.

—Curioso personaje nuestro anfitrión, Rezánov —opinó Lara, que bajó el tono de su voz marcial—. ¿Sabíais que ocultaba una orden de su zarina para bombardear Monterrey y situar una base colonial cerca de San Francisco?

La aleuta abrió los ojos desmesuradamente, y exclamó:

—Nunca recelé de sus intenciones —dijo—. Lo tengo por un caballero.

—Menos mal que su buen talante lo hizo cambiar de opinión. Asegurado el abastecimiento de víveres españoles eso le hizo rectificar sabiamente. Ya tiene las pieles y el abastecimiento que necesitaba.

—¿Y lo sabían el gobernador Neve y el virrey Mayorga?

—Naturalmente, señora. Su visita a ciudad de México lo disuadió. No podía enfrentarse al colosal poder del Imperio. Tenía todas las de perder.

—¿Y debo dudar, sargento, de su amor por Conchita?

—¡En absoluto! Sus hombres la llaman la dulce española y atestiguan que la adora y que habla de ella constantemente y de su futuro en Rusia.

La aleuta le dedicó una sonrisa de alivio.

Lara estaba interesado por saber qué iban a encontrarse en el norte.

—Neve está muy preocupado por nuestra presencia en la isla de Nutka.

Clara conocía por su padre la caótica situación del enclave y se explayó:

—Es prácticamente inexistente. Los soldados que la vigilaban se han casado con nativas y abandonado el fortín de San Miguel y el poblado de Santa Cruz. Ahora lo habitan las gaviotas, las lechuzas y los leones marinos —se lamentó—. El inglés Cook llegó incluso a tomar té con los indígenas y, al ver que lo servían con cucharillas de plata españolas, se hizo a la mar espantado.

El sargento se carcajeó con la narración de la dama.

—¡Temía un encuentro armado contra los barcos españoles! —dijo.

Clara miró en silencio la figura corpulenta del soldado y sonrió. La princesa aleuta seguía preocupada por la suerte de su pueblo y dijo:

—Según mi padre, Arteaga y Bodega buscaron el paso de Arián entre el Pacífico y el Atlántico por el norte, fundaron puertos y cantaron un tedeum para ritualizar la posesión oficial de Alaska. Aún se recuerda esa singular ceremonia. Si volviese a esas tierras una nave española sería una gran noticia.

El sargento, por afecto a Martín, aceptó la llaneza de la princesa.

—Pues tanto si rescatamos a las mujeres como si no, Dios no lo quiera, hemos de dirigirnos a Nutka y emitir un informe sobre la situación, ahora que tenemos como aliados a unos rusos fiables —le reveló a la dama—. El derecho asiste a España y Rezánov es solo un comerciante, no un colonizador.

La voz persuasiva de Clara Eugenia resonó en la cubierta:

—De eso doy fe, sargento. Los españoles llegaron antes que nadie.

—Mirad, doña Clara, en el palacio del virrey de México así se cree y puede contemplarse un cuadro con las goletas la Favorita, la Princesa y la Santiago, en una bahía de Alaska, la de Kenai, enarbolando nuestra enseña. España gobierna desde la Tierra de Fuego hasta el Polo Norte, aunque Inglaterra hará lo imposible por borrar nuestra presencia en el Ártico.

—Mi padre, el buen rey Kaumualii, mantiene como su más preciado tesoro un telescopio que le regaló Arteaga. Pero ahora hemos de encontrar a esas desventuradas niñas y rogar para que no se hayan esfumado en esta vasta tierra. Su indefensión me rebela.

—Confío en don Martín, vuestro esposo. Es un hombre tenaz, aunque a veces los planes mejor concebidos puedan torcerse. Esperemos que este no.

Soplaba una brisa apacible y sus vestidos flameaban tenuemente. No obstante, el temor a un funesto desenlace los mantenía preocupados.

—¿Señora, fuisteis alguna vez testigo del canibalismo de esos indios que pretenden comprarlas? —se interesó el soldado.

Clara contestó con languidez, como si detestara hablar del asunto.

—No, pero mi pueblo lo sabe y siempre se cuidó de pescar cerca de sus caladeros. La verdad es que la maldad de esas tribus supera las limitaciones de mis recuerdos, sargento. Los antropófagos kwakiutl, a quien también llamamos Cortadores de Árboles, forman parte de nuestros más ancestrales temores.

—Resulta aterrador, doña Clara —apuntó impresionado.

—Lo de comer seres humanos lo tienen como un *potlatch* de la cultura india —aseguró con gesto de asco.

—¿Un *potlatch* decís, señora? —La miró con dudas.

—Sí, un intercambio de obsequios de prestigio entre grandes jefes. En vez de regalarse mantas, caballos o pieles, se ofrendan carne humana.

Al soldado le costaba trabajo aceptarlo. No lo comprendía, e ironizó:

—O sea, que compran a mujeres para regalarlas y luego comérselas.

—Algo así. Esos kwakiutl lo consideran un ritual sagrado, no un pecado o atrocidad. Son gentes peculiares. Tienen los cabellos negros, la piel blanca y son de elevada estatura, pero indignos de pasar por hijos del Gran Espíritu que habita las tierras de los *kiidk'yaas*, o de los abetos dorados —dijo Clara.

—Y se sienten desdichados si no comen carne de humanos. ¡Dios santo!

—Ciertamente, y la pagan a buen precio a los havasupais, a los schotaws y a los delawares. Mi pueblo los tiene por hechiceros de espíritus malignos. Mi padre asegura que son débiles cuando se les hace frente, pues están acostumbrados a vivir en la abundancia. Adoran a serpientes que tallan en sus tótems y a una extraña deidad de pechos como cántaros a la que dedican sacrificios humanos en los solsticios.

—Por lo que veo, señora, son abiertamente paganos, amén de caníbales.

—Y lo son menos porque están gobernados por un guía religioso y no por un guerrero, y porque las mujeres matriarcas son muy respetadas en las asambleas, como sucede en mi tribu. Somos de la misma sangre, ¿sabe?

Lara se rascó la cabeza y con una mueca de protesta, preguntó:

—Y ese Cabeza de Águila los surte de jóvenes inocentes, ¿no?

—Eso parece. Para ellos son solo objetos andantes que cambian por pieles. Pero es un pueblo debilitado y sus guerreros mueren jóvenes al llevar en sus venas una turbiedad congénita. Esa nación se extinguirá, pues lanzan espumarajos por la boca como perros rabiosos. Compran a los rusos espejos, cristales de colores, joyas, cuentas y peines tallados de dientes de morsa. La abundancia y la pereza suelen acarrear el fin de los pueblos —dijo la dama.

—Que el Señor nos ayude en esta misión tan incierta, doña Clara.

—Me aterra pensar en esas indefensas jóvenes, sargento —contestó.

Clara apretó el crucifijo que le regalara su marido la primera noche de amor en su *barabara* personal, que pensaba visitar de nuevo para hacer renacer sus recuerdos. Su casita subterránea revestida de hierbas secas y heno, y recubierta de pieles aromatizadas, con el hogar donde quemaba troncos de abeto y cedro y raíces olorosas, y fabricado por sus manos para goce del alma.

Los faroles encendidos de las dos embarcaciones parecían luciérnagas gigantescas y a Clara se le alegró el semblante con la mágica visión. Las dudas reviraban en su cabeza y se preguntaba si su gestión en el norte serviría para ayudar a las desprotegidas cautivas y si llegarían a tiempo para rescatarlas.

Como tenían previsto, con la última pleamar se detuvieron cerca del embarcadero del Refugio Ross, así llamado en memoria de un cazador inglés oriundo de las Trece Colonias Americanas que había recalado allí hacía unos años, tras la independencia, y que tras haber trabado amistad con los aleutas había sido muerto después por los sanguinarios kwakiutl.

Más tarde, los especuladores rusos al margen de la ley se habían hecho con el enclave para trapichear con los indios a cambio de comida y cuentas de vidrio.

El sol asustadizo del alba, que apenas si doraba la playa del refugio, puso a la vista de los navegantes rusos el lugar de intercambios de pieles que estaban buscando. Lanzaron anclas y botaron dos lanchas que ocuparon la princesa aleuta y sus dos sirvientes, el chambelán ruso con algunos marineros armados y los cuatro dragones españoles. Fondearon en una escollera donde sobresalía un anclaje fabricado con maderas de barcos naufragados calafateadas con brea. Ataron las dos barcazas a los noráis y escucharon ladridos de mastines, los únicos seres vivientes que al parecer los habían descubierto, pues los contrabandistas no daban señales de vida.

Los habitantes del recinto de intercambios, que con la tupida niebla matutina no habían detectado la arribada, se acercaron al poco, medrosos y alarmados. No los esperaban y se quedaron mudos. Eran rusos, saltaba a la vista, pero la diferencia era que la mayoría de ellos estaban perseguidos por la justicia de la zarina. Algunos incluso pensaron en huir. Pero caer en manos de los indios era aún peor, así que aguardaron y esperaron acontecimientos.

Nicolái Rezánov puso el pie en la fría arena y sus compatriotas, con los rostros tiznados, le parecieron mendigos y no negociantes de pieles. Se asemejaban a una panda de traperos que despachaban sin cesar aguardiente de sus botas. Percibió que les temblaban las piernas, porque algo temían. Lo aprovecharía para su propio beneficio.

—Esos traficantes, algunos convictos, tienen merecida fama de pícaros y embusteros. Yo les hablaré y los convenceré para que nos ayuden. No pueden negarse, pues les va la vida —reveló en castellano Nicolái.

Los anfitriones de aquellos astrosos chamizos sabían que eran insectos molestos para la compañía de Nicolái Rezánov, al que conocían de sobra, y se pusieron respetuosamente a la defensiva, y más cuando vieron a los cuatro soldados armados de la potencia occidental que dominaba el océano donde pescaban y mercadeaban sin permiso.

Vestían atuendos zarrapastrosos de piel de bisonte y morsa y existía una similitud entre todos ellos: barbas largas y encrespadas, mugre extrema y miedo. Vivían en chozas de leños con parches descoloridos, asistidos por algunas indias, seguramente sus coimas, que les hacían la comida y cosían sus ropajes. Se dejaban guiar por un tipo con aire de idiota, gordo, de aspecto zafio y de lentos movimientos, pero de elevada estatura y miembros corpulentos, con un cuello tan poderoso como el de un oso. Una cicatriz que le iba desde la oreja a la boca completaba su lamentable retrato. El supuesto jefe, de nombre Kovalev, parecía también atemorizado y no se atrevía a abrir la boca.

¿Vendría Rezánov como mensajero imperial y con poderes de justicia y horca? Maldecían al vigía que no los había avisado, al estar seguramente borracho, y lo amenazaban con el puño en alto. Ninguno ignoraba que el cortesano había acabado con las matanzas indiscriminadas de animales y con la esclavitud de los aleutas y que además era aliado de los españoles. Estaban perdidos, aunque se resistirían a ser prendidos, o a terminar colgados de las vergas de las goletas que tenían enfrente.

Tampoco olvidaban que su padre, y el mismo Rezánov, habían ostentado el meritorio cargo de presidentes de la Corte de Justicia muy cerca de allí, en el territorio de Irkutsk, de la Cámara de Comercio de Pscov y que habían sido intendentes de la oficina de pieles más importante de las Rusias. Conocían al ministro imperial Gabriel Derzhavin, su suegro, en cuya casa Rezánov había iniciado su meteórica carrera de cortesano, embajador en Japón y regente de la Compañía Ruso-Americana de Pieles, la más poderosa de los dos continentes.

Kovalev meditó que la protección de los aristócratas solía ser una seguridad frágil, pero la del chambelán Rezánov podía convertirse para él y su cuadrilla en consistente y beneficiosa si lo obedecían, pues se dedicaba a lo mismo que ellos: traficar con pieles. Era sabedor de que todos los tratantes de pellejos, fueran contrabandistas o de la Compañía, podían entenderse con él, como ya había demostrado en Sitka con otros cazadores furtivos.

—¡San Basilio y san Cirilo salven a Rusia, señoría! —los saludó finalmente Kovalev.

—¡Y protejan a la emperatriz Catalina! —replicó severo Rezánov.

Según Rezánov, aquellos bribones pasaban los días contando anécdotas tabernarias, martirizando a un oso amaestrado o empaquetando fardos de pieles que luego vendían en el puerto ruso de Provideniya, aunque jugándose la vida en el trayecto por el océano helado.

—Pase vuestra excelencia —lo animó a acercarse al asentamiento.

El nauseabundo tufo a sangre cuajada, a vino avinagrado, salmuera, sudor, suciedad, animales putrefactos y cueros a medio curtir les tiró el rostro para atrás a los recién llegados, que echaron un vistazo al desordenado reducto. A tenor de los olores de los pucheros parecía que se alimentaban de arroz, carne de foca, cabra y maíz.

Muchos se dedican a holgazanear, mientras otros, quizá esclavos, se afanaban en raspar pieles y en curar a gallos de pelea. Clara observó que un chamizo hecho de madera y ramaje cercano a una barranca era un reñidero, iluminado por alcuzas y candiles de sebo.

Aquel tipo de garitos también los habían alzado los rusos en sus islas, cuando trajinaban con las nutrias y con las vidas de sus compatriotas, siendo ella una niña. Era su modo de divertirse y de apostar sus sueldos.

A los dragones y al sargento les pareció indudablemente un lugar de dudosa reputación, donde seguramente se escondían forzados, desertores, fulleros y apostadores de todas las raleas y también de nativos esclavizados. Lara murmuró al oído de Clara Eugenia:

—No os apartéis de mí, señora.

Fo, el hercúleo asistente de la princesa, se colocó tras ella y le dijo:

—Mi ama, aquí se consume más *tuba* de pulpa de coco y *napi* que en toda la China y Japón. No digas nada, mi señora Aolani.

Clara pasaba desapercibida en el grupo, vestida con indumentaria de su pueblo, y se frotaba las piernas entumecidas mientras Lara y sus hombres se calaban los guantes de cuero. Hacía frío.

Rezánov portaba en su mano el bastón de mando propio de un cortesano imperial con rango y atribuciones y se tocaba con un sombrero de terciopelo, la *ushanka*, con la insignia de los zares, el águila bicéfala coronada. Se había cubierto con un rico abrigo, un caftán de color rojo hasta las rodillas, y calzaba las botas *válenki* de los oficiales rusos, signos de distinción y de poder en su país.

Su aspecto imponía, incluso a aquellos rudos contrabandistas rusos.

—Excelencia —dijo Kovalev—, tomáis posesión de esta factoría rusa. En modo alguno hemos transgredido las leyes de nuestra emperatriz. Solo nos ganamos la vida con nuestro honrado y duro trabajo —mintió.

Rezánov los observó sin mover un solo músculo y admitió sereno:

—Amigo, es posible que vuestra conducta se halle en el filo de la transgresión de las leyes dictadas por nuestra amada reina, pero hoy me traen aquí otros negocios, que además requieren de premura, rapidez y eficacia. La fuerza no hace la ley, sino el convencimiento, y hoy os pido ayuda.

Los rusos, que eran algo más de veinte, sintieron en el fondo un gran descanso, pues parecía que se abría una luz a sus incertidumbres. ¿El poderoso pidiendo algo al débil? No era la costumbre en la Madre Rusia, donde los menesterosos eran azotados como bestias. Aguardaron su proposición.

—*Мпстер*, señor, pedid lo que deseéis. Mis hombres y yo lo haremos.

El rostro del chambelán se endureció. No perdían un solo gesto suyo.

—Veréis, amigos —prosiguió en ruso, pero de forma conminatoria—, tengo entendido que una vez al año soléis efectuar un trueque con un jefe havasupai, a cambio de abalorios y comida por pieles preciosas que adquieren, tras vender mujeres mexicanas o indias a los caníbales kwakiutl. ¿Es eso cierto?

Los traficantes ya se veían con la soga en el cuello. La revelación del diplomático había caído como una losa en sus ánimos. El jefe habló:

—Nada tenemos que ver con prácticas de venta de mujeres, excelencia.

—Lo sé, Kovalev, pero sí de tratar con ellos. ¿Han llegado ya al río esos salvajes que transportan su carga de carne humana? —preguntó colérico, recordando el plan de tenaza ideado por Arellano.

Los traficantes no podían disimular. ¿De qué les valdría? Tal vez acrecentarían sin necesidad la ira del legado imperial. Más de diez fusiles los apuntaban y una veintena de cañones, que asomaban por las troneras de los barcos, estaban prestos a escupir por sus embocaduras un diluvio de pólvora que sepultaría los cobertizos en llamas y cenizas y los mataría a todos. Era mejor obedecer a Rezánov, e intentar salir airosos de la situación.

—Aún no, señor, pero un guerrero kwakiutl nos aseguró que sus proveedores ya habían cruzado los desfiladeros que anteceden al arroyo Trinidad para que preparáramos las sacas del trueque. Así que en dos días o tres, estarán por aquí. ¿Deseáis conocerlos, quizá? —respondió alarmado.

—¡Maldita sea el alma de esos infames! Hemos llegado muy a lo justo, o quizá tarde —se lamentó el sargento—. Se nos escapan como un pez de entre las manos. ¡Cagoendiez!

Rezánov volvió a interrogar a los tramperos con tono cáustico.

—Creo que hemos llegado oportunamente, sargento —lo calmó—. ¿Habéis visto aparecer por los contornos una patrulla de tres soldados españoles que los persiguen? No deben hallarse muy lejos.

—No, excelencia. Nuestro vigía —dijo, y señaló una roca alta en la playa— nos hubiera avisado. No vemos a un blanco desde hace meses.

Los facinerosos tratantes de pieles se intercambiaron miradas de sobresalto. No sabían exactamente qué quería Rezánov y qué deberían contestar para no enojarlo. No se fiaban de aquel remilgado caballero y adivinaban una taimada trampa que al final los cargara de cadenas. Pero no tenían cómo huir y aceptarían sus condiciones.

—Bien, Kovalev. ¡Escucha! Esta es mi petición, que también puedes tomar por una orden, pues creo que aún sois súbditos de la emperatriz Catalina, aunque fuera de las ordenanzas —ironizó.

—Ordenad, señoría, y lo ejecutaremos al instante —respondió.

—Ese intercambio que aguardáis no se llevará a cabo. Es más, nos ayudaréis a capturar a esos salvajes que se han atrevido a raptar a cinco súbditas del rey de España. Así que nos apostaremos en el río, esperaremos a que comparezcan esos indios y los abatiremos. ¿Entendéis?

Al cabecilla de los peleteros se le encogió el corazón. El gran negocio de cada año se le iba al traste y miró con ojos de compasión al noble.

—Excelencia, nos quedaremos sin pieles —aseguró, e incluso dispuso sus manos en posición orante, intentando hacer latir la piedad de Rezánov.

—¡Cállate, miserable! ¡Merecéis la horca todos, Kovalev!

—Excusad mi torpeza, don Nicolái —alegó sumiso.

—¿No veis que os estoy eximiendo de someteros a la potestad de una instancia superior, que yo represento en Alaska? Ignoro si lo consideráis justo o no, pero os compensaré. Necesito diez hombres armados y con redaños. Cada uno recibirá cien *dengás* rusos si nos ayudáis —les ofreció, y alegró sus caras.

—Siendo así, excelencia, estamos prestos a serviros —asintió.

—¡Bien! Cuando las recuperemos os ofreceré un productivo negocio. ¡Escuchad! Podréis vender vuestras pieles a la Compañía Ruso-Americana a precios de mercado. Os compensará, pues mis precios son generosos.

Su franqueza los impresionó. Significaba una cantidad más que dadivosa por hacer de escoltas y la promesa de unirse al consorcio de Rezánov significaba la solución de sus vidas. Aceptaron mostrando sus negras bocas. La mayoría dio un paso al frente y mostró sus armas, liberados de sus recelos.

Lara observó detenidamente sus pistolas francesas de chispa, algunas de tres cañones, y los trabucos alemanes que hacían mucho ruido pero carentes de efectividad. Pero en sus cinturones lucían cuchillos de doble hoja que parecían sables y consintió mirando al chambelán. Servirían para intimidar.

Daba la impresión de que a aquel ejército de indeseables de astrosa estampa les divertía cazar indios y saltaron y bailaron entre ellos. Las emociones se habían desatado en el estrafalario establecimiento ruso.

No obstante, algunos pensaban si deberían comportarse como ovejas obedientes y si estaban obligados a luchar y morir por un imperio, el ruso, que los detestaba y que había puesto precio a la cabeza de más de uno, y más por unas blancas a las que no conocían y que les importaban una higa.

Kovalev y su cuadrilla de aventureros se sintieron como un puñado de moscas atrapadas en una tela de araña, poderosa y escurridiza. El tono agresivo del cabecilla se había convertido en un sumiso asentimiento. Rezánov, por el contrario, solo tuvo miradas de desprecio para aquella caterva de forajidos.

Ordenó que se prepararan para la batida, y les aseguró que su presencia en el asentamiento sería breve. Kovalev, cuyos gestos nerviosos desfiguraban su grasoso semblante, daba la impresión de que caminaba sobre ascuas.

Entretanto el rostro de Clara permanecía inconmovible. Vivía al ritmo de su palpitante preocupación por Martín y por las prisioneras, y había pedido a Rezánov la más rigurosa de las discreciones sobre su identidad.

Pensaba que la participación de aquellos hombres podía convertirse en un regalo envenenado. Recordaba con pesadumbre la ira que sentía por aquella raza, provocada por la humillación que habían infligido a su pueblo.

El cielo era brillante. Era un día típico del norte, frío, crudo y húmedo.

EL ENCUENTRO

La crudeza del clima los azotaba y un viento inclemente se erguía en el aire cortándoles la respiración. Clara percibió que el ánimo de los traficantes rusos había cambiado y su confianza creció. Habían sopesado con calma la proposición y estaban resignados.

Al despuntar el alba soplaba una ventisca que agobiaba al piquete de rusos y españoles, que antes de aflorar el sol debían dirigirse a pie hasta las orillas del Klamath, cuyas aguas lodosas y lentas rumoreaban en la distancia, y esperar allí la partida de los captores.

Desayunaron unas gachas calientes de maíz y grasa de foca y fue entonces cuando los rusos advirtieron la presencia de Clara, que solo deseaba abandonar aquel lugar que parecía habitado por perros despellejados. La miraban con ojos de extrañeza y lujuria, que interrumpieron al percibir la presencia cercana del gigantesco chino Fo y de los dragones hispanos. La esposa de don Martín era para aquellos rudos contrabandistas una vela encendida a cuyo resplandor acudían como insectos nocturnos.

Los voluntarios rusos, unos quince, ataviados con pieles de oso y gorros de zorro, parecían una horda de cosacos vagabundeando por las estepas de Karaganda. Su aspecto sobrecogía a los españoles, incluida Clara, que, montada en una mula, iba bien abrigada y mejor armada, y escoltada por los dragones del sargento Lara. Cabalgaban silenciosos al albur de una misión incierta cuyo éxito no estaba garantizado.

Clara, preocupada e inquieta por su marido, rogaba al cielo para que este y sus hombres siguieran sanos y salvos. Ansiaba encontrarse con Martín como habían planeado y que ninguna contingencia lo impidiera. No deseaba señalar aquellos días como fechas fatídicas en su vida.

Otra acémila ambladora portaba dos pesadas cajas de madera que, según la aleuta, serían la clave para lograr la solución del conflicto con la tribu caníbal llegado el caso. Las había estibado en Monterrey con gran secreto y sin explicar a nadie qué contenían. El misterio había alarmado al circunspecto chambelán Rezánov que, no obstante, cada día admiraba más a la impetuosa princesa, aunque se preguntaba qué contendrían aquellas enigmáticas cajas de madera.

La aspiración de la partida era alcanzar cuanto antes Arroyo Salmón, a media distancia entre el asiento kwakiutl y el Refugio Ross. En el río existía un conocido vado por el que los captores cruzarían el Klamath, según aseguraban Kovalev y los rusos.

—No sabe don Nicolái lo que le agradezco su irreemplazable apoyo —reconoció la aleuta antes de partir—. Como hemos convenido, si en una semana no hemos regresado, comunicad nuestra situación a mi padre, el rey Kaumualii. Él sabrá qué hacer. Dios premie vuestra largueza, señor.

—Doña Clara —contestó en su precario español—, no dudéis que así lo haré. Llegado el caso le advertiría de vuestra situación. No obstante, la goleta Jano os aguardará hasta que hayáis liberado a esas jóvenes y podáis visitar a vuestra familia y recalar en Nutka, como prometí a Neve y a don Martín.

—Vuestra amistad nos es insustituible, chambelán.

—Nunca olvidaré la ayuda recibida por vos para conquistar los sentimientos de Conchita, la hermosa criatura que alegrará mi futuro —repuso.

Clara le sonrió y se unió a la ambulante tropa de traficantes eslavos que aún mojaban sus tortas de maíz en las gachas y ya bebían sin tasa licor de nopal. En cabeza iba el erguido sargento Lara, con el pelo blanco al viento, sus ojos de garza observándolo todo y el Brown Bess colgado a la espalda. Reconocible por su apostura, dirigía la tropa con aire castrense.

Cabalgaron unas leguas de cara a un sol tibio que cubría de cobre rojizo el camino del río, donde vieron viejos cráneos de caballos, perros y bisontes. Clara oteaba constantemente el horizonte, por si aparecía Martín. No quería pensar que le hubiera ocurrido algún infortunio.

Se cruzaron con una patrulla de indios yahooskines con la cara pintada. Cabalgaban en fila y no dejaron de observarlos. Lucían mugrientos gorros y taparrabos de piel de lobo cosidos con tendones y se adornaban con collares de dientes lobunos. De aspecto intimidante, iban con los arcos en la mano y huyeron dando gritos al ver los fusiles de los europeos, pero no los perdieron de vista por si regresaban. El sargento Lara había advertido que de sus cintos colgaban cabelleras humanas y orejas cortadas y desconfió.

—Descuidad, señora, no son de españoles, sino de indios —le aclaró.

Antes del ocaso de las últimas horas de marcha no se encontraron con ningún nativo más. Entre dos luces, el veterano sargento alzó la mano y ordenó que se detuvieran. Uno de los dragones, que se había adelantado para explorar, había visto en la lejanía un grupo de indios que no había logrado identificar. Bajaban del desfiladero y parecían dirigirse al vado.

Lara adoptó una postura de autoridad y por señas gesticuló a los rusos que se ocultaran allí mismo tras los ramajes y que no encendieran ningún fuego ni hablaran en voz alta. La maloliente chusma eslava se cubrió con sus recios abrigos y se echó a descansar en los ribazos.

—Doña Clara, creo que hemos dado con los captores y las muchachas.

Ante el anuncio del avisado Lara, dio un respingo. Tras organizar las guardias pasarían allí la noche envueltos en los capotes y pieles, y espiarían escondidos tras los arbustos. Una bruma de humo blanco flotaba en la orilla opuesta donde la cuadrilla mojave que conducía a las prisioneras había acampado frente a ellos. Se escuchaban voces y el sargento, que exploró con su catalejo sus movimientos, confirmó la presencia de las cautivas.

—Hemos encontrado la partida que buscábamos. ¡Son ellos!

—¿Y el capitán Arellano y sus hombres? —se interesó Clara.

—A ellos no, señora. O los han perdido o aparecerán más tarde. Deben pisarles los talones. Vuestro esposo no es de los que se arredran.

Con las primeras luces de la alborada, rusos y españoles divisaron el mundo que tenían enfrente y echaron un vistazo sin mover un músculo. Y lo que vieron estaba más allá de lo sensato. Los secuestradores mojaves no estaban solos. Estaban siendo rodeados silenciosamente por otra partida india que los rusos identificaron como feroces crees. El sargento, que lo observaba, jamás habría podido imaginar tal contratiempo y un final tan infausto. La recuperación de las muchachas se les iba de las manos si no aparecían el capitán, Hosa y Ruiz.

Los crees se disponían a atacar por la espalda al objetivo de sus búsquedas y por la lejanía estaban fuera del alcance de sus fusiles. Si los asaltaban de improviso y se llevaban a las prisioneras españolas como botín, las perderían para siempre.

—¡Por todos los diablos cojos! —se lamentó Lara golpeando el suelo.

El sargento, con los ojos bien abiertos, y Clara, muy asustada por no haber visto comparecer a su marido, pensaron que su viaje y sus preocupaciones habían sido en vano, y que, si los recién aparecidos salvajes se hacían con las cautivas hispanas, resultaría improbable recuperarlas. Amartillaron las pistolas y cargaron los fusiles, no obstante, improvisando una estrategia inútil.

Pero, de repente, el corazón les dio un vuelco. Sonaron unas detonaciones.

Estaba ocurriendo lo inesperado, lo milagroso, y se inmovilizaron.

Sin que nadie lo esperara, el aire se ennegreció con el humo de unos precisos disparos que salían de unas rocas y de unas tupidas malezas, más allá de la ribera opuesta. Ignoraban quiénes podían ser los ejecutores, aunque por su certera trayectoria y eficacia en el tiro, Lara no lo dudó.

Pensó al instante que podría tratarse de don Martín y de sus hombres, que sabían que el peligro verdadero estaba en los asaltantes surgidos de las sombras y que de raptar a las muchachas se complicaría mucho el rescate. Los crees también se extrañaron lo indecible. Miraron confundidos hacia el sur y lanzaron una nube de flechas que cayeron en parábola y silbaron como serpientes, aunque rebotaban en el parapeto de sus atacantes. Mientras, tres fusiles Brown hacían fuego sin parar.

Los fusileros ocultos habían salvado la delicada situación sobrevenida y de nuevo, paradójicamente, a sus detestados perseguidos. Estaba claro cuál era su objetivo: salvar a las prisioneras. Y cuando el vacío de la duda comenzaba a asfixiar a Clara, una luz tenue alumbró su ansiedad.

—No hay un dragón del rey que dispare como vuestro marido. No cabe duda, señora, son él, Ruiz y el apache Hosa —dijo Lara entusiasmado.

—Quiéralo el Altísimo —dijo Clara emitiendo un suspiro de gozo que salió de las profundidades de su alma.

Los confusos jinetes crees, con los ojos tiznados de carbón, fueron emergiendo de los cerros como fieras asustadas sin saber quién era su enemigo y fueron cayendo uno tras otro, hasta que, viendo que perderían todos ellos las vidas, se dispersaron por el mar de hierba verde en la misma dirección por donde habían aparecido, emitiendo alaridos espantosos como si fueran almas escapadas del infierno. Los cascos de sus monturas levantaron una espuma polvorienta, amarilla e irreal y mezclándose con los primeros haces del astro mayor se esfumaron.

—Ahora vuestro marido tiene a su merced a los captores. Esperemos.

Se hizo el silencio, pero era desconcertante.

Lara y los suyos otearon la otra ribera y avistaron los cuerpos inermes de varios indios con plumas de cuervo en el pelo y taparrabos de piel de puma que yacían en la pradera arenosa oscurecida con su sangre. Algunos de los muertos, con los ojos aún abiertos y ya yertos, parecían contemplar inermes la aparición del sol naciente sin conocer siquiera quiénes les había disparado con tan certera puntería, impidiéndoles el robo de unas mujeres blancas que hubieran supuesto una presa excepcional y que llevaban días persiguiendo.

El herbaje, la grava, la rociada helada y el polvo se habían pegado en sus caras pintarrajeadas y las monturas correteaban libres por la orilla enfrentada. Lara observó movimiento en el campamento de los apresadores y que los fuegos se apagaban con rapidez. También pudo comprobar que tres de ellos y las mujeres huían velozmente por el remanso, ocultando sus siluetas entre un boscaje de sauces, abetos y álamos. Seguramente Arellano se disponía a seguirlos y muy pronto los interceptaría, pudiendo en ese momento ayudarle con sus hombres y los voluntarios rusos.

Pero de improviso detectó otro inconveniente y lanzó un voto al aire.

—¡Maldita sea mi estampa! ¿Quiénes son esos, ahora?

Vio mohíno que dos de los mojaves no seguían a su jefe, sino que frente al abrigo de Arellano y sus hombres los mantenían a raya a fuerza de disparos y flechas, mientras los otros escapaban hacia el poblado kwakiutl.

—¡Ha llegado nuestro momento! —ordenó Lara cargando su fusil, con el que apuntó a los dos mojaves que impedían la salida de su refugio de sus camaradas de armas—. Aborrezco disparar por la espalda, pero no hay otro modo de proteger a los nuestros.

El sargento dejó la cartuchera en la hierba, dobló una de sus rodillas, apuntó con un ojo cerrado y disparó dos veces con el Brown, con un breve intervalo. Al primero le abrió un agujero en la cabeza y cayó hacia adelante en posición implorante. Instantes después, como si accionara un instrumento musical, pulsó suavemente el gatillo y siseó una bala que acertó en el otro joven indio que se había vuelto para escudriñar de dónde venía el disparo.

Inmediatamente se empapó con su sangre su torso desnudo y tatuado de horrendas figuras, quedando tendido boca arriba y sin vida.

Los rusos se quedaron atónitos con la pericia del español y la fiabilidad del fusil que empuñaba. Clara se alzó sobre las botas de puntera que calzaba, y que le llegaban hasta las rodillas, y distinguió a Hosa, que se acercó a comprobar que los dos fusileros indios que le dificultaban el paso franco estaban muertos.

El apache los contemplaba fijamente, sin entender de quiénes se trataba, pues los rusos gritaban enfervorizados detrás del tirador, como fantasmas antediluvianos, con las barbas encrespadas, sus gorros estrafalarios y sus obsoletas armas. Poco después, el explorador creyó reconocer a Lara que gritaba y le hacía señas y volvió a informar a Arellano.

Los tres rastreadores comenzaron a desfilar hacia el remanso por el que habían desaparecido los captores y fueron al encuentro de la tropa que al parecer comandaba el sargento Lara y que los había liberado de los que les impedían el paso franco del río. Martín ordenó a Hosa que siguiera las huellas de los apresadores y de las cautivas y que volviera al vado para informar.

Giraron hacia la izquierda, aún algo recelosos, mientras las patas de los tres equinos se reflejaban en las aguas del río, irrealmente estiradas, y asustaban a una bandada de patos salvajes que lo cruzaban.

La improvisada tropa de rusos e hispanos se adelantó para dar la bienvenida al oficial español.

Clara, cuando distinguió a su marido, no corrió, sino que pareció iniciar una danza de contento y dicha que incitaba a la risa. Martín desmontó de Africano y se fundieron en un prolongado abrazo en el que la aleuta derramó lágrimas de júbilo. Martín tenía el pelo demasiado largo, barba de semanas que se había unido a su perilla y bigote y sus ropas olían a perro de las praderas.

Arellano miró a los zarrapastrosos rusos y Clara Eugenia, en cuyos ojos rasgados y negros podía perderse un hombre, le explicó a grandes rasgos lo acontecido y acordado con ellos, y la expresión del capitán cambió. Su cicatriz en la sien cobró el color habitual.

Al mediodía regresó Hosa e informó fatigado a su capitán. Los flancos de su cabalgadura estaban cubiertos de polvo y espuma blanca y jadeaba estrepitosamente. Se sentaron ante un improvisado fuego y Clara pensó que su marido y su menguada tropa parecían endriagos famélicos con sus ropas ajadas y polvorientas.

Hosa habló sin apenas respiración mientras comían y bebían:

—Don Martín, las jóvenes y sus captores han acampado frente a unas cuevas donde los kwakiutl entierran a sus muertos y donde de seguro procederán al intercambio. Es una hondonada árida que nos favorece.

—Entonces resultará más fácil de atacar y más aún de asediar —aseguró.

—Hay dos hombres, el jefe havasupai y un mojave, y la mujer guerrera guardando a las mujeres —informó el apache—. Las esconden en una cueva, entre este vado y el nacimiento del río Klamath y cerca del poblado de los caníbales.

Agobiado por el humo de la lumbre, Martín reflexionó:

—La clave está en que ese canje no llegue a realizarse. Hoy no creo que lo hagan. Tendrán que preparar a las prisioneras y avisar a sus compradores. Hemos de dividirnos para impedirlo. Unos irán al poblado de los compradores y otros al cementerio indio. ¿Entendido?

—Ese era mi plan, querido —dijo Clara—. Que los kwakiutl no las vean, bajo ningún concepto. Yo trataré de convencer a los compradores. Son de mi sangre.

—Necesito saberlo, Clara —preguntó el capitán, enterado del secreto equipaje—. ¿Por qué esas cajas que tanto ocultas harán que rechacen y se olviden de las mujeres?

Clara nunca se había mostrado más serena que en aquel momento.

—Martín, confía en mí. Aprovecharé mi parentesco con ellos y la influencia de mi padre, el rey de Haida, para que ese intercambio no se realice. Por eso resulta crucial, esposo, que tú y tus dragones mantengáis ocupados a esos indeseables captores en la cueva donde se refugian y que por nada del mundo se acerquen al poblado. Y te aseguro que allí, ante sus ojos, haré valer lo que atesoran mis cajas.

—De modo que esa era la intención que nos ocultaste en Monterrey.

—Sí. La voz de Jimena y de esas niñas me lo reclaman, esposo. Es una obligación moral para mí. Y no desdeñes que renuncié a convertirme en reina de Haida Hawai'i por ti y que estaba destinada a gobernar a un pueblo numeroso. No me es ajeno tomar decisiones y llevarlas a cabo. No nací española.

Los rusos y los dragones la miraron estupefactos, incrédulos ante su valor.

Martín lo sometió al criterio de los dos sargentos, que lo aprobaron.

—Siendo así, pongámonos en marcha sin demora —ordenó—. Ruiz, Hosa, un dragón fusilero y yo acorralaremos a los raptores en esas grutas y cuidaremos de mantener la integridad de las muchachas.

—Entendido, capitán —dijo el sargento Ruiz—. ¡Montemos!

—Tú, Clara, con Lara, Fo, dos soldados, los contrabandistas rusos y los hombres de Rezánov visitaréis al poblado caníbal para negociar. Si algo falla nos comunicaremos, yo con Hosa, y tú con el sargento. ¿De acuerdo?

Arellano, Hosa y los dos dragones ensillaron los caballos, picaron espuelas y cabalgaron hacia el este. Se había levantado un viento inclemente y el sol, en su elíptica carrera, se alzaba y se escondía entre nimbos de nubes azuladas. En pocas semanas llegarían los fríos extremos.

Observaron el inconsistente rastro de los secuestradores sobre los ribazos. Llevaban herraduras de cuero sin curtir, y resultaba dificultoso seguirlos. Entre el silencio y el chapoteo de los corceles, solo se oía el gorjeo de los pájaros. Era obvio que por ser pocos para cuidar de las mujeres no habían dejado a nadie para vigilar el camino, por lo que no los esperaban.

Al poco, el capitán levantó el brazo y señaló un hilo blanco de humo que se recortaba en el perfil de un cancho pelado, a menos de media legua. El tenue sol se aproximaba al ocaso. Los habían encontrado y no debían dejarse ver. A la confusa media luz de la declinación del día, un fuego agonizante parecía tener suspendido en el aire el abrigo donde vivaqueaban los captores y sus presas. Había que acercarse a ellos como ladrones en la noche.

Martín raras veces mostraba cansancio y trataba a sus subordinados como a antiguos camaradas de armas. No los acució, sino que los animó a concluir la misión con éxito, y sin bajas, extremando los cuidados en el último embate. Confiaba en ellos.

—Los tenemos a nuestra merced. Ahora no podemos fallar, amigos.

Desensillaron las monturas y se dispusieron a yacer sobre las mantas con las sillas como almohadas, tras una impenetrable breña de abetos enanos y a una distancia prudencial de su anhelado objetivo: las jóvenes cautivas. Hosa salió discretamente a explorar el lugar, pero regresó pronto.

—No nos han visto. Creen que seguimos detenidos por los otros dos.

—Nos turnaremos en la guardia y al albor los abordaremos —planearon.

Arellano, aterido bajo su guerrera y el tabardo, estimó que sería una penosa vigilia de frío y silencios. Asumió la firme determinación de echar el resto y rescatarlas, aun a costa de sus vidas, y sopesó que tal vez alguno podría caer en la refriega. Pensar en ellas lo mantendría despierto toda la noche. No podría sosegarse fumando de su pipa, y hasta el esforzado Sancho trataba de no toser.

EL VUELO DE LAS SERPIENTES

Se sucedieron las horas, y los tres dragones esperaban con aire ausente.

La noche se presentaba fría y despuntaron las chispas que saltaban como insonoros disparos de la hoguera de los ladrones de las jóvenes. Hosa aseguró que Búfalo Negro y la mujer guardaban en la cueva a las mujeres, a las que tenían sujetas con cuerdas por el cuello, y que Cabeza de Águila, ante una lumbre, hacía guardia fuera, armado y atento a cualquier peligro. No podían emitir ni el más mínimo ruido. Les iba en ello la vida a las prisioneras.

En la raya de las primeras luces, Hosa volvió a inspeccionar con reserva las cuevas e informó a Arellano, que determinó los detalles del asalto. El terreno era propicio para una emboscada segura. Martín pidió al apache que se deslizase a hurtadillas a las espaldas de los captores y este lo aprobó en silencio. Cogió sus armas y en solitario se difuminó en la oscuridad. Anduvo buscando en unos pedregales, hurgó con cuidado y, tras encontrar lo que buscaba, lo metió en su morral y prosiguió la aproximación.

Después dio un rodeo y reptó por la sima que estaba por encima de las grutas mortuorias, bajo la que se encontraban los apresadores y la mercancía humana, ajenos a su posición elevada por encima de sus cabezas. En silencio, se agazapó entre unas grietas y aguardó la señal del capitán. No experimentaba ningún nerviosismo. Era un apache y estaba acostumbrado.

Desde su posición elevada, Hosa vio al jefe havasupai abrigado en su manta, que tomaba un tizón del fuego y encendía una pipa larga en la entrada de la sima. Bebía mezcal, parecía tranquilo y no recelaba, aunque seguro que le alarmaba que no hubieran aparecido los dos que habían quedado vigilando a los dragones para impedirles el paso. Algo había fallado.

«¿Seguirán obstaculizando la salida a los blancos? Pero no lo harán por mucho tiempo», pensó Cabeza de Águila, que avizoraba a uno y otro lado estimando que al mediodía o al atardecer llegarían los compradores kwakiutl para cerrar la permuta y que, tras otra media luna, regresarían al Mojave.

El insomne Martín, concentrado en el momento del asalto, permaneció con los ojos abiertos hasta el alba. Le preocupaba la seguridad de las prisioneras y planeaba una y otra vez las alternativas del ataque. Cuando los primeros rayos lamieron los riscos y escabrosidades, Hosa dedujo que había llegado el momento dispuesto por su oficial para pasar a la acción definitiva. Abajo estaba aún oscuro y el apache se incorporó calladamente.

El cauteloso Hosa oyó a los chacales aullar y abrió con cuidado el zurrón, en el que había introducido dos serpientes de cascabel que había cazado en su misma guarida la noche anterior. Silbaban. Estaban furiosas y tintineaban sus crótalos. Aspiró profundamente.

Las asió por las cabezas y las soltó sin más, cayendo ambas en las ascuas de la hoguera que calentaba al jefe havasupai que, sentado sobre un tronco seco, se quedó mudo y petrificado, sin saber a ciencia cierta qué había pasado y qué había caído en las brasas.

El cancerbero de las cautivas no pudo reaccionar. Estaba embriagado tras haber estado bebiendo licor toda la vigilia y su mente estaba sumida en el sopor. Se quedó magnetizado. Una de las serpientes se debatió en las ascuas y, antes de carbonizarse, saltó espoleada por los rescoldos y fue a clavar su letal mordedura en el cuello de Cabeza de Águila.

La otra, que se había partido en dos y aunque al estar muerta parecía no entrañar peligro, brincó de la lumbre solo la cabeza, con un trozo colgante del cuerpo despellejado y las fauces abiertas. Y en un último estertor se agarró a la cara del jefe havasupai que, dando gritos desesperados, no podía quitársela del rostro. Sabía que era hombre muerto y emitió un rugido amortiguado por la atroz y segura muerte que le aguardaba.

Con el estruendo salieron de la oquedad Búfalo Negro y Luna Solitaria, sobresaltados por los alaridos de su camarada, que se retorcía de dolor en el suelo mientras profería escatológicos improperios sacados de su lengua mojave.

Cabeza de Águila les imploraba con los ojos fuera de las cuencas que tuvieran piedad con él y lo remataran. Se miraron confundidos y Luna le practicó una incisión en el cuello para que aflorara el veneno de la primera serpiente, pero nada podía hacer en la cara, donde los dientes de la otra seguían clavados y al parecer activos. Luna se estremeció y miró hacia las rocas de arriba, desde donde seguramente habían caído las serpientes atraídas por la luz. El herido comenzó a echar espumarajos y sangre arterial de las hemorragias internas que padecía y su cuerpo se paralizó, tieso como un palo. Cabeza de Águila agonizaba y el mojave, sintiendo un terrible dolor por su horrible sufrimiento le aplastó la cabeza con la maza. Aun así, la testuz triangular de la cascabel siguió prendida grotescamente del rostro deformado. Había sido una muerte atroz.

Búfalo Negro miró hacia arriba y manifestó a Luna muy convencido:

—Un hombre prudente ha de tomar precauciones y nuestro hermano no lo hizo. Estas serpientes suelen vivir en los huecos rocosos. Han debido caerle desde arriba, o han salido del interior de alguna de estas momias. Córtale la cabellera y recoge sus pertenencias y armas. Se las devolveremos a su pueblo a nuestro regreso, que emprenderemos mañana mismo.

Había sido una experiencia espantosa y las cautivas, asustadas, gritaron.

—No me hallo segura en estas tierras, esposo —dijo Luna—. Pequeño Conejo y el havasupai no han regresado. Algo extraño les ha pasado.

Búfalo Negro negó con la cabeza.

—No lo sé, pero es posible que no vuelvan, mujer. Solo debían ganar tiempo y lo están consiguiendo. Acéptalo como una valiente mojave que eres —la alentó—. Quizá ya solo quedamos tú y yo de nuestra sagrada fraternidad de los Rostros y no habremos de repartir las ganancias. Admite que han podido morir, aunque tu hermano es un animoso guerrero que ya estará con los espíritus.

Un halo de rabiosa tristeza corrió por el semblante de Luna, que dijo:

—Debí quedarme yo en aquel escondite y no él, y ahora lo lamento. Quizá tengamos a los dragones pisándonos los talones. Tratarán de paralizar el intercambio, ahora que nos es tan favorable y beneficioso.

—Ignoran dónde estamos, Luna, y ya no podrán impedirlo. Es tarde. Nuestros compradores llegarán en menos de una hora —la confortó.

—¡Pero los guía un apache! Hallarán nuestras huellas —protestó ella.

—Vinimos por el río y no dejamos rastro alguno. Además, ¿quién va a buscarnos en este osario oculto? ¿Acaso saben en qué poblado kwakiutl venderemos a esas mujeres? Antes del mediodía estaremos camino del refugio de los rusos, en dirección oeste y cargados de pieles. En pocos días regresaremos a nuestro querido desierto con las mulas atestadas de víveres. Águila me reveló el camino de regreso donde nadie nos encontrará.

—Creo que nos vigilan, esposo. Estemos atentos. —Y oteó el terreno.

El capitán de dragones y el sargento Sancho Ruiz, que había pasado una noche infernal con la tos y una ligera fiebre, los vigilaban desde cerca. A una señal del capitán se alzaron y comparecieron delante de las cavernas, mientras el dragón tirador se escondía tras los matorrales, dispuesto a intervenir y con el Brown amartillado y cargado. Los apresadores no tenían escapatoria. Martín y el sargento salieron de las matas y se adelantaron.

La claridad puso al descubierto la impactante visión de un lugar fúnebre y fuera del tiempo. No eran cuevas profundas, sino una veintena de agrietadas oquedades de yeso y arcilla erosionada, algunas de la altura de dos hombres, que los indios de los contornos habían convertido en necrópolis.

Estaban atestadas de cadáveres momificados, unos encima de otros, y osamentas solidificadas y sucias. Habían aprovechado para inhumarlos los tajos hechos quizá por volcanes, ríos fogosos o morrenas de glaciares.

Momias grisáceas y carcomidas por la piqueta del tiempo y los roedores, lanzas y hachas oxidadas, pellejos resecos y pescuezos estirados y momificados, cráneos morondos con pelos pegados, bocas abiertas con agujeros donde anidaban las culebras, costillares descarnados, gusanos y muerte constituían el espectáculo con el que se dieron de bruces los dragones hispanos, que comprendieron que aquel era el fin de la vida de cualquier raza, y que indicaba bien a las claras lo efímero de la vanagloria y de la codicia humana.

El yermo lugar lleno de esqueletos de muertos, algunos embalsamados desde hacía siglos, los había impactado. Ninguno de los tres dragones, conocedores de cien tribus indias, había contemplado un paraje tan tétrico como aquel. Los caballos de los raptores bufaban atados a unos cercanos árboles y Martín, que se anudó su pañuelo a la boca para no tragarse el maloliente tufo, gritó en español para que salieran con los brazos en alto, pues estaban acorralados, y les perdonarían sus vidas.

—¡Sabemos que eres Búfalo Negro, de la tribu de los mojaves! Vuestra aventura ha concluido. Sois solo dos y nosotros muchos más. ¡Vamos, salid! Os garantizo un juicio justo según las leyes indias y españolas.

Los dos guerreros indios, hombre y mujer, los observaban desde su parapeto, escondidos en las sombras con las mudas prisioneras, a las que habían atado por el cuello, en una sola gavilla, y amordazado. No sabían qué hacer, si entregarse o morir matando a los blancos que pudieran, incluidas las prisioneras, a solo una hora de concluir la sonada aventura que cantarían los chamanes en las noches alrededor del fuego.

Percibían que estaban perdidos y, prescindiendo de toda excusa, salieron despacio, aunque Luna se quedó atrás, parapetada en la semioscuridad. Tenían los rostros demacrados, las miradas ardientes e inyectadas en sangre por el cansancio y la vigilia. Eran muy jóvenes y estaban en alerta.

Los españoles apreciaron que Búfalo Negro era un indio fibroso, con la cara oscura y picada de viruelas, cabello enmarañado y nariz aplastada. Destacaban las cicatrices provocadas a modo de tatuajes con espinas de cactus y púas de rosas de California, de las que portaba una bolsita en el cinturón, y a las que eran tan aficionados para demostrar su resistencia al dolor, y con las que también había atormentado en alguna ocasión a las prisioneras para atemorizarlas.

Ataviado con un pantalón de piel de lobo, plumas negras del valor en la cabellera y un chaleco andrajoso, imponía por su feroz aspecto. Iba armado con un fusil francés y un hacha de afilada hoja. El experimentado guerrero, en un inseguro español, se dirigió a Martín:

—Cabeza de Águila aseguraba cuando nos seguías que eras Mugwomp-Wulissó, el Capitán Grande, el que abatió al jefe comanche Cuerno Verde, cuyo espíritu reside en ti. Deberíamos habernos enfrentado en el campo de batalla y no en esta zahúrda de cadáveres y en ocasión tan poco meritoria.

Con indiferencia, Martín lo observó con mirada desconfiada y le respondió:

—Entrégame a mis compatriotas y te garantizo un juicio justo en Santa Fe, en Taos o en Tucson. Palma, Carlos y el jefe Ecueracapa, según los tratados firmados, estarían presentes en el tribunal —le avaló para convencerlo.

El indio se revistió de una expresión desdeñosa y rencorosa y lanzó una sonora carcajada que llegó a desconcertar a los españoles.

—Mi hermano, Cabeza de Águila, ha muerto fortuitamente y solo quedamos dos, Luna Solitaria y yo, pero nuestros propósitos son de venganza inmediata. Moriremos, sí, pero las prisioneras también. Llevamos la sangre y el fuego a vuestras iglesias y sometimos a vuestro dios sangrante, y hubo tal exterminio, que lo recordarán todas las generaciones —les recordó furioso.

—¿Tomas por hazaña haber matado a mujeres y frailes?

—Los frailes nos acogen, pero después nos tratan como a niños —dijo.

Arellano se armó de paciencia y de sentido conciliador y manifestó:

—Sé todo de ti, Búfalo Negro. Eres hijo del gran jefe mojave Halcón Amarillo, amigo de mi rey, y sé que sembraste de dolor y sangre las misiones matando cobardemente a gentes sencillas en La Concepción, ¿verdad? Tus secretas fechorías han concluido hoy. ¡Entrégate!

Con la indolencia propia del más fatuo de los envalentonados, dijo:

—¿Para ser juzgado por indios traidores y blancos? Olvídate, soldado. Y tú pagarás con la vida tu osadía de seguirnos aunque yo muera después. Hoy es un buen día para encontrarme con mis espíritus y morir.

Seguramente era el indio más pendenciero y tenaz que Martín había conocido jamás, incluso más que Cuerno Verde o Nimikirante, grandes jefes comanches, o el yuma Palma, con los que había combatido años atrás, y lo miró iracundo. Pensó que la vanidad juvenil del joven no conocía límites y su orgullo guerrero le pareció ridículo.

—Tu deseo no es defender a tu pueblo, que está protegido hace dos siglos por la Corona de España y por los bondadosos franciscanos, lo tuyo es fanatismo y maldad, con la cobardía y la nocturnidad de un coyote. ¡Te gusta matar, indeseable del diablo!

El indio se había hecho la idea de morir matando y replicó airado:

—Y volveré a hacerlo, capitán blanco. ¡Nuestra tierra nos pertenece! Nos habéis perseguido para cazarnos, como si fuéramos lobos sanguinarios.

Martín negó con la cabeza. El joven indio deseaba una muerte a su medida y él conducirlo a una corte para ser juzgado según las leyes.

—Lo quieras o no, los Rostros Ocultos morirán hoy contigo. ¿Quieres además enterrar tus huesos lejos de los tuyos? Escúchame, esas mujeres honestas que habéis secuestrado volverán hoy a sus hogares —le advirtió.

—¡No, si yo puedo impedirlo, soldado! Antes de eso Luna les cortará el pescuezo a esas furcias. Salvador Palma se ha ido de la lengua, ¿no? ¡El muy renegado! Que el Gran Espíritu ciegue sus ojos para la caza.

Martín lo obsequió con una mueca irónica y desagradable.

—Ecueracapa, el gran padre comanche, fue quien me contó la perversa aventura de esa secta exterminadora que tú liderabas y sobre tus verdugos en la sombra, no Palma, que nada tiene que ver. Contigo desaparecerá esta casta de homicidas. ¡Entrégate, muchacho!

Entre réplica y réplica siguieron breves unos segundos de mutismo.

—No somos asesinos, sino vengadores de nuestro pueblo —se defendió.

—Me es indiferente, pero no temas, he venido por las mujeres y me las llevaré. Morir es terrible, pero para un soldado fracasar es peor, así que no estoy dispuesto a dejarlas morir después de recorrer tantas leguas e irme con las manos vacías. ¿Entiendes? —lo conminó Arellano pleno de ira.

—¡Nunca! ¡Luna, sácalas afuera! —le ordenó a su mujer.

Luna Solitaria apareció en la boca de la cueva con las blancas atadas por el cuello con un ramal espinoso. Mostraban un aspecto deplorable, sucias, cubiertas de pústulas de las picaduras de los tábanos y manchas rojas de las chinches y arañas. Sus piernas y brazos estaban magullados, apenas cubiertos con harapos, esqueléticos y desnutridos. Al borde de la histeria, lloraban y observaban a sus salvadores con miradas implorantes y agónicas. Estaban al borde de la desesperanza y de la locura.

Jimena lanzó al capitán una mirada implorante de favor y ayuda.

Pero la ferocidad de Búfalo Negro se manifestaba silenciosa y contumaz. Preferían morir y matar a alguna de sus prisioneras, o a todas, antes que negociar una salida airosa. Martín, que había demostrado su querencia por el indio en todas sus anteriores guerras llevado por sus ideas filantrópicas, no estimaba a aquella feroz pareja, ni se compadecía de ella. Sus fantasmales crímenes anteriores, planeados en la clandestinidad por sus mentes maliciosas, le causaban náuseas.

Así que no estaba dispuesto a poner en riesgo la vida de ninguna de las muchachas. La crueldad gratuita que emplearon con el fraile limosnero del río Colorado se le vino a la cabeza y observó con frialdad a Búfalo Negro y a Luna. No eran guerreros, sino asesinos, y él estaba obligado a redimir la dignidad de sus víctimas.

El guerrero indio se asemejaba a una fiera desafiante, y a su vez miró enfurecido y lleno de odio a Martín y al sargento que estaba a unos pasos frente a él. Tensionó repentinamente los músculos, presto a asestar un golpe de hacha en la cabeza de uno de los dos.

Arellano se adelantó peligrosamente enarbolando su acero toledano, no la pistola, pero, llevado por su caballerosidad, cometió el error, quizá premeditado, de situarse delante del punto de mira de Ruiz y del fusilero, impidiéndoles el tiro, si es que el mojave proyectaba alguna añagaza. Era un oficial del rey y no quería ventajas en un duelo.

Martín reflexionó que el orgullo en aquel indio sanguinario era como un hoyo cavado en la arena que se traga todo sentido común y acuerdo razonable. Había en Búfalo Negro algo frío, turbador y acechante en sus ojos de chacal, que hizo que Arellano se moviera desesperadamente cauto.

El indio lo observó con los ojos entrecerrados, evaluando si lanzarle el hacha o arrojarse sobre él para dirimir el asunto en un combate singular. Martín se desesperaba y comenzó a impacientarse.

—*Ini son!* —aulló, entonando el grito de guerra de los Rostros Ocultos.

El español preveía que Búfalo Negro entablaría un combate cuerpo a cuerpo, pero el indio optó por la primera acción y con suprema perversidad le lanzó sin previo aviso el afilado *tomahawk*, que fue a clavársele entre la clavícula y el hombro, aunque debido al chaleco de seis cueros de los dragones no lo hizo profundamente. Martín percibió el impacto y que las fuerzas le disminuían al instante. Y sin apenas oportunidad de defenderse, gritó:

—¡Me ha cazado, Sancho! —Y de su pecho escapó un hilo de sangre.

Martín cayó de lado. No se movía, ni resollaba. Turbación y sobresalto.

De repente, aquella tétrica ribera se había convertido en una arena de desconciertos. El rescate y el enfrentamiento se habían vuelto impredecibles para los contendientes y en una quimera la liberación de las prisioneras.

Búfalo Negro había dado rienda suelta a su furor y, al parecer, herido de muerte al capitán Arellano. Saltó hacia atrás y se amparó tras las cautivas.

—¡He vengado tu espíritu, hermano comanche! —vociferó eufórico.

El inesperado ataque a su capitán provocó una reacción de ira y estupor en los dragones. La bravura de don Martín estaba fuera de toda sospecha, pero deducían que no había actuado con la debida cordura al creer que el mojave era un caballero. ¿Qué harían si el capitán moría? Sancho Ruiz estaba fuera de sí. Si disparaba, podía herir o matar a alguna de las mujeres. Se hallaba atrapado en una suprema duda.

El cabo Hosa, aún encaramado en las alturas del farallón, no encajaba lo que había contemplado. Tenía el semblante lívido. El apache adivinaba una mañana de agonía, fiasco y quizá de lágrimas. Veneraba a aquel oficial blanco caído y se decidió a matar por su cuenta al indeseable mojave.

Sufría el momento más excepcional y doloroso de su vida.

Tensó los músculos, calculó la distancia y se dispuso a saltar.

LA LUNA DEL LOBO

CUANDO CON LOS PRIMEROS FRÍOS LOS LOBOS DESCIENDEN
DESDE LAS MONTAÑAS A LOS VALLES Y POBLADOS
EN BUSCA DE PRESAS

Hacía frío, pero no nevaba en el poblado de los caníbales kwakiutl.

Una lechuza ululó en el crepúsculo matutino y dos cóndores
californianos sobrevolaron el diáfano paisaje del Klamath, como signo de buenos augurios. No obstante, antes de emerger el sol, el pacífico y silencioso lugar se convirtió en un hormiguero humano de
actividad y alarma ante la repentina aparición de un grupo de extranjeros que se acercaban por poniente.

Se les notaba perplejos y sobresaltados. Esperaban a Cabeza de
Águila y su carga de prisioneras, y lo que apareció a menos de una
legua de sus tiendas fue un fantasmal hatajo de soldados blancos y
de traficantes rusos que jamás se habían atrevido a abandonar la seguridad de sus cobertizos de la costa.

Incomprensión, sobresalto y estupor.

—¡¿Qué sucede?! ¡¿Qué ocurre?! —se oía por doquier.

Algunos de los guerreros más jóvenes pidieron al gran jefe y
chamán salir al encuentro de los intrusos e impedirles el paso, pero
fueron detenidos hasta que no estuvieran al alcance de sus armas.
Resonaron los tambores y los pitos de emergencia, y se avivaron las
fogatas del recinto, aún velado por la niebla. Namid, Danzarín, y
Anang, Estrella, el chamán y la más vieja matriarca de la tribu, se
movían entre las chozas de pieles y las casas de madera trabajada con
un arte singular convocando a rebato a sus moradores.

287

Los hombres, armados y pintados, formaron un círculo alrededor del polícromo tótem de cedro, su espíritu guardián, que encarnaba a una mujer de pechos opulentos, Momoy, deidad de la flor de la datura, la manzana hermafrodita y espinosa que protegía la fertilidad y la maternidad de sus mujeres. La artística efigie, extraña en las tribus del sur, lucía en el alba rematada con un *ka-juk*, un búho y un águila con las alas extendidas, sus defensores sagrados cuya integridad debían guardar con sus vidas.

Expertos carpinteros y leñadores, los kwakiutl cortaban trabajosamente árboles con hachas de sílex, obsidiana, hueso, hierro y bronce con los que construían casas de madera en las que resguardarse en invierno. Semejante práctica los hacía diferentes a todas las tribus del territorio, como los ojiwas, los klamaths o los chippewas. Las mujeres, que vestían túnicas blancas con ribetes y estolas de piel de nutria, llevaban de la mano a sus lustrosos niños, que las asían de sus vestidos, asustados por la presencia de la caterva de extranjeros, y ellas descuidaban sus fuegos domésticos.

Los perros ladraron a la luna que desaparecía por las montañas y los caballos, con el trajín y el bullicio, piafaban nerviosos en los corrales. El chamán, del que aseguraban que era capaz de convocar a los espíritus, de convertirse en coyote y en oso, y de descifrar el devenir, se arrodilló ante el tótem y formalizó una plegaria para impetrar la protección de la Gran Diosa y de los espíritus de las aguas:

—¡Oh, Momoy, los kwakiutl hemos vivido desde el principio de los tiempos en los valles de las Cascadas, no permitas que esos perros blancos nos arrojen lejos de las tumbas de nuestros antepasados! ¡Nuestro deseo es vivir aquí pacíficamente y no ser agredidos por nadie!

Los guerreros alzaron sus tocados de plumas y rugieron con la oración.

—¡Madre, solo en ti se halla nuestra salvación! —exclamaron.

El pueblo estaba inquieto y recelaba por perder sus comodidades. Sabían que su hombre medicina estaba alterado, pues había visto la luna con un halo rojo y no encontraba explicación al fenómeno. Los últimos rebaños de búfalos les habían suministrado grasa, pieles y carne, y cuando comenzaran las grandes nevadas emigrarían a su segundo poblado, el de invierno, que habían construido bajo unas secuoyas y abetos gigantescos que los libraban de los vientos helados del norte.

En los torrentes y arroyos cristalinos, como el Trinidad, ocuparían las horas de luz en coger pepitas de oro, no para comerciar o atesorarlas, sino para elaborar joyas, y en cazar nutrias, castores, salmones *coho* y truchas arcos iris y para celebrar comidas comunales en la cabaña del Gran Consejo. Los viejos y los talladores esculpirían imágenes y construirían arcos que eran conocidos entre las tribus indias por traspasar a un caballo de parte a parte.

Aliados de los modocs, los yuroks y los yahooskines, que los surtían de jóvenes nativas para sus festividades de los solsticios, desde hacía unos años recibían puntualmente la visita comercial del jefe havasupai, Cabeza de Águila, que venía del sur. Con él cumplían el tradicional y sagrado *potlatch*, intercambiando las pieles que habían curtido por jóvenes de otras latitudes, que los congraciaban con los dioses y aplacaban a los malos espíritus asando y devorando sus carnes.

Los vigías, que no perdían de vista a los visitantes que se aprestaban a alcanzar las puertas del asentamiento, observaron que una mujer los precedía asistida por los hombres armados. Se miraron sorprendidos. Era una locura por su parte y dispusieron arcos y lanzas en acción de combate. La extraña hembra, sin cautela alguna, no dejaba de avanzar lentamente, pero decidida, y en breves instantes se plantó ante el alborotado campamento.

Clara cruzó el zigzagueante sendero lleno de hierba cargada de rocío y miró a los ojos a los guerreros kwakiutl, alrededor de una veintena. Vio que iban casi desnudos, a pesar del frío que comenzaba a cubrir de hielo el territorio en los postreros días del otoño, y embadurnados de pinturas de guerra, blancas y negras, que hacían que sus ojos parecieran inflamados por la sangre. Se tocaban con extravagantes gorros de piel de oso y zorro, y portaban en las manos arcos y lanzas, pero no enarbolaban fusiles.

Ceñudos, perplejos, impasibles y con largos cabellos, no llevaban como los demás indios cabelleras colgadas del cinto, sino collares de ristras de dientes humanos. Al sargento Lara le parecieron hombres de las cavernas y algunos escupieron en el suelo con desprecio.

La rojez del sol emergente iluminó a la tropa de extranjeros dispuestos a violar la paz del poblado kwakiutl con una peligrosa osadía. El sargento desenvainó la espada y preparó su pistola italiana de chispa y tres cañones, y los otros dragones los fusiles y las pistolas de arzón, o de pedernal, recién llegadas a los presidios de California. Apuntaron a la horda pintarrajeada y, si los atacaban, los primeros caerían muertos en el acto. Estaban imbricados en una situación tensa y nadie sabía cómo romperla.

De entre la impertinente tropa, Aolani fue la primera en hablar y para asombro de los indios lo hizo en dialecto aleuta, análogo al suyo. Se sorprendieron. Después de emitir una salutación india, gritó su alegato:

—¡Vengo a ofrecer al gran chamán un *potlatch* y no puede negarse si viene de una tribu hermana! ¡Y arrancadme la lengua si no digo la verdad!

Los frágiles términos de aquella petición no los convencieron del todo, pero uno salió raudo a avisar. Al poco regresó y los señaló asintiendo. Habló con los suyos:

—Son amistosos —dijo, y les dejaron paso con gran formalidad.

Los recibieron con gélido respeto, pero recelosos y alertados.

El chamán, estrechamente resguardado por sus guerreros, los miró de arriba abajo y luego sonrió benévolo cuando tuvo ante sí a la mujer, de inequívocos rasgos aleutas, y a los dragones hispanos. Lo rusos habían quedado más atrás. El jefe era un vejestorio de frente apergaminada, ojos saltones, como los de un batracio, escasos dientes y labios prietos. Iba acompañado por dos jóvenes gemelas, posiblemente delawares por sus tatuajes en el rostro y brazos, que llevaba atadas por el cuello con tiras de cuero. ¿Serían aquellas las próximas sacrificadas?

Sus escoltas portaban en las manos mosquetes antiguos españoles, los Tower, que ya emplearan contra los ingleses en la independencia de las colonias del este y que al parecer les había regalado el tal Ross, camino de la costa. El gran jefe lucía un pañuelo rojo en la cabeza y una cuerda atada a su cuello, signo máximo de poder, con la que podía estrangular a los salteadores y a los kwakiutl que fueran condenados por el Consejo tribal.

Namid curvó su boca en instintiva mueca de incomprensión y preguntó:

—¿Quién eres, mujer? ¿Por qué hablas nuestra lengua?

—Soy Aolani, hija de Kaumualii, gran jefe del pueblo hermano aleuta.

La matriarca y el hombre medicina se miraron a los ojos estupefactos.

—¿La que se casó con un jefe guerrero blanco, cruzó el océano de las grandes aguas y vive en la tierra de los yumas, comanches y mexicas?

—Sí, hombre medicina. Esa soy yo —admitió serena.

La matriarca se acercó amistosa, juntaron su nariz y su frente y le tomó las manos, que acarició como una madre. Después habló:

—Me llamo Anang, hija mía. ¿Sabes que desciendes de una estirpe de adivinos y de conductores de pueblos? Confío en tu palabra. Tu padre y yo compartimos antepasados comunes. Portamos la misma sangre y tu semblante así lo pregona. Nos alegra que nos visites, pero detestamos que te acompañen tantos hombres armados. Ahora deseamos escuchar tu palabra verdadera.

Clara no se movía y sonreía, como si hubiera echado raíces en el suelo. Se mostraban con ella corteses, y parecía que el anterior silencio, expectante y poco tranquilizador, se había suavizado. El intercambio absorbía su mente. Sabía qué deseaba y se debatía entre sentimientos encontrados. No era presuntuosa ni supersticiosa, pero había decidido no fracasar en su misión redentora.

La matriarca, mujer obesa de pelo plateado y piel curtida, tenía una mirada inquieta. Aolani percibió en ella una leve excitación, no temor.

—Nada debéis temer, venerada Anang. Estos hombres solo buscan a Cabeza de Águila y a unas mujeres que raptó en territorio yuma. Creían que estaban aquí y hemos venido a convenir un acuerdo y a rescatarlas.

—¿Acaso las conoces? Los blancos son como las arenas del mar.

—Sí, madre. Una de ellas es una hermana del alma —afirmó.

—Oímos gritar a los fusiles y hemos olido a pólvora y plomo, pero Cabeza de Águila aún no se ha presentado aquí —advirtió el chamán—. Pensábamos encontrarnos con él en la cueva de los muertos esta mañana.

—Mejor así. Esta situación nos ayudará para llevar a cabo nuestro acuerdo. —Se alegró—. No sería bueno para vuestro pueblo enfrentaros a esa nación tan poderosa.

El rostro del chamán, ya de por sí arrugado, se contrajo de suspicacia.

—Sabemos que esos blancos con atuendos azules y corazas de cuero dominan a muchos pueblos y que son poderosos, pero sus incursiones nunca han llegado más allá de las Montañas Azules y del río de las Aguas Fangosas.

Clara los hizo reflexionar sobre los problemas que les acarrearía el trueque con las mujeres blancas apresadas por Cabeza de Águila.

—Para los blancos sería un acto de guerra si compras a sus hembras robadas. Su ejército es formidable y expeditivo, os lo aseguro.

El chamán lo reconoció con una inclinación de su testa, resignado.

—Deseamos la concordia con el que llaman su rey —se pronunció preocupado—. Sus hazañas los preceden y creo que se han hecho con tierras inmensas entre los dos grandes mares que rodean las tierras creadas por Wakantanka. Pero también sé que nos toman como perros que deambulamos por las praderas, cuando nuestras palabras fueron las primeras que retumbaron en estas montañas y en estos valles y ríos, hija mía.

—Ya han llegado hasta Alaska, y no traen la guerra, sino el comercio y el progreso, aunque también a hombres codiciosos, es verdad. No debéis temerlos. Las islas que gobierna mi padre jamás fueron tan prósperas como ahora —dijo.

Al hechicero le satisfizo su revelación y obvió las posibles represalias.

—Sé que esos blancos han combatido con valentía contra todas las naciones indias, a las que han ofrecido una generosa paz, pero nuestra diosa me ha confiado que el incontenible progreso de su raza no nos alcanzará.

Clara se esforzó en que su mensaje de pacto y acuerdo fuera claro.

—Existe otro peligro, gran chamán. Nos aseguran que por el este se acerca un viento impetuoso de hombres de cabellos rubios y caravanas de carros que todo lo arrasará. Y esos no pactarán, sino que lo cogerán todo —los previno.

La excitación se adueñó de las palabras del anciano desdentado.

—Así nos los confió nuestro amigo Ross, que pasó por aquí hace unos años y nos regaló fusiles y plomo. Pero no sacrificaremos nuestro hermoso hogar y las tumbas de los antepasados que nos protegen. ¡Lucharemos, Aolani!

Clara ponderaba sus palabras como si de ella sola dependiera la liberación de las prisioneras. No deseaba incomodar e irritar al chamán, que la invitó a la gran casa del Consejo, adonde se dirigieron entre la multitud.

—Hablemos de los hombres blancos, Aolani —le rogó el jefe.

Sin pensar en el riesgo, los acompañó y los aleccionó:

—Son más fuertes que nosotros, y llegará el día en el que se adueñarán de todos los territorios, venerable Namid. Nos aguarda un camino de lágrimas. Los blancos angloparlantes se acercan con gran celeridad y en unos años habrán llegado hasta aquí. No lo dudéis. Es el deseo del Gran Espíritu.

El debate ya estaba entablado en su vieja mente y el chamán replicó:

—¡Jamás abandonaremos este lugar que nos provee de caza, pieles y madera! Nuestros corrales, silos y casas son nuestra vida. Nuestros dioses y antepasados muertos viven en estos ríos y montañas, y no deseamos beber agua podrida, negra y malsana de los desiertos del sur —dijo severo.

Era la mirada de un hombre que había sufrido y temía la llegada masiva de los hombres blancos y que no deseaba renunciar a su hogar. Pero Clara sabía que la tragedia no había hecho sino empezar, pues no solo venían blancos del sur, sino también los que se llamaban americanos.

—Sagrada es nuestra manera de vivir, joven Aolani, como la de los aleutas. No deseamos convertirnos en pastores de cabras y no nos inclinaremos para cultivar las tierras como los apaches y los yumas. Los blancos no nos engañarán. Y si aparecen les cortaremos sus cabelleras, que adornarán las astas de nuestras tiendas. No comeremos hierba, sino carne de búfalo —advirtió.

—Pensad, Namid, que los blancos no son coyotes que corren sin freno en luna llena y que dan dentelladas a su propia sombra, gran chamán, sino que alzan ejércitos adiestrados y temibles. No podréis acallar sus poderosos cañones. Esos americanos muy pronto serán como un torrente en primavera y caerán por aquí como una plaga de langosta. Dos barcos de esos hombres ya están en mis islas, ¿sabes?

La anciana matriarca se ocultó la cara con las manos y manifestó:

—Entonces cantaremos la canción de la Muerte. El cielo se oscurecerá y sucumbiremos, y nuestros enfurecidos jóvenes guerreros morirán con honor.

—Aceptad mi consejo. Debéis perseverar en la amistad con el hombre blanco, como hace mi padre, y entonces vuestro pueblo sobrevivirá. Estrecha su mano y pacta con ellos. Los españoles no deshonran la palabra dada. Otra cosa son los rusos y esos americanos cuyas intenciones desconozco —les advirtió.

Como si fuera víctima de una conjura blanca, el chamán dijo airado:

—El Espíritu Supremo ha creado al blanco y al indio, pero estas tierras nos las concedió a nosotros primero y en ellas vivimos sin abusar de la vida.

La matriarca esbozó una sonrisa de pesar. Inquieta, abrió sus labios.

—¿Vienen entonces por nuestra caza y nuestras pieles? —dijo Anang.

—Por las pieles y por el oro que hay bajo el suelo y el que discurre por vuestros ríos. Sienten verdadera codicia por ese metal y matarán por él.

Clara percibió que el anciano chamán era retorcido como un áspid. Cambió el rumbo de la conversación y preguntó por las prisioneras blancas.

—Nuestros rastreadores nos han anunciado que Cabeza de Águila se halla cerca de aquí. Nos trae mujeres de las tribus del sur que han apresado en sus guerras para practicar un sagrado *potlatch* de intercambio y que nosotros ofreceremos a nuestros espíritus y dioses. Es una práctica sagrada.

La aleuta se armó de valor y un halo de persuasión brilló en sus ojos.

—Pues yo comparezco ante vosotros para ofreceros un intercambio diferente con el que cumpliréis igualmente con el precepto que realizáis todos los inicios del invierno. No debéis tan siquiera entrevistaros con el gran jefe havasupai, si es que llega, pues ha cometido un error terrible —lo advirtió.

Namid no disimuló un gesto de desencanto y se interesó agitado:

—¿Qué pecado ha cometido que pueda deshonrarnos a nosotros?

—Se ha atrevido a apresar a mujeres blancas, españolas, para pediros más pieles. Si participáis en ese trueque infame desataréis la ira de los dragones de su majestad. Sois hermanos míos y os pido que no corráis ese riesgo, pues habrá derramamientos de sangre solo por unas mujeres. Pensadlo.

Anang y el viejo intercambiaron susurros ininteligibles y preguntaron.

—¿Y qué nos ofreces a cambio que pueda satisfacernos y ofrecer a la diosa Momoy un presente digno?

Miraron los labios de Clara, como si fuera una deidad parlante.

—Sé que en los tradicionales *potlatch* de nuestros pueblos pueden ofrecerse caballos, mantas, esclavos, puntas de flechas o lanzas con los que renováis vuestros votos con el creador del cielo y con Momoy. ¿No es así?

La matriarca captó rápidamente la promesa que encubrían sus palabras.

—Ciertamente, hija, el negocio con el gran jefe Cabeza de Águila de los havasupais no es un mero intercambio comercial, sino como tú bien dices un *potlatch*, un regalo de prestigio al que los kwakiutl hemos de responder si queremos que la caza nos sea propicia y los dioses nos bendigan.

Con ademanes poco ceremoniosos, sino más bien pícaros, Aolani les ofreció:

—¿Y si el *potlatch* lo hacéis conmigo, noble chamán?

El anciano hombre medicina estaba desconcertado y le advirtió:

—Debe ser al menos de igual valía, aunque renunciemos a la carne humana. Pronto llegarán las nieves invernales y hemos de practicar las danzas de la diosa para que nos sea favorable la caza. La ceremonia ha de llevarse a cabo en la Luna del Lobo. ¿Comprendes, hija de nuestro hermano Kaumualii, señor de las islas de Occidente?

Clara argumentó lo que no deseaban oír, pero se arriesgó.

—Vuelvo a recordaros que los poderosos españoles verán con muy malos ojos que desperdiciéis inútilmente la sangre de esas niñas con una insensata creencia y unas prácticas que nadie comprende, padres míos.

El plan de Clara era sorprendente por su propia sencillez. Con el trueque que le proponía ellos también podrían ofrecer un exvoto a su terrible diosa y olvidarse de las mujeres. Nada escapaba a su observadora y vigilante mirada, y vio aceptación en sus gestos.

—Ahora os mostraré mis presentes, con los que procederemos a una permuta que no comportará seres humanos —dijo Aolani terminante.

—No han de ser criaturas humanas por necesidad, sino un obsequio de suficiente valor que acepte la Gran Madre —arguyó a su vez la matriarca.

Clara Eugenia, más tranquila con la respuesta, ordenó a dos rusos que aguardaban en la puerta que trajeran las dos misteriosas cajas con las que se había hecho acompañar durante todo el viaje. Las situaron en el centro, en medio de un mutismo reverencial y un incrédulo resquemor. Pidió un cuchillo, con el que desclavó las traviesas que las cerraban. Despejó luego las virutas que ocultaban el contenido y con el resplandor de la fogata que ardía en el interior y los haces de luz dorada de la mañana quedó al descubierto el mayor bien que un kwakiutl podía desear, incluso más que unas muchachas blancas, mantas, caballos o víveres.

—¡Oh! —se alzó un murmullo de asombro en la tienda.

Atraídos por lo que veían, formaron un círculo alrededor de las arcas. Apenas si se decidían a tocarlas, extasiados con su brillo y perfección, que ellos consideraban excepcional e inigualable. Se trataba de una ofrenda de la que ignoraban existencia tan pulcra, consistente y admirable.

Se iluminaron de estupor los rostros pintados de los indios, sentados alrededor con los brazos caídos y la mirada perdida en el tesoro que miraban embobados. La aleuta pensó que había atinado con el *potlatch* y que el intercambio de las pieles por las cautivas españolas con Cabeza de Águila no llegaría a realizarse jamás. El chamán habló alto y alterado:

—¡Jamás ofrecimos a la diosa Momoy un *potlatch* tan eminente como el que tú nos ofreces, por lo que nuestros corazones te lo agradecerán eternamente!

Clara los miró fijamente, jovial, y manifestó convincente:

—Esto, por las pieles destinadas a comprar las mujeres y el rechazo al jefe havasupai de intercambiarlas —pidió con determinación.

El hechicero y la matriarca se hallaban exaltados con el obsequio y el ofrecimiento de la aleuta y se miraban satisfechos, y Aolani estaba persuadida de su aceptación inmediata, pero conocía la codicia de aquella tribu india y bien podían aceptar el *potlatch* y después negociar con los raptores. Especuló con que Cabeza de Águila, de llegar al poblado, cosa poco probable conociendo a Martín y sus hombres, se encontraría con las puertas cerradas. Pero ella tenía que comprar definitivamente la neutralidad de los kwakiutl. Era su misión.

—Nuestro entendimiento es pobre, pero aceptamos tu arreglo y tu lujoso *potlatch,* Aolani, que posee para nuestro pueblo una gran necesidad, y que es considerado como un elemento de alta reputación —aceptó el chamán y corroboró satisfecha la anciana.

Tanto la matriarca como el viejo Namid asintieron con la cabeza, y los ancianos y guerreros del Consejo contemplaron el regalo de Clara con ojos muy abiertos, exultantes y petrificados.

LA LIBERACIÓN

Hosa pensó que la agresión de Búfalo Negro se había cobrado al más digno de los dragones del rey, cuya vida veía seriamente amenazada. Sopesaba el salto cuando, de forma inopinada, el capitán se incorporó lánguidamente con la mano en el pecho. Estaba herido, pero no derrotado.

Por un instante, el único sonido que se percibía era el silbido del viento, porque incluso el de los pájaros había desaparecido de aquel lugar de muerte.

A Martín Arellano el golpe lo había conmocionado, pero con dificultad, hincó su rodilla en tierra para mantener su dignidad. Decidió actuar con calma y resolución ante la sorpresa y contento de sus hombres, aunque se le veía maltrecho. Él y Búfalo Negro estaban encerrados como dos astutos zorros en la misma trampa y el que mantuviera la calma remataría con éxito su misión. Expectación y alerta. Ninguno de los dos se movía, ni carraspeaba, ni tosía.

El oficial español seguía en la trayectoria del tiro de sus compañeros, que le pedían a gritos que se tirara al suelo. No lo hizo. Martín sabía que el hacha del mojave casi había atravesado las capas de cuero curtido con las que estaban fabricados los chalecos y que la cuera reglamentaria de los dragones le había salvado la vida aunque había recibido un tajo que podría ser mortal, pero aún guardaba fuerzas para responder al indio como pedía su honor.

Y ese fue precisamente el error que cometió el impetuoso Búfalo

Negro y que no había evaluado: creyó que el oficial blanco estaba en los estertores de la muerte y que su arma debía de haberle seccionado los tejidos próximos al corazón, cuando en realidad el daño solo había sido el fuerte impacto y una herida superficial del afilado borde. Búfalo gritó como un trasgo y, presa de la excitación y de su vehemencia vengativa, salió de la cueva y se abalanzó cuchillo en ristre sobre su debilitado enemigo, que no se inmutó.

Martín no creía que el pasado se repitiera, pero era una situación muy parecida a la que le permitió acabar con Cuerno Verde, el terrorífico jefe comanche. Después de lo acontecido, un duelo en el que debe morir un hombre para que otro quede con vida para él era más terrible que una batalla campal. Pero también sabía que el mojave carecía de honor.

No dependía de él, sino del indio, y debía esperar el instante preciso.

Estaba harto de las provocaciones desatinadas del guerrero y estaba dispuesto a no concederle ninguna oportunidad más. El oficial hispano mantenía asida su espada y la alzó para protegerse. Sacó fuerzas de su flaqueza, alzó el acero y lo mantuvo enhiesto a la altura de su cintura, apoyando su brazo imposibilitado en la cadera.

No podía dejarle a Búfalo Negro la vía de escape expedita. El sable relució, con el pomo cincelado en bronce dorado y madera taraceada y la deslumbrante hoja de acero batido salida de la guarda acanalada.

Cuando lo tenía a tres palmos frente a él, el oficial alargó su afilada hoja y arremetió contra el vehemente Búfalo Negro, que en su absurda acometida trató de eludirlo para al paso clavarle el cuchillo en el cuello. Pero resultó inútil. Martín acopió sus pocas fuerzas y toda su experiencia en combate singular y, rodilla en tierra, le clavó el sable en medio del tórax desnudo, en un encontronazo que resonó en la cárcava.

El guía de los Rostros Ocultos agonizaba tras una estocada de muerte.

Su cetrina cara comenzó a reflejar una inmovilidad mortal. La sangre le salió a borbotones por la boca y lanzó un espantable y postrer grito de guerra. El indio no esperaba semejante respuesta de un hombre herido y casi moribundo. ¿Sería verdad lo que decían de que el Capitán Grande era inmortal? El mojave, inmovilizado por el definitivo sablazo, miró a Martín con incomprensión: «¿Cómo es que no has muerto con mi hacha clavada?».

Quedó de rodillas, inmóvil y sangrante, mientras miraba asombrado a su ejecutor y aún se debatió unos instantes entre la vida y la muerte con lamentos de rabia y angustia. Luego se desplomó de costado, jadeante, con los ojos muy abiertos en una mueca de confusión.

Búfalo Negro exhaló su último suspiro a los pies del capitán. Quedó tendido boca arriba mirando el entramado de nubes y aún escupía sangre.

Arellano le había segado la vida ante la mirada despavorida de Luna Solitaria.

—Era el fin que el destino tenía preparado a un vil asesino de frailes inocentes y a un raptor de niñas —dijo al alzarse.

Luna, que sentía un horrible vacío y no menos ira, había presenciado en la boca de la gruta el ataque de su esposo y cómo moría ante sus ojos atravesado por la espada del comandante de dragones. Su alma no admitía ningún consuelo y había decidido cortarles el cuello a las cuatro blancas. Sería su venganza personal.

—¡Estas cuatro putas que han conocido las vergas de mis hermanos y gozado con ellos los acompañarán en el viaje al más allá! —gritó enfurecida.

Recogió el ramal con fuerza y las obligó a arrodillarse en una gavilla humana de terror, hasta el punto de que una de ellas casi se ahoga, pues tenían las bocas tapadas con trapos. Luna Solitaria extrajo el cuchillo de su cinturón y se lo colocó a Jimena en la garganta. Un hilillo de sangre escapó por su pecho, y comprendieron que aquella salvaje estaba dispuesta a cumplir con su ultimátum y matar al menos a algunas de ellas. El sargento Ruiz percibió en su garganta una mezcolanza de indignación y furia.

Martín, con el rostro ceñudo e indignado levantó las manos para tranquilizarla y le contestó en español, idioma que ella había empleado:

—¡No pierdas los nervios, muchacha! Suéltalas, coge un caballo y márchate. Ninguno de nosotros te perseguirá. Todo ha acabado aquí.

Los dos tiradores españoles no se atrevían a descargar sus fusiles. Llena de furia se parapetó tras la carga humana.

—Perros españoles, ¡cómo os odio! ¡Que el dios del Trueno os maldiga!

Arellano tiró su sable y las pistolas al suelo y trató de convencerla con convicción serena, pero en la mirada gatuna de la india los soldados españoles vieron la satisfacción de poder degollarlas y se estremecieron. Era capaz de hacerlo.

—Hasta un coyote se muestra reconocido si se le permite vivir y tú estás despreciando la vida misma. ¡Déjalas, coge un caballo y huye! —le ofreció.

—Estas rameras servirán para anunciar nuestro final. ¡Será el último sacrificio de los Rostros Ocultos! —gritó.

Martín, al que seguía manándole sangre por la pechera, se notaba débil y mareado y ardía de indignación, pero no se amedrentó ante las amenazas.

Pero inesperadamente, tanto a él como a Sancho Ruiz y al dragón fusilero los dominó el optimismo, aunque no movieron ni un músculo. Hosa, el explorador apache, sin inmutarse y a espaldas de la guerrera, descendía como un lagarto por los fragmentos agrietados de las rocas superiores y se detenía en un saliente.

La mojave no lo había advertido. El apache se puso en pie y contempló la escena. El capitán y el sargento percibieron el batir de las alas de la parca.

Bajo Hosa se hallaba Luna Solitaria, que tenía asidas a las jóvenes con la traílla de sogas de púas, mientras mantenía su descomunal cuchillo bajo la barbilla de la hija de Rivera. El cabo apache observó los retazos de escritura y dibujos de oraciones indias talladas en la piedra que lo sostenía y que el tiempo y la intemperie no habían borrado. Besó una figura, quizá de una diosa ancestral, y esperó una señal de su oficial, que con la mirada le ratificó que actuara.

El explorador Hosa, el lanzador de cuchillos como era conocido en su tribu lipán, se incorporó calladamente. Extrajo su arma del costado, lamió la hoja con la lengua, alzó el brazo y estudió milimétricamente la trayectoria.

Luego echó con estudiado gesto el brazo para atrás con fuerza y al poco, como un ave vertiginosa, fulminante y certera, la hoja fue a clavársele en el occipital a la india, en la parte blanda de la nuca, sin que hubiera advertido de dónde le venía la guadaña del ángel inapelable de la muerte.

Murió en el acto, sin dolor y sin reparar tan siquiera en su ejecutor.

Los dragones comprobaron que a Luna, tirada en el suelo, desmadejada e inerme, la punta de la fina daga de Hosa le sobresalía por la boca. Había muerto el último de los miembros de los Rostros Ocultos, cuya estela de sangre, muerte y delirio había llegado hasta los territorios indios del norte.

Las cuatro jóvenes, llorando como plañideras, se liberaron de la soga. Luego se abrazaron en un ovillo de alegría exultante.

—El fanatismo es el más temible caos a donde conduce la voluntad del hombre —dijo Martín, al que le costaba trabajo andar.

—Y es más temible que el enemigo más aterrador —contestó el sargento, que acudió a asistirlo.

—Estos jóvenes indios se habían denigrado a sí mismos con esos asesinatos viles y estériles. Lo lamento por todos, Sancho —le contestó muy debilitado.

El sargento Sancho escupió sobre los salvajes muertos y dijo:

—Que los perros se alimenten de estos tres sanguinarios salvajes —habló Ruiz, ante el deseo de no enterrarlos—. No inspiran piedad, sino desprecio, y han cometido demasiados actos impíos. Vayamos al encuentro de doña Clara. Puede necesitarnos en el poblado kwakiutl, capitán.

Los soldados se dirigieron hacia las jóvenes rescatadas, que habían quedado tendidas en el suelo sin fuerzas, como desechos humanos. Martín, dolorido por el hachazo, no olvidaría la expresión de los rostros de las redimidas que, una vez desligadas de las mordazas, se abrazaron a sus liberadores después de unas gemebundas cortesías de agradecimiento.

—Don Martín, mi gratitud será eterna hacia vuesa merced —dijo Jimena y lo besó.

—Vuestra experiencia ha debido de ser horrible, pero ya sois libres —les dijo.

—«Horrible» no define ni de cerca lo que hemos sufrido, don Martín. Las cuatro hemos transitado por los mismísimos infiernos —contestó Jimena.

—Habéis regresado a la vida, permaneced en ella. ¡Sois libres! —dijo Ruiz.

Una alegría extraña, al borde de la euforia y la histeria, asomó en los rostros de las muchachas. No sonreían, sino que soltaban risotadas nerviosas. Tímidamente las cuatro se arrodillaron en el suelo y juntas dieron gracias a Dios y a sus liberadores por un final tan feliz.

En sus rostros aún se percibían la perplejidad y el miedo, a pesar de ser libres y ver los cadáveres de sus brutales verdugos tirados en el suelo y ejecutados como merecían por su falta de compasión. No obstante, el sentimiento de desamparo y horror aún se reflejaba en sus pupilas. Jimena miraba inquisitivamente a sus salvadores y algo feroz centelleaba en sus ojos, como un germen de locura. Martín se preocupó.

Se sonrojó cuando advirtió que su admirado capitán Arellano, al que tanto apreciaba, la miraba con ternura. Agachó la cabeza, como si no deseara hablar con nadie, ni agradecer el penoso rescate a sus liberadores.

—La fortuna está de nuestra parte. Bienvenidas a nuestro mundo. Consolaos en vuestra desgracia, pues seguís conservando la vida —las animó.

—¡Agua, por caridad! —pidieron, y se bebieron la bota entera de Ruiz.

Josefina Lobo, Soledad Montes y Azucena Aragón, hijas de colonos criollos de La Concepción, se reían ya abiertamente sin moderación y abrazaron a Martín y al sargento Ruiz como si fueran familiares muy cercanos y queridos.

A grandes rasgos les revelaron su odisea, el horror y el maltrato sufridos, las brutales vejaciones y violaciones perpetradas por los dos monstruos que yacían muertos en el polvo, como el martirio diario de clavarles púas de rosa en piernas y brazos para mantenerlas en alerta, además de las privaciones sin cuento de agua y alimento.

—Ana no pudo aguantar el horror y se quitó la vida con una lasca de obsidiana. Rezamos por ella todos los días y Dios la perdonará. Jamás olvidaremos su cara de ángel —la recordó Josefina entre la risa y el llanto.

Jimena, como si tuviera un puñal clavado en sus entrañas, apenas si sonreía, y eso que la alegría siempre había dominado su carácter. Ahora parecía un espectro en vida y la embargaba una repentina oleada de bochorno y culpa al haber sido violentada por un salvaje como el que yacía muerto, al que escupió en pleno rostro.

Martín la acarició y la estrechó contra su cuerpo, como a las otras tres jóvenes, pero Jimena respondía displicente, a la defensiva. Exhalaba un aire de integridad ultrajada y una indignación pétrea asomaba en su mirada.

Habían destrozado su vida. De momento, la joven era incapaz de experimentar ningún afecto hacia nadie y solo se dejaba guiar por los dolorosos dictados de un cerebro conmocionado.

El capitán, que carecía de talento para el disimulo, le dijo afectuoso:

—Jimena, ¿acaso no te sientes dichosa al recuperar tu libertad?

Existía un rastro de miedo en su voz y una media sonrisa llena de patetismo asomó entre sus dientes. Luego contestó con triste congoja:

—¿Para qué, don Martín? En mí ha muerto el deseo de vivir. Soy como una cáscara de nuez, vacía y seca —manifestó abatida.

—Tienes pendiente el matrimonio con tu prometido. No lo olvides.

—¿Casarme yo? —lo deploró—. Nuestra experiencia con esos salvajes ha sido intolerable. Me siento sucia y repulsiva a los ojos de los míos. Éramos pajarillos que nos golpeábamos las cabezas contra los barrotes de una cárcel perversa, de la que solo saldríamos para ser devoradas vivas por otros aún más salvajes.

—¿Sabíais que ibais a ser vendidas a una tribu antropófaga? —dudó.

La voz de Jimena, antes cantarina, surgió áspera y escabrosa:

—Desgraciadamente, sí. Esa mezquina mujer guerrera en un arrebato de crueldad nos lo anticipó, para que nuestro dolor fuera aún más insoportable. Teníamos más miedo a eso que a ser violadas —reconoció en tono inexpresivo.

Los soldados, que la conocían bien del presidio, habían percibido que la hija de Rivera había envejecido considerablemente y que se le podían contar los huesos bajo la piel. Su rostro, antes terso y sonrosado, apuntaba huesudo y demacrado, y mechones incoloros serpeaban por sus cabellos, antes dorados. Andaba encorvada y agradeció al apache su certera intervención, aunque habría deseado la muerte más cruel para la india que las había angustiado.

La implacable persecución había concluido, y los cuerpos y facciones de unos y otras denotaban un lamentable estado tras atravesar durante semanas desiertos polvorientos, ardientes rocas, torrentes insalvables, peligrosas veredas y acechanzas de indios emboscados. Una cacería que había puesto a captores y perseguidores al borde de la desesperación y de la muerte.

Martín sentía un creciente malestar por su sangrante herida. Cada vez más agotado y desfallecido, y tras observar las extrañas cuevas y a los indios abatidos, se acomodó en una roca. Se sentía muy débil.

—Hosa, tu ayuda ha sido providencial. Eres un magnífico soldado —le dijo.

Después de tanta sangre y consternación, al capitán le pareció que, como el vino derramado de una bota, se le escapaba la sangre por el pecho. Con la pérdida de sangre veía objetos engañosos en las cuevas y esqueletos que parecían levantarse y dirigirse hacia él. La cabeza le zumbaba como un enjambre de avispas y la herida le escocía como la mordedura de un escorpión. ¿Tendría veneno la punta del hacha?

Sancho le abrió el chaleco y la camisa y le aplicó en la herida su pañuelo empapado con vino y musgo de roca. Pero Hosa, con cortesía y respeto, lo apartó. Se inclinó ante Martín, al que tenía como a un padre y al que idolatraba por haber vengado la muerte de su familia.

Extrajo del zurrón de antílope un cuerno que contenía un bálsamo amargo elaborado a base de polvos de piedra pómez para resecar y una mezcla aceitosa de espárrago silvestre, hojas de higuera del diablo y granos de fenogreco, una planta usada por los apaches lipanes para restañar y curar cuchilladas y mitigar los dolores de las armas afiladas e incluso envenenadas.

—Si no he muerto con el hacha, moriré con este emplasto tuyo, Hosa.

—No es la primera vez que os lo aplico, don Martín. Esta es la quinta herida que os curo con este mejunje de mi tribu. Viviréis con cinco cicatrices que pregonan vuestro valor. Y dad gracias a vuestro rey que os ha uniformado con un chaleco fornido y milagroso, porque, si no, ahora mismo estaríais muerto —dijo y enseñó ufano sus dientes grandes y amarillos.

El apache se carcajeó y con él todos los presentes en el luctuoso cuadro, que valoraban la ironía y la maestría en curar del indio amigo. Hosa cogió la cantimplora y le dio de beber y con un trozo de su manta le fabricó un cabestrillo. No obstante, el dolor era infame. Pero en aquella extraordinaria situación debía mantener el tipo.

Era evidente que tanto los liberadores como las liberadas estaban muy mermados de bríos, tras tantas jornadas de monta, poco sueño, hambre y persecución. Habían atravesado un terreno vasto y hostil, sufriendo penurias, y a veces avanzando a trancas y barrancas por sendas impracticables y llenas de animales e indios feroces. Pero habían cumplido con su servicio.

Tenían la boca seca y se acomodaron a contemplar la desolación que reinaba frente a las grutas y a tomar un bocado restaurador. Bebieron de las botas y comieron tasajo seco de las alforjas de los indios, uvas pasas y tiras de pescados ahumados. Comenzó a soplar un vientecillo frío del norte, pero el cielo permanecía luminoso en la curvatura del sol, que se dirigía al cénit.

El capitán no dejaba de observar la dispar reacción de cada una de las jóvenes. Estaba contento por el término venturoso de la misión que él mismo había solicitado al gobernador Neve. Aquel era su mundo y su oficio. Era un hombre de frontera, esforzado, incansable e incluso despiadado. Significaba toda su vida, desde que acompañara por los presidios de la frontera de Texas, California y Nuevo México a su padre, el sargento Pedro de Arellano. Y cada acción guerrera, o de acecho, permanecía en su mente.

Estaba preocupado por Jimena. En el presidio de Monterrey se movía con amabilidad, pero ahora parecía que se le había despertado un mal genio indomable. Especuló que bajo su tristeza yacía una experiencia terrible y que quizá otra mujer se hubiera arrojado al abismo de la desesperanza.

Jimena, con la mirada vacía, como si el vidrio azul de sus pupilas se hubiera quebrado, miraba desanimada a sus compañeras de cautiverio, que seguían cogidas de las manos y alegres, como si hubieran sido salvadas de una ejecución sumaria en el último instante.

Arellano hizo una indicación a Hosa. El apache oteó el horizonte por si surgía alguna señal de los compradores, pero no atisbó nada particular y así se lo hizo saber al oficial.

—Bien, sigamos con el plan. Estoy seguro de que doña Clara habrá convencido a esos parientes suyos de olvidarse de su botín, pero puede haber partidas de indios errantes por el río. Salgamos inmediatamente con las jóvenes hacia la cala donde se halla fondeada la goleta Jano. Quien evita la tentación, evita el peligro. ¡Partamos ya!

El animoso sargento Ruiz detuvo a su capitán de forma conminatoria.

—Vos no estáis para luchar y ni siquiera para cabalgar, don Martín. Yo me dirigiré al poblado kwakiutl para auxiliar a vuestra esposa con el dragón fusilero y algunos de estos caballos, por si hay que escapar —dijo terminante Ruiz—. Hosa y vos escoltaréis a las jóvenes hasta el refugio.

Jimena, que caminaba sin ímpetu, se incorporó como si hubiera sido impelida por un resorte oculto. ¿Había oído bien? Se resistía a creerlo.

—¿Decís que doña Clara ha venido con vos hasta estas tierras heladas y olvidadas de Dios para ayudar a nuestro rescate? No puede ser —dudó.

—Así es, querida Jimena. Vino por mar en una de las goletas del cónsul Rezánov, *motu proprio*. Nadie la obligó y ya sabéis cuan decidida es. Ella pertenece a la nación aleuta, donde su padre es rey, y eso la situaba en una posición de privilegio para evitar el intercambio. Su objetivo es que esos antropófagos no os reclamen de ninguna forma. Es una mujer osada.

A Jimena, Clara le inspiraba una confianza ilimitada y opinó:

—Una amiga lo es de verdad cuando te ayuda en el infortunio dejando sus bienestares —dijo, y un llanto liberador transformó su tristeza en alborozo—. Mi gratitud hacia doña Clara Eugenia será perpetua.

Era conocido por todos que el explorador de dragones Hosa, Joven Cuervo, era un individuo inquieto y que en su constante impaciencia creaba una atmósfera de prisa y de orden expeditivo que contagiaba a todos. Temeroso de que lo persiguieran los espíritus de los tres finados, dos muertos por sus manos y por su astucia, se negaba a que yacieran expuestos al sol y ser comidos por las alimañas y los buitres carroñeros. Era obligado a actuar según sus usos.

Ante la pasmada mirada de los blancos, los cogió a hombros y los encastró uno a uno en las grietas, junto a las resecas osamentas de los kwakiutl, entre hierbas espinosas y serpientes y donde los chacales, que no temían ni a los hombres, tenían su guarida nocturna. Luego alzó los brazos, cerró los ojos y entonó una canción elegíaca apache al Gran Espíritu:

—*Mae-tha, yan mun ga, mae-tha!* —rogó que los librara de las tinieblas.

Al consumar la plegaria, Hosa observó la cara de asombro de sus compañeros, menos de Martín, que recordó a su mejor amiga de la infancia y su primer amor, Wasakíe, Azúcar, que aún asistía a sus sueños más queridos y cuya memoria ni él ni Hosa habían relegado al olvido. La apache aún permanecía prendida a los pliegues más hondos de sus corazones y, cuando murió en sus brazos, Hosa cantó aquella misma cantinela fúnebre.

Recogieron las monturas de las liberadas y los mesteños de los indios, que de dejar allí abandonados serían devorados por los pumas y coyotes. Hosa y el sargento subieron a Martín a Africano, que lo conduciría hasta el cercano Refugio Ross, donde sería atendido por el galeno ruso de la goleta, junto al explorador indio y las muchachas.

El tibio sol templaba gratamente sus cuerpos, en especial los de las jóvenes, cuyas vidas, hasta entonces arruinadas, parecían haber recuperado su paz espiritual. Emprendieron el viaje de regreso al refugio ruso, donde aguardarían la llegada de Clara, de los sargentos y de los dragones.

Con la anochecida la comitiva de Arellano se alumbró con palos asidos a las monturas, donde colgaron los faroles de marcha. Martín tiritaba envuelto en una manta mientras no hacía sino pensar en su esposa, la osada y rebelde Aolani.

Era la razón de su vida y lo más valioso de su esforzada existencia de soldado. Pero hasta que no la viera ante sí, no podría reposar tranquilo. Sin embargo, confiaba en sus hombres. Seis dragones del rey bien armados valían por toda una tribu india, y si además eran auxiliados por aquella grotesca pero intimidatoria caterva rusa, nada debía temer. Se serenó.

El crepúsculo cayó de golpe y escucharon los aullidos de los lobos.

El viento del norte sopló con aspereza y las liberadas se apretujaron en los capotes de cuero de antílope que habían pertenecido a sus poco clementes verdugos. Sabían por Hosa que cuando despuntara la mágica claridad de la luz del septentrión se hallarían libres de todo peligro, cerca del Refugio Ross, en una ensenada frente al océano Pacífico, llamado por los ingleses el Lago Español.

Martín no hacía sino beber agua de una calabaza india. Tenía fiebre.

ANTROPÓFAGOS

El chamán, prendidos sus ojillos de rata en los dos cajones, gritó entusiasmado:

—¡Son hachas! ¡Las cajas están llenas de *tomahawks*!

Con sus manos artríticas, el hechicero extrajo una de las flamantes hachas de leñador que contenía el misterioso presente de Aolani. Se trataba de un regalo excepcional para el clan.

El guía indio alzó un ejemplar por encima de la cabeza y lo mostró a los guerreros, que lanzaron clamores de júbilo al descubrir su mango liso, barnizado y brillante, y la hoja negra, durísima y silícea. Un kwakiutl no podía recibir mejor presente de un extranjero, pues tener un hacha como aquella significaba poseer el objeto más apreciado y prestigiado por la tribu.

El viejo, que se había olvidado de Cabeza de Águila y de sus prisioneras, examinó los signos burilados en el cabo: *RFC*, rezaba. No los comprendía y los creyó un embrujo o sortilegio de los dioses blancos. Miró a la aleuta con curiosidad y esta, satisfecha por su reacción, le reveló:

—No receléis, hombre medicina. Se trata del lugar donde las han fabricado. Se halla a muchas leguas de aquí, más allá de las Grandes Aguas. Quiere decir «Real Fábrica de la Cavada». Es el modelo de hacha de las ferrerías de Vizcaya que usan los españoles para talar árboles. Es un obsequio del gobernador de California al pueblo kwakiutl. ¡Aceptadlo!

—Este regalo ha conmocionado nuestras vidas, mujer —reconoció.

Los hombres se arremolinaron alrededor de las hachas con voces exultantes y al tomarlas en sus manos sus movimientos eran torpes y lentos, como si tuvieran miedo a cortarse con sus incisivos filos o fueran objetos enviados por sus dioses celestes. El chamán sonrió a Clara y dispuso que las cuarenta hachas fueran conducidas ante el tótem sagrado y ofrecidas a Momoy.

—Jamás se han visto en estas tierras herramientas semejantes. Con ellas los trabajos serán más eficaces y dañaremos menos los abetos —dijo.

La comitiva se encaminó hacia el ídolo, donde el hechicero y la matriarca las consagraron a sus animales protectores y a la deidad creadora. La anciana Anang entonó un cántico ancestral que fue acompañado por el pueblo:

—¡Oh!, vosotros, sol y luna, búho y águila, os suplico que aceptéis este presente de fortaleza para la tribu. ¡Vientos, nubes, lluvia, troncos, hierbas, hojas y niebla no os incomodéis, pues ha venido a vuestro seno un filo nuevo que os hará menos daño y no os matará! ¡Consentidlo, os lo imploro! Grandes y pequeñas aves que os posáis en las ramas de los *shing'oobs*, roedores que socaváis las raíces, os suplico que no os fatiguéis y permitáis el trabajo de los jóvenes guerreros.

Aolani admiraba cómo las naciones indias vivían en estrecha hermandad con la naturaleza y le solicitaban permiso para cortar árboles a fin de que sus espíritus cuidadores no se enojaran. Danzaron alrededor de la grotesca efigie de Momoy hasta que el gran jefe fue entregando las hachas a los cabecillas de los clanes para su usanza en los bosques, y los llamó por sus nombres:

—Cuello de Oso, Ojos de Pez, Grullo Viejo, Cabeza Agachada, Oso Rizado, Lanza Larga, Cedro Rojo, Digno de Confianza... Tres Guisantes, ¡mi hijo! —Y las recogieron con entusiasmo.

Calmosamente, el hechicero le pidió a Aolani y a su séquito que los acompañaran a un tipi de grandes dimensiones que se hallaba tras una empalizada de troncos y tupida arboleda de abetos. Allí guardaban las pieles de búfalo, zorro y oso, las cestas con puntas de lanza, las carnes colgadas en pinchos para secarse, las esterillas para dormir y los utensilios de cocina cuando emigraban para cazar lejos del poblado.

—Las mismas pieles que iba a entregar en el *potlatch* a Cabeza de Águila constituirán el pago de mi pueblo a tu generoso regalo, Aolani. Haz con ellas lo que te plazca —le rogó.

Debían traspasar una cerca donde pastaba una recua de caballos, cuando de repente detectaron que en el aire de aquel rincón se respiraba un olor putrefacto, enrarecido por un hedor a descomposición que resultaba difícil de inhalar. La aleuta miró al sargento Lara y a sus dragones, que se detuvieron.

—¡Qué tufo más espantoso! —dijo Clara.

El viento se había recrudecido y algunas briznas secas se arremolinaban a su alrededor. No tuvieron que solicitar explicación alguna, pues a menos de diez pasos, y escondida tras unas tiendas, se les ofreció una enloquecedora visión que les cortó el resuello. Se dieron de bruces con la mirada fría e inexpresiva de los cadáveres de cinco indias mutiladas, que colgaban anémicas de unos palos. Se cubrieron las bocas con los pañuelos y se quedaron mudos.

Suspendidas de un espantoso andamio de madera, vieron a las jóvenes, que a Clara le parecieron de la tribu yahooskin por sus cabelleras largas y trenzadas, a las que habían mutilado los brazos y las piernas y que ahora eran cadáveres amputados de una tonalidad violácea.

La atmósfera estaba impregnada por la natural pestilencia de los cadáveres en putrefacción. Los restos, sus estómagos y tórax, eran nidos de cuervos, que además se dedicaban a sacarles los ojos. Una, a la que solo habían cortado un brazo, estaba aún con vida, pues gemía tenuemente en su agonía, con la mirada enturbiada por el dolor y la falta de sangre.

El sargento y Clara se acercaron unos pasos consternados y atónitos, y vieron que el suelo estaba encharcado con cuajarones de sangre y de hediondos restos de las otras muchachas indias compradas por aquellos bárbaros sin alma para después comérselas en sus festines rituales en honor a su macabra diosa.

—¡Así que esta es la infernal despensa humana de estos antropófagos de Satanás! —bramó Clara.

—¿Y con estos hemos hecho un trato, doña Clara? ¿Ha servido de algo salvar a cuatro mujeres blancas, si estos salvajes kwakiutl seguirán sacrificando y devorando a niñas indias inocentes? —dijo consternado Emilio Lara. —¡Estos hideputas son inhumanos, pardiez!

Clara, que no tenía ánimos ni de sentirse sorprendida, los dragones y los eslavos tras ella carecían de palabras para expresar la repulsión y el pavor que percibían. Pero una cosa era bien cierta: la visión de aquel aquelarre de muerte, barbarie y salvajismo los acompañaría de por vida. A los fieros rusos, que vivían como animales en su campamento, les avergonzaba profundamente sentir miedo, pero estaban temblando al contemplar el espeluznante revoltijo de miembros cercenados y huesos raídos de las niñas indias. Dos víboras lamían los charcos del suelo, donde las gotas se asemejaban a pequeños renacuajos.

Las serpientes se espantaron y desaparecieron al punto, tras unos cuchillos sacrificiales y unas hachas de caza que colgaban de los palos. Clara sentía el corazón en la garganta como si se lo hubiera tragado.

—Dios no puede estar aquí —dijo, y observó esquiva al chamán que los miraba de lejos, y que mostraba una sorna y una impiedad desconcertantes—. Estos actos diabólicos agitan y afectan a la humanidad entera. ¡Qué horror!

Y cuando aquellos degenerados tuvieran hambre irían a servirse de los restos de aquellas pobres desgraciadas. Clara notó que sus espíritus revoloteaban alrededor y oró entre murmullos pidiéndole al creador que tuviera misericordia de sus almas. Al gigante Fo le pareció escuchar de nuevo el infrahumano gemido de la que aún parecía estar con vida, y se lo comunicó a su ama, que, con mezcla de duda y pavor, también lo advirtió. La aleuta calibró en su justa medida la amargura y el sufrimiento que habrían padecido aquellas criaturas, y repuso:

—¡Abandonemos este lugar de repugnancia! Ya nada podemos hacer por ellas —le rogó con lágrimas en los ojos, y se dirigió hacia el poblado.

El sargento Lara, aun a pesar de que el chamán lo observaba, se acercó a la niña moribunda y le cercenó la garganta para acabar con su agonía.

Clara, hecha una pura furia, buscó a la matriarca Anang. Antes no lo había advertido por el pañuelo que cubría sus cabellos blancos, pero observó que el voluminoso cráneo de la anciana presentaba una protuberancia en el occipital, como si padeciera un tumor maligno. La compadeció. Hizo un aparte con ella y la tomó de sus regordetas manos. Después le advirtió en tono severo:

—Madre, vuestra costumbre de comer carne humana es muy censurable para los blancos, cuyo Dios la proscribe y detesta. Deberíais reconciliaros con los dioses primigenios de los aleutas, Kaila, señor del cielo, y Sedna, deidad de las aguas y de la fertilidad, a los que habéis abandonado, y que os condujeron hasta aquí, sin reclamar sangre de seres humanos.

—Los viejos hechiceros así nos lo exigieron para aplacar a los espíritus —le contestó la anciana.

—Los blancos os reclamarán el fin de la trata de mujeres y, si saben que coméis carne humana, os borrarán de la faz de la tierra. Créeme, madre. Cesad en vuestras prácticas antropófagas y no irritéis al Señor del cielo y a esos blancos tan celosos de su fe —la intimidó—. Te aseguro que podéis convertiros en sombras, atacados por los espíritus de quienes os coméis.

La paz era una virtud inherente a la sutileza conciliadora de Aolani.

—Consultaremos a la diosa y a los espíritus de nuestros ancestros, y no olvidaremos tu paso por nuestro poblado. Ha resultado providencial.

—Las leyendas de nuestras naciones están plagadas de mentiras y falsedades, Anang. Reconciliaos con el género humano antes de que sea demasiado tarde —le recomendó.

—Qué pocas cosas gloriosas realiza el hombre en su vida, Aolani —replicó—. Pero ¿qué está bien y qué no, hija? Somos una raza imperfecta y lo que es lícito o no lo marca la ley del más fuerte o del más necesitado.

Al poco comparecieron Lara y sus acompañantes y este se despidió de la matriarca. No miró tan siquiera al despiadado chamán, a ciencia cierta el causante e inductor de aquella macabra costumbre tan sanguinaria. Era como todos los hechiceros, alentadores del oscurantismo y la intolerancia.

Sin mirar hacia atrás, partieron hacia el Refugio Ross escoltados por la zarrapastrosa horda de traficantes rusos y con las mulas ayeguadas tirando de dos *narrias*, unas largas parihuelas indias, que portaban los bultos de pieles preciosas que habían intercambiado con los kwakiutl a cambio de las hachas.

Pero las previsiones de Clara iban en otra dirección: la suerte de las prisioneras y el estado de su esposo y los dragones que lo escoltaban.

La aleuta y los dragones se preguntaban cómo le habría ido al capitán en su misión y si la liberación de las cautivas era ya un hecho consumado, al no haber tenido noticias discordes. La incertidumbre los carcomía, pero atento Emilio Lara a sus dudas, le atestiguó a Clara convincente que su marido las rescataría, aun a costa de su seguridad personal.

—Vuestro marido, señora, es hombre tenaz y perseverante —aseguró.

—Sí, pero siempre vive entre arenas movedizas y corre en pos de la muerte. Temo que un día me lo traigan con una lanza india clavada en su corazón, sargento.

—Es un soldado del rey, doña Clara —contestó el otro lacónicamente.

Antes del mediodía dejaron atrás el macabro asentamiento de los caníbales kwakiutl, sin hachas, pero con un inestimable cargamento, y pendientes de si aparecía Hosa para anunciarles el ansiado desenlace de la salvación de las mujeres. Desde la empalizada india se veían sus figuras siluetadas por el ocaso hasta que desaparecieron por poniente.

El apache Hosa no aparecía y Aolani abrigaba gran desconfianza. Sabía que por aquellas praderas heladas solían cabalgar indios errantes de los que mataban y robaban, crees y chippewas especialmente, que abandonaban sus lejanos asentamientos por el placer de cortar cabelleras. Vagaban con las nubes, la lluvia y el frío, con la bóveda celeste como único techo, y no les importaba perder sus vidas en encuentros fratricidas con otros indios tan depredadores como ellos. Caían como una plaga y por sorpresa sobre los inermes poblados que reunían a familias de recolectores y cazadores, a los que despojaban de lo poco que tenían, para luego quemar sus tipis y hacer esclavos a sus hijos.

Recordaba haber oído referir a su padre que los ladrones ojiwas, crees y delawares venían del norte y del este en partidas devastadoras de quince o veinte guerreros, y que, ávidos de sangre y botín, solían sembrar la destrucción. Se escondían en los ribazos, en los cerros o en los accesos a los refugios y desde esas posiciones de privilegio cazaban a los sorprendidos guerreros y a las mujeres que iban a pescar o a coger agua de los riachuelos. Luego prendían cautivos a los niños y los tiranizaban, o los vendían a las tribus indias del sur.

El sargento, conociendo su miedo, la calmó ante sus dilemas y ella sonrió.

Horas más tarde, parados al borde del río, cerca de una ribera agrietada por las torrenteras, vieron a dos jinetes que guardaban una reata de caballos que abrevaban en las aguas. Detuvieron la marcha. El sargento Lara alzó su mano enguantada a modo de visera, entornó los ojos y exclamó al poco:

—¡Son el sargento Ruiz y un fusilero! Pero no veo al capitán, ni a Hosa.

Clara miró hacia lo lejos, y efectivamente no lo distinguió. Le sudaron las manos y le latieron las sienes. ¿Y su esposo querido? Si perdía su sombra protectora, la vida carecería de interés para ella. La hilera se aproximó al lecho de vidrio azulado del río donde crecían los abetos, mientras Clara se hacía mil conjeturas. Le temblaban las piernas. Remontaron un altozano granítico tapizado de musgos seguidos de los rusos, que entonaban una balada del Volga. Y allí, encima de un peñasco erosionado por el hielo invernal, Sancho les hizo señas para que se aproximaran. Clara ardía en deseos de saber y al desmontar miró detenidamente al sargento, al que preguntó concisa:

—¿Y bien, Sancho? Contadnos —lo acució con la mirada.

El dragón y el fusilero desmontaron y le besaron la mano. Después Sancho dijo:

—Vuestro marido, señora, ha cumplido su promesa —aseguró con un leve temblor de su mentón originado por su enfermedad.

—Contadnos, sargento —lo incitó con la avidez de un reproche.

Pareció rebuscar en su memoria y tosió.

—Señora, don Martín, las muchachas rescatadas y Hosa el explorador se hallan camino del Refugio Ross. El capitán, recordando el ataque de los crees, ha creído más seguro acompañarlas junto a Hosa —la informó sin mencionarle la herida recibida y el lamentable estado de las jóvenes.

Con un insuperable aplomo, Aolani aceptó las noticias y sonrió.

—¡Loado sea el Altísimo! —dijo emocionada—. ¿Y Jimena Rivera?

El sargento reanudó su información y, aunque con un gesto pensativo, dijo:

—Bien, aunque vencida en su ánimo y melancólica. Han sufrido mucho en manos de esos salvajes. Las otras, alegres como una feria —anunció lacónico—. Hemos juntado una recua de trece caballos. Siete han servido para montar a las liberadas y nos han quedado seis para los dragones y vos. Los rusos han de seguir a pie con las mulas. ¿Os fiais de ellos?

—¡Claro! El abrigo de la costa es su hogar y han de cobrar la soldada. Yo cabalgaré a la grupa con mi criado, Fo. Es un jinete seguro —repuso.

La dama prorrumpió en una retahíla de suspiros, liberada por los temores que había sufrido, y se interesó por los detalles de la feliz liberación de las cautivas, que Ruiz le fue contando mientras cabalgaban en fila india.

—Ha sido una persecución a la desesperada, contra el tiempo. Llegamos agotados y sin fuerzas al río Klamath, señora, y la liberación no fue fácil.

—Los dragones del rey, y lo sé por experiencia, no quemáis nunca puentes, sois ordenados y pacientes, y husmeáis las presas como los jabalíes hasta dar con lo que buscáis. Sabía que lo lograríais.

En los ojos de Sancho Ruiz brillaba una fría determinación de haber cumplido con su deber y sonrió abiertamente dichoso. Sin embargo, Clara apreció que no había mejorado de la tisis, pues llevaba en la mano un pañuelo manchado de sangre y tosía a menudo. Tal vez la misión en la que se había enrolado con su marido no le convenía a su enfermedad, y le aseguró que, en sus islas, si seguía sus cuidados, mejoraría. El sargento se lo agradeció.

Durante la cabalgada y conforme el sol declinaba, un viento seco ensombreció la llanura y unas gotas de lluvia helada cayeron de improviso y se amontonaron a puñados en las ramas de los enebros. El ligero repicar de los cascos y el piafar de las caballerías resonaba en el valle como una isócrona cantinela cuando escucharon aullar a los lobos.

Apresuraron la marcha, encendieron las antorchas y al cabo distinguieron un caballo muerto y devorado por las alimañas. Solo habían dejado los costillares, las pezuñas y las crines, quizá fuera uno de los que habían escapado tras la muerte de sus dueños crees. En lontananza contemplaron las velas arriadas de la goleta Jano. Sancho Ruiz sacó el catalejo del borrén de la montura y gritó alborozado:

—¡El Refugio Ross a la vista, doña Clara!

Aolani, contraída por la preocupación, desmontó al llegar al cobertizo y corrió a abrazarse a Martín. Se detuvo. Estaba herido, ojeroso y postrado en una angarilla, y soltó un grito. Bebía de una cantimplora que le ofrecía el batidor apache y estaba cubierto por dos pieles de oso, con el cabello suelto y pegado a la frente. Se asemejaba a un espantajo y su aspecto le pareció lastimoso.

—¡Por la Tonantzin de Guadalupe! ¿Qué te ha ocurrido, esposo?

—Nada que no puedan curar Hosa y unas horas de descanso —la animó con su gesto habitual de no conceder importancia al cuidado de su cuerpo.

A Clara se le cubrió el rostro de lágrimas. Se arrodilló a su lado y le sostuvo la cabeza en su fría mano. La herida parecía limpia, pero Martín temblaba con levedad. A su lado vivió unas horas febriles y delirantes, entrando en hipnóticas pesadillas, pero Hosa le hizo ingerir una repugnante pócima que sabía a demonios, hecha de hierbas curativas, y durmió plácidamente.

318

A pesar de que los soldados le aseguraban que la herida no era grave, la aleuta no podía articular palabra ni detener su sollozo. Soplaba un aire desapacible y tenía los labios resecos. Le examinó la erosión producida por el hacha mojave y le pareció que cicatrizaba. Clara respiró, pero temblaba de turbación.

La aleuta, que había ingerido un caldo caliente de pescado, se dirigió a la tienda donde descansaban las jóvenes liberadas. Las vio agachadas, mugrientas, apenas cubiertas con capotes indios, como leprosas que estuvieran apartadas del mundo. Se arremolinaban alrededor de unas ascuas que soltaban chispas, con las que Clara pudo reconocer a Jimena.

—¡Jimena! Por Cristo Jesús, cuánto he ansiado este momento.

La hija del capitán Rivera se incorporó como una marioneta y se abrazó calurosamente a su amiga del alma, sumiéndose ambas en un llanto demoledor. Eran iguales de carácter y entereza. Entre ellas siempre había reinado una amistad fraternal, pero la liberada contestó con desconsuelo e impotencia:

—Hemos descendido a los infiernos, doña Clara. Dios nos abandonó, pero cuando supe que vos nos auxiliabais en el rescate, la esperanza me liberó. ¿Cómo os lo agradeceré? Habéis puesto vuestra vida en peligro por nosotras.

Clara se tuvo que resignar a ver a su amiga convertida en un saco de huesos.

—Dios os ha abierto sus brazos, y sois libres. Gracias le sean dadas.

Tras el rescate se asemejaban a las sobrevivientes de un naufragio. Eran como huérfanas desnutridas que hubieran extraviado el camino de su hogar y de sus afectos y sufrido todas las calamidades del mundo. Entre unas y otras le narraron su odisea, desde que fueran apresadas tras el ataque yuma a La Concepción y a San Pedro y San Pablo para pasar luego a un miserable pueblo havasupai, donde las maltrataban y pinchaban, y tras dos semanas de atroces cabalgadas, violaciones, llantos, martirios, hambre y sed, la muerte de la más pequeña, Ana, para al fin ser rescatadas por el capitán y sus dragones. Josefina Lobo, entre lloros, dijo desenvuelta:

—Nuestra gratitud a vuestro esposo y a vos será imperecedera.

Pero lo que deseamos es volver cuanto antes a California y recuperar a los nuestros.

Clara les llevaba unas obleas de jabón de México y unos lienzos procurados por Kovalev, un individuo que le había parecido un delincuente de cuidado. Fueron por agua al abrevadero y después, tras cerrar con hebillas las lonas, la calentaron y se bañaron en un balde de madera y se adecentaron unas a otras, con lo que llegaron a asemejarse a seres humanos.

Hosa les procuró una pomada de color verdoso para curar sus mordeduras y magulladuras, y viéndose salvas junto a los dragones, hasta Soledad cantó una tonadilla mexicana que aplaudieron las demás.

Se echaron sobre los lechos de heno y, poco a poco, se fueron durmiendo en medio de suaves ronquidos. El cansancio las había vencido, y Clara esperó que no alteraran sus sueños las pesadillas que retornarían a sus mentes hasta que el tiempo las alejara de sus corazones definitivamente.

Martín, que había ido recuperando su aliento y sus bríos desde que llegó al Refugio Ross, había observado que en aquellos cobertizos reinaba la indisciplina y el desorden, y que los borrachines rusos que habían quedado al cuidado del campamento eran unos seres salvajes y maliciosos. Qué distintos al chambelán Rezánov y a su amigo el capitán Chírikov, el caballeroso marino al que había conocido años antes en su viaje a Alaska como agente real. Pero les agradeció igualmente su hospitalidad y sus cuidados.

Encendía su pipa y, pensativo, organizaba la inminente partida al norte.

A los chamizos que ocupaban los españoles llegaba el maloliente olor de los desolladeros, de las pieles expuestas a la intemperie, de los canes que ladraban y de los osos que bramaban en sus renegridas jaulas. Encendieron un gran fuego y se fueron pasando las escudillas con trozos asados de carnero y granos de maíz, con los que restañaron sus exhaustas fuerzas.

Clara y Martín, después de tantas noches solitarias, durmieron el uno junto al otro para darse calor y contemplar juntos las titilantes estrellas del firmamento, justo enfrente de la tienda de las muchachas, que los dragones no dejaban de vigilar teniendo en cuenta la catadura de los anfitriones.

Y lo hicieron bajo las miradas de los terribles rusos, incansables en sus chanzas y desbarros. Bebían sin parar de las botas el *voda* o vodka, la agüita, como llamaban a su bebida favorita.

Pasada la medianoche, la mayoría yacían en el suelo borrachos e inmunes al relente de la vigilia. Los dragones, con los fusiles cargados, permanecían atentos a los contrabandistas y a un posible ataque de ladrones indios. Se turnaron en la guardia de las dos barracas, pues se fiaban poco de aquellos traficantes sin escrúpulos que todavía podían tramar alguna tropelía con las rescatadas.

Avanzada la noche, Martín acarició a su esposa y murmuró delicado:

—Reconocería el olor de tu piel incluso entre la pólvora de una batalla.

—El paraíso eres tú, Martín, y el infierno acabo de contemplarlo.

Clara suspiró e introdujo sus manos bajo la piel que cubría a su marido. Solo una palabra suya, una mueca, su sola presencia, y todos los obstáculos y dudas del capitán se allanaban. Estaban encadenados por una fuerza misteriosa en un mismo destino. En la temerosa oscuridad del refugio, Martín contuvo la respiración. Deseaba olerla, y se pegó a su cuerpo caliente como si fuera un niño.

Las tinieblas, como un puño tenebroso, se habían adueñado del lugar.

LA CARTA SECRETA DEL CONDE
DE FLORIDABLANCA

La media luz que precede al alba sacudió a los hispanos de los lechos.

Los moradores del refugio olían como mulas de carga y roncaban también como los osos que habitaban las montañas. Aún a oscuras, Martín, liberado por fin de la fiebre, salió de la tienda de lona y olió el vivificante aire del mar, que se unía al de las pieles curtidas, al carbón de las hornillas y al estiércol de las cuadras. Se notaba todavía débil y mareado por la pérdida de sangre, pero con las curas de Hosa y Clara iba recuperando las fuerzas.

Al capitán le pareció un lugar bellísimo, con el mar encrespado y las serranías colmadas de hierba fresca, torrenteras límpidas, tupidos bosques y cúspides nevadas, como si contemplara una tierra recién creada. El diáfano territorio, enclavado entre los ríos Klamath y Columbia, era uno de los lugares más hermosos que habían avistado sus ojos.

Arellano disfrutaba aquel amanecer de una paz espiritual como nunca había sentido, quizá provocada por el feliz rescate de las mujeres, la presencia de Clara y el fin de las trabajosas cabalgadas. Observaba cómo oscilaban las llamas en las hogueras y asomaban los primeros haces de luz, pregonando un cielo infinito de pureza natural dentro del imperturbable orden cósmico del Creador, que la pobre inteligencia de los humanos apenas si podía comprender. Comprobó que el suelo estaba blanco, con una capa de hielo que se perdía en la arena de alabastro del océano Pacífico.

Concluida la primera misión de rescatar a las jóvenes, meditó sobre el segundo encargo hecho por el gobernador Neve la víspera de la partida con un secretismo que lo turbó. «Asunto grave y secreto de Estado», le había participado, aunque en aquel momento su mente estaba únicamente en el rescate de las muchachas.

Recordaba que debía informar de la situación del fortín español de Nutka en Alaska, enclave capital para el comercio entre América y Asia, y de los otros territorios visitados por los navegantes de la Armada, y desvelar en el caso las verdaderas intenciones de Rezánov y de su enigmática Compañía Ruso-Americana. «Debo cumplir la siguiente orden sin dilación», pensó y se echó mano al hombro dolorido, «aunque carezca de las fuerzas necesarias».

Pero Arellano era un hombre de frontera: implacable, sacrificado y refractario al desaliento y la desidia. Llevaba con gran cuidado en su morral la carta de la corte real de Madrid y sabía que no debía comentarla con nadie, ni siquiera con sus soldados.

Alargó la mano y la sacó. Convenía leerla de nuevo, a pesar de que le parecía el anuncio del juicio final. Se sentó sobre una roca pelada, cruzó las piernas y desdobló el amarillento papel. Decía lacónicamente:

Al Excelentísimo gobernador de la Baja y Alta California, don Felipe de Neve, del conde de Floridablanca, Secretario de Despacho de Su Majestad.

Señor, preocupada esta Secretaría de Estado por el abandono en el que al parecer se halla nuestra posesión en Alaska en la isla de Nutka, por el nuevo ministro plenipotenciario ante la corte de la Zarina, don Francisco de Lacy, conocemos las arteras pretensiones de Rusia en los territorios que se hallan a la altura de los 55º y 60º norte del océano Pacífico.

Es por ello por lo que precisamos de una investigación pertinente en estos lugares que clarifique la situación de unas tierras que nos pertenecen por derecho de descubrimiento y conquista. A tal efecto he de notificarle que en los astilleros de Guayaquil se han construido dos airosas corbetas, la Princesa y la Nuestra Señora de los Remedios, con objeto de enviarlas a las costas de Alaska y a la Alta California y con el mandato de destruir fortificaciones, edificaciones y postes o atalayas con el escudo imperial ruso.

S. M. Catalina de Rusia, según informaciones confidenciales, desea proclamar la soberanía rusa desde la península de Kamchatka, en el mar de Ojotsk, hasta el estrecho de Hudson y los montes de San Elías, pretensión que consideramos inaceptable.

Por otra parte, nos consta por el Intendente de S. M. don Carlos III en Concepción-Chile, don Ambrosio O'Higgins, que en una carta de navegación que confiscó al almirante francés La Perouse figuraban cuatro colonias rusas cercanas a Nutka, nuestro bastión en el norte de Nueva España. Hemos de cerciorarnos de este hecho, considerado como delicado por esta Secretaría.

Ruego en consecuencia a Vuecencia que desde Monterrey envíe a un oficial de la Corona para que compruebe estos graves extremos y de inmediato comunique a la Cancillería, vía alto secreto, cuanto nos acucia.

Posee este Despacho Real de Palacio un informe enviado hace unos años a través del Virrey de Nueva España, don Antonio María Bucarelli, del capitán de Dragones, don Martín de Arellano y Gago que, con discreción, discernimiento y cautela, nos puso sobre aviso de las verdaderas intenciones de los traficantes rusos de pieles.

Como consta en este Ministerio, el citado comandante de los presidios californianos, al que tengo el placer de conocer, y por sus conocimientos previos y casamiento con una princesa natural de aquellas islas, sería la persona idónea para llevar a cabo esta secreta misión. Don Joan Perés, alférez de navío de Su Majestad, ha recibido órdenes al respecto y hará de avanzadilla rumbo a la isla de Nutka, donde restaurará el fortín y lo dotará de la debida guarnición mientras aguarda la llegada del capitán Arellano.

Ruégole que toda esta información sea sometida a la cifra secreta de la Armada al ser redactada, por su carácter secreto.

Dado en Madrid. Dios os guarde.

Confirmans: *Don José Moñino, conde de Floridablanca, del Despacho de S. M.*

En poco más de un mes se cerraría el mar a la navegación hasta después de la Epifanía y había comunicado al capitán de la Jano que estaban dispuestos a partir rumbo a Nutka, conforme al ofrecimiento del chambelán Rezánov.

Martín sopesó las necesidades materiales de sus soldados y de las rescatadas y lo que debía comprar al tosco Kovalev, con cargo a lo que poseían en aquel momento. Despertó a los suyos, que recogieron sus pertenencias y aguardaron sus órdenes mientras el Refugio Ross iba cobrando vida.

Sonó una campana y los tramperos rusos se acercaron alborotando a las tiendas donde estaban sus coimas indias, para luego sentarse por doquier para dar cuenta de un plato de alubias con tortillas de maíz y tiras de pescado seco, ajenos a sus huéspedes. Kovalev ordenó que les llevaran una olla de guiso y tortas a los españoles y convocó a Martín a su tienda, según él para negociar. Lo acompañaba otro ruso pelirrojo de aspecto patibulario y con una cicatriz blancuzca que le tapaba el ojo derecho.

Por lo visto, sabía un francés rudimentario gracias a su estancia con los tramperos de Nueva Orleans y era conocedor de que Arellano conocía el idioma galo. El oficial español pensó que con aquellos rusos un pacto resultaría quebradizo y receló. Pero no tenía otro remedio.

—¿Qué pensáis hacer con los caballos, capitán? —preguntó Kovalev, el de la cara de idiota, mientras se echaba a pechos un trago de vodka.

Martín estaba molesto con el cabestrillo. Le extrañó la pregunta y dudó.

—Pues el mío, el negro media sangre, es un caballo de guerra muy valioso, entrenado y muy querido por mí. Lo estibaré en la goleta. Con el resto no sé qué hacer. ¿Por qué lo preguntáis? —contestó y el intérprete lo tradujo.

La desconfianza del idiota se había atenuado y se envalentonó:

—¡Os los compro todos! Si voy a entrar en la compañía del chambelán Rezánov, los preciso. Mi sistema de venta ha cambiado sustancialmente —reveló exhibiendo una risita bobalicona y unos dientes negruzcos y separados.

Martín caviló que los contrabandistas ya no precisaban navegar hasta las costas rusas para ofrecer su mercancía, pero sí necesitaban animales de tiro para transportar a las bases de Rezánov en la costa de Alaska las pieles que compraran a las tribus indias. Calibró las necesidades de su grupo y dijo:

—Veréis, unos son ponis, y otros, los menos, alazanes y mesteños. Pero nos dirigimos hacia una tierra helada y necesitamos ropas de abrigo y alimentos para la singladura y la invernada. Una cosa por otra, *monsieur* Kovalev —le ofreció.

El ruso se mesó los pringosos cabellos y contestó:

—Si no podéis llevároslos, su valor no es el mismo —devaluó la oferta.

Desperdigados a lo largo de la mesa había cuchillos y machetes, pero Martín no se arredró. Contaba con la amistad de Rezánov y con sus fusileros.

—Puedo soltarlos, en cuyo caso tampoco serían vuestros. Buscarán forraje, formarán una manada y no los veréis jamás o los cazarán los indios.

Kovalev chascó la lengua, como en un tic nervioso que lo incomodara. La lumbre le confería una luz tal a sus ojos que parecían rojos. Destiló una larga pausa, en la que evaluó las palabras del sagaz oficial español.

—¡Que sea así! Que uno de vuestros sargentos vaya a los cobertizos y elija lo que necesitéis. Los trajes los han confeccionado las indias con piel de foca y oso, y son prácticos. En cuanto a los víveres, os ruego mesura —asintió.

—Conforme, Kovalev, y dada vuestra cortesía para con nosotros y la ayuda para rescatar a las mujeres, os regalo uno de los fardos de pieles que intercambiamos con esos antropófagos indios —dijo Arellano, y le ofreció su mano, sabiendo que hasta su marcha no tendrían problemas.

El imbécil, que no lo era tanto, abrió una sonrisa bobalicona de oreja a oreja cuando el intérprete lo tradujo. No lo esperaba y confirmó su inmenso reconocimiento al español.

—Con vos da gusto hacer negocios —reconoció Kovalev, al que le había complacido el regalo y la posesión de una caballada en la que había apreciado alguna yegua. Era lo que necesitaba para sus nuevas oportunidades de venta.

—*Comme on dit, bonne chance, Kovalev* —respondió Arellano deseándole suerte, ya que estaba ansioso por partir hacia Nutka.

—*Parfaitement. Bon voyage, monsieur*—dijo el ruso, a través del intérprete, y lo acompañó hasta la puerta de la tienda. Olía a licor que tumbaba, pero estaba gozoso por lo que había sacado de aquella inesperada coyuntura.

Los abrigos de pieles de osos, focas y bisontes cosidos con tendones de animales y la carne seca, el vodka y la harina de maíz para su estancia en la isla de Nutka complacieron a Arellano. Africano era caballo de batalla y estaba acostumbrado a cortos viaje por mar, así que estaban listos para zarpar hacia los confines hiperbóreos del mundo, pero también inquietos y excitados.

Y Clara, dominada por la preocupación, lo sofocaba con sus oraciones.

Una quietud vaporosa reinaba en el recinto de los contrabandistas horas antes de la despedida. Llovió con intensidad antes de que zarpara la goleta Juno con derrotero a Nutka. Se levantó un gélido viento de la cordillera de las Cascadas y los caballos estaban empapados y con sus largas cabezas mojadas cuando el capitán de dragones los acarició por última vez.

Brevemente brotó un sol medroso y gorjearon los coliblancos. Los pinos, de un negro verdoso, competían en color con las acacias rojas, los abedules y avellanos, y a Martín le pareció majestuoso.

El tiempo empeoró de nuevo y las bestias salvajes del entorno, pumas y lobos, enmudecieron. La euforia de la aventura del rescate había quedado atrás y ahora prevalecía en la mente de Arellano la misión rusa, que lo tenía considerablemente preocupado por su merma de vigores. En medio de sus reflexiones Martín observó que, tras un carromato desvencijado, había un traficante, tal vez haciendo sus necesidades corporales. Intentó dar un rodeo, pero oyó una voz en francés y se detuvo. Se trataba del intérprete, que le pedía que se acercara hasta el carro.

Protegía su achaparrado cuerpo con un abrigo de piel. Tenía el bigote y las cejas enmarañadas y los cabellos rojizos llenos de briznas de paja.

—*Monsieur*, sé por uno de vuestros sargentos que buscáis evidencias de la presencia de fortines rusos en la costa de Alaska. ¿No es cierto?

El español echó una ojeada alrededor por si maquinaba alguna treta.

—Bueno, en verdad vine a estas latitudes para rescatar a esas jóvenes compatriotas, pero es obvio que un oficial del rey debe tener siempre los ojos bien abiertos, *mon ami* —replicó sin ser demasiado explícito, pues desconfiaba.

El intérprete y al parecer ahora improvisado confidente asintió.

—Veréis, *seigneur*. Yo era en Rusia un caballero, pero por los abusos de un terrateniente que había desposeído a mi padre de sus tierras y luego lo azotó hasta morir, tomé cumplida venganza de sangre y hube de huir de mi patria como un proscrito. Nada debo a la zarina ni a esos aristócratas ávidos de riquezas. Por eso os voy a revelar algo que puede interesaros.

Martín lo miró con desconfianza, aunque caviló que de ser cierto heriría de muerte las apetencias territoriales rusas en las costas de Alaska.

—Os escucho, y os agradezco la confidencia —lo animó Arellano.

El ruso mostró la modestia de sus exigencias. No quería nada a cambio. Solo descubrir lo que sabía y ser creído.

—Escuchad, *mon capitain*. Rezánov, al que conocemos sobradamente, nada os revelará y tampoco Kovalev, que no quiere problemas. Pero mi corazón destila deseos de venganza. Debéis conocer que, en la isla de Kodiac, han construido un fuerte y un puerto que lleva por nombre de los Tres Santos.

—¿Dónde está Kodiac, amigo? —se interesó.

—Rumbo noroeste, a tres días de navegación de Nutka. Lo mantienen en secreto y dudo que sea solo un puerto comercial, pues han instalado cañones y defensas. Yo creo que es una base militar desde la que lanzarán sus barcos para la conquista de los puertos de Alaska y la Alta California.

Martín frunció el entrecejo. De ser cierto no era bueno para España; la información valía su peso en oro.

—No salimos de una cuando entramos en otra peor, amigo —le dijo.

—Rezánov suele frecuentarlo y conoce lo que allí se cuece, pues sus barcos recorren todo el gran golfo de Alaska y sus islas —prosiguió con sus revelaciones—. Le sirve de puente para trasladarse a la isla Unalaska, más al oeste, y después a la bahía de Anadir, ya en Rusia, cuando ha de resolver algún asunto en la corte. No olvidéis el nombre, señor: isla de Kodiac.

—No deseo pasar por necio, *monsieur* —dijo el oficial español.

—Que no os engañe ese cortesano. Si España descuida su posesión de Nutka, se harán con todo el territorio. Creí que debíais saberlo.

Era evidente que aquel tipo era un resentido, pero se preguntaba si era verdad cuanto le había declarado. Le asaltó una momentánea sensación de agradecimiento y sacando de la faltriquera unos reales de a ocho, se los entregó.

—Os agradezco vuestras confidencias. Gracias, amigo.

—Creedme, *monsieur*. Algunos de estos han viajado hasta allí y lo han divisado. —Y saludándolo agradecido por el óbolo, desapareció entre un cúmulo de leña mojada y una carreta de estiércol.

Martín parecía complacido por la secreta y comprometida declaración y trataría de probarlo en su siguiente viaje. Otra vez en su carrera de oficial del rey comprobaba que ser un soldado era algo más que el rango que ostentaba, y que, a cientos de leguas de sus presidios californianos, debía hacer de agente secreto. No lo lamentaba, pero lo suyo era el campo de batalla.

Los dragones que habían cazado el día anterior un buey almizclero de largo pelaje de color tostado, tal vez separado de su manada, lo sacrificaron y lo compartieron con los contrabandistas antes de la partida para Nutka en una comida de hermandad. Conservaron dos perniles y un costillar, que envolvieron en nieve y sal para la singladura, y se despidieron de los rusos.

—En estas latitudes el invierno suele anticiparse. Hemos de zarpar ya.

La estibada se hizo en dos grandes barcazas que Kovalev puso a su disposición y con la marea del atardecer se hicieron a la mar, ataviados los siete dragones y las mujeres con ropas decentes y de abrigo.

Una brisa de poniente cuarteaba el rostro del capitán de la Jano, de nombre Luzhin, un pelirrojo de barba patriarcal y ojillos perspicaces, que extremó las atenciones con los hispanos según le había ordenado su patrón, Rezánov. Salpicada por la espuma, la corbeta rusa rompió el oleaje rumbo a Nutka. En la lejanía fue desapareciendo el Refugio Ross, el poblado fantasma al margen de las leyes de su emperatriz, ahora en la órbita de don Nicolái.

Las rescatadas, resguardadas de la intemperie en un camarote, abandonaron paulatinamente su apenada consternación, aunque todos las compadecían, pues habían vivido experiencias calamitosas, y sus rostros comenzaron a mostrar una alegría sin límites, menos el de Jimena, que se asemejaba a una máscara griega, blanco e inexpresivo. Ovillada en silencio y con los ojos abiertos tras un insomnio de semanas, estaba sumida en las sombras de un universo propio y atemporal, donde el miedo reinaba único en sus pensamientos.

La delicada y piadosa criatura estaba rígidamente desplomada en la hamaca marinera con la cabeza ladeada, en un anómalo escorzo, pero con los ojos húmedos y endurecidos en una expresión melancólica. Se esforzaba en sonreír, pero no podía, y la expresión miedosa no la abandonaba.

—¿No has recuperado la paz, Jimena querida? —le preguntó Clara.

—¿Cómo puedo sentir sosiego en este perro mundo, doña Clara, cuando violaron mi cuerpo y mi alma? —replicó mirando torvamente al vacío.

El ser humano la había traicionado profundamente y no podía soportar continuar viviendo con él. Para ella, las palabras de Clara, de Martín y de sus amigas estaban vacías, a pesar de que la cuidaban con amor y respeto. Clara apreció profundas ojeras bajo sus admirables ojos de azul celeste verdoso, y le parecía una muerta que se hubiera despedido de la vida. Una parte de su ser había quedado en las veredas del río de Los Sacramentos, y sus dientes perfectos asomaban por sus labios como si fuera una gata salvaje, presta a saltar.

Clara se encontró con su esposo en la proa, donde el océano batía sus crestas espumosas, embocando el viento propicio de popa. Los dragones ofrecían una discreta presencia a bordo y él la besó. La aleuta puso al corriente a su marido de las desdichas de la entristecida Jimena.

—Temo por ella, Martín, se dirige silenciosa y lentamente hacia la locura o al suicidio. Supuse que pasados unos días desecharía sus malos recuerdos. ¿Cuánto tiempo puede turbar nuestras mentes un hecho desdichado, marido? Parece que una nube de dolor hace invisible cuanto la rodea.

—Asumimos la responsabilidad de salvarla, y ahora no vamos a permitir que entre en el túnel de la demencia. Tengamos paciencia, Clara —recomendó.

—Es como si su espíritu se hubiera ocultado en los pliegues más profundos de su corazón. Su semblante flota borroso ante mí, como si no me conociera y hubiera olvidado nuestra relación de profunda amistad. Me intranquiliza mucho, esposo —repuso—. Solo desea morir.

—Pues hemos de recuperarla para la vida. Tus islas la salvarán.

El cirujano ruso de la goleta Jano examinó a las cuatro mujeres, a las que observó desasosegadas, como si no hubieran aceptado aún el beneficio de la libertad y su manifiesta alegría se les adivinaba febril, pero insensible.

—Estas mujeres solo están aquejadas de desnutrición y de un mal del alma, o melancolía, pues se creen culpables de cuanto les aconteció. Necesitan tiempo, doña Clara.

—Perros ruines esos indios. ¡Ojalá se estén pudriendo en el infierno!

En otra de las liberadas, Josefina Lobo, que mantenía una fiebre que la privaba de su natural energía, el galeno ruso de la goleta, que le había administrado unos fármacos, reveló:

—Parece que uno de sus violadores le ha contagiado una especie de sífilis o alguna otra enfermedad sexual. No es grave. Ese morbo, con cuidados, remitirá en breve.

***

331

Al tercer día de singladura, al alcanzar el paralelo de la gran isla de De la Bodega y Quadra, la nave giró hacia el oeste, en medio de una amenazadora tempestad que provocó aguas densas en el mar y lluvia pertinaz en el cielo. Apareció una inquietante columna de nubes negras atizada por un violento céfiro continental. Los dragones y las jóvenes, no acostumbrados a aquellas vastas masas de agua tan alteradas, temieron por sus vidas.

—Dios Nuestro Señor nos prueba nuevamente —murmuraba Clara.

Martín los reconfortó, pero el sobresalto y la inquietud habían cundido entre los atemorizados hispanos. Se oyeron rezos, exabruptos del timonel y órdenes de los pilotos y del capitán Luzhin, mientras el temporal azotaba los rostros de la marinería y los rayos zigzagueaban sobre las cofas.

Crujieron las cuadernas y la marinería se aprestó a encaramarse a las jarcias para plegar las velas. Por un momento se escoraron peligrosamente hacia estribor y Martín y Clara se refugiaron en su camarote. Sufrían tanta indefensión, fragilidad y desamparo, que se abrazaron en silencio.

Arellano, dando tumbos, se arrastró hasta la bodega, donde estaba estibado su caballo Africano. El noble bruto permanecía estabulado en un cuchitril con paja y suspendido a ras de suelo por cinchas de cuero y con las patas atadas a unas argollas del casco. Piafaba temeroso, los ojos le relucían vidriosos, movía la testa y los rosados belfos le echaban espuma.

Estaba asustado. Martín le ofreció heno y le acarició el lomo y las crines para sosegarlo. Se tranquilizó al punto y, en respuesta, azuzó con el hocico a su dueño. Parecían un único ser vivo, como cuando cabalgaban por la frontera de Texas, Nuevo México y California, batidos por el viento del sur.

Silbaba la ventisca y oían el mar embravecido con pavoroso espanto.

NUTKA, LA ISLA ESPAÑOLA DE ALASKA

—¡Colla larga y temporal a estribor! —vociferó el vigía—. ¡Olas de tres varas! —añadió, y los pasajeros se protegieron en la bodega esperando que amainara.

El turbulento océano hizo que algún marinero se atara con sogas a la amurada por miedo a precipitarse en el mar y otros se agarraron a los mamparos del timón, para aguantar todos el chaparrón. La Jano sufrió violentas sacudidas y una cascada de agua, impetuosa y glacial, sobrepasó la cubierta y la barrió varias veces. Pero confiaban en la marinería y en sus pilotos, que se mantenían alerta. Por ventura, la tempestad no duró más de tres horas, y su furor ventoso se desperdigó por el golfo de Alaska en una batahola de rayos, truenos y relámpagos.

Paulatinamente el firmamento se fue aclarando y la noche cayó sobre la goleta. En las cofas se refugiaron decenas de cormoranes y aves grises, cuyo plumaje empapado les impedía volar a la gran isla de De la Bodega y Quadra, así llamada en honor al oficial español Juan Francisco de la Bodega y Quadra. El viento amainó, y los hispanos se abrazaron exultantes y yantaron a la luz de los fanales y al calor de las lumbres de las tumbillas de hierro.

Al día siguiente, cuando aún no había despejado, Clara, que atisbaba el horizonte a través de un tupido velo de niebla, vio saltar un banco de peces voladores e identificó como propio un enjambre de falúas y barcas de pesca que pertenecían a su pueblo. Enarcó sus finas cejas y señaló triunfal:

—¡Nutka al frente! —Una sonrisa ufana recorrió su rostro.

La Jano costeó la verdísima isla de San Lorenzo de Nutka, con las velas henchidas y la mar en calma. El mallorquín Joan Perés había sido el primer europeo en recalar en ella y así la había nominado. Estaba separada de la gran isla por un canal, y debían recalar en el extremo sur, un lugar de abrigo llamado por los nativos Yucot, Lugar Ventoso.

Era el punto más al norte del Imperio español y en él se mantenía un ventajoso comercio de pieles de nutria con un gran jefe indio llamado Macuina. Los marineros rusos se afanaron en plegar el velamen para atracar en el malecón obrado en piedra por los españoles años atrás. La goleta rusa embocó mansamente la escollera y quedó varada muy cerca del poblado de Santa Cruz, donde no se apreciaba actividad alguna.

Al capitán de dragones le dio un vuelco el corazón al contemplar al fondo de la ensenada la silueta de la corbeta Princesa con su áureo mascarón de proa, comandada por su amigo Joan Perés, seguramente resguardado en el fuerte de San Miguel, que también divisó sobre el promontorio. En ambos flameaba la enseña borbónica y castellana, y en la nave, la bandera roja y gualda de la Armada.

Tal como presumía Martín, Perés, al que había conocido como piloto en su primer viaje a Alaska, tenía instrucciones de esperarlo hasta la primavera para juntos explorar la costa y visitar el emporio de Sitka, la sede comercial de Rezánov, y evaluar sus auténticas pretensiones. Inmediatamente debían enviar un informe conjunto y secreto al conde de Floridablanca.

Como Martín conocía que el destino final de la embarcación Jano era Sitka, donde también invernaba Rezánov, le notificó al marino Luzhin que él mismo, los dragones, tres de las mujeres y Africano descenderían de la nave con sus pertenencias para encontrarse con sus patriotas hispanos.

Le rogó que, una vez concluido el desembarque, dejara en la capital del cercano archipiélago de Xaadala Gwayee a su esposa, la princesa aleuta Aolani, a sus criados, al sargento Sancho Ruiz, para ser tratado de su consunción, y a Jimena, cuyo espíritu Clara deseaba sanar en las bondades y cuidados de su tierra natal. Luzhin, el capitán, accedió.

—Mi patrón, don Nicolái, me encomendó que dispusiera a su servicio la nao, capitán Arellano, y ejecutaré con gusto lo que me solicitáis. De paso saludaré al rey Kaumualii, vuestro suegro, fiel aliado de la Compañía —manifestó el pelirrojo, que ordenó a sus hombres que ayudaran al desembarco.

—Os lo agradezco, señor. Y, por favor, expresadle al chambelán que muy en breve iré a visitarlo. Se lo prometí.

El oficial sonrió a medias, acariciándose su barba del color del cobre. Parecía intuir sus planes. No era nuevo que la Cancillería española deseara estar al tanto de la localización y las actividades de los enclaves rusos en Alaska.

—No os demoréis, don Martín. Don Nicolái desea celebrar la Pascua de la Natividad en la madre Rusia con los suyos, recoger las dispensas y regresar en febrero para realizar los preparativos de la boda con la señorita Concepción.

Martín quiso cerciorarse de su insólita pasión e interés.

—Admirable matrimonio, Luzhin. Son dos almas gemelas —comentó en francés, idioma en el que se habían entendido durante la navegación.

—Señor, jamás conocí a un hombre tan enamorado, os lo aseguro. Hasta el punto de que recibe chanzas de sus hombres, pues parece un jovenzuelo que jamás hubiera conocido una mujer. Será una unión muy dichosa —le aseguró.

Llegó la hora de una nueva despedida entre Clara y Martín.

Al oficial español, que amaba a Clara con toda la fuerza de su corazón, le dolía dejarla de nuevo por obligaciones de su rango. Le acarició el pelo y la besó con fruición. A la mujer le resbaló una lágrima por la mejilla que corrió hasta la comisura de los labios. A Jimena la confortó y le acarició las manos, para luego darle un fuerte y marcial abrazo al sargento Ruiz. Se separaban solo por unas semanas, y les rogó que tuvieran cuidado.

—Cuida de tu hombro y de tu salud, esposo —le rogó Clara a su vez recibiendo una afectuosa sonrisa del capitán.

Se dirigió luego al sargento:

—Sancho, no he conocido nunca a chamanes más diestros en el cuidado y la cura de las enfermedades de los pulmones como esos aleutas. Además, allí el aire es finísimo y vivificador. Cúrate y descansa, te necesitamos con salud.

Martín, a quien nada se le escapaba, observó en el castillete de proa de la Jano a un *podyachi*, un escribano imperial ruso, sagaces sujetos que ya conocía de su anterior viaje Alaska y que escribían cuanto observaban.

Intentaba pasar inadvertido y tomaba buena cuenta de cuanto se hablaba, e incluso oteaba en derredor, puntualizando cuanto veía, seguramente refiriendo con detalle las defensas del fortín y el calado del puerto. Era lo habitual entre potencias adversarias y sabía que la información obraría muy pronto en las oficinas de Rezánov y luego en la corte de San Petersburgo.

Arellano, que simuló no haberlo visto, Lara, Hosa, que había echado por la boca cuanto había ingerido durante la derrota, las otras tres jóvenes liberadas y los dragones descendieron por la escala, y tras ellos Africano, que piafaba seguro y arrogante. Descargaron unos fardos de pieles y algunos víveres para uso en el fortín y le pidió a Aolani que ofreciera a su padre el resto, por los cuidados de los enfermos. La transacción con los kwakiutl había servido para mucho.

En ese preciso instante, cuando la Jano levaba anclas y se hacía a la mar, rumbo a aguas abiertas, sonó desde el fuerte San Miguel una salva de cañón, de los diez que sobresalían tras las defensas. No sabían si de saludo o de advertencia tras haber detectado en la bahía la enseña del águila bicéfala rusa.

El sendero de grava que comunicaba el embarcadero con el fortín estaba despejado de hielo y podían caminar en hilera. Hosa llevaba del ronzal a Africano con los fardos de pieles y los víveres necesarios. Sus cascos reverberaban en las desnudas rocas de basalto y cada uno portaba en la espalda el morral de sus parcas pertenencias.

El sol apenas si calentaba y desde el cantil contemplaron el perfil de Nutka, que se extendía hacia el norte. La hermosa isla constituía la posesión española más al norte del globo terráqueo. Inmaculados bosques de álamos, cedros amarillos y esbeltos cipreses, cuyas puntas aceradas parecían ir a clavarse en la bóveda celeste, maravillaron al sargento Lara, que declaró:

—Creía que esta isla se hallaría en las cloacas y en el sumidero del mundo, y en verdad es el lugar más fastuoso que han contemplado mis ojos.

Todo era quietud y aromas intensos, pero también corría una gélida brisa. La luz pálida, casi cristalina, y las montañas de las cercanas islas, azules y verdes, convertían el paisaje en irreal para los cansados españoles de la expedición, que lo contemplaban como si fuera un edén virgen y mágico.

Apresuraron el paso para alcanzar el promontorio y divisaron a su diestra un poblado indio donde se alzaban medio centenar de tiendas de piel y cobertizos de madera. Escapaban acumulaciones humosas de las fogatas y de los hogares, bajo un cielo azul ceniciento. Martín los informó ufano:

—Es uno de los poblados de los nativos nuu-chah-nulth, que rige el jefe Macuina, un zorro, que tiene tratos tanto con rusos como con españoles. Es amigo personal del alférez Joan Perés y mío. Deseo darle un abrazo.

A las muchachas rescatadas les castañeteaban los dientes a pesar de ir pesadamente abrigadas, y sus alientos de vaho flotaban a su paso. Deseaban ingerir algo caliente aunque proviniera de aquellos indígenas desconocidos, cuando de repente escucharon una música encantadora protagonizada por voces armoniosas unas, roncas otras, flautas y panderos, y todos se detuvieron extrañados, pues estaban interpretando una cancioncilla española. No podían creerlo.

Era nada más y nada menos que *Mambrú se fue a la guerra*, la vieja tonada de origen francés que sesenta años atrás cantaban los borbónicos en la guerra de Sucesión Española para celebrar la supuesta muerte del duque de Marlborough, sir John Churchill, creyéndolo muerto en la batalla en la que contendieron ambos ejércitos. Escuchar esa canción popular en aquellas latitudes les pareció insólito y se miraron maravillados. Era como un bálsamo para sus corazones exhaustos.

Las niñas españolas, al jugar a la rayuela, habían convertido a Marlborough en Mambrú, y los soldados hispanos en una marcha militar que habían cantado en todos los continentes, siendo aprendida incluso por los nuu-chah-nulth. A Martín y a los dragones se les alegró el alma al escuchar aquella tonada tan familiar y a tantas leguas de sus hogares. Era como estar en casa. Martín los animó y también la entonaron todos juntos, jubilosos:

—¡Mambrú se fue a la guerra, qué dolor, qué dolor, qué pena, Mambrú se fue a la guerra, no sé cuándo vendrá! ¡Si vendrá por la Pascua o por la Trinidad! —Y rieron alborozados.

Un tropel de niños bien abrigados escapó del asentamiento y se acercó a los recién llegados. Tenían las cabelleras lacias, las caras arrugadas y los observaban con sus ojos oblicuos y admirados. Aullaban los perros y pronto apareció una comitiva que acompañaba a un tipo rechoncho con orejas de soplillo, piernas zambas y dentadura desgastada. Entre gritos y aspavientos, se acercó jubiloso.

—¡El Capitán Grande visita mi casa! —habló en un frágil castellano—. ¡El hijo de mi hermano Kaumualii y esposo de mi ahijada Aolani! ¡Tu fama te precede y tus hazañas las pregonan hasta los chippewas, los dakotas y los sioux, gran vencedor de los comanches! —voceó—. ¿A qué debo el honor? ¿Sigues preocupado por los rusos, gran amigo? —Y sonrió con malicia.

Con un gesto de atenta cortesía le ofreció la mano, y Martín se extrañó de su aceptable español, ya que apenas si lo hablaba en su viaje anterior, cuando navegó en la Santiago y la Augusta con el brigadier Heceta. Pero aquella sonrisita ladina escondía algo de naturaleza preocupante. ¿Tenía que temer España alguna trampa de los rusos, como en años anteriores? ¿Se encontraría con alguna sorpresa desagradable cuando visitara al chambelán Rezánov?

—Saludo al gran jefe Macuina, padre del pueblo nuu-chah-nulth y amigo del rey don Carlos. Nos ha atraído a tu hogar el canto de tu pueblo. Nos dirigíamos al fortín a solicitar la hospitalidad del alférez Joan Perés.

El hombrecillo le apretó los brazos y los palmeó envanecido.

—Sí, celebramos la llegada de la Luna de las Nieves con una canción aprendida de los soldados españoles del fuerte, a quienes consideramos como hermanos y de los que hemos aprendido también vuestro idioma. Don Joan no se halla en el fuerte, pues se ocupa en cartografiar la costa sur —adujo el jefe indio.

Macuina estaba obeso como una cerda preñada. Parecía radiante por la presencia de su amigo español predilecto.

—Hasta tanto regrese el alférez, consideraos mis invitados —dijo.

La obsequiosidad del reyezuelo produjo en Martín una sensación extraña. Se destocaba e inclinaba la cabeza constantemente. ¿Era porque era el yerno del rey Kaumualii? ¿Porque representaba a la poderosa Corona de España? ¿Porque preparaba alguna insidia? El poblado del cacique Macuina, presidido por un tótem de Kaila, dios del cielo, la misma deidad suprema de sus hermanos aleutas, se alzaba por encima de las tiendas y chozas.

Los nuu-chah-nulth de Nutka vivían del comercio de pieles de nutria, su principal riqueza, y con sus piraguas y barcazas llegaban hasta el continente.

—Y la princesa Aolani, ¿goza de salud, capitán?

—Me acompaña en este viaje para encontrarse con su padre. Hace años que no lo ve y tiene añoranza de su tierra —repuso el español.

—Hermosa y gran hembra, que de seguir en su isla sería reina —recordó.

Arellano asintió. Tenía por costumbre regalar libros a los jefes indios españolizados, como Salvador Palma o Ecueracapa, a los que había dispensado libros de clásicos castellanos que ellos guardaban como verdaderos tesoros.

El gran guía de los comanches solía practicar el español en un *Quijote* encuadernado en piel. El kotsoteka Hichapat, el Astuto, lo hacía en *Historia de la vida del Buscón, llamado don Pablos*. El jefe de los utes, Pinto, aliado de los blancos, narraba en voz alta a sus guerreros en las noches de invierno las aventuras de *El licenciado Vidriera* e Ignacio Palma leía a su familia los versos y milagros de Gonzalo de Berceo, con los que se quedaban embobados.

Un día, en Santa Fe, el sabio jefe de la nación comanche le reveló:

—Las palabras escritas son instrumentos admirables con los que los españoles os comunicáis a grandes distancias y conocéis los deseos de vuestro rey. Por eso yo lo tengo como el fundamento del poder hispano y deseo aprenderlas. José Chiquito, mi intérprete, me enseña cada día palabras nuevas.

Martín envió a Hosa por la bolsa de sus ajuares, donde guardaba su pipa de espuma de mar, la picadura cubana de Santiago del

Bejucal y sus libros predilectos: un tomo del *Diccionario filosófico* de Voltaire, en francés, y *La vida de Lazarillo de Tormes y de sus fortunas y adversidades*. Limpió con su bocamanga las tapas del *Lazarillo* y se lo entregó a Macuina.

—Es para ti, Macuina. —Se lo ofreció y el jefe se quedó pasmado.

—He comprendido, capitán, que saber leer es ser más libre, ser el más respetado de mi tribu y sentirme más ancho que el cielo mismo —repuso agradecido—. ¿Sabes que los niños me rodean cuando abro un libro español?

Para él, un libro era un objeto sagrado, milagroso e incomprensible, pues la cultura en su pueblo era verbal y la transmitían los ancianos, no en libros como los blancos, sino alrededor del fuego, narrándola, por lo que pensaba que, por objetos como aquel, los españoles eran dueños del mundo y de los peligrosos mares donde reinan los vientos abruptos.

Entraron en el asentamiento y olieron el salitroso tufo de las tiras de pescado y carne de foca, pato y aves de mar que colgaban de los palos y con las que se alimentaban. Macuina les proporcionó dos casas de madera vacías para que se asearan y descansaran y los emplazó al atardecer para cenar juntos.

Martín y los dragones, siguiendo el reglamento, afeitaron sus barbas, aunque alguno tenía bigote y patillas largas como el mismo Arellano, que además usaba perilla. Peinó su largo pelo castaño hacia atrás y se lo recogió en una cola a la que anudó un lazo negro. Además prescindió del cabestrillo. La herida le raspaba, pero seguía cicatrizando y ya podía mover el brazo.

Una bruma plúmbea flotaba sobre el poblado indio cuando, a media tarde, regresaron al cobertizo de madera donde se reunía el Consejo y serían agasajados por Macuina, el risueño hombrecillo que le llegaba al capitán Arellano a la altura de su codo y le sonreía de forma permanente.

Martín le había comprado a Luzhin dos pistolas de chispa, una española y otra francesa, para formalizar otros tantos regalos de reputación en las islas que pretendía visitar, a pesar de las reticencias del piloto ruso. Una para Macuina y otra para su suegro cuando recalara en Xaadala Gwayee. No se consideraba cortés presentarse en un poblado nativo de cualquier parte de las Indias y no regalar al jefe algo útil y prestigioso.

Cuando el obeso Macuina tuvo ante sus admirados ojillos una pistola de fabricación española, artísticamente labrada con volutas embutidas y llaves doradas, culata de caoba y cañones de acero batido, su gozo resultó inenarrable.

El arma, que no sabía utilizar, se hallaba encerrada en un alargado estuche de cedro taraceado, con un cajetín con balines de cobre y plomo. En el fondo de tafetán verde resaltaba el nombre del fabricante navarro: *Orbaiceta*, que podía leerse entre las escobillas para la limpieza, los cebos y un cerrojo de repuesto. Para el jefe indio significaba tanto como poseer un talismán sobrenatural.

—Solo el Mugwomp-Wulissó, el Capitán Grande, con su conocida esplendidez, podía hacer que un anciano como yo fuera tan dichoso con este regalo —reconoció, y mantuvo la pistola sopesándola en sus manos e incluso la besó.

—Con estas balas de media onza puedes traspasar un ciervo, jefe —dijo—. ¡Salgamos a probarla! —Y los acompañó la tribu en silencio.

Introdujo la bala mediante el fulcro y la fijó en el cañón. Luego señaló un escudo de cuero redondo adornado con plumas que estaba colgado sobre una pértiga, a menos de quince pasos. Martín apuntó con una mano, afirmó los pies y accionó el percutor. Disparó y se oyó una deflagración seca seguida de humo. La adarga se había esfumado en el aire del ocaso. Simplemente se había evaporado en una baraúnda de pavesas y tiras de cuero requemadas.

—¡¡Ohh…!! —se oyó por todo comentario. Macuina estaba absorto y los guerreros y mujeres del clan más que asustados.

—Te enseñaré a usarla, gran jefe, y serás envidiado —dijo Martín ufano.

Macuina recibió de uno de sus hijos un envoltorio de tela de lana con dibujos de águilas y pájaros y lo entregó a su vez al oficial español, quien lo tomó con respeto en sus manos y lo abrió. Se trataba de una artística *calumet*, una pipa india. Martín, que había vivido entre tribus nativas siendo como era texano de nacimiento, sabía que era el objeto más sagrado de los pieles rojas tanto del continente como de las islas, pues representaba la paz y la amistad entre hombres de cualquier raza.

Usarla era una ceremonia sagrada para atraer el bien y detener el mal e invocar la bendición de los espíritus benéficos de los antepasados que moraban en los Eternos Cazaderos. Al extremo de la boquilla, se apreciaba la cabeza de una garza azul, el pájaro más abundante de Nutka, que para los nuu-chah-nulth significaba la tierra, el agua y el fuego. De ella colgaban varias plumas del ave de un seductor color azul. Martín la admiró.

Macuina, que tenía las mejillas coloradas, quizá por el licor de bayas que ingería, llevaba puesta su mejor ropa y su manta de jefe bordada con signos de animales totémicos. Tomó el uso de la palabra y, cercano, lo ilustró:

—A esta pipa la acompaña este *parchefle*, un saquito que contiene yesca, pedernal y nuestro conocido *kinnikinnick*, el tabaco elaborado con hojas de zumaque y corteza del sauce rojo que fumamos en estas islas. Cuando inhales su humo vivificador, acuérdate de tu amigo Macuina.

Martín admiró la artística taleguilla hecha con suave piel de antílope y adornada con cañones de plumas, cuentas de cristal de roca, flecos de crin y bordados de árboles. Se lo agradeció tomándole sus manos, ante la curiosidad de sus compatriotas, que comprobaban la alta estima en la que tenían al oficial.

Un grupo de muchachas de ojos rasgados y pómulos prominentes les sirvieron cuencos con pescado en grasa de foca y tortas de avena con miel y trozos guisados de gacela. No eran indios harapientos, sino una tribu aseada, cortés y bien alimentada, y Macuina, astuto y hábil, se había convertido en el gran partidario de los españoles en la antesala de Alaska.

Comenzó a llover y arreció el viento de poniente, con lo que en aquel acogedor cobertizo se respiraba la cálida armonía de un hogar amistoso y cercano. Enmudecieron los aullidos de los perros y de los lobos y el resplandor de las lumbres iluminaba los rostros satisfechos de los hispanos. Arellano, el sargento Lara y los dragones permanecieron atentos a las palabras del guía de la tribu. Entre los relámpagos y el ruido de las cortinas de agua que caían fuera, escucharon atentos.

—Entonces, vuestro rey sigue preocupado por la presencia rusa en estas tierras, ¿no? —preguntó Macuina mordiendo un trozo de carne seca y salada.

—Así es, jefe, y he venido para seguir sus rastros y presencias en estas latitudes. En las leyes que rigen en Occidente, Alaska cae dentro de la jurisdicción del Imperio español, ¿sabes? —Quiso parecer persuasivo sin conseguirlo, pues el jefe sonrió maliciosamente—. Llegamos primero y debemos proteger nuestros enclaves de la Alta California, a pesar de los rusos e ingleses.

Sin embargo, Macuina contestó con algo que los inmovilizó:

—No debería ser ese vuestro problema y preocupación, capitán.

—¿Por qué aseguras eso con tanta rotundidad? ¿Me ocultas algo grave? ¿Es que merodean otra vez los ingleses por estas costas?

Macuina no le respondió inmediatamente, sino que recorrió a grandes zancadas la largura de la casa de madera, hurgó entre unas pieles y extrajo una tela enrollada. Se acercó, se arrellanó en la estera, la desplegó y se sentó cruzando las piernas. Medía dos brazadas, era estrecha y con las rojas luces de la lumbre se asemejaba a un códice monacal por sus vivas tonalidades y los dibujos, precisos y perfectamente entendibles, que parecían pintados por un niño.

—Os voy a interpretar este paño pintado con pictogramas, nuestra ancestral forma de escritura, que recibí antes de la Luna del Verano como regalo del jefe de la nación miami, Michikinitwa, Tortuga Pequeña, un guía y chamán que reúne bajo su autoridad a los clanes kekiongas del este y que ha mantenido relaciones con misioneros franceses de vuestros Dios —explicó serio.

—Jamás oí hablar de ese guerrero —confesó Martín.

—Es el primer pueblo que ha tenido disputas con los que llaman americanos blancos o ingleses. Tras meses de escaramuzas y muertes violentas ha firmado la paz con ellos. Pero a cambio de permitir que cientos de colonos angloparlantes llegados por el mar se instalen en sus tierras. Asegura que teme que sus gentes sean deportadas o exterminadas.

Corrió entre unos y otros un murmullo de contrariedad y alarma.

—El gobernador Anza pactó con los comanches, los yumas y los apaches, y hoy son pueblos amigos de España, y esas razas han triplicado su población, son gentes prósperas y comercian en nuestras ciudades —evocó el capitán.

Martín nunca había visto a Macuina tan pesaroso y abrumado.

—Estos blancos son diferentes. Solo buscan el exterminio del indio, no incorporarlo a su sociedad como hacéis los hispanos. Me asegura también en otra tela pintada que el gran jefe lakota, Montaña Alta, junto a los crow, los kiowas, los cheyenes y arapahoes han formado una fraternidad guerrera para defenderse —le desveló, y Martín recordó a los Rostros Ocultos.

—No suelen ser muy eficaces esas hermandades indias —adujo Martín.

—Ellos la llaman los Soldados Perro, y tratan de defender sus territorios de caza y a sus familias de esos odiosos americanos de pelo rubio, tez lechosa y ambiciosa codicia, viendo lo que les está sucediendo a los miami del este. ¡Es nuestro fin!

Martín recobró la quietud y caviló sobre las nuevas revelaciones: «¿Al problema ruso hay que añadir ahora la avalancha anglosajona? ¿Debo concederle credibilidad a Macuina?». Si estos empujaban a los yumas, comanches y apaches hacia el sur o al oeste, el problema sería de consideración para el Virreinato de la Nueva España.

Después intentó tranquilizarlo:

—¿Tan desesperada es la situación para esas naciones? —preguntó Arellano.

—Mis hermanos del este no desean defenderse de los ciboleros franceses, que esquilman sus bisontes para arrebatarles la piel pero respetan sus poblados y a sus mujeres, sino de esos rostros pálidos del este —admitió.

Se hizo el silencio. Solo se escuchaba el chisporroteo de la lumbre.

—Macuina, esas Trece Colonias inglesas que luchan por la independencia cuentan con la ayuda de España y del general don Bernardo de Gálvez, que venció a los ingleses de las casacas rojas.

—Exacto, capitán. Pero ellos lo quieren todo, y conforme avanzan van masacrando poblados y gentes, eliminando razas y exterminando tribus —aseguró airado—. Observad el pictograma y saldréis de dudas.

Macuina se explicó con vehemencia. La tela pintada representaba la parte central y norte del continente. Estaban dibujados en azul los dos océanos, el Atlántico y el Pacífico, así como las Grandes Llanuras en verde, el Misisipi, o las Aguas Turbias, y las montañas Nevadas del oeste. El jefe les señaló con su dedo un lugar al sur de los Grandes Lagos, y les expuso misterioso:

—Aquí gobernaba Tortuga Pequeña y explica por sí solo lo que les espera a los territorios indios, don Martín. Mirad con atención, pues esa región que ellos llaman Indiana está siendo devastada, ¡tribu a tribu! Esa plaga gigantesca de blancos está a punto de esparcirse hasta Alaska.

La cara del oficial de dragones era la viva imagen de la confusión. Taciturno escuchó el texto que le leía Macuina, y que estaba escrito con raros signos al pie del pictograma:

—«Hombres vendrán de las praderas de levante que exigirán a las tribus tributos imposibles y hombres blancos que se reunirán con fusiles que hablan con fuego. Y nuestros pueblos, indefensos, se dispersarán y se cansarán de luchar y flaquearán pues el Gran Espíritu nos dará la espalda». Esto es lo que profetizan sus chamanes y hombres medicina de aquellas tierras, don Martín.

El jefe indio estaba consternado. Sabía que soplaban tempestades que llegarían a despojar a las naciones indias de sus posesiones, e incluso a hacerlas desaparecer de aquel mundo tan hermoso.

Le faltaban detalles, pero era cuanto necesitaba saber para alertar a Neve.

—Derramar nuestra sangre y echarnos de nuestras tierras y valles es tan legítimo para ellos como regar sus huertos con pellejos de agua, capitán —se dijo el jefe indio con una tristeza desconsolada.

Fuera, un viento frío e impetuoso golpeó el techado de pieles y ramajes.

EL MISTERIOSO MAPA RASGADO

Martín reflexionaba sobre la amenaza que probaba la tela coloreada y su catastrófico mensaje. Los descendientes de los puritanos ingleses, llegados de Inglaterra tanto tiempo atrás, estaban dispuestos a hincarle las espuelas al pueblo indio y de paso al Imperio español.

Intensificó el examen de la tela y distinguió pintados pequeños hombrecillos con sombreros de tres picos detenidos ante el Misisipi, sobre rayas que significaban cien hombres por figurilla, carros con lonas y diminutas vacas, que revelaban que un pueblo en marcha esperaba la decisión del Congreso Continental de Boston para invadir las grandes llanuras del oeste, y exterminar a cuanto pueblo indio se tropezara en su camino.

Cruces rojas, que representaban las tribus aniquiladas, se extendían por doquier, y diminutas cureñas, cañones y fusiles eran portados por lo que parecía un gran ejército. El mensaje pintado resultaba evidente. Una plaga invasora llegada del Atlántico se proponía invadir el continente en poco tiempo.

El oficial español permaneció callado. Se acarició la perilla y preguntó:

—¿No serán habladurías indias propaladas a golpe de falso rumor? Quizá no atraviesen el Gran Río y detengan su frontera allí mismo.

—No, capitán. Esos blancos robaron el ganado de Tortuga Pe-

346

queña y en represalia sus jóvenes guerreros tomaron venganza por el robo y mataron a los cuatreros ingleses responsables. Al día siguiente, la tribu a la que pertenecían, con mujeres, ancianos y niños, fue aniquilada por completo. Sin piedad, don Martín, sin piedad —explicó secándose las lágrimas.

—Los ingleses son expertos en saltarse los acuerdos entre naciones y ejercer la piratería y el espolio a gran escala. España lo sabe por experiencia, pero también vendrán hombres buenos y justos, Macuina. Todo no será destrucción y muerte. Esta naturaleza exuberante la preservarán —lo animó.

La lluvia azotaba las paredes de madera del refugio con un estruendo ensordecedor y mientras remitía siguieron comiendo y bebiendo. Las jóvenes rescatadas y los dragones del sargento Lara confraternizaban y Martín lo consideró un presagio alentador. Luego pensó que un futuro de enfrentamientos y sangre se cernía sobre el Nuevo Mundo descubierto por los españoles azuzado por su peor enemigo: Inglaterra y sus ávidos cachorros.

Macuina, que no se inmutaba por nada, sonrió con una calma flemática y concluyó la plática sobre la presencia de los blancos:

—La medida de la naturaleza y la del hombre es la misma. No envió el Creador a los blancos para disponer de ella como se os antoje. La tierra tampoco pertenece a las naciones indias y solo el Gran Espíritu es su dueño. Los rostros pálidos os alejáis del aliento del polvo que pisáis y nos reclamáis, o espoliáis, lo que es nuestro. Por eso habrá una guerra interminable —profetizó.

El jefe había entrado en una obsesión perturbadora sobre el futuro.

—Tampoco queremos vuestra religión —prosiguió el indio—. Sobre Dios no se discute. Es demasiado grandioso para nuestras pequeñas mentes. Veo que pronto seremos fugitivos de nuestros propios hogares.

Martín frunció el entrecejo y con un gesto definitivo quiso evitarle dolor.

—Lo que ocurrirá será inevitable, gran jefe. Los hombres blancos somos muchos y cada nación europea con sus propias codicias a cuestas vendrá hasta aquí. Es la ley de la historia del hombre y toda resistencia india será una locura —aseguró—. Por eso vivamos el presente como si el futuro no existiera.

—Entonces dejemos las cosas como Dios las creó —le sonrió.

El esperado encuentro entre el alférez de la Armada, Joan Perés, y el capitán de dragones resultó conmovedor y sincero. Se reunieron en el fortín con los soldados que allí malvivían y aprobaron el plan del viaje que se disponían a hacer juntos para evaluar la presencia rusa en las costas de Alaska.

Y unos días después, Perés, Arellano y Hosa se dirigieron presurosos y empapados hacia la goleta Princesa, presta para zarpar al norte.

La lluvia, que en la isla pronto se convertiría en nieve, les rebotaba en las alas de los sombreros para caerles luego sobre los hombros, las guerreras y los capotes de pelo. Con suficientes víveres y armas se habían quedado en el fuerte el sargento Lara y los dragones para cuidar de las tres mujeres rescatadas y reformar la fortificación, que se hallaba negligentemente abandonada y maltrecha. Hosa tuvo que hacerse de rogar, pues detestaba el mar y prefería quedarse al cuidado de Africano. Deseaba que sus pies estuvieran siempre sobre tierra firme y temía un naufragio fatal. No obstante, embarcaron y se hicieron a la mar aprovechando la marea del alba.

Su destino era la isla de Sitka, el centro neurálgico de las actividades de Nicolái Rezánov. Tras la revelación del intérprete ruso, tanto el alférez como el capitán deseaban entrevistarse con el embajador y salir de dudas sobre sus pretensiones reales e interesarse por la enigmática y alarmante isla de Kodiac.

El apache se arrodilló en el maderamen, alzó los brazos y rezó:

—Me gusta vagar por las praderas, ¡oh Wakinyán, Pájaro del Trueno! En ellas me siento feliz y seguro, pero cuando me confío a la braveza de las grandes aguas, palidezco. Protégeme, oh, espíritu celeste.

Eran al menos cinco días de navegación atravesando de sur a norte el canal de Hécate que separaba el continente de la isla natal de Aolani, donde se hallaba esta junto a Jimena y el sargento Ruiz, para luego, en el último día de singladura, navegar ciñendo los peligrosos y profundos canales de la isla que los nativos llamaban Kaigani Haida, Shee o Sitka, donde habían recalado sucesivamente rusos y españoles, y ahora al parecer los americanos.

—¡Largad trinquete en nombre de la Santísima Trinidad! —tronó la voz del piloto con la proclama habitual de los barcos de su majestad.

El alférez Perés y Martín conversaban acerca de los oscuros subterfugios de los rusos junto al palo de trinquete, cerca de la caña del timón de la gallarda Princesa, un bergantín-goleta de cuatro palos y veinte airosas velas, muy conocido por los nativos que navegaban por aquellas latitudes.

Arellano conocía a Perés de su primer viaje a Alaska, hacía ahora siete años, y sabía que era el gran pionero y descubridor de las islas y costas del territorio ártico y que la Corona le debía muchos honores, que aún no le había reconocido: el mal endémico de la madre patria con sus hijos más esforzados.

Le habló del enigma Kodiac y de la confidencia del ruso maltratado por la nobleza de su país, que por despecho le había revelado la existencia de un enclave militar en el corazón del golfo, a tres días de navegación de Nutka y de sus islas limítrofes. Una isla oculta y amenazadora para España.

—Lo del fortín armado en esa isla rompe por completo todos los acuerdos, don Martín. En mis muchas navegaciones, nunca vi osadía igual.

—Descuidad, o Rezánov o nosotros mismos elucidaremos ese secreto muy pronto, aunque tengamos que meternos en la misma boca del infierno.

El mallorquín era un hombre de acrisoladas virtudes marineras. Su larga melena, entre rubia y bermeja, y su mirada imperiosa destacaban en su terso rostro de frente amplia y entradas profundas. Esbelto y enjuto, parecía un hombre sin años. De hablar comprensivo, su trato despertaba simpatía.

Fueron cubriendo las primeras millas náuticas mientras Hosa, arrebujado en su capote de piel de oso, se había refugiado bajo el palo mayor echado sobre los aparejos, escotas y chicotes, y sin decir palabra.

Al navegar por el paralelo 55° norte, un gozoso Joan le señaló al capitán Puerto Valdés, el enclave fundado por el marino Hidalgo, el monte de San Elías, el fondeadero Córdoba y el Cabo Blanco, así bautizados por los marinos españoles. Distinguieron en la costa las cruces gigantescas erigidas por los marinos de la Armada De la Bodega y Quadra y Arteaga a lo largo de las orillas de Alaska, así como Puerto Santiago, más al norte, indicativas de que pertenecían al Imperio español, aunque en aquel momento estuvieran abandonadas. Ni los elementos, la nieve, el salitre o el agua las habían derruido.

No perdían detalle de cualquier cobertizo o embarcadero que divisaban con el catalejo Rojet, así llamado en honor a su inventor gerundense, al que Perés tenía en gran estima. Sin embargo, era evidente que en aquellos enclaves hispanos no se advertía ninguna presencia, fuerza o atalaya que defendiera los intereses de la Corona. Ojo avizor, tampoco repararon en ningún asentamiento ruso, y eso que vigilaron la costa palmo a palmo. Solo en la península de Kenai observaron alguna actividad de la Compañía, pequeños barcos repletos de fardos de pieles, pero muy al norte de las posesiones hispánicas.

—No se puede legitimar una posesión sin una presencia constante en estos mares, don Joan. Pero Madrid parece no entenderlo —adujo severo Arellano.

—Os aseguro que, tras nuestro informe, el virrey Mayorga duplicará los efectivos en esta parte del mundo, o rusos e ingleses se harán con estos territorios. Pero mucho me temo que en esa misteriosa isla de Kodiac los rusos hayan construido fortificaciones. Si es así, los cañones de esta nave las arrasarán. Es la orden real que tengo, don Martín —adujo reservado el marino.

En el camarote principal donde comían los oficiales habían pintado con trazos dorados una leyenda muy apropiada para los barcos de su majestad: *Está siempre vigilante y, si hay peligro, modera, detén, o provee rumbo seguro.*

—Muy prudente máxima, don Joan —le comentó sonriente Arellano.

—La imprudencia suele llevar inexcusablemente a la calamidad. El héroe griego Aquiles, aunque invulnerable, nunca se presentó en la batalla sino prudentemente armado y seguro de su estrategia. Un barco es como una comunidad flotante de hombres que debe ser protegida por su capitán, ¿comprendéis, amigo mío? —replicó grave el alférez de navío.

La mañana de la arribada a la Sitka rusa, el sol no acababa de salir, y el cielo estaba cubierto por una neblinosa calima. Celajes blancos ocultaban la instalación comercial donde esperaban hallar al chambelán Rezánov. Nieblas frías avanzaban desde el mar helado y los árboles parecían fantasmas polares, y más cuando el viento se arremolinaba en sus copas nevadas. Martín, al enfilar el embarcadero, enarcó las cejas y miró al mallorquín, inquieto.

—¿Cómo seremos recibidos? ¿Como amigos? ¿Como enemigos?

—El recelo mutuo dictará nuestro encuentro, don Joan —repuso.

Frente a la proa del Princesa, se mostraba la límpida visión de cuatro naos, las rusas Jano y Avos, y dos americanas con registro de los astilleros de Charlestown-Boston: la Columbia y la Lady Washington, tal como Rezánov le había avisado a Neve. La soberanía de España estaba en entredicho.

Desde la amurada, los oficiales españoles contemplaron el hermosísimo paisaje de Sitka, sus densas arboledas, fiordos azulísimos y las altas montañas donde descollaba el pico níveo que los nativos llamaban Tongass o del Divino Creador. Islitas selváticas donde discurrían menudos torrentes que iban a dar al mar completaban la fascinante visión.

Perés ordenó orzar la nave para, con una pericia maestra, fondear lentamente en el pequeño embarcadero ruso después del mediodía. Tras asearse y vestirse conforme a la ocasión, descendieron por la escala. Decenas de marineros, estibadores y balleneros rusos cubiertos de pieles, que tiraban de carretas de mano, los observaban expectantes. Una nave española imponía respeto cuando atracaba en alguno de los puertos de Alaska.

Aunque no hacía excesivo frío, grumos de nieve se amontonaban en los resaltes de los edificios y en las ramas de los abetos, y frente al embarcadero se veían huellas de osos, lobos y zorros, nítidas entre la palidez de la bruma.

La bienvenida no pudo ser más obsequiosa por parte de Rezánov quien, tras saludar cortésmente a los oficiales, abrazó amigablemente a Arellano, que en presencia de sus hombres y criados le regaló un fardo de pieles de los kwaukiutl que acarreaba uno de los marineros del Princesa en sus espaldas.

—Es nuestro deseo que aceptéis este presente por vuestra cooperación en el rescate de mis compatriotas, felizmente liberadas de las manos de esos salvajes, que lo pagaron con sus negras vidas. Estas pieles y otros fardeles más constituían el intercambio con los que las comprarían esos indios caníbales —dijo y abrió la saca que contenía una pila de pieles de marta cibelina y de zorro.

—Muy reconocido y gozoso por el rescate de esas cristianas. Su valor es inestimable y la labor de doña Clara, decisiva —se expresó tocándolas con las yemas de los dedos y reconociendo su valía—. ¿Y aceptaron sin más?

—Mi esposa Clara se las permutó por dos cajas de hachas de leñador.

Una larga sonrisa de asombro afloró en el rostro rasurado del ruso.

—¡Ah! Las misteriosas cajas que transportó en la Jano. Doña Clara es una mujer perspicaz y de espíritu rebelde, hija de esta raza aleuta tan talentosa, capitán Arellano. Sois afortunado con esposa tan inteligente.

—Doy gracias al destino por haberla conocido, don Nicolái. ¡Bendita esposa la mía! —reconoció ufano.

El cónsul ruso los condujo a un poblado de hogares de madera y cobertizos de pieles, donde abundaban los trineos tirados por renos y perros enormes y los carros repletos de sacas de pieles de osos, nutrias, alces y de las lanosas ovejas Dall, exclusivas del territorio y muy apreciadas en Occidente, que acarreaban a la Compañía pingües beneficios. Un centenar de cargadores rusos y de peones aleutas se afanaban en estibarlas.

Sitka era un productivo emporio de riqueza. En el centro se alzaba un tótem indio con la cabeza de un águila de cuello blanco y una junto a la otra dos grandes casas de madera construidas sobre un enjambre de pilotes de madera, al modo de los palafitos de los nativos de las islas del sur del Pacífico. La primera estaba pintada con imágenes de animales totémicos de vivos colores, y constituía la morada y las oficinas del presidente de la Compañía Ruso-Americana. La otra era una capilla ortodoxa, identificada por la cruz rusa de ocho brazos, ante la que Rezánov se persignó.

Y para descanso de los españoles no vieron ningún fortín defensivo.

—Me llena de gozo vuestra visita, capitán Arellano, y a vos, alférez Perés, estaba deseoso de conoceros. Estas tierras os deben mucho —reconoció.

Martín justificó su recalada en Sitka pasándole la mano por el hombro.

—Tras el rescate de las jóvenes, felizmente cumplido, mi esposa recaló en su patria, Xaadala Gwayee, donde la desembarcó el capitán Luzhin, y como la distancia entre Sitka y su isla es poca, me decidí a aceptar vuestra amable invitación y acreditar el progreso comercial del que hablasteis en Monterrey.

Rezánov, que estaba ataviado con un vulgar traje de faena, respondió:

—Pues ha resultado providencial, querido amigo, pues en tres días, el domingo, tras la misa, parto para Rusia. He de recoger los permisos de mi emperatriz y del archimandrita de Moscú para celebrar la ceremonia católica con doña Conchita en primavera. Por más que lo intento, no puedo apartar de mi mente el recuerdo de mi novia. La adoro, don Martín, y vos lo sabéis.

—Lo sé, y ella no os ama menos. Es una chiquilla bella y ejemplar.

Mientras caminaban, el ruso sujetó a Martín del antebrazo y repuso:

—En el amor, capitán, las mujeres llegan hasta la locura, y nosotros, los hombres, hasta la temeridad. Tengo que cruzar medio continente seguramente helado para llegar a Moscú antes de la Pascua de la Natividad, recoger esos documentos imprescindibles, volver a Sitka y zarpar luego para Monterrey.

Martín quiso compensar su sacrificio alabando a su querida Conchita.

—Os aseguro, don Nicolái, que ese ángel merece vuestros sacrificios —contestó.

A veces bastaba un gesto, una mirada.

Rezánov amaba a la criolla.

—Bien, señores, mi criado os acompañará al pabellón de invitados, y después os recogerá. Celebraremos una cena íntima con mis socios americanos.

—Muy reconocidos, chambelán —repuso Martín—. Vuestro castellano es cada día más correcto y abundante. Vuestra prometida os lo agradecerá.

—Deseo que Conchita pueda entender con exactitud mis sentimientos.

Martín le rogó:

—No la decepcionéis, señor. No la conduce ningún motivo ventajista, ni tan siquiera el oropel de la corte de la zarina. La señorita Argüello pertenece a un noble familia española y de criollos poderosos en Nueva España —le dijo.

—Lo sé, y por eso la admiro aún más. No la defraudaré, don Martín.

El diplomático volvió sobre sus pasos y los españoles se despidieron de él. Con un gesto de duda surcándole su despejada frente, Perés dijo:

—O es un consumado actor o ama a la hija del alférez Argüello con locura. Se le alegran los ojos y la cara cuando habla de esa joven —opinó.

—En el amor parece de fiar. Pero ¿lo es en cuestiones de política? Yo lo tengo por un caballero, aunque parece que nos miente sobre las pretensiones rusas en Alaska. En la cena saldremos de dudas, Joan —repuso.

Los cabos de varias velas iluminaban el aposento de Nicolái Rezánov cuando se incorporó al entrar los españoles.

El gabinete personal del embajador Rezánov difería mucho de ser confortable y suntuoso. Con tan escasa luz, parecía incluso sombrío y de una austeridad espartana. Dos ventanucos en las recias maderas dejaban entrar una tenue y rojiza luz crepuscular. Había una mesa que servía tanto para las comidas como de buró para tratar los asuntos comerciales y seis sillas de tosca madera. El suelo estaba cubierto por varias pieles de oso que conferían al despacho calidez, aunque no llegaban a ocultar por entero una trampilla que comunicaba seguramente con el exterior.

Motas de polvo en suspensión eran iluminadas por las ascuas de un gran brasero que apenas alumbraban el escaso ajuar: una librería con media docena de libros, colgada de la pared por unas cadenas tirantes, una carpeta gofrada de cuero atada con una cinta púrpura, plumas, tinteros, libros de contabilidad, un sextante, varias botellas de vodka y de coñac francés y algunas copas, platos, servilletas de lino y cubiertos de plata.

Como únicos adornos, un icono plateado de la Virgen María en una esquina, iluminado con candiles de sebo, y lo que más llamó la atención a los oficiales españoles: un marco de madera de cedro que no mostraba ninguna lámina, óleo o grabado, pero en el que sí había dejado marca un pequeño trozo de papel, como si hubiera sido arrancado recientemente.

Era muy raro.

A Martín le extrañó hasta que recapacitó al ver cuatro presillas metálicas en los extremos, que seguramente hasta hacía muy poco sostenían un mapa, una cartografía o una carta de marear. A todas luces Rezánov no deseaba que fuera vista por los inoportunos visitantes hispanos, quizá por su carácter secreto y castrense. Los mapas marinos y los cartulanos eran muy valiosos y no cabía duda de que los habían ocultado de las miradas inoportunas de dos invitados extranjeros. Aquello los intrigó.

Receloso, Martín no le quitó ojo durante toda la velada al enigmático recuadro desierto de información. Revelaba, para un observador sagaz, que algún documento había sido descolgado apresurada y bruscamente. El capitán disimuló con gesto cortés.

El diplomático ruso se cubría con un caftán militar y una guerrera larga y negra, y se calzaba con unos brillantes borceguíes de los oficiales superiores rusos que resonaban en el maderamen. Los saludó, haciendo gala de su proverbial atención cortesana.

—Don Martín, don Joan, os presento a los señores Robert Gray y John Kendrick, mis socios americanos, hombres ilustrados y comerciantes de pieles de la Compañía del Río Hudson, que representan en Alaska los intereses de las Colonias del Este —dijo, y estos inclinaron la cabeza.

—*Enchanté!* —contestaron a una los oficiales españoles.

La conversación se llevó a cabo con frases en francés y castellano e incluso en el básico inglés que los españoles conocían, y mientras todos daban cuentan de los platos que un cocinero siberiano iba sirviendo: *shchi*, una deliciosa sopa de pescado y col, caviar del Volga, *pelmeni*, bolas de carne, y un cordero al estilo *shashlyk*, los americanos se hicieron cada vez más accesibles.

Los socios de Rezánov, de una edad similar a la de Martín (pasaban la treintena con creces), eran individuos de estatura media que vestían elegantemente a la usanza inglesa, tenían anchas espaldas y cabellos claros, especialmente Gray, que parecía casi albino.

Rezánov, que intuía que la visita respondía a una inspección solapada y secreta de los hispanos, comentó irónico:

—¿Se han cerciorado al fin mis dilectos amigos españoles de que Rusia no tiene ningún deseo de expansión imperialista en esta parte del mundo? Desde Nutka hasta aquí, confío en que solo hayáis divisado chalupas que trajinan con pieles para la Compañía. Nada más. ¿No estoy en lo cierto?

—Irrefutable, chambelán. Esto viene a corroborar lo caballeroso y veraz de vuestras palabras y la realidad de las pretensiones de vuestra zarina.

—Mientras España siga poseyendo los territorios continentales, Rusia respetará las costas de Alaska. Ahora bien, si la Corona española abandonara el hemisferio, sería otra cosa.

El alférez, tan buen navegante como fatal diplomático, se envalentonó:

—La verdad, señor Rezánov, es que habían llegado rumores al virrey de México de que en una isla más a occidente, creo que se llama Kodiac, se estaba construyendo un fortín, un puerto militar y unas defensas con cañones, a solo unos días de navegación de Nutka, y eso sí es preocupante. Es como una declaración de guerra. Creo que comprenderéis nuestro recelo.

Rezánov no sabía qué decir. Los americanos cambiaron el gesto y el ruso compuso una mueca de desagrado. El resto fue previsible. Rezánov ordenó que sirvieran el postre. Perés había interpuesto un muro impenetrable de desacuerdo y ruptura de la hospitalidad. El anfitrión o no debía o no quería hablar de la secreta isla de Kodiac y de lo que realmente representaba para las pretensiones imperialistas rusas.

El ruso no correspondió y Martín imaginó los más funestos presagios en su futuro entendimiento. Observó por uno de los ventanucos que la gélida noche, iluminada por los ojos sin párpados de las estrellas, se había adueñado de la vigilia. Nevaba fuera y el sudario blanco convertía el poblado de Sitka en un barrizal de frío y de silencio. Como acontecía en el salón de Rezánov.

«Una verdadera lástima la inoportuna intromisión de Perés», pensó.

El alférez tomó aire y se quedó mudo, como si hubiera perdido el don del habla. Comprendió que había abierto una brecha en la armonía de la cena.

En los rostros de los comensales se leía la inquietud, y ni las fórmulas de agradecimiento por la invitación mostradas por Martín modificaron la situación. El capitán, entre bocado y bocado, suspiraba imperceptiblemente.

Silencios cortos y embarazosos se iban sucediendo uno tras otro.

Así difícilmente conocerían lo que atesoraba la intrigante isla de Kodiac.

LOS CABALLEROS BOSTONIANOS

Cuando los hispanos consideraban que serían despedidos sin más, en un tono de incuestionable desagrado, Rezánov reclamó la atención de los comensales acabando con el ensombrecido mutismo:

—Señor Perés, habéis elegido mal y desconsideradamente el término «guerra». Os ruego que retiréis esa expresión.

El marino estaba incómodo y adoptó una postura sumisa.

—Excusadme, he elevado un rumor a la categoría de verdad —admitió.

Rezánov, a pesar de la descortesía del alférez, habló preciso:

—Acepto vuestras disculpas y os diré al respecto algo que ya le expliqué al gobernador Neve, y que ya nunca más repetiré, señor. —Hizo una pausa.

El ruso, impasible, lo miró con sus ojos azulísimos y prosiguió:

—Por fortuna, *monsieur* Perés, esa fortificación que tanto os preocupa ni tan siquiera es una posibilidad de defensa o ataque a vuestro Imperio, sino un epitafio de lo que pudo ser y no es. Kodiac es un proyecto fallido, créanme. La Corona de España no tiene que temer ninguna amenaza —enfatizó grave.

—Estamos seguros de ello, chambelán —terció Arellano agitado.

El criado escanció las jarras con una espumosa cerveza *kisal*, y el chambelán dijo:

—Os contaré. Es cierto que Bering y Chírikov navegaron por la isla de Unalaska, y que fundaron pequeños asientos a los que dieron nombres tan sonoros y cultos como Cervantes y Kantemir, un afamado poeta ruso.

El rostro del diplomático ruso se distendió con un perceptible sosiego.

—Y sobre el inexistente enigma Kodiac —continuó más sereno—, tal expedición fue suspendida por la zarina para no incomodar a la Corona de España y por las quejas de vuestro embajador en San Petersburgo. ¿Entendéis?

—Lo ignoraba. Excusad la precipitación en mi opinión —dijo Perés.

El cónsul ruso había conseguido que cambiara de juicio. Eso parecía.

—Dadlo por cierto, señor Perés. Puede verse desde el mar que lo que parecen unas defensas no son sino grandes secaderos de pieles. Así que aplacad vuestras zozobras. No existe peligro real ni imaginario para España.

—Respuesta satisfactoria, chambelán —repuso más templado Martín con una expresividad facial que relajó los semblantes de los comensales.

—Lo que ofrecen estas gélidas islas y estas pródigas costas, señores, son grandiosas posibilidades de comercio de pieles y de oro, y la supervivencia de muchas bocas hambrientas de Rusia, América, las Aleutianas y Alaska.

Los agentes americanos, que se proveían de pieles en Alaska, asintieron. Rezánov era un hombre de negocios nada más y le importaban un bledo las tomas de posesión de monarcas trasnochados, que detestaba, incluso la suya.

—No dudamos en ningún momento de que vuestras palabras fueran ciertas —aseguró Arellano, quien clavaba su mirada en el espacio vacío del marco y pensaba: «Si Rezánov insiste en que no existe construcción alguna, ¿por qué han arrancado el mapa de su marco natural? ¿Ocultaba algo más? *Verba volant, scripta manet*, es decir, las palabras vuelan, lo escrito permanece… Habría que ver ese mapa».

La cena que tanto prometía y quedó truncada, comenzaba a tranquilizarse. Las dudas que abrigaba el oficial de la Armada parecían haberse volatilizado, aunque cada cual por su lado pensaba que algo no encajaba en las altaneras palabras del embajador de la zarina. Hablarían después del asunto en privado.

Conversaron sobre las nuevas oleadas de europeos provenientes de las islas británicas que recalaban en la costa del este y del efecto de empuje, e incluso anulación, de las poblaciones indias.

Martín, que vivía en su piel el descontento de las tribus del sur, opinó:

—Este continente está prácticamente desierto, pero ¿permitirán las naciones indias que las despojen de sus tierras de caza? El dilema es si son suyas, como sostiene Francisco de Vitoria, o por su extensión y riqueza deben compartirlas en igualdad con otras razas del planeta.

Pareció que el tema iluminaba las mentes de los bostonianos. La anterior apatía y el desafío de Perés con Rezánov había quedado olvidado.

—Las Trece Colonias —intervino Gray— les deben mucho a los enciclopedistas franceses, pero también a vuestro teólogo Vitoria, que proclamó el derecho de los indios a oponerse a las potencias europeas, pero este es un continente vastísimo para ser ocupado solo por erráticas tribus de indios.

Derrumbado en el asiento y mientras probaba un delicioso pastel de *kartoshka*, Kendrick, que poseía una voz tonante, dijo en francés:

—George Washington sostiene que los blancos poseemos el derecho sobre todo el hemisferio y que hemos de pactar con los indios y acotarlos en valles que les serán suficientes para vivir. España ha obrado en consecuencia.

Se hizo un silencio viscoso, pero la plática les interesaba, y Rezánov, que apenas si había opinado, intervino con su voz persuasiva:

—España siempre fue una gran nación. Pero ahora es como un viejo y cansado león que en su desconcierto se muerde a sí mismo.

El bostoniano se ofreció a interpretar el papel español y opinó:

—Indudablemente España ha cambiado el mundo. Antes se imaginaba, y ahora se entiende. La prosperidad y el progreso llegaron a Occidente con vuestras conquistas. Pero tras cuatro siglos de estancia en América, ha llegado el momento de entregarla en manos de sus hijos —apostilló Kendrick—. Más pronto que tarde la América hispana será de los criollos.

—Franklin ha llegado a admitir que el vuestro es el mayor milagro obrado por Occidente y que los europeos os lo tienen que agradecer —dijo Grey.

Los comensales se sonrieron y Rezánov palmeó la mesa. Gray y Kendrick les mostraron a los oficiales hispanos sus bolsas, atiborradas de reales de a ocho y doblones acuñados en México y también piezas de oro de agujero de medio dólar, batidos en Carolina del Norte, que eran idénticos a las monedas españolas que circulaban en el Imperio.

—Vuestras piezas de plata son las que circulan en los estados americanos del este, y las que se pesan en las balanzas para practicar las transacciones comerciales en la Compañía del Hudson. Os admiramos, créanme.

Antes de medianoche concluyó el ágape y cada cual fue acompañado por un criado a sus cubículos para evitar que murieran helados si se caían con la borrachera. La luz agazapada de las antorchas iluminó sesgadamente las casas de madera, los abetos gigantescos, las rocas humedecidas por la lluvia y los líquenes que crecían en el camino de grava y nieve.

La nevisca caída, aireada o fundida, dejaba ver los musgos que brillaban como la plata. Bucles de humo salían de las chimeneas de los cobertizos de los trabajadores, carreteros y estibadores, y la nieve se fundía bajo sus pies. En los aleros de la recoleta iglesia, los carámbanos comenzaban a cristalizarse, creando con las teas destellos granates de mágica belleza.

Cuando Perés y Arellano empujaron las puertas de sus aposentos, vieron que estaban iluminados por velas y, en sus camas, dos jóvenes nativas de ojos rasgados los aguardaban sonrientes entre las mantas de pieles suaves. El mallorquín, que apenas si podía sostenerse en pie, abrió los ojos con desmesura y se pronunció balbuceante:

—Decididamente, don Martín, nuestro anfitrión calla más de lo que cuenta. Creo que es un hombre taimado y propenso a la mentira. En cambio, sabe cómo satisfacer a sus invitados en todos los aspectos.

Perés, en el sopor de su propia confusión, se tambaleó.

—Es lo que necesitaba tras una prolongada abstinencia. Id con Dios.

—Bueno, al menos dormiremos calientes. —Y soltó una carcajada.

Martín dudó. Le costaba trabajo no pensar en Clara. Pero la joya sedosa y sagrada de la mujer estaba hecha para ser gozada. Él pensaba que era la forma más elevada de deleitarse en la vida, y la bendita criatura que lo aguardaba bajo los mullidos cobertores no entendía de prohibiciones religiosas.

Así que se desvistió y se unió íntimamente a la fresca joven. La desconocida muchacha le entregó su cuerpo con devoción, y el rojizo resplandor del brasero iluminó el cuerpo sudoroso y del color de la miel de la mujer. Al sentir el clímax del placer dejó escapar un gemido sofocado y se abrazó al extranjero con una fuerza inusitada. Martín se había sentido complacido, la besó y le sonrió satisfecho.

Y, con la lluvia arreciando, se sumió en un profundo sueño, no sin antes cavilar sobre el marco vacío y el mapa desaparecido. ¿Qué contendría?

Rezánov completaba los preparativos para partir hacia Rusia en dos días.

Los capitanes de la Jano y la Avos daban instrucciones para atiborrar de pieles las bodegas de sus naos, que serían descargadas en el puerto de Arkángel, en el mar Blanco. Perés y Arellano, reciamente abrigados, aguardaban al diplomático, que les mostraría el secadero de pieles y los cobertizos.

—Don Joan…, no os convencieron las disculpas de Rezánov, ¿verdad?

—No, capitán. ¿Acaso no percibisteis que la moldura donde se cuelgan los mapas a escala estaba vacía? Era como si hubiera sido retirado a propósito.

—Lo percibí al entrar. Pero ¿cómo sabremos dónde lo esconde?

—No puede ser en otra parte más que en ese estudio o en su cámara personal.

Entretanto, unos aleutas con grandes palas y rastrillos retiraban la nieve y el hielo que se había amontonado en la puerta de la morada del cónsul ruso. Inesperadamente, los dos oficiales vieron abrirse una portezuela bajo el suelo. La casa del diplomático se alzaba sobre grandes pilotes de madera y, ante la posibilidad de una gran nevada, ese era el sitio idóneo para abandonar la vivienda y no quedarse atrapado en ella.

La imaginación de Arellano voló de inmediato y una idea comenzó a tomar cuerpo en su mente de estratega. La maduraría. No estaban del todo convencidos de los argumentos del chambelán y seguramente la visita a los secaderos era una maniobra diversiva para no hablar de los movimientos de las naves rusas en el golfo de Alaska. Aun así, Rezánov los invitó a comer luego y se mostró pletórico y sincero, y en los postres le regaló a Perés un *kamal* de bronce para medir la altura de los astros en el horizonte y una brújula magnética a Arellano para sus cabalgadas por la Comanchería, Nuevo México, Texas y California.

—Esta tarde celebraremos la vigilia de San Cirilo para rogar protección en nuestro viaje y no padecer ningún contratiempo en el derrotero. Ardo en deseos de tener en mis manos esos permisos y estar al lado de mi prometida.

Martín, que anhelaba encontrarse cuanto antes con su esposa, manifestó:

—Pues don Joan y yo partimos también hacia Haida, donde está doña Clara. Os agradecemos vuestra hospitalidad y vuestros regalos. Después de San Blas, a primeros de febrero, el Princesa se hará a la mar y, tras recalar en Nutka, regresaremos a Monterrey con las jóvenes rescatadas y la tropa. Misión cumplida.

—Entonces allí nos encontraremos en abril, en la que será la boda más sonada que se celebre en California —les aseguró un ufano Rezánov—. Abrazad a doña Conchita en mi nombre y saludad a sus padres. Mi sueño se hace al fin real.

—Lo haré, don Nicolái —le aseguró en tono amigable, y se

fundieron en un fraterno abrazo tras citarse en la florida primavera californiana.

La luz del atardecer se filtraba por los abetos, hayas y cipreses de Sitka.

Se respiraba un aire frío que olía a resina. Se percibía también la porosa humedad de una tormenta inminente y no podían perder tiempo. Habían preparado sus pertenencias para dormir en el Princesa y tras la caída del sol regresarían al barco. Perés, con una expresión de dignidad herida, acució a Arellano cuando este lo convocó en su cubículo.

—¿Qué deseabais decirme, capitán? —dijo inquieto y miró al cabo Hosa, que, tras vagabundear por los bosques, había aparecido al fin en el poblado.

—No os exaltéis, amigo Joan, y escuchadme. No estoy dispuesto a abandonar este lugar sin al menos intentar hacerme con el mapa oculto.

—¿Está loco vuesa merced? —se extrañó el marino.

—Sé que tanto vos como yo desearíamos echar un vistazo a esa cartografía donde seguramente nuestro anfitrión ha marcado sus zonas de influencia, los puertos comerciales de embarco de pieles y creo que también alguna base militar encubierta. El virrey celebraría contar con esa información.

—Estoy seguro de ello, don Martín. Pero ¿cómo habríamos de hacerlo?

—Tengo una más que posible certidumbre de dónde pueda hallarse.

—¿Sí? ¡Bendita sea esa suposición! —dijo Perés eufórico.

—¿Recordáis cómo salió de su morada ayer el chambelán Rezánov?

El marino reflexionó. Estaba demasiado aturdido para pensar, pero dijo:

—¡Ahora lo recuerdo! Por un portillo bajo el suelo. Pero estará herméticamente cerrado, ¿no? Y el portón de entrada está muy vigilado.

—Si salió y no había nadie dentro, como pudimos comprobar, es que puede abrirse desde fuera así como desde dentro sin cerrojo alguno —expuso.

—Ciertamente os asiste la razón. ¡Es una posibilidad en la negrura!

—Pues bien, aquí entra mi fiel Hosa —y el apache se sonrió, contento de servir a su superior, amigo y casi un padre—. Dentro de una hora comienza esa función sagrada a la que asistirán Rezánov y todos los rusos. La puerta está guardada por dos vigilantes, por lo que no habrá tomado ninguna vigilancia respecto al portillo, y confío en que pocos conozcan esa entrada cuasi secreta.

—¿Quién iría a atreverse? ¿Y bien? —preguntó un Perés entusiasmado.

—Creo que esa portezuela debe estar simplemente encajada y que por ella se puede acceder a la vivienda de Rezánov. Será fácil de curiosear, pues solo hay tres habitáculos. Uno es una cocina, otro el despacho y por último su alcoba, con una austera cama, un baño de zinc y un galán para doblar la ropa. Luego si el mapa fue escondido apresuradamente, ha de hallarse en el despacho salón o en su cámara.

—¿Y allí he de rebuscar? —preguntó el apache, presto a intervenir.

—Así es, Hosa. Buscamos un mapa de estos territorios donde seguramente han de estar anotadas las posiciones rusas. El plan es que accedas por la trampilla, des con él, si es que existe, lo traigas, lo examinemos el alférez y yo, y luego lo restituyamos con urgencia antes de que concluya el oficio religioso y ese lugar se llene de gente. No tenemos más de una hora.

—¿Y si hubiera más de uno, capitán? —preguntó el explorador.

—Los traes también. Si la trampa estuviera clausurada por dentro, o poseyera un candado, no habría nada que hacer y te vuelves sin más. No podemos luchar contra lo imposible, y se alertarían. ¿Estás listo, Hosa? ¿Lo has comprendido bien? Te aguardaremos aquí. Te ayudarán en la búsqueda unas lamparillas que hay encendidas ante una imagen de la Virgen y del Niño Jesús.

—Lo estoy, señor, y lo he entendido. Descuida.

***

El asentamiento ruso estaba vacío y silencioso.

La claridad diamantina del atardecer cubría los tejados de madera con una envoltura gris, pues había comenzado a caer una fina lluvia. Tras haber sonado la campana, la comunidad rusa se había encerrado en la capilla y se escuchaban los roncos y colectivos rezos del ritual ortodoxo, mientras por los ventanucos se escapaba un balsámico olor a incienso.

Hosa salió sin ser visto del cobertizo de los invitados y se escurrió por un estrecho sendero que discurría tras las edificaciones, moteado de endrinos, helechos y brezos en los que se agolpaban los copos de nieve. Sigilosamente, el apache serpeó entre los pilotes de madera que sostenían la casa del embajador. Hedía a pescado podrido y a leña quemada.

Exhaló vaho por la boca y las gotas se le congelaron en la barbilla. Dedicó unos instantes a estudiar la situación. Dos centinelas, encima de su cabeza, guardaban la puerta principal de la casona. Con la lluvia, el subsuelo comenzó a enfangarse, pero si alguien podía acceder a la vivienda, era él. Solo él.

La opacidad del ocaso recortaba el perfil de los maderos que sostenían el palafito y se apresuró a encontrar la trampilla. Palpó y la halló. Extendió la mano y empujó. Sin oposición alguna se desplazó hacia arriba. «¿Será una trampa para ladrones ingenuos?», se preguntó. Se aupó y luego la encajó tras él, tirando de una argolla. Estaba dentro de la pieza principal. La luz era insuficiente, tenue, pero pronto se acostumbró a la penumbra.

Era un hombre curtido en ver en la oscuridad, pero su olfato debería estar más ágil que nunca. Tenía la vista de un lince y la agilidad de un puma. Ahora debía buscar en los rincones de las tres habitaciones. Observó el icono mariano y le asustaron sus resplandecientes fulgores. Se descalzó y respiró con cierto temor, pues creía estar profanando un lugar sagrado.

Espiras de humo exhalaban un seboso tufo ante la imagen. Escrutó con sigilo e intensidad la casa entera. Deseaba tener una vista panorámica del conjunto, y se detuvo unos instantes para observar el austero mobiliario y oler el aroma a genciana y el acre tufo de los libros, plumas, tintas y carpetas.

Revisó la exigua biblioteca, los libros, debajo de la mesa, tras el marco y la imagen votiva de Santa María. Pensó luego que los blancos solían guardar sus pertenencias más valiosas en los arcones, pero en ninguna de las tres habitaciones se veía ninguno. Meditó con la mano en la sotabarba.

Recapacitó y husmeó bajo el catre del diplomático. Se sonrió para sí.

Había dos bolsas de viaje de cuero y terciopelo. Abrió la primera y comprobó que solo había ropa, un gorro de astracán y unas botas. Hizo lo propio con la segunda y sus ojos se fijaron en dos bolsas. Sacó una, la sopesó y vio que estaba atiborrada de monedas. Había también un libro de rezos con estampas religiosas, un ábaco y un oloroso pañuelo mexicano de una dama: «De la señorita Conchita, seguramente. Dios la bendiga», lo olió y lo dejó.

Iba a cerrarlo cuando una intuición lo detuvo. Lo que creía que era el fondo le llamó la atención y lo desacopló de los pliegues de los bajos. Lo examinó y vio que en realidad era una cánula de piel dura, donde los blancos suelen guardar los legajos y documentos.

En medio del batir de la suave llovizna, sustrajo el tapón y tocó el papel crujiente que encerraba dentro, el que según su experiencia servía para delinear mapas y cartografías. Creyó haberlo encontrado. Lo guardó en su zurrón y deshizo el camino. Se colocó los borceguíes que había dejado en el frío suelo para no dejar huellas y regresó por el mismo desierto sendero y bajo un velo de tupida y gélida agua.

Había tardado el tiempo que se necesita para rezar dos credos. No más.

Entregó el cilindro negruzco al capitán, que lo esperaba junto al marino, presa de la inquietud. Lo expuso ante la temblorosa llama de cuatro velas que titilaban sobre la mesa y Perés compuso una sonrisa beatífica, como quien ha hallado la clave que mueve el mundo.

Martín lo despojó de su contenido y ante la azafranada luminosidad de la estancia, comprobó que se trataba de dos mapas a escala, casi análogos, y más o menos del tamaño del marco vacío contemplado durante la cena. Se miraron excitados, pero precavidos. ¿Habrían dado con lo que buscaban?

Desechó el primero, un mapa de las islas del golfo, pues la Armada y los dragones los poseían de mayor exactitud y calidad cartográfica. Pero el segundo, al que le faltaba un pequeño trozo del extremo superior, los dejó sin habla, y el alférez sintió una complacencia indescriptible que venía a confirmar sus sospechas. La tensión del instante los había paralizado en un rictus de mudo estupor. Desconcertados, el silencio creció en la habitación sobre un cúmulo de suspicacias. Tres pares de ojos dubitativos miraban sin pestañear el comprometido mapa que atesoraba el gran secreto del chambelán Rezánov.

—La Providencia ha puesto en nuestras manos la prueba definitiva.

—Un guiño favorable de la suerte, don Joan —replicó Arellano.

Una morbosa excitación cruzaba los semblantes de Martín, Perés y Hosa. No obstante, no cabía duda de que, a fuerza de querer embaucar a los enviados de su majestad el rey de España, las relaciones entre Arellano, Perés y Rezánov se habían envenenado irremisiblemente.

Había ocultado algo de incuestionable valor.

LA TIERRA DE LOS ABETOS DORADOS

Los oficiales hispanos fijaron sus pupilas en el mapa sustraído. No dejaron un instante de examinarlo con expresión expectante, aunque apremiados por el tiempo. Perés se colocó unas antiparras diminutas en el arco de la nariz, para amplificar el tamaño de los signos, tomó su lápiz de cantero y anotó en unos papeles los datos que creyó cruciales. Bosquejó con premura un somero remedo de la cartografía que tenía ante sus ojos, que luego reproduciría tranquilo en su camarote con todos los detalles.

No estaba ni nervioso ni preocupado, como correspondía a un oficial al servicio de su rey en un asunto estrictamente profesional. Concluida la apresurada reproducción, en la que calcó con exactitud todos los datos, Hosa deshizo con rapidez y sigilo el trayecto de vuelta y devolvió la cánula con las cartografías a la bolsa de donde las había hurtado. Después, sin ser advertido, regresó.

Rozando la noche, Arellano, Perés y Hosa abandonaron el poblado de Sitka con las bolsas de sus pertenencias. El rito de San Cirilo concluía, pues se escuchaban los rezos y antífonas finales. Salieron del emporio despacio, sin despertar ninguna suspicacia, y saludando a los pocos estibadores y marinos rusos que se encontraron a su paso.

El Princesa, alumbrado tenuemente por los fanales de proa y popa, estaba tan silencioso como la fría naturaleza que lo envolvía. Ascendieron por la escala y fueron saludados por la guardia de noche y por el contramaestre, que recibió órdenes del alférez de no ser molestados y de zarpar de inmediato.

Joan Perés y Arellano se encerraron en el camarote, donde el alférez transcribiría cuanto había anotado en el apresurado borrador. Ambos encendieron sus pipas para hacer más llevadera la labor y Perés abrió su *Atlas de las longitudes* para los cálculos. Rodeándose de compases, regletas, brújulas, tinta de colores y cuadrantes, el mallorquín se dispuso a duplicar el mapa en un pliego granulado y de alta opacidad que olía a cera.

El alférez de navío estaba eufórico y creía haber hallado el vellocino de oro que la Armada española andaba buscando desde hacía décadas, pues estaba convencido de que incluía el paso norte que comunicaba los dos océanos, largamente buscado por la marina real. Habló despaciosamente:

—Don Martín, lo de los rusos en Alaska es un atropello y lo demostraré cuando concluya. Rezánov nos engaña, estoy seguro —insistió

Uno de los marineros había dispuesto en la mesa una jarra de chocolate caliente que ayudaría al trabajo del oficial en sus cálculos y unos flameros con velas que suavizaban la oscuridad de la estancia, transformándola en un lugar de sedantes reflejos dorados.

El alférez comenzó sin pausa el rasgueo de los cálamos y los cómputos precisos y Arellano se dio cuenta de sus prodigiosas cualidades para crear cartas marinas. Perés necesitaba demostrar la actitud prepotente y engañosa del chambelán Rezánov, con el que no simpatizaba.

Mientras hacían los cálculos escucharon las órdenes encomendadas al piloto y al timonel para iniciar la maniobra de soltar amarras rumbo a Xaadala Gwayee, la patria de Clara, a tres días de navegación del emporio ruso. Estuvieron enclaustrados en el camarote hasta el mediodía siguiente, cuando, hora tras hora de cálculos y correcciones, tomó cuerpo y forma la réplica exacta del mapa robado y luego devuelto por Hosa.

La transcripción estaba casi concluida y Perés se mostraba jactancioso.

Percibían el frío del archipiélago Alexander, el olor a salitre y las brumas engañosas con las que parecía que la airosa goleta no avanzaba. Tras horas de concienzuda labor amanuense, Perés echó hacia atrás la silla y se desperezó. El día avanzaba monótono, y atizaron el brasero.

—¡Albricias! —gritó—. Aquí tiene vuesa merced el mapa reproducido.

El virtuoso alférez mostró al fin su trabajo a Martín. Incluso pensó que podía convertirse en una gran arma para ascender en su carrera como marino de su majestad. Un enigma, ansiosamente buscado, estaba frente a la visión de Arellano, que se inclinó e intentó interpretarlo. Era sencillo y saboreó de antemano el fiel trabajo del alférez Perés. Pero había vocablos rusos, copiados al pie de la letra, que ninguno de los dos comprendía ni sospechaba su significado.

En el camarote se respiraba un ambiente de inenarrable excitación.

Rezánov había trazado en el original una línea discontinua de puntos que dividía el golfo de Alaska en dos mitades. En la más occidental había dibujado varias banderas amarillas con el símbolo imperial ruso del águila bicéfala, que incluía la misteriosa isla de Kodiac. Y sobre el río Yukón y las tierras interiores, también había delineado pequeños banderines rusos, lo que suponía su domino sobre lo que el diplomático había descrito como *Terra incógnita*, o lo que es lo mismo, tierra desconocida.

—Es un momento apasionante, don Martín. Se le ha caído la careta a ese Rezánov —dijo un Perés petulante alzando la réplica exacta del mapa—. Casi pierdo la vista en una sola noche, ¡pardiez!

Martín, entre la incredulidad y la decepción, reparó en que desde Puerto Córdoba y el monte San Elías, Rezánov le adjudicaba la soberanía a España, como si fuera un juez inapelable y todopoderoso, y desde allí hasta las costas californianas, había dibujadas varias banderas rojas y gualdas, con los símbolos hispanos. No poseía gran experiencia en cálculos marinos y siguió examinándolo.

—Menos mal que Rezánov deja a España la costa del Pacífico —sonrió.

—Según él, don Martín, nuestra zona de influencia se reduce a esas orillas. Nada más. Prácticamente la totalidad de Alaska la consideran suya. ¡Son unos lobos depredadores! —gritó—. ¡Ese es su procedimiento!

Arellano hizo una observación que dolió íntimamente al alférez.

—Además, observo que ha señalado como paso ruso el estrecho de Arián, que tanto habéis buscado en el Ártico los marinos de su majestad. Al parecer ya lo emplean los marinos de Nueva Inglaterra y los peleteros de la bahía de Hudson, la Continental Navy, para unir ambos océanos. ¡Mal lo tenemos!

Al mallorquín le era difícil ocultar su desilusión y protestó severo:

—¡Maldito zorro! En la cena lo silenciaron tanto él como los bostonianos —recordó con ira—. Yo intuía que astutamente se guardaban claves capitales sobre el dominio de estas tierras. ¡Los muy taimados!

En la cámara capitana flotaba una viscosa nube con olor a tabaco y cacao que apenas si permitía ver los anaqueles de la biblioteca. Martín, cansado y exhausto por la larga vigilia, se fijó en otros letreros diminutos, escritos con letras cirílicas que no entendía.

Abundaban las estrellas amarillas del Imperio de los zares sobre numerosos puertos de la costa del Pacífico, entre ellos el Refugio Ross, aunque todas en paralelos muy al norte, seguramente los embarcaderos de pieles para la Compañía Ruso-Americana, bajo la denominación de обменов, un vocablo cuyo significado ignoraban. En el espacio de influencia de España, sobre una de sus banderas rojas y gualdas de la Armada, aparecían otros extraños vocablos: озеро испанский. ¿Qué significarían?

Dirigió luego su mirada hacia la controvertida isla de Kodiac, donde destacaba otra palabra no menos misteriosa: покинули. ¿Qué querría manifestar Rezánov con ella? ¿Alguna expresión secreta de índole militar? ¿Fortaleza? ¿Enclave mercantil? ¿Plataforma para enviar su flota sobre la costa norte de California? Se hallaban, según Perés, ante un secreto militar de gran envergadura.

Finalmente, sobre el centro y norte de la colosal y extensa península de Alaska, sobresalían dos palabras, una entendible en latín, *Terra incógnita*, y la otra desconocida a todas luces, России.

—Saldremos de dudas en Haida, allí hay muchos marineros

rusos. No debemos precipitarnos en aceptar conclusiones hasta no conocer el significado de esos extraños términos en ruso —le recordó Martín en tono prudente.

—He de reconocer que el chambelán me ha decepcionado. Espero que no se comporte de igual manera con la hija del alférez Argüello. Sería una bofetada a nuestro honor —consideró un furioso Perés.

—No lo creo, don Joan. Rezánov es un súbdito de la reina Catalina, un caballero y un oficial cuidadoso de su respetabilidad. Pongamos cuanto antes en conocimiento del virrey de México esta información —le recomendó.

Martín pensó en su suegro y en Clara, a la que tendría entre sus brazos muy pronto, y en las ganas que tenía de comprobar el preocupante estado del sargento Sancho Ruiz y de la melancólica Jimena Rivera.

El corto día boreal se iba extinguiendo y encendieron los fanales.

El Princesa cruzó la bahía de Haida y fondeó en un embarcadero de madera donde había anclajes para las chalupas de los nativos, las veloces y resistentes *aidhas* pintadas con animales totémicos, cabezas de animales y grandes ojos. Al aproximarse a la proa, el capitán observó que Joven Cuervo jugueteaba con una moneda, un *silver dollar* americano que, paradójicamente, mostraba la efigie de Carlos III *Rex Hispaniorum*.

—Veo que eres un joven afortunado, Hosa —le sonrió con ironía.

—Es un recuerdo de Rezánov. Ya sabe, un apache nunca desperdicia la ocasión de hacerse con un pequeño recuerdo —dijo, y Martín, que comprendió que la había sisado en la morada del ruso, meneó irónico la cabeza.

El capitán alzó el brazo y le señaló a Hosa la isla de su esposa:

—Nos acercamos a la tierra de la que es natural doña Clara, que ellos llaman de muchas maneras: Nuestra Tierra, Las Islas de las Personas y también Gwayee, las Islas al Borde del Mundo. Yo la conozco por la isla de los Abetos Dorados, pues bajo uno de ellos le prometí amor eterno —sonrió.

Hosa, admirando el paisaje de tupidos bosques de coníferas, altas montañas, mansas aguas y fiordos, y las nubes rojizas de cielo, exclamó fascinado, tan acostumbrado como estaba a sus secos desiertos y a las bermejas aguas del Colorado y el Brazos:

—Capitán, viviría eternamente en este paraíso creado por Wakantanka.

Los aleutas se acercaron a la rada para recibirlos y los tripulantes del Princesa fueron aclamados por los habitantes de la isla, hombres y mujeres de rostros redondos, pómulos salientes y largos cabellos al viento, las mujeres con trenzas que les llegaban a las rodillas, adornados todos con conchas y plumas de vivos colores. Su pulcro sentido de la hospitalidad los hacía una etnia admirable y acogedora.

—¡Es el esposo de Aolani! —exclamaban alborozados.

—¡Ha vuelto don Joan! ¡Loado sea el Espíritu del Halcón! —decían al recordar el miedo y el estupor que sintieron siete años atrás cuando el mallorquín apareció en sus aguas con la gallarda e impresionante goleta, la Santiago, la primera nao europea que veían sus ojos y que tomaron por una ballena gigantesca de origen divino. Nunca olvidarían aquel día y contaban en los fuegos nocturnos lo que sintieron al ver a los españoles descender de ella.

—Veo que os recuerdan con agrado, don Joan —lo alentó Martín.

—Fuimos el primer blanco que recaló en esta bahía en nombre de España, estableciendo unas relaciones que aún perduran. Una feliz efeméride.

Un abigarrado grupo de indios principales acompañaba al gran jefe Kaumualii, cacique y chamán de las islas de Xaadala Gwayee, y a Clara Eugenia, todos abrigados con mantones de invierno, aunque el frío era soportable comparado con Sitka. El húmedo viento secó las lágrimas de la princesa, que se abrazó gozosa a su esposo.

Martín apenas si la había conocido, tocada con un altísimo gorro cónico, unos pantalones ajustados de piel de gacela y una ostentosa capa bordada de tonalidad blanca. Su padre, un hombrecillo de edad avanzada, rollizo, de piel arrugada, afable y de cabellos trenzados, vestía un atuendo adornado con plumas, y abrazó a su yerno, al que agradeció la protección de su hija.

El sargento Ruiz y la depauperada Jimena Rivera se acercaron a saludar a Arellano. Estrechó a Sancho, quien le corroboró que llevaba días sin expulsar sangre, y que su cuerpo y sus pulmones agradecían el descanso. La liberada, a la que le tomó las manos, le dijo que sus oraciones y los cuidados de Clara habían consolado sus ánimos y que intentaba olvidar sus melancolías.

Haida era una aldea con casas de madera semejantes a las de Sitka. En el centro se alzaban al menos diez tótems con cabezas de pájaros y águilas de vivísimos colores, los protectores del poblado, que se elevaban hacia el cielo majestuosos y colmados de ofrendas.

Canes de abundante pelo e incisivos carniceros, seguramente para enfrentarse a los osos, sesteaban delante de las casas, rodeadas por gigantescas hayas. Armazones con tiras de carne de morsa y reno, arenques y salmones ahumados le dispensaban al asentamiento un aroma salitroso y a humo de leña.

Kaumualii los condujo a una casa de techo bajo y amplia planta, la sede del Consejo, donde les ofreció un ágape de agasajo, con abundante cerveza y humeantes alimentos que colocaron en el suelo, sobre unas pieles. El viejo gran jefe ordenó callar y se dirigió a Martín entre engreído y resentido:

—Aún no he recibido la simbólica dote por Aolani, hijo mío. Para los aleutas unangan es una costumbre sagrada y, sin ella, el Gran Dios no os mirará a los ojos —dijo, sorprendiendo a los recién llegados, incluso a Clara.

Al dragón le costó trabajo reaccionar y miró sobrecogido a su esposa.

—Las sacas de pieles que os regaló vuestra hija, Aolani, son una parte, pero os traigo un presente personal que os seducirá, padre —lo contentó.

Arellano, con ademán cortés, le regaló a su suegro una vistosa pareja de espadines para duelistas de elaboración francesa, arma muy valorada por los jefes indígenas indios. Estaba trabajada primorosamente con guardamanos y herrajes de plata y empuñaduras amarfiladas y, aunque no podían cortar, su remate era afiladísimo. Se las mostró como si fueran una joya en un maletín, donde resaltaba en letras doradas el nombre del fabricante: *Battle Merchant*.

El anciano Kaumualii, que se consideró pagado con espadas tan deslumbrantes y valiosas, lo abrazó de nuevo y le rogó que le enseñara a utilizarlas. Se las colgó en el cinto, mostrando a su tribu que eran objetos de reputación y que los llevaría hasta el día de su muerte. El gran jefe era inmensamente dichoso, y le deseó abundante descendencia y el favor de Kaila, el dios del cielo. Después, en un castellano tosco, extendió las manos y dijo formal:

—Sé que la divinidad de los cristianos ha bendecido vuestra unión en México, y que también lo hizo el Padre de los blancos, Carolus, y el gran sacerdote de Roma, pero hoy os doy yo mi bendición en nombre de Amarok, quien protege a los aleutas y vivifica las aguas del mar. ¡Sed dichosos!

Y con atenta caballerosidad y tras consumir el abundante condumio, les mostró las tiendas donde habrían de vivir hasta que los vientos polares cesaran y el Princesa zarpara hacia el sur con su querida hija como pasajera.

Un tropel de chiquillos y mujerucas indiscretas acompañaron a los esposos hasta la *barabara* de Aolani, una casita subterránea cubierta de tierra y heno, cuyas paredes estaban recubiertas de pieles de osos, martas y zorros grises, con un centelleante brasero en el centro, un lugar para el sosiego, la confidencialidad y el goce de los sentidos.

Clara y Martín, después de un baño conjunto y reparador en una pequeña habitación donde también había un sudatorio con piedras incandescentes, aspiraron las hierbas espirituosas y liberaron su cuerpo. Lo necesitaban tras meses de penurias, cabalgadas, navegaciones y esfuerzos. Mientras, fuera, se oía una suave melodía de flautas de hueso, panderos y voces de niñas, que entonaban cánticos al amor y a la unión entre amantes.

—Parece como si nos hubiéramos casado hoy, Clara, querida.

—Para ellos así ha sido. Sin la bendición de mi padre no estaba casada.

Cuando todo quedó en silencio, Martín percibió que su garganta era una hoguera y que Clara, con los ojos cerrados, las palmas de las manos abiertas y su cabellera salvaje extendida sobre los mullidos cobertores, se ofrecía como una invitación pasional y fogosa al oficial español. Se amaron sin mirar el tiempo y, finalmente, aquel placer sin medida quedó reducido a un vértigo delicioso y a una sugestiva sonrisa en los labios de la aleuta.

Habían tocado el cielo del deleite.

Mientras los faroles ondeaban suspendidos en la proa del Princesa, Martín esperó a que descendiera de la nave don Joan Perés. Iba vestido con su uniforme de la Armada, pantalón blanco, escarpines, guerrera o carmañola azul con vueltas y solapas rojas, entorchados dorados y un bicornio negro con la escarapela de su rango militar. Un capote militar gris sobre los hombros lo resguardaba del frío y la humedad.

Abrió su cajita de plata y aspiró un pellizco de rapé. Estornudó.

—Dios os guarde, don Martín. ¿Tenéis ya a la persona que interpretará esas palabras del demonio que no pudimos traducir?

—Entre la colonia de rusos de Haida, solo uno sabe leer, escribir y contar números. Es de fiar. Lleva en la isla más de veinte años.

—Deseo salir de dudas cuanto antes, don Martín. Llevo dos días dándole vueltas a la cabeza a esas palabras desconocidas y sin sentido para nosotros.

—Acompañadme. Nos aguarda en la *barabara* de mi esposa.

El individuo era un ruso que residía en la isla desde que la visitara su jefe, el capitán Alekséi Chírikov, pero según sus palabras se consideraba un nativo más al haber contraído matrimonio con una aleuta que le había dado cinco hijos. Hacía las veces de contador de pieles, arponero y cazador de osos, menester en el que era muy valorado. Su imagen llamaba la atención por sus profundas arrugas, su corpachón, por su altura casi gigantesca y por unos mostachos blancos que le sobresalían por la barbilla para ir a unirse a unas patillas pobladas y níveas. Llevaba una casaca de piel abierta que le dejaba ver el vello del torso, una faca descomunal y unas botas sucias de barro. Sus ojos, más que mirar, acechaban, con una mezcla de recelo y alarma.

Clara les serviría de intérprete.

—¿A qué os dedicáis, amigo? —se interesó don Joan.

—Soy cazador —contestó lacónico y con cara de pocos amigos.

Perés no sacó el mapa transcrito, pues podía comprometerlo, y continuó hablando:

—Veréis. El caso es que en Sitka me han regalado una carta náutica muy superficial para navegar por estas aguas, y alguna terminología está en idioma cirílico. Os la mostraré —le dijo y entresacó de la casaca el bosquejo hecho en Sitka, que era un galimatías casi ininteligible.

—Decidme, señor —se ofreció diligente.

—Necesito saber el significado de algunos términos rusos —adujo, y dejó un puñado de kopeks en su mano para estimularlo—. Escuchad. En el océano Pacífico aparecen estas dos terminologías que ignoro: «озеро испанский» —dijo, y le mostró un papel con la expresión escrita.

El ruso no tardó en hablar:

—Está clarísimo, señor, tanto nosotros como los ingleses llamamos a este mar el Lago Español. Eso es lo que quieren decir esas dos palabras.

Perés lanzó una sonrisa burlona, descubriendo un falso desinterés.

—Lo había imaginado. ¡Correcto! —mintió y sonrió levemente—. A ver esta otra, amigo —dijo y le extendió el papel con el vocablo que aparecía junto a las estrellas, a lo largo de la costa. Era «обменов» y la leyó dos veces.

El cazador ruso se detuvo, reflexionó levemente mirando el bosquejo del mapa salpicado de palabras rusas, y dijo:

—«Puerto, o embarcadero de intercambio». Nada más.

—¡Ah! Me mantenía en la duda. ¡Curioso! —volvió a mentir—. Bien.

Hasta ahora las anotaciones cirílicas no comprometían el honor de Rezánov. Luego le acercó al eslavo el papel, señalando la palabra «России», que provocó una orgullosa sonrisa en el ruso, que dijo con satisfacción:

—Es la palabra que nombra a mi tierra madre. Quiere decir: «Rusia».

Complacido, Perés halagó al cazador, que no movía un músculo. Luego dijo:

—El nombre de la patria debe ser música para los oídos de un patriota.

Inmediatamente, el alférez de navío pensó en la controvertida isla de Kodiac. Era el último término que deseaba conocer y el más preocupante. De él dependía pensar que Rezánov era un mal bicho, falsario y mendaz, o un caballero. Martín pensó que Perés estaba obsesionado con aquel enclave. Le volvió a exponer el escrito al ruso, y le preguntó melifluo:

—¿Y esta palabra, buen hombre? —Le señaló la debatida expresión de «покинули», escrita bajo la misteriosa isla de Kodiac y la oriflama amarilla de los zares.

Perés no respiraba tan siquiera. El marino español anhelaba conocerla sobre todos los demás términos, pues aclararía muchas cosas, entre ellas que era un fortín militar encubierto, de lo que estaba seguro. El ruso la miró, se rascó la cabeza y destiló una prolongada cavilación, para luego aclarar con seguridad:

—«¡Abandonado!». Sí, puerto abandonado o desierto —insistió.

Los ojos se le abrieron desorbitados al navegante del rey. No lo creía.

—¿Abandonado? ¿Estáis seguro? —Perés se resistía a admitirlo.

—Claro que lo estoy, señoría. ¡Abandonado! Lo que sea, lo han dejado indefenso —reiteró, y bebió de la taza de caldo caliente.

Una neblina vaporosa se filtraba por el tragaluz haciendo más denso el silencio. El sol saldría más tarde e iluminaría aquella pródiga naturaleza, pero en la mente de Perés se había desplomado una negra neblina.

—Bien, amigo, eso es todo. ¡Gracias! Os podéis marchar —dijo algo frustrado, pues había dejado en el aire un gran interrogante y no menos dudas.

El ruso inclinó cabeza, recogió los kopeks y salió sin decir palabra.

—¡Válgame el cielo! Ese patán ha corroborado cuanto nos dijo Rezánov. Pero francamente me resisto a aceptarlo —aseguró adusto el alférez.

Rezánov no los había engañado y habían corrido un riesgo innecesario. Arellano aspiró hondamente y manifestó:

—Centremos la cuestión, don Joan. Una vez interpretadas esas anotaciones, las cosas quedan como estaban. Nada de qué preocuparse —le dijo.

—Me da la sensación de que los rusos están escenificando el fin del Imperio español. Saben que un día nos iremos de estas islas —se lamentó Perés—. De momento abandonan, pero luego volverán —insistió.

Los dos oficiales pensaron que España no tenía alternativa.

—Ahora comprendo por qué Rezánov y sus amigos, esos arrogantes bostonianos de Nueva Inglaterra, nos hablaron de la agonizante España —sostuvo Perés—. Desean repartirse entre ellos los caladeros de Alaska.

Arellano comprendió que el enigmático asunto del fuerte fantasma de Kodiac se había convertido en una obsesión para su amigo Perés, que no aceptaba del todo la traducción del cazador eslavo y se consideraba víctima de un engaño.

—¿Y qué hará entonces vuesa merced, don Joan? —preguntó.

No se reconocía vencido, y su consejo no había tenido efecto alguno.

—Partiré hacia la isla de Kodiac inmediatamente, antes de que lleguen los hielos. Será entonces cuando mi informe a la Corona sea fidedigno, pero corroborado por mis propios ojos. No me fío del ruso.

Se proponía partir y no consumirse el resto de sus días por el error de no haberlo comprobado por sí mismo. Parecía estar firmemente decidido.

—Don Joan, por salvar vuestra reputación os enfrentáis a una singladura muy peligrosa en mares desconocidos —quiso zanjar el asunto—. Meditadlo.

—¡No! —replicó secamente—. Lo comprobaré personalmente.

Martín se despidió de él con un gesto brusco de discrepancia.

Cuando días después, en medio de una pegajosa niebla y con nubes negras amenazantes sobre las montañas, Joan Perés partió de Haida rumbo a la isla de Kodiac, nadie fue a despedirlo. Aquella no le pareció a Martín una travesía rutinaria, sino una fuga dictada por la soberbia, la desconfianza y la ceguera. Se había determinado a poner en peligro su vida y la de sus hombres.

Martín insistió en que le parecía una indagación insensata, sin la prudencia digna de un oficial del rey. ¿Cómo un hombre tan juicioso como Perés podía arriesgarse a quedar encallado en los hielos provocando su propio infortunio y el de su tripulación, mexicana en su mayoría y no acostumbrada a navegaciones tan arriesgadas? ¿Había pensado en una más que posible muerte en las heladas aguas del Ártico?

Martín lo lamentó, y murmuró para sí: «Verdaderamente su jactancia raya la alucinación».

Para el capitán de dragones, su amigo el alférez Perés, aún estaba inmerso en aquel viejo mundo de quimeras y delirios de la vieja España. Le resultaba incomprensible su actitud de suspicacia y terquedad y se preguntaba cómo la interpretación de aquel enigmático mapa podía haberle provocado semejante ofuscación.

Y con una mueca de desaprobación y disgusto, fue a buscar a Clara.

EL PRESEPIO DE NAVIDAD

El crudo invierno ártico compareció en Haida antes de la Pascua. Llovía constantemente, los cielos estaban cubiertos de nimbos oscuros, pero apenas si nevaba. Lo hacía solo cuando aparecían las ventiscas del norte, y los valles y el poblado se cubrían con mantos de nieve.

Al mediodía, un anémico disco solar solía aparecer salpicado de volutas blancas y entonces se animaba la vida de los aleutas. En las gélidas noches, las montañas ululaban con resonancias borrascosas, y al amanecer, con los primeros rayos de luz, despedían resplandores cristalinos y deslumbrantes fulgores.

Los días se fueron recortando y una bruma húmeda envolvía la isla natal de Clara, ocultando la verde viveza de los bosques. Pequeños témpanos de hielo colgaban de las cornisas de las casas, de los árboles, de los regatos de agua y de los tótems sagrados.

Durante las semanas que siguieron, Martín y Clara vivieron recluidos en la casa del gran jefe Kaumualii y en la caldeada *barabara* de Aolani, casi siempre en la compañía de Jimena Rivera, que buscaba su recuperación definitiva en la consoladora compañía de la princesa aleuta.

—La sola evocación de mis captores me impide liberarme de mis temores —le revelaba—. Sus figuras están siempre presentes en mis pesadillas.

En una clara contradicción, ofrecía resistencia al dolor de su espíritu, por lo que no podría escapar definitivamente del oscuro callejón de su pena. Clara pasaba horas de plática con su amiga estimulando su regreso al mundo.

Para Jimena sus días y sus noches transcurrían como si fueran un día eterno, sin goces y sin otras esperanzas que no fueran las palabras vivificantes de Clara. Pero una mañana que olía a heno y salitre y en la que no llovía, Martín le pidió que lo acompañara a presenciar la tala de hayas y robles para hacer falúas, que dirigiría el mismísimo jefe Kaumualii.

Mientras observaban la pericia y los curtidos rostros y manos de los indios aleutas y el cercano retumbar de las hachas, Arellano le rogó atención. La joven parecía estar sumida en un furioso malhumor, pero aceptó oírlo:

—¿Estoy en un error si pienso que temes, más que a lo sucedido, a que no te acepten y te vuelvan la cara tus amistades de California, Jimena?

La luz del sol se estaba aclarando y disipaba la niebla, y pareció que en su interior se desplomaban algunos andamiajes de los que no deseaba hablar.

—Don Martín, los pensamientos que me aterrorizan son como tiranos que vienen a atormentarme, ¿sabe vuesa merced? Pero sí, pienso que cuando todo se sepa en Monterrey me rechazarán, me señalarán como la mujer ensuciada y mancillada por un indio y entonces querré morirme.

El hecho era meridianamente simple. Temía no ser admitida de nuevo en una timorata sociedad de viejos prejuicios y exageradamente hipócrita.

—Ninguna de las otras mujeres rescatadas dirá una sola palabra de lo acontecido, te lo aseguro. Se han juramentado en Nutka, se lo oí decir. Nada debes temer, ni tan siquiera a Dios mismo, que os ha perdonado. Debes eliminar esos demonios que afligen tu alma.

—¿Es eso cierto? ¿Nada contarán del contacto con esos paganos?

—Nada, no debes atormentarte ni un solo día más, Jimena —insistió—, y corre un espeso velo en tus evocaciones.

La joven aspiró el limpio aire del boscaje, como si pudiera borrar de un plumazo sus íntimos temores. El capitán prosiguió con su plática:

—Ese horror pasó, Jimena, y esos humanos que te atormentan pagaron sus excesos con creces. No debe darte miedo evocarlos, pues ya no son nada. Solo polvo. Nada hicisteis por propia voluntad y el Creador, nuestro único e inapelable juez, lo sabe. El olvido, la discreción y la prudencia obrarán el milagro. Todos están deseando recibiros con los brazos abiertos.

Demasiadas imágenes aún corroían la imaginación de Jimena, que dijo:

—Solo siento amargura y odio, y estoy harta de esta lucha interna, pero la seguridad de que nada se ha de propalar entre los indiscretos me alienta.

—Haré jurar ante el Evangelio a los componentes de la expedición para que corran un cerrojo de compresión y no concedan un solo bocado a los murmuradores. Vuestro sacrifico así lo exige, Jimena —le prometió.

—Confío en que sea cierto cuanto decís —deseó fervientemente.

—Juega limpio con tu prometido. Tú no puedes enjuiciarte a ti misma y penar por algo de lo que no eres responsable. No lo condenes a una vida muerta —le rogó.

—Debo pensar en él, tenéis razón. —Y recordó a su pretendiente, que seguramente esperaba impaciente su suerte en la Academia de Cadetes de Querétaro, con una leve sonrisa.

—Ese indio brutal que acude cada noche a tus pesadillas murió como una bestia y penó por sus crueldades. Su justa muerte debe ayudarte a salir de ese lodazal de dolor. Considéralo, querida —la animó.

Jimena pensó que un gesto definitivo de olvido, antes de arrojarlo con rabia al fondo del pozo de indiferencia, la ayudaría a sobrevivir.

—Sé, don Martín, que ese animal pagó con creces sus barbaridades y que murió atrozmente entre espantosos alaridos y espumarajos y luego fue ajusticiado su compinche mojave. La justicia les vino del cielo.

El capitán reincidió en el final de aquellos malditos demonios como terapia que hiciera recapacitar a la californiana. Pensó que los signos del destino no bromean con los seres humanos y la convenció de ello:

—Sí, Jimena, sus ejecuciones fueron trágicas y sumarísimas, y he de confesarte que Cabeza de Águila también participó en la muerte de tu padre. Creo que deberías saberlo. El castigo le vino de aceros españoles, y no lo querría ni para mi más pérfido rival —le dijo convincente.

Por vez primera sintió como real la muerte de sus captores y fue para ella como una liberación. Cuando creía que transitaba por los dominios de la locura, un rayo de lucidez la alumbró por dentro.

—Sé que no es cristiano desear venganza a quien te hizo tanto mal, pero una satisfacción tan deseada nunca llega demasiado tarde, don Martín. Os aseguro que lo meditaré y espero que desaparezcan esos fantasmas.

—Las venganzas castigan pero no quitan el dolor, Jimena —le dijo misterioso a la joven—. Te voy a mostrar algo que espero que no te cause daño.

Martín desdobló un paño de lana y le expuso lo que contenía. Jimena lo miró turbada y con la respiración cortada. Sabía qué era, pero no le dolió.

—Como puedes ver son las plumas del valor de tu torturador, Cabeza de Águila, la bolsa de piel con las espinas de rosas de California con las que os martirizaban y el látigo de Búfalo Negro, que seguramente probasteis en vuestras espaldas. Esto, que recogió Hosa, es lo que queda de esos tres bárbaros, querida Jimena. ¿Ves? Ya no son nada. Olvídalos. Los quemaré en ese fuego y las pavesas y cenizas se las llevará el viento.

—Capitán, ¿puedo quedarme con las espinas de rosa? —le pidió—. Deseo conservarlas para no olvidar que fui una esclava y que lo que hoy poseemos mañana podemos perderlo —murmuró.

—Claro, estoy seguro de que te ayudarán a sobreponerte. —Le sonrió.

Martín arrojó los objetos indios a las llamas y trató de convencerla de que el colapso sufrido por su corazón debía aceptarlo como un avatar desgraciado de la vida y como una tabla salvadora donde acogerse.

Tras la charla, Jimena veía sus obsesiones más despejadas. Alzó sus ojos del color del firmamento, observó las nubes danzando sobre el mar y contempló extasiada cómo las olas negras se volvían azules con el juego de las tímidas brazadas del sol, y lo tomó como una metáfora de su existencia.

Había aceptado el reto del olvido propuesto por Martín de Arellano.

Los indios aleutas celebraban la Luna de la Nieve con ofrendas, danzas y cantos a sus tótems protectores y a sus deidades celestes: Kaila, Amarok y Sedna. Clara, que había sido bautizada en Manila por el agustino fray Lisardo de Sepúlveda y había aceptado el credo cristiano, no participó en todas.

Sin embargo, tuvo una idea feliz para acortar el tiempo de espera y rescatar una costumbre muy española. Se propuso traer a Haida la costumbre italiana, tan popular en la corte real de Madrid, de instalar un presepio, una representación con figuras en miniatura de la Natividad del Señor. Estando en Roma con su esposo, enviado del rey Carlos III, el santo padre Pío VI le había regalado un nacimiento napolitano, que ella donó al convento franciscano de Jalapa en México.

Hizo partícipes a Jimena y a Hosa, un virtuoso en tallar la madera con sus cuchillos, que se mostraron dispuestos a ayudarla. Joven Cuervo cinceló la Sagrada Familia del tamaño de dos palmos con formidable pericia, Aolani dispuso un pesebre con heno, rocas y ramas de abetos y Jimena lo policromó de una forma primorosa. La noche de la Pascua de la Natividad, los hispanos se reunieron en la *barabara* de Clara.

Clara se acicaló y propuso cantar los villancicos que en aquel mismo instante se estarían cantando en las misiones de California y en miles de hogares del vasto Imperio español. Los entonó con su voz de campanilla, y aquella noche, en la que llovía a cántaros, se oyeron tonadas semejantes a las de los pueblos de Castilla, como *Sobre tu cunita*, *Duerme niño del alma* o *Pastorcillos del monte*.

La alegría había vuelto al corazón de Jimena, que comió, bebió y bailó. Parecía que sus atormentadores se habían esfumado de sus pensamientos.

A partir de aquel día, a Jimena Rivera se la vio distinta. Recobró a pasos agigantados la confianza en sí misma y la fluidez del trato con los demás, con el solo cuidado de aceptar su pasado y relegar al olvido sus demonios recurrentes. Su esbelto cuerpo se fue enderezando y ya no caminaba encorvada. Su cabello fue recobrando la esplendidez del oro, y aunque aún pálida y delgada, sus ojos hundidos adoptaron otro brillo y parpadeaban de alegría cuando Clara, Martín o el sargento Ruiz le hablaban.

Entonces, pequeños suspiros escapaban de su boca y sonreía tenuemente. Se había propuesto con determinación olvidar la cara de la muerte reflejada en Ana, cuando se quitó la vida, y la máscara rijosa del jefe indio que la había mancillado.

A pesar del riguroso frío y cuando no llovía, Clara, Jimena, Sancho y Martín salían de sus habitáculos para oler los vapores silvestres de la isla, bajo la capa tormentosa de las nubes. Bebían agua en los arroyos y se sentaban al pie de los abetos dorados para conversar, y Martín fumaba en su pipa preferida. Un día, el sargento mató un ciervo de varias arrobas y lo regaló a Kaumualii, que organizó un festín en la casa del Consejo en honor de sus huéspedes. En sus caminatas temían encontrarse con algún oso en aquel paisaje gélido, y llevaban las pistolas cebadas colgadas del cinto.

Jimena, antes distante y ausente, poco a poco seguía transformándose en la persona comunicativa que siempre había sido, y departía sobre su casa de Monterrey y los preparativos de su boda, como si se hubiera redimido enteramente de sus tormentos interiores. Jimena había abandonado el borde del abismo gracias a su fe y a la firme voluntad de escapar de la ciénaga del desaliento. Salía de su habitación con los ojos y mejillas plenos de vitalidad y Clara le sonreía. La piel seca que lucía en el Refugio Ross se estaba convirtiendo en su suave tez de antaño, y comenzaba a consentir que la princesa aleuta le aplicase sus bálsamos y afeites.

—Aunque la visión de Monterrey desgarre mis entrañas, deseo

volver sin temor alguno. No deseo seguir avanzando por las sendas del miedo y convertir en extraños a mis seres queridos —aseguraba.

Por fin, la ira y los largos silencios se convirtieron en una tranquilizadora seguridad.

Tras la Epifanía del Señor, mediado el mes de enero, el oleaje y las borrascas del norte aún tronaban en las tinieblas como ondas metálicas que llegaban a encoger el alma. Un viento fino silbaba en los oídos como una legión de víboras e invitaba al paseante a la quietud, el fuego del hogar y el lecho caliente, pero Martín se incorporaba de la yacija muy de mañana y, abrigado, salía a deambular a solas con sus pensamientos.

El paradero desconocido y la tardanza del Princesa lo preocupaban.

Clara solía dormir a esas horas y aquella mañana, sin hacer ruido, Martín se calzó las botas, se cubrió con el capote de oso comprado a Kovalev y emprendió el camino de la costa norte por si observaba algún rastro de la goleta de don Joan en el horizonte. En la orilla vio algunas lumbres de pescadores y cazadores indios y divisó una manada de lobos blancos. Sopesó las consecuencias de un ataque, por lo que amartilló la pistola y se la embutió precavidamente en el cinto.

Los carniceros, que parecían hambrientos tras perseguir sin éxito a una manada de caballos salvajes, avanzaron intimidantes hacia el oficial, que se dispuso a enfrentarse a las alimañas él solo e incluso morderles los hocicos si era preciso. Gritó con fuerza y se detuvieron.

Sacó el arma de fuego y disparó un tiro entre las patas del macho dominante, que aulló asustado. Con las piernas bien ancladas en el suelo, disparó de nuevo y esta vez amasijos de hielo y piedras impactaron en el arisco animal que, dando gruñidos, desistió de la acometida y se perdió junto con la manada en el helado bosque. Martín descendió hacia un hondón rocoso y luego cruzó apresuradamente unas colinas cubiertas de pinos amarillos.

Por los límites del este observó relámpagos, truenos y rayos disgregados que pregonaban un día lluvioso, por lo que decidió regresar a la *barabara*. Miró hacia atrás y se vio confortado con una presencia salvaje que le infundió una gran dicha. Un poni peludo, moteado de pintas blancas y escuálido, lo seguía a cierta distancia. Bufó tras él y trotó como un potrillo. Martín amaba los caballos y se detuvo, recordando a su animoso Africano y también a Cartujano, su otro caballo de guerra. El potro temblaba de frío y debía haberse disgregado de su manada perseguida por los lobos. No precisó de ningún ronzal, solo de su aliento y de sus caricias en el lomo y en el hocico. Se le pegó a las espaldas y, con él al lado, regresó al poblado, donde las ollas humeaban. Los aleutas, al verlo aparecer con el potro, se quedaron atónitos.

Tenía un regalo para Clara, una amazona hábil y sensible a los caballos.

Su improvisado regalo la entusiasmó.

El Princesa de Joan Perés, transcurridas más de tres semanas, no retornaba, y el grupo hispano comenzó a inquietarse. No habría regreso a California si no había nave donde realizarlo, primero a Nutka y luego a Monterrey. Se aproximaba la fecha en la que se abriría la navegación, a primeros de febrero, y la nao no aparecía, con su contumaz Odiseo, el alférez Perés, capitaneando la nao investigadora en unas singladuras de mucho riesgo.

Martín, con los pies helados, convocó a Sancho Ruiz y a Hosa para explorar la costa norte, por si habían tenido algún contratiempo. El primer día no descubrieron nada, y tampoco el segundo, pero al quinto apresuraron la marcha en aquella temprana hora, pues el batidor apache había creído identificar la luz de un fanal en el mar que hacía extrañas señales.

Alcanzaron una escollera libre de vegetación y se detuvieron. El viento les azotaba el rostro. Arellano oteó el inescrutable horizonte, como hacía cada día. Sacó de la faltriquera su catalejo de maniobras y divisó las aguas grisáceas del Pacífico Norte. La niebla todavía no le permitía ver más allá de una milla marina, pero cuando entre el cúmulo de nubarrones plomizos se escapó un medroso haz de luz, distinguieron el velamen y la quilla de una goleta.

—¡Es el Princesa! —exclamó alborozado Martín.

Avanzaba hacia Haida muy lentamente, bajo un cielo cada vez más nuboso, donde el astro solar lucía a intervalos. Encendieron una colosal hoguera para que pudiera orientarse y los tres se quedaron clavados viendo la maniobra de aproximación y atraque, aunque advirtieron que algo no iba bien. En el palo de mesana ondeaba una banderola con un aspa roja de borde a borde, signo de que reclamaba ayuda y amarre forzoso por si se cruzaba con otra nao.

Con las velas arriadas, se detuvo ante una barrera de cordajes negros y descomunales de miles de algas marinas, donde a veces se hallaban ballenas encalladas, grandes aves acuáticas y focas muertas de las que los aleutas aprovechaban la grasa y la carne. Martín respiró, pues, aunque la goleta estuviera dañada, su dotación ya no corría peligro alguno.

Los nativos y algunos rusos, que también la habían divisado, se unieron a los hispanos, mientras medio centenar de embarcaciones pintadas se acercaron a la nave averiada que les lanzaba cordajes y sogas para ser arrastrada hasta el embarcadero, donde atracó con la sutileza de un soplo de brisa marina.

¿Qué le ocurría a la nao española, un prodigio de navegabilidad y de velocidad marinera? La animación y el bullicio en la escollera resultaban conmovedores y Martín se preguntaba si había acontecido alguna tragedia en la marinería, tras la vigilancia y visita a la desdichada isla de Kodiac.

La gente de mar sacó los cabos de amarre de los pañoles y subieron las anclas a los pescantes. Se hizo un espeso silencio, y Sancho le puso la mano en el hombro a Martín. Estaba tan preocupado por regresar a Monterrey como él.

—Creo que nos quedamos en tierra, don Martín. ¿Le habrá atacado alguna embarcación rusa o inglesa? —preguntó el sargento mientras mordía granos de café.

—Tiene cañones en cada banda y también en el combés y con esa formidable arboladura no se habrá dejado intimidar, Sancho. Parecen otros sus aprietos. Pero con ese alférez tan porfiado como don Joan Perés no sé si sabremos la verdad —aseguró Arellano mientras se frotaba las manos con fruición—. ¡Veamos qué ha ocurrido!

Se había alzado un frío gélido, como si hubiera estado agazapado en las neviscas de las montañas a la espera de que atracara la goleta Princesa.

Comenzaba una carrera desesperada contra el tiempo.

Martín, en cuya expresión se adivinaba sorpresa, prefería unas excusas verdaderas a las frases que agradan, y decidió exigir al marino de la Armada que no se guardara para sí ningún secreto. Se diría incluso que deseaba un fracaso sonado de su inconsecuente misión más que una sorpresa que comprometiera al chambelán Rezánov y a la paz firmada en Monterrey.

El frío escepticismo de Martín persistía y esperaba la narración de Perés para salir de dudas. Un ataque de furia de las supuestas baterías rusas de Kodiak pondría patas arriba a las cancillerías de ambos imperios.

Arellano exigió la más rigurosa de las discreciones a sus hombres:

—Que sea Perés quien presente los hechos acaecidos al virrey, no nosotros.

El poblado entero se arremolinó impaciente en torno al Princesa.

UN CORREO INESPERADO

La lluvia cesó antes del mediodía tras empapar con sus finas gotas la encallada masa de la Princesa, varada cerca del atracadero de madera.

Al fin, Martín pudo hablar a voces con el alférez:

—¡¿Qué ha acontecido, don Joan?! —gritó desde el embarcadero—. ¡¿Un abordaje?! ¡¿Os han cañoneado?!

—¡¡No, solo es una vía de agua en la sentina!! La repararemos, capitán —le gritó Perés desde la proa, antes de descender del barco junto al carpintero de la nave y el contramaestre y tomar tierra en una barcaza, donde fue recibido por los preocupados hispanos y por el jefe Kaumualii y su tribu.

Ya en suelo firme, el mallorquín los apaciguó y explicó las causas de la tardanza en el retorno, tras la singladura de inspección a la isla de Kodiac.

—¡Malditos témpanos a la deriva! —dijo, y abrazó a Martín y saludó al sargento Ruiz y al preocupado cacique—. En el paralelo 55º, cuando ya divisábamos Haida en lontananza, esquivamos varios bloques de hielo a la deriva, pero uno golpeó contra el maderamen del timón de popa y lo ha perforado.

—Temimos por vuestra seguridad y la de la dotación —replicó Martín.

—Esa es la vida de un marino, amigos. Los galeones se van a pique, los bergantines zozobran, los bateles vuelcan y los marineros naufragan. Es la ley del mar. A este barco se le ha abierto una vía de agua. A veces es difícil reaccionar, pero está controlada —asumió.

El gran jefe inclinó su cabeza y respondió al navegante:

—Tenéis a vuestra disposición la madera que preciséis y a todos mis hombres. Sabéis que son capaces de hacer una réplica de vuestra embarcación en una luna —ofreció el anciano padre de Aolani.

—Solo necesito un buen tronco de haya y expertos carpinteros. Aprovecharemos la bajamar de varios días y quedará reparada. La marinería está achicando agua y podremos trabajar desde hoy mismo —repuso Perés.

Los cormoranes y alcatraces parecieron saludar al Princesa con sus chillidos y vuelos alocados. La oscuridad del día retrocedió y pudo verse la brecha en el casco de la nao, un insólito espectáculo, con la colosal embarcación plantada en la dársena. Perés estaba cansado y, con la mirada vidriosa, rogó a Martín que lo condujera a un lugar caliente donde caldear su garganta y hablar de Kodiac: el objeto secreto de sus cuitas y preocupaciones.

Al capitán de dragones se le veía inquieto e impaciente. Esperaba una letanía de agravios sobre los rusos y sus atalayas de ataque y corrosivos y agraviantes comentarios sobre la codicia de la zarina de las Rusias y Rezánov, pero de momento no se produjo. Le extrañó. Entraron en la *barabara* de Clara, donde habían despabilado una lumbre que crepitaba entre chisporroteos en el centro del habitáculo. Perés bebió hidromiel humeante y, momentos después, se explayó:

—Os preocupa el misterio de Kodiac, ¿verdad, capitán Arellano? Sé que desconfiasteis de mi alocada expedición… y con razón.

La sola mención de Kodiac enrareció el ambiente de amistad, pero Arellano ratificó su curiosidad con la mirada. Estaba en ascuas y esperaba una explicación apasionada del balear, que se sonreía con gesto decaído.

—Nunca desconfié de vuesa merced, a quien considero un súbdito leal y sagaz de su majestad, pero el virrey y el gobernador de California aguardan nuestro informe. El tiempo nos apremia. Os escucho, don Joan.

Perés se excusó lamentando sinceramente su susceptibilidad.

—Mi eterno pecado de desconfianza hacia los enemigos de España me ha hecho pensar en algo que no existe, don Martín, jugándome además una mala pasada y poniendo en riesgo a mis hombres. Lo siento.

—Explicaos punto por punto, don Joan —le pidió, y lo miró adusto.

El mallorquín le rehuyó la mirada y parecía que lo que iba a soltar le regurgitaba en la boca como la bilis. No estaba cómodo, y reconoció:

—En Kodiac no hay nada que temer, don Martín. Es una isla desierta, sin fortines, cañones o atalayas. Mis presunciones estaban equivocadas —prosiguió el mallorquín—. El mapa que sustrajimos no nos engañó.

—O sea, que está «abandonada», como indicaba el mapa.

Como sorprendido en un error infantil, el alférez dijo:

—Ciertamente. Los farallones que se ven desde la costa no son sino muros ruinosos para colgar las salazones de pescado y las pieles de focas y morsas. La isla está tomada por las aves marinas y las alimañas.

Con una mueca de huidiza comprensión, Martín dijo sin rodeos:

—Lo presumía, don Joan.

—Pues sí, me declaro responsable de intentar imponer unas dudas infundadas. Donde yo esperaba hallar piezas de artillería y defensas, solo vi detritus de gaviotas, nidos de pájaros y pellas de barro y hielo.

Martín ya no le dirigió ninguna mirada de reproche al alférez.

—Bueno, solo lamento vuestros estériles afanes, pero esto viene a explicar el mapa que trazasteis y la veracidad de la palabra del chambelán Rezánov —contestó indulgente—. Lo prefiero así.

Arellano comprendió la sustancia de la que estaba hecho el diplomático ruso y que la honorabilidad presidía sus actos personales y políticos. Perés era un hombre abrumado que hablaba con voz humillada.

—He de reconocer que Nicolái Petróvich Rezánov es un caballero y un amigo de España. Lo creía un lobo con piel de cordero, pero es un hombre honorable. En Kodiac, salvo algunos nativos harapientos y hoscos, no hay un solo ruso —aseguró el alférez, que bebió ávidamente el caliente brebaje.

—Entonces no existe razón alguna para dudar de sus palabras, ¿verdad?

—No, capitán —contestó categórico.

Un vientecillo gredoso se colaba por el tragaluz, pero la bruma volvía a espesarse y el sol no se aclaraba, facilitando que las nubes se juntaran de nuevo y amenazaran lluvia. Martín observó al marino con condescendencia.

—Perseguir a ingleses, rusos y portugueses por el océano Pacífico ha extremado vuestros recelos, don Joan. Ahora ya estamos ambos dispuestos a elaborar ese memorando para el virrey con total certidumbre.

—Sí, aunque, en estos momentos, mi mayor preocupación es convertir a estos hospitalarios aleutas en cabos de mar, carpinteros de ribera, calafateadores y ebanistas. Trabajaremos sin descanso y para San Blas podremos iniciar el viaje de regreso. Dadlo por seguro —prometió el oficial.

Comprometidos con la empresa de reparar la goleta, los carpinteros del Princesa, un grupo de esforzados aleutas y la marinería al completo, aprovechando la bajamar, halaron con sogas y maromas la gigantesca nave, que quedó casi encallada en una suave pendiente cerca de la playa de Haida. Allí se dispusieron a repararla con los cuerpos hundidos entre las bandadas de cangrejos lodosos que iban a ocultarse a las grietas rocosas y en los esteros salobres, y también entre voraces anguilas que se escabullían bajo el casco.

Se apresuraron en cortar y cepillar maderas de unos dos cordeles castellanos y en limpiar las conchas adheridas al casco y las algas putrefactas y las valvas córneas de cientos de crustáceos pelágicos del Ártico pegados a la pala del timón, y finalmente calafatearon la zona afectada con brea, cera dura y resina de pino.

Con una de las altas mareas de finales del mes de enero, el arreglo quedó rematado a satisfacción de Perés ante la complacencia del resto de los españoles, que iniciaron sin pausa los preparativos del viaje a Nutka, donde recogerían al resto de la expedición española y regresarían a California.

La embarcación quedó en medio del océano con la sutileza prevista, dirigida la maniobra por el mismo alférez, que no paraba de dar gritos a la marinería para comprobar la estabilidad de la nao y de la nueva tablazón. La inquietud por la eficacia del arreglo había desaparecido.

Martín, desde la *barabara* de Clara, exploró la firmeza del Princesa con el catalejo y avistó a los ayudantes que aplaudían el trabajo bien hecho y más allá, hacia el sur, a unos marineros nativos que pescaban arenques con las canoas y a otros que regresaban de cazar nutrias. Desvió la lente y observó que, lejos de la costa, un ejército de nubes henchidas de lluvia se aposentaba sobre las olas turgentes y verdosas que rodeaban la embarcación española. El viento del norte, algo apático, se resistía a disiparlas.

«El regreso será lluvioso», pensó. «Pero el viento soplará propicio».

De repente, cuando se disponía a buscar a Clara a una milla hacia el norte, apareció en la lente del anteojo la silueta indefinida de una destartalada chalupa de dos palos, poco calado y ligera, de las que utilizaba la Armada para vigilar los puertos de las Indias en ambos océanos.

Al principio le pareció casi indistinguible y esforzó sus pupilas para reconocerla. Pero conforme fue acercándose, pudo definir la bandera que enarbolaba. Era la rusa imperial y el nombre del patache el de Sviatoi Piotr, es decir, San Pedro. Preocupación suma. De nuevo los rusos. Se avecinaban problemas.

Navegaba con rumbo fijo y era obvio que se proponía atracar cerca de la goleta española, en el embarcadero de Haida. Ensimismado, el capitán de dragones hasta creyó oír las voces de los marineros eslavos que la ocupaban y se llenó de inquietud. Dispuso los cinco sentidos en la maniobra de la gabarra, a la que observó detenidamente a través de las hendiduras que dejaba la bruma. Los rusos se estaban convirtiendo en su pesadilla personal y protestó para sí.

—¡Sancho! —llamó al sargento—. Nos visita un patache ruso.

—¡Qué querrán esos jodidos bastardos! Estos no anuncian nada bueno. —Frunció el ceño y se ofreció a ir a investigar.

—Acércate, y me informas. ¿A quién buscarán esta vez? —se interesó.

—Seguramente al alférez Perés. Se habrá metido en algún lío —aseveró.

Martín lo adivinó en sus rostros. Lo buscaban a él.

Un oficial del barco ruso flanqueado por varios compatriotas, por Kaumualii, por el cazador que había hecho de intérprete y medio pueblo detrás, se dirigían en tropel y a grandes zancadas hacia la *barabara* de Aolani, que, junto a su marido, observaba expectante a la turba que se aproximaba. ¿Qué era lo que deseaban aquellos extranjeros de su marido?

Martín, abrigado, fumando una pipa y apoyado indolentemente en el quicio de la puerta, aguardó a que llegaran, pero sin ocultar una cierta cautela por el alboroto. Pocos súbditos de la zarina sabían que recalaba en Haida. Llegaron con el aliento jadeante por la aspereza de la pendiente.

—¡¿El capitán don Martín de Arellano?! —preguntó el mensajero.

—Habláis con él. ¿Qué deseáis? —contestó accesible el oficial.

—Hemos de entregarle un correo personal y de inaplazable urgencia que ha llegado a Sitka hace unos días. Proviene de la misma Rusia, señor. De no hallaros aquí, hubiéramos seguido hasta Nutka —reveló dándole importancia.

Arellano se sobresaltó. Demasiado compromiso para una entrega usual.

—Os quedo muy reconocido, amigos. ¿Y sabéis quién lo envía?

Sus rostros curtidos por el viento del mar parecían de arcilla. Habló uno:

—Proviene de las oficinas de la compañía del puerto de Arkángel, y el remitente es Rezánov.

—¡Ah, mi buen amigo Nicolái! Bien, os invito a degustar un buen trago de hidromiel caliente. Veo que lo precisáis —dijo, y Clara repartió escudillas y cuencos humeantes que todos tomaron ávidamente, incluido su padre, el gran jefe, que abrigaba un amor desmedido por su hija primogénita.

Después Martín se limitó a asentir y a escuchar a los marineros, hasta que, tras entregarles unas monedas de plata, se fueron y los dejaron solos. El capitán cogió astillas y las arrojó al brasero, creando un resplandor rojizo en la *barabara*. Disfrutó del silencio de la acogedora habitación y se dispuso a leer la misiva. Aolani y Martín se acomodaron en sendas banquetas para abrir la carta.

—¿Supones con certeza que la envía don Nicolái, esposo?

—¿Quién si no, Clara? ¿Conocemos a algún otro Rezánov? —le sonrió.

—He advertido una letra «S» y no una «N» en el remitente —advirtió.

La pregunta contribuyó a un repentino silencio y a un grave asentimiento del oficial, que encendió dos candiles de sebo para iluminar el papel, pues el firmamento revelaba aquella mañana un repertorio de mortecinas tonalidades, que además presagiaban tormenta. Era cierto el detalle que le había pasado desapercibido y lo desconcertó.

—Indudable, Clara. No había reparado en ello —dijo en suspenso.

Martín rompió el cordel de bramante rojo que ataba el sobre de tela y advirtió que, aparte de la carta enviada a su nombre, había dentro otra, para entregar en mano al alférez José Darío Argüello, padre de su enamorada Conchita, y un diminuto relicario de plata, quizá un presente del novio. Los dos se miraron interesados, aunque también extrañados por lo que incluía la envoltura.

Abrió la suya y observó que la caligrafía era frágil, quizá escrita por una mano cansada o atormentada, que las filigranas del papel denotaban que era el usado por la aristocracia del zar, y que olía a nuez de agallas y a tinta odorante.

—Está escrita en francés, querida, al leerla la iré traduciendo —repuso.

—Veamos qué desea nuestro enamorado chambelán —dijo Clara impaciente, que intuía algo desconcertante en envío tan perentorio.

—Escucha, querida.

Comenzó a leer con cierta suspicacia.

A don Martín de Arellano, capitán de dragones del rey de España, de Sergey Petróvich Rezánov. Dios os guarde y os provea de salud.

—Debe ser su hermano, o un pariente muy cercano, ¿verdad?

—Con toda seguridad, Clara —replicó Martín, alarmado.

He de notificaros, mi excelente señor, que mi hermano Nicolái fue llamado a la presencia de Dios tras una corta pero penosa y lacerante enfermedad a consecuencia de la caída de su caballo cuando, procedente de Sitka, se dirigía a San Petersburgo para recabar los beneplácitos que hicieran posible su casorio con dame María de la Concepción Adela de Argüello.

El destino, ese mar sin orillas y tan tornadizo que zarandea a los seres humanos, hizo que la vida de mi hermano Nicolái fuera trágicamente truncada en Siberia cuando se dirigía a la corte imperial. Tras abandonar Sitka el otoño pasado, navegó hasta Kamchatka, donde dejó sus barcos para el regreso.

Llegó a caballo con su séquito a Okhotsky, no en carruaje, cuando ya se iniciaban las nieves y hubiera sido más seguro. Pasó varias noches literalmente a la intemperie, por lo que enfermó de neumonía tres veces consecutivas, aquejado además por una elevada fiebre. Sintiéndose mejor, retomó el camino y se puso en marcha, aunque sin calcular sus escasos bríos, la dureza del viaje y el endemoniado clima.

Mi hermano Nicolái, cortesano de alta cultura y rango y militar de graduación, fue siempre un experto jinete, pero perdió el conocimiento, dada su debilidad física. Cayó estrepitosamente de su montura y se golpeó la cabeza con el hielo del camino. Sus criados lo condujeron agotado y malherido a Krasnoyarsk, donde murió tras una breve convalecencia entre grandes muestras de dolor de toda la población, conocidos sus méritos y relevancia en la corte.

Todo el mundo lo ha llorado por su benevolencia y ha lamentado sin moderación una pérdida tan capital y precipitada, atribuyéndole de inmediato la emperatriz el título de Princeps Fidelissimus, y entrando de facto en la Academia de la Nobleza Imperial.

Nada pudo hacer contra su destino, sino encomendar en los últimos instantes su alma al Creador. Su cuerpo fue enterrado en el camposanto de la catedral de la Resurrección de Nuestro Señor, donde aguardará el Juicio Final.

Ya de nada han servido los permisos rubricados por la Iglesia ortodoxa y de la emperatriz para su casamiento en Monterrey, así como el Tratado Hispano-Ruso que portaba para ser sancionado por la emperatriz Catalina, y apenas si nos atrevemos a aceptar su pérdida, señor Arellano.

Su alma ya goza de la compañía de los bienaventurados, pues no hubo un espíritu tan leal, altruista y generoso en toda Rusia. La unión con María de la Concepción, en la que había depositado su felicidad, se ha visto desbaratada por la más fatal de las tragedias. Y sabed que su familia e hijos hemos soportado la más inconsolable de las desgracias.

Comprendo que, para la joven prometida, de la que me consta su amor por Nicolái, no existe contrapartida para su dolor y que recibirá al conocerlo una trágica conmoción. Dada su juventud, un sesgo del destino tan brusco desolará sus sentimientos, pero por si le sirve de consuelo, os diré que las últimas palabras que salieron de su boca fueron de recuerdo para su idolatrada novia española, que ocupaba un lugar de privilegio y veneración en su corazón, como pude comprobar por las cartas que me envió.

Recibid, señor, mi consideración y os suplico que roguéis a la familia Argüello que no incurra en el desánimo. Entregadle la carta adjunta y el relicario que portaba colgado de su cuello y que Dios los guarde.

Rezad por su alma, don Martín. Os estrecho la mano en silencio.

Sergey Petróvich Rezánov

Al concluir la lectura, el capitán estaba desolado, en tanto que la sorpresa había hecho mella en Clara, que se quedó clavada en el asiento. En los primeros instantes no reaccionaban y se miraban de hito en hito. La mujer palideció y se incorporó de la silla como un autómata.

Clara y Martín se sumieron en un pesado silencio y la aleuta apenas si levantó la cabeza para mirar a su esposo, tal era la desazón que sentía por una muerte tan inoportuna y por el viento devastador que sentiría al recibir la noticia una chiquilla tan enamorada y sensible como Conchita.

Martín, sin ningún entusiasmo debido a la apesadumbrada noticia, habló al fin:

—La muerte es la definitiva razón de todas las cosas y a veces suele alterar los planes de los seres humanos. Descanse en paz nuestro amigo.

Con los hombros caídos y la mirada huidiza, Clara dijo:

—Lo que hoy poseemos, mañana podemos perderlo, Martín. Es así.

—Así parece, Clara, pero mucho me temo que con la muerte de Rezánov las relaciones entre España y Rusia ya no serán igual. Una gran desgracia.

La funesta realidad los abismó en el abatimiento. No les salían las palabras para transmitirse sus recíprocos sentimientos de pesar. Pensaron que no sería fácil para Conchita. Por vez primera en su vida sufriría la soledad del cementerio. Su amor se desbarataría y pronto sería un montón de cenizas en su alma.

—Convulsionará su existencia, Clara. Es aún una niña y el azar ha frustrado su vida. Veremos a ver si consigue superarlo —opinó.

Una opresión tan cruda como el día asfixió el ánimo de Clara Eugenia, tan relacionada fraternalmente con Conchita, ajena en Monterrey a su desgracia. La proverbial sonrisa de Aolani, casi permanente, se volvió apática y ausente.

Cuando el capitán se lo participó al alférez Perés, al sargento Ruiz, a Jimena y a Joven Cuervo, sus caras se quedaron petrificadas. Todos tenían en gran estima la benéfica amistad de Rezánov y su lealtad a España, ahora incluso don Joan.

—¡Por los clavos de Cristo! —se lamentó el sargento, amigo de los Argüello.

Todos negaban con la cabeza y callaban. Hosa estaba alterado, pues el apache idolatraba a Conchita, a la que había enseñado a montar a caballo siendo aún una niña. Se resistían a admitir la irrefutable noticia.

—Conchita y yo —dijo finalmente Jimena—, hace tan solo un año gozábamos del amparo y el cariño de los nuestros y de la protección de los soldados del rey e ignorábamos que vivíamos en un paraíso. Ahora las dos sabemos lo que significan los despiadados reveses de la vida.

—En el desolado desierto de la vida, Jimena, la Providencia nos envía lecciones de felicidad, de injusticias, de derrotas, de miserias, de hazañas, de dolor y de la muerte inesperada de los compañeros de camino. Lo importante es aceptarlas con entereza y tener valor para levantarse si caes en el desánimo —le confió Martín cogiéndole la mano.

El sargento Ruiz, que solo pensaba en la dulce niña, añadió:

—El caprichoso albur arroja al pozo del olvido nuestros sueños, y entonces nuestras lágrimas ya no sirven para nada. ¡Pobre Conchita!

El día antes de la partida a Nutka, a la exigua luz de la declinación del sol, el rey Kaumualii, que era un anciano ya con un pie en el otro mundo, nombró heredero a su hijo menor Umnak, hermano de Clara, después de haber sido confirmado por las ancianas matriarcas del Consejo. El gran jefe, rodeado de guerreros aleutas de probada bravura para celebrar la despedida de Aolani, con cicatrices mellando sus rostros y llenos de espantosos tatuajes, inspiraba más compasión que temor. Además, apenas veía.

Con palabras titubeantes en su lengua, pidió a Aolani y a Martín que permanecieran entre ellos. Sin embargo, la gloria y la realeza no eran nada para Clara, la auténtica heredera, si se apartaba de su marido.

—Debemos partir ya, padre mío. Yo ya pertenezco al mundo de los blancos. Has elegido al miembro más capaz de la familia, el que sostendrá a nuestro pueblo con la ayuda de las mujeres sabias del clan —adujo.

Martín agradeció las apabullantes pruebas de su abnegada fidelidad.

—Esposo, las ancianas y mi padre me han ofrecido convertirme en guía de mi pueblo, y he rechazado el ofrecimiento. Me corresponde, pero mi universo es el tuyo, Martín. Ya no hay marcha atrás en mi vida, querido.

Martín, tras la muerte de Rezánov, preveía un deterioro lento de la ocupación hispana de Alaska, que no se podía mantener con un puñado de desprotegidos fortines isleños. Había concluido el tiempo de permanecer sesteando perezosamente en el poblado de Haida, cuidados por todos.

La víspera, las matriarcas habían aporreado la puerta de la *barabara* de Aolani. La joven respondió con evasivas y les suplicó que no la separaran de su esposo y de su nueva vida, un obstáculo insalvable para poder aceptar. Estaban apiñadas en un grupo y notó que una atmósfera muerta las oprimía.

—Exponed lo que deseáis, sabias madres —les rogó acogedora.

—Que aceptes convertirte en guía y reina del pueblo aleuta. Llevas en tu sangre los dones sagrados de tu madre, que se transmiten de madres a hijas a través del útero materno. Es tu deber, niña Aolani —le suplicaron sin éxito.

Sabían que sería una magnífica jefa del pueblo. Pero ella era incapaz de atizar las ascuas de ese fuego escondido que todos llevamos dentro de desear convertirnos en dictadores de nuestro propio pueblo. Se mostró remisa en ofrecerles alguna esperanza y escuchar sus soterradas y aduladoras peticiones. Irritada y cansada, se negó a escuchar ninguna petición más.

—La mía es una página perdida del libro sagrado aleuta de las cortezas de los abetos, venerables madres —dijo agitada—. No desprecio mis raíces, pero yo me considero una extranjera en estas tierras. Os recordaré siempre y agradezco vuestra consideración —añadió y besó a la más anciana como despedida.

***

El día de la partida se despidió de su padre y de su hermano, el nuevo cabecilla de la tribu, y los tres se abrazaron llorosos. Clara sabía que ya no volvería a ver jamás a su progenitor y le dedicó unas palabras tan afectuosas que sus lloros lo vencieron.

—Padre mío, te he hecho este manto bordado con mis manos para que lo luzcas en el Consejo. Nuestro pueblo aún te necesita —lo animó con ternura.

—No me desprenderé de él hasta que el Gran Espíritu me convoque a las abundantes llanuras. Luego será mi mortaja, niña mía. ¡Sé feliz!

La ceremonia de la despedida había resultado interminable y el más trivial e irrelevante de los embarques, con la gente arremolinada en torno al Princesa, se había convertido en un atormentado adiós. Clara abandonó su tierra, en medio de un llanto profuso, mientras los saludaba desde la cubierta, hasta que la goleta se perdió en la inmensidad del océano.

EL JURAMENTO

Lenta y gradualmente, las gentes de Xaadala Gwayee, con los pañuelos al viento y las manos alzadas, vieron cómo la borrosa e impalpable imagen del Princesa se disipaba entre la niebla matutina rumbo al sur. Salvo las órdenes del contramaestre, en la nave reinaba un silencio majestuoso, en tanto un sutil disco solar emergió tintando las nubes de naranja.

La nave hispana maniobró por el estrecho de Hécate, derrotando ligera con los golpes del viento del norte en dirección a Nutka, a la que llegarían con el tercer amanecer. A aquella hora temprana no volaban las aves marinas y una ligera bruma blanca, al ras de las olas, se apartaba dando paso a la briosa nao.

Los españoles, salvo el alférez, permanecieron encerrados en la tibieza empalagosa del camarote, de donde no salieron hasta que el piloto anunció la llegada al gran baluarte de la Corona española en Alaska: Nutka.

Clara y Hosa salieron casi a ciegas y Martín y el sargento los aguardaban contemplando el fortín de San Miguel, que dominaba el Pacífico Norte desde la cima de su imponente farallón. Desde la muralla lanzaron una descarga de bienvenida, y tripulantes y soldados gritaron con todas sus fuerzas, alborozados por su llegada. Era deseo de Martín, como jefe de la expedición, no detenerse demasiado tiempo en Nutka, a fin de informar cuanto antes al virrey y al gobernador de la situación de España en las tierras árticas y del triste fallecimiento del diplomático Rezánov, el amigo de los californianos.

—Necesito tiempo y tranquilidad para encajar con precisión todos los hechos que hemos vivido —les confió—. El destino, desde que partimos de Monterrey, nos ha arrastrado a una danza frenética que casi nos ahoga.

Martín y su séquito, Clara, Jimena, Sancho y Hosa, enfilaron con el fardel de sus pertenencias la trocha que conducía al fuerte y al poblado de los nuu-chah-nulth, la tribu del gran jefe Macuina, que los recibieron ruidosamente y los condujeron a sus cabañas para agasajarlos. Medio millar de gargantas unidas vocearon las mismas palabras:

—¡Han llegado Aolani, don Joan y el Capitán Grande!

Las tres muchachas liberadas vivían en el poblado como auténticas nativas bajo la protección del respetado Macuina. Vestían como las otras mujeres de la tribu, con polainas y mocasines de piel, túnicas, plumas y capas bordadas con símbolos indios, y sus cabellos los peinaban en largas trenzas. Clara y Martín las vieron despejando la tierra con palas, asando hígados palpitantes de animales, moliendo maíz y sorgo, y según sus confesiones, eran capaces de perseguir y matar un reno, pescar siluros, montar en ponis desherrados y salar carne en los ahumaderos del clan.

—¿Os habéis llevado una sorpresa, capitán? —lo sorprendió Josefina.

—Apostad a que sí. ¡No os había reconocido! Hemos vuelto por vosotras, pero parece que no sois nada desdichadas en esta aldea india —adujo afable.

—La hospitalidad de estas gentes nos ha curado el alma, don Martín.

Macuina ordenó sacrificar un alce y asarlo para después ofrecer su corazón y los sesos al dios Amarok, representado por un rayo y un águila en el tótem que presidía el poblado. Dieron buena cuenta de él en un festejo que duró hasta después del anochecer y, como muestra de júbilo, bailaron ante los españoles la Danza del Alce. Los danzantes usaban máscaras triangulares como el rostro del animal con ramitas de árboles sujetas a ellas simulando la cornamenta de animales tan sagrados para el clan.

El chamán y curandero elevó al cielo un canto afligido con su voz ruda:

—*Wi-ca-hca-la kin he ya, pe lo maka kin le-ce-la! Te-han yun-ke loeha!* —Los ancianos dicen que solo la tierra permanece, lo demás se extingue.

—*Te-han yun-ke loeha! Te-han yun-ke loeha!* —replicaban los nativos.

Se hizo un dilatado silencio. Macuina deseaba hablar en presencia de sus huéspedes. Bebía cerveza y leche agria y se incorporó tambaleante. Todos enmudecieron. Proclamó grave lo que él llamó la profecía que el Gran Espíritu le enviaba cada noche como una terrible pesadilla.

—¡Todos estos años en los que el dios del cielo nos dio para vivir, queridos hijos y amigos españoles, han sido un hermoso sueño! Pero pronto se romperán los eslabones que atan a las naciones indias y los anillos se perderán por los suelos. No quedarán simientes en los sembrados, que serán hollados por caballos extraños y el árbol sagrado morirá. Es lo que dicen los espíritus en mis sueños ahora que los escucho desde las alturas de mi vejez.

Los asistentes le encontraron sentido de inmediato, a tenor de las noticias que llegaban del este, donde hombres de cabellos amarillos y tez pálida lo arrasaban todo. Algunos lloraron, otros se lamentaron amargamente, pero en una erupción de fraternidad, Macuina los animó a beber cerveza y los brebajes de bayas que sirvieron las mujeres hasta quedar ebrios y rendidos en las esteras.

Asumían su destino y los deseos de los espíritus de sus ancestros.

A la mañana siguiente, Martín, Sancho, Perés y Hosa se presentaron en el fuerte de San Miguel, donde fueron saludados por el sargento Lara y sus cuatro dragones, que les mostraron las mejoras efectuadas en los contrafuertes y murallones y en el interior del reducto. Perés les aseguró que los proveería de bolas de cañón, balas de fusil y de un buen acopio de café, azúcar, sacas de galleta y ahumados; y que Macuina a su vez los surtiría de carne, pescado, judías, miel, maíz y calabaza, amén de la caza que obtuvieran por sus medios.

Martín, evaluando lo realizado por Lara, le pidió que prolongara su estancia en Nutka, petición que a este le agradó sobremanera.

—Sargento Lara, en virtud del mando que ocupo sobre los fortines de la gobernación de California, veo la necesidad de que permanezcáis en Nutka con vuestros dragones hasta que os releven. Los veinte milicianos civiles que lo han guardado no son suficientes ni están preparados. ¿Alguna objeción?

—Ninguna. Mantendremos el honor de la Corona en Nutka, a pesar de que somos pocos. Somos el bastión hispano en Alaska y lo mantendremos y defenderemos. Los estoy entrenando y haré de ellos unos buenos soldados, capitán. Esta tierra prodigiosa nos ha atrapado —le confesó.

—El capitán De la Quadra y el brigadier Bruno de Heceta, según mis noticias —reveló el alférez—, tienen previsto recalar en esta isla el próximo otoño con tres fragatas, la Santiago, la Sonora y la San Carlos. Seguro que con los informes que les enviamos don Martín y yo anticiparán el viaje.

—Con bastimentos, hombres, víveres y armas, defenderemos la soberanía de España en estos territorios. Mis hombres y yo lo asumimos, señor.

—Gracias, sargento, sois un hombre valioso para el Imperio —respondió Arellano.

Durante todo el día estuvieron acarreando sacas desde el Princesa al fortín. Macuina se mostró decepcionado por la pronta marcha de los españoles. Arellano lo conocía bien. Era un hombre, además de lujurioso, vengativo y voraz, un jefe aliado que odiaba a los rusos e ingleses más que los españoles mismos, a los que demostraba una amistad incondicional pues compraban las pieles curtidas y exóticas y los víveres a un precio más que justo, y no reducían a la esclavitud a sus súbditos.

—La memoria, capitán, es una maldición para mí, y recuerdo tiempos odiosos con los rusos y felices con vosotros. Deseamos teneros aquí. Estando los españoles en el fuerte, los rusos ni se atreven a acercarse. Ellos nos tratan como a animales y vosotros como a seres humanos.

—Son las leyes de nuestros reyes las que os amparan, Macuina.

Arellano no tardó un instante en acercarse a las cuadras. Olía a caballería, cuero, heno seco, estiércol y humanidad. Africano estaba allí inmóvil, comiendo en el oscuro pesebre, y comenzó a piafar cuando olió a su dueño y lo tuvo delante de sus belfos. Martín le colocó la mano con suavidad en la cruz. Era un animal bello y admirable. Una vela en la pared iluminaba con levedad el cubil y sus grandes ojos azabachados, que chispeaban, lo miraban nervioso.

—He vuelto por ti. ¿Te alegras? —le susurró en las grandes orejas.

Le puso el arzón y le desató las trabas de las patas delanteras para luego retirarle el ronzal y acariciar su hocico rosado y su cara. Le palpó los lomos de una brillante negrura y el cuello poderoso, y el corcel pateó alegre y bufó. Era un caballo fogoso y deseaba que lo montara. Lo ensilló y le puso la bota en el estribo. Se apoyó en él y habló con el mediasangre antes de salir por el portón, con la elegancia y arrebato que lo caracterizaba en el trote. Martín se encajó su sombrero de ala ancha y a los pocos movimientos le apretó con fuerza los ijares. Africano escapó excitado hasta llegar a la playa, sudoroso y feliz.

Una bandada de gaviotas se apartó ante la braveza del bruto y se escaparon hacia las rocas. Martín se lanzó a galope tendido por la arena llena de algas. Tenían que unir de nuevo sus sudores para recuperar la alianza antigua que los unía. El capitán Arellano era feliz en su cabalgadura, y su caballo de combate también lo era con él, como cuando corrían por las praderas tras una partida de indios revoltosos. Comprendía el alma de Africano y él la suya.

Cuando regresaron horas más tarde al fortín de San Miguel, comenzó a silbar el viento del norte y el perezoso sol de Nutka, elíptico bajo el cúmulo de nubes plomizas, lamía las copas de los abetos con un brillo acerado.

En el silencio de la cuadra le lavó las patas, le cepilló las sedosas crines y olió el calor de su sangre tras la cabalgada, como él olió un día la suya tras el enfrentamiento con los comanches y los yumas. Era su pacto silencioso y eterno.

***

A Clara le gustaba escenificar sus acciones según el práctico estilo de las matriarcas aleutas, y eligió la hora tras la comida para reunirse con las cuatro liberadas en la tienda de las mujeres indias del lugar. Allí, las nativas se peinaban el cabello con cepillos de puercoespín, hacían jabón con raíz de yuca, sebo, grasa de alce y ciruelas silvestres, cosían prendas de piel de lobo, de las que eran consumadas artesanas, y se adornaban las trenzas con conchas marinas y esquirlas de oro que encontraban en los arroyos.

La cabaña estaba repleta de agujas de hueso, tiras de piel y de uñas de ciervo, de raspadores de cobre, punzones e hilos de lana y corteza de cedro. Olía a pieles ahumadas de oso y reno, pellejos a medio curtir y carne de tortuga reseca. La tarde era fresca, pero entre unas piedras se alentaba un fuego vivificador que invitaba a la confidencia.

Con los afeites indios, las españolas parecían tener las caras enyesadas, salvo Jimena, que vestía a la europea. Las indias salieron de la tienda con sus niños al pecho, satisfechas a pesar de llevar una vida de sacrificios y trabajos incesantes y sometidas a sus maridos, a veces violentamente y sin posible remisión.

Las españolas se sentaron alrededor de la lumbre bajo la autoridad honesta de Clara. Eran conscientes de su temperamento y de su fe desbordante en la mujer, que la habían convertido en una rebelde esencial en una sociedad, la criolla, dominada por las leyes de los hombres.

—Niñas, escuchadme. En pocos días partiremos para Monterrey y nos aventuraremos en ese océano de aguas bravas. Pero mi temor no es ese, sino la arribada —dijo—. Liberaos de cualquier complejo de culpabilidad. No debéis lamentar lo sucedido por muy escabroso que haya sido, pero sed cuidadosas con lo que decís. No todos los oídos y las lenguas de Monterrey son honestas.

—¡Como si fuera fácil! Nos asaetearán a preguntas —dijo Josefina.

Clara, que odiaba las maledicencias, les aconsejó:

—Los sentimientos pueden falsificarse, incluso el amor —replicó Clara.

—¿Debemos guardar silencio entonces, señora? —habló Soledad.

—Mirad, como precaución, lo que debéis hacer todas es contar la misma historia. De lo contrario ofreceréis en bandeja un sabroso bocado a la murmuración para regodeo de mentes mezquinas y de damas beatas y aburridas —ratificó la aleuta.

A la inquieta Josefina le costaba esfuerzo disimular su irritación:

—Está claro. Primero simularán tolerarnos, sentirán lástima y nos adularán, pero luego, tras conocer que fuimos violadas, se alegrarán de nuestros males y hasta preguntarán si sentimos placer al ser forzadas.

Clara insistió. No deseaba que las compadecieran y luego las despreciaran. Sus corazones estaban heridos y había que preservarlas.

—No divulguéis en público vuestros sufrimientos como mujeres marcadas —les aconsejó—. La sociedad criolla es víctima de la enfermedad de los prejuicios, que tanto dolor ocasionan.

Jimena, atormentada largo tiempo por su penoso sufrimiento, dijo:

—Es como asegura doña Clara. Nos aceptarán, pero luego nos acribillarán a morbosas preguntas y nos tacharán de zorras desvergonzadas por no haber dado nuestras vidas por defender nuestra virginidad.

Josefina Lobo, presa de una ira irreprimible, manifestó:

—¡Me iré tan lejos que ni el mismo Dios será capaz de hallarme!

—Desgraciadamente el destino de las mujeres lo marcan sus errores. No les deis razones para que os juzguen con sus lenguas puritanas. ¡Mentid! Ahora es llegado el turno de vuestra felicidad —insistió Clara.

—¿Debemos entonces simular, doña Clara? He odiado cada segundo de mi apresamiento y no sé si podré ocultarlo —adujo la dulce Azucena.

—¿Acaso algunas mujeres no simulan placer en el lecho? No derraméis ante ellas lágrimas amargas, sino de satisfacción y contento —las alentó.

Clara advirtió en sus miradas decididas que había dado en el blanco y que deseaban implicar plenamente a Jimena, aún algo escéptica. A ello la animó la pelirroja Soledad, una joven apacible y animosa.

—Nosotras tres, Josefina, Soledad y Azucena, nos hemos juramentado para no contar un solo pormenor de las vejaciones a las que fuimos sometidas. Esos recuerdos los hemos suprimido de nuestros sentimientos para siempre.

A Jimena, en Monterrey, la tachaban de frívola, pero todos andaban errados.

—Y tú, Jimena, que sufriste el atropello más bestial de aquel demonio con plumas, ¿qué opinas? Fuiste la más damnificada de todas.

Jimena Rivera se contuvo unos instantes y, animada, se explayó:

—Os confieso que visité los infiernos y que mi alma estuvo un tiempo muerta. Me dejó marcada, es cierto, pero tras cerrar mi alma a ese recuerdo ingrato, he asumido un futuro feliz y sin miedos. ¡No temo a nada!

—¡Bien dicho, Jimena! —la respaldó Clara—. Las cuatro poseéis algo de lo que esas comadres carecen: vida, juventud, fuerza y bondad de sobra. Habéis vencido en esta difícil prueba y ahora sois cuatro torres inexpugnables.

Josefina revoleó su hermosa trenza negra y les tomó las manos.

—Pues juramentémonos a callar. ¿De acuerdo?

Clara se sumó a la unión de sus manos extendidas y les aconsejo:

—Escuchad. Solo habrá una versión. Primero el secuestro indeseado tras la matanza yuma, el traslado al campamento mojave y luego al havasupai. Seguiréis con el duro éxodo por el río de Los Sacramentos, y el rescate del capitán Arellano antes de ser vendidas. Insistiréis en que no fuisteis forzadas, pues erais mercancía muy valiosa y debían preservaros, a vosotras y a vuestra pureza, de cualquier maltrato y daño. ¿Entendéis?

—¿Y qué diremos de Ana? —preguntó Jimena recordándola.

—Que murió de agotamiento al ser tan niña y débil de fuerzas y que fue sepultada como una cristiana por vosotras. Nada más —les recomendó.

Soledad, que se enjugaba las lágrimas de sus ojos, inquirió a su vez:

—Y a nuestros futuros esposos, ¿qué les diremos si nos preguntan?

—Todo amor se inicia con un sufrimiento y muchas veces con un secreto. Este es el vuestro. En la privanza del lecho nupcial haced con él lo que os dicte el ánimo, pero no lo divulguéis ante una sociedad hipócrita y farsante.

Remató mordaz Josefina, la de más carácter:

—Cuando lleguemos a Monterrey, no demos lugar a compasión, sino a envidia por la felicidad de haber sido liberadas. Amparémonos en la fortaleza conseguida.

Azucena, Josefina y Soledad le regalaron a Jimena un capote para los hombros de marta cibelina, piel de gacela y broches de cobre que ellas mismas habían confeccionado con las nativas del poblado, y que esta aceptó sorprendida.

—Sufriste más que ninguna de nosotras, Jimena. Para ti, el mejor presente salido de nuestras manos. Tu valor nos alentó, has de saberlo —le dijo Azucena.

Se adueñó de ella tal estupor que quedó sin habla. Luego lloró de dicha.

Abandonaron la cabaña comprometidas y embargadas por una satisfacción que antes no había advertido Clara en ellas. Las jóvenes transmitían una imagen de seguridad, placidez y coraje. Por eso albergaba la secreta esperanza de que fueran lo suficientemente fuertes como para recuperar el gozo de vivir.

Después de tan frecuentes separaciones, Clara, que aún seguía siendo una beldad, luchaba por todos los medios para contrarrestar los estragos de su soledad en el presidio de Monterrey. Discreta y hermosa, lucía un peinado alto, y su pasión por los perfumes y afeites la había llevado a acicalarse para conversar con su esposo, al que deseaba dar una noticia óptima y deseada, pero también a deplorar sus continuos viajes y expediciones guerreras.

Martín quedó fascinado al verla entrar en el puesto de mando del fortín isleño de Nutka, donde se calentaba las manos con el aliento y exhaló una exclamación de sorpresa. No obstante, en su mirada advirtió un raro brillo. Daba la impresión de que Clara había tomado una de esas habituales determinaciones extremas tan suyas.

—Clara, desde que partí para el norte, no te había visto tan hermosa.

Se acomodó en un taburete y puso su cara cerca del velón de cera.

—Marido, temo más un fracaso matrimonial que la guerra o una herida mortal en la batalla. Deseo vivir contigo, pero sin territorios separados.

El soldado se tomó tiempo para reflexionar. ¿Adónde pretendía llegar?

—Eres una esposa ejemplar y decente, y no deseo otra cosa que tenerte siempre a mi lado, ya lo sabes. Además, puedes leer mis pensamientos, y eso me gusta. Te anticipas a mis deseos, querida —se justificó algo alarmado.

—¿Pero lo sabes todo de mí? Estás demasiado tiempo ausente —insistió.

A Martín lo invadió una oleada de resquemor y se encogió de hombros.

—A veces tu obstinación me exaspera, aunque no dejas de ser admirable.

Clara se detuvo un instante. Deseaba matizar sus palabras.

—¿No adivinas el estado de mi corazón con tus largas ausencias? Me atenaza el miedo cuando montas tu caballo y te vas buscando la muerte, como si realmente la desearas —lo acusó—. Ignoro si vas a volver y creo morir.

—Soy un soldado y amo el riesgo, Clara —quiso zafarse de sus quejas—. No te encolerices conmigo. Compréndeme.

—No deseo estar sola, Martín. He renunciado a todo por ti —le recordó.

El esposo quiso protestar, pero no deseaba escenificar un enfado ante quien más quería en el mundo. No se lo merecía.

—Eres una mujer cercana, valerosa, como has demostrado en esta misión, y muy valiosa para mí. Jamás conocí una mujer tan idealista y sentimental.

—¿Eso solo es lo que te atrae de mí, esposo? —sonrió irónica.

Aquel intercambio de preguntas y respuestas lo tenía desconcertado.

—También tu tenacidad, tu generosidad y templanza. Soy inmensamente feliz contigo. Además, tus ojos siempre reflejan lo que sientes —la aduló.

—Tú no necesitas una mujer cualquiera, precisas de una heroína. Deseo rogarte, Martín, que aceptes el ofrecimiento del gobernador de Nuevo México, nuestro querido don Juan Bautista, de director de la Academia Real de Sonora.

Enternecido, Martín se incorporó de la silla, rodeó la mesa y depositó un beso en la boca sensual de Clara, que se dejó acariciar. Convencido, le juró:

—Lo haré. Ya le comuniqué a Neve que esta sería la última expedición en la que me jugaba la vida, y lo aceptó. En verano visitaremos al coronel Anza y aceptaré ese cargo. Formar soldados es mi gran deseo —le prometió.

Clara percibió un gran alivio. De lo contrario estaría decepcionada.

—¡Te voy a demostrar mi gratitud con una grata noticia, Martín! —dijo—. ¡Estoy encinta!

Un escalofrío de felicidad le recorrió el espinazo. Se quedó paralizado.

—¡¿Sí?! ¡Oh, Clara, me haces tan feliz! —exclamó alborozado.

Su arrebatado amor hacia él la hizo asentir, y la tensión de la plática cesó.

—Ven a mí, Clara —repuso Martín, y la abrazó con ternura.

Clara sabía que no se trataba de una vana promesa y lo rodeó llena de ilusión. Esbozó una amplia sonrisa que su rostro no logró borrar después.

—La partera de Haida me lo confirmó cuando tuve un retraso —dijo.

La perspectiva de ser padre lo había colmado de júbilo. A los dos los había asaltado la misma dicha, y sintieron una unión insondable en sus corazones. Había que actuar sin demora y cuidar el embarazo de Clara Eugenia. Para Martín, desde aquel instante no existirían límites para el cuidado de su compañera y de la criatura que nacería meses después.

Clara lloraba y su esposo, enternecido, le secó las lágrimas con la mano.

Martín se prometió a sí mismo no escatimar ocasión para manifestarle a su esposa su felicidad, que ni tan siquiera había sospechado que pudiera cambiarle la vida como lo había hecho. La certidumbre de su inminente paternidad había penetrado en él como un torrente impetuoso, como un tumulto de felicidad interior que hasta ahogaba su voz cuando hablaba:

—Sea niño o niña, será el primer eslabón que nos una a la eternidad.

Martín sintió sobre sus curtidas mejillas una lágrima furtiva, y rodeó el vientre de Clara en un abrazo lleno de gratitud.

Fuera del baluarte, la atormentada costa era cercada por las olas rompientes del gran océano. Un celaje cargado de niebla, que se ignoraba si era rocío, nieve o aire, penetró por el ventanuco, envolviendo el mágico momento en el que vivían Clara y el capitán de dragones de su majestad.

TE DEUM LAUDAMUS

—¡Capitán Grande! ¡Dragones del rey! —los aclamaban como a ídolos.

En torno al grupo de Arellano y de las mujeres liberadas se arracimaron corros de entusiasmados ciudadanos de Monterrey al atracar el Princesa en el abarrotado embarcadero de la capital de California, convertida en un clamor.

Fue considerado un día de fiesta, un triunfo contra la barbarie y una victoria de los dragones de cuera sobre unos salvajes que no aceptaban las bondades de la civilización. Encontrar y traer sanas y salvas a las cautivas era tenido como una inenarrable heroicidad por los californianos, conocida la ferocidad de los captores y el vasto territorio que las ocultaba.

Los yumas, havasupais y mojaves se lo pensarían en lo sucesivo y una sensación de tranquilidad se abría paso entre la jubilosa población.

En los árboles se habían apostado muchos chiquillos y las ramas se arqueaban con su peso. Salieron a las ventanas las busconas, cerraron las tiendas los mercachifles y los campesinos y braceros dejaron sus quehaceres. Nadie deseaba perderse el gozoso suceso, y los vitoreaban. Alborozados por el retorno de las jóvenes secuestradas por los indios insurgentes, habían acudido a recibirlas en tropel.

Martín y sus dragones presidiales, a los que goteaba el sudor bajo los sombreros, se llevaron una impensable sorpresa, don Felipe de Neve ya no era el gobernador de California, sino el animoso y

417

expeditivo ilerdense don Pedro Fages, el comandante de artillería de los Voluntarios de Cataluña, que los saludó eufórico.

Las muchachas rescatadas, insensibles al pesar amargo de sus corazones y tal como se habían juramentado, saludaban al gentío y al nuevo gobernador, que había sido ascendido al cargo tras el paso de Felipe de Neve al puesto de Superior de las Provincias Internas del Virreinato.

—Misión cumplida, don Pedro. —Se cuadró Arellano ante Fages, que le explicó el cambio acontecido durante su ausencia.

—Don Martín, en nombre del virrey, recibid mi más sincero parabién. Habéis devuelto la vida a unas cristianas y el honor a España. —Lo abrazó.

Lo primero que hizo Martín fue avizorar en su derredor para reparar en el alférez José Darío Argüello y en su hija Conchita, pero no los vio entre el gentío que había acudido a la plaza mayor. Le extrañó sobremanera. En el bolsillo de su guerrera guardaba la amarga carta que debía entregarles, muy a su pesar.

—No veo al alférez Argüello. ¿Está de exploración, gobernador?

—No, se hallan en la misión de San Gabriel para asuntos de la boda. Debéis saber que ha sido nombrado capitán del presidio de San Francisco. Pronto partirá hacia su nuevo destino, aunque no antes del casorio —le informó.

A Martín se le hizo un nudo en la garganta. Era el mensajero de un gran dolor para una familia a la que quería.

Arellano, Sancho Ruiz, Hosa y Perés, debilitados, sucios y demacrados por la comprometida, dura y larga misión, atendían casi ausentes a los vítores de los criollos, nativos e indios amigos, y también a los parabienes de los soldados del presidio, que hacían sonar los tambores y cornetines. Las liberadas apenas podían reprimir el llanto y se dejaban tocar por la chiquillería.

Sus familias habían muerto en el ataque yuma y sería el nuevo gobernador quien se haría cargo de ellas. Los pobladores agradecían a Arellano el feliz final de aquel penoso rescate que había mantenido en vilo a toda la población de la frontera, temiendo un nuevo ataque indio en las misiones y poblaciones costeras. Pero el remate dichoso de la liberación los mantendría en sus poblados.

Fages le contó que, con más ardor y voracidad que gloria, algunos cazarrecompensas se habían adentrado con escaso éxito en el desierto del Mojave y en las escarpaduras de Sierra Nevada, codiciosos de una generosa retribución.

—Aventureros franceses han sido hallados torturados y muertos por los indios en las riberas del río San Joaquín. Era muy arriesgada vuestra misión.

—Lo ha sido, gobernador, aunque no sabían que se enfrentaban a dragones de su majestad muy experimentados y con grandiosa fe —dijo.

Martín pensó que muchos oportunistas solían luchar en la frontera por un puñado de monedas a costa del dolor de otros y lo lamentaba. Él y sus hombres se contentaban con el pago del viento seco de la frontera en su cara, con la sabiduría de algunos indios amigos, con el bufido leal de Africano, la perfección de aquellos valles infinitos o los suspiros de Clara, que seguía a la comitiva de la gente camino de la ermita de San Carlos.

En aquellas virtudes, pensaba, se hallaba la verdadera inmortalidad de un soldado. Taciturno, compadeció a los comanches, dakotas, apaches lipanes y hopis, chiricahuas, yumas, mexicas y modocs, cuyas voces y cantos ya no se oirían en una generación, quizá dos, por los cañones, desfiladeros, arroyos y montañas, donde tampoco cazarían búfalos para alimentar a sus hijos. Se aproximaba el fin de la era india e hispana.

Y lo deploró amargamente.

Con el sol deslizándose sobre un cielo nítido, los vecinos de Monterrey y de las aldeas aledañas, abandonando sus quehaceres, marcharon hacia la iglesia de San Carlos para cantar un tedeum y agradecer a Dios el fausto regreso de las mujeres secuestradas, que habían mantenido en vilo a los colonos durante meses. Los pocos y audaces dragones de cuera, al mando del capitán Arellano, se habían granjeado la admiración de los californianos una vez más. Su temeraria gesta había calado en el pueblo y los escoltaron entre aclamaciones.

Sabían que los equipajes de los corazones de los soldados y de las muchachas acarreaban mucho cansancio, dolor y una áspera carga de fatigas. El malsano fisgoneo de las damas de la ciudad se concentraba en las liberadas, pero era Jimena Rivera la que concitaba las curiosidades de las alcahuetas y comadres de Monterrey. No querían compasión, sino morbo, tal como había vaticinado Clara.

Un ascético fraile franciscano de barba nívea y marcado por las arrugas, fray Juan Martínez de Úbeda, al que veneraba la población, iluminó la ermita con una nube de cirios blancos y quemó granos de incienso en un pebetero, a fin de que la acción de gracias conmoviera a la grey de Dios.

—*Te Deum laudamus, te Domimum confitemur!* —«A ti Dios te alabamos y te reconocemos», cantó con su voz cascada, elevando las notas hasta el techo con el humo del incienso.

Consoló los ánimos y angustias de las jóvenes, absolviendo los posibles pecados cometidos en un rapto que había sido un universo de padecimientos.

—¡Hijas mías, si habéis incurrido en los excesos de la desesperación, la cólera, el abandono de las virtudes cristianas, la ira, la venganza y el odio hacia vuestros captores, yo os lo perdono! Vuestro sufrimiento, desolación y angustia han sido vuestra penitencia ante los ojos del Altísimo. *Confiteor Deo omnipotenti!* —«Me confieso a Dios todopoderoso».

—¡Amén! —exclamaron los fieles.

—*In nomine Patris, et Fillii et Spiritus Sancti.* —Trazó el signo de la cruz.

Con una acción caritativa, inteligente y hermosa, el seguidor del *poverello* de Asís había eximido de toda culpa a las cuatro mujeres con la confesión general. Las liberadas se miraron satisfechas, pues no tendrían que pasar por el sacramento de la confesión y declarar los pecados de la carne que no habían consentido, pero sí sufrido con resignación evangélica. Nunca se sabría qué quedaba oculto y qué escapaba del confesonario y respiraron aliviadas.

—Gracias, fray Juan, sois un hombre sabio y compasivo —le dijo Clara.

—¿Por qué añadir más dolor a sus corazones y hacerles recordar un tiempo de horror? Su penitencia ya la cumplieron, doña Clara —sonrió afable.

Soledad Montes, Azucena y Josefina Lobo quedaron como huéspedes del gobernador en espera de partir en el Princesa, que salía en una semana con destino a San Blas, ya que las jóvenes habían decidido regresar con familiares que vivían en Aguascalientes y Guadalajara. Jimena se dirigiría a la Academia de Cadetes de Querétaro para encontrarse con su prometido, el teniente Guzmán, con el que pensaba contraer matrimonio.

Sin embargo, las pertinaces matronas, que las abordaban para interrogarlas, observaron que en sus ojos centelleaba la alegría y no la pesadumbre. Evidenciaban a su pesar que nada tenían que lamentar y nada de qué avergonzarse de su experiencia entre las salvajes tribus indias, cuando eran preguntadas. En sus miradas no se reflejaba el dolor, sino las ansias de vivir. Comprobaban además que no precisaban de compasión alguna, pues se mostraban ante las damas como el paradigma de la felicidad. Más de una comadre lo lamentó, pues su morbosidad pedía escuchar de sus labios escabrosos detalles de torturas, vejaciones, forzamientos y atropellos. El plan de Clara de no conceder tregua alguna al chismorreo había obrado sus frutos.

Conchita y sus padres regresaron de San Gabriel en un carromato cargado con los paquetes que contenían el ajuar matrimonial bordado por indias yumas.

Como todas las enamoradas, cuando abrazó a sus amigas Jimena y Clara con máximo fervor y regocijo, no hablaba sino de sí misma y de su futuro esposo con su cálida voz. Martín se maravillaba de su timidez, de su sofisticada delicadeza, de su ojos negros y vivaces, su andar recatado y de la encantadora firmeza de sus senos gráciles. Y sintió una pena inmensa.

Era un ángel descendido que creía comprender el mundo, pero ignoraba en su inocencia que en el bolsillo de su guerrera se ocultaba una desdicha demoledora para su alma. Deploró haberse convertido en el aciago heraldo de su desgracia, y les anunció su visita aquel mismo día.

José Darío invitó a Clara y a Martín a su casa para que les relataran los avatares sufridos por aquellas chiquillas y el viaje hecho con su futuro yerno, el chambelán Rezánov. Cuando a media tarde traspasaron el dintel de la puerta, la madre de Conchita los recibió con su proverbial hospitalidad.

—Hoy me he investido como un correo del servicio de postas —dijo.

Martín, en cuestiones de desgracias, carecía de tacto para el disimulo, pero Conchita le sonrió con su mirada alegre y cordial. Ansiaba tener entre sus manos la carta de su enamorado prometido.

—Don José, tenga vuesa merced esta carta. Me fue entregada en Haida por un naviero de Sitka, enviada desde Rusia —dijo sin apenas alzar la voz—. Yo recibí otra con análogo mensaje.

Detestaba hacer sufrir a nadie y se notó su tonalidad crispada.

Se acomodaron, un sirviente dispuso dulces y chocolate sobre la mesa y, educadamente, el alférez de dragones se guardó la misiva en la chaqueta. Una expresión ausente permanecía en el rostro de Martín. Eran dos soldados acostumbrados a la sangre, la muerte y el infortunio, y le rogó:

—Creo que debéis leerla de inmediato, amigo mío. Nadie, salvo Clara y Joan Perés, conocen lo que se describe en esa epístola. Es urgente, creedme.

Impactado y confuso, Argüello no supo qué decir. La petición de su colega le había sonado petulante y conminatoria, incluso autoritaria. Lo hizo.

—Como viene dirigida a la familia Argüello y al parecer don Martín conoce su contenido, la leeré en voz alta. Viene escrita en castellano, queridas.

Con un tono que en ocasiones les parecía ajeno, unas veces incrédulo y otras entrecortado y quejumbroso, leyó sin prisa las mismas noticias que Clara y Martín ya conocían sobre el aciago final de don Nicolái en las estepas de Siberia. La lectura de las palabras de don Sergei fueron empeorando progresivamente, y Conchita y su madre se fueron sumiendo en una introspección que fue desgarrando sus corazones.

Un nudo en la garganta les impedía hablar, sobre todo a la hija, y una suerte de persistente melancolía y defraudada ilusión corrió por sus caras. La carta había obrado un estrago catastrófico en el joven corazón de Conchita.

—¡Maldito sea el destino! —concluyó la lectura el alférez.

La joven perdió durante unos instantes el aliento y hubo de ser atendida por su madre, que le palmeó las mejillas para animarla. Volvió en sí, y estaba pálida, desconcertada, como en otro mundo.

Aunque recuperada, se fue volviendo cada vez más ausente y se le apreciaba un rastro de miedo en su rostro. Intentaba mostrarse íntegra, pero la congoja la abatió y definitivamente rompió a llorar en el regazo de su madre. Vio necesario intentar el disimulo y se secó las lágrimas con un pañuelo de seda, para abrir allí mismo su alma. Pero no pudo.

Le daba igual ser observada. Por dentro le estaba empezando a ascender una carencia de flujo vital, una impotencia gélida, un desmayo incontrolado. Su cabeza y su corazón se hallaban en absoluta desarmonía.

Habló luego con entrecortadas palabras de la injusticia de Dios, del esquivo azar y de las veleidades de la Providencia divina. El azar le había desbaratado todos sus sueños y gimoteaba desconsolada, abatida, hundida.

Clara se acercó y le tomó las manos, mirándola con una afabilísima mirada.

—El cielo no te mira mal, ni el amor te va a ser hostil siempre —dijo Clara.

—¿A qué se reduce ahora mi vida, doña Clara? ¡A la nada! Carezco de miras y de esperanzas de futuro. Me cuesta trabajo vencer esta fatalidad.

—El mundo nos hace sufrir, Conchita, pero has de levantar cabeza con dignidad tras este inesperado revés. Los mortales nunca sabemos lo que nos espera a la vuelta de la esquina —quiso animarla fraternalmente.

—Doña Clara, después de mis padres, sois la persona que más quiero, ayudadme, os lo ruego. Tengo el corazón hecho mil pedazos —habló llorosa.

Ninguno pudo responder. La sala era un marjal de dolor, un velatorio. Pero así es la muerte de un ser querido. Uno está cogiendo una rosa en su jardín, y su amor muere al mismo tiempo al caerse de un caballo en otra parte del mundo. Es como si el destino acechara tras una máscara macabra y vengativa.

—Yo no deseaba lujos, ni fortuna, ni notoriedad, sino solo ser amada y amar —susurró Conchita—. Aspiraba a formar una familia, pero el destino me tejía mientras tanto un sudario atroz e insoportable.

Todo se había desbaratado en un instante. Y como si un obstáculo poderosísimo se hubiera interpuesto entre ella y el resto de los mortales, se levantó, besó con sus mejillas temblorosas a sus padres y a Clara, y estrechó con su mano helada como la muerte a Martín, que permanecía inmóvil.

La enojosa noticia había desmoronado a la joven quien, con gesto cortés, se encerró en su dormitorio, pálida, con paso lento y con la mirada extraviada.

Cuando se hubo retirado, Clara consoló al matrimonio Argüello:

—La situación debe ser insoportable para ella. Concepción es una muchacha de una sensibilidad poco común. Todos la ayudaremos a que recupere el gusto por la vida.

Su padre, don José Darío, que había mantenido la compostura, dijo:

—La angustia de una enamorada ante el revés de un amor truncado suele tardar en adaptarse a la indiferencia y el olvido. Démosle tiempo. Se agazapará en su tormento, ignoramos hasta cuándo. La protegeremos y la cuidaremos. Agradecemos vuestras atenciones y desvelos.

La madre, que estaba sumida en un llanto devastador, intervino:

—Amigos míos, el corazón de mi niña es ahora un muestrario de contradicciones. Pero la conozco bien y sé que recuperará el sosiego y la paz. Ahora desprecia al mundo, pero pronto la seducirá de nuevo. Gracias por vuestro apoyo, Clara, don Martín —dijo, y los abrazó.

—Este relicario venía en el sobre con las cartas, don José. Estuve con el chambelán en Sitka y lo traté en profundidad. Era un caballero honorable, amaba a Conchita como a su propia vida y se comportaba como un amigo leal de España. Descanse en paz.

—Que en su gloria se halle —respondió, y apretó la mano de Martín con fuerza.

La música de la vida había dejado de sonar para Conchita Argüello.

***

El rostro de Dios, el sol, era un clarín de luz al inicio de la primavera.

El invierno había dejado su légamo de nieblas, lloviznas y el dosel de nubes lánguidas para anunciar la llegada de la estación florida. Los rugidos del mar, antes impetuosos, eran suaves rumores, y en las malezas y arriates comenzaba a florecer el manto multicolor de las rosas de California.

Dos días después, Martín de Arellano, ante la inminente partida del Princesa, se dirigió al puesto de mando del presidio militar, y en la soledad del fortín se dispuso a redactar el informe para el virrey Mayorga, que llevaría a México el alférez Perés en persona, junto al mapa reproducido por él mismo.

Cortó una pluma, sacó del cajón un tintero de peltre lleno con una biliosa tinta arábiga y unos pliegos que extendió sobre la mesa. Encendió dos velones y comenzó a garabatear el borrador del despacho, que luego pasaría definitivamente a la cifra que usaban los dragones del rey para enviar los despachos secretos. En ellos plasmaría los sucesos de la misión llevada a cabo en el norte, las insolentes rivalidades con los rusos y americanos, y las detracciones y calumnias de los ingleses en Alaska y en el Pacífico Norte.

De Martín de Arellano y Gago, maestro de espada, capitán de dragones de Su Majestad, al Excelentísimo Virrey y Capitán General de Nueva España.

Señor: os despacho el informe que se me exigió por parte del anterior gobernador de las Californias, don Felipe de Neve, aprovechando la misión para la que fui comisionado a fin de rescatar a unas súbditas de nuestro rey e hijas de cristianos, entre ellas la del capitán Rivera, muerto en acción de guerra, que fueron raptadas tras el levantamiento yuma por unos salvajes de las tribus aliadas de los mojaves y havasupais, y que, por la gracia de Dios, conseguí liberar junto a mis hombres y devolverlas a sus familias y al mundo.

Nunca se vence un peligro sin grandes riesgos, pero, tras el encuentro con la feroz nación yuma, a la que creíamos amiga, cesaron los asaltos a los ranchos y aldeas, como antes ocurriera con los comanches. El robo, el asesinato de inocentes y la violación de la Paz del Mercado han concluido, imponiéndose la civilización sobre la barbarie, en una respuesta justa y necesaria por parte de España.

Como quiera que la persecución de las raptadas nos llevó hasta las orillas septentrionales del continente, a los ríos Klamath y Columbia, el alférez de la Armada, don Joan Perés, y quien suscribe inspeccionamos las colonias comerciales de los vasallos de la zarina Catalina II en esa parte del mundo, cuyas actividades regula la Compañía Rusa de Pieles.

Una embarcación de ese país, la goleta Avos, nos condujo desde el continente, con las mujeres liberadas, hasta la isla de Nutka, bastión principal de la Corona en los territorios árticos, que encontré casi derruido y sin apenas defensas. Allí, con la compañía del alférez de navío, don Joan Perés, que se hallaba en la isla, navegamos hasta el embarcadero ruso de Sitka, más al norte, y al archipiélago de Xaadala Gwayee, que gobierna mi suegro, el gran jefe aleuta Kaumualii.

Rastreamos las huellas de los rusos y la posible instalación de bases militares en las costas del Pacífico Norte, y hemos podido probar que los rusos se dedican únicamente al mercadeo y negocio de las pieles, y no han cambiado sus propósitos hacia posiciones de fuerza o de ocupación militar de territorios.

A tal efecto, Excelencia, el enviado por la corte imperial rusa a Alaska, Japón y las islas Aleutianas, don Nicolái Petróvich Rezánov, visitó Monterrey, y formalizó una fecunda amistad con el gobernador y con la guarnición, hasta el punto de disponerse a contraer matrimonio con la hija del alférez Argüello, en señal de amistad y buena voluntad con España.

Perés y quien os informa lo visitamos en su sede de Alaska, un gran cobertizo mercantil de pieles, donde nos presentó a sus socios, dos caballeros de Boston, en Nueva Inglaterra, con los que ha formalizado la potente Compañía Ruso-Americana de Pieles. No obstante, ha de saber Vuecencia que en modo alguno interfiere en nuestro comercio, antes bien lo beneficia con un intercambio productivo, que favorecerá grandemente al tesoro de la Corona.

Pero unos son los planes de los hombres y otros los de Dios, y el citado chambelán y cónsul de la emperatriz Catalina, Nicolái Rezánov, murió el otoño pasado en Siberia cuando se disponía a recabar el permiso de su reina y de su patriarca ortodoxo para contraer matrimonio con la señorita Argüello, según la doctrina de la Iglesia Católica.

Créame Su Excelencia, su muerte ha sido un duro contratiempo para los intereses españoles y una irremediable fatalidad. Seguramente, en lo sucesivo, unos militares rusos que conocimos en Sitka, Delarov y Zaicov, y los citados americanos, los señores Robert Gray y John Kendrick, será con los que debamos entendernos en años venideros.

En cuanto a las noticias que llegaban al Virreinato sobre la construcción de una fortaleza amurallada con bastimentos y cañones en la isla de Kodiac, es una falsedad, Señoría. Don Joan Perés la exploró y comprobó in situ que solo se trata de un secadero de pieles abandonado, por lo que Rusia ha mantenido su palabra de entendimiento y no beligerancia.

Perés os acompañará un mapa que cayó en nuestras manos de forma fortuita con todos los enclaves comerciales, con los que podremos mercadear en un futuro. No obstante, el gobierno de Su Majestad y vos mismo, deberíais tener en cuenta otro asunto de suma gravedad para la integridad del Virreinato.

Se trata del nuevo sesgo que están tomando las cosas en la zona este y norte del continente. Grandes jefes indios de los pueblos que he visitado me aseguran que miles de colonos ingleses, que huyen de las hambrunas de Inglaterra y de las persecuciones religiosas de los puritanos anglicanos, se hallan detenidos cerca de las orillas orientales del Misisipi, aguardando el momento oportuno para abalanzarse sobre las naciones indias de esos territorios del oeste, masacrarlas y arrebatarles sus tierras.

Los indios delawares, mohicanos y morkingos han desenterrado sus hachas de guerra y se alían con los franceses para liberarse de esos ávidos ingleses a los que detestan, y que les han traído la viruela y robado sus tierras. El jefe Macuina me ha testificado que en los fuertes de los americanos anglosajones cuelgan miles de cabelleras indias, convirtiendo aquellos espacios casi vírgenes en un polvorín, donde se enfrentan entre sí los feroces nativos, los franceses y los ingleses.

Espero, Excelencia, que el gobierno de las Trece Colonias, aliado de España y deudor de su independencia, conseguida gracias al apoyo de don Bernardo de Gálvez, respete nuestros derechos de soberanía. El miedo de las tribus y clanes indios es real, y jamás los vi tan preocupados. Valoran el trato que nuestras leyes han concedido al indio, pero estos europeos angloparlantes practican la política de la tierra devastada y el indio exterminado.

En cuanto a nuestra presencia en Nutka, he de participar a Su Excelencia que dejé una guarnición de dragones del rey para proteger el fortín de San Miguel y el poblado de Santa Cruz, al mando del experimentado sargento de dragones don Emilio Lara, a los que acompaña una dotación de soldados bisoños que, no obstante, con su sacrificio y valor, guardan el honor y la presencia del Imperio en aquellas frías latitudes.

Sería muy necesario y perentorio no abandonar ese enclave capital, que defiende nuestra presencia y protección en Alaska, y los asentamientos y banderas que hemos ido sembrando por aquellas costas, y dotarlos con defensas y hombres suficientes para defenderlos.

Sería por ello necesario que se adelantara la expedición de De la Bodega y Quadra y del brigadier Heceta, y que esos espacios por encima del paralelo 55° norte no queden huérfanos de la protección de Su Majestad. Sus únicos beneficiarios serían los ingleses que, como aves de rapiña, acechan para hacerse con ellos, práctica habitual de esa ávida nación enemiga desde que España descubriera las Indias hace tres siglos.

En otro orden de asuntos, Señoría, he de participarle que, acabada la guerra contra los yumas y tras veinte años de servicio en la primera línea de la frontera, estoy en disposición de aceptar el cargo que me ofreció Vuecencia como director de la Academia de San Ignacio de Sonora, para formar cadetes del regimiento de dragones del rey.

Sería la ocasión esperada de ganarme el sustento sirviendo a Su Majestad, cerca y a las órdenes del que considero mi segundo padre y protector, don Juan Bautista de Anza, el gobernador de Nuevo México.

Si ello aprovechara a los intereses de España, constituiría mi gran deseo.

Dios guarde a Su Excelencia y le conceda salud y bríos.

En Monterrey, California, en el día de la Anunciación de Nuestra Señora, 25 de marzo A. D. 1782.

Martín de Arellano y Gago, comandante de los presidios de la Alta California.

Todo Monterrey acudió a despedir a las jóvenes liberadas, entre ellas Jimena Rivera, que se abrazó a Clara y a Martín, quien advirtió que de su cinturón colgaba un bolsito plateado algo extraño. Le pareció que no portaba un pañuelo, como era lo habitual, y con su justificada amistad hacia la dama, el oficial se interesó por lo que contenía, aunque lo suponía.

—Llevo conmigo la bolsa de espinas de rosas con las que nos martirizaba aquella bestia sin alma, para no olvidar nunca el beneficio de la libertad.

—La santa diosa Libertad, querida Jimena, solo existe en la tierra de los sueños y siempre pende de un hilo delgado y frágil. ¡Procura conservarla!

Mansamente, el Princesa levó anclas con las bodegas repletas, hábilmente maniobrado por el alférez Perés, que alzó su bicornio para saludar a Martín, rumbo a la base naval del Virreinato, en el puerto franco de San Blas.

Los marineros halaban de los cabos y jarcias o se encaramaban en la verga para desplegar el velamen, que se abrió como una flor henchida por el viento de poniente. Y, majestuosamente, la goleta se fue perdiendo por las azules aguas del Lago Español, el océano Pacífico, abandonando el abrigo de la capital de California.

Era la caída de la tarde y nubes carmesíes jalonaban el firmamento.

ROSA, LA FLOR DE CALIFORNIA

Era domingo, día de mercado, y la ciudad se volcó en la plaza mayor.

Dragones de impecables uniformes azules, mestizos con blusones, negros con pantalones listados e indios luciendo sus atuendos de pieles y plumajes componían una multitud bulliciosa en la veraniega mañana de Monterrey. En las calles tremolaban los colores añiles, albos y rojos de las banderolas, los vestidos de las muchachas casaderas, el tornasol de los tejidos de las matronas criollas, de los parasoles de seda y las oriflamas multicolores del centenar de puestos y tenderetes donde podía comprarse cualquier producto elaborado en el gran mercado hispano que recorría desde la Tierra de Fuego a San Francisco.

Niños chillones vendían agua fresca y otros cartuchos de frituras, garrapiñadas, mezcal y limonada para amortiguar el calor. Clara Eugenia, en avanzado estado de gestación, estaba asomada al balcón junto a sus criados, el sanglés Fo, la nodriza aleuta Naja y una india lipán, una mujer medicina conocida de Martín que la atendía con sus cuidados. Pertenecía a la misma familia de la amiga de su infancia y su primer amor, la malograda apache Wasakíe, a quien seguía atesorando en su corazón.

El mercado era un pandemónium de vendedores de cuchillos, pellejos de conejo, pescado y arenques, donde todo el mundo gritaba y blasfemaba. Se respiraba el humazo de las hornillas donde se freían salchichas y buñuelos, se percibía el colorido de los tendales al sol donde se subastaban vajillas llegadas en el Galeón de Acapulco, de los puestos de calzado y mantas peruanas de vicuña, de cubiertos de alpaca y plata, de pimientos secos y ristras de ajos de las misiones, y abundaban animados corrales y traspatios donde los comanches, mojaves, yumas, serranos y cahuillas vendían caballos, muchos robados previamente en la Casa de Palo, la caballeriza donde los dragones del rey encerraban las yeguas y sus crías.

También se daban cita saltimbanquis, contadores de cuentos, feriantes y tragaespadas llegados de Tucson, Carmel, San Antonio, Albuquerque o Santa Fe que hacían las delicias de la chiquillería. Los frailes, acabada la misa dominical, acudían con los campesinos para cambiar los quesos y mazorcas de maíz por herramientas, y las floristas parloteaban con los soldados.

Era un domingo de pacífica convivencia interracial al calor de la Paz del Mercado que instauraran años atrás el propio Martín y el coronel Juan Bautista de Anza, impecable respuesta de convivencia entre razas diferentes, tras el fin de la guerra con los temibles comanches y las tribus indias de la frontera. Eran horas de francachela, bebidas, compras y comidas copiosas, antojos y amistad entre hombres de castas distintas.

Los cobertizos y almacenes de Monterrey estaban colmados de cuanto era necesario y la población hidalga aprovechaba sus pingües negocios para mostrar a los forasteros sus casonas de cantería, pasear con sus galas y hacer ostentación de sus bolsas rebosantes de escudos y reales, con los que compraban porcelanas chinescas, café, chocolate, libros, quina de Cayena, pasamanerías flamencas, sedas de Manila, joyas de Potosí y perfumes de la India.

A Martín, cansado de agasajos y parabienes tras el salvamento, que había traspasado fronteras, solo le preocupaba el embarazo de Clara, la reclusión pertinaz de la delicada Conchita, que apenas si veía la luz del sol, y la reciente noticia de que los ingleses rondaban por la costa norte del Pacífico intentando bloquear las posiciones españolas frente al río Columbia. Lo habitual.

Estaba en su destartalado despacho del presidio, agobiado por el calor. Había llegado a sus oídos una de las bravatas cuarteleras de

Fages, largando una diatriba de exagerado mando hacia unos peones, que detestó en el fondo de su alma. El carácter de don Pedro le resultaba demasiado colérico.

—¡Tengo autoridad para cargaros de cadenas, flagelaros con espinos o encerraros en una mazmorra! —gritaba fuera de sí por una nimiedad.

Para olvidarse del regaño, de vez en cuando miraba desde la ventana para atisbar los movimientos de la milicia en la plaza de armas, las fondas y garitos y la calle del muelle, mientras echaba un vistazo a la hora en su reloj de bolsillo Barlow y fumaba taciturno una pipa. Las aguas del mar estaban mansas y hasta podían verse los peces voladores zambullirse en las espumas.

Sobre la mesa estaban abiertos *El espíritu de las leyes* de Montesquieu y un tomo del *Diccionario filosófico* de Voltaire. Libros como aquellos, reflexionó, alumbrarían las ideas revolucionarias que agitarían el mundo y la faz toda de la América española, y quién sabe si su independencia de Madrid.

De repente dirigió su mirada hacia el puesto de guardia y vio a un indio mojave, al que identificó por su indumentaria y por las plumas negras del valor. Discutía con los vigilantes del fortín que le impedían el paso y que no cedían a pesar de su insistencia. Llegaron a discutir y el capitán envió a su asistente Hosa para que lo dejaran entrar, pero desarmado. Regresó al punto.

—Desea hablar con vuesa merced. Dice que trae un presente de su jefe.

Martín recordó los actos calamitosos de su tribu, el robo de las muchachas y el dolor ocasionado en la región, pero cedió.

—Después del secuestro de las jóvenes perpetrado por su jefe, Búfalo Negro, no merece mayores honores que un perro, pero que pase —determinó.

—Son unos bárbaros incendiarios y violadores, don Martín. ¡Despachadlo!

—Lo oiremos a pesar de todo. Tráemelo, Hosa —le pidió.

El indio, seguramente jefe de un clan por la capa roja con la que tapaba uno de sus hombros, tenía la piel cetrina, los ojos como dos imperceptibles líneas sobre los pómulos y la nariz como el pico de un azor. Se le veía agitado y con las manos sudadas y temblonas. Parecía un buhonero y olía a establo y a sebo.

—Mi jefe, Halcón Amarillo, guía del pueblo mojave, saluda al Mugwomp-Wulissó, al Capitán Grande, y desea ofrecerle estos objetos sagrados para un guerrero, que pertenecieron a su hijo Búfalo Negro —dijo en castellano.

A Martín se le vino a la cabeza el duelo con el mojave. No se alegró, pues estuvo al borde de la muerte, y la cicatriz de la herida aún le culebreaba.

El explorador Hosa abrió precavido un paquete envuelto en una tela adornada con serpientes bordadas que contenía una máscara de las usadas para la Danza del Sol y que estaba extrañamente fragmentada en dos y un cuchillo de guerra, también partido y mellado.

Además, relucía en su interior una pipa-hacha *tomahawk* de refinada ejecución ornamental y un medallón de oro que representaba al sol. Martín lo miró de soslayo, aguardando una aclaración, que el indio ofreció enseguida:

—Halcón Amarillo no te guarda ningún rencor, pues sabe que mataste a su hijo en un combate singular donde pudo morir cualquiera de los dos y que no diste orden a tus hombres para que usaran los fusiles, permitiendo a este apache que lo enterrara en un cementerio hermano. Esa acción te honra, capitán.

—Un indio klamath nos espiaba y debieron informar a Halcón —dijo Hosa.

Martín, por toda respuesta, como tenía la guerrera azul entreabierta, apartó la camisa y dejó ver la cicatriz blancuzca de su torso y de su hombro, que a veces aún le dolía como si tuviera un escorpión en el pecho.

—Murió como un soldado, es cierto, pero su acción de secuestrar, maltratar y violar a unas jóvenes indefensas no es propia de un valiente mojave.

—Y Halcón Amarillo lo deplora, capitán. Por eso te envía la careta y el cuchillo roto de los que Búfalo Negro llamó Los Rostros Falsos u Ocultos, una vieja hermandad de mojaves nacida de los tiempos heroicos. Ya nunca operarán más, y debes creerme que esa cofradía fue el fruto podrido de una mujer que le sorbió el alma, Luna

Solitaria. Nuestro pueblo desea seguir viviendo en paz con los españoles, como hicieron nuestros antepasados.

Tras unos instantes de silencio, Martín decidió intervenir.

—Bien, acepto las excusas de tu gran jefe y los regalos, y en reciprocidad, le llevarás en mi nombre un sable de los dragones reales. —Se incorporó del sillón y de una panoplia de armas que colgaba de una de las paredes descolgó una espada antigua y la envolvió en la misma tela.

El mojave, que esperaba el presente, sonrió aparentemente satisfecho.

—Y para ti, este paquete de picadura de tabaco de la isla de Cuba —dijo.

—Kwikumat, el Ser Supremo mojave, está contigo, capitán. ¿Quieres acompañarme al balcón? —invitó al oficial, que se extrañó, pero lo siguió.

El indio le mostró un caballo de color canela atado a una estaca, cerca del portón del presidio. De lisas y ondeantes crines y con los ojos grandes y pacíficos, su hocico era redondeado y su estampa revelaba sangre hispana y árabe. Las patas finas y poderosas y el torso firme hacían del animal un purasangre admirable. Arellano, apasionado de los caballos, se emocionó.

—Es también un regalo de Halcón Amarillo —aseguró el indio, y cogiendo el fardo con el acero y el tabaco, abandonó el fortín con paso largo y orgulloso de sí mismo.

Martín, mirando al bruto con pupilas dilatadas, dijo con asombro:

—Pocas veces contemplé un animal tan hermoso, Hosa.

El apache exhaló un silbido sordo, corroborando las palabras del oficial.

La muerte de su prometido, don Nicolái Rezánov, había afectado hasta tal punto a Conchita que, cuando inesperadamente visitó una tarde a Clara para interesarse por su embarazo, más bien parecía una asceta del ayuno y la penitencia. Su tristeza y el vencimiento de su ánimo se hacían aún más crueles al contemplar su rostro, mustio, demacrado y huesudo.

Se acomodaron bajo el emparrado de la vivienda, desafiando el calor y los enjambres de moscas, la maldición de aquella ciudad, aunque aromadas por el olor de los jazmines, las rosas de California, los geranios y las siemprevivas, y abrieron sus emociones a las confidencias. Sollozaba discretamente Conchita, pues el recuerdo del diplomático ruso lo tenía clavado en sus entrañas.

—Don Nicolái era hombre de señaladas virtudes, doña Clara, y su muerte torció nuestros propósitos sacándome de golpe de mis sueños. No hubo ni una despedida, ni un beso. Solo una carta demoledora y la nada.

—Sé que has ofrecido en la misión de San Javier responsos y misas de réquiem, y que lo has llorado, sedienta más de la muerte que de la vida.

—Un fugaz alivio, como el soplo de un abanico de Manila.

—¿Y cómo has llenado ese vacío, Conchita? —se interesó la embarazada.

—Con la oración. Solo mi dolor ante Dios y yo —adujo la jovencita cariacontecida y con los ojos enrojecidos. Su rostro, antes vivaracho y hermoso, parecía consumido—. Mi memoria es solo una tumba

La norteña, con respeto a su innegable pena, quiso animarla:

—En Monterrey sabemos que te llueven los pretendientes.

—Mis padres me alientan a que me case, pero no lo haré —confesó decidida—. Ellos, mis pobres indios, los peregrinos, los indigentes y los huérfanos han colmado hasta ahora mi vida. Pero he tomado una determinación que deseo revelaros, doña Clara.

A su interlocutora se la notó desconcertada. ¿Qué rumbo habría elegido su dolor? Aguardó con interés a que sus labios se movieran.

—Cuéntame, Conchita, ¿cómo has decidido cambiar tu futuro?

La jovencita cambió de gesto y tomó aliento para hablar:

—Doña Clara, amiga mía, deseo entrar en un convento de religiosas y profesar como monja.

La princesa aleuta se quedó sorprendida. Primero sonrió incrédula y luego asombrada y hasta perturbada. No la imaginaba de monja recitando salmos y latines en un claustro monacal y dentro de un tosco sayal de estameña.

—Ya lo he decidido y mis padres lo saben y lo asumen, aunque a regañadientes. Me consagro a Cristo. ¿Comprendéis?

Clara adoptó el más cariñoso de los ademanes para no herirla.

—Creo que no has asimilado tu desgracia. Eres muy joven, aún no has conocido un amor cercano, y el matrimonio y la maternidad pueden llenarte de alegrías, querida. Reflexiona, medítalo, te lo ruego.

—No me seduce nada la vida en este mundo. Dentro del sosiego de una celda quiero poner en paz mi alma afligida y dedicarme a la oración.

—¿Y dónde deseas profesar como novicia, Conchita?

—En el convento de las Madres Dominicas del condado de Solano, en la bahía de San Francisco, frente a la misión. Será mi retiro del mundo.

—¡Qué decisión más inesperada! —exclamó Clara incrédula.

—Pero no por inesperada es menos irrevocable y sincera, creedme. Mi padre, que ha sido destinado al presidio, y mi madre estarán cerca de mí.

—No te reprocho tu decisión, Conchita, pero ¿podrás soportar el rigor de una regla tan severa como la de las dominicas? —observó con delicadeza.

—Es la única forma de alcanzar la quietud que precisa mi espíritu.

La firmeza, la fe y la rotundidad de la joven habían sobrecogido a Clara.

—Verdaderamente me has conmovido, hija —dijo, y rompió a llorar.

—Para mí habéis sido una amiga cercana y valiosa. No os olvidaré y, si algo precisarais, en ese priorato dominico me hallaréis, vos y don Martín.

Durante unos instantes permanecieron calladas y después Clara le confesó:

—¿Sabes que eres una leyenda en Rusia, Conchita? El brigadier Bruno de Heceta ha escrito a mi marido y asegura que los marineros y hasta los cómicos y trovadores rusos cantan la historia en las aldeas del amor frustrado entre la criolla californiana, tú, mi niña, y el chambelán imperial.

Conchita tenía otras cosas en la mente y no le concedió la menor importancia.

—La verdad es que fue una relación poética, con un final trágico —sonrió.

Clara ahuecó su vestido y se descolgó una medalla de oro de la Virgen de Guadalupe de México, a la que los indios y nativos del virreinato llamaban con el término mexica Tonantzin, Madre Venerada. La besó y se la puso en la mano a la muchacha, que se lo agradeció tocando su mejilla.

—La llevaré bajo mi hábito, doña Clara. Me protegerá y os recordaré. Y rezaré para que vuestro parto sea ligero y alumbréis a un cristiano sano.

Apenas si tenía diecisiete años, pero su firme confianza en seguir los dictados de su conciencia la habían convencido. La alentó a perseverar, si ese era su deseo. Se abrazaron con efusividad y la acompañó hasta la puerta, cogida de su brazo. Una húmeda brisa que provenía del mar acarició sus rostros, aliviando el sofocante calor de la tarde. Conchita abrió su sombrilla y desapareció entre el dédalo de callejas y casas blancas de Monterrey.

Ya no la volvería a ver nunca más.

El atardecer de finales de agosto en el que nació la hija de Clara Eugenia y de Martín de Arellano daba la impresión de que el horizonte estaba en llamas. Un sol anaranjado pintaba de rojo las nubes y las espumas del océano. La partera apache y el cirujano del presidio hicieron un trabajo impecable y trajeron al mundo a una niñita de tez rosada e incipiente cabello azabache.

Convinieron, como habían prometido el día de su casorio en México, que, si les nacía una niña, se llamaría Rosa María, según el deseo de su madrina de boda, la condesa de Valparaíso, que pronto sería también madrina de bautizo de la criatura, como les había rogado en una cariñosa carta desde la capital virreinal.

—Ha sido un acto de creación, esposa —dijo Martín, y las besó a ambas con ternura.

Él rio con apasionamiento y ella dejó correr las lágrimas por su rostro. Los tres estaban encadenados por una fuerza misteriosa que brotaba de aquella criatura que había cruzado sus primeras miradas con sus padres. Naja, la nodriza, lavó a la criatura y a la madre según la costumbre aleuta, con agua hervida en corteza de abedul, pétalos de flores, yuca, aloe y raíces de equináceas, y por su cuenta le impuso un nombre originario de la norteña Xaadala Gwayee, con el asenso de Clara y Martín, que veían con buenos ojos que los antepasados y los dioses y espíritus seculares aleutas la protegieran desde el cielo que según sus creencias regía Kaila, la deidad dadivosa.

La alzó con sus brazos y la expuso desnuda hacia el ventanal por donde entraban los primeros haces de la luz del alba y la llamó con el nombre indio de Memen Gwa, Mariposa.

—Kaila, te presento a tu nueva hija, Memen Gwa. A tu seno ha venido una nueva alma, suaviza su camino para que llegue venturosa al final de su senda. Vientos, sol, lagos y árboles, aves y animales que habitáis las tierras creadas por el Gran Espíritu, os lo suplico, alisad las sendas que acogerán sus pasos.

Para Martín, Clara había obrado un milagro y alumbrado de la fuente de la vida a la que sería la alegría y sostén de su futuro. Su esposa era excepcional en todo, y antes del bautizo en la ermita de San Carlos, donde le vertió agua bendita fray Juan, le regaló un collar y unos pendientes de perlas traídos desde Port-au-Prince, y a la niña un poni moteado recién nacido, para que lo montara años más tarde, y al que puso el nombre de Paa, «agua» en comanche.

Rosa era una californiana, su madre aleuta y él un criollo texano nacido en el presidio real de San Antonio de Béjar, y deseaba que su hija fuera una insuperable amazona y amara la frontera y a los caballos como él. Así serían las nuevas razas que convivirían en el Nuevo Mundo.

Sostuvo a Rosa María en sus brazos, la acunó con cariño y pensó: «Toda tierra es dura con los que nacen en ella y más aún con los de otros lugares y con los de otra sangre, como ella. Protégela, ámala, Creador del Universo».

Se sentía colmado de dicha y rodeó la cintura de Clara con todo el calor del afecto. Desbordaba entusiasmo por el nacimiento de Rosa y durante días su casa se vio rebosante de amigos y conocidos que venían a felicitarlos.

Días después, Martín de Arellano fue convocado al despacho del gobernador de California, don Pedro Fages, más conocido como el Oso.

Tras las salutaciones de rigor, don Pedro carraspeó y sacó un documento de una carpeta gofrada de la mesa de caoba.

Martín, cuidadoso de su respetabilidad, ni tan siquiera preguntó por el nombramiento que esperaba hacía meses. Como oficial del rey sabía que solo le quedaba perseverar y lo saludó con marcialidad, esperando sus órdenes. Ni alegre ni expresivo, el catalán, en un tono gutural, se expresó:

—No es una casualidad que se hayan fijado en vuesa merced, don Martín. Siempre habéis gozado del favor de los virreyes, por vuestro valor, disciplina y conducta. Ha llegado algo que os llenará de contento, como a mí, creedme.

Al capitán de dragones se le escapó un gesto de incredulidad.

—¿Sabéis qué es lo que más me agrada de vos? Jamás os he visto enorgulleceros o vanagloriaros por vuestras gestas y siempre os habéis mostrado modesto entre vuestros hombres —lo aduló con amistad.

A modo de réplica y con aire distendido, Arellano contestó:

—¿Acaso no es ese el proceder achacable a un oficial del rey, don Pedro?

—Vuestras hazañas se transmiten de boca en boca en toda la Nueva España.

Su respuesta fue comedida, incluso irónica y sincera.

—Tuve jefes de cualidades excepcionales, gobernador, os lo aseguro.

—Leed este despacho llegado ayer tarde desde México, os lo ruego.

En la mirada de Martín se reflejó un súbito brillo, desprendió el lacre rojo y abrió la cinta de bramante que lo cerraba. Leyó para sí con lentitud.

En mi nombre y en el de Su Majestad don Carlos III, y por los privilegios inherentes a mi cargo de vicevirrey de Nueva España, tengo a bien ascender al cargo de teniente coronel al capitán de dragones y comandante de los presididos de la Alta California, don Martín de Arellano y Gago, por sus señalados servicios a la Corona, y conferirle el mando y dirección de la Academia de Cadetes de San Ignacio, en Sonora, de la que se hará cargo tras este nombramiento. Reciba mis parabienes y los del rey.

Dado en Ciudad de México, en el día 2 de agosto. Anno Domini *1782.*

El vicevirrey, Matías de Gálvez, Capitán General de Guatemala

—¡Vive Dios que aguardaba el nombramiento! Lo solicité hace años. Pero no así el ascenso, que dedico a mi padre y a mi madre —exclamó Martín con una alegría que le salía por los ojos.

Pedro Fages se incorporó del sitial de alto respaldo, se cuadró y lo saludó marcialmente, para luego dar unos pasos hacia él y abrazarlo con admiración y amistad.

—Mi felicitación y la de todos los dragones del presidio, don Martín, que celebraremos como merece vuestro nombramiento. ¡Ahora brindemos!

Con los ojos pensativos, Martín tomó la copa de *brandy* y, mientras bebía, dijo:

—Gobernador, ¿por qué firma la orden don Matías de Gálvez? Sé que Mayorga lleva años enfermo, pero no tanto como para no poder firmar un papel.

Su respuesta no pudo ser más hábil. No acusó, pero tampoco exculpó.

—En la capital se dice que Mayorga ha estado siendo envenenado poco a poco por alguien cercano a los Gálvez, que desean hacerse con todo el poder en el continente. Y el rey, dada su dolencia temporal, ha dejado el gobierno en manos de don Matías, padre de don Bernardo, el general que venció a los ingleses y gran amigo de George Washington. Pero puede que sea un rumor. ¿Comprendéis? Es un asunto muy delicado y hemos de mostrar discreción.

—Conozco a Mayorga y a su hermana doña Victoria, a la que visité en Madrid y en cuya casa viví. Lamento esos acontecimientos, si es que son ciertos.

El catalán era un hombre cuidadoso de su dignidad y adujo:

—Lo nuestro, don Martín, es defender el territorio de manos enemigas, y lo de vuesa merced, ahora, formar esforzados dragones. Seamos meros espectadores y no hagamos juicios de valor sobre los políticos —añadió, y brindó de nuevo.

Con mirada experta, Martín miró por el ventanal y vio que atardecía.

—Bien, don Pedro, voy a participar a mi esposa de la buena nueva y de que pronto abandonaremos Monterrey. Emprenderemos una nueva vida en Sonora con nuestra hijita, un tesoro de criatura. ¡Viva el rey!

—¿Visitaréis al gobernador Anza en Santa Fe? —preguntó el gobernador.

—¡Cómo no! Don Juan Bautista es mi valedor y lo considero mi segundo padre. Es una leyenda en estos territorios. Lo que sé lo aprendí de él. Iré a rogarle consejo y estoy impaciente por abrazarlo —contestó entusiasta.

La voz de Fages se elevó premonitoria en el aire de la oficina.

—No olvidéis lo que os auguro hoy, don Martín. Seréis su sucesor y el próximo gobernador de Nuevo México. Y yo seré el primero en alegrarme.

Martín se sintió complacido y honrado, y lo saludó con gesto militar.

Clara no se atrevió a llorar al recibir la buena nueva, sino que cogió en brazos a su hija y demostró su alegría bailando con ella. «Dios ha oído mis plegarias, Memen Gwa. Gracias», pensó rebosante de entusiasmo y sabedora de que dejaban la peligrosa frontera por una responsabilidad menos expuesta.

El juicio y la respuesta de los dragones de Monterrey por el nombramiento de su capitán fue de instantánea satisfacción. Felicitaron a su oficial al mando, a quien regalaron los entorchados y un sable recién fabricado en Toledo. La víspera de la partida, una semana después, celebraron su despedida en el presidio real adornado e iluminado para la ocasión.

—Unos astros suben y otros declinan, compañeros de armas. ¡Cuántas cabalgadas juntos! ¡Cómo podré olvidaros, si nos unen la sangre, las lágrimas, el sudor y el sentido del honor! A mi estrella también le llegará su fin —dijo Martín cuando don Pedro Fages le impuso el fajín y los galones.

—¡Servid a España y al rey, como en vos es acostumbrado!

Todo Monterrey acudió a presentarle sus respetos, pero el nuevo teniente coronel se quedó de piedra cuando, en medio de la celebración y caminando por el patio de armas del presidio, vio aparecer al jefe de la nación comanche: el octogenario Ecueracapa, el gran jefe más temido y estimado de la frontera, que guiaba con mano prudente a miles de indios aliados de España.

Los presentes enmudecieron y observaron la inesperada escena, algunos incluso con la expresión molesta. No obstante, se elevó en la atmósfera un murmullo de aceptación. Aquella presencia venía a corroborar la actividad en pos del entendimiento entre razas en aquel territorio del nuevo teniente coronel.

Aunque lo observaban como a un intruso, el enjuto Ecueracapa, de melena blanca, tocado con plumas negras y rostro cincelado en arcilla, caminaba lentamente, acompañado por los tres jefes más dignos del territorio comanche: Diez Osos, Tosacondata o Grulla Blanca e Hichapat, el Astuto.

Alzaba la mirada hacia el cielo, donde las nubes se perdían en el mar.

No comparecían pintados con los colores de guerra, sino ataviados con sus mejores galas, la tez pulcramente lavada y los cabellos peinados con grasa de búfalo. El anciano se disponía a tomar la iniciativa y a que les prestaran atención. Era habitual en Ecueracapa mostrarse digno y pomposo. Vestía su peculiar túnica bermellón hasta los pies y la capa azul ribeteada de armiño de máxima autoridad de su pueblo.

Su arrugado cuello de tortuga lo ocultaba con un pañuelo blanco, en el que brillaba el medallón con la efigie del rey don Carlos que le regalara el legendario coronel, Juan Bautista de Anza, o como lo llamaban los indios: Zon'ta, el Digno de Confianza, o Gahisti'Ski, el Pacificador, el autor de una paz y convivencia duradera entre españoles y comanches. La concordia reinaba fructífera en la frontera, desde Eminence, en Luisiana, hasta San Francisco.

Ecueracapa en una mano portaba el cayado de mando labrado con serpientes y tortugas, propio de un *charbiya*, un hombre sabio, y en la otra, como si lo despreciara con asco, un conocido y sucio sombrero de piel de puma, con dos alas de águila cosidas alrededor. Era el de Salvador Palma.

Los dragones sabían a quién pertenecía aquel tocado yuma, y en sus miradas afloró un repentino brillo, pues lo creían una provocación. A las damas las hizo temblar y Fages lo observaba con prudencia, pero también inquieto e indignado. Arellano, que lo conocía, no se dejó llevar por la sorpresa.

Ecueracapa se dirigió hacia el homenajeado con su semblante impenetrable. Digno y solemne, únicamente le interesaba abrazar al Capitán Grande. Dos guardias del gobernador se acercaron al jefe, como si se tratara de un loco peligroso o se dispusiera a cometer una violencia, pero Martín los detuvo con un gesto conminatorio. Para Arellano, aquel indio juicioso y de voluntad inquebrantable era un amigo probado, un hombre de confianza. No obstante, se preguntaba qué hacía el jefe comanche con el gorro del jefe yuma Salvador Palma, el gran traidor, en la mano.

Con los brazos abiertos, Martín se aproximó al anciano comanche y, en el preciso instante y en medio de la expectación, Ecueracapa arrojó al suelo el sombrero de Palma, escupió sobre él y lo pateó, ante la estupefacción de los soldados y de los invitados, que no daban crédito a su insólita acción.

EL LEGENDARIO GOBERNADOR
JUAN BAUTISTA DE ANZA

Se había hecho el silencio en torno a los jefes comanches. Ecueracapa sabía que había obrado conforme a la tradición de amistad y que los oficiales, Arellano y Fages, aunque estaban sorprendidos, eran sus amigos.

—Que vuestras ilustres personas dispensen mi conducta —dijo el indio en alta voz.

—Habla, no temas, gran jefe —lo animó Fages—. Estás bajo mi protección.

Al anciano se le cortó el aliento y no parecía poder explicarse bien, dado su español inseguro, aunque entendible. Decenas de miradas estaban clavadas en él. Pero habló al fin con cordial audacia, y lo escucharon con respeto:

—El espíritu de la guerra había muerto entre nuestros dos pueblos, pero no así con los perros yumas. Sé que contener a esa manada de coyotes es difícil, e incluso ahora nos disputan las praderas de caza que nos regaló el Gran Padre Anza y que están escritas con sangre en un papel sagrado.

—¿A tanto se ha atrevido Palma? —se interesó don Pedro inquieto.

—A más, gobernador. Hay un hombre aquí al que asisten la compasión, la hombría, el valor y la integridad y que no es otro que don Martín de Arellano, al que agradecemos el no ser esclavos de

444

nadie y que nuestros niños no enflaqueciesen de hambre tras la cruenta guerra con Cuerno Verde. Y por él mis guerreros darían la vida. Es nuestro Capitán Grande y lo respetamos, pero a los yumas los detestamos. Son mujeres con ropas de hombres —manifestó.

—¿Y bien, Ecueracapa? ¿Qué relación tiene todo esto con Palma?

El locuaz jefe comanche no contestó de inmediato, sino que se apartó de la cara una nube de mosquitos, que como todos los veranos solían invadir California, y se adelantó un paso más. Ante la admiración general, puso en práctica un ritual comanche que pocos conocían y que hizo que algún oficial pusiera su mano enguantada en el pomo del sable.

Se trataba del venerable Niya comanche, o intercambio vital de un indio con un extranjero que tuviera para él unas virtudes carismáticas que podían contagiársele. El viejo tocó los brazos, hombros, pecho y cara de Martín, que sí conocía el rito, y después él mismo abrazó con devoción al anciano.

Tal muestra de afecto y adhesión emocionó a los asistentes, e incluso a Clara. Fue un momento de emotividad suprema y, al fin, el jefe se explicó:

—Veréis —empezó—. Ese chacal de Salvador Palma, ese fanfarrón sin escrúpulos, ese coyote sin honor, sabiendo que don Martín parte mañana hacia Sinaloa, había previsto un asalto sangriento contra él y su tropa. Ya se sabe, el zorro no avisa cuando va a atacar.

Se oyó un murmullo de indignación. El jefe indio prosiguió:

—Intentaba sorprenderlo al cruzar la cañada de los Álamos, un lugar apropiado para emboscarse y tener ventaja para derramar sangre y matarlos a todos —repuso—. Palma intentaba azuzar a sus venenosas avispas yumas.

La atmósfera se cargó de un halo de sobresalto y se oyeron exclamaciones encolerizadas, y Clara, con Rosa en sus brazos, no supo lo que era el verdadero odio hasta que comprobó que alguien deseaba destruir a su familia. Martín no podía creerlo pues, aunque lo habían vencido, tenían a Palma como un aliado interesado, incapaz de atentar contra su persona.

—Si es necesario —estalló Fages—, lo acompañará todo un regimiento de dragones con cañones y cureñas. Don Martín, su familia y su escolta llegarán sanos y salvos a San Ignacio, os lo aseguro. ¡Miserables yumas!

El gran líder de la nación comanche alzó su cayado. Callaron todos.

—No hace falta, gobernador. —Los sorprendió—. Ecueracapa, que todo lo oye y todo lo conoce, ha acabado con ese perro sarnoso. ¡Palma ha muerto y su cuerpo se pudre en la pradera! Pero, para acabar con un puma sediento de sangre, hay que sacarle los ojos y cortarle la cabeza.

Si bien lo creían capaz, la conmoción fue generalizada.

—¡Ese Palma era escoria! —aseguró el jefe Diez Osos.

—¿Cómo ha ocurrido, gran jefe? —preguntó don Pedro.

Ecueracapa, cuya complicidad con Arellano no conocía límites, reveló:

—Gobernador, Salvador tenía dos almas, una de lobo y otra de perro, y ambas se devoraban entre sí como dos demonios rabiosos. Lo que ignoraba es que antes de matar a don Martín, debía matarme a mí —repuso grave.

—Tu consideración me abruma, gran jefe —replicó Martín.

—Lo acorralamos, lo hicimos prisionero y fue atravesado por flechas comanches y muerto. Luego, su cuerpo, quemado, despedazado y preso en una piel de asno viejo, fue colgado de un árbol y hoy se seca al sol en un barranco del Colorado, donde nadie pueda hallarlo para llorarlo o ser convocado por los espíritus. ¡Es lo que merecía! —reveló sin mover un músculo.

Los dragones intercambiaron miradas de asombro e incluso de gozo.

—¡Diantre! Justo final para un traidor indigno —repuso don Pedro.

El silencio era hosco y Ecueracapa se aclaró la garganta bebiendo de su calabaza.

—Salvador Palma y su hermano Ignacio hace días que vagan por las tierras de los Espíritus, y sin ojos —acabó su testimonio—. ¡Han sido ajusticiados y jamás hallarán las verdes praderas y los cazaderos eternos de búfalos!

Un murmullo de aprobación cundió entre la oficialía hispana.

—Esos Palma eran unos apóstatas bautizados que me repugnaban —confesó Arellano.

—Se lo advertí. El pueblo comanche ama al Mugwomp-Wulissó, y para nosotros es intocable. En don Martín reside el hálito del Espíritu Hablante, el alma del valeroso Cuerno Verde y el valor de Búfalo Blanco, y creemos que nos trajo bonanza y fortuna a mi pueblo —aseguró—. No le toques un pelo de su barba, ni cojas las riendas de su caballo, le dije a esa alimaña yuma, y no me oyó.

La plaza de armas entera prorrumpió en un sonoro y reconocido aplauso.

—Siempre he obrado rectamente con los españoles y no me traicionaré a mí mismo. Salvador Palma, con su alma de chacal, cavó su propia tumba, y mis guerreros protegerán a don Martín hasta que arribe a Sinaloa.

—¿A qué te refieres exactamente, gran jefe? —preguntó Fages.

—Los comanches —prometió solemne— protegeremos a don Martín y a su familia. Tienen dispuesta una escolta de doscientos guerreros comanches que los preservarán hasta el Camino Real de la Tierra Adentro. ¿Me permitís que os los muestre? Solamente los escucharéis.

—¿Mostrarlos? —disintió Fages, cada vez más suspicaz.

—Gobernador, ¿puedo encender una flecha? No receléis de nada.

Don Pedro no salía de su estupor, aunque no esperaba que los comanches atacaran un fortín militar tan inexpugnable y artillado como aquel.

—¡Claro! —aceptó, y un soldado trajo una antorcha encendida.

Hichapat descolgó un arco que llevaba en bandolera, y del tahalí extrajo una única flecha con punta de piel y sebo que prendió y que luego lanzó al aire fuera de la muralla, como si se tratara de un fuego de artificio chinesco. Como se acercaba la declinación del sol podía ser vista desde muy lejos.

Hubo un momento de expectación, mezclada con alarma y estupor. Con las belicosas tribus yumas en pie de guerra aún no habían concluido los miedos y desvelos de la población californiana, a pesar de que Palma estuviera muerto.

De repente, varios cientos de enfervorizados comanches gritaron en lontananza una ininteligible y horrísona batahola de gritos guerreros, confirmando que se encontraban apostados a menos de una legua.

Resultó impresionante y sobrecogedor para la comunidad hispana.

Ningún indio del oeste se atrevería a hacer frente a semejante y aguerrida partida, ni tan siquiera los yumas, y menos aún las bandas errantes de la nación nahuá, ni los chichimecas, que temían a los comanches como a los mismos diablos.

Martín, que había permanecido callado, habló con gesto agradecido:

—Grande es el favor que me haces, gran jefe. Esos yumas nos hubieran masacrado y no hubiéramos sobrevivido a la matanza —admitió.

—Espiaban vuestros movimientos desde lugares encubiertos —refirió.

Arellano meneó la cabeza y miró a Clara, que estaba horrorizada.

—Entonces mañana habríamos sido hombres muertos y lo lamento por mi familia. Una patrulla de seis dragones con varias mujeres no hubiera podido resistir un ataque más de un día —reconoció el militar español.

—Lo sé, don Martín, como sé que en la comitiva viajarán tu esposa y tu hijita. Esos guerreros míos pertenecen al Pueblo Apuesto de los comanches tonkawas, que lucharon contra ti en Arkansas y son de los que poseen el corazón más fuerte de mi nación. Os cuidarán, si es que esos despreciables cuervos yumas intentaran algún ardid —se expresó como un padre amantísimo.

Arellano hizo una señal a Hosa, que se acercó al instante. Estaba espantado de solo pensar que hubiera estado en peligro su pequeña Rosa.

—Permíteme Ecueracapa que, por evitar esa mortal encerrona y preservar nuestras vidas, te regale una de mis posesiones más queridas. ¿Recuerdas el purasangre que montaba cuando abatí a Cuerno Verde en Arkansas, en el río San Luis? Tú estabas allí con tu tribu.
—Y lo hizo pensar.

—¿Aquel semental de pelaje gris, brioso y potente? —recordó.
—El mismo. Se llama Cartujano, pues lo criaron unos monjes,

más allá de las grandes aguas, en España, y ya ha hecho historia. Acéptalo —le rogó, y envió al cabo Hosa a que lo trajera de las cuadras y se lo entregara al jefe.

—Lo cuidaré y lo alimentaré como propio. Será la semilla de muchos potros futuros de mi pueblo, y así tu memoria no morirá —aseguró al tirar del ronzal—. Pronto no quedará nadie para recordarnos y para pronunciar nuestros nombres, que la lluvia y el viento aventarán. Pero caballos hijos de este cabalgarán por la Comanchería y conservarán en su sangre tu espíritu.

—En la Academia cuidaré de tu hijo, don Félix, Ave Azul, que muy pronto será un oficial del rey y velará como tú por la paz en estos territorios, Ecueracapa —dijo, recordando a uno de sus vástagos, cadete en San Ignacio.

—Siempre lo dije, ningún tallo de maíz crece más que otro, y del mismo modo el indio y el blanco somos iguales ante el Creador. Pero el Capitán Grande los supera a todos —manifestó con las lágrimas en los ojos.

El gobernador invitó a los cuatro jefes a que pernoctaran en el presidio, pero se negaron y prefirieron dormir en sus tipis, que habrían montado donde se hallaban los guerreros. Ecueracapa entregó a Martín un amuleto contra el mal de ojo para su hija Rosa y lo saludó luego con la mano alzada, dedicándole una franca y devota sonrisa. El viejo jefe comanche sabía que ya no se encontrarían más en la vida presente. Y, ceremonioso, abandonó el presidio, tras decir:

—La próxima vez nos veremos en la tierra de los espíritus, gran amigo blanco. Sigue caminando firme tras el vuelo del halcón que te protege.

A lo lejos, las fogatas reflejaban un resplandor rojo en el claro de luna y la sierra azul parecía una montaña ensangrentada. Aquella sofocante noche, pocos conciliarían el sueño.

Martín amaba a aquel viejo comanche juicioso, reflexivo y paternal.

Con el alba, el presidio de Monterrey bullía en medio de un febril trajín.

Apenas eran las seis de la mañana, cuando Clara, con su hijita Rosa bien tapada, la nodriza Naja, la curandera apache, y su siervo chino Fo montaron en el carruaje lleno a rebosar de baúles. Fuera, en el portón, seis dragones uniformados y armados contenían a sus briosos caballos, que, con los ijares brillantes y sus ojos inmensos, aguardaban la orden de marcha.

Si alguna banda yuma intentaba atacarlos, no los cogerían desprevenidos, pues llevaban los fusiles y pistolas cebados y conocían cada brazada del terreno. ¿Pero cumpliría su palabra Ecueracapa y los protegería con sus guerreros?

No se veía a ningún comanche a una milla a la redonda, según las expectativas prometidas. Al poco, compareció en la puerta el teniente coronel Arellano, jinete de Africano, escoltado por sus dos inseparables guardianes: el sargento mayor Sancho Ruiz y el cabo Hosa, el explorador lipán.

Nadie parecía complacido con la partida salvo Clara, que acariciaba la piel blanquísima de Rosa. Una ráfaga de viento del mar y una voz de mando dio inicio al viaje. La tierra retumbó ante los chirridos de las ruedas y los rítmicos cascos de los corceles, que levantaron torbellinos de polvareda oscura.

Los dragones miraron a su alrededor. Pero no vieron nada y circuló entre los soldados españoles una extraña corriente de expectación y alarma. ¿Y la escolta comanche? —se preguntaban. Pero no bien hubieron llegado a los alrededores del rancho Carmel, cuando, como salido de la nada, apareció delante de Martín un jinete comanche que lo saludó con la lanza en alto:

—¡Mugwomp-Wulissó! —gritó—. Os escoltaremos a distancia.

Era un jinete de lisos cabellos negros que le caían en dos mitades sobre los hombros hasta llegar a la cintura, que caracoleó con su montura frente a él. Iba teñido con pinturas de guerra, desnudo el torso y con pantalones y mocasines de piel. Su boca grande, pintada de negro, soportaba una nariz rotunda y corva. Su pinto llevaba en el lomo la huella de una mano blanca. Arellano lo saludó, elevó su sable y se lo llevó al rostro, en señal de amistad. Después, el indio salió a galope tendido hacia unas colinas cercanas y profirió un aullido potente. De repente, recortadas sus siluetas en el firmamento rojizo, surgió una procesión inacabable de más de un centenar de jinetes comanches cogidos a las bridas de sus corceles y enarbolando lanzas y arcos.

No parecía un ejército, sino una plaga de feroces centauros indios. No se oían tambores, ni retumbo de carromatos, ni clarines de órdenes, sino un ruido isócrono de uñas de caballos que, en abigarrada fila, servían de muralla protectora al grupo que comandaba Martín, a los que les sería imposible olvidar aquel asombroso e intimidatorio espectáculo visual.

—¡Mugwomp-Wulissó! ¡Mugwomp-Wulissó! —saludaron a una los comanches, que estaban persuadidos de que Arellano portaba en su interior el alma del jefe Cuerno Verde, el héroe inmortal de su pueblo.

Clareaban el gallardete real y las casacas azules del destacamento de dragones de cuera, un instrumento de guerra implacable que mantenía desde hacía dos siglos la paz en la frontera española del norte.

Velaban por garantizar la grandeza de España en una frontera áspera, virgen y colmada de mil peligros, que iba desde las llanuras de Luisiana y Texas a Nuevo México, Arizona, Arkansas y California, y en la que debían enfrentarse a un clima acerbo y a la hostilidad de unas tribus indias belicosas, que defendían con sangre lo que consideraban suyo por ley natural.

Cabalgaban a buen ritmo, con los comanches sobre los cerros escoltándolos. Clara, a pesar de la hosquedad del viaje, se detenía cada atardecer bajo las sombras de los robles, chaparros y mezquites, rodeada de amapolas y, cerca de los frescos cauces de los arroyos, descansaba unas horas amamantando a la niña y dormía hasta que despuntaba el sol.

La curandera india lanzaba al aire conjuros para que las fieras no se acercaran a los fuegos, mientras curaba a Clara las ampollas con las pulpas de las chumberas. A Rosa, que berreaba cuando deseaba el pecho de la madre, Martín le cortaba las flores blancas de las yucas que crecían en las riberas del Colorado y del Gila, y se las colocaba en su regazo junto al amuleto de cuentas y conchas que le había regalado su amigo Ecueracapa.

Se cruzaron con algunos viandantes, familias enteras de indios mezcaleros y xiximes de cuerpo famélico y carnes quemadas por el sol y con tratantes mexicanos de ganado que se dirigían a Tucson, Tubac y a El Paso.

Cerca de Hermosillo, en un edén sembrado de almezos y álamos gigantescos, la intimidante partida comanche, profiriendo ensordecedores alaridos y batiendo las lanzas contra los escudos, volvieron grupas y desaparecieron por las estribaciones de Sierra Prieta, de regreso a sus poblados. Habían cumplido con su misión, tal como había prometido Ecueracapa. No se había visto un solo yuma por aquellas sierras y pedregales.

—¡Mugwomp-Wulissó! —volvió a escucharse su eco.

Como despidiéndolos, un gato montés rugió en la tibia alborada.

Se hallaban al fin en el concurrido Camino Real y ya se olía el salitre del azulísimo y apacible golfo de California. La patrulla española cruzó cansada los ríos Sonora y Piaxtla, donde las garzas dispensaban un color gris azulado a sus aguas. Martín divisó las familiares frondas del poblado de San Ignacio de Sinaloa o de Piaxtla, en memoria de la tribu india que vivía en la zona desde hacía siglos.

Recordó su etapa de cadete y a su madre doña Josefa, cuyos restos yacían en el cementerio comunal. Fundado por los jesuitas, San Ignacio había cobrado una relevante importancia en el virreinato de Nueva España al descubrirse unas minas de oro en la cercana Sierra de Candelero.

El sargento Sancho envió al cabo Hosa para que anunciara al oficial al mando la llegada del nuevo teniente coronel y director de la Academia, mientras se aseaban y adecentaban en una venta, a media legua de Sinaloa.

El grupo, marcialmente comandado por Arellano, realizó su entrada en el pueblo. A lo lejos se veía la plaza mayor, donde se hallaba el destartalado y enrejado edificio de la Escuela de Cadetes que luego se convertirían unos en oficiales de caballería y otros en dragones de cuera de su majestad.

En sus aulas, salones de esgrima y campos de tiro se educaban grupos de jóvenes caballeros de las más aristocráticas familias del Imperio, y podían verse también hijos primogénitos de grandes jefes indios aliados, como el de Ecueracapa, Do'li, Ave Azul, de nombre castellano don Félix, y también napolitanos, milaneses e irlandeses, súbditos todos del rey don Carlos III.

El sargento Ruiz, que no había tosido en todo el camino, dijo risueño:

—Don Martín, con ese uniforme parecéis un emperador. —Y su jefe asintió, sonriendo abiertamente.

—Sin corona y sin imperio, querido Sancho, pero con más años los dos.

Interrumpió la plática un mensajero a los lomos de un mesteño pinto. Con la guerrera azul impoluta, un pañuelo blanco atado al cuello, el sombrero de ala ancha calado, se cuadró y le anunció:

—Mi teniente coronel, el gobernador Anza os aguarda en la entrada de la Escuela —anunció por pura fórmula, y Martín recibió una sorpresa.

—¡Inmerecido honor! No esperaba tal dignidad —contestó jubiloso, pues no había pasado por su cabeza que el gobernador fuera a recibirlo en persona.

Don Juan Bautista de Anza era un mito en aquellos territorios. Fundador de San Francisco y creador de la ruta interior de Nuevo México a California, capitán incansable de dragones en Tubac, San Antonio, El Álamo y Laredo, y pacificador de Sonora en lucha contra los apaches, utes, comanches y seris, gozaba de un prestigio acreditado. El militar, hijo de un farmacéutico vasco de Hernani, había sido herido cuatro veces y otras tantas revivido como un héroe homérico.

Se había formado en aquella misma Academia. Ya siendo cadete, por sus dotes de mando, temeridad en las estrategias, tenacidad y disciplina espartana, los otros alumnos llamaban a Anza el Noble Hijo de Perra. Don Juan Bautista había compartido como Martín muchas penalidades y junto a él, siendo un joven teniente, había vertido su sangre en algunas temerarias ocasiones.

Martín detuvo a Africano delante de la escalinata.

Como un viejo dios en la puerta de su vetusto santuario, Anza se hallaba expuesto a todas las miradas, jinete de una montura vieja y poco agraciada e impropia de su rango. Pero así era el gobernador: austero, estoico y frugal. Destacaba con su impresionante barba bíblica y bigotes rizados, ahora encanecidos, su eterno sombrero de ala ancha emplumado y el uniforme y capa azul y roja, dignas y elegantes indumentarias de un capitán general del ejército real de España. Arellano había sido su ayuda de campo en la dura empresa contra Cuerno Verde y lo consideraba como a un padre, y Anza, a su vez, apreciaba al nuevo director como al hijo que no había tenido.

Arellano, sin desmontar a Africano, lo saludó marcialmente, con una expresión de gratitud rayana en la veneración. «¿Puede un hombre corpulento e irreductible envejecer tanto en tan poco tiempo?», pensó al verlo. Parecía que el asma volvía a mortificarlo y su guardia lo escoltaba continuamente por si lo precisaba y había que evacuarlo a un lugar ventilado y de aire puro y sin polvo.

Los cadetes de dragones de la Academia, con las lanzas en ristre, le rindieron armas. Entre el resonar de los tambores, los clarines de órdenes del cuartel y el bullicioso alborozo de la ciudad que se había congregado en el coso de armas, Martín no mostró ninguna actitud de superioridad ni autosuficiencia.

El gobernador y Martín desmontaron y se abrazaron largamente mientras el gobernador le musitaba palabras de amistad.

—¿Qué más puede desear un soldado como yo que ser recibido por el mejor de todos ellos, don Juan? —le dijo Martín, inmensamente honrado al ser recibido por él.

—Soy el padre que recibe al hijo que regresa cubierto de respeto. Veo, Martín, que tu crédito entre la milicia ha crecido.

—En ello solo veo la mano de vos, don Juan.

—¡Hay que ver! El cachorro que entró en esta Academia hace veinte años vuelve convertido en león —le recordó don Juan observándolo con afecto.

—Pero sin garras, señor. —No se atrevía a tutearlo aún, después de tantos años—. Me alegra que volvamos a anclar nuestras vidas en el mismo puerto.

Anza soltó una disonante carcajada y le palmeó el hombro.

—Eres muy mencionado en esta escuela. ¿Sabes por qué? porque siempre te movió la pasión y no la gloria. Veo que te has convertido en un oficial sabio y dominador, lo testifican tu porte, tu mirada y alguna nueva —alegó Anza.

—El tiempo, y vos lo sabéis, cambia a los hombres —replicó Arellano afable.

El viejo Anza, lleno de satisfacción y un punto de cinismo, le dijo:

—Para los tiempos que se avecinan eres un destello de luz aquí, Martín. Juntos nos balanceamos en la soga que ata la vida y la muerte, pero aún estamos vivos. Sé que acabarás con los privilegios y desecharás a los mediocres.

—Formaré a hombres con otras expectativas —admitió Martín.

—Al fin esta Academia recuperará su dignidad. ¡Pasemos dentro, hijo!

Martín sabía que los laureles se marchitan pronto y solo se recuerdan los beneficios dejados a los demás. Los dos habían participado en sangrientas epopeyas años atrás y detenido el derramamiento de sangre y la desaparición de muchas tribus indias. Los soldados allí reunidos lo sabían. Anza y Arellano no habían alzado su memoria sobre el sanguinolento charco de la devastación indiscriminada.

—¿Toleráis aún la vida, don Juan? —se tomó la libertad, en voz baja.

—Difícilmente, Martín. La lamparilla de mi vida ya tiembla y pronto se extinguirá —contestó, y sus ojos azules se iluminaron—. Pero no le concederé tregua—. Hechos como el que los comanches os hayan escoltado me llenan de orgullo. Algo habremos hecho bien. Nunca buscamos ni la violencia, ni la sumisión, ni la injustica entre esas altivas gentes. ¡Dios lo sabe! Habrá opiniones para todos los gustos, Martín. Pero no podrán negar que España ha cambiado el mundo —insistió—. Nos echarán a la cara ciertos abusos, pero no menos beneficios, hijo.

Siguieron caminando con lentitud cogidos del brazo, conversando.

—Creo, don Juan, que la era de los reyes está concluyendo y se inicia la de los criollos nacidos en estas tierras —reconoció Martín casi susurrando.

—No te falta razón. Quizá deberíamos arrojar los misales y los reglamentos reales por la ventana y sustituirlos por constituciones y enciclopedias, como han hecho esos americanos de Nueva Inglaterra.

Degustaron un refrigerio con los profesores y maestros, tras el cual se dirigieron al salón de mando de la Academia, donde se hallaban formados los oficiales de más alto rango y los sargentos de prácticas del establecimiento militar. La estancia ofrecía un aspecto imponente de uniformes de gala, entorchados, botas brillantes, galones, bandas púrpuras, manos enguantadas, lustrosos sables y botonaduras doradas.

Era la puesta en escena del poder del Imperio de su majestad.

Martín vestía su recia figura con su habitual uniforme azul de gala con vueltas rojas, peinaba su larga melena castaña hacia atrás, recogida con un lazo negro, y en su rostro destacaban el cuidado bigote y perilla, largas patillas, sus pupilas grises y su firme y aquilina nariz. Su figura y hablar tan viril y peculiar transmitían un poder de atracción irresistible.

Anza fue presentando al profesorado militar al nuevo teniente coronel, que era saludado con verdadero fervor, conocidas sus hazañas y altos servicios a la Corona, con los sombreros bajo el brazo y sus mejores sonrisas, y también con alguna insolencia de los más veteranos.

Martín oyó de sus propios labios los métodos que se seguían en la escuela y vio la necesidad imperiosa de una nueva acción en las aulas, conociendo lo que se avecinaba y que muy pocos intuían. Tenía las ideas muy claras sobre la logística a seguir y las pondría en práctica de inmediato.

El nuevo director saludó con gesto filial a doña Ana Pérez, esposa de Anza, y contempló con tierna mirada a Clara que, arreglada y perfumada, sostenía en sus brazos a Rosa, dormida, agarrándole la manita.

Don Juan Bautista, que estaba de un excelente humor, llamó la atención de la oficialidad. Aquel militar descreído y escéptico, nacido en la población mexicana de Fronteras y cercano a la cincuentena, leyó con su voz cavernosa el decreto real de nombramiento. Le costaba trabajo respirar por el asma.

Tras enumerar sus elogiosos méritos, con gran júbilo abrió un estuche y sacó de él un bastón de mando de caoba y pomo de oro, distintivo del director de la Academia Real.

—Ruego a don Martín y a su esposa que se acerquen al estrado —les pidió.

Clara dejó a Rosa en los brazos de doña Ana y junto a su esposo se aproximó. Las euforias y preocupaciones de aventuras y situaciones pasadas habían quedado atrás y la asaltó una momentánea sensación de intensa felicidad y de orgullo por su esposo.

—¡Don Martín, esta vara de mando solo es un símbolo! Os conozco lo suficiente como para saber que no precisáis de ninguna para dirigir la más ilustre academia de oficiales del rey en el Nuevo Mundo con mano firme, rectitud y pericia. ¡Tomad!

Invadido por la emoción, Arellano avanzó unos pasos con expresión solemne y la mandíbula alta. Asió la vara y la alzó, e inclinó la cerviz con humildad. Era un hombre enérgico, vehemente y lleno de determinación, que había sobrevivido a muchos enfrentamientos con los indios de la frontera y no precisaba ni de adulaciones ni de títulos. Además, había aprendido a valerse por sí mismo estableciendo sus propias pautas sobre el honor, el servicio a su nación y la integridad, virtudes que tanto valoraba Anza en él.

Después, don Juan se dirigió con afabilidad hacia Clara Eugenia y dijo:

—Y para la dama que os apoyará en vuestro cometido, algo admirable que nos brinda la pródiga naturaleza que nos rodea y que simboliza la belleza de la vida, este ramo de flores de yuca de Nuevo México, las más hermosas del mundo. —Y se lo entregó en sus finas manos.

El mundo en guerra inmediata ya no le pertenecía. Este era más acogedor y seguro, y sonrió con levedad. La princesa Aolani se vio asaltada por un inenarrable entusiasmo y, sin quererlo, mientras percibía lejano un aplauso en la sala, se le anegaron los ojos en lágrimas.

Fuera, la brisa del golfo entonaba su propia sinfonía al ritmo de las mansas olas y de sus cadenciosas aguas azules.

Mientras los oficiales brindaban en un corro por su esposo, Clara se dirigió con su retoño hacia el ventanal para alejarla del bullicio y que no extraviara el sueño, aunque fue en vano. La niña abrió los ojos, se desperezó y sonrió a la madre. Irguió la cabecita y observó curiosa que había saltado una brisa destemplada.

Lo ignoraba, pero era el céfiro vespertino del océano, que arrastraba unas ramitas secas y algunos garabatos rojos que en su inocencia no identificó y que se adhirieron a los cristales emplomados. Para Clara era un buen augurio. Sonrió a su hijita, extendió su dedo blanquísimo y le susurró con suavidad:

—Mira, Memen Gwa, Mariposa, son pétalos de rosas de California.

GLOSARIO

ALEUTA: nativo de las islas del norte del océano Pacífico aledañas a Alaska.

BRAZA O BRAZADA: medida de longitud que equivale a 1,852 metros.

BRAZOS (río): uno de los afluentes del río Colorado, el actual Clear Fork, donde los dragones de cuera vencieron a los comanches por vez primera.

CASA DE PALO O DE MADERA: actual Big Timbers, es un área ribereña de Colorado a ambas orillas del río Arkansas, en el camino de la Montaña y Santa Fe.

CEÑIR: navegar recibiendo el viento con el menor ángulo posible desde la proa.

CIBOLEROS: cazadores de búfalos.

CONDADO DE SOLANO: territorio en la bahía de San Francisco (California), donde años después y cerca del convento se alzó la ciudad de Benicia.

CUERDA O CORDEL CASTELLANO: medida antigua de longitud equivalente a 6,896 metros.

CUERNO VERDE: gran jefe indio y terror de los españoles en la frontera hasta que, por su ferocidad, fue reducido por los dragones de cuera en el río San Luis de Arkansas (ver su historia en mi anterior novela *Comanche*).

DENGÁ: unidad monetaria rusa equivalente a medio kopek (100 kopeks hacen un rublo).

DEO VOLENTE: Si Dios lo quiere.

EDWARD BARLOW: uno de los primeros fabricantes y relojeros de Europa en el siglo XVII.

ESCUDOS DE ORO: el escudo de a ocho, o real, era una moneda de prestigio. Su ley era de 0,875 ml. El peso de 27,06 gramos, y su grosor de 38 mm. Un escudo equivalía a 20 reales en el siglo XVIII.

FRAY JUNÍPERO SERRA: fraile franciscano español. Doctor en filosofía y teología, se trasladó a América, donde fundó nueve misiones españolas en la Alta California y presidió otras quince. Es el único español que tiene una estatua en el Salón Nacional de las Estatuas situado en el Capitolio, donde reside el poder legislativo de los Estados Unidos y lugar donde están representados los personajes más ilustres de esa nación.

KOPEK: moneda rusa que equivale a la centésima parte de un rublo.

XAADALA GWAYEE: actualmente archipiélago de la Reina Carlota.

LEGUA: medida de longitud equivalente a 5 572 metros.

MATÍAS DE GÁLVEZ: sucedió a Martín de Mayorga como virrey de Nueva España, que murió en 1783, poco después de su llegada a Cádiz, presumiblemente envenenado por su enemigo y sucesor.

MEZCALERO: tribu apache así llamada por los españoles porque consumían un alimento obtenido del tallo del mezcal. Ellos se llamaban a sí mismos *sején-né*.

MEZQUITE: árbol americano, parecido a la acacia y muy resinoso.

MILLA NÁUTICA: equivale a 1 852 metros.

MESTEÑO O *MUSTANG*: caballo salvaje de pequeña cabeza, de raza hispanoárabe, muy resistente y fuerte, y que, en la Edad Media, en Castilla, al no poseer dueño conocido, pasaba a ser propiedad de la Mesta. Introducido por los españoles en América en el siglo XVI.

MISISIPI: Gran Río o Grandes Aguas.

NUTKA: pequeña isla estratégica, costera del tramo central de la costa suroccidental de la actual isla de Vancouver y perteneciente a la provincia de la Columbia Británica. Tiene un área de 534 km² y está separada de la isla de Vancouver por las aguas del Nootka Sound y el Esperanza. Perteneciente a España, pasó luego a Inglaterra y después a Canadá.

REZÁNOV Y CONCHITA: el histórico y real tema de amor de Conchita y Rezánov se convirtió al poco en una leyenda en Rusia que incluso se cantaba en plazas y teatrillos. En 1979, el compositor Alexey Rybnikov y el escritor Andréi Voznesenski escribieron una de las primeras óperas *rock* que se llamó *Juno y Avos*, y obtuvo un éxito continuado durante veinte años. Este episodio entre el ruso y la bella española capturó la imaginación de numerosos pintores y poetas rusos, y muchos visitantes acuden a las tumbas de ambos enamorados en Benicia, en el condado de Solano, California, y en Krasnoyarsk, Rusia.

Sangleses: filipinos oriundos de China llegados gracias al Galeón de Manila.

San Luis de las Amarillas: presidio próximo a la misión de San Sabá. Actualmente es la ciudad estadounidense de Menard.

Vitus Bering: marino danés que descubrió el estrecho de su mismo nombre entre Rusia y Alaska.

Printed in the USA
CPSIA information can be obtained
at www.ICGtesting.com
CBHW020817051224
18211CB00004BA/13